Lena Klassen

Der Erbe des Riesen

Sehnsucht nach Rinland

Lena Klassen

Der Erbe des Riesen

Sehnsucht nach Rinland

Roman

NEUFELD VERLAG

Die Deutsche Bibliothek verzeichnet diese Publikation in der Deutschen Nationalbibliografie; detaillierte bibliografische Daten sind im Internet über www.ddb.de abrufbar

Umschlaggestaltung: spoon design, Olaf Johannson
Umschlagbilder: © ShutterStock®
Satz: David Neufeld, Schwarzenfeld
Herstellung: GGP Media GmbH, Pößneck

ISBN 978-3-937896-67-0, Bestell-Nummer 588 667

www.neufeld-verlag.de

NEUFELD VERLAG

Die Welt

Das Kaiserreich Deret-Aif steht im Mittelpunkt dieser Welt. Dreiundzwanzig Königreiche gehören dazu, von Salien im Norden bis zum Gebirge der Riesen im Süden. Zentral liegt das Königreich Aifa mit der Hauptstadt Kirifas. Hier herrscht der beliebte Kaiser Kanuna, ein Riese voller Weisheit, mit seiner zweiten Frau Fanes; hier wächst die junge Prinzessin Manina heran.

Im Osten grenzen Sandart und Yos an das gewaltige Reich, im Westen liegen die Glücklichen Inseln, Arima und Neiara. Von dort kommen das beste Obst, der beste Wein.

Über das Meer führt eine Brücke nach Rinland. Auf dem Meeresgrund steht Rin, der göttliche Riese, und hält mit seinen eigenen Händen die Brücke fest. Sie ist nicht zu sehen; erst in der Stunde des Todes findet sich jeder dort wieder, wo es gilt, den Fuß auf die Brücke zu setzen und den Weg nach Rinland zu gehen. Nur wer genug Hoffnung und Sehnsucht in sich trägt, kann über die schmale Brücke gehen, ohne abzustürzen.

Was bisher geschah

Das 16-jährige Albinomädchen Mino und der dunkelhaarige Blitz, beide aus Arima, haben immer davon geträumt, gemeinsam durchs Kaiserreich zu reisen. Doch dann hindert Mino ihren besten Freund daran, auf das Schiff zu gehen, das in die andere Richtung fährt – auf der Suche nach Rinland. Wütend läuft Blitz von zu Hause fort und gerät unter die Räuber. Mino verschlägt es während eines Sturms ebenfalls auf das Festland, allerdings hat sie das Gedächtnis verloren und weiß nicht mehr, woher sie stammt. Sie wird von dem Wanderarzt Keta aufgelesen und mit auf seine Wanderungen genommen; Keta ist einer der ungeratenen Zwillingssöhne des Riesenkaisers Kanuna. Seit er sich durch List von seinem Vater segnen ließ, besitzt er heilende Hände, die er zum Wohl des Volkes benutzt.

Blitz wird unterdessen ein Mitglied der Räuberbande des älteren Riesenprinzen Zukata. Wie alle von Zukatas Männern wird er gebrandmarkt und kann daher nicht mehr fliehen, außerdem beeindruckt ihn Zukatas Persönlichkeit mehr und mehr. Als der räuberische Prinz erfährt, dass sein Vater mit seiner zweiten Frau ein Kind bekommen hat, reist er in die Hauptstadt und erfährt dort, dass der Segen längst seinem Bruder gehört. Wutentbrannt entführt er seine kleine Halbschwester Manina und flieht mit ihr ins Ausland; er will das Kind erst herausgeben, wenn er öffentlich zum Erben erklärt worden ist.

Keta und Mino machen sich zusammen mit ein paar Freunden (darunter der Junge Jamai aus dem Zinta-Volk) auf die Suche nach der entführten Prinzessin. Es gelingt ihnen, Zukatas neues Räuberlager zu finden. Nach einem Kampf der gleich starken Brüder einigen sie sich auf einen Austausch von Geiseln – für Manina soll Mino bei Zukata bleiben. Doch bevor es dazu kommt, nutzt Blitz Zukatas Abwesenheit aus und flieht mit dem Kind, um es selbst dem Kaiserpaar wiederzubringen. Auf seiner gefahrvollen Flucht – immer auf der Hut vor Zukata und seinen Männern – erfährt Blitz immer wieder unverhofft Hilfe von den Menschen. Aus einem Kloster nimmt er das Mädchen Ilinias mit, um als Familie unauffälliger reisen zu können, und verliebt sich in sie. Als er schließlich in der Stadt des Kaisers anlangt, ist er bereits verheiratet. Hier trifft er endlich Mino wieder, die Zukata zusammen mit Jamai und dem Zwerg Kroa von Blitz' Spur abgebracht und schließlich sogar gefangen genommen hat, um Maninas Rückkehr zu ermöglichen. Jetzt endlich erlangt sie auch ihr Gedächtnis wieder und findet den Mut, ihm ihre Liebe zu gestehen, leider zu spät.

Bevor alle auseinandergehen, trifft ein weißer Vogel mit einem Brief aus Rinland ein – das Schiff ist tatsächlich auf der paradiesischen Insel angekommen.

Die Personen dieser Geschichte

AHINEHL bedeutungsvolles Kosewort, »der von allen am meisten Geliebte«

ALIKA eine Kriegerin, die auf Arima lebt und Unkraut jätet, mit Blitz' Bruder verheiratet

ALIOS ein Schmied auf der Insel Neiara

BINAJATJA die Besitzerin der Obstplantagen auf der Insel Arima, Minos Mutter

BLITZ stammt von der Insel Arima, hat eine Zeitlang unter Zukatas Räubern gelebt und ist jetzt der Erzieher der Prinzessin Manina

EL JATI Blitz' älterer Bruder, lebt auf Arima

ERION der Sohn des Weinfürsten von Neiara, ein verwöhnter Junge, Spitzname »Blöd«

FANES die Kaiserin von Deret-Aif, eine Riesin

FRIA eine blonde Riesin aus den Bergen

FRET Frias Bruder, aufgrund seiner Stärke der König der Riesen

HÜRTI der König von Yos

ILINIAS Blitz' Frau, hat ihre Kindheit im Kloster verbracht, bevor sie von Blitz entführt wurde, kämpferisch und atemberaubend schön

JAMAI ein Mann aus dem Volk der Zintas, früherer Weggefährte von Mino

KANUNA EL SCHATTIK – ein Riese, der mächtige Kaiser von Deret-Aif

KELON der Verwalter des Weinfürsten von Neiara

KETA auch Remanaine genannt, ein Riese mit heilenden Händen, der zweitälteste Sohn des Kaisers und seiner verstorbenen Frau Vinja

KROA ein Zwerg, der vor Jahren entscheidend zu Maninas Rettung beitrug

LIADETT	eine hübsche kleine Gräfin mit losem Mundwerk
LIRAVAH	die alte Lehrerin von Blitz und Mino
MAJA	Minos Tochter, ein Mädchen mit Mut und Musikalität
MANINA	die Tochter des Kaiserpaars und trotzdem ein Mensch. Eine Prinzessin durch und durch
MINO	auch Möwe genannt. Als sie ihr Gedächtnis verloren hatte, zog sie ein paar Jahre mit Keta durchs Land. Unsterblich in Blitz verliebt
MONTA	der Arzt der Fürstenfamilie von Neiara
NORHA	der Bruder des Weinfürsten von Neiara, wird als Verwalter auf Arima eingestellt
RIBA	eine Riesin im Gebirge
RIN	erschuf die Welt und hält die Brücke
RUGAN	ist Arzt im Palast des Kaisers, weiß auch nicht alles
SARIKA	eine Amazone aus Salien, Leibwächterin des Kaisers
SETTAN	ein Räuber, Zukatas rechte Hand
SIDINI	die Tochter des Königs von Yos, schon fast zu alt zum Heiraten
SORAYN	ein bemerkenswertes Kind, der Einzigartige
TAMAIT	der Sohn von Alika und El Jati
TINEK	die Weinfürstin von Neiara
TORIS	ein Mann aus dem Zinta-Volk; mit ihm tröstete Mino sich über Blitz' Heirat hinweg
VARITI	Ketas Frau, gehört zum Volk der Zintas
WERIE	Hebamme auf Arima, lässt sich nicht gerne helfen
WERSOM	der König von Sandart
WIKANT	der Weinfürst von Neiara
YERS	ein alter Fischer auf Arima
ZUKATA	der älteste Sohn des Kaisers, ein gewalttätiger Räuber mit großen Träumen

Zweites Buch

Irgendwo dort liegt die Insel der Träume,
Umgeben von tosenden Wogen.
Goldweiß des Strandes und Nachtgrün der Bäume
Verschmelzen zum flammenden Bogen.

Wer ihn durchschreitet, dem öffnen sich Pforten
Zu frühlingsbunt blühenden Gärten,
Kleepfade führen zu sommernden Orten,
Die warme Vertrautheit bewahrten.

Berge erheben sich uralt und dunkel,
Und Bäche wie Silber und Perlen
Spielen zu Tale, umsäumt vom Gefunkel
Des Taus auf den Blättern der Erlen.

Manche schon segelten mutig durch Meere,
Ersehnten, was alle besingen;
Einige baten den Wind, sie trotz Schwere
Zu jener Insel zu bringen.

Wer ging schon fort ohne Angst, denn so viele,
Die kehrten nach Hause, zerschlagen.
Wenige kamen ans Ziel aller Ziele,
Der Wind kann nur Seeschwalben tragen.

Ich aber stehe im Hafen und lausche
Dem Ungestüm schäumender Fluten,
Während dort oben Bergbäche rauschen
In rotgoldnen Sonnenlichtgluten.

Liebster, wir machen uns gischtweiße Schwingen
Und trotzen dem Sturm und den Wellen.
Lass uns den Traum aller Träume erringen,
Den Trank aus den ewigen Quellen.

1. Das Glück der Inseln

»DIE GLÜCKLICHEN INSELN«, sagte der Kapitän. »Obst und Wein. Etwas Besseres findet Ihr nirgends.«

Zukata knurrte nur. Aus dieser Entfernung sahen die Inseln nicht bemerkenswert glücklich aus. Sie waren nichts als zwei blasse, farblose Erhebungen am Horizont. Von hier aus machte es keinen Unterschied, ob sie grün und fruchtbar waren oder schwarz und verbrannt.

»Welche Insel ist es?«, fragte er.

»Die rechte«, antwortete der Kapitän. »Das ist Arima.«

Man konnte jetzt die Steilküste auf der einen Seite erkennen; zur anderen Seite hin lief die Insel flach aus. Dort duckte sich eine Siedlung hinter die Dünen, im Hafen lagen einige kleine Segelschiffe und Boote vor Anker.

»Wir werden sie verbrennen, bevor sie wissen, was geschieht«, zischte Settan. »Wir werden über sie kommen, über die kleinen, dummen Fischer und Gärtner. Dann wird es dir wieder bessergehen, Herr.«

Zukata wandte ihm sein finsteres Gesicht zu. »Was weißt du davon, wie es mir geht? Was willst du davon wissen?«

»Ich ... Herr, ich dachte nur ...«

»Ich will an Land gehen«, bestimmte Zukata. »Aber nicht im Hafen. Und niemand unternimmt irgendetwas, bevor ich es sage.«

»Wir können ein Boot hinunterlassen ...«

Auch den Kapitän der *Perlentaucher* brachte ein einziger Blick des Riesen zum Schweigen. Da er sich nicht auf die Rolle eines bloßen Befehlsempfängers reduzieren lassen wollte, und um den Respekt seiner Mannschaft nicht zu verlieren, tat er regelmäßig seine Meinung kund und bereute es jedes Mal wieder. In diesen Tagen gehörte Mut dazu, sich in Zukatas Nähe aufzuhalten.

»Ähm, dann – wie Ihr wollt ...« Er entfernte sich schleunigst. Settan hielt treu aus. Ihn schickten die Räuber zu Zukata, wenn sie wissen wollten, wie es weiterging. Sie freuten sich schon darauf, nach dieser nervenzermürbenden Schiffsfahrt wieder festen Boden unter den Füßen zu haben und ihren Frust auf der Insel dort an den harmlosen Leuten auszulassen. Lange genug hatten sie auf engstem Raum miteinander ausgeharrt. Sie waren wie Jagdhunde, die darauf brannten, von der Kette gelassen zu werden. Und er würde sie jetzt bald loslassen, er würde sie auf seine Feinde hetzen.

Unter Zukatas grimmigem Blick wurde Settan klein. »Herr, ich dachte ...«

»Ihr bleibt hier!«, befahl Zukata. »Kommt den Inseln nicht näher. Gebt den anderen Schiffen Bescheid!«

Er brauchte kein Ruderboot, um zu der Insel überzusetzen. In der Tat hatte der Plan, den er mit seinen Männern abgesprochen hatte, anders ausgesehen. Er hatte ihnen versprochen, mit drei Schiffen gleichzeitig anzulegen und das Werk der Verwüstung zu beginnen, während das vierte Schiff etwas weiter draußen blieb und darauf achtete, dass niemand entkam. Warum er ihnen jetzt befahl zu warten, warum er ins Wasser sprang und nach Arima schwamm, erklärte er keinem von ihnen. Ohne weiteres mutete er seinen Männern den Verzicht auf den ersehnten Landgang zu. Ob diese Insel zerstört wurde oder nicht und wann das geschah, entschied immer noch er.

Die Unruhe, die seinen ganzen Körper erfüllte, legte sich im kalten Wasser ein wenig. Auch er war zu lange auf diesem Schiff gewesen, statt schnellen Schritts durch die Wälder zu marschieren. Es tat gut, den Kampf gegen die Wellen aufzunehmen. Grün. Ja, er konnte jetzt sehen, wie grün sie war. Ein riesiger Garten, eine Perle mitten im Meer. Das war also der Ort, an den Blitz sich zurückgesehnt hatte, während sie miteinander unterwegs gewesen waren. Das hier war Blitz' Heimat, das war der Ort, der seine Erinnerungen nährte, der ihm von weitem Kraft gab. Zukata hatte geschworen, Blitz zu verschonen, diesen kleinen Verräter, der ihn so enttäuscht hatte, aber er hatte nicht versprochen, ihn gänzlich unbehelligt zu lassen. Es gab auch andere Möglichkeiten, jemanden zu vernichten, ohne Hand an ihn zu legen. Irgendwann würde der Tag kommen, an dem Blitz nach ihm suchte, um ihn zu bitten, sein Leben zu nehmen statt das der anderen. Es würde ein Tag kommen, herrlich und grün, ein Tag, an dem Blitz vor ihn hingekrochen kommen würde, um ihn anzuflehen, die Strafe endlich zu vollziehen.

Dies war der Beginn. Er würde Arima zerstören, und was nützte es Blitz dann, dass er in Kirifas am Kaiserhof lebte und dort jedermanns Liebling war? Ein Hund, dem sie den Kopf tätschelten, weil er so brav gewesen war. Der Kaiser und die Kaiserin fütterten ihn, sie ließen ihn mit ihrer kleinen Tochter spielen, die Blitz aus Zukatas Händen gerissen hatte. Blitz lebte nun in diesem Schloss, das Zukata ihm als seinem Ziehsohn hatte öffnen wollen, lebte dort ohne ihn, dort, wo sie alle über den betrogenen Prinzen lachten.

Seine Füße fühlten Grund. Wütend schritt er den Strand hinauf, der an dieser Stelle steinig und menschenleer vor ihm lag. Zornig stapfte er auf all das herrliche Grün zu, auf diesen Garten im Meer, wo man Verräter aufzog, wo sie gediehen und gesund und stark wurden, um ihr elendes Werk zu beginnen.

Er drehte sich um und sah seine Schiffe weit draußen kreuzen. Blitz hatte sich mit dem Falschen angelegt. Überall im ganzen Kaiserreich hatte Zukata seine Leute. Diese Schiffe, die er zu seiner Zeit als Pirat gekapert hatte, waren jahrelang für ihn zur See gefahren. Einen Anteil der Beute hatten die Kapitäne stets für ihn zur Seite gelegt – keiner wagte je, ihn zu betrügen –, und niemand hatte Verwunderung geäußert, als er sie wieder in seinen Dienst gerufen hatte. In Jolis hatte er sie gefunden, dort, wo die Piraten ganze Dörfer ihr Eigen nannten, geduldet von einem König, der blind tat, nachdem er einmal gehörig erschreckt worden war. Man musste nur wissen, wie man mit den Leuten umzugehen hatte.

Manche reagierten auf die Verlockung des Goldes besser als auf jede Drohung. Manche wurden empfindlich, wenn man auf ihre Familie zu sprechen kam. Aber irgendwann gehörten sie ihm alle. Alle ohne Ausnahme.

Er wandte sich dem felsigen Strandabschnitt zu, der zwischen großen Steinen in einen Wald überging. Dort ging es zum Steilhang hinauf, in der anderen Richtung lagen der Hafen und die Fischerdörfer.

Zukata hatte nicht damit gerechnet, einen so schönen Wald auf dieser kleinen Insel zu finden, große Bäume, die dem Wind trotzten, nicht nur verkrüppelte Kiefern, sondern hohe, schlanke Laubbäume mit grünen Blättern in allen Schattierungen. Es war hier wärmer als draußen auf dem Meer, seine Kleider trockneten schon an seinem Körper. In der Sonne wuchsen die Plantagen, gezähmte Bäume, die Frucht liefern mussten. Aber es war der wilde Wald, den er liebte, nicht diese beschnittenen Apfelbäume. Die weitverzweigten Stämme und das Dickicht darunter, das sich an die Hosenbeine heftete wie ein bissiger Hund.

Ich bin nicht zahm.

Hatte Blitz das gesagt? Immer hatte er darauf bestanden, dass er anders war als die anderen Räuber, anders als die Männer, auf die Zukata sich verließ.

Der Hang wurde steiler. Von hier aus hatte er einen grandiosen Blick auf das Meer. Die Küste von Drian war nicht zu sehen, aber sehr weit weg konnte sie nicht sein. Dort, auf dem offenen Meer, die Masten der Piratenschiffe. Und wenn er sich umdrehte, konnte er fast die halbe Insel überblicken, über Schafweiden – zunächst hielt er die weißen Flecken für Steine, bis er merkte, dass sie sich bewegten – und einen Teil der Obstgärten bis hin zu ein paar kleinen Dörfern, die sich an den Hang schmiegten.

Die salzige Seeluft füllte seine Lungen.

Und noch weiter hinten die schattenhaften Umrisse der anderen Insel. Neiara.

Er konnte es zerstören. Alles. Diese Insel, die zweite Insel, alles, was sich glücklich nannte und ihn dann verriet. Er dachte über seine Rache nach, aber unter dem blassblauen Himmel und dem ewigen Rauschen der Brandung fühlten sich diese Gedanken nicht mehr heiß und befriedigend an, sondern kühl und fremd. Er konnte es zerstören. Aber vielleicht, dachte er, und dieser neue Gedanke hatte etwas an sich, das ihm über alle Maßen gefiel, vielleicht wäre es noch besser, es zu besitzen.

Eine ganze Weile stand er da und bewegte einen neuen Plan in seinem Inneren. Ich bin nicht zahm, hatte Blitz gesagt, ich bin frei, in mir ist der Traum von den Inseln ...

Es gab auch eine andere Möglichkeit, sich zu rächen. Eine viel subtilere, aber genauso wirksame Möglichkeit, Blitz den Boden unter den Füßen wegzureißen. Seinen Männern würde das nicht gefallen. Aber hatte er sich je darum geschert?

Man konnte kein Weingut besitzen, ohne sich für Wein zu interessieren. Wikant probierte den Wein nicht nur, er trank ihn. Den ganzen Becher. Es war sein dritter und bestimmt nicht der letzte. Tinek, seine Frau, öffnete den Mund, um ihm Vorwürfe zu machen – er wusste das, denn er war es gewöhnt –, aber zu seiner Überraschung besann sie sich mitten im Satz.

»Wikant, du solltest nicht ...! Ich muss mit dir über Erion reden.«

»Über Blöd?«, fragte er.

»Nenn ihn nicht so!« Aber wenigstens fauchte sie nicht. Sie konnte es nicht leiden, wenn er ihren gemeinsamen Sohn so nannte, aber Erion war nun einmal blöd. Wikant fand, dass er als Vater das Recht hatte, die Dinge beim Namen zu nennen. Erion war in jeder Hinsicht eine Enttäuschung. Er interessierte sich nicht für den Weinanbau. Mittlerweile war er dreizehn und eigentlich alt genug, um in die Lehre zu gehen. Aber er benahm sich immer noch wie ein Kind, das keinerlei Verpflichtungen hatte. Weder interessierte er sich für die Traditionen der ältesten Familie von Neiara noch für sonst irgendetwas, das Wikant als sein Vater hätte fördern können. Er wollte Erion ja gar nicht in den Weinbau zwingen, jedenfalls noch nicht. Aber seinem Sohn zu erlauben, einfach in den Tag hinein zu leben, das ging ebenfalls nicht.

»Gut. Dann reden wir über Blöd.«

Tinek verzog das Gesicht, aber sie hatte wohl wirklich vor, ein ernsthaftes Gespräch zu führen, denn sie ließ sich nicht ablenken.

»Erion möchte Aufseher werden«, sagte sie. »Aber er muss doch erst einmal etwas lernen.«

»Wie kommt er bloß darauf?«, fragte Wikant. »Wie will er etwas beaufsichtigen, von dem er nichts versteht?«

»Er will einfach nur aufpassen, was andere tun.« Sie seufzte. »Wikant, ich glaube, es war ein Fehler, dass wir das Wort Weinfürst ans Gut schlagen ließen. Er ist irgendwie in dem Glauben aufgewachsen, er wäre der Sohn eines Fürsten.«

Wikant griff nach dem nächsten Becher. Er lachte. Nach Tineks ernsthaftem Beginn hatte er mit einer weitaus schlimmeren Nachricht gerechnet. »Lass ihn doch. Er ist ein Kind.« Es ärgerte ihn ja selbst, aber er wusste mittlerweile, dass mit dem Jungen nichts anzufangen war.

»Wikant, verstehst du nicht? Er will nichts lernen, weil er glaubt, er muss das alles nicht wissen! Das Einzige, was überhaupt in seinen Schädel hineingeht, sind diese ganzen königlichen Familien auf dem Festland. Er lernt die Namen von Königen auswendig! Von Herrschaftshäusern! Stammbäume fremder Familien!« Sie machte eine Pause, aber da Wikant nichts sagte, fuhr sie fort: »Er glaubt, er könne sich zurücklehnen und zusehen, wie andere schuften.«

»So wie ich, meinst du.«

»Nein! Nein – nun ja.«

»Blöd«, flüsterte Wikant. Er würde mit dem Jungen ein ernstes Wörtchen reden müssen, und nur, damit Tinek zufrieden war. Nützen würde es sowieso nichts. Bei diesem Schnösel war alles vergebens.

Er wollte gerade trinken, als die Tür heftig aufgestoßen wurde. Vor Schreck zuckte er zusammen und goss sich den Wein über das Hemd. »Ver-«

Er hatte seinen Fluch nicht einmal zu Ende gesprochen, als Kelon hereinstürzte. Kelon war in der Kelterei für alles und jedes zuständig, ein kundiger und verlässlicher Mann, der die Verantwortung übernahm, wenn Wikant sich seinen Traurigkeitsanfällen hingab. Vielleicht stellte sich Blöd einen ähnlichen Posten vor, aber dann hatte der Junge nicht begriffen, wie viel dazu gehörte, überall dabei zu sein und zu überprüfen, wie die Dinge liefen.

Es gehörte nicht zu Kelons Aufgaben, hier einfach so hereinzuplatzen. Höchstens vielleicht, wenn es brannte.

Tinek sprang auf. »Was ist passiert?«

»Piraten!«, rief Kelon. »Sie haben den Hafen blockiert, sie sind überall, sie kommen die Straße hoch – hierher!«

Wikant vergaß sein Hemd. Er stand auf. Und dann stand er da und wusste nicht, was er tun sollte. Sie sahen ihn an, beide, Kelon und Tinek, als wäre er derjenige, der sie retten konnte. Er war der Weinfürst. Er musste etwas tun, den Piraten entgegentreten und sie vertreiben. Aber stattdessen stand er nur da und konnte sich nicht rühren.

»Wikant!«, schrie Tinek. »So tu doch was!«

»Was?«, fragte er zurück. »Wir haben keine Waffen. Oder doch? Im Keller?«

»Dort könnten ein paar Hellebarden liegen«, gab Kelon zu. »Und an der Wand im Empfangssaal hängt ein Schwert.«

»Erion!«, rief Tinek plötzlich. »Wo ist Erion? Erion!« Laut nach ihrem Sohn schreiend rannte sie aus dem Zimmer.

Wikant trat ans Fenster. Von hier aus konnte man das Dorf und den Hafen überblicken; vielleicht war es keine schlechte Idee, sich einen Überblick über die Lage zu verschaffen. Tatsächlich sah er ein großes fremdes Segelschiff zwischen den kleineren Booten liegen. »Es sieht nicht aus wie ein Piratenschiff«, sagte er zu Kelon. »Vielleicht übertreibst du ein bisschen?«

»Wenn es doch nur so wäre«, seufzte der Mann. »Wikant, wir sollten ein paar Dinge verstecken, die von Wert sind.«

»Hast du das Tor verriegelt?«

»Natürlich.«

Wikant nickte erleichtert. »Dann brauchen wir auch nichts zu verstecken. Durchs Tor kommt niemand.«

Es war ein stabiles Tor aus uralten Eichenbohlen. Warum regten sich alle so auf? Selbst wenn es Piraten waren, die die Insel heimsuchten, würden sie sich an den Dörflern schadlos halten und nicht ins Gut kommen. Er trat zurück an den Tisch, auf dem noch der halbvolle Becher stand. »Wir sollten einfach Ruhe bewahren und …«

Bumm.

Der Schlag war so heftig, dass die Wände vibrierten. Wikants Becher schwappte schon wieder über. »Was war das!«, rief er aus. »Jetzt reicht es aber!«

»Sie sind am Tor«, sagte Kelon. »Ich – ich gehe mal nachsehen.« Es klang, als hätte er lieber gesagt: Ich gehe mich verstecken. Aber Kelon war hier für alles zuständig. Und deshalb tat er seine Pflicht und ging, um einen Blick auf das schützende Tor zu werfen.

Bumm.

Wieder das laute Dröhnen, begleitet von einem Krachen, dass Kelon durch Mark und Bein ging. Er nahm all seinen Mut zusammen, um den Feinden entgegenzutreten. Ein paar Arbeiter hatten tatsächlich die Hellebarden aus dem Lager geholt und bemühten sich, Haltung anzunehmen und wie Soldaten auszusehen. Die Verteidiger standen im Hof und wichen bei jedem Krachen einen Schritt zurück.

»Für den Fürsten!«

Es war nicht Kelon, der gerufen hatte. Wikant drehte sich um und sah Erion dort stehen, mit einem langen Stock bewaffnet, an den er ein Küchenmesser gebunden hatte.

»Was hast du da, einen Besenstiel?«

Der Junge war blass. Sein dunkelblondes Haar fiel ihm strähnig in die Stirn, aber er versuchte krampfhaft, wie ein Prinz auszusehen. Vielleicht hoffte er, aus seinen Augen würde Mut und Zuversicht strahlen, aber es wäre wirkungsvoller gewesen, wenn er nicht so heftig geblinzelt hätte.

»Blöd! Komm da weg!«

Erion drehte sich um und schrie auf, als er den dunklen Fleck auf dem Hemd seines Vaters bemerkte. »Du bist verletzt! Ich werde dich rächen!«

Der Weinfürst grinste, während er mit vorsichtig tastenden Schritten über den Hof ging. Er schien zu schweben, leichtfüßig und gleichzeitig halb tot, das selige Lächeln eines glücklich Sterbenden auf den Lippen.

Kelon biss die Zähne zusammen und wandte sich an die zitternden Arbeiter.

»Nein«, sagte er. »Nicht für den Fürsten. Für Neiara. Für eure Familien draußen im Dorf. Für jeden einzelnen von uns. Wir sind keine Krieger. Aber wir wissen, was uns erwartet, wenn wir nichts tun.« Dasselbe, was uns erwartet, wenn wir uns wehren, dachte er. Sie werden keinen von uns verschonen. Sie werden uns alle niedermähen. Wenn das wirklich Piraten sind, dann gnade uns Rin.

Bumm.

Es war so dumm, sich ihnen in den Weg zu stellen. Es gab nichts Dümmeres. Aber wenn sie sich verbarrikadierten – irgendwo im Keller, wo die Piraten sie vielleicht nicht finden würden – und später nach oben kamen und sahen, wie das Gesindel im Dorf gewütet hatte ... Wer würde dann noch leben wollen?

Bumm. Und das Tor zerbarst. Und dann Stille.

»Für den Fürsten!« Eine helle Jungenstimme hallte durch den Hof. Kelon hielt die Luft an, als er den Sohn seines Arbeitgebers nach vorne rennen sah, die selbstgebastelte Lanze in der Hand. Er erwartete, jeden Moment die Piraten hereinstürzen zu sehen; der Junge lief ihnen direkt in die Arme.

»Nein!« Er hörte Tineks Aufschrei. »Oh nein! Erion!«

Ein Mann schritt über die zersplitterten Balken. Hinter ihm kam eine Horde wilder, bärtiger Gestalten – die Piraten, der Abschaum der Meere. Aber es war ihr Anführer, der alle Blicke auf sich zog, ein Mann, mindestens zwei Kopf größer als die anderen und doppelt so breit: Ein Riese. Sein blondes Haar, zu einem Zopf geflochten, der sorgfältig gestutzte Bart und die Kleidung, die er trug, ließen ihn eher wie einen vornehmen Herrn aussehen als wie einen Piraten. Keine Lumpen, sondern Beinkleider, Wams und Umhang aus allerfeinstem, dunkelblauem Stoff – Kelon erkannte sofort, dass dieser Mann kein gewöhnlicher Räuber war. Und doch, ein einziger Blick in dieses Gesicht genügte und man wünschte sich, es nie wiederzusehen. Zu fliehen und sich zu verstecken und ihm nie, nie wieder zu begegnen. Nicht, weil er hässlich war oder schrecklich anzusehen, sondern weil er lächelte, weil er hier hereinkam und lächelte, und weil ihm in dem Moment, in dem er das Gut betrat, alles hier gehörte, alles und jeder.

Erion, mitten im Lauf, konnte nicht mehr anhalten, als der Riese erschien, und als würden ihn die verzweifelten Schreie seiner Mutter noch mehr anfeuern, stürmte er geradewegs auf den Eindringling zu.

Sie sahen alle, dass dies das Ende war. In keinem flammte die Hoffnung auf, der Junge könnte es schaffen, könnte seine alberne Waffe dem Feind in die Brust bohren. Sie sahen ihn nur in den Untergang rennen. Der Riese wandte dem schreienden Angreifer das Gesicht zu und lächelte ihm mit mildem Erstaunen entgegen. Er bewegte lässig die Hand und pflückte den Jungen mitsamt Besenstiel und Messer vom Boden auf. Einen flüchtigen Moment, nur einen Lidschlag lang, hielt er ihn, dann ließ er ihn fallen wie ein lästiges Insekt, das er sich vom Ärmel geklaubt hatte. Tinek schrie wieder, aber Erion war unverletzt geblieben. Er setzte sich auf und blickte überrascht um sich.

»Für den Fürsten«, wiederholte der Riese die Worte des Jungen. »In der Tat, deshalb bin ich hier. Du?« Er richtete die Frage an Kelon, der wie erstarrt neben den Arbeitern stand und noch am meisten wie der Besitzer von irgendetwas wirkte.

Kelon drehte sich halb und nickte zu Wikant hinüber, der gelähmt dastand und immer noch aussah wie jemand, den man gerade erst ermordet hatte.

Der Riese hob kaum merklich die Brauen, aber verächtlicher hätte eine so kleine Geste kaum sein können.

»Vielleicht können wir Euch – einladen?«, fragte Tinek mit zitternder Stimme und schien nicht einmal zu merken, dass sie ihn angeredet hatte wie einen adligen Herrn. »Ein ... ein Glas Wein?«

Sie bebte unter seinem Blick, aber dann verzog sich sein Mund zu einem nicht mehr abfälligen, sondern eher amüsierten Lächeln. »Ist das nicht ein Weingut hier?«

»Ja! Ja, das ... ist es.« Tineks Stimme sank von aufgeregt wieder zu verängstigt. Sie beobachtete, wie Erion sich aufrappelte und auf dem Pflaster nach seinem Stock tastete. »Bitte, Herr, bitte tut ihm nichts, er ist nur ein Kind.«

»Dies ist ein Weingut«, sagte der Riese zu seinem Gefolge. »Und wir sind eingeladen, wie ihr gehört habt. Ich bin sicher, der gute Mann dort«, er wies auf Kelon, »wird sich darum kümmern, dass ihr ordentlich bewirtet werdet.«

Als die Piraten auf ihn zuströmten, wankte Kelon, aber er hielt sich aufrecht und gab seinen Arbeitern mit einem Wink zu verstehen, dass sie die Waffen niederlegen sollten. Er hatte keine Ahnung, was dieser Kerl vorhatte, aber vielleicht würde dieser Tag doch nicht mit einem Blutvergießen enden. Es war nur sein Herz, das blutete, während er die Eindringlinge in den Weinkeller führte.

Zukata legte seine Hand auf die Schulter des Jungen. »Und du führst mich in euren Thronsaal oder was immer ihr für einen Raum habt, um darin Gäste zu empfangen.«

Erion stolperte vorwärts, und hinter ihnen kamen Tinek und Wikant, als würden sie abgeführt.

Natürlich gab es keinen Thronsaal. Auch auf die edelsten Besucher wartete nur ein aus dunklem Holz vertäfeltes Zimmer mit einem Kristallleuchter an der Decke. Auf dem Tisch standen und lagen noch mehrere geleerte Becher. Hastig machte Tinek sich daran, abzuräumen, während der Riese aus dem Fenster auf die kleine Hafenstadt hinausblickte. Seine Hand lag immer noch schwer auf Erions Schulter.

»Das sieht Blöd mal wieder ähnlich«, murmelte Wikant verdrossen. »Sich selbst zur Geisel zu machen.«

Er hatte nicht laut gesprochen, aber der Riese hob den Kopf. »Blöd? Du nennst deinen Sohn Blöd?«

»Ich heiße Erion«, knurrte der Junge. »Erion von Neiara.«

»Wo ist der zweite Sohn?«

»Wir haben nur diesen einen, Herr«, sagte Tinek. Sie war mit dem Tablett auf dem Weg zur Tür und zögerte. Ob es klug war, jetzt hinauszugehen und den Feind mit ihrer Familie alleinzulassen?

»Ach.« Der Riese hob wieder die Brauen. »Ich nahm schon an, ihr hättet mindestens zwei. Wenn ihr den einen beschimpft, müsstet ihr doch noch einen anderen haben, den ihr bevorzugt?«

»Nein, nur den einen«, wiederholte die Frau.

Das Gesicht des Jungen verzog sich zu einer wütenden, trotzigen Grimasse. Trotzdem bewahrte er Haltung. Er stand neben dem Riesen, als würde er zu ihm gehören. In seinen Augen lag nicht der Wunsch, seine Eltern möchten ihn retten, sondern das dringende Verlangen, sich in dieser Situation zu beweisen. Er weinte nicht, obwohl es um seine Mundwinkel zuckte.

Tinek hatte sich entschieden, nicht hinauszugehen. Sie stellte das Tablett neben die Tür und holte aus einem hohen, mit Intarsien verzierten Schrank ein weißes Tuch, mit dem sie den verschütteten Wein aufwischte.

»Möchtet Ihr etwas essen?«

»Essen können wir später, nachdem wir alles besprochen haben«, sagte der Riese.

»Was gibt es denn zu besprechen?«, fragte Wikant, der bis jetzt möglichst unauffällig an der Wand gestanden hatte, und schlurfte ein paar Schritte näher. »Äh, Herr?«

Tinek eilte ängstlich vor und reichte dem Riesen hastig einen Becher Wein, den sie entweder im Schrank gefunden und sonstwie hergezaubert hatte. Er nahm ihn aus ihrer Hand und führte ihn zum Mund.

»Dieser Wein ist dreizehn Jahre alt«, flüsterte Wikant. »Warum hast du ihn aufgemacht? Er war für Erions Hochzeit bestimmt.«

»Was tut er dann in diesem Schrank?«, zischte sie zurück. »Das war dein geheimer Vorrat, wenn du so tust, als würdest du hier arbeiten.«

»Die Glücklichen Inseln«, sagte der Besucher, als wäre er ein Gast, den sie zu einer Weinprobe eingeladen hatten. »So schmecken sie also?«

»Gefällt es Euch?«

Der Riese sah auf den Becher in seiner Hand. »Selbst in Kirifas trinken sie ihn, also muss er gut sein. Gegen das, was man auf einem Piratenschiff zu trinken bekommt, ist alles andere umwerfend.« Er lachte. »Neiara, das Königreich des Weins! Das Königreich des Glücks. Nennt ihr es so? Würdet ihr es so nennen?« Er stürzte den Wein hinunter und begegnete ihren erschrockenen Blicken mit einem Lächeln. »Wisst ihr, wer ich bin? Nein? Ich bin

Prinz Zukata, der Sohn Kaiser Kanuna El Schattiks, des Gesegneten. Ich bin der, der nach ihm auf dem Thron in Kirifas sitzen wird. Und das bedeutet, ich bin auch euer zukünftiger Kaiser.«

»Huh«, meinte Erion ehrfürchtig, »das ist ...«

»Sei still, Blöd«, fuhr Wikant dazwischen. »Das geht uns nichts an. Neiara gehört nicht zum Kaiserreich.«

»Noch nicht«, sagte Zukata. »Habt ihr euch je gefragt, warum die Glücklichen Inseln frei sind? Warum sie nicht längst von den Küstenländern annektiert worden sind? Sicher nicht, weil ihr so eine schlagkräftige Truppe habt. Das haben wir heute ja gesehen.«

»Warum – warum dann?«, stammelte Wikant, nachdem Zukata ihn lange angesehen hatte, als erwarte er wirklich eine Antwort von ihm.

»Der Schutz des Kaisers«, erklärte Zukata. »Ja, schon immer hat der Kaiser, den ihr nicht als euren anerkennt, euch beschützt. Nur der Kaiser verhindert, dass Drian oder Tors euch einfach schlucken. Nur der Kaiser, der euch angeblich nichts angeht, gibt euch die Freiheit, hier euer eigenes Leben zu führen. Habt ihr euch nie gefragt, warum?«

»Ähm, warum?«

Zukata hielt seinen leeren Becher Tinek vor die Nase, und sie schenkte ihm hastig nach. Er trank ein paar Schlucke, bedächtig, genießerisch.

»Vielleicht war es der Fischerkönig«, sagte er dann langsam. »Weiß ich es denn? Ich rate nur. Ich bin noch nicht Kaiser. Was weiß ich von den geheimen Verabredungen, die hinter verschlossenen Türen getroffen wurden? Was weiß ich von der Freiheit dieser Inseln? Ich weiß nur eins. Wenn ich Kaiser bin, lieber Wikant, verehrteste Tinek«, beide zuckten zusammen, denn sie hatten nicht erwartet, dass er ihre Namen kannte, »dann werden diese Inseln zu meinem Reich gehören, ohne Wenn und Aber. Dann werde ich sie für Deret-Aif in Anspruch nehmen.«

»Aber«, begann Wikant, »aber das ...« Er verstummte. Was wollte er sagen? Das geht nicht? Es ist nicht recht?

»Bis ich Kaiser werde«, sprach Zukata weiter, »können noch viele Jahre vergehen. Ich bin hergekommen, damit ihr Zeit habt, euch darauf vorzubereiten. Nicht, dass ihr meint, ihr müsstet ein Heer aufstellen, um euch gegen die Soldaten aus dem Kaiserreich zu verteidigen. Wie viele Krieger passen auf diese Insel? Vergesst es. Was ich euch bringe, ist keine Warnung, sondern ein Angebot.«

»Was für ein Angebot?«, fragten Wikant und Tinek gleichzeitig, er misstrauisch, sie eifrig.

»Fürst Wikant.« Zukata warf ihm den Titel hin wie etwas Schmutziges. »Nennst du dich nicht so? Dabei bist du nichts als ein Mann, der durch Erbschaft um einiges reicher ist als der Rest der Inselbewohner. Du bist kein Fürst, so wenig wie die Apfelkönigin in Arima eine Königin ist. Falls es je einen König auf den Glücklichen Inseln gab, muss es der Fischerkönig gewesen sein, der sich Freund des Kaisers nennen durfte, doch es gibt niemanden mehr mit dem Anspruch auf diesen Titel. Wenn ich Kaiser bin, wird das Königreich Drian seine Grenzen um einen Weinberg und einen Obstgarten erweitern – es sei denn, die Glücklichen Inseln schaffen es bis dahin, sich ihr eigenes Königreich aufzubauen.«

»Du willst, dass mein Vater König wird?«, fragte Erion mit leuchtenden Augen.

»Sei still, Blöd.« Wikants Gesicht hatte sich verändert, während Zukata sprach. Er war so wütend, dass er kaum sprechen konnte, aber gleichzeitig musste er sich darum bemühen, beherrscht und vorsichtig zu reagieren. »Das geht nicht, Prinz. Ich bin kein König. Ich will kein König sein. Die Leute hier werden das niemals akzeptieren.« Ein hoheitsvoller Zug lag auf seinem Gesicht, er stand aufrecht da und wirkte so nüchtern wie schon seit Jahren nicht mehr. »Wie könnt Ihr so ein unglaubliches Ansinnen hier vortragen? Wenn Ihr diese Insel erobern wollt – wir können Euch nicht daran hindern. Aber von uns zu verlangen, dass wir es selbst tun, dass wir die Menschen hier zu etwas zwingen, was sie nicht wollen, was sie nicht einmal wollen können! Es gab nie einen König hier auf Neiara, noch nie in tausend Jahren ...« Er hatte sich verausgabt und sank wieder in sich zusammen.

»Ich möchte schon gern ein König sein«, ließ Erion sich vernehmen.

»Ich sagte, sei still!«

»Einen König werden die Inseln bekommen, so oder so«, sagte Zukata. »Es liegt an euch, ob ihr diese Chance nutzt, es selbst zu sein. Ich werde Deret-Aif größer machen, als es jemals war. Wenn ihr das erste neue Königreich in meinem Herrschaftsbereich sein wollt, dann beglückwünsche ich euch dazu. Wenn nicht – wenn ihr euch Drian unterwerfen wollt, dann bitteschön. Aber das wird deinen Leuten vielleicht noch weniger gefallen.«

»Und was ist mit Arima?«, fragte Tinek. »Habt Ihr schon mit Binajatja gesprochen? Was hat sie dazu gesagt?«

»Die sogenannte Apfelkönigin? Nein, ich werde nicht mit ihr sprechen. Mit euch wollte ich reden. Ich gebe euch nichts vor. Ob jede Insel einen eigenen König hat, wenn ich Kaiser bin – oder eine Königin? –, was geht es mich an? Oder einen König für beide Inseln? Auch das wäre mir recht. Glaubt nicht, dass ihr keine Wahl hättet.«

»Ich werde ein Prinz sein«, flüsterte Erion verzückt.

»Bei Rin, sei endlich still!«, brüllte Wikant.

»Wikants Bruder Norha ist zur Zeit auf Arima«, dachte Tinek laut. »Binajatja hat ihn zu ihrem Verwalter gemacht. Ich meine nur, da sie keine Erben hat ... Wenn Norha die Gärten eines Tages übernimmt ... Und wir sind hier ... Es wäre ja fast so, als wenn wir – Könige über beide Inseln wären?« Sie benutzte das Wort »König«, als wäre es etwas Unanständiges.

»Er ist nur der Verwalter«, beharrte Wikant. »Nichts weiter. Diese beiden Inseln sind in Freundschaft verbunden. Immer nur in Freundschaft.«

»Aber du«, Zukata wandte sich an den Jungen, »du wärst gerne ein Prinz? Du wärst gerne einer der Könige, die an des Kaisers langer Tafel speisen. Du wärst gerne des Riesenkaisers Freund, so wie es Arimas Fischerkönige immer waren – aber offen, nicht heimlich, so dass jeder weiß, wie weit du es gebracht hast. Nicht wahr?«

Erion nickte eifrig.

»Blöd«, flüsterte Wikant untröstlich, als ahnte er schon, was geschehen würde.

»Dann komm mit mir«, sagte Zukata. »Komm mit mir auf mein Schiff. Du wirst der Freund des Kaisers sein, noch bevor deine Eltern sich entschieden haben, ob sie eine Krone tragen möchten.«

»Nein, Herr«, flehte Tinek. »Wir tun es ja. Wir werden Könige werden. Wir werden ein Schloss bauen und einen Thronsaal, in dem wir Euch das nächste Mal empfangen können. Bitte, Prinz! Lasst ihn hier. Wir werden es ja tun. Es kam nur etwas plötzlich. So unerwartet. Aber wir können es schaffen, wir werden es ...«

Wikant schüttelte nur stumm den Kopf.

»Es müssen beide Inseln sein«, sagte Zukata. »Ein König für jede Insel oder ein König für beide. Das Königreich der Glücklichen Inseln. Überstürzt nichts. Ihr habt Zeit. Mein Vater ist ein Riese und Riesen leben lange. Zehn Jahre oder zwanzig oder fünfzig? Ein Schloss baut man nicht in fünf Jahren. Oder gar zwei Schlösser, eins für jede Insel? Denkt darüber nach. Und nun könnt ihr euch darum kümmern, etwas aufzutischen. Setz dich hier neben mich, Junge. Deine Mutter wird dafür sorgen, dass wir königlich speisen.«

Diesmal musste Tinek den Raum verlassen. Aber Wikant blieb da. Die ganze Zeit stand er an der Wand, gegen die glatte, kühle Holzpaneele gelehnt, und starrte auf seinen Sohn.

2. Zu viele Geheimnisse

ÜBER IHNEN WÖLBTE sich das grüne Dach des Sommers. Hier unten, unter den Zweigen, geschützt von Blättern, hätte es eigentlich angenehm frisch und kühl sein sollen. Mino stöhnte und wischte sich den Schweiß von der Stirn.

»Warum ist es so heiß?«

Keta blickte lächelnd auf sie herunter. »Seit wann macht dir das etwas aus?«

Sie lehnte sich gegen einen Baumstamm und rang nach Luft. »Mir ist schwindlig ... Oh Rin, was bin ich müde.«

Obwohl der Riese verwundert den Kopf schüttelte, setzte sie sich zwischen die Baumwurzeln, die einen natürlichen Sessel bildeten.

»Ein schöner Platz«, sagte er. »Aber wir wollten heute ein gutes Stück schaffen, Möwe.«

»Mino«, verbesserte sie ihn. Sie legte den Kopf zurück, ihr wurde für einen Moment schwarz vor Augen.

»Für mich wirst du immer Möwe bleiben«, sagte er. »Auch wenn die Möwe, die ich kenne, etwas härter im Nehmen ist. Was ist eigentlich los mit dir?«

»Nichts«, beteuerte sie. »Ich bin einfach nur müde.«

Er kniete sich neben sie und griff nach ihrem Handgelenk.

»Ach, lass das, Vater. Ich bin nicht krank.«

»Vater«, wiederholte er. »Siehst du, und du bist doch Möwe. Nur Mino versucht ständig, sich daran zu erinnern, dass ich nicht ihr Vater bin. Möwe weiß genau, wo sie hingehört.«

Das weißhaarige Mädchen schüttelte den Kopf. »Nach Arima«, sagte sie leise. »Ich muss zurück nach Arima ... Was ist mir schwindlig.«

»Trink.« Er reichte ihr die Wasserflasche, die sie durstig leerte. Aufmerksam beobachtete er sie. »Diese Reise ist anders als alle unsere vorherigen Wanderungen.«

»Natürlich«, sagte sie. »Ich habe mein Gedächtnis wieder. Wir haben ein Ziel, wir wandern nicht mehr einfach so durch die Gegend. Du bringst mich nach Hause. Natürlich ist es anders.«

»Das meine ich nicht.« Er betrachtete sie nachdenklich. »Möwe«, sagte er, »ich weiß nicht, wie ich dich das fragen soll.«

»Was denn?« Sie goss sich den Rest des Wassers über ihr Gesicht. »Du nimmst doch sonst kein Blatt vor den Mund, Keta.«

»Könnte es sein, dass du schwanger bist?«

Sie ließ die Flasche sinken und starrte den großen, blonden Riesen an, diesen Mann, der wie ein Vater für sie war. Drei Jahre lang, bis sie ihr Gedächtnis wiedererlangt hatte, war er ihre Familie gewesen. Und doch hatte sie ihm nie alles erzählt, was in den Festtagen in Kirifas vorgefallen war. Er hatte es nie erfahren sollen. Niemand hatte es je wissen sollen und sogar sie selbst, so hatte sie sich geschworen, würde es vergessen, als wäre es nie passiert.

»Schwanger?« Ihre Augen begegneten sich, ihre blassen Albinoaugen, seine blauen Himmelsaugen. Er konnte den Schrecken in ihrem Blick erkennen, bevor sie das Gesicht abwandte.

Keta machte keinen Hehl aus seiner Verwunderung. »Möwe! Möwe, das ... Und auch von ihm – nein, das hätte ich nicht erwartet. Lässt sich von allen feiern, der kleine Held, und dann das!« In sein Gesicht trat der Zorn. Er ballte die Fäuste. Mino war den Anblick eines wütenden Riesen gewöhnt und ließ sich nicht so schnell beeindrucken.

»Nein, Keta ...«

»Ich rette ihm das Leben und er dankt es mir auf diese Weise? Du warst verwirrt. Du warst so verletzlich in diesem Moment, in dem dir alles wieder ins Gedächtnis kam ... Wie konnte er das ausnutzen? Und dabei hat er diese schöne, junge Frau! Das ist der

Mann, dem der Kaiser seine Tochter anvertraut? Das ist der Mann, für den ich den Segen geopfert habe?«

»Du hast was?«, fragte Mino verblüfft. Sie vergaß für einen Moment, was sie ihm hatte sagen wollen. »Du hast für Blitz den Segen hergegeben? Wie soll ich das verstehen?«

»Ich habe Zukata dazu gebracht, Blitz zu verschonen«, erklärte Keta grimmig, und in diesem Moment erkannte Mino, dass sie nicht die Einzige war, die Geheimnisse hatte.

»Aber – wie konntest du das tun, Vater? Für diesen Preis? Du hast Zukata versprochen, ihn zu segnen? Das durftest du nicht!«

»Ich weiß«, sagte Keta, auf sich und ebenso auf alle anderen zornig, »und nun wünschte ich mir, ich hätte es auch nicht getan!«

»Vater, Blitz hat mit – mit diesem Kind nichts zu tun.« Sie sagte es leichthin, aber in ihr brannte der Schmerz wieder auf, dieser verfluchte Schmerz, der sie wünschen ließ, dass Blitz sehr wohl etwas damit zu tun gehabt hätte. Wieso bekam sie ein Kind? Nur ein einziges Mal war sie schwach gewesen. Wie konnte sie davon schwanger geworden sein?

Ketas Zorn verrauchte auf einen Schlag. »Nicht? Aber – dann hast du Jamai endlich erhört? Und ich dachte schon ... Weißt du, irgendwie habe ich es geahnt. Er liebt dich schon so lange. Aber warum ist er dann verschwunden? Warum gehst du überhaupt mit mir nach Arima, Möwe? Habt ihr euch gestritten? Vielleicht – deswegen?«

Mino seufzte. »Muss ich dir wirklich alles sagen?«

Der Riese schrak zurück, vielleicht vor seiner eigenen Neugier, vielleicht, weil das Mädchen, das bis jetzt immer ein Kind für ihn gewesen war, sich auf einmal als erwachsene junge Frau entpuppte, die ihm nicht alles offenbarte.

»Nein«, antwortete er schnell, »nein, das musst du nicht.«

Sie richtete sich langsam auf. »Es geht schon wieder. Wir können weiter.«

»Ich könnte dich ein Stück tragen«, bot er an.

»Ach nein, Vater!«

Wenn er es eilig gehabt hätte, hätte er darauf bestanden. Aber ihm lag nichts daran, möglichst schnell die Glücklichen Inseln zu erreichen und Möwe ihrer Mutter zu übergeben. Nachdenklich ging er neben ihr her und wünschte sich, er hätte irgendjemanden dafür umbringen können, für diese Schwere, die ihm plötzlich auf dem Herzen lag.

Er hatte das Feuer nur entfacht, um die Mücken zu vertreiben. Wärme hatten sie genug. Die Nacht war schwül und lag drückend über ihnen.

»Ein Gewitter wäre jetzt nicht schlecht«, sagte Keta. »Ein Sturm, der die Luft reinigt. Blitz und Donner ...«

»Blitz«, wiederholte Mino leise.

»Mein Vater hält sehr große Stücke auf ihn«, sagte Keta. »Ich bin froh, dass ich meine Meinung über ihn nicht ändern muss.«

Nicht einmal ihrem Vater konnte sie ihre wahren Gefühle für Blitz anvertrauen. Wie eine ganze Welt in ihr aufgegangen war, als sie ihn gesehen hatte, erblüht und wieder eingestürzt, alles in einem Augenblick.

»Jamai ist ein guter Junge, Möwe. Weiß er eigentlich etwas von dem Kind? Nein, wie könnte er, wenn du es selbst bis jetzt nicht geahnt hast. Wir müssen ihn benachrichtigen. Alles wird gut, Möwe, das verspreche ich dir. Jamai wird sich mit uns freuen, er ...«

»Das Kind ist nicht von Jamai«, sagte sie.

Wieder ging ein Teil ihres Geheimnisses verloren. In seinen erstaunten Augen erblickte sie die ganze Schmach, die über sie hereingebrochen war. Nicht Blitz und nicht Jamai. Nein, Jamai war geflohen, als er gesehen hatte, wie sie Blitz umarmte. Jamai war fort und sie wusste zu gut, warum.

Keta bemühte sich, seine Überraschung zu verbergen. Er schüttelte den Kopf und wandte sich dem Feuer zu – um seine Verlegenheit zu überspielen oder seine Missbilligung? Er legte etwas Holz nach und stocherte in den Flammen. »Ein einzelner Funke könnte diesen ganzen Wald in Brand setzen«, sagte er. »Doch nein, wir kriegen Regen. Riechst du es? Die Wolken kommen. Ich höre schon das Grollen des Donners. Das Unwetter zieht her.«

Möwe konnte noch nichts hören. Die schärferen Sinne der Riesen entlockten ihr jedoch längst kein ungläubiges Lächeln mehr. Sie dachte nicht darüber nach, was passieren würde, wenn der Sturm sie hier im Wald überraschte, zu sehr war sie mit sich selbst beschäftigt. Sie rang mit sich, ob sie Keta noch mehr erzählen sollte. Er würde es akzeptieren, wenn sie ihm nichts verriet. Aber er würde sich darüber Gedanken machen, wer sie war und warum er so wenig von ihr wusste. Nein, er hatte nicht gedacht, dass sie so etwas tun könnte. Blitz, den sie liebte. Jamai, der ihr sein Herz zu Füßen gelegt hatte. Wer kam denn sonst in Frage?

»Toris«, sagte sie leise, sie sah ihn an. »Das ist es doch, was du wissen willst, nicht? Wie kann deine Möwe schwanger sein? Wo sie doch immer auf Blitz gewartet hat, auf ihr altes Leben, tugendhaft und standfest ... Treibt sie sich mit fremden Männern herum? Wer ist sie? Ich sehe dir an, dass du dich das fragst. Mach mir ruhig Vorwürfe. Sprich es ruhig aus. Sag es doch: Möwe, das hätte ich nicht von dir gedacht. Das hätte ich wirklich nicht erwartet. Unsere kleine Möwe? Aber so ist es.« Sie lachte bitter auf. »So ist es.«

Keta streckte die Hand aus und wischte eine Träne von ihrer Wange. »Nicht weinen, Schatz. Nicht weinen, Liebes, meine liebe Möwe ... Es ist gut. Es ist gut, mein Kind.«

»Gut? Wie könnte es gut sein?« Sie schluchzte auf, sie barg das Gesicht in ihren Händen.

Er setzte sich neben sie und legte den Arm um ihre Schulter. »Du bekommst ein Kind, Möwe. Wie könnte das schlecht sein? Es wird ein wundervolles Kind und wir werden alle stolz darauf sein. Ich kenne Toris seit seiner Geburt. Er ist ein guter Junge. Du hast keinen Grund, dich zu schämen. Glaubst du, nur weil ich zuerst an Jamai dachte, nehme ich es dir übel, dass es Toris ist?«

»Blitz hättest du es übelgenommen«, wandte sie ein.

»Weil Blitz verheiratet ist. Nur deswegen. Und weil – nun, vielleicht ist es immer so, dass Väter sich Sorgen machen und junge Mädchen trotzdem tun, was sie wollen. Ich habe nicht daran gedacht, wie viel Zeit du mit Toris verbracht hast. Er ist der beste Jongleur, den ich kenne, und ich habe viele gesehen. Ah, deswegen hat er dich also bestürmt, bei der Sippe zu bleiben.«

Sie nickte nur. Sie sagte ihm nicht, dass Toris auch jetzt noch nie mehr als ein guter Freund für sie sein konnte. Er würde, daran zweifelte sie nicht, für sie und das Kind sorgen, wenn sie zur Sippe zurückkehrte; er war ja sogar bereit gewesen, mit ihr nach Arima zu gehen und sesshaft zu werden. Aber sie wusste, dass das kein Leben für ihn war, den Ziehenden, der die Wälder liebte und auf den Jahrmärkten zu Hause war. Und sie war nicht für das Leben einer Zinta geboren worden. Sie lebten in verschiedenen Welten, sie und Toris, und nur eine starke Liebe, so stark wie ihre Liebe zu Blitz, hätte sie dazu bringen können, ihre Pflichten zu vergessen, die daheim auf sie warteten. Nur Blitz hätte sie dazu bringen können, dass sie alles hinter sich ließ, dass sie sich in den Sturm warf und ins Wasser sprang und alles vergaß, ihr ganzes Leben und ihre Vergangenheit und sich selbst. Aber Blitz hatte eine Frau.

Dies, dachte sie, ist eine Krankheit, gegen die nicht einmal der gesegnete Prinz mit den heilenden Händen etwas ausrichten kann. Dies ist ein Fluch, den ich selbst auf mich herabgezogen habe und von dem es keine Erlösung gibt. Dies ist etwas, von dem ich nie, niemals frei sein werde ...

Das Gewitter war jetzt direkt über ihnen. Keta legte seine schützenden Arme um sie, aber sie löste sich von ihm und kroch aus dem behelfsmäßigen Unterschlupf, den er aus Ästen und dem Wurzelwerk eines umgestürzten Baumes errichtet hatte. Der Regen peitschte ihr ins Gesicht und durchnässte sie. Hagelkörner schlugen wie winzige Geschosse in ihre Haut ein. Sie hielt sich dem Sturm hin und wünschte sich, er könnte sie verschlingen, sie wünschte sich, er wäre ein Ungeheuer, das Menschen fraß. Aber er konnte weder ihr Gedächtnis auslöschen noch ihre Liebe. Der Schmerz brannte so heiß in ihr, dass nichts sie davon befreien konnte.

Keta ließ sie in Ruhe, aber danach, als die Wolken weitergezogen waren, trat er zu ihr und musterte sie besorgt. »Was kann so schlimm sein?«, fragte er, aber sie antwortete nicht.

»Versuch nie, Schmerz mit Schmerz zu bekämpfen«, riet er ihr, aber was scherten sie seine weisen Ratschläge?

Schmerz gegen Schmerz. Es war die einzige Waffe, die ihr zur Hand war.

Es war meine Schuld ... Wir hätten beide auf dem Schiff sein können, wir beide, und Blitz hätte dieses andere Mädchen nie getroffen ...

»Du bist völlig durchnässt«, meinte Keta. »Du musst dich unbedingt umziehen.«

Sie wollte sein Verständnis nicht und sein Mitleid und seine Fürsorge. Es gab nur einen Weg, damit aufzuhören, sich Vorwürfe zu machen, und das war, die Waffe jemand anders in die Hand zu legen und sich unter den Zorn eines anderen zu beugen.

»Mutter«, flüsterte sie, »ich will zu meiner Mutter ...«

Er erfüllte ihr auf dieser Reise fast jeden Wunsch. Damit sie sich nicht überanstrengte, hatte er ihr einen Esel gekauft – er wusste, dass sie Esel weitaus mehr liebte als Pferde – und hatte sich dem Schritt des hin und wieder störrischen Tieres angepasst. Er hatte versucht, Mino durch Geschichten und Lieder aufzuheitern, und wenn sie Appetit auf etwas Bestimmtes bekam, scheute er keine Mühen, es für sie aufzutreiben. Sie fühlte sich wie eine Prinzessin und er war der König. Als sie ihm das sagte, lachte er. »Ja, die Prinzessin des Waldes und der König der Zintas. Und dies ist unser Schloss – ganz Deret-Aif, größer und schöner als jeder Palast. Jedes Dorf ist Kirifas und jede Lichtung, auf der Brombeeren wachsen, ist mein Schlosspark. Du reitest auf dem edelsten Ross aus meinem Stall, meine Liebe. Alles ist dein, ich schenke dir die ganze Welt.«

Doch dann hörte er auf zu lachen und sie beide dachten daran, wem er die ganze Welt versprochen hatte, und Mino fürchtete sich davor, was aus dieser Welt werden könnte, wenn er es tat.

»Was wird das noch für ein Deret-Aif sein, in dem mein Kind aufwachsen wird?«, fragte sie. »Wenn es erst Zukatas Kaiserreich ist?«

»Vielleicht wird der Segen ihn verändern, so wie er mich verändert hat.«

»Aber das weißt du nicht.«

Mino ließ ihren Blick über die Landschaft wandern, durch die sie auf dem Esel mit dem samtweichen Fell ritt. Sie waren in Sitra und durchquerten weite, lichte Felder, in denen die späte Sommersonne wie mit goldenen Fäden ein Netz aus Licht sponn. Ketas glitzerndes Waldschloss war schöner, als jeder Palast es sein konnte. Tränen stiegen ihr in die Augen, wenn sie daran dachte, dass sie bald wieder in einem Haus leben würde, mit einem Dach zwischen sich und dem in allen Farben blühenden Himmel.

»Hab keine Angst«, sagte Keta. »Es ist Rins Segen und dies ist Rins Welt.«

Mino schüttelte den Kopf. »Vielleicht ist es so ... Aber ich werde nie vergessen, welche Mühen es gekostet hat, Zukata Prinzessin Manina abzuringen. Stell dir vor, was es erst kosten würde, wenn wir ihm das Kaiserreich aus den Händen winden müssten, um es zu retten.«

»Und wenn ich mein Versprechen nicht halte?«, fragte Keta, und er musste nicht hinzufügen: Was ist dann mit Blitz?

Ich würde ihn verstecken, wollte sie sagen. Ich verberge ihn, ganz nah bei mir. Ich halte ihn fest, ich beschütze ihn, ich passe schon auf, dass ihm nichts geschieht ... Aber Blitz hatte eine Frau.

Bevor sie auf die Fähre stiegen, die vom Drianer Hafen nach Arima ablegte – und natürlich hatte Keta sich durch nichts davon abbringen lassen, sie zu begleiten –, kam ihr plötzlich der Gedanke, ob es nicht doch ein Fehler war. Noch konnte sie umkehren, wieder zurück in den Sommerwald, der sich in einen goldbunten Herbstwald hineinverwandelte. Angst ergriff sie und ihr Herz schlug, nicht in freudiger Erwartung, sondern voll des Wissens, was sie dort in Arima erwartete. Keta merkte wohl, dass sie aufgeregt war, aber er nickte ihr freundlich zu.

»Nun ist es gleich soweit.«

»Ja.« Instinktiv legte sie ihre Hand auf den Bauch, in dem das Kind heranwuchs. Man sah noch kaum, dass sie schwanger war, aber sie konnte manchmal bereits die Bewegungen des Ungeborenen spüren.

»Ich werde dich regelmäßig besuchen«, versprach er, als hätte er das nicht schon unzählige Male gesagt. »Ich muss doch sehen, wie es meiner Tochter, der edlen Kaisergängerin, und meinem Enkel ergeht.« Er grinste. »Dem Urenkel des Kaisers, vergiss das nicht.«

»Ach, Vater ...« Sie seufzte. »Ich bin doch bloß ich. Und Arima gehört nicht mal zum Kaiserreich.«

Er lächelte zufrieden, weil sie ihn wieder Vater genannt hatte, und zugleich schmerzlich, denn er wollte sie nicht hierlassen und ihrer alten Familie zurückgeben. Sie war nicht sein Fleisch und Blut, aber es fühlte sich längst so an – und doch durfte er nichts sagen. Er wusste, dass ihre erste Familie ein älteres Recht auf sie hatte.

Sie gingen von Bord, in diesem winzigen Hafen. Die Häuser der Fischer kamen Keta kleiner als sonstwo vor, schmucke weiße Häuschen, die sich aneinanderkuschelten.

»Dort geht es zu den Plantagen«, sagte sie und zeigte auf den Weg, der durch die Dünen führte. »Und das Dorf der Arbeiter liegt hinter den Hügeln.«

Es war unglaublich, wie wenig sich hier verändert hatte. Alles sah noch genauso aus wie vor drei Jahren. Die Häuser, die Menschen ...

»Mino?« Sie begegneten einer Gruppe von Obstpflückern, die sie ungläubig anstarrten, sie und den Riesen, der sie begleitete. Auf den Glücklichen Inseln lebte kein Einziger aus Larings Stamm; die Leute wussten nicht, wen sie mehr bestaunen sollten – die totgeglaubte Tochter der Apfelkönigin oder den Hünen, den sie mitgebracht hatte.

»Ja!« Sie lachte. »Ja, ich bin's!«

Als sie ihr altes Zuhause erreichte, war Binajatja längst benachrichtigt worden. Sie stand vor der Tür ihres Hauses und wartete.

»Wie alt sie geworden ist«, flüsterte Mino. Vielleicht war sonst alles gleich geblieben, aber für ihre Mutter schienen mehr als drei Jahre vergangen zu sein. Tiefe Furchen hatten sich in ihr Gesicht gegraben, aber sie war immer noch schön. Sie stand da wie eine Königin, aufrecht und stolz, auf ihre Würde gestützt wie auf eine Krücke, und lächelte nicht, als sie ihre Tochter wiedersah.

»Mutter!«, rief Mino und umarmte sie, aber Binajatja stand stocksteif da, ohne sich zu rühren.

»Du lebst also doch«, stellte sie fest. »Und du hast es nie für nötig befunden, mich zu benachrichtigen, wenn es dir schon nicht eilig damit war, zurückzukommen?«

»Ich hatte das Gedächtnis verloren ...«, begann Mino, aber Binajatja unterbrach sie. »Und wer ist das?« Sie musterte Keta unverhohlen feindselig. »Seit wann gibt es Riesen auf dieser Insel?«

»Das ist Prinz Keta«, sagte Mino. »Er hat mich hergebracht. Und davor hat er mich geheilt, weil ich fast gestorben wäre, und ... Oh Mutter, ich habe dir so viel zu erzählen. Du ahnst ja gar nicht, was ich alles erlebt habe!«

Die Apfelkönigin öffnete die Tür. »Komm nach drinnen«, sagte sie, »das brauchen ja wirklich nicht all diese Leute mit anzuhören. – Ihr könnt wieder an die Arbeit gehen, es gibt hier nichts zu sehen.«

Sie konnte nicht verhindern, dass Keta sich bückte und unter dem Türrahmen hindurch über die Schwelle trat.

Es gab nicht viel zu sagen. Die Worte erstarben auf Minos Zunge, bevor sie ihren Mund verlassen konnten. Sie überließ es Keta, ihre Mutter davon zu unterrichten, dass sie eine Kopfverletzung davongetragen und das Gedächtnis verloren hatte. Als er erwähnte, dass sie in der Zwischenzeit bei den Ziehenden gelebt hatte, hob Binajatja die Brauen.

»Na schön«, meinte sie schließlich. Keta war noch gar nicht dazu gekommen, von ihrer Suche nach Zukata und Maninas Rettung zu berichten, aber Minos Mutter hatte anscheinend genug gehört. »Du warst also krank. Du hast drei Jahre verpasst, in denen sich hier einiges getan hat. Ich habe einen Verwalter eingestellt, der die Arbeit übernommen hat, die ich dir zugedacht hatte. Diesen Vorsprung, den er jetzt dir gegenüber hat, wirst du schwerlich einholen können. Aber wir werden sehen.«

Keta legte Mino beruhigend die Hand auf den Arm. Nimm von meiner Kraft, konnte das heißen, nimm von meiner Stärke, nimm, was immer du brauchst.

»Und Ihr – Prinz Keta, richtig? – steht wie genau zu meiner Tochter? Habt Ihr Euch mit ihr vermählt, während sie krank war und Euch hilflos ausgeliefert war?«

Keta lief rot an.

»Er ist wie ein Vater für mich!«, warf Mino schnell ein.

»Du hattest einen Vater«, erinnerte Binajatja scharf. »Und er hat uns im Stich gelassen. So wie dein Bruder auch.«

»Das hat er nicht!« Sie wusste selbst nicht, woher sie den Mut nahm, das zu sagen. »Lexan hat uns nicht im Stich gelassen! Er ist in Rinland angekommen, Mutter, ist das nicht wunderbar? Ich muss dir von dem Brief erzählen!«

»Genug!«, fuhr ihre Mutter sie an. »Ich will nichts mehr hören. Wie kannst du es wagen, so mit mir zu sprechen? Du hast die Gewohnheiten dieses ganzen Gesindels übernommen, wie? Aber vermutlich sollte ich noch dankbar sein, dass es nicht schlimmer gekommen ist. Dass du nicht entehrt und mit einem Balg am Hals hergekommen bist. So«, sie wandte sich wieder an Keta. »Ich danke Euch für Eure Hilfe, aber nun ist sie ja wieder zu Hause. Ich werde Euch Eure Mühe selbstverständlich entgelten. Wartet hier einen Moment.«

Sie erhob sich und verließ das Zimmer.

»Möwe«, flüsterte Keta, »Möwe, komm mit mir. Lass uns nach Hause gehen, zu Variti und den anderen.«

Aber Mino schüttelte den Kopf. »Das ist meine Mutter.«

»Möwe, bitte ...«

Binajatja kam zurück. »Hier.«

Keta starrte ungläubig die Münzen an, die sie vor ihm auf den Tisch legte. »Du willst mich dafür bezahlen?«

Mino nickte ihm stumm zu, flehend, aber er stand auf und wandte sich wutentbrannt an Binajatja. »Du bittest mich nicht in dein Haus, du reichst mir nicht einmal die Hand ... Und jetzt willst du mich auch noch bezahlen?«

»Wenn ich es recht verstanden habe, habt Ihr sie geheilt«, sagte Binajatja. »Seit wann arbeiten Ärzte umsonst?«

Keta stand auf. Er ragte gewaltig über ihr auf, aber da die Decke zu niedrig war, konnte er nicht aufrecht stehen. Vorgebeugt, als wollte er jeden Moment auf sie niederfahren, machte er seinem Ärger Luft.

»Du hast mich nicht hereingebeten, du bietest mir nichts zu essen und trinken an, du missachtest alle Regeln der Gastfreundschaft, die es gibt – und glaub mir, ich kenne viele verschiedene Bräuche und Sitten –, und dann willst du mich auch noch bezahlen? Aber das alles könnte ich dir verzeihen, wenn du wenigstens dein eigenes Kind beachten würdest! Dies ist deine Tochter, die ich dir nach Hause gebracht habe! Sie ist mit mir durch ganz Deret-Aif gewandert, sie wurde geehrt im Hause des Kaisers für ihre Hilfe bei der Rettung der Tochter des Kaisers. Sie hat Zukata in die Falle gelockt und gefangengehalten, einen Riesen von meiner Größe. Mit dreiundzwanzig Königen hat sie an einer Tafel gesessen und mit ihnen gespeist. Kanuna El Schattik nannte sie seine Enkelin und machte sie zu seinem Kaisergänger. Im ganzen Kaiserreich gilt ihr Wort so viel wie seins!«

Binajatja blickte ungerührt zu ihm auf.

»In meinem Haus gilt nur mein Wort«, sagte sie.

Mino schämte sich so sehr für ihre Mutter, dass sie kaum sprechen konnte.

Und Keta wünschte sich, er hätte ein ganzes Heer bis an die Zähne bewaffneter Soldaten vor sich. Eine wehrlose Frau, so unverschämt sie auch war, würde er nicht schlagen.

»Komm, Möwe«, sagte er. »Es war ein Fehler, hierher zu kommen. Lass uns nach Hause gehen, zu Variti und den anderen.«

Aber Mino schüttelte den Kopf. »Nein, Keta, ich ...«

Er öffnete die Tür so ruckartig, dass er sie halb aus den Angeln riss. Mino sprang auf.

»Du bleibst hier«, befahl Binajatja. »Das wäre ja noch schöner.«

Aber Mino folgte ihm nach draußen. »Keta! Warte! Ach, Vater, bitte ...«

Keta wandte sich zu ihr um. Die Wut war aus seinem Gesicht gewichen. »Was?«, rief er ihr entgegen. »Was denn noch? Du hast es gewusst, nicht wahr? Du wusstest, was dich hier erwartet!«

»Sie ist meine Mutter«, sagte Mino leise.

»In den vergangenen drei Jahren hat Variti dir mehr Liebe gegeben als diese Frau in deinem ganzen Leben! Ach, Möwe, was soll ich machen? Ich möchte dich packen und mitnehmen und zurückbringen. Ich kann dich doch nicht hierlassen. Wie soll ich gehen und wissen, dass du hier bist, bei dieser Frau ohne Lächeln?«

Sie sah die Tränen in seinen Augen und es schnürte ihr die Kehle zu.

»Sie war nicht immer so«, sagte Mino. »Als mein Vater noch da war, hat sie mit uns gespielt und gelacht ... Keta, ich – ich kann nicht anders. Mein Platz ist hier. Ich kann sie nicht alleine lassen, nur weil sie unhöflich und starrsinnig ist und weil Familie ihr etwas anderes bedeutet als den Zintas. Sie hat doch nur mich!«

Der Riese blickte sie an, nachdenklich, und schüttelte den Kopf. »Vermutlich sollte ich stolz auf dich sein, weil du so denkst. Aber es bricht mir das Herz, dich in diesem Haus zu lassen. Wie kann ich dir erlauben, dass du dir das antust?« Er seufzte. »Und wie könnte ich es dir verbieten? Auf einer Insel zu leben, auf der niemand dich liebt?«

»Sie liebt mich, glaub mir«, versicherte Mino. »Sie dachte, ich sei tot. Sie hat alle ihre Gefühle begraben, weil sie weitermachen musste. Sie muss so sein, verstehst du, sonst würde sie zusammenbrechen ... Aber jetzt werde ich bei ihr sein. Ich kann ihr helfen. Es war heute ein Schock für sie, aber du wirst sehen, wenn du mich das nächste Mal besuchst, sieht alles schon ganz anders aus. Du wirst herkommen und sehen, wie glücklich ich hier bin. Meine Mutter wird dich begrüßen und hereinbitten und wir werden den Tisch decken und dich bewirten. Du wirst uns Nachrichten aus dem Kaiserreich bringen und Grüße von der Sippe ...«

Er streckte die Hand aus und wischte ihr eine Träne aus dem Augenwinkel.

»Ich werde jetzt gehen. Aber ich bleibe noch einige Tage hier auf der Insel. Wenn du es dir überlegst, findest du mich schon. Jemand wie ich wird hier kaum unbemerkt abreisen können.«

Sie sah ihm nach, wie er ging, mit großen, ausgreifenden Riesenschritten, dann seufzte sie und ging zurück ins Haus.

Binajatja saß am Tisch und wartete, die Hände gefaltet.

»Da bist du ja. Ich dachte schon, du würdest wieder verschwinden. Jemandem, der drei Jahre lang in der Weltgeschichte herumgondelt und sich einen Dreck darum schert, wie ich hier alleine zurechtkomme, ist das wohl zuzutrauen.«

»Mutter, ich ...«

Binajatja ließ sie nicht ausreden. »Ich habe schon immer gewusst, dass du ein selbstsüchtiges Mädchen bist, das seine Zeit lieber mit Herumtreibern verbringt, statt mir zu helfen. Daher wundert mich gar nichts mehr. Was hast du dir dabei gedacht, einen Riesen nach Arima zu bringen? Wir sind hier jemand, Mino. Setz unseren Ruf nicht so leichtfertig aufs Spiel.«

»Mutter, Keta zu beherbergen ist eine Ehre, für jeden. Er ist ein edler Mann und der beste Heiler, den es gibt!«

»Sie sind wild wie Tiere«, wusste Binajatja. »Sie hausen im Gebirge und jeder weiß, warum. Sie können nicht bei den Menschen leben, weil sie keine Menschen sind.«

»Selbst der Kaiser ist ein Riese! Es kann ja wohl nicht so schlimm sein ...«

»Ich weiß genug über Riesen.« Die Apfelkönigin verzog vor Abscheu das Gesicht. »Sie sind unberechenbar. Es waren die Riesen, die Jahrhunderte lang Krieg geführt und ein Königreich nach dem anderen unterworfen haben. Die Glücklichen Inseln sind noch frei von ihnen und so soll es bleiben.« Sie musterte ihre Tochter aus zusammengekniffenen Augen. Mino senkte den Kopf. Sie wollte sagen: Du weißt noch nicht alles, ich bin schwanger. Aber sie brachte es nicht über die Lippen.

Zum Glück klopfte es. Den Mann, der verwundert die beschädigte Tür betrachtete, bevor er über die Schwelle stieg, hatte sie noch nie gesehen. Er war mittelgroß und vielleicht doppelt so alt wie sie, ein rothaariger Mann mit einem glattrasierten, von Sonne und Aufregung geröteten Gesicht.

»Binajatja! Ich habe gehört ...« Dann fiel sein Blick auf Mino. »Also ist es wahr? Deine Tochter ist heimgekehrt?« Er nickte ihr freundlich zu und reichte ihr die Hand.

»Ich bin Norha«, sagte er. »Herzlich willkommen zu Hause.«

»Unser Verwalter«, stellte Binajatja vor. »Norha von Neiara. Du erinnerst dich doch wohl noch, dass auf unserer Nachbarinsel Wein angebaut wird?«

»Ja, natürlich«, stammelte Mino.

»Nun, Norha ist der Bruder von Wikant, dem Weinfürsten. Wir haben beschlossen, dass unsere Familien in Zukunft enger zusammenarbeiten werden. Norha ist ein Experte für den Weinbau.«

Mino verstand gar nichts mehr. »Was hast du dann mit unserem Obst zu tun?«, fragte sie ihn verwirrt.

»Mittlerweile kenne ich mich schon ganz gut damit aus, werte Mino.« Er verbeugte sich leicht vor ihr, dann wandte er sich wieder der älteren Frau zu. »Binajatja, wir müssen noch diese Sache besprechen, du weißt schon.«

»Die Arbeiter wollen wieder mehr Geld, wie?« Die Apfelkönigin seufzte. »Gut, setz dich her. Mino, du kannst ruhig zuhören. Es wird Zeit, dass du dich wieder mit den Dingen beschäftigst, die dich etwas angehen.«

Sie braucht mich nicht, dachte Mino. Ich bin den ganzen Weg hergekommen, um sie zu sehen, aber sie braucht mich nicht.

Keta hatte den Weg über die Hügel eingeschlagen, durch die Plantagen hindurch. Die Bäume hingen voller Äpfel, rot und golden und hellgrün. Er merkte plötzlich, wie hungrig er war und stopfte sich kurzerhand die Taschen voll. Seine Laune besserte sich wieder.

Die Arbeiter waren damit beschäftigt, die frühen Sorten zu pflücken und in Kisten zu packen. Ein paar hatten ihn gesehen und stießen ihre Kollegen an, um sie auf ihn aufmerksam zu machen. Er fühlte die Blicke auf sich, aber sie waren freundlich. Einige hübsche Frauen winkten ihm zu und er lächelte.

»Wenn wir so groß wären wie du, bräuchten wir die Leitern nicht«, rief jemand.

»Wenn ich so klein wäre wie ihr, würde ich Rüben anbauen«, rief er zurück. Doch auf einmal zerriss ein Schrei die friedliche Atmosphäre, und ehe er es sich versah, stürzte sich jemand auf ihn – ein schwarzhaariger Mann, den Keta nie zuvor gesehen hatte, der ihn jedoch sofort an jemand erinnerte. Der Fremde heulte und fluchte, während er den Riesen mit seinen Fäusten bearbeitete, und Keta, der sich bald von seiner Überraschung erholt hatte, ließ es eine Weile geschehen und versuchte zu begreifen, was ihm da alles an den Kopf geworfen wurde.

»Du warst es! Ich erkenne dich! Du hast sie umgebracht! Du bist schuld! Du hast ihr das angetan!«

Dies war Blitz' Bruder, das war für Keta unschwer zu erkennen – und aus seinen Schreien sprach ein Schmerz, gefüllt mit dem Dunkel vieler langer Jahre, ein Hass, geboren aus Trauer und ohnmächtiger Wut. Er, der Heiler, fühlte, das hier etwas Altes hervorbrach, das lange Zeit verdrängt gewesen war, ein Geheimnis, das El Jati in sich vergraben hatte und das nun mit der Macht eines Vulkans aus ihm herausquoll.

»Ruhig!«, befahl er mit der Stimme eines Mannes, der einem von Panik erfüllten Tier gut zuspricht. »Ruhig, ganz ruhig.« Er hielt die Handgelenke des Angreifers mit eisernem Griff fest. Dann blickte er auf und sah eine Frau auf sich zustürmen, mit wehendem schwarzen Haar, in der Hand einen Stecken, wie sie von den Pflückern zum Schütteln der oberen Äste verwendet wurden. Sie hielt ihn wie eine Lanze.

»Lass meinen Mann los!«, rief sie zornig.

Keta hatte nicht vor, auf dieser Insel ein Blutbad anzurichten. Bevor die Kriegerin ihn erreichte, stieß er den jungen Mann von sich fort, so dass er rücklings ins Gras stürzte.

»Was ist hier eigentlich los?«, fragte er.

El Jati rappelte sich auf. Er wollte wieder auf Keta losgehen, den Kopf gesenkt wie ein wildgewordener Stier, aber Alika hielt ihn fest.

»Hör auf! Jati, lass es, hör auf!«

Schwer atmend blieb Jati stehen, Tränen liefen ihm über die Wangen. »Du warst es«, wiederholte er anklagend.

»Sage mir, was du mir zur Last legst«, befahl Keta, zugleich sanft und zwingend.

»Du hast meine Mutter umgebracht!«

»Er?«, fragte Alika und Entsetzen und Staunen trat in ihr Gesicht. »Das ist der Riese? Bist du dir sicher, Jati?«

»Und ob ich mir sicher bin! Er hat sie umgebracht. Er hat ihr Gewalt angetan und sie hat es nie verwunden.«

»Mit Sicherheit nicht«, behauptete Keta. »Aber ...«

»Nicht hier«, sagte Alika schnell. »Komm mit. Kommt beide mit. Nicht hier vor all diesen Leuten. Komm, dort hinten hinter dem Hügel steht unser Haus. Komm.«

»Du lädtst dieses Ungeheuer in unser Haus?«, fragte Jati entgeistert.

»Ich muss dir etwas sagen«, verkündete Alika. »Was ich schon längst hätte tun sollen. Komm mit.« Ihre Stimme duldete keinen Widerspruch. Sie nahm El Jati bei der Hand und führte ihn nach Hause, und Keta ging ihnen nach, erschrocken und verwundert.

Vor der Haustür versuchte Jati zu verhindern, dass der Riese ihnen folgte, aber Alika befahl ihm zu schweigen und forderte Keta auf, ihr Haus durch die niedrige Tür zu betreten.

»Jati, hör mir zu! Es ist nicht, wie du glaubst. Es war nie, wie du glaubtest. Deine Mutter hat es mir selbst gebeichtet, kurz vor ihrem Tod. Sie hat diesen Mann geliebt, mehr, als sie es jemals hätte tun dürfen. Mehr als deinen nichtsnutzigen Vater. Sie hat ...«

»Ähm«, unterbrach Keta. »Ich ...«

»Still!«, fuhr sie ihn an. »Jetzt rede ich gerade. Jati, deine Mutter hat mir gesagt, dass du sie einmal überrascht hast. Aber du warst ein Kind. Du glaubtest, der Fremde, den du sahst, würde ihr wehtun, aber so war es ganz und gar nicht. Sie hat ihn wirklich geliebt und sich nur deinetwegen und für Blitz von ihm getrennt. Sie wollte eine heile Familie, falls euer Vater doch zurückkehrte.«

Jati ließ sich auf einen Stuhl sinken. »Das glaube ich nicht«, flüsterte er.

»Und doch war es so. Sie hatte solche Angst, dass du es Jakebeny verraten könntest, wenn er wiederkommt. Deshalb ließ sie dich in dem Glauben, dass der Riese ein Einbrecher war. Sie sagte mir, sie hätte zuerst sogar versucht, es dir zu erklären, aber du hättest nichts davon hören wollen.«

»Das stimmt.« Jati schüttelte den Kopf. »Ich wollte es nicht glauben. Ich dachte, sie wollte mich nur beruhigen.«

»Sie wollte ihr Geheimnis nicht mit ins Grab nehmen. Damals, als wir uns hier das Haus gebaut hatten und als sie dann krank wurde, hat sie es mir gesagt. Sie sagte mir, dass sie niemals jemanden so sehr geliebt hatte wie diesen Riesen. Wie dich«, sagte Alika, an Keta gewandt.

»Nicht ich.« Keta hatte gezwungenermaßen alles mitangehört, aber jetzt musste er sagen, wer es war. »Es kann nur mein Zwillingsbruder sein, von dem ihr sprecht.« Er konnte kaum glauben, dass es hier um Zukata ging. Sein wilder, grausamer Bruder hatte ein Verhältnis mit Blitz' Mutter gehabt? Eine absurde Hoffnung glomm in ihm auf. »Blitz ist nicht zufällig sein Sohn?«

Das hätte sein Problem auf einen Schlag gelöst, denn sobald Zukata erfuhr, dass Blitz sein Sohn war, würde er ihn bestimmt nicht mehr töten wollen.

»Sie hatte kein Kind von ihm«, sagte Alika und musterte Keta misstrauisch, als könne sie nicht recht glauben, dass es noch einen von seiner Sorte gab.

»Doch«, widersprach Jati.

»Was?«

»Sie hat ein Kind bekommen«, wiederholte er und senkte den Kopf. »Und sie wollte, dass niemand davon erfahren sollte.«

»Sie hat es umgebracht?«, fragte Alika entsetzt. Unwillkürlich legte sie die Hand auf ihren Bauch, und Keta bemerkte, dass sich eine kleine Rundung dort abzeichnete.

»Nein! Oh nein, Alika, das nicht. Ich – ich habe es weggebracht. Zu den Nonnen. Es war ein Mädchen und ich habe es zu den Nonnen gebracht.«

»Deshalb warst du in Salien!« Alika starrte ihren Mann an, als würde sie ihn nicht kennen. »Du hast mir erzählt, du hättest als Jugendlicher eine Pilgerreise gemacht – und dabei hast du deine eigene Schwester weggebracht?«

»Ja.« Jati schaute sie nicht an. Er blickte in Ketas Gesicht und zwang sich dazu, nicht wegzusehen. »Meine Mutter wollte es so. Falls mein Vater wiederkäme; er ist ein strenger, eifersüchtiger Mensch. Und mir tat es auch nicht leid, damals. Es war das Kind eines Ungeheuers, dachte ich. Und wie hätten wir irgendjemandem ein Riesenkind erklären können?«

»Du hast mir das nie gesagt!«, klagte Alika ihn an. »Du hast eine Schwester und sagst mir das nicht? Sie hätte doch hier bei uns aufwachsen können, mit Blitz zusammen!«

»Und warum hast du mir nie erzählt, was meine Mutter dir anvertraut hat? Sobald ich gewusst hätte, dass sie diesen Mann geliebt hat, hätte ich das Kind doch aus dem Kloster geholt!«

Keta hörte zu, wie sie sich stritten, aber in ihm überschlugen sich die Gedanken. Zukata hatte eine Tochter. Wenn er das gewusst hätte, als er nach Manina gesucht hatte! Sie hätten das eine Mädchen gegen das andere eintauschen können!

»Weiß er das?«, fragte er. »Weiß mein Bruder, dass eure Mutter sein Kind geboren hat?«

El Jati schüttelte den Kopf. »Nein. Ich glaube nicht, muss ich wohl sagen, denn langsam glaube ich, ich weiß überhaupt nichts mehr. Er wäre ja nicht der Erste, der sich aus dem Staub macht, wenn eine Liebelei Folgen hat ... Nein, ich weiß es wirklich nicht.«

»Wie alt ist sie jetzt wohl?«, fragte Alika.

»Siebzehn«, meinte El Jati. »Und sie war blond, hellblond, mit solchen blauen Augen, wie er sie hat.« Er zeigte auf Keta. »Was habe ich diese blauen Augen gehasst!«

»Wir müssen nach Salien! Wir müssen sie herholen!«

»Jetzt?« Er wies auf ihren Bauch.

Alika lächelte Keta an. »Wir bekommen auch ein Kind, Herr ... Wie soll ich dich anreden?«

»Remanaine«, sagte er. »Und ich habe einen Brief für euch.«

»Einen Brief? Von – von deinem Bruder?«, fragte El Jati.

»Nein, keineswegs. Von deinem Bruder.«

Er überreichte endlich die Botschaft, die Blitz ihm mitgegeben hatte.

»Du kennst Blitz?«, rief Alika aus. »Ich habe mich schon gewundert, warum du ihn erwähnt hast ... Wo ist er? Geht es ihm gut?«

Jati hatte begonnen zu lesen. Jetzt hob er den Blick und schaute seine Frau mit leuchtenden Augen an. »Blitz ist in Kirifas, beim Kaiser.«

»In Kirifas? Was tut er denn da?«

»Er – lese ich richtig? – er kümmert sich dort um die kleine Tochter des Kaisers? Wie bitte? Wie kommt er denn dazu?«

Keta lächelte. »Habt ihr vielleicht in letzter Zeit Neuigkeiten aus dem Kaiserreich erfahren? Schon mal was gehört vom Helden aus Arima?«

»Der Held aus Arima?«, wiederholte Alika. »Ja, natürlich, der die Prinzessin dem Kaiser wiedergebracht hat ...« Ihre Augen wurden groß. »Nein.«

»Doch.«

»Unser Blitz? Unser kleiner Blitz, dieser Taugenichts?«

Jati reichte ihr den Brief. Auf seinem Gesicht lag ein Glanz. »Was für ein Tag«, sagte er. »Schatten aus der Vergangenheit treten zu uns ins Zimmer und dann wieder ist mir, als würde ich der Sonne beim Aufgehen zusehen ... Mein Bruder ist am Hof des Kaisers! Und doch wünschte ich, er wäre selbst gekommen, um uns davon zu berichten.«

»Er schreibt, er hat noch eine Überraschung für uns«, sagte Alika erfreut. »Er wird sie uns zeigen, wenn er uns besuchen kommt. Aber er sagt nicht, wann. Weißt du es, Remanaine? Vielleicht besteht die Überraschung darin, dass er draußen vor der Tür steht?«

»Leider nein«, sagte Keta. »Er wird im Schloss bleiben, bis die Prinzessin sich gut eingelebt hat. Dann wird er euch auf alle Fälle besuchen kommen.«

»Und die Überraschung? Was könnte das nur sein?«

Jati lachte. »Zeig unserem Gast nicht so deutlich, wie neugierig du bist, Liebes.«

»Unser Gast, ja!«, rief Alika. »Ist durch das halbe Kaiserreich hergekommen und ich lasse ihn hungrig an unserem Tisch sitzen! Verzeih mir, Remanaine. Jati, gib ihm etwas zu trinken. Ich werde sofort für uns kochen. Du siehst aus wie ein Mann mit gutem Appetit, aber wir kriegen dich schon satt, keine Bange.«

Keta ließ sich Wein einschenken und prostete ihnen zu. Aber über seiner Stirn lag eine Wolke.

Ein Mädchen aus einem Kloster in Salien. Sie war blond und ihre Augen waren blau wie seine ...

Will ich es denn wissen?, fragte er sich. Will ich es wirklich fragen? Und wenn ich gefragt habe, was würde ich tun? Was könnte ich tun?

Frag, wie sie heißt, befahl er sich selbst. Es gibt viele Klöster in Salien, viele hellhaarige Mädchen, viele Kinder, die von ihren Familien weggegeben wurden. Zukatas Kind müsste eine Riesin sein ... Aber Prinzessin Manina war auch ein Mensch.

Eure Schwester, die Frage lag ihm auf der Zunge, wie heißt sie? Gewiss nicht Ilinias? Es ist doch bestimmt nicht Ilinias, die Frau, die Blitz in einem Kloster in Salien gefunden hat?

Er sah in Jatis lachende Augen.

Was würde ich tun, wenn ich es wüsste? Es ihnen sagen? Ihre Freude zerstören? Heute wurden genug Geheimnisse aufgedeckt, genug für ein ganzes Leben ...

Er wünschte sich, er wäre nie hergekommen, auf diese verfluchte Insel, die Minos Unglück bedeutete und Blitz' Verdammnis.

Er trank den Wein und sah zu, wie Alika kochte, und wünschte sich weit fort in die Wälder.

3. Keine Wahl

»MIR IST SCHLECHT.« Erion war grün im Gesicht, aber er beharrte darauf, dass es ihm gut ging. Er hatte kein einziges Mal protestiert, als Zukata ihn aus dem Haus seiner Eltern herausgeführt hatte. Hinter sich hatte er das Schluchzen seiner Mutter gehört und aus irgendeinem Grund wurde er den fassungslosen Blick seines Vaters nicht los. Es war nicht leicht, Wikant von Neiara aus der Fassung zu bringen.

Erion hatte sich nicht umgedreht, als er über das zersplitterte Tor stieg und mit dem Riesen und seinen angetrunkenen Piraten zu den Schiffen ging. Sie lagen dort vor Anker, alle vier, größer und schöner als jedes Boot, das er je hier in Neiara gesehen hatte, und Stolz erfüllte ihn, weil er mit ihnen abreisen würde. Erion mochte keine Schiffe, auch wenn er immer gerne Geschichten gehört hatte, in denen es um Seeleute oder gar Piraten ging. Aber ihm selbst behagten nicht einmal die kleinen Ruderboote, mit denen sich die anderen Kinder so gerne in der Nähe des Hafens herumtrieben. Ein einziges Mal hatten sie ihn mitgenommen. Er wusste, dass er nicht beliebt war, denn als Sohn des Weinfürsten war er etwas Besonderes. Natürlich spüren Kinder so etwas, auch Fischerkinder oder die Sprösslinge der Arbeiter. Schon immer war er anders gewesen als sie. Und dass sie ihm die Bootsfahrt angeboten hatten, war sicherlich nicht aus einem neuerwachten Gefühl der Freundschaft geschehen, sondern nur, um zu erleben, wie ihm schlecht wurde und er sich ganz unstandesgemäß übergab. Damals hatte er sich geschworen, nie wieder den Fuß auf ein Boot zu setzen. Aber natürlich sagte er kein Wort, als der Riese ihm seine Schiffe zeigte.

»Die *Perlentaucher*. Die *Windgesang*. Die *Goldkiste* und die *Großer Fang*. Auf welches möchtest du?«

Jetzt kam es darauf an, die richtige Entscheidung zu treffen. Ich werde König sein, dachte Erion. Ich werde der Freund des Kaisers sein. Vielleicht sogar sein bester Freund. Er hat schließlich gesagt, dass der Kaiser immer einen Freund von den Glücklichen Inseln hat, deshalb hat er mich ausgesucht.

»Auf welchem Schiff seid Ihr?«, fragte er hoffnungsvoll.

Der Riese runzelte die Stirn. »Das sind alles meine Schiffe«, sagte er. »Und alles meine Männer. Dort – ja, nimm das.«

Erion bemühte sich, seine Enttäuschung nicht zu zeigen. Es war weder die *Goldkiste* noch die *Großer Fang*. Auch nicht die *Perlentaucher*. Es war kein Name, der irgendetwas mit Reichtum und Erfolg zu tun hatte.

»Die – die *Windgesang*?« Weder mit dem Wind noch mit irgendeiner Art von Gesang hatte Erion viel am Hut. Das war kein Name für ein Piratenschiff oder für das Schiff eines zukünftigen Kaisers. Es klang nach gar nichts. Aber der Junge nickte und stieg auf das wackelige Brett, das vom Landesteg nach oben führte. Er wollte kühn und aufrecht hinüberschreiten, aber stattdessen konnte er nicht anders, als sich zu bücken und sich festzuhalten. Auf allen Vieren kroch er in die Höhe. Hinter sich hörte er den Prinzen lachen. Vor ihm tauchte ein Mann auf, der ihn in Empfang nahm. Er machte ein etwas verwundertes Gesicht, aber er stellte keine Fragen.

»Na, dann komm mal rauf, du Landratte«, sagte er.

Dies war nicht das Schiff des Riesen. Erion fühlte sich nicht nur enttäuscht, sondern betrogen, als er beobachtete, wie Zukata an Bord der *Perlentaucher* ging. Er wollte ihn nicht in seiner Nähe haben. Obwohl er es doch versprochen hatte! Erion sah über die kleine Stadt hinweg und heftete seinen Blick auf das Gutshaus oben am Hang. Vielleicht standen seine Eltern dort am Fenster und sahen zu, wie er abfuhr.

»Brauchst nicht zu heulen«, sagte der Pirat neben ihm. »Das Leben an Land ist eh kein Leben.«

»Ich bin Erion«, stellte Erion sich vor, »der Sohn des Fürsten von Neiara.« Fast hätte er gesagt: des Königs. Wenn er zurückkam, würde sein Vater König sein und seine Mutter eine Königin. Und er ein Prinz. Fast war er es jetzt schon. Wenn er zurückkam. Sein Herz rutschte ihm in die Hose, als ihm aufging, dass er keine Ahnung hatte, wann das sein würde. Als er mit Zukata mitgegangen war, hatte es sich angefühlt wie ein spannender Ausflug. Aber nun, auf diesem Schiff, neben einem Seemann, der nichts fürs Landleben übrig hatte, begann er zu befürchten, dass er recht lange fort sein würde.

»Wohin werden wir fahren?«, fragte er.

»Wohin auch immer es den Hauptmann zieht«, sagte der Pirat. Hauptmann sagte er, nicht Prinz, und diese Anrede kam so selbstverständlich aus seinem Mund, dass Erion erschrak. Ein Prinz. Ein Pirat. Ein zukünftiger Kaiser. Und er war nichts als ein Junge, der Neiara noch nie verlassen hatte. Was um alles in der Welt tat er hier auf diesem Schiff?

Er blickte hinunter in das trübe Wasser, das beständig gegen den Schiffsrumpf schlug. Noch waren sie im Hafen. Er konnte nicht schwimmen, aber wenn er sich irgendwo zwischen den anderen Schiffen versteckte ...

Eine Hand legte sich auf seine Schulter. Es war nicht Zukatas schwere Hand, aber auch diese war kräftig und das Zupacken gewöhnt.

»Denk nicht einmal daran«, sagte der Pirat. Mehr brauchte er nicht zu sagen. Erion nickte. Er rührte sich nicht von der Stelle, als der Rest der Mannschaft zurück an Bord kam, als der Befehl zum Ankerlichten erteilt wurde. Denk nicht einmal daran. Nein, er sprang nicht. Er sah nur hinunter ins Wasser. Auf die anderen Schiffe. Und auf die Insel, die, während sie kleiner und kleiner wurde, immer grüner zu werden schien, bis sie schließlich verblasste und nichts war als ein Schatten, der im Meer versank.

»Nie«, flüsterte Tinek, »nie wieder lasse ich mich so demütigen.«

Sie beugte sich aus dem Wagenfenster und sah zu dem Schloss zurück, das sich klein und verspielt in die grüne flache Landschaft des Königreichs Drian schmiegte.

Wikant machte sein allerdüsterstes Gesicht.

»Nun, eigentlich haben wir damit gerechnet, oder nicht?«

»Du wusstest, dass sie uns kein Geld geben würden?« Tinek funkelte ihren Mann zornig an. »Ach ja? Deine Hoffnung war mindestens so groß wie meine.«

»Es gab nichts, was wir ihnen anbieten konnten. Wir haben keine Sicherheiten, nichts.«

»Bei Rinland, wir sind verwandt! Reicht das denn nicht!«

Ein gemeinsamer Urgroßonkel reichte nicht, um Geld geliehen zu bekommen. Natürlich hatten sie es beide gewusst. Und doch hatten sie es wenigstens versuchen müssen, das waren sie sich und Erion schuldig.

»Wir könnten dem Kaiser eine Nachricht senden. Das habe ich ja gleich als Erstes vorgeschlagen.«

Tinek schüttelte den Kopf. »Zukata wird der Kaiser sein.«

»Aber noch nicht! Noch ist er es nicht! Wenn wir uns an Kanuna El Schattik wenden? Wenn wir ihn bitten, uns zu helfen? Der Prinz hat selbst gesagt, dass der Kaiser auf der Seite der Glücklichen Inseln steht.«

Tinek rutschte unruhig auf dem Sitz der Kutsche herum. Seit ihr Sohn mit dem Riesen gegangen war, schien auch mit ihren Füßen etwas geschehen zu sein. Sie konnte nicht mehr still sitzen. Unaufhörlich zappelte sie herum. Es machte Wikant halb wahnsinnig, ihr zuzusehen.

»Wie stellst du dir das vor? Wir sagen dem Kaiser, dass sein Sohn unseren Jungen entführt hat. Und dann? Was glaubst du, was Zukata mit Erion machen wird, wenn er Wind davon bekommt, dass wir uns beschwert haben?«

»Er könnte uns helfen«, beharrte Wikant unglücklich.

»Niemand kann uns helfen«, sagte Tinek. »Niemand. Weder hier noch im Kaiserreich. Weder der Kaiser selbst noch sonstwer. Wir müssen ein Schloss bauen. Woher haben die anderen Könige Geld dafür gehabt?«

»Ihre Königreiche sind auch nicht ganz so winzig wie unsere Insel.« Wikant seufzte. »Hast du dich je gefragt, ob Zukata es wirklich ernst meint? Glaubst du, er wird tatsächlich Kaiser? Denn wenn nicht, dann nützen ihm alle seine Drohungen nichts.«

»Und Erion?«

Erion. Die Reden des Riesenprinzen konnten sie als wilde Phantastereien abtun, aber ihr Sohn blieb verschwunden. Wikant überlegte, ob er Tinek darauf hinweisen sollte, dass es keine Garantie gab, dass sie ihren Jungen zurückbekommen würden. Dazu war dieser Handel zu verrückt. Warum sollte jemand von ihnen verlangen, ein Schloss zu bauen? Es ergab keinen Sinn, und wenn ihr Sohn in der Hand eines Wahnsinnigen war, welche Hoffnung gab es dann noch?

Er sah Tinek nicht an, während die Kutsche über die sanften grünen Hügel rollte. Dies war Land. Land. Und was hatten sie, außer einem Weinberg und einem Gut?

Tinek grollte immer noch.

»Sie hätten es wenigstens höflich sagen können.«

»Sie haben es höflich gesagt.«

»Ach was! Sie haben nur so getan!«

Ein Wald tat sich vor ihnen auf, hell und freundlich. Wikant starrte düster aus dem Fenster. Ihm fiel nicht einmal auf, dass die Kutsche plötzlich anhielt. Erst als jemand von außen die Tür aufriss, merkte er, dass etwas nicht stimmte. Denn es war nicht der Kutscher. Es war ein junger, bärtiger Mann mit einem stark ausländischen Akzent.

»Raus hier! Und Geld, aber schnell!«

Wikant stieg aus der Kutsche und half Tinek die Trittstufe hinunter. Es waren fünf. Fünf bewaffnete Kerle. Und sie waren bloß zu zweit; den Kutscher sahen sie nur noch von hinten.

»Da rennt er hin«, murmelte Wikant trübsinnig.

»Los!«, sagte der erste Räuber. »Schöne Leute aus Schloss, Geld, gib her!«

»Er meint«, mischte sich ein zweiter Halunke mit einer vornehmeren Sprechweise ein, »dass ihr uns bitte eure Geldbörsen aushändigen sollt.« Er deutete sogar eine kleine Verbeugung an, aber da er am Oberkörper nichts als eine Weste trug, wurde die Wirkung deutlich geschmälert.

Tinek explodierte. »Was für Geld?«, schrie sie. »Wir haben überhaupt kein Geld! Glaubt ihr, nur weil wir vom Schloss kommen, sind wir edle, reiche Leute! Ja, Geld hätten wir auch gerne, aber sie haben uns dort nur ausgelacht, ihre armen Verwandten, ja, so was von freundlich, wir würden euch ja gerne helfen, aber wir müssen auch unsere Ausgaben berücksichtigen, und – ooooaaah!« Ihre Rede endete in einem lauten, wütenden Schrei.

Die Räuber tauschten verwunderte Blicke.

»Äh?«, fragte der erste Bandit.

»Habt ihr es nicht verstanden?«, fragte Wikant höflich. »Wir haben kein Geld. Das hier ist nicht einmal unsere Kutsche. Wir haben sie nur gemietet, um Eindruck zu schinden, aber es hat reichlich wenig genützt. Von euch einmal abgesehen. Die Reichen fallen auf so etwas nicht herein.«

Tinek zeigte in die Richtung, aus der sie gekommen waren. »Warum überfallt ihr nicht gleich die da? Ich meine, die im Schloss? Da gibt es massig zu holen. Arme Reisende ausrauben, dass ich nicht lache! Da ist das Geld! Das große Geld! Genug für alle!« Unvermittelt begann sie zu weinen, was die Räuber in noch größere Verwirrung stürzte.

»Gebt uns einfach, was ihr habt«, schlug einer freundlich vor. »Ich sehe, du hast da eine Kette um den Hals ...«

»Niemals!«, kreischte Tinek auf. »Niemals bekommt ihr diese Kette! Das war ein Geschenk meiner Mutter zur Hochzeit, und ich werde mich nie, nie davon trennen, außer wenn ich sie in Zahlung gebe, um ein paar Steine für das verdammte Schloss zu kaufen, das wir bauen sollen, und dann ist Zukata hoffentlich zufrieden und gibt uns unseren Sohn zurück, und das ist mein letztes Wort!«

Von dem ganzen Redeschwall hatte der Räuber nur ein Wort verstanden. »Zukata?«

»Hat unseren Sohn.« Wikant hatte nicht vor, diese Tatsache überall herumzuerzählen. Im Schloss hatten sie kein Sterbenswörtchen davon erwähnt, dass ihr Sohn entführt worden war. Er macht eine Reise. Darauf hatten sie sich geeinigt. Eine Reise, um die Welt kennenzulernen, und ist das nicht gut für einen jungen Menschen?

»Was habt ihr mit Zukata zu tun?«

Tinek sah das Zeichen auf seinem Arm. Die Krone und das Z darüber, und sie erinnerte sich an Gerüchte aus dem Kaiserreich vor ein, zwei Jahren ...

»Ihr seid Zukatas Leute«, sagte sie langsam. »Und wir auch. Nein, nicht so wie ihr. Unser Sohn ist mit ihm auf das Schiff gegangen. Und wir – nun, wir haben den Auftrag, ein Schloss zu bauen ...«

»Ein Schloss für Zukata?« Der Räuber schüttelte ungeduldig den Kopf. »Du lügst. Zukata braucht kein Schloss. Kirifas wird ihm bald gehören.«

»Hör mir doch erst zu«, befahl Tinek streng. »Es ist kein Schloss für ihn selbst, sondern das Symbol seiner Herrschaft auf den Glücklichen Inseln. Ist das zu hoch für euch? Dafür brauchen wir das Geld, das diese reichen Schnösel uns verweigert haben. Für Zukatas Sache.«

Wikant hörte ihr mit offenem Mund zu, als sie sich zu dem Riesen stellte, der sie überfallen und ihren Sohn geraubt hatte.

Sie musterte die fünf bärtigen Gesellen. »So geht das nicht. Wenn ihr dort im Schloss etwas für unsere und für Zukatas Sache unternehmen wollt, müsst ihr anders aussehen. Wie – wie Gärtnerburschen vielleicht?« Sie griff mit beiden Händen an ihren Hals und nahm die goldene Kette ab, die sie eben noch mit ihrem Leben hatte verteidigen wollen. »Nehmt das. Besorgt euch andere Kleidung. Lasst euch die Bärte abrasieren. Lasst euch eine Anstellung im Schloss geben.«

»Was machst du da?«, erkundigte Wikant sich.

»Ich? Ich baue ein Schloss. Hier.« Sie händigte einem der Räuber den Schmuck aus. Verwirrt starrte er sie an.

»Wir dort Geld holen – Gärtner?«

»Ihr tut so, als ob. Gärtner, Küchenhelfer, Kammerdiener, was weiß ich. Im Speisesaal stehen zehn goldene Leuchter auf der Tafel. Die Prinzessin trägt ein Diadem mit roten Rubinen, das sie abends auf ihr Nachttischchen legt. Die Königin trägt drei Diamantringe, die sie nicht mehr vom Finger bekommt.«

»Woher weißt du das alles?« Wikant betrachtete sie so verwundert, als hätte sie sich unversehens in ein Ungeheuer verwandelt. Es konnte aber kein allzu schreckliches Ungeheuer sein, denn in seinen Augen lag kein Entsetzen, nur Überraschung.

»Ich sehe eben genau hin. Und ich höre genau hin, wenn jemand mit seinem Reichtum protzt und mir dann weismachen will, dass er zu arm sei, um mir zu helfen. Irgendwo muss man ja hinsehen, wenn man das verächtliche Lächeln nicht mehr ertragen kann.«

»Und dann?«, fragte der höfliche Räuber mit dem Brandmal am Arm.

»Dann kommt ihr nach Tors. Dorthin geht jetzt unsere Reise. Auch in Tors haben wir entfernte Verwandte, die in einem hübschen Schloss leben und auf ihren Schätzen brüten. Wollen wir doch mal sehen, wohin Geiz so alles führen kann.«

»Du willst sie auskundschaften und ihnen dann Diebe ins Haus schicken?«

»Das Schloss in Tors ist größer, dort werden wir uns etwas länger aufhalten«, kündigte Tinek an. »Ich gehe davon aus, dass sie uns ein paar Tage durchfüttern werden, bevor sie uns nach allen Regeln der Etikette die Tür weisen.« Sie nickte den Räubern zu. »Die Hälfte. Das wäre unser gerechter Anteil. Und vielleicht könnte einer von euch uns den Kutscher machen, denn es würde wenig glaubhaft aussehen, wenn wir eigenhändig vorfahren.«

Die fünf Männer machten recht dumme Gesichter, aber in ihren Augen blitzte bereits die Gier auf nach all den Schätzen, die sie sich erhofften.

»Wir sollten Zukata davon unterrichten«, sagte schließlich der Gebrandmarkte. »Ohne seine Zustimmung läuft hier gar nichts.«

Tinek lächelte. »Ja, tut das. Und wenn ihr das macht, richtet ihm Grüße aus und auch die besten Wünsche an Erion, unseren Sohn.«

Wikant setzte sich wieder in die Kutsche. Dort saß er stumm da, das Kinn in die Hand gestützt. Er schien angestrengt nachzudenken, aber sie wusste, dass er nur so tat.

»Ich weiß nicht, ob ich wirklich so tief sinken möchte«, sagte er, als sie zu ihm in den Wagen spähte.

»Tief?«, fragte sie zurück. »Jetzt geht es endlich aufwärts. Glaubst du, mir macht das Spaß? Es geht nur um Erion.«

Aber ihre Wangen glühten, und es schien ihm irgendwie doch, dass es ihr Spaß machte.

»Er ist fort, dein Riese.« Binajatja hatte Mino im Blumengarten gefunden, den Alika angelegt hatte. Dort saß sie auf einer Bank – es war seit längerem Norhas Sitzplatz, am Abend, wenn er sich im Schein der untergehenden Sonne dort ausruhte – und zerpflückte eine dunkelrote Blüte. Die Blumen des Herbstes strahlten in warmen, dunklen Tönen. Alika ließ diesem Garten ebenso viel Pflege angedeihen wie ihrem eigenen, doch da dieser viel größer war, übertrumpfte er ihr bescheidenes Gärtchen bei weitem.

Binajatja räusperte sich. »Ich habe einige Entscheidungen getroffen, während deiner Abwesenheit. Ich arbeite jetzt viel enger mit der Fürstenfamilie von Neiara zusammen. Das kommt beiden Inseln zugute. Wir lassen unsere Händler zusammen reisen und von Wachen begleiten, das ist für uns beide vorteilhaft, vor allem da wir größtenteils dieselben Märkte beliefern. Durch Norha ist dieser Schulterschluss noch enger geworden. Er hofft natürlich darauf, all das hier einmal zu übernehmen. Aber es ist unser Land, Mino. Es sind unsere Gärten, seit Jahrhunderten. Ich habe nicht vor, Arima an Neiara zu übergeben.«

»Natürlich nicht.«

»Ich habe in Erwägung gezogen, ihn zu heiraten.«

Jetzt war Mino doch überrascht. »Ist das dein Ernst?«

»Ich sage nur, ich habe darüber nachgedacht. Aber was würde es nützen? Ich bin zu alt, um noch Kinder zu bekommen, und wenn ich sterbe und er sich eine jüngere Frau nimmt, was bleibt dann von unserer Familie übrig? Außerdem ist Res Leiche nie gefunden worden. Das ist natürlich bei vielen Fischern so und sie werden einfach nach einem Jahr für tot erklärt, aber bei Re war das immer etwas anderes. Die meisten Leute hier wollen nicht glauben, dass er tot ist. Sie haben sich ja sogar geweigert, einen neuen Fischerkönig zu wählen ... Wenn ich heiraten würde, würde man mich eine Ehebrecherin schimpfen. Aber jetzt, da du hier bist, ist das Problem gelöst. Du wirst Norha heiraten, Mino. Du wirst dafür sorgen, dass Arima in der Familie bleibt.«

Mino fiel vor Schreck die Blume aus der Hand. »Was?«

Binajatja nickte, zufrieden mit ihrem Plan. »Es ist die ideale Lösung. Du bist mein einziges Kind, Mino. Ich habe niemanden sonst, der unsere Plantagen erben kann. Nur dich. Und Norha hat das Wissen und die Fähigkeit, die Gärten zu pflegen und den Verkauf zu leiten. Ich habe bereits mit ihm darüber gesprochen. Er hat zugegeben, dass er sich Hoffnungen gemacht hat, die Gärten eines Tages ganz zu übernehmen, und ihm war auch klar, dass diese Hoffnung mit deiner Rückkehr zuschanden wurde. Eure Heirat würde seine Stellung hier festigen und ihn seinem Bruder, dem Fürsten Wikant, ebenbürtig machen. Er sieht die Vorteile dieser Verbindung.«

»Norha möchte mich heiraten?«, fragte Mino entsetzt.

»Ich habe nicht gesagt, dass er es möchte, oder dass er begeistert darüber wäre. Aber es ist eine sinnvolle Entscheidung zum Besten aller. Norha ist ein sehr vernünftiger Mann. Andere hätten sich eine Bedenkzeit erbeten oder versucht, weitere Vorteile herauszuschlagen. Er hat jedoch recht schnell zugestimmt. Ich habe den Verdacht, dass er dieselbe Idee hatte, bevor ich sie ausgesprochen habe.« Binajatja ließ sich zu einem Begeisterungssturm hinreißen. »Ach, Mino, ich bin so froh, dass du da bist. Jetzt wird doch noch alles gut. Du wirst heiraten. Ich habe nie erwartet, dass das wirklich eintritt, obwohl eine Mutter die Hoffnung natürlich nie aufgibt.«

»Mutter, aber ich – ich kann nicht heiraten!«

»Und warum nicht?«, fragte Binajatja. Ihr kurzer Gefühlsausbruch war vorbei. Sie betrachtete ihre Tochter mit gerunzelter Stirn.

»Ich bekomme ein Kind.«

»Ach.« Die Augen der Apfelkönigin funkelten zornig auf. »Und wann gedachtest du mir das mitzuteilen?«

»Ich – ich habe nur auf den richtigen Moment gewartet ...«

Binajatja stieß wütend die Luft aus. »Ein Riesenkind womöglich?«

»Nein! Ich habe dir doch gesagt, dass Keta wie ein Vater für mich ...«

»Wie wird es aussehen?«, unterbrach Binajatja sie ungeduldig. »Du hast Norha gesehen. Rötliches Blond. Irgendetwas in die Richtung?«

»Ein – ein Zintakind.«

Binajatja konnte kaum an sich halten. »Wie dumm bist du eigentlich? Du lässt dir ein Kind machen und dann kommst du her – warum um alles in der Welt? Warum bist du nicht gleich bei diesen Spielleuten und Tagedieben geblieben? Hatten sie keine Lust, dich durchzufüttern? Aber deine Mutter wird es schon richten, hast du gedacht, wie? Du brauchst nur hier angekrochen zu kommen und alles wird gut. Wie konntest du das tun, Mino! Wie kannst du mir das antun? Denkst du denn nie an andere – wenigstens hin und wieder mal? Denkst du nie an das, was andere über uns denken, und wie mich deine Handlungen betreffen könnten?«

Binajatja ballte vor Wut die Fäuste und Mino zuckte zurück, in Erwartung eines Schlags, der jedoch nicht kam.

»Du hast dir diese Suppe eingebrockt«, sagte ihre Mutter. »Jetzt löffle sie gefälligst auch wieder aus. Sei still, ich muss einen Augenblick nachdenken.«

Mino hielt den Kopf gesenkt. Sie schaute auf ihren Bauch. Ja, man sah es schon ein wenig. Mein Kind. Mein süßes, kleines Kind ...

Auf einmal sah sie Blitz vor sich. Sie hatte sich verboten, an ihn zu denken, aber plötzlich stand sein Bild wieder vor ihr. Wie er im Palastgarten dagestanden hatte, sein schwarzes Haar, die dunklen Augen, wie er sie, als sie sich ihm an den Hals warf, umarmt hatte. Was er ihr zugeflüstert hatte ... Nein. Sie erlaubte sich nicht, es zu denken, sich daran zu erinnern. Und doch gab sie der Versuchung nach, sie konnte nicht anders. Sie wollte nicht weinen, über sich und über ihr Kind und ihre kalt planende Mutter, deshalb wandte sie der Trauer den Rücken zu und dachte an das Glück. Das Glück hatte einen Namen: Blitz. Und es war kurz, wie ein Blitzstrahl während eines tosenden Gewitters, flüchtig, nicht greifbar, und fuhr einem doch durch und durch ... Dieser wunderbare Moment des Glücks, dieser herrliche Augenblick, in dem sie ganz gewesen war und alles wiederfand. Dieser Atemzug, dieser Herzschlag, in dem die ganze Welt vollkommen war.

Ich werde nicht sterben, dachte sie. Mein Unglück wird mich nicht in die Knie zwingen. Ich habe etwas, was niemand mir nehmen kann.

Blitz, ich liebe dich. *Ahinehl.*

Binajatja hob den Kopf. »Es muss sterben. Es gibt keine andere Möglichkeit.«

»Was?« Und auf einmal war sie wieder Möwe. War sie wieder das Mädchen, das sich sogar zutraute, einem wütenden Riesen in den Arm zu fallen. »Nein. Oh nein. Wenn das alles ist, was dir einfällt, dann gehe ich.«

»Du kannst nicht gehen! Ich erlaube es nicht! Kein Händler wird dich mitnehmen, wenn ich es nicht erlaube!«

»Die Fischer schon.« Wütend hielt sie dem strafenden Blick ihrer Mutter stand. »Ich wünschte, ich wäre nie hergekommen.«

Binajatja schwenkte sofort um. »Wenn du das so siehst ... Aber was sollen wir tun? Kein Mann würde eine Frau heiraten, die ein Kind von einem anderen hat, das ist dir doch wohl klar? Sein Bruder würde Norha die Heirat mit Sicherheit verbieten ... Nein, wir müssen anders vorgehen. Er darf dich nicht mehr sehen, bis das Kind da ist.« Binajatjas Gesicht glühte auf, während sie laut dachte. »Und sonst auch niemand. Es darf nicht den Schatten eines Gerüchtes geben. Du bleibst also im Haus ... Bei Rin, konntest du nicht warten, bis das Kind da ist, bevor du hergekommen bist? Du hättest es bei den Zintas lassen können ... Nun müssen wir uns etwas anderes ausdenken. Du wirst es kriegen und niemand wird wissen, dass du schwanger warst. Vielleicht könnte ich Norha so lange wegschicken. Ich muss mir irgendetwas ausdenken, warum er dich nicht sehen kann. Wir müssten dich verstecken, bis es da ist ... Und du würdest mir versprechen, dass niemand dich sieht? Dass niemand es erfährt? Würdest du mir das bei deinem Leben und dem Leben deines Kindes versprechen?«

Mino zögerte.

»Du bist hier nicht bei deinen Zintas«, sagte Binajatja. »Ich denke mal, diese Leute kümmern Ehre und Anstand wenig. Aber hier bist du auf einer kleinen Insel, wo jeder jeden kennt. Ein uneheliches Kind – weißt du, was das hier heißt? Sie werden sich das Maul zerreißen. Sie werden dich verachten.«

»Das halte ich aus.«

»Das sagst du jetzt. Du hast keine Ahnung davon, wie es werden könnte. Mino, alle sehen hier auf uns. Nimm Vernunft an. Niemand darf davon erfahren, oder wir werden unseres Lebens hier nicht mehr froh. Kannst du das nicht einsehen? Du musst es heimlich bekommen, und wenn das Kind weg ist, könnt ihr heiraten.«

Mino starrte ihre Mutter an. »Wie, wenn mein Kind weg ist?«

»Du glaubst doch wohl nicht, dass du es behalten kannst? In den Klöstern nehmen sie Bastarde auf ... Nun, wir haben ja noch ein paar Monate Zeit, um eine gute Lösung zu finden.«

Immer wieder legte Mino ihre Hand auf ihren Bauch und horchte nach innen. Sie fühlte die Bewegungen des Babys, noch ganz sanft, und doch erschauerte sie vor Glück, bei jedem zaghaften Tritt.

»Aber das ist doch mein Kind!«, begehrte sie auf. »Ich will es nicht weggeben! Ich will es behalten, ich will es sehen, ich will nicht, dass es irgendwo in einem Kloster landet und mich nicht kennt!«

»Das hättest du dir früher überlegen müssen«, sagte Binajatja. »Wenn du eine glückliche Familie wolltest, warum hast du dann nicht einen ordentlichen jungen Mann geheiratet? Ja, Spaß haben wollen sie alle. Aber was ist dann? Sei froh, dass wir dich, wenn alles gut geht, doch noch verheiraten können. Mit Norha kannst du so viele Kinder haben, wie du willst.« Sie seufzte. »Ach, Mino. Ich brauche dich, meine Tochter. Sehr dringend. Du bist alles, was von unserer Familie übrig ist. Du und ich. Wir beide tragen die Verantwortung für ganz Arima. Es ist unsere Pflicht, das Richtige zu tun.« Sie lächelte. »Und glaub mir, am Ende bist du mir dankbar für alles. Du bekommst einen Mann, dem es nichts ausmacht, wie du aussiehst, und eine Familie. Du bekommst ganz Arima für dich und deine Nachkommen. Mehr kann niemand vom Leben erwarten.«

Mino nickte langsam. Sie war hergekommen, um ihre Pflicht als Tochter zu erfüllen. Sie war hier, um den Gedanken an Blitz auszulöschen. Dass sie Norha heiraten sollte, war ihr zu ihrem eigenen Erstaunen völlig gleichgültig. Blitz hatte eine Frau. War es da nicht ganz egal, wen sie zum Manne nahm?

»Gut. Dann wäre das ja geklärt. Nun muss ich mir nur noch etwas ausdenken, um Norha von dir fernzuhalten.« Sie streichelte über Minos weißes Haar. »Lächle doch wieder, meine Kleine. Wir haben jetzt nur noch uns, verstehst du? Ich bin deine Mutter. Ich sorge dafür, dass alles gut wird. Vertrau mir.«

Mino fühlte, dass ihre Mutter sie wirklich liebte. Sie konnte es manchmal nicht so gut zeigen, aber sie liebte sie, wie nur eine Mutter ihr Kind lieben kann. Mino wusste das, wenn sie das kleine lebendige Wesen in ihrem Bauch fühlte – es gab keine Verbindung, die so stark war wie diese.

Mino erschrak, als sie den Kies auf dem Gartenweg knirschen hörte. Sie hatte sich in den Garten zurückgezogen, obwohl sie doch im Haus bleiben sollte, aber seit ihren Wanderungen mit Keta hielt sie es nicht lange unter einem Dach aus. Sie hatte nicht damit gerechnet, dass jemand in den Garten kommen würde, und nun musste sie es irgendwie schaffen, ungesehen zurück in ihr Zimmer zu kommen.

»Mino? Bist du das?« Alikas fröhliche Stimme lockte Mino zwischen den Sträuchern hervor, zwischen denen sie sich versteckt hatte. Es war zwecklos, sich vor der Gärtnerin verbergen zu wollen. Alika würde nicht so schnell wieder gehen.

Alika sah noch genauso aus wie vor drei Jahren und vielleicht noch schöner. Damals hatte die Sorge um Blitz eine Falte zwischen ihre Augen getrieben, doch jetzt wirkten ihre Züge weich und glücklich. Sie umarmte Mino voller Herzlichkeit.

»Oh Mino! Wie schön, dass du wieder da bist! Wie wunderbar! Als ich gehört habe, dass du lebst und dass du zurückgekommen bist, war das ein Festtag für mich. Ich wollte schon gestern herkommen, aber deine Mutter sagte, du bräuchtest Ruhe nach der anstrengenden Reise.«

»Ja, ich – ich war schon müde«, stammelte Mino. Erst jetzt merkte sie so richtig, wie sehr sie alle ihre Freunde vermisste. Das Haus war leer ohne Lexan. Und das Dorf war leer ohne Bajad, Jußait und Blitz. Und wie hätte man auf Arima leben können, ohne hin und wieder in Alikas Küche zu sitzen?

»Aber du siehst gut aus. Ein bisschen erwachsener, reifer – was du doch für ein hübsches Mädchen bist, Mino! Was ist – kommst du gleich mit zu uns? Ich wollte hier nur ein paar Stauden beschneiden und die trockenen Blüten abzupfen. Deine Mutter legt Wert darauf, dass alles ordentlich aussieht, und seit Norha hier ist, darf nicht einmal ein Blatt auf dem Weg liegen ... Möchtest du mitkommen? Ich koche uns etwas Schönes und du erzählst, wie es dir ergangen ist seit jener Sturmnacht.«

Mino wusste nicht, was sie sagen sollte. Sie sehnte sich so sehr nach Alikas Haus und ihrer gemütlichen Küche. Alika würde ihr zuhören, das wusste sie, ihr würde sie alles erzählen können – aber sie hatte geschworen, dass niemand sie zu Gesicht bekam.

»Ich würde gerne, Alika, wirklich, aber ich kann nicht.«

»Warum nicht?«, fragte Alika frei heraus. »Jati ist noch nicht da, er kommt etwas später. Er freut sich auch schon darauf, dich zu sehen. Wenn ich es richtig verstanden habe, hast du Blitz in Kirifas getroffen? Das musst du uns unbedingt erzählen! Wir könnten es uns so richtig bequem machen, wir ...«

Mino unterbrach sie nur ungern. Auf ihrem Gesicht spiegelten sich tausend Qualen wider. »Ich kann nicht.«

»Und ich habe hier noch eine Nachricht für dich, von diesem Riesen, der bei uns war. Er hat uns einen Brief von Blitz gebracht und gleich wieder Briefe hiergelassen – für dich und auch einen für Blitz, falls er hierhin zu Besuch kommt! Hier ist deiner.« Alika reichte ihr eine versiegelte Rolle.

»Gib sofort her!«

Binajatjas strenge Stimme hallte durch den ganzen Garten. »Was soll das sein? Ein geheimer Treffpunkt?« Binajatja riss ihr die Rolle aus der Hand. Mino konnte sehen, dass nur ein einziger Satz auf dem Papier stand. Ihre Mutter zog die Brauen hoch und überreichte ihr Ketas Botschaft.

Möwe – erwähne Alika und El Jati gegenüber niemals Blitz' Frau.

Keine Abschiedsworte. Kein Trost. Nur diese rätselhafte Anweisung. Mino schluckte. Es klang nicht einmal wie eine Bitte, sondern mehr noch wie ein Befehl. Seine Handschrift verriet ihr, wie aufgeregt er gewesen war, als er das geschrieben hatte.

»Und jetzt«, sagte Binajatja streng, »geh ins Haus.«

Mino ließ Alika stehen und ging rasch aufs Haus zu. Am Gartentor drehte sie sich noch einmal um, um der überraschten Freundin wenigstens noch ein Lächeln zu schenken, wenn sie auch nichts sagen durfte. In diesem Moment strich ein leichter Wind vorbei und drückte ihr feines, weites Kleid gegen ihren Körper.

»Du bist ja schwanger!«, rief Alika aus. »Oh Mino, das wusste ich nicht!«

»Still!«, zischte Binajatja. »Sei bloß still, Alika. Du hast dich getäuscht, Mino ist einfach nur nicht mehr so schlank wie früher. Geh rein, Mino, aber sofort.«

Alika war ihr bis an die Pforte gefolgt. »Oh wie schön, Mino! Warte doch!«

Binajatja hielt sie auf, so dass sie dem Mädchen nicht ins Haus nachgehen konnte. »Sei endlich still, Alika! Wenn du nicht sofort deinen Mund hältst, entlasse ich dich und El Jati aus meinem Dienst! Hast du gehört?«

Alika starrte sie an. »Was? Aber warum?«

»Warum? Es geht dich nichts an, warum. Misch dich nicht in unsere Familienangelegenheiten ein, Alika, ich warne dich. Du hast dich getäuscht. Und du wirst mit niemandem darüber sprechen, nicht mit deinem Mann, nicht mit deinen Freunden, mit keinem. Ist das klar?«

Alika war keine Frau, die sich einschüchtern ließ. »Was hast du mit deiner Tochter vor, Binajatja? Sie ist schwanger, das habe ich genau gesehen. Das kommt in den besten Familien vor. Und? Dann bekommt sie eben ein Kind. Wie willst du das auf dieser kleinen Insel vertuschen? Indem du mir den Mund verbietest? Versuch nicht, mir zu drohen. Ich entscheide selbst, mit wem ich über was rede.«

Binajatja war blass vor Wut. »Du wagst es, so mit mir zu sprechen? Wenn ich euch entlasse, habt ihr nichts mehr!«

»Du kannst deine Tochter nicht daran hindern, mit ihren Freunden zusammen zu sein«, beharrte Alika. In ihren dunklen Augen war keine Furcht, sie wich keinen Fingerbreit zur Seite. »Du kannst sie doch nicht gerade jetzt einsperren! Sie braucht Luft und Sonne und den Duft dieses Gartens und das Meer und die Bäume. Und Menschen an ihrer Seite. Wer wüsste das besser als ich? Man ist so empfindlich in dieser Zeit ... Mino ist meine Freundin und ich werde nicht dabei zusehen, wie du ihr diese wunderbaren Monate verdirbst!«

»Ach ja«, sagte Binajatja langsam. »Du bist ja auch schwanger, nicht wahr, Alika?«

»Ja, das bin ich«, sagte Alika stolz.

»Im Frühjahr? Hast du mir das nicht vor ein paar Wochen gesagt? Im Frühjahr, nicht?«

»Lenk jetzt nicht ab, Binajatja!«

»Ich lenke nicht ab, ich denke nach.« Kurz entschlossen hielt Binajatja die Tür auf. »Komm rein, Alika. Ich habe etwas mit dir zu besprechen.«

Mino hatte fast vergessen, wie mild der Winter auf Arima war. Zu einer Zeit, in der sie davon träumte, mit Keta durch den Schnee zu stapfen, saß sie draußen im Garten und trank den süßen Früchtetee, den Alika für sie beide regelmäßig kochte. Stundenlang redeten sie miteinander. Seit Jati befördert worden war – als Folge ihrer Vereinbarung mit Binajatja –, brauchte Alika kaum noch zu arbeiten. Sie kümmerte sich um Binajatjas Blumen, aber die meiste Zeit sorgte sie sich um Binajatjas Tochter.

Der Winter bescherte ihnen einen blassen, wolkigen Himmel, unter dem alle ihre Bewegungen sanft und verträumt wurden. Kugelrund saßen sie nebeneinander und spielten das Spiel: »Wessen Baby sich zuerst bewegt, der hat gewonnen«.

»Denkst du viel an Norha?«, fragte Alika.

Mino lächelte. »Es überrascht dich vielleicht, aber das tue ich tatsächlich.« Immer, wenn Blitz vor ihr auftauchte, wischte sie sein

Bild entschlossen fort und dachte an Norha. Immer, wenn Blitz' schwarze Augen sie in ihren Träumen anschauten, gab sie sich einen Ruck und erinnerte sich an ihr letztes Gespräch mit Norha, bevor er abgereist war.

Sie hatte sich in weiser Voraussicht an den Esstisch gesetzt, so dass die Holzplatte ihren Bauch verbarg. Als Norha vor sie hintrat, bemühte sie sich, ihn anzusehen. Es fiel ihr schwer; irgendwie glitt ihr Blick ständig an ihm vorbei, an seinem glatten Gesicht, seinen Augen, die auf sie so merkwürdig zurückhaltend wirkten. Wie anders waren Blitz' Blicke gewesen! Dunkel und feurig, und wenn er einen Raum betrat, dann erfüllte er ihn ganz mit seiner bloßen Anwesenheit. Dagegen war es leicht, Norha zu übersehen oder zu vergessen, dass er da war oder dass es ihn überhaupt gab.

Zögernd setzte er sich ihr gegenüber, die Verlegenheit glühte auf seinen Wangen rot auf.

»Deine Mutter meint, ich sollte in Drian und Sitra Verhandlungen über die Zollgebühren führen. Von meinem Bruder Wikant nehmen sie anscheinend nicht so viel wie von uns. Er ist ein geschickter Verhandlungspartner. Ich hoffe«, Norha räusperte sich, »dass ich etwas für Arima tun kann. Deine Mutter sagte mir, dass sie das als mein Geschenk zu unserer Hochzeit betrachtet.«

Sie versuchte, ihn wahrzunehmen, aber selbst der Tisch, an dem sie saß, schien ihr wirklicher als dieser rotwangige Mann. Sie wusste nicht einmal, welche Farbe seine Augen hatten. Vielleicht war der Traum zu stark, vielleicht war alles andere in ihr zu gewaltig und überwältigend: das Kind, die verlorene Liebe, zu viele Sehnsüchte, zu viele Gefühle.

Norha nahm sichtlich all seinen Mut zusammen. »Du musst mich nicht heiraten, Mino«, sagte er, »wenn du nicht willst.«

Sie hörte die Furcht in seiner Stimme – vor Ablehnung, aber auch vor Zustimmung, vor allem, was auf ihn zukam. Und auf einmal konnte sie ihn sehen. Er hatte ein freundliches, unauffälliges Gesicht, von Furcht und Unsicherheit überschattet.

Er war ein Gegenüber, ein Mensch, dessen Wirklichkeit die ihre berührte. Und sie würde ihn nicht belügen. »Norha«, begann sie.

»Ich muss dir etwas sagen. Es gibt einen Grund, warum du gerade jetzt abreisen sollst.«

»Das habe ich mir schon gedacht«, gab er zu. »Ich dachte – vielleicht willst du die Hochzeit hinauszögern?«

Sie sah ihm in die Augen. Sie waren grünlich, mit braunen Flecken gesprenkelt.

»Ich bin schwanger, Norha«, sagte sie. »Deswegen schickt meine Mutter dich fort.« Sie wartete auf seine Reaktion.

Er senkte den Blick auf die Tischplatte. Die Röte in seinem Gesicht stieg höher und kroch über seine Stirn bis zu den Haarwurzeln.

Sie lachte leise. »Meine Mutter hat sich so bemüht, dass du nichts erfährst. Und jetzt sage ich es dir einfach. Bist du nicht entsetzt?«

»Möchtest du jetzt schon heiraten?«, fragte er leise.

Dieses Angebot überwältigte sie, eine Welle von Zuneigung überflutete sie.

»Danke – aber man wird sehen, dass du nicht der Vater sein kannst. Es wird dunkel sein. Alika wird es als ihr Kind aufziehen, zusammen mit ihrem eigenen.«

Er nickte. »Das klingt nach einer guten Lösung. Dann hast du es ganz in der Nähe. Und auf deinen guten Ruf fällt kein Schatten.« Seine Augen streiften ihre helle Haut. Es fühlte sich fast an wie eine Berührung.

4. Dieses Mal

OBEN IN DEN Nordhäfen von Sandart war es das ganze Jahr über kühl und windig. Für Erion, der das milde Klima der Glücklichen Inseln gewöhnt war, war jeder Atemzug wie ein Schlag ins Gesicht. Aber Zukata lachte dröhnend, als sie alle von Bord gegangen waren – seine Piraten, seine Räuber, sein Gefangener. Anders als auf Neiara wirkten sie hier nicht wie eine Invasion, sondern fielen inmitten der vielen Schiffe, der Hafenarbeiter und Seeleute kaum auf.

»Sandart«, sagte Zukata zufrieden. »Endlich.« Er musterte seine Mannschaft mit seinen stechend blauen Augen. Unter diesem Blick fühlte jeder Einzelne sich klein und schuldig, jeder fragte sich: Ist er zufrieden mit mir? Habe ich genug getan auf dieser Reise, um ihn meiner Treue zu versichern? Sie duckten sich, aber keiner hätte darauf verzichten mögen, dass Zukatas Blick auch ihn traf, dass auch er beachtet und mit einem Nicken belohnt wurde.

»Ich werde nach Tirilis gehen und mit König Wersom sprechen«, sagte er. »Ich habe ein Abkommen mit ihm. Er wird uns Soldaten gegen Deret-Aif zur Verfügung stellen.«

Seine Leute horchten auf. Keiner hatte je gewagt, ihn zu fragen, was er mit dem Herrscher von Sandart abgemacht hatte.

»Und dann«, fuhr Zukata fort, vor ihren Augen schien er zu wachsen, »dann wird sich endlich erfüllen, was ich euch versprochen habe. Ich mache euch zu den Größten des Kaiserreichs. Wenn ich auf dem Kaiserthron sitze, werdet ihr Fürsten und Könige sein. – Glaubst du das nicht?«

Er wandte sich an Erion, der etwas verloren zwischen den jubelnden Männern stand und sich fragte, ob Zukata Gedanken lesen konnte. Wie konnte der Riese wissen, dass er das Ganze für aufgeblasenes Gerede hielt?

»Doch«, beteuerte Erion schnell. »Natürlich.«

Zukata runzelte die Stirn. Seine Hand schnellte vor, er packte den Jungen beim Schopf und schüttelte ihn ein paar Mal kräftig. Dann ließ er ihn unvermittelt los, und Erion, der schon geglaubt hatte, sein letztes Stündlein hätte geschlagen, brach zusammen und weinte.

Zukata schnaubte verächtlich. »Lüg mich nie wieder an. Hast du das verstanden?«

»Ja«, schniefte der Junge, der auf die Freundschaft dieses Mannes gehofft hatte und auf eine Krone – für sich, nicht für diese schmutzigen Piraten.

Zukata betrachtete den am Boden liegenden Gefangenen verächtlich, dann wandte er sich wieder an seine Männer. »Ich gehe voraus«, bestimmte er. »Ihr kommt mir nach, so schnell ihr könnt.«

Er hatte keine Geduld. Es zog ihn vorwärts, nach Tirilis, der Hauptstadt des Großreiches Sandart. Je schneller er den König an ihre Abmachung erinnerte, um so eher konnte er seinen Feldzug beginnen. Es duldete keinen Aufschub. Zu lange hatte er schon gewartet, zu lange hatte er sich vertrösten lassen und den Lügen seiner Familie zugehört. Sein Vater hatte ihn verraten. Sein Bruder hatte ihn betrogen. Er hatte zwar das Versprechen, dass Keta ihn eines Tages segnen würde, wenn er Blitz verschonte, aber Zukata war sich darüber im Klaren, dass auf Keta kein Verlass war. Er musste seine Familie vor vollendete Tatsachen stellen.

Mit großen Schritten eilte er durch den Hafen und die angrenzende Stadt. Die erzwungene Untätigkeit auf dem Schiff war für ihn kaum auszuhalten gewesen. Die ganze angestaute Energie brach sich jetzt Bahn; wie ein Pfeil, endlich von der Sehne gelassen, schnellte er vorwärts, und als er die Stadttore hinter sich hatte, begann er zu laufen.

Kein Mensch hätte jetzt noch mit ihm mithalten können. Sobald er in einen gleichmäßigen Rhythmus gefunden hatte, konnte er ohne Schwierigkeiten stundenlang so weiterlaufen. Er lief, und dabei waren seine Erwartungen fast noch schneller als er, immer waren sie vor ihm, seine Träume, seine Wünsche, all das, was sein würde. Es musste so sein, er würde dafür sorgen.

Nur zwei Tage brauchte Zukata, um Tirilis zu erreichen, den Ort, an dem er die nächsten wichtigen Schritte planen wollte. Die Soldaten, die ihm entgegentraten, würden bald auf sein Kommando hören, und die Tore des Schlosses, die sich ihm öffneten, würden eines nicht mehr fernen Tages den Kaiser von Deret-Aif einlassen.

»Der König ist bereit, Euch zu empfangen, Prinz Zukata.«

Dann, wenn es soweit war, würde es nicht heißen: Er ist bereit. Dann würden sie sagen: Er ist überglücklich, Euch empfangen zu dürfen. Und sie würden sich hüten, ihn mit diesen misstrauischen Gesichtern von oben bis unten zu mustern. Und es würden auch nicht so viele Wachen mit ihm in den Königssaal eintreten. Sie blieben zwar am Eingang stehen, aber ihm war durchaus bewusst, dass sie dort blieben. Das letzte Mal hatte König Wersom sich noch getraut, ihn unter vier Augen zu sprechen. Diesmal saß er merklich angespannt auf seinem Thron.

»Ah, Prinz Zukata!« Er stand auf, kam ihm ein paar Schritte entgegen und drückte ihm die Hand, kehrte dann aber rasch zurück auf seinen gepolsterten Stuhl, als sei es dort irgendwie sicherer.

»Ihr habt nicht erwartet, mich wiederzusehen«, stellte Zukata fest.

»In der Tat. Prinz Zukata – noch ist nichts von all dem zu sehen, was Ihr versprochen habt. Ihr hattet meine volle Unterstützung, und was habt Ihr daraus gemacht? Eure Geisel habt Ihr verloren. Ihr habt weder den vielgepriesenen Segen errungen noch seid Ihr dem Thron von Kirifas auch nur einen Schritt nähergekommen. Damit erkläre ich unsere Zusammenarbeit für beendet – und Ihr kommt noch günstig dabei weg, denn obwohl ich Euch Obdach in Sandart gewährt habe und Euch sogar bei der Suche nach der verschwundenen Prinzessin Leute zur Verfügung gestellt habe, habe ich nie irgendeine Art der Gegenleistung von Euch erhalten.«

Zukata stand sehr ruhig da, groß und aufrecht wie ein Baum. Nur um seine Mundwinkel zuckte ein kleiner Muskel.

»Ihr dürft gehen«, sagte König Wersom.

»Ihr habt mir Soldaten versprochen«, sagte Zukata und rührte sich nicht von der Stelle. »Ihr habt versprochen, mich beim Angriff gegen Deret-Aif zu unterstützen.«

Der König schüttelte den Kopf. Er sprach langsam, als hätte er ein begriffsstutziges Kind vor sich. »Für den Fall, dass Ihr den Segen erwerbt und damit der legitime Erbe des Kaiserreichs wärt. Nur für diesen Fall.«

»Ich werde auf dem Kaiserthron in Kirifas sitzen«, beharrte Zukata.

»Vielleicht«, räumte König Wersom ein. »Nur vielleicht. Aber ich schicke meine Soldaten nicht gegen meine Nachbarn, mit denen ich nicht im Krieg liege, ins Feld.«

Zukata beugte sich vor. »Letztes Mal habt Ihr noch anders gesprochen.«

»Letztes Mal konntet Ihr mir auch glaubhaft versichern, dass das Königreich Wenz mein sein wird, sobald Deret-Aif Euch gehört! Es schien ja alles so einfach, wie? Der Segen, dann Euer Herr Vater, der gewiss ohne Schwierigkeiten abdanken würde, dann das Riesenreich in Euren Händen, so dass Ihr mir gerne ein Stück davon abgebt ... ein fürwahr genialer Plan! Nein, Prinz Zukata. Wenn Ihr nicht einmal den ersten Schritt dieses Weges gehen konntet, wie soll ich Euch glauben, dass Ihr den Rest der Strecke bewältigen könnt? Eure Familienstreitereien gehen mich nichts an. Noch einmal sage ich es Euch im Guten: Ihr könnt jetzt gehen, ohne dass ich Euch für die Zeit und die Nerven, die Ihr mich gekostet habt, belange. Prinz Zukata.«

Prinz. Es war kein stolzer Titel mehr, nicht die Verheißung eines Erbes, das dreiundzwanzig Königreiche umfasste, sondern nur noch ein Schimpfwort, Aushängeschild des Versagens.

Zukata atmete tief durch. In ihm begann ein Grollen und Brodeln, er war ein Vulkan, nahe dabei auszubrechen, aber noch stand er, unbeweglich, und rang um Fassung. Schließlich sprach er, mit mühsam beherrschter Stimme.

»Ich habe mir geschworen, dass ich alle dafür bezahlen lasse, die mich verraten und betrogen haben«, sagte er. »Wollt Ihr wirklich dazu gehören, König Wersom?«

Der König gab seinen Wachen ein Zeichen. Geschlossen traten sie einige Schritte vor.

»Ihr seid ein Riese, Prinz Zukata«, sagte er. »Aber auch Ihr seid weder unbesiegbar noch unsterblich. Dort stehen dreißig Soldaten, bis an die Zähne bewaffnet, die Euch aus meinem Palast geleiten werden.«

Die Sandarter kamen näher, sie verteilten sich weiter im Raum und ließen die Tür frei. Zukata sah die Pfeile, die auf ihn gerichtet waren, eiserne Spitzen, bereit zu fliegen. Sie glänzten dunkel. Gift? Er konnte es nicht wissen, aber allein die Vermutung genügte, dass seine Nackenhaare sich sträubten.

»Euer Gesindel ist auf dem Weg hierher«, fügte der König hinzu. »Ich habe ihnen bereits einen Trupp Soldaten entgegengeschickt. Besser ist es, Ihr nehmt Eure schmutzigen Halsabschneider mit und verlasst mein Land, oder es wird nicht mehr viele geben, die Ihr für Euren Feldzug gegen den großen Kaiser von Deret-Aif ins Gemetzel führen könnt.«

Der Muskel in Zukatas Gesicht zuckte immer noch.

Er ging schnell, vielleicht noch schneller als auf dem Hinweg. Und als er seine kleine private Armee die Straße entlangtrotten sah, seine Piraten und Räuber, sein Gesindel, seine Halsabschneider, atmete er auf und blieb stehen, um auf sie zu warten. Er rannte ihnen nicht entgegen, mit ausgebreiteten Armen, sondern wartete, das Gesicht dunkel.

»Zukata!« Settan eilte auf ihn zu. »Warst du schon in Tirilis? Was hat er gesagt? Wann geht es los?«

»Ich hatte fast erwartet, er würde dir die Soldaten gleich mitgeben.« Einer der Räuber lachte, fühlte sich ertappt und hörte sofort auf.

Zukata schwieg. Er schwieg, bis ihnen sein Schweigen auffiel. Einer nach dem anderen verstummte gleichfalls und versuchte, nicht allzu sehr betreten in eine andere Richtung zu schauen, um seinen Zorn nicht herauszufordern.

»Er hat mich fortgejagt wie einen räudigen Hund«, flüsterte Zukata. Nicht zornig klang es, nur fassungslos, und der eine oder andere fragte sich, wann er dafür würde bezahlen müssen, dass Zukata ihn zum Zeugen seiner Demütigung gemacht hatte.

»Was schlägst du vor?«, fragte Zukata, und der blaue Blick richtete sich plötzlich auf Erion.

Der Junge schrak zusammen. Wenn er nicht mitten zwischen den Räubern gestanden hätte, wäre er vielleicht ein paar Schritte zurückgewichen, so aber konnte er sich nicht von der Stelle rühren. Er musste Zukatas Frage aushalten, und an dem gleichzeitigen Zusammenzucken und erleichterten Aufatmen der Männer erkannte er, dass diese Frage wie der Vorbote eines Sturms war, dass es sich bald zeigen würde, an wem der Riese seinen Grimm auslassen würde.

»Ich«, stammelte er, erschrocken, »ich ...«, während er fieberhaft nach einer Idee suchte, nach etwas, was ihn retten konnte, und zugleich verzweifelt und schwungvoll beendete er den Satz: »würde vorschlagen, Ihr heiratet eine Prinzessin.«

»Was?« Auch dies war noch kein Schrei, noch lange kein Gebrüll, aber der Sturm kam näher, unzweifelhaft. »Was für eine Prinzessin?«

»Die Tochter des Königs von Yos«, antwortete Erion standhaft. »Sie heißt Sidini. Durch diese Heirat wärt Ihr mit einem Schlag der Erbe der Krone von Yos. Damit wärt Ihr gleichzeitig ein Mitglied der königlichen Familie von Melgian. Aus diesem Grund ist die Prinzessin auch noch unverheiratet. Ihre Verwandten aus Melgian kann sie nicht heiraten und mit Sandart wollen sie dort nichts zu tun haben. Wenn Ihr gegen Sandart vorgehen wollt, hättet Ihr, wenn alles gut läuft, Yos und Melgian auf Eurer Seite.«

Zukata starrte seinen Gefangenen an. Erion dachte: Er wollte, dass ich sein Freund bin. Er hat es versprochen, das hat er. »Sandart hat gar nicht so viele Soldaten«, fuhr er fort, »vor allem nicht, wenn die Küste von Piraten heimgesucht werden würde. Dann müssten sie an zwei Fronten kämpfen. Ich denke sogar …«

»Halt«, gebot Zukata. »Halt, ich meine: Wieso sagst du mir so etwas?« Auch verblüfft sah man den Riesenprinzen selten. Er schaute auf Erion herab wie auf ein Exemplar einer neuen Tierart, die nie zuvor ein Mensch entdeckt hatte. »Wie kommst du dazu?«

Erion wurde blass. Er spürte die Furcht der Räuber. Sie musste sich nicht auf ihn übertragen, er hatte so schon Angst genug für mehrere von seiner Sorte.

Erions Stimme versickerte zu einem Flüstern. Er wollte klar und deutlich reden und beweisen, dass er mutig war, denn er wusste mittlerweile, wie viel Wert Zukata auf Mut und Aufrichtigkeit legte, aber er konnte kaum sprechen, und er begann auch wieder zu stottern.

»Ich – ich habe mich – mich für Adelskun-kunde in-in-interessiert.«

Zukata wischte die misslungene Auskunft mit einer Handbewegung zur Seite. »Du interessierst dich für Königshäuser?« Er nickte. »Ja, so bist du mir entgegengerannt, wie ein Knirps aus einem Königshaus, ohne Verstand, aber immerhin einen stolzen Namen auf den Lippen. Neiara. Willst du, dass ich Kaiser von Deret-Aif werde, Bürschchen?«

»Ja, ja«, versicherte Erion.

Zukata blickte in die Runde, nicht um sich der Zustimmung seiner Leute zu versichern, sondern um ihre Liebe zu spüren, ihre Zuversicht, mit der sie seinen Wunsch teilten, mit der sie seinen Traum mitträumten.

»Gut«, sagte er. »Dann gehen wir nach Yos.«

»Dort«, sagte Tinek. »Dort soll das Schloss stehen. Ich wüsste keinen besseren Platz.«

»Ich hatte mir immer vorgestellt, wir würden unser Gut einfach erweitern und umbauen.« Mit gerunzelter Stirn betrachtete Wikant den Platz, den seine Frau ausgesucht hatte. Er war eine ganze Ecke von der Kelterei entfernt, ein Ort, den er immer nur als Aussichtspunkt angesehen hatte. Von hier hatte man einen grandiosen Blick aufs Meer, das am Fuß der steil abfallenden Klippe gegen die Insel donnerte. Ein mehrere Meter breiter und noch tieferer Spalt trennte die Felsnadel vom Rest der Insel. Es war keine gemütliche Stelle zwischen Weinbergen und Dörfern, so wie sie bisher gelebt hatten.

»Ich sehe da ein kleines Problem«, sagte Wikant. »Dieser ... Felsen, würde ich mal sagen, hat unbestreitbar etwas Königliches, aber er ist ja nicht einmal richtig mit dem Land verbunden. Über diese kleine Brücke kann man doch nicht die Steine für ein ganzes Schloss schleppen.«

Ein paar lange Bretter lagen über dem Riss, und obwohl sie gut befestigt waren, gehörte Mut dazu, hinüberzugehen und nicht nach unten zu schauen.

»Wir können ein paar der Bäume fällen«, schlug Tinek vor und wies auf die großen, sturmerprobten Bäume, die hier oben wuchsen. Fast ein kleiner Wald war es, der sich hier an den Rand der Klippen klammerte. »Sie würden direkt über die Schlucht fallen. Daraus lässt sich doch eine ordentliche Brücke bauen. Außerdem ist das nicht unser Problem. Der Baumeister wird schon dafür sorgen, dass es klappt.«

»Welcher Baumeister?«, fragte Wikant.

»Er.« Sie deutete vage den Hang hinunter. Der Weinfürst sah einen großen, schlanken Mann in gebeugter Haltung sich die Steigung hinaufkämpfen.

»Was? Du hast einen Baumeister bestellt? Ich bin ja mittlerweile daran gewöhnt, dass du mich überraschst, aber das ... Tinek! Wir haben nichts! Wir haben überhaupt nichts, mit dem wir ihn bezahlen könnten.«

»Nicht nur ihn. Ihn und seine Arbeiter. Und das Material. Glaubst du, ich weiß nicht, welche ungeheuren Summen dieses Projekt verschlingen wird? Aber bisher ist doch alles gut gelaufen.«

»Wir haben noch nichts von unserem Anteil gesehen«, erinnerte er sie mit gepresster Stimme. »Es gibt keine Garantie dafür, dass die Räuber nicht einfach alles behalten.«

»Sie haben einen Boten zu Zukata geschickt. Oder eine Nachricht. Wie auch immer sie mit ihm in Kontakt stehen.«

»Das haben sie gesagt.« Wikant seufzte. »Tinek, du weißt, dass das nicht heißen muss, dass wir die Hälfte der Beute bekommen werden. Sie gehören zu Zukata, also wird er sicherlich einen Anteil einfordern. Meinst du, er wird darauf zu unseren Gunsten verzichten? Meinst du, er sagt: Ich fühle mich geehrt, weil ihr meinem Auftrag nachkommt, und sicherlich dürft ihr von diesem Gold nehmen, was ihr braucht? Oder wird er sagen: Es ist doch nicht mein Problem, ob ihr ein Schloss da hinstellt oder nicht, ich habe euch nur gesagt, wie es laufen wird? Oder wird er es nicht einmal für nötig halten, uns zu antworten?«

Sie sahen gemeinsam zu, wie der Mann sich näherte.

»Tinek, es gibt keine Garantie, dass wir Erion jemals wiedersehen.«

Er hatte es endlich gesagt. Sie drehte sich zu ihm um und warf das Kinn hoch. »Nein«, sagte sie. »Ich bin nicht dumm, ich weiß das selbst. Aber was haben wir zu verlieren? Was, frage ich dich. Entweder wir werden König und Königin und leben in einem Schloss und stehen diesen Geizhälsen in Drian oder Tors in nichts nach, wir stehen uns gut mit Zukata, dem zukünftigen Kaiser, und irgendwann bekommen wir unseren Sohn zurück, der ein Vertrauter des Kaisers sein wird ... oder – ja, oder was? Oder wir stürzen uns hier von diesem Felsen, da nach unten, ins Meer? Willst du lieber das? Ich merke, wie du dich über mich wunderst. Aber was sollen wir denn sonst tun? Wir werden mit den Wölfen heulen oder untergehen.« Sie nickte, und ein nachdenklicher Zug trat in ihre Augen. »Wikant, es war der schwärzeste Tag in unserem Leben, als der Riese unser Tor eingetreten hat. Aber hast du bemerkt, wie dieses Raubgesindel uns ansieht, wenn wir erzählen, dass Prinz Zukata an unserem Tisch gesessen und unseren Wein getrunken hat? Sie sehen etwas in ihm, das sie sogar dazu bringt, mit uns ihre Pläne zu besprechen, statt uns den Schädel einzuschlagen. Vielleicht wird es wirklich wahr. Er wird der große Kaiser in Kirifas sein. Und dann gehören wir zu denen, die ...«

Sie brach ab, denn der Baumeister hatte sie jetzt endlich erreicht. Vorsichtig balancierte er über die Bretter und trat zu ihnen auf den

Felsen. Sein Gesicht strahlte. »Uneinnehmbar«, rief er aus. »In der Tat, uneinnehmbar, unangreifbar!«

»Du hältst es nicht für einen Nachteil, dass wir hier auf einer Felsnadel sitzen?«, erkundigte Wikant sich irritiert, denn er hatte mit einer anderen Reaktion gerechnet.

»Auf der einen Seite das Meer, der steil abfallende Fels, und hier diese Schlucht ... bessere Voraussetzungen gibt es wohl kaum. Das Schloss wird auf einer unerreichbaren Säule thronen. Eine Zugbrücke muss hier herüberführen. Wenn sie hochgezogen ist, wer soll da gegen Euren Willen eindringen können?«

»Ja«, sagte Tinek, »genau so dachte ich es mir auch.«

»Kommende Generationen werden Euch für dieses Haus dankbar sein.«

»Das ist der Beginn unserer eigenen Dynastie«, murmelte sie. »Wir legen den Grundstein für Jahrhunderte. Das Haus Neiara. Die Herren der Inseln.«

Wikant schnaubte verächtlich. »Mit den Wölfen heulen, fürwahr.«

Tinek hatte ihn gehört. »Und?«, fuhr sie ihn an. »Willst du dich lieber von ihnen zerreißen lassen? Willst du Drian unsere Insel überlassen? Denen? Lieber zeige ich ihnen, dass ich auch Krallen und Zähne habe.«

Der Baumeister ging bereits auf und ab und zählte seine Schritte.

»Die erste Rate ist fällig«, sagte Kelon. Er stand vor ihr; da Tinek sich hinter dem Tisch verschanzt hatte, wirkte er wie ein unschlüssiger Angreifer. »Der Baumeister verlangt sein Geld. Und die Weinarbeiter haben schon einige Monate auf ihren Lohn verzichten müssen. Sie murren, wenn sie sehen, dass ihr euch ein neues Haus baut, statt ihnen ihr Geld zu geben.«

»Es muss sein.« Sie bemühte sich, sicher und selbstbewusst aufzutreten und ihn ihre eigene Angst nicht merken zu lassen. »Hier im Gutshaus sind wir nicht sicher. Du warst dabei, du weißt, dass hier einfach jeder hereinplatzen und mitnehmen kann, was ihm gefällt.«

»Ja, ich war dabei.«

»Nun denn. Vertröste sie. Das Geld wird bald eintreffen.«

»Welches Geld?«

»Geld eben. Es wird kommen. Es ist schon unterwegs.« Sie hatte nicht vor, ihrem Verwalter mitzuteilen, woher sie diese Gewissheit hatte. Und eine Gewissheit war es schon lange nicht mehr. Mit ihrer Hilfe hatten die Banditen zwei Schlösser geplündert. Sie hatte sogar den Verdacht, dass sie es immer noch taten, dass sie, nachdem sie sich einmal dort eingenistet hatten, nicht so schnell wieder damit aufhören würden, solange man ihnen nicht auf die Schliche kam. Warum hätten Berufsverbrecher ihr und Wikant etwas dafür bezahlen sollen, dass sie ihr diebisches Handwerk ausübten?

Kelon schüttelte den Kopf. »Das wird nicht mehr lange gutgehen.«

»Das lass ruhig meine Sorge sein.«

Aber sobald er fort war, stützte sie ihr Gesicht in die Hände und kämpfte gegen die Tränen. Es lief alles so gut. Die Pläne für das Schloss waren gezeichnet, die erste Ladung Steine wurde bereits den Hügel hinaufgezogen. Im Hafen wartete schon das zweite Schiff. Und sie hatten nichts, um all das zu bezahlen.

Wikant trank wieder. Sie wusste das, obwohl er versuchte, es vor ihr zu verheimlichen. Aber sie hatte es sofort gewusst, sie hatte ihm nur einmal ins Gesicht sehen müssen, in seine Augen, die schuldbewusst zur Seite starrten, und ihre alte Angst kehrte zurück. Er ruiniert sich und das Gut, er ruiniert uns alle …

»Fürstin Tinek?« Kelon steckte schon wieder den Kopf durch die Tür.

»Was? Was denn noch?«

»Hier ist ein Mann, der Euch zu sprechen wünscht.«

»Was will er? Geld?«

Noch ein Gläubiger. Sie nickte kraftlos, aber als der Mann eintrat, setzte sie sich aufrecht hin und blickte ihm kühn entgegen. Es musste einer der Hafenarbeiter sein, der seinen Lohn verlangte, wahrscheinlich einer der Vorarbeiter, denn er wirkte wie jemand, der zu arbeiten verstand, gleichzeitig trug er das Kinn recht hoch für jemanden, der sich jeden Tag neu verkaufen musste.

»Ja?«, fragte sie und kramte in dem Stapel Papiere vor sich, als sei sie ungeheuerlich beschäftigt.

Der Fremde setzte sich ohne Aufforderung, und da ihm kein Stuhl zur Verfügung stand, benutzte er einfach ihren Schreibtisch dafür. Dabei lächelte er, und irgendetwas war in diesem Lächeln, das ihr ganz und gar nicht gefiel.

»Ihr werdet alle euren Lohn bekommen, ganz bestimmt«, versicherte sie schnell. »Ich muss nur ... ich warte auf ...« Ihr Herz begann schneller zu schlagen, und sie wünschte sich, Wikant wäre da und würde es übernehmen, mit solchen Leuten zu reden. Männer wie dieser hier waren in der Lage, einem das Dach über dem Kopf anzuzünden, wenn man gegen die Regeln verstieß. Sie wusste das. Mittlerweile hatte sie mit genug merkwürdigen Typen zu tun gehabt, die ihre eigenen Gesetze aufstellten und über die Sorgen und Nöte anderer nur lachen konnten.

»Wie recht du hast«, sagte er leise. »Jeder wird bekommen, was ihm zusteht, wenn er bezahlt hat.«

Sie schluckte. »Du kommst von – von ihm?«

»Kluges Kind. Ja, ich komme von ihm. Zukata höchstpersönlich hat mich hergeschickt.«

Ihr Herz flatterte wie ein Schmetterling in einem Glas. Er genoss ihre Angst sichtlich.

»Fürstin«, sagte er. »Fürstin Tinek. Nennt Ihr Euch nicht so? Man hört, Ihr baut ein Schloss.«

»Ja«, hauchte sie.

»Ein eigenes Schloss, auf dem Fundament des Goldes anderer Schlösser?«

Sie wusste nicht, ob das ein Vorwurf oder ein Kompliment sein sollte, also schwieg sie dazu.

Er griff in seinen Mantel und zog einen kleinen Beutel hervor, den er vor ihr auf die Rechnungen fallen ließ. Tinek zuckte zusammen. Münzen. Sie wusste, wie Goldmünzen klangen, das schönste Geräusch der Welt, und doch wagte sie nicht, die Hand danach auszustrecken. Der Fremde tat es für sie. Mit langen Fingern zupfte er an der Schnur, und die Münzen rollten über den Schreibtisch.

»Vielleicht habt Ihr etwas anderes erwartet?«, fragte er. »Einen Leuchter, einen Bilderrahmen, ein paar Diamantringe? Wir hielten es für besser, alle Beutestücke zu verkaufen. Man könnte vielleicht sonst auf dumme Ideen kommen, nicht wahr? Ihr wisst ja, wie die Leute reden. Und wir«, er lächelte elegant, »wir kennen uns ja mit solchen Dingen aus.«

Davon bin ich überzeugt, wollte sie sagen, aber sie brachte nur ein heiseres »Ja« heraus.

»Es ist natürlich noch nicht alles«, fuhr der Mann fort, »wie Ihr Euch sicherlich denken könnt.«

Sie zwang sich dazu, ihm ins Gesicht zu schauen. »Danke.«

»Oh, keine Ursache. Wenn Ihr doch jetzt zur Truppe gehört. Und das tut Ihr doch jetzt wohl, oder? Fürstin Tinek?« Er sah sich um, als sei ihm gerade jetzt erst aufgefallen, dass ihr Mann nicht anwesend war. »Und Fürst Wikant?«

»Ist ... ich glaube ... nebenan.« Wo er trank. Sie wusste das. Wenn er nicht schon so viel getrunken hatte, dass er nicht mehr konnte.

»Wunderbar. Denn sicherlich möchte er dabei sein, wenn wir Eure Verbundenheit mit dem Prinzen besiegeln.«

»Ja«, sagte sie rasch, und dann, während ihr dämmerte, dass irgendetwas hinter seinen Worten lauerte, das ihr bisher entgangen war, fragte sie: »Wie – wie meinst du das?«

Sein Lächeln hatte etwas unzweifelhaft Wölfisches, als er statt einer Antwort seinen Ärmel hochschob. Sie hatte das Brandzeichen schon einmal an einem von Zukatas Räubern gesehen, aber damals hatte es nicht ein solches Erschrecken in ihr ausgelöst wie jetzt. Es sprang ihr entgegen, ein Bild, das sich in sie einbrennen würde ... in ihren Geist und ihr Fleisch ...

Tinek schnappte nach Luft, sie glaubte, ohnmächtig werden zu müssen. Aber ihr Körper verweigerte ihr eine gnädige Bewusstlosigkeit, und sie hörte den Fremden sagen: »Ihr wünscht Euch doch eine Krone, wie ich hörte.«

»Aber ...« Sie wollte eine Königin sein. Nicht eine gebrandmarkte Verbrecherin, der der Galgen drohte, sollte das jemals herauskommen.

»Ich bin eine Dame«, wandte sie schwach ein, »ihr könnt doch keiner Frau das antun ...?«

»Ihr müsst nicht«, sagte er und lächelte wieder sein Raubtierlächeln. »Beratet Euch mit Eurem Gemahl. Ich warte hier.«

Er beugte sich über den Tisch und fegte die Goldmünzen wieder zusammen. Gebannt sah sie zu, wie er sie in den Beutel zurücktat. Wie eine Schlafwandlerin stand sie auf und ging zur Tür, ohne ihre Füße zu spüren, ohne irgendetwas zu spüren.

»Wikant?« Ihre Stimme klang ungewohnt weinerlich. Er saß auf seinem Stuhl in diesem Raum, der fast ihr Thronsaal gewesen war, bevor sie beschlossen hatten, ein echtes Schloss bauen zu lassen, und wirkte sehr ernst und sehr untätig. Natürlich hatte er getrunken. Gerade jetzt, wo sie ihn brauchte, wo sie ihn so dringend brauchte! »Wikant?« Sie legte ihre Hände auf seine Knie. Ihre Hände. Auf einmal wurde ihr bewusst, wie hell sie waren, wie schön, und wie hell und weiß und schön ihre Arme waren. Ein Mal, wie Vieh ... es war nicht zu denken. »Wikant? Oh Wikant!« Sie wollte es ihm erzählen, aber sie konnte nicht. Sie weinte nur, weinte und weinte, bis er schließlich fragte: »Und was ist eigentlich los?«

»Das Geld ist da.«

»Unser Geld?«

»Ja.«

»Das scheint mir kein Grund zum Weinen.« Er sprach sehr langsam und bedächtig, wie immer, wenn er so viel getrunken hatte, dass er nicht stehen konnte.

»Wikant, oh mein Lieber! Sie wollen ... Oh, hör mir zu. Zukatas Zeichen. Sie wollen ... Zukata will ... hörst du mir zu?«

»Das Zeichen«, wiederholte er nachdenklich. »Eine Krone. Die Krone des Kaiserreichs. Und darüber schlägt der Blitz ein. Z für Zukata. Was ist, Tinek? Siehst du dich schon am Galgen baumeln?«

»Aber wir können doch nicht ... Wikant, ich kann nicht! Ich will das nicht! Kann es nicht einen anderen Weg geben? Wie kann ich das zulassen?« Sie weinte wieder. Ohne Mitleid beobachtete er, wie die Tränen aus ihren Augen quollen.

»Mit den Wölfen heulen, weißt du noch?«

»Aber doch nicht so! Wikant! Ich habe solche Angst!«

»Wovor?«, fragte er. »Zeigst du jemals öffentlich deine Schultern? Nein, denn das wäre unanständig. Also wo ist das Problem? Niemand wird es sehen.«

»Aber ich werde es wissen! Es wird sein, als gehörten wir ihm.«

»Das tun wir doch schon«, sagte er dumpf. »Längst.«

Alikas Kind kam zuerst. Sie gebar einen Jungen, hübsch und dunkelhaarig. Werie, die Hebamme legte ihr lächelnd den Säugling in den Arm. »Lasst sein Geschrei nicht draußen hören«, warnte sie.

El Jati, der seinen Sohn voller Staunen und Freude betrachtete, achtete nicht auf sie, aber Alika nickte. »Ja«, sagte sie, »ja, natürlich. Aber was ist, wenn es bei Mino noch lange dauert? Wir können ihn nicht ewig verstecken.«

»Es wird nicht lange dauern, mach dir keine Sorgen«, sagte Werie im Brustton tiefster Überzeugung.

Das Gegenteil jedoch sagte sie zu Mino, als sie sie auf Drängen der ungeduldigen Binajatja hin untersuchte. »Drei, vier Wochen durchaus noch.«

Binajatja kniff die Augen zusammen. »So lange? Und es rührt sich bei dir noch gar nichts?«

»Manchmal zieht es ein bisschen«, behauptete Mino.

»Wir können unmöglich einen ganzen Monat warten. Zwillinge, die einen Monat auseinander sind?« Binajatja schüttelte den Kopf. »Und Norha kann jeden Tag zurückkommen. Kannst du es nicht jetzt holen?« Sie starrte die Hebamme eindringlich an und die Hebamme starrte ungerührt zurück. Schließlich seufzte Binajatja. »Wie viel?«

»Fünf Goldstücke.«

»Dafür kann ich mir ein Kind kaufen, wenn ich eines haben möchte!« Ärgerlich ging sie zum Schrank und kramte in einer Schachtel herum. »Hier. Vier Goldstücke für deine Arbeit und eins für dein Schweigen.«

»Mutter, ich glaube nicht, dass es Norha so viel ausmachen würde.«

Aber Binajatja hatte keine Lust, mit ihr zu streiten. »Es geht nicht nur um Norha. Willst du, dass Alika das Kind aufzieht oder nicht? Eine Woche weiter, und es muss doch ins Kloster. Ist dir das lieber? Fang an, Werie. Jetzt oder nie.«

Werie lächelte Mino aufmunternd an. »Dann wollen wir mal.«

»Es ist noch zu früh«, protestierte Mino. »Bitte, ich spüre es, es ist doch noch viel zu früh. Wie kannst du so etwas tun?«

»Du hast deine Mutter gehört. Wir machen es jetzt. Zum Leben ist es groß genug, und wenn nicht, dann eben nicht. Ich rühre dir ein Wehenmittel an. Wenn es nicht so geht, wie wir uns das wünschen, hat sich das deine Mutter selbst zuzuschreiben.«

Als Mino von Alikas Kind erfahren hatte, war sie so froh gewesen, so voller Glück; sie hatte gar nicht daran gedacht, was diese Nachricht für sie selbst bedeutete.

»Was hat Alika bekommen? Einen Jungen oder ein Mädchen?«, fragte sie. Sie versuchte, das Zittern aus ihrer Stimme herauszuhalten. Ihre Angst vor der bevorstehenden gewaltsamen Geburt war so groß, dass ihre Beine sie nicht mehr trugen.

»Einen Jungen«, sagte Werie. »Tamait heißt er. So, und jetzt trink das hier.«

Wenn sie jemals hatte fliehen wollen, hätte sie das gleich nach ihrer Ankunft tun müssen. Oder sie hätte bei den Zintas und bei Keta bleiben können. Dort, wo ihr Kind in fröhlicher Gemeinschaft hätte aufwachsen dürfen, in den Wäldern bei den bunten Wagen. Mit Toris, seinem Vater, der ihm Jonglieren beibrachte, einem Haufen Tanten, die es kitzelten und ihm Lieder vorsangen, einer überglücklichen Großmutter – es passte nicht so recht, sich Variti als Großmutter vorzustellen – und jeder Menge Spielkameraden.

Das alles hatte sie ausgeschlagen, hatte es ihrem Kind vorenthalten. Sie hatte das Unglück gewählt, für sich und damit auch für ihr Kind, doch nie war ihr das so bewusst gewesen wie jetzt. Vielleicht brachte Werie es um. Oder sie selbst starb. Vielleicht endete nun alles, hier in diesem Haus, in dem sie niemals wirklich glücklich gewesen war. Und es war unmöglich, die Entscheidung rückgängig zu machen.

Es war zu spät. Es gab keine Möglichkeit, ohne Binajatjas Erlaubnis von dieser Insel zu entkommen. Sie saß hier fest.

Als sie das Gebräu hinunterschluckte, das übel schmeckende, war es ihr, als würde sie den Tod trinken, für sich und ihr Kind, und während sie auf die Schmerzen wartete, hoffte sie fast darauf, dass der Tod sie hier fand. Aber sie konnte das Gleiche nicht für ihr Kind hoffen.

Werie erlaubte ihr nicht zu schreien, schließlich durfte niemand wissen, dass sie hier ein Kind bekam. Sie heulte in ein Tuch, während die unglaublichen Schmerzen ihren Körper zerrissen. Ich sterbe, dachte sie. Nun geschieht es doch und ich sterbe hier ...

Aber sie starb nicht. Oder doch?

Sie lag da und fühlte, wie das Leben aus ihr herausrann ...

»Zu viel Blut«, hörte sie die Hebamme sagen. »Sie verliert viel zu viel Blut.«

»Tu etwas, verdammt!«, sagte die Stimme ihrer Mutter.

Verdammt, ja, dachte Mino. War ich das nicht von Anfang an? Sie war damit zufrieden, zu sterben. Dann brauchte sie Norha nicht zu heiraten. Dann brauchte sie überhaupt nichts mehr zu tun. Sie schloss die Augen und wartete darauf, dass die Brücke vor ihr auftauchte, die wunderbare Brücke über das Meer.

»Etwas mickrig, wie?« Es interessierte sie nicht, worüber die anderen sprachen. »Schau her, Mino«, befahl Binajatja. »Schau her, sage ich dir!« Sie wollte die Augen nicht öffnen. Aber sie war es so gewöhnt, ihrer Mutter zu gehorchen, dass sie die Lider hob. Und direkt vor ihr war ein zerknautschtes, rotes Gesicht.

»Das ist dein Kind, schau es dir an!«, forderte Binajatja sie auf. Mino hatte nicht gewusst, dass es lebte. Sie hatte auf einen Schrei gewartet und es war kein Schrei gekommen. Nun sterben wir hier beide, zusammen ... Aber da war das Kind, eingewickelt in ein weißes Tuch. Auf seinem Kopf bauschte sich weicher, dunkler Flaum. Für so ein winziges Kind hatte es unglaublich viel Haar. Seine Augen waren schwarz. Wundervolle schwarze Augen.

Sofort hörte Mino auf zu sterben. Sie war so kraftlos, dass sie ihre Arme kaum heben konnte, aber sie streckte die Hände nach diesem Wunder aus.

»Ein Mädchen«, teilte ihr Binajatja mit. Ihre Stimme klang auf einmal anders, weicher und freundlicher und zugleich rau, fast so, als wäre sie gegen ihren Willen gerührt.

»Ixa«, flüsterte Mino.

»Was? Du nennst es Ixa? Was ist denn das für ein Name?« Die Apfelkönigin schüttelte den Kopf. »Ganz bestimmt nicht Ixa. Werie wird es zu Alika bringen, wenn sie hier mit dir fertig ist, und Alika soll sich einen Namen ausdenken. Nun, was ist, Werie? Kannst du die Blutung stoppen?«

Binajatjas Stimme zitterte leicht. »Hier«, sagte sie und ergriff Minos Hand, »fühl mal.« Ihre Hand berührte das Köpfchen ihrer Tochter. Warm und weich waren ihre Haut und das flaumige Haar. Auf einmal öffnete sie den Mund und krähte.

Dies war das Glück. Es war wie die Vision von der Brücke, auf die sie gewartet hatte – ein Gefühl von solch eindringlicher Klarheit, dass dagegen alles andere verblasste.

Während sie hier lag und starb oder auch nicht starb, während sie verblutete – aber vielleicht auch nur fast – kam ein solches Glücksgefühl über sie, dass sie es kaum aushalten konnte. Ihr Herz wurde leicht und ihr ganzer Körper schien über dem Bett zu schweben, frei wie ein Vogel im Wind über dem Meer. Die dunklen Augen, in die sie blickte, waren die schönsten Augen der Welt. Aus der Nacht ihres Leibes und ihres Lebens war ein Geschöpf ins Tageslicht geboren worden, so unaussprechlich wunderbar, dass daneben nichts anderes mehr zählte.

Dies, so fühlte sie, ist das Glück.

In dem Gasthaus zog es erbärmlich. Norha rieb seine Füße aneinander und sehnte sich nach einem Platz näher am Kamin. Auf den Glücklichen Inseln vergaß man allzu leicht, dass der Winter nicht die ideale Zeit zum Reisen war.

Missmutig schlürfte er seine heiße Suppe oder das, was der Wirt prahlerisch als Suppe bezeichnete. Falls ein Stück Fleisch oder wenigstens ein Knochen hier durchgeschwommen war, hatte es jedenfalls keine Spuren hinterlassen.

»Du musst Wild verlangen.«

Erstaunt blickte Norha auf. »Wikant? Was machst du denn hier?«

»Alles andere ist ungenießbar. Vertrau mir, ich war schon oft genug hier.«

Norha schob seinen Teller von sich fort. »Ich dachte, du bist zu Hause?«

»Das bin ich auch. Im Ernst, ich habe genug auf Neiara zu tun. Aber als ich mitbekommen habe, dass du eine Reise machst ...«

»Mitbekommen? Du und Tinek, ihr habt mir doch die ganze Zeit zugeredet, dass ich auf Binajatjas Vorschlag eingehen soll.«

»Und Mino?«

»Was ist mit ihr?«

Wikant starrte ihn eine Zeitlang an, dann wandte er sich um und winkte dem Wirt. Er musste nicht einmal sagen, was er bestellte.

»Du bist anscheinend wirklich öfter hier«, stellte Norha fest. Seine Füße froren noch immer, aber er nahm sie nicht mehr so deutlich wahr. Seinen ganzen Körper durchjagten Schauer. »Was willst du von mir? Was noch? Erst sollte ich Binajatja heiraten und dann auf einmal Mino ...«

»Bist du nicht froh, dass ihre Tochter gerade rechtzeitig heimgekehrt ist? Es wäre ziemlich dumm gewesen, wenn du Binajatja geheiratet hättest, um die Insel zu bekommen, und wenn dann plötzlich die Erbin aufgetaucht wäre.«

Norha ging auf die erfreuliche Wendung der Dinge nicht ein. »Was also? Du bist doch nicht zufällig hier.« Dass er das Unbehagen seines Bruders spürte, machte die Sache nicht besser. »Tinek hat dich geschickt, wie?«

»Du brauchst nicht wegen der Zölle zu verhandeln«, sagte Wikant. »Bezahl sie einfach. Wir holen uns alles wieder, was sie uns abnehmen.«

»Wie soll ich das verstehen?«

»Wonach klingt es denn?«, fragte Wikant angriffslustig. »Stellst du dich nur so blöd oder bist du es wirklich? Vergiss Drian. Sie haben dir den ganzen Winter freigegeben, deine Apfelköniginnen? Geh nach Sitra.«

»Was soll ich dort?«

»Das Königshaus besuchen. Dort leben. Nichts weiter. Und die Augen offenhalten.«

Norha versuchte, Wikant zu durchschauen, in seinem Gesicht etwas zu lesen, was einfach nicht entzifferbar war. »Was? Warum?«

»Sie werden dich dort aufnehmen, wenn du dich als der Fürst von Arima vorstellst. Mach nicht so eine Miene, halt dich gerade, und du bist, was du dich nennst. Tu, als wärst du auf Brautschau.«

»Ich bin gerade dabei, Mino zu heiraten, falls du das vergessen hast! Wen soll ich denn noch alles heiraten?«

»Für Binajatja, die einsame Schwiegermutter. Erzähl, dass du einen alten Grafen oder was auch immer für sie suchst. Sieh dich um. Mehr erwarten wir gar nicht.«

»Kannst du mir sagen, was das soll? Willst du es mir sagen?«

Wikant sah auf, als der Wirt einen großen, zugedeckten Teller brachte. »Ah, da ist es! Wunderbar!«

Norha lief das Wasser im Mund zusammen, als er den Duft des Bratens roch. »Wild?«, fragte er leise. »Hat nicht nur der König von Drian das Recht, in diesen Wäldern zu jagen?«

»Iss«, befahl Wikant. Er griff nach Norhas Weinglas und stürzte es hinunter.

»Ich dachte, du trinkst nicht mehr.«

»Denk nicht so viel. Iss.« Er beugte sich vor. »Du wirst dich noch daran gewöhnen, zu essen, was dem König gehört. Irgendeinem König.«

»Dein Schloss steigt dir zu Kopfe, wie?«

Norha war an diesem Tag so lange geritten, dass er kaum noch sitzen konnte. Es verlangte ihn nach einem Bett. Wahrscheinlich würde es von Flöhen und Wanzen wimmeln.

Wikants Hand zitterte leicht, als er die Hand zum Mund führte. Bratensaft tropfte auf das glatte Holz des Tisches. »Verlange ich wirklich so viel? Reite nach Sitra und lebe eine Weile dort am Hof. Das wirst du doch noch für deinen Bruder und seine Familie tun können.«

Norha gab nach. Er nickte. Das Fleisch, dunkel und würzig, steckte überall in seinen Zähnen. Er stellte es sich durchaus angenehm vor, eine Weile an einem Königshof zu leben. »Na gut«, sagte er. »Ich reite nach Sitra.«

Braune Augen. Ein kleiner, kirschroter Kussmund. Kastanienbraune Locken.

»Wie sieht Eure Braut aus, Fürst Norha?«

Die kleine Gräfin schmachtete ihn nicht an. Sie war nur freundlich. Trotzdem kam es ihm merkwürdig gefährlich vor, mit ihr zu plaudern. »Weiß«, sagte er. »Sie ist hellblond.«

Sie kicherte. »Ist sie hübsch?«

Es gab keinen Grund zum Kichern. Norha fühlte, wie er selbst immer ernster, immer grimmiger wurde. Es war schwer, sich zum Entspannen zu zwingen und gelöst zu plaudern. »Nun ja, anders hübsch als Ihr, Gräfin Liadett.«

Sie lachte glockenhell. Und er war ein Mann mit Prinzipien. Er war verlobt, also würde er sich nicht einfach einer anderen Frau zuwenden, und war sie noch so attraktiv. Er würde seinen Auftrag hier erfüllen und wieder nach Arima zurückkehren und seine Braut heiraten, wie alle es von ihm erwarteten. Dazu hatte er sich entschieden. Manchmal dachte er an Mino, mit Sehnsucht, mit ängstlicher Erwartung, voller Hoffnung, dass er mit guten Ergebnissen zu ihr zurückkehren konnte und niemanden enttäuschte. Es tat ihm jetzt schon weh, sich vorzustellen, dass sie enttäuscht sein könnte.

»Oh, Ihr schmeichelt mir aber. Das habe ich mir gleich gedacht: Der Mann sieht so still aus, aber der hat es bestimmt faustdick hinter den Ohren.«

Norha wunderte sich ein wenig, dass irgendjemand, und war er auch noch so dumm, ihn so einschätzte. Er hatte es weder dick noch sonstwie hinter den Ohren. Er war ein aufrechter, gradliniger Mann, der gute Arbeit tat und die Pflichten seiner Familie gegenüber kannte. Darauf war er stolz.

»Fürst Norha?« Sie winkte mit ihrer kleinen, in weißen Spitzenhandschuhen steckenden Hand, damit er sich zu ihr herunterbeugte. Er erwartete, dass sie ihm irgendetwas zuflüstern wollte, aber womit er nicht gerechnet hatte, das war ein Kuss.

Sie duftete. Ihr Haar duftete, alles an ihr verströmte einen betörenden Duft. Doch er war kein Mann, der mit einer Fremden durchbrannte. Auch nicht, wenn seine Verlobte ein Kind von einem anderen bekam.

»Aber Gräfin Liadett!«

»Ihr schimpft mit mir? Oh, Ihr seid ein ganz Schlimmer!«

Irgendwie war da gar nichts zu machen.

Er dachte an seine Braut, wie an eine Aufgabe, die es zu erfüllen galt. Denn die Schuld brannte in ihm. Es gab keinen Grund, sich schuldig zu fühlen – hatte Mino nicht auch ihre kleinen Geheimnisse? So schön und schlank, wie sie da stand, als hätte sie nicht heimlich ein Kind bekommen. Es gab keinen Grund, sich so zerknirscht und unwürdig vorzukommen.

Minos schlichtes Hochzeitskleid war graublau wie das Meer, und verlieh ihren Augen mehr Farbe als sonst. Sie lächelte, und bei diesem Lächeln wollte er am liebsten mit dem Kopf gegen die Wand schlagen, weil er sich so dreckig vorkam, während sie vor ihn hintrat wie eine Gestalt aus Licht und Wasser.

An diesem Tag schienen alle sich verschworen zu haben, sie zu überstrahlen. Binajatja glänzte aufgeregt. Seine eigenen Verwandten, Bruder und Schwägerin, hatten sich herausgeputzt, als wären sie schon immer Fürst und Fürstin gewesen. Sogar ihr Geschenk war fürstlich. »Jetzt können wir das Haus vergrößern!«, entfuhr es Binajatja begeistert. Zwischen ihnen allen wirkte das weiße Mädchen in dem einfachen Kleid wie ein verlorenes Kind. Dabei war sie viel schöner als die Frau seines Bruders. Er sah es; irgendwann würden es auch die anderen sehen.

»Los, Norha, erzähl.« Tinek trat an ihn heran. »Was hast du herausgefunden?«

»Nichts.«

Das stimmte natürlich nicht. Liadett hatte geflüstert. Getuschelt. Unentwegt geredet. Auf diesem Weg hatte Norha eine ganze Menge über das Königshaus von Sitra erfahren, mehr, als er jemals hatte wissen wollen. Er hörte gar nicht richtig zu, und doch sog sein Verstand jede Einzelheit auf, ordnete und archivierte und verstaute sie sorgfältig in den Schubladen seines Geistes.

»Nichts? Ach, komm, Norha. Wir zahlen dir diesen gewaltigen Vorschuss, und du bringst uns nichts mit?«

»Vorschuss?« Dann dämmerte es ihm. »Das Geld war doch wohl euer Geschenk zu meiner Hochzeit!«

»Kleiner Irrtum, lieber Norha. Seit wann können wir solche Geschenke machen? Es ist dein Anteil. An dem, was wir erwarten.«

»Habt ihr darauf das Fundament eures Schlosses gegründet? Auf Geschichten von Reisenden? Vielleicht auf Briefen, die du mit deiner zierlichen Handschrift aufsetzt?«

»In meiner Handschrift? Ich bin doch nicht blöd.«

Norha schüttelte den Kopf. »Ihr seid unter die Erpresser gegangen? Das hätte ich nicht von euch gedacht. Vor allem nicht von Wikant.«

Wie aufs Stichwort kam sein Bruder zu ihnen. »Nun? Hat es sich gelohnt, die lange Reise?«

»Norha wollte mir gerade alles erzählen«, verkündete Tinek.

Aus den Augenwinkeln beobachtete Norha seine frischgebackene Ehefrau, die an einem der Tische saß und versonnen einen Apfel betrachtete.

»Ein Geschenk kann man nicht wieder zurückfordern«, sagte er.

»Eine Anzahlung schon.«

Und das Dumme war, dass er ihnen alles liefern konnte. Er wusste, welche Fürsten ihre Frauen betrogen und dass die Königin von Sitra ein geheimes Leben führte, von dem zwar ihre Freundinnen, aber nicht ihr Gemahl etwas wussten. Im Grunde verdienten solche Leute es, für ihre Taten zu bezahlen.

»Nur dieses eine Mal«, drängte Tinek. »Wir brauchen ein Schloss. Und du? Willst du mit deiner Frau in dieser alten Hütte leben? Verdient sie das, so zart und empfindlich, wie sie ist? Die richtigen Kleider, etwas mehr Haltung, und sie würde aussehen wie eine Prinzessin.«

Sie hatten kein Mitleid mit ihm. Nachdem er geredet hatte, war ihm übel. Er wankte fort, in das Häuschen, das für ihn und Mino und Binajatja zu klein war.

»Du dachtest doch nicht etwa, mit ein paar Pfirsichen könnte man sich ein Königreich kaufen?«, rief ihm Tinek hinterher.

5. Ein besonderes Kind

ILINIAS MACHTE EINEN Schritt zurück. Sie hielt die Lanze mit beiden Händen, ihre Augen funkelten vor Entschlossenheit und Angriffslust.

Sarika nickte ihr zu. Ihre Lippen formten ein einziges Wort: Jetzt.

Ilinias stürmte vorwärts, aber die ältere Kriegerin hatte ihre Deckung gut aufgebaut – Schild, Lanze und Brustpanzer bildeten ein undurchdringliches Hindernis. Sie wehrte das Mädchen mühelos ab. Ilinias hatte damit gerechnet; dieser Angriff war nichts als eine Finte, um ihre Lehrerin, die ihr oft vorwarf, zu ungestüm zu sein, in Sicherheit zu wiegen. Sie ließ sich zur Seite fallen und stieß dabei mit der Lanze zwischen Sarikas Knien hindurch; eine geschickte Drehung genügte, um die Amazone zu Fall zu bringen.

Lachend richtete Ilinias sich auf, doch im selben Moment schwankte sie. Sie spürte, wie eine Welle von Übelkeit sie zu überwältigen drohte, und ohne auf Sarika zu achten, die ihr etwas zurief, stürzte sie davon.

Sie schaffte es nicht mehr in den Palast, sondern erbrach sich hinter einer Hecke. Mit zittrigen Beinen stand sie auf.

»Wie lange geht das schon so?« Sarika war ihr gefolgt.

»Oh nein«, murmelte Ilinias. »Warum läufst du mir nach?«

»Vielleicht, weil ich sehen möchte, was eigentlich mit dir los ist? Antworte mir. Wie lange schon? Wie weit bist du?«

»Ich weiß nicht, wovon du sprichst«, meinte Ilinias mürrisch. »Mir war bloß schlecht. Ich habe wohl etwas Falsches zum Frühstück gegessen.«

»Wir werden das Training beenden.«

»Nein! Nein, Sarika, das kannst du nicht tun! Bitte!«

Die schwarzhaarige Kriegerin schüttelte den Kopf. »Ich kann keine Schülerin gebrauchen, die mich belügt.«

»Aber ich belüge dich doch gar nicht! Ich dachte nur ... ich fand nur, es geht noch. Ich bin ja nicht krank!«

»Wir spielen nicht, wir kämpfen«, erinnerte Sarika sie. »Meine Güte, Ilinias, bist du verrückt? Wem willst du hier eigentlich was beweisen? In der Palastwache kann ich keine Schwangere gebrauchen.«

»Ich bin nicht schwanger«, knurrte Ilinias.

»Ach nein?« Sarika seufzte. »Weiß Blitz es schon? Ach, dumme Frage. Er würde dich nicht kämpfen lassen, wenn er es wüsste, das ist mir klar. Und dir erst recht.« Sie legte dem Mädchen die Hand auf den Arm. »Ilinias! Mach nicht solch ein Gesicht! Sobald du dein Kind bekommen hast, machen wir weiter. Und mit dem Stillen müsstest du natürlich auch fertig sein, es kämpft sich schlecht mit Milch in den Brüsten. Alles in allem macht das etwa ein Jahr. Oder anderthalb.«

»Ein Jahr«, stöhnte Ilinias unglücklich.

»Das geht schnell vorbei«, versicherte Sarika. »Wenn du dir eine Amme nimmst, geht es sogar noch schneller.«

»Natürlich nehme ich mir eine Amme! Aber bis dahin soll ich hier herumsitzen und Däumchen drehen? Das macht mich verrückt! Oh bitte, Sarika, kann ich nicht irgendetwas anderes lernen? Vielleicht Bogenschießen? Ich könnte doch schießen lernen, oder nicht? Du hast mir gesagt, dass das auch noch in meiner Ausbildung vorkommen wird.«

Sarika lächelte auf einmal. »Du gibst wohl nie auf, wie? Aber du hast recht. Du brauchst nicht herumzusitzen. Wir werden dich anders weiterbilden, ich werde mir darüber Gedanken machen, was alles möglich ist. Und dafür versprichst du mir, es sofort deinem Mann zu sagen. Und das meine ich auch so. Jetzt. Sofort.«

»Ja, sicher«, versprach Ilinias, »ich wollte es ihm ja sowieso sagen.«

Sie legte Sarika die Lanze in die ausgestreckten Hände.

»Ihr seid so ein schönes Paar«, meinte die Amazone. »Was wird das für ein hübsches Kindchen werden.«

»Ja«, stimmte Ilinias aus reiner Höflichkeit zu. Mit immer noch wackeligen Knien ging sie Blitz suchen.

Keine Kinderfrau kam gegen Maninas Liebe zu Blitz an. Sie war damit einverstanden gewesen, die Kaiserin »Mama« zu nennen, doch es dauerte lange, bis die Riesenfrau das Vertrauen des kleinen Mädchens gewann. An Kanuna El Schattik, ihren Vater, gewöhnte sie sich etwas schneller, doch ihr »Papa« war Blitz und blieb es auch. Vielleicht spürte sie, dass die beiden Riesen sie am liebsten aus den Armen ihres Lieblingsmenschen gerissen und an ihr Herz gedrückt hätten, denn immer wieder zeigte sie ihr Misstrauen sehr deutlich und rief nach Blitz, wenn er ihrer Meinung nach zu lange fort blieb. Die Kinderfrauen, die zu ihrer Betreuung berufen waren, hatten keine Chance, und selbst als sie zu akzeptieren lernte, dass Blitz ihr nicht pausenlos zur Verfügung stand, gehörte ihre ganze Liebe nur ihm. Alle anderen ließ sie spüren, dass sie nur Lückenbüßer waren, mit denen sie sich aus reiner Gefälligkeit abgab. Sie war eine Prinzessin durch und durch.

An diesem Morgen, als Ilinias Blitz suchte, um ihm mitzuteilen, dass sie ein Kind erwartete, war er mit Manina im Stall, um die Pferde zu streicheln. Maninas Prioritäten waren klar: an erster Stelle stand bei ihr Blitz, dann die Pferde, dann Ilinias und danach ihre richtigen Eltern. Eine besondere Vorliebe hatte sie auch für Kroa, den Zwerg. Obwohl sie ihn nur zwei- oder dreimal bei seinen seltenen, aber regelmäßigen Besuchen zu Gesicht bekommen hatte, war er einer der wenigen, für die sie bereit war, Spielsachen oder Süßigkeiten zu teilen. Auch jeder, der im Stall arbeitete, hatte die Gelegenheit, ihr Herz zu erobern. Manch ein Stallbursche schmeichelte sich bereits jetzt nach Kräften bei ihr ein; man konnte nie wissen, ob einem das nicht langfristig handfeste Vorteile verschaffte.

Blitz führte das große braune Pferd über den Hof, dieses Pferd, mit dem sie von Salien aus bis nach Kirifas geritten waren. Kein edleres Ross, kein niedliches kleines Pony bedeutete Manina mehr. Sie war, was ihre Zuneigung betraf, absolut treu.

»Blitz!«

Der junge, schwarzhaarige Mann, der den Braunen führte, sah auf, als er seine Frau hörte. Ihn wunderte ein wenig, dass sie mit ihren Kampfübungen schon fertig war. Ilinias bekam nie genug davon, selbst wenn sie sich danach mit blauen Flecken und Muskelkater durch die Flure schleppte. In ihr war ein solches Bedürfnis nach Kampf, dass er sich manchmal wunderte, wie sie ihre Klosterzeit überhaupt überstanden hatte – und dass die Menschen in ihrer Umgebung das überlebt hatten.

Ihr blondes Haar löste sich aus dem Zopf, den sie sich immer zum Kämpfen flocht. Ihre Beinkleider waren an den Knien zerrissen und ihre dunkelrote Tunika machte nicht alle Flecken unsichtbar. Keine der Wachen sah so abgerissen aus wie sie, aber die Alternative wäre gewesen, ihr zu jeder Übungsstunde neue Kleidungsstücke zu geben. Wenn sie kämpfte, gab Ilinias alles und achtete nicht darauf, wie sie aussah.

»Weiter!«, befahl Manina. Aber Blitz stand da wie angegossen, während er Ilinias betrachtete. Er war nicht der Einzige; ihm entging nicht, dass auch einige andere Männer in ihrer Arbeit innehielten, um die schönste Frau zu beobachten, die des Kaisers Hof zu bieten hatte. Seine Frau. Keine der sittsamen Fürstinnen und Fürstentöchter am Hof konnte ihr das Wasser reichen, keine Prinzessin und keine Magd. Schöne Gesichter gab es zuhauf, vielleicht sogar schönere, doch keine andere Frau war von einer solchen Aura von Kraft und Lebendigkeit umgeben. Ilinias hatte recht damit gehabt, dass sie nicht an diesen Hof passte – obwohl sie nicht groß war, wirkte jeder Raum zu klein für sie. Die höfischen Sitten langweilten sie nur und alle Versuche der Kaiserin, ihr ein paar Freundinnen zur Seite zu stellen, schlugen fehl, denn keines der adligen Mädchen konnte sich an Ilinias' Art gewöhnen. Sie fühlte sich nur bei den Amazonen wohl und die Fürstentöchter fanden auch, dass eine Dahergelaufene, die nicht einmal den Namen ihrer Eltern kannte, nach draußen auf den sandigen Platz gehörte und nicht in die prunkvollen Säle. Während die weiblichen Palastbewohner heimlich von oben herab taten – Ilinias offen zu beleidigen wagte niemand –, wussten die Männer doch sofort, dass es eine Frau wie diese nur ein einziges Mal gab. Aber niemand wagte auch nur einen vorsichtigen Versuch, denn ihre strahlend blauen Augen unter den schwarzen Wimpern sahen allein Blitz an.

Die Beobachter fühlten den leisen Stich der Eifersucht, als sie Ilinias auf Blitz zutreten sahen. Sie konnten nicht hören, was sie miteinander redeten, aber sie sahen, wie das Mädchen, nachdem es seine Botschaft überbracht hatte, sich einfach wieder umdrehte und davonmarschierte. Blitz blieb wie vom Donner geschlagen stehen und starrte ihr nach. Und dann tat er etwas für ihn Ungewöhnliches: Er winkte einen Stallburschen heran und drückte ihm den Führungsstrick des Braunen in die Hand, und ohne auf Maninas Proteste zu achten, lief er seiner Frau nach.

»Haben sie sich wohl gestritten?«, fragten ein paar Dienstmädchen neugierig, die die Szene von weitem beobachtet hatten. Der Stallbursche, so unverhofft im Mittelpunkt der Aufmerksamkeit, schüttelte den Kopf. »Ich glaube nicht. Blitz wirkte überhaupt nicht ärgerlich. Er sah eher aus, als würde er vor Freude in die Luft gehen.« Der Bursche nickte weise mit dem Kopf. »Ja, tatsächlich, also wenn ihr mich fragt, hatte sie eine richtig gute Nachricht für ihn. Er strahlte wie – wie ...« Ihm fiel kein Vergleich ein. Schließlich schaute er das hübscheste Dienstmädchen an und ergänzte: »So wie ich strahlen würde, wenn du mit mir ausgehst.«

Ilinias wollte nicht schwanger sein. Sie hasste es, Rücksicht auf dieses Kind zu nehmen, das sie sich nicht einmal gewünscht hatte. Ohne sie zu fragen, hatte es sich in ihr eingenistet, ein fremdes Wesen, das ihren Körper als seine Wohnung beanspruchte und dem sie gegen ihren Willen Unterkunft und Nahrung gewähren musste. Ihr blieb nichts anderes übrig, als gute Miene zum bösen Spiel zu machen. Sie fletschte die Zähne, wenn man sie freundlich fragte, wann das Baby zur Welt kommen sollte, und hoffte, dass die Leute es für ein Lächeln hielten. In ihr loderte die Wut auf ihren weiblichen Körper, der sie so schmählich verraten hatte. Natürlich hatte sie gewusst, wie Kinder entstehen, aber in ihrem Inneren hatte sie nicht daran geglaubt, dass es tatsächlich passieren könnte. Sie und Blitz. Mehr wollte sie gar nicht, mehr brauchte sie nicht zum Glücklichsein. Er war derjenige, der sich auf das Kind freute – aber warum musste sie dann diejenige sein, die dick und unförmig wurde, die mit Übelkeit, Rückenschmerzen und Sodbrennen zu kämpfen hatte? Sie wollte andere Kämpfe ausfechten, sie hatte den Ehrgeiz, die beste Kriegerin von allen zu werden und irgendwann zur persönlichen Leibwächterin der kaiserlichen Familie aufzusteigen, so wie Sarika. Sie wollte stark sein und gefährlich, eine ernstzunehmende Gegnerin, egal ob für einen Menschen oder einen Riesen. Wenn Zukata kam – und obwohl sie nie mit Blitz darüber sprach, war in ihr die Gewissheit, dass er irgendwann kommen würde, um sich für Blitz' Verrat zu rächen –, wollte sie bereit sein.

»Ich werde Zukata töten«, sagte sie zu ihrer Meisterin. »Du musst dafür sorgen, dass ich so gut werde, dass ich ihn töten kann.«

»Du willst einen Riesen töten können?«, fragte Sarika und zog die Brauen hoch. »Du bist verrückt. Niemand tritt gegen einen Riesen an.«

»Nicht einmal eine Amazone?«

Sarika schüttelte den Kopf. »Wir nennen uns die Wächterinnen des Kaisers, aber du weißt selbst, dass er gut auf sich alleine aufpassen kann. Wenn er wollte, könnte er den ganzen Palast auseinandernehmen.«

Ilinias runzelte die Stirn. »Man kann einen Riesen besiegen, das weiß ich. Zukata hat es nicht geschafft, uns Manina wieder wegzunehmen.«

»Weil ihr geflohen seid.«

Ich werde nicht mehr fliehen, dachte sie, wenn sie die Armbrust spannte und den Pfeil fliegen ließ, nie mehr. Ich werde mich nicht mehr verstecken und verkleiden und auf der Flucht sein. Wer auch immer etwas von mir will, ich werde ihm entgegentreten ...

Sarika hatte ihr mehrere Lehrerinnen zur Seite gestellt. Sie zeigten ihr verschiedene Griffe und Tricks, die im Nahkampf nützlich waren, aber wenn sie mit ihr Ringen übten, achteten sie sehr darauf, dass sie nicht fiel. Diese Rücksichtnahme steigerte Ilinias' Wut noch. Sie hätte sich dieses Kind aus dem Leib gerissen, wenn sie nur gekonnt hätte. Der Zorn verlieh ihr Kraft. Mit nur wenigen Handkantenschlägen einen Gegner außer Gefecht zu setzen, bereitete ihr keine Mühe.

»Hör doch endlich mit diesen Übungen auf«, sagte Blitz. »Du sagst, es ist nicht gefährlich, aber wenn ich das so mitansehe ...«

Es ärgerte sie, wenn er ihr zuschaute. Mit einem wuchtigen Schlag fällte sie ihre Lehrerin, die ebenfalls abgelenkt war.

»Verschwinde«, fauchte sie. »Ich kann jetzt nicht mit dir reden!«

Blitz schaute fassungslos zu. Er hatte gewusst, dass sie immer noch übte, aber dass es so zur Sache ging, damit hatte er nicht gerechnet. Ilinias' Bauch war mittlerweile so groß, dass von ihren geschmeidigen, katzenhaften Bewegungen kaum noch etwas übriggeblieben war; bis zur Niederkunft konnte es jetzt nicht mehr lange dauern. Voller Sorge um seinen Nachwuchs war er davon ausgegangen, dass sie sich Ruhe gönnte, dass sie irgendwann selbst einsah, dass anderes nun wichtiger war. Es erschreckte ihn, mit welcher Rücksichtslosigkeit sie ihren Weg weiterging.

»Und ihr macht da auch noch mit?«, klagte er die beiden Kriegerinnen an, mit denen Ilinias hier zusammen war, die gestürzte, die sich gerade aufrappelte, und eine weitere, die amüsiert zugesehen hatte.

»Sie ist nicht krank«, sagte die Erste. »Sie bekommt bloß ein Kind.«

»Sag nicht zu viel, sonst landest du auch da im Dreck«, warnte die Zweite.

»Ilinias, bitte!«

Sie seufzte. Achselzuckend nickte sie den Frauen zu, die beide mehr ihre Freundinnen waren als gestrenge Erzieherinnen, die sich dazu berufen sahen, auf sie zu achten, und folgte Blitz in den Palast.

Er nahm sie bei der Hand. Sein Händedruck war fest. So, dachte sie wütend, führt er auch Manina ab, wenn sie unartig war.

»Ich möchte dir etwas zeigen.« Er blickte sie nicht an wie ein ungehorsames Kind und doch fühlte sie sich so. Sie hatte keine Lust, sich irgendetwas anzusehen, aber sie sah die Freude in seinen Augen und wollte ihm den Tag nicht verderben. Schlimm genug, dass sie ihre schlechte Laune ständig an ihm ausließ; immer wieder wurde sie von Gewissensqualen überwältigt, weil sie ihn schlecht behandelte, und versuchte es mit besonders viel Freundlichkeit und Zärtlichkeit wettzumachen.

»Eine Überraschung?«, fragte sie.

»Ja, eine Überraschung. Ein Geschenk.«

»Ich liebe Geschenke.« Sie lächelte.

Ein Messer, das gut in der Hand lag, mit einer scharfen Klinge. Ein Schild, kriegerisch bemalt, eine gut ausbalancierte Lanze – solche Gegenstände ließen ihr Herz höher schlagen. Was hatte Blitz wohl für sie vorbereitet, um ihr eine Freude zu machen? Seine Aufregung steckte sie an, ihre Schritte wurden schneller. »Was ist es?«

Er öffnete die Tür zu ihrem Zimmer. »Schau. Und, gefällt sie dir?«

Es war eine Wiege. Eine Wiege, aus Holz geschnitzt, die Seitenteile kunstvoll verziert. Ein kleines Kissen lag darin, eine Decke, sogar eine Rassel.

»Ach. Wie schön.« Das war ja gar nichts für sie. Es war für das Kind. Warum nannte er es ein Geschenk, wenn es für das Kind war? Alles, was sie tun musste, was sie essen sollte, was sie zu hören bekam, war für das Kind. Wann kommt es? Wie soll es heißen? Freust du dich schon sehr? Oh wie schön. Du wirst eine wundervolle Mutter sein. Hier, iss das, das wird dir und deinem Kind gut tun.

Niemand fragte danach, was ihr gut tat. Was sie wollte, was sie sich wünschte. Eine Reise nach Salien. Die Ausrüstung einer Leibwächterin. Die Fähigkeit, es mit einem Riesen aufnehmen zu können.

»Freust du dich?« Blitz schaukelte die Wiege, als läge das Kind bereits darin. »Fanes hat sie für uns in Auftrag gegeben. Es ist ihr Geschenk an uns. Ihre Frauen haben die Deckchen genäht und all das hier bestickt. Sie haben«, er zog sie am Arm zum Bett, wo ein Stapel Wäsche lag, »sie haben Kleidung gemacht. Winzige Jäckchen, schau her. Und sogar Söckchen und Mützen.«

»Hm.«

Er schaute sie an. Liebevoll zupfte er ihr eine Haarsträhne aus dem Gesicht.

»Ist das nicht wunderbar? Ich kann es kaum mehr erwarten.«

»Ich auch nicht.«

»Wirklich? Manchmal weiß ich nicht ...« Er sprach nicht aus, was ihn beunruhigte.

»Doch, ich freu mich. Ich wünsche mir nichts sehnlicher, als dass es endlich auf die Welt kommt.« Das zumindest war nicht gelogen. Sie wollte es endlich aus ihrem Bauch heraushaben, sie wollte wieder sie selbst sein. Nie, so kam es ihr vor, hatte sie sich etwas mehr gewünscht.

»Die Liebe kommt«, versicherte ihr Blitz. »Das sagen alle. Sobald eine Mutter ihr Kind sieht, liebt sie es heiß und innig.«

Mutter. Wenn sie dieses Wort hörte, zuckte sie innerlich zurück. Sie war achtzehn. In diesem Alter hatten manche schon drei Kinder, aber andere, so wie die Amazonen, die ohne Mann lebten, waren weitaus älter und sehnten sich auch nicht nach den Freuden der Mutterschaft. Eine Kriegerin, das bin ich, dachte sie. Und mehr Worte brauche ich nicht, um mich zu beschreiben.

»Ich werde es lieben«, versicherte sie Blitz, lächelnd, denn sie wollte nicht, dass er sie so zweifelnd ansah. »Ich liebe es doch jetzt schon. Fast so, wie ich dich liebe.«

Es war nicht schwer, ihn zu belügen. Er glaubte ihr, denn er konnte sich nicht vorstellen, dass es möglich war, ein Kind zu bekommen und dabei nichts zu empfinden als Zorn. Seine Welt war von Liebe erfüllt – zu ihr, zu ihrem ungeborenen Kind, zu Manina, ja, sie war sich sicher, dass er sogar den Kaiser und die Kaiserin ergeben und anhänglich liebte. Wenn sie merkte, wie anders sie dachte und fühlte, fürchtete sie oft, er könnte schlecht über sie denken und sie weniger lieben. Aber sie wollte von ihm geliebt werden. Alle anderen in diesem Palast waren ihr gleich. Nur seinetwegen war sie hier. Die Ausbildung zur Kriegerin hätte sie lieber in Salien erhalten als hier in Kirifas; wenn Blitz nicht gewesen wäre, hätte sie sich längst auf den Weg dorthin gemacht. Und nun, da sie ein Kind bekam, war der einzige Trost, dass ihn dieses Kind so glücklich machte, dass er sich darüber freute, als wäre noch nie ein Kind auf dieser Welt geboren worden. Manchmal, wenn sie sich kaum rühren konnte und sich wie eine Gefangene ihres eigenes Leibes vorkam, eingesperrt und gefesselt, sagte sie sich immer wieder vor: Es ist für Blitz. Es ist für ihn, er wird mich dafür umso mehr lieben. Es ist für ihn, und nun wird er erst recht nicht mehr an Mino denken. Wie ein Schatten lag diese Furcht über ihr, dass Blitz, der über alles geliebte, an dieses andere Mädchen denken könnte, mit dem er aufgewachsen war.

Manchmal war sie kurz davor, ihn zu fragen. Denkst du noch an sie, an die andere? Träumst du von ihr?

Mino. Ilinias brachte es nicht über sich, diesen Namen auszusprechen, wie ein Fluch schien er über ihr zu hängen, Quelle der Bitternis und des Zweifels. Durch nichts ließ Blitz erkennen, dass seine Liebe zu ihr nicht echt war, und doch konnte Ilinias jenen Sommertag nicht vergessen, an dem jenes andere weißhaarige Mädchen im Schlosspark erschienen und Blitz vor aller Augen umarmt hatte. Sich nur daran zu erinnern, bereitete Ilinias unerträgliche Qualen. Aber ich schenke ihm ein Kind, dachte sie voller Triumph, ich tue es und nicht sie.

»Ihr Lieben! Gefällt euch die Wiege?«

Es war die Kaiserin selbst, die durch die offengelassene Tür zu ihnen ins Zimmer trat.

»Vielen Dank, Hoheit. Ich kann es gar nicht erwarten, mein Kind dort hineinzulegen«, sagte Ilinias steif.

Fanes lächelte sie strahlend an. »Ich bin so gespannt! Ihr seid beide so verschieden, du dunkel, Blitz, du hell, Ilinias. Nach wem wird es geraten? Wie wird es aussehen und mit welchem Temperament wird es ausgestattet sein? Ach, es gibt doch nichts Spannenderes, als auf ein Kind zu warten.«

»Ja«, sagte Ilinias ohne Überzeugung.

»Verratet ihr mir denn auch endlich, für welche Namen ihr euch entschieden habt?«

»Für gute Ideen sind wir dankbar«, meinte Blitz. »Jeder hier im Palast überschüttet uns mit Vorschlägen, einer schöner und ausgefallener als der andere. Ich würde gerne die Namen meiner Eltern nehmen – Jakebeny für einen Jungen und Menik für ein Mädchen –, aber davon will Ilinias nichts wissen.«

»Ich habe keine Namen aus der Familie, die ich beisteuern könnte. Es ist irgendwie ungerecht, finde ich. Dann lieber einen Namen, der nichts mit Verwandtschaft zu tun hat.«

Fanes legte ihre Hand auf Ilinias' Bauch. Auch das hasste sie. Was gab den Leuten das Recht, sie ständig anzufassen? Der Kaiserin konnte sie es nicht verbieten, aber schon manch ein anderer war von ihrer grimmigen Miene zurückgeschlagen worden.

»Ihr seid so wunderbare junge Menschen«, sagte die Riesenkaiserin. »So hübsch von Angesicht, so treu und loyal meiner Familie gegenüber ... Ihr werdet ein wunderbares Kind bekommen, davon bin ich überzeugt.«

»Das sagen alle«, meinte Ilinias trocken.

»Nun, jede Mutter ist der Meinung, dass ihr Kind das Schönste von allen ist. Alle diejenigen, die euch Komplimente machen, denken doch, dass ihre eigenen Kinder unübertroffen sind. Doch euer Kind, wenn es alle eure Eigenschaften vereint ...« Liebevoll blickte sie die beiden an.

Hinter ihr tauchte Kanuna El Schattik auf. Er hatte die letzten Worte seiner Frau gehört und nickte dazu.

»Die beiden können sich für keinen Namen entscheiden«, sagte Fanes.

Der Kaiser lächelte gütig. »Wenn ihr mir erlaubt ...« Er trat näher. »Darf ich?«

Ilinias nickte. Es waren die von Rin gesegneten Hände, die er auf ihren gewölbten Leib legte, riesige warme Hände, in denen die Macht über das ganze Kaiserreich ruhte.

»Es ist uns eine Ehre«, stammelte Blitz überwältigt.

»Rins Segen über dieses Kind«, sagte Kanuna leise. »Er hebe sein Angesicht auf dich und erkenne dich ... Dort drinnen bist du, Kind, geborgen in den Tiefen des dunklen Meeres, gesegnet und geliebt. Etwas Wunderbares, Einzigartiges wächst in dir heran, Ilinias. Ein einzigartiges Kind ... Sollte das sein Name sein? Der Einzigartige. Sorayn. Ja, wenn es ein Junge ist, würde ich ihn Sorayn nennen. Soraya für ein Mädchen.«

»Danke«, sagte Blitz bewegt.

Ilinias, mit einem Mal überwältigt von ungewohnten Gefühlen, schwieg. Der Kaiser selbst hatte ihr Kind gesegnet – natürlich nicht mit dem großen Segen, der nur einmal verliehen werden konnte, sondern mit einem kleinen Segen, und nichtsdestotrotz war es ein kaiserlicher Segen. Auf einmal konnte sie sich doch vorstellen, ein Kind zu haben. Sie empfand es nicht als einen Teil von sich selbst. Zu keinem Zeitpunkt hatte sie das Gefühl, dass dieses Lebewesen in ihr mit ihr verbunden war – aneinandergefesselt, das ja, das waren sie, auf Gedeih und Verderb –, aber immer war das Kind für sie ein Mensch, der nicht wirklich etwas mit ihr zu tun hatte. Doch nun, mit dem kaiserlichen Segen, wuchs in ihr die Erwartung, dass es ein Mensch sein würde, auf den sie stolz sein konnte.

Mitten in der Nacht erwachte Ilinias von Schmerzen, die sich mit überwältigender Macht durch ihren Leib wälzten. Es hatte schon am Vortag angefangen, aber sie hatte nichts gesagt, weil sie in den vergangenen Wochen schon öfter die Vorboten von Wehen verspürt hatte. Ruhig blieb sie liegen, während eine Welle von Schmerz sie überflutete. Sie versuchte weiterzuatmen, um sich nicht davon fortspülen zu lassen. Dies war ein Kampf, für den sie bereit war; sie würde sich nicht erlauben, stöhnend und jammernd zu unterliegen.

Als die Wehen in immer kürzeren Abständen erfolgten, berührte sie Blitz an der Schulter. Er war sofort wach.

»Ilinias? Geht es los?«

»Es ist schon gleich da«, verkündete sie. »Du kannst jetzt die Hebamme holen.«

Sie achtete nicht darauf, wie er hastig fortlief, und nahm kaum wahr, wie er mit der Frau zurückkam. Auch dass Blitz fortgeschickt wurde, interessierte sie in diesem Moment nicht mehr. Sie war so damit beschäftigt, nicht zu schreien, dass es nichts anderes mehr gab.

»Lass es raus«, sagte die erfahrene Wehmutter. »Du darfst dich nicht so verkrampfen, das macht es nur noch schwerer. Niemand wird schlecht von dir denken, wenn du schreist.«

Während die unvorstellbaren Schmerzen sie schüttelten, war ein Teil von Ilinias sich immer noch dessen bewusst, dass dies ein Kampf war, den sie unbedingt gewinnen musste. Sie würde nicht heulen und jammern, sie würde nicht weinen. Warum sollte irgendjemand so etwas auf sich nehmen, nur um ein Kind zu bekommen? Während sie litt, wunderte sie sich darüber, dass es Frauen gab, die dieses Leid willkommen hießen, weil sie sich auf das Kind freuten. Ilinias freute sich nur darauf, es endlich los zu sein. Sie wollte es aus sich herauspressen und es zugleich mit diesem fürchterlichen Schmerz von sich schleudern.

»Jetzt«, sagte die Hebamme. »Oh, ich sehe schon die schwarzen Haare ... Jetzt musst du pressen, los, Mädchen, du schaffst das ...«

Und dann der Schrei eines neuen Menschen, eine laute, fremde Stimme.

»Es ist ein Junge, sieh.«

Ilinias war trotz allem neugierig auf dieses Kind, das sie so lange mit sich herumgeschleppt hatte. Sie blickte es an und rechnete halb damit, dass vielleicht doch Muttergefühle in ihr hochstiegen und sie dieses Neugeborene zum schönsten Kind der Welt erklärte. Alle hatten ihr versichert, dass das passieren würde. Sie würde es sehen und vor Entzücken nicht aus noch ein wissen, und mit einem Schlag würde sie sich darüber freuen, Mutter zu sein.

Sie blickte es an.

»Sorayn, nicht wahr?«, fragte die Hebamme. Alle im Palast wussten davon, dass der Kaiser selbst diesem Kind einen Namen gegeben hatte.

Sorayn.

Das Kind war so abgrundtief hässlich, dass Ilinias fast in Tränen ausgebrochen wäre. Diese Ausgeburt der Nacht sollte sie schön finden? Das sollte ihr Kind sein, das ihr so viel Mühe gemacht hatte? Das Kind, das sie voller Stolz Blitz in die Arme hatte legen wollen?

»Wird er noch hübscher?«, fragte sie angstvoll.

Die Hebamme zögerte. »Nach der Geburt sind sie oft etwas zerknittert. Das gibt sich nach ein paar Tagen.«

Ilinias konnte sich nicht vorstellen, dass sie dieses Kind jemals schön finden könnte. Seine Haare waren schwarz und die Augen, mit denen es verträumt in die Welt hinausblinzelte, waren so himmelblau wie ihre eigenen. Aber dieses merkwürdige Gesicht mit der gewaltigen Nase und dem fliehenden Kinn, den grotesken Ohren und den wulstigen Augenbrauen – wie konnte ein Kind so aussehen? Es hatte einen kurzen, dicken Hals und einen breiten, unförmigen Körper. Seine zarten Ärmchen mündeten in klobige Hände, die ihm viel zu groß waren.

»Willst du es jetzt stillen?«, fragte die Hebamme freundlich.

»Hol die Amme«, bat Ilinias sofort. So schnell wie möglich wollte sie zurück zu den Amazonen.

»Ich würde dir raten, es selbst zu tun.«

»Das hatte ich aber nicht vor. Hol bitte ...«

Auf einmal war Blitz im Zimmer. »Ist es da?«, fragte er hoffnungsvoll.

»Hier. Ein Junge.« Die Hebamme hielt ihm das Neugeborene hin. Ilinias wartete darauf, dass er sich enttäuscht abwandte. Aber Blitz nahm das Kind freudestrahlend in den Arm und beugte sich zu ihr hinunter.

»Ich bin so froh«, sagte er zu ihr, »so sehr froh.«

»Er gefällt dir?«, fragte Ilinias ungläubig.

»Er ist wunderschön.« War er blind? Oder hatte er, um die Wartezeit zu überbrücken, zu viel getrunken? Sie schnupperte, aber an seinem Atem war nichts Verdächtiges, daran konnte es nicht liegen.

»Jetzt sind wir eine Familie.« Blitz küsste das winzige, das abstoßend hässliche Gesicht seines Sohnes.

Die Wehmutter brachte die Amme ins Zimmer. Blitz überreichte ihr vorsichtig den kleinen Jungen, aber sobald sie ihn angeschaut hatte, stieß sie einen Schrei aus und gab ihm Sorayn zurück.

»Das – das ist euer Kind?«

»Gerade eben geboren«, bestätigte die Hebamme.

»Das stille ich nicht.«

»Was?«, rief Ilinias entsetzt. »Wir hatten das aber vereinbart, wir …«

»Das Ding hier soll ich mit meinem eigenen Sohn an die Brust legen?« Die Frau schüttelte angewidert den Kopf. »Das tue ich nicht.«

Blitz funkelte sie zornig an. »Du weigerst dich, unserem Kind Milch zu geben?«

»Dann suchen wir uns eben eine andere Amme«, sagte Ilinias müde.

»Ihr werdet keine einzige Amme in ganz Kirifas finden, die dieses Ungeheuer an ihre Brüste lässt!«, rief die Frau.

»Wir hatten eine Vereinbarung!«

»Das ist mir egal!« Fort war sie. Vor Zorn stiegen Ilinias die Tränen in die Augen. Die ganze Zeit hatte sie sich beherrscht, alle Schmerzen hatte sie ausgehalten, aber diese Demütigung brachte sie zum Weinen.

»Ganz ruhig, mein Schatz«, sagte Blitz. »So ein garstiges Weib, gut, dass wir sie los sind. Wir finden eine andere.«

»Aber sie hat gesagt …«

»Und ich fürchte, sie hat recht«, ließ die Hebamme sich vernehmen.

»Was soll das heißen?«, fuhr Blitz auf. »Der Kaiser hat dieses Kind gesegnet und den Namen ausgesucht. Es wird genug Frauen geben, die erkennen, welche Ehre es ist, sich um unseren Sohn zu kümmern.«

Die Wehmutter schüttelte besorgt den Kopf. Sie nahm Blitz das Kind aus dem Arm und legte es an Ilinias Seite. »Hier«, sagte sie. »das ist dein Kind. Füttere du es.«

»Aber …«

»Tut euch das nicht an. Handelt euch nicht eine Abfuhr nach der anderen ein, bis ihr zum Gespött von ganz Kirifas werdet«, riet die Frau. »Es gibt Kinder, denen fliegen die Herzen zu. Und es gibt Kinder, die werden vor allem und vielleicht sogar ausschließlich von ihren Eltern geliebt. Und manche Kinder liebt keiner, aber groß müssen sie trotzdem irgendwie werden. Und ich bringe sie alle auf die Welt, ohne Unterschiede zu machen. Kümmere dich um deinen Sohn und zeig ihn nicht herum. Vielleicht wird es besser.«

»Was sollte besser werden?«, fragte Blitz aufgebracht. »Mit meinem Sohn ist alles in Ordnung.«

»Nun ja, wir werden sehen.« Sie seufzte mitleidig. »Wir werden sehen.«

Ilinias und Blitz merkten rasch, dass es ein weiser Ratschlag gewesen war, das Kind nicht allen Leuten zu zeigen. Die Bewohner des Palastes waren neugierig, nachdem schon vorher so viel darüber geredet worden war. Die Kaiserin selbst kam, um Ilinias im Wochenbett zu besuchen.

»Oh«, entfuhr es ihr, nachdem sie den Kleinen gesehen hatte. Alle Lobesworte erstarben ihr auf der Zunge. Das Gerücht von der Hässlichkeit des Kindes machte bereits die Runde, aber niemand glaubte, dass es wirklich so schlimm war, bis er Sorayn selbst gesehen hatte. Schnell wandte Fanes sich Ilinias zu und fragte sie nach ihrem Befinden, und wie die Besucher vor ihr fand sie recht schnell wieder hinaus. Kurze Zeit danach ließ Blitz den Kaiser ins Zimmer.

Er beugte sich über die Wiege und betrachtete Sorayn, ohne eine Miene zu verziehen.

»Nun, Majestät?«, fragte Ilinias und verzog spöttisch das Gesicht. »Wie gefällt Euch mein Kind, auf dem Rins Segen ruht?«

Der Kaiser zögerte mit seiner Antwort.

Sie lachte leise. »Wunderbar und einzigartig, in der Tat.« Der außergewöhnliche Name ihres Sohnes kam ihr nun vor wie ein Hohn. »Der Einzigartige, ha! In ganz Kirifas, nein, im ganzen Kaiserreich«, sagte Ilinias laut, »gibt es wohl kein Kind, das so hässlich ist wie dieses. Es sieht gar nicht aus wie ein Kind. Es sieht aus wie eine Puppe, die ein ungeschickter Spielzeugmacher aus den Resten verschiedener kaputter Puppen zusammengebastelt hat. Von jener einen Arm, von einer anderen das Bein, von dieser den Kopf, aber natürlich nicht den ganzen. Nehmen wir von dieser hübschen Mädchenpuppe die schönen blauen Augen. Dort, jene mit dem Erwachsenengesicht, berauben wir ihrer Nase. Von jener nehmen wir die Ohren, und von der dort den Mund. Und das Kinn – ach, wozu brauchen wir ein Kinn? Das lassen wir gleich fort. Mit Haaren brauchen wir nicht geizig zu sein, reißen wir der schwarzen Katze dort einfach ein paar aus. So, fertig. Ein einzigartiges Kind. Sollten wir uns denn mit weniger zufrieden geben? Mit einem ganz gewöhnlichen Balg, das vielleicht sogar andere Leute niedlich finden könnten?«

Kanuna wandte sich zu ihr hin. »Ilinias ...«

»Ja, Majestät?« Ihre blauen Augen funkelten ihn angriffslustig an.

»Ich hatte nicht vor, irgendetwas Schlechtes über dein Kind zu sagen.«

Betreten senkte sie den Blick. »Verzeiht, Majestät.«

»Ich weiß, das ist kein Trost«, sagte er, »aber immer wieder werden Kinder geboren, die anders sind, schwach und krank, und die nie so werden wie andere Menschen. Niemand weiß, warum Rin uns auch solche Kinder schickt. Niemand weiß, was daraus vielleicht noch Gutes entstehen könnte.«

»Habt Ihr auf seine Augen geachtet?«, fragte Blitz. »Er hat die gleichen Augen wie Ilinias, blau und schön.«

»Aber er macht sie kaum auf«, klagte Ilinias.

Das Kind lag in seiner Wiege und rührte sich nicht. Wenn es wach war, starrte es vor sich hin, ohne etwas zu sehen. Blitz kam es manchmal vor, als sei dieses Kind von seiner eigenen Geburt so überrascht worden, dass es erst einmal zu sich kommen musste. Das Kind. Sie nannten es alle »das Kind«, sie vermieden es, seinen Namen auszusprechen, als wäre sein Name eine Krone, die nicht zu diesem Kopf passte. Und wenn einer von ihnen es sagte – sie selbst oder ein Besucher –, erschraken sie alle gemeinsam über diesen Namen, in dem so viel Segen und Verheißung lagen. Sorayn, der Einzigartige.

Einmal, nachdem sie etwas länger geschlafen hatte und nicht schon nach zwei, drei Stunden von dem Kind geweckt wurde, erwachte Ilinias und es kam ihr vor, als sei dies alles nur ein Albtraum. Irgendwann würde sie erwachen, zu ihrem richtigen Leben, das irgendwo ohne sie stattfand, und würde feststellen, dass nichts von dem hier wirklich passiert war. Sie hatte kein Kind bekommen, das aussah wie ein groteskes Ungeheuer. Sie war immer noch schwanger und irgendwann würde ihr Sohn zur Welt kommen, klein und fein und niedlich, ein Junge, der aussah wie Blitz. Sie konnte sich vorstellen, dass es möglich war, ein Kind, das Blitz glich, innig zu lieben. Schwarzes Haar. Ein Kind, das lächeln konnte, ein Kind, über das sich die anderen Leute beugten und Ausrufe des Entzückens von sich gaben.

Sie merkte, dass Blitz wach war. Auch er horchte wohl darauf, dass der Kleine sich meldete. Diese Nacht war ungewöhnlich ruhig gewesen.

»Ilinias.« Er streckte die Hand aus und streichelte ihre Wange.

Es war ein herrlicher Traum: sich vorzustellen, dass es nur sie beide gab. Dass dieses Kind nicht zu ihnen gehörte, dass Rin ihnen gnädig gewesen war und ihnen ein anderes Kind geschenkt hatte, ein richtiges Kind.

»Es tut mir so leid«, flüsterte sie unter Tränen.

»Was?«, fragte er und blickte sie voller Zärtlichkeit an. Im Schein der kleinen Lampe sah er älter und gereifter aus, ein erwachsener Mann, aber sie fühlte sich wie ein kleines, verlorengegangenes Mädchen.

Sie wischte sich über die Augen. »Das«, flüsterte sie und wies in Richtung Wiege. »Ich wollte dich stolz machen. Ich wollte, dass du dich freust und es lieb hast, so wie du Manina lieb hast. Bitte, sei mir nicht böse, verachte mich nicht ...«

»Was machst du dir nur für Gedanken?«, wunderte Blitz sich. »Ich habe ihn lieb, glaub mir. Das ist unser Sohn!«

Aber Ilinias weinte. »Ich wollte nie, dass es so wird, glaub mir ...«

»Aber ich gebe dir doch nicht die Schuld! Kein Mensch gibt dir die Schuld daran!«

»Das stimmt nicht«, sagte sie. »Das stimmt nicht und du weißt das. Im Palast zerreißen sie sich das Maul darüber, wer wohl der Vater von diesem Monstrum ist. Hast du das wirklich nicht mitbekommen? Sie reden darüber, wer der hässlichste Mann von Kirifas ist. Manche haben sich sogar an diesen komischen Zwerg erinnert, und behaupten, er wäre der Vater!«

»Kroa?«, fragte Blitz verständnislos.

»Sie sagen, wenn ich immer nur dich angesehen hätte, müsste mein Kind so aussehen wie du. Und ich habe nur dich angesehen, wirklich! Ich habe nie auch nur an einen anderen Mann gedacht! Ach, Blitz ... Sie sagen sogar, wenn eine Schwangere Hässliches denkt, dann kann ihr Kind davon hässlich werden.«

»Lass sie doch reden, sie haben keine Ahnung. Du bist so eine wundervolle Frau, Ilinias. Du hast bestimmt nie etwas Hässliches gedacht.«

»Doch.« Ihr Weinen wurde stärker. »Ich hab die ganze Zeit gedacht, dass ich dieses Kind eigentlich gar nicht möchte. Ich hab nur ans Kämpfen gedacht und daran, wie ich möglichst schnell wieder meine Übungen aufnehmen kann. Ich habe keine Socken gestrickt und mit Blümchen verziert oder was die anderen Frauen so machen, wenn sie schwanger sind. Ich wollte kein Kind und deshalb ist es auch kein richtiges Kind geworden, sondern so ein schreckliches Ding.«

»Du bist nicht schuld.« Er nahm sie in den Arm und wiegte sie sanft hin und her. »Lass dir das von niemandem einreden.«

»Es tut mir so leid.«

»Oh meine Liebe, weine nicht.«

Schon lange hatten sie einander nicht mehr innig umarmt, nicht wie Liebende miteinander geflüstert. Seit sie in Kirifas waren, war ihnen auch ein guter Teil der Leidenschaft verloren gegangen, die sie auf ihrer Flucht vor Zukata empfunden hatten, angefacht von Gefahr und Wagnis. Hier, im Palast, war jeder seinen eigenen Geschäften nachgegangen – Blitz kümmerte sich um Manina und verbrachte darum viel Zeit mit der kaiserlichen Familie, Ilinias hielt sich bei den Wächterinnen auf. Jeder lebte sein eigenes Leben. Es war, als hätte diese kurze Zeit, in der Mino in Kirifas gewesen war, einen Schatten über ihre Liebe geworfen oder eine Schlucht zwischen ihnen aufgerissen. Doch nun, als er sie zu trösten versuchte, war die alte Verbundenheit wieder da. Ilinias kuschelte sich in seine Umarmung. In diesem Moment der Ehrlichkeit wagte sie es, etwas zu sagen, was ihr schon lange auf dem Herzen lag: »Mino hätte dir bestimmt ein richtiges Kind geschenkt.«

»Denk nicht an Mino«, sagte er leise. »Du bist es, die ich geheiratet habe.«

Mehr als alles andere wünschte sie sich, sie hätte in sein Herz hineinsehen können, aber zugleich fürchtete sie sich vor dem, was sie dort vielleicht zu sehen bekäme.

»Denkst du denn an sie?«, fragte sie.

»Ilinias«, sagte Blitz nur und küsste sie auf ihr tränennasses Gesicht.

In diesem Moment begann Sorayn sich unruhig zu bewegen, und Blitz sprang aus dem Bett, um ihn zu ihr zu bringen, bevor er mit seinem Geschrei den ganzen Palast aus dem Schlaf riss.

»Mino ist eine Erinnerung an eine schöne Kindheit«, sagte er, als er ihr das Kind an die Brust legte. »Du bist hier. Du bist meine Frau. Und das ist mein Sohn.« Er streichelte das haarige Köpfchen. »Unser kleiner Sohn. Mach ihn nicht schlechter, als er ist, Ilinias. Muss denn jeder Mensch hübsch sein?«

Ja, dachte sie nur. Das Gesicht des Kleinen lag im Schatten. Sie sah es nicht an, sie schaute auf Blitz, der an der Bettkante saß. Vielleicht, wenn wir blind wären, wenn wir in einer dunklen Welt lebten, in der nur unsere Worte und unsere Taten und unsere Gedanken zählten ... Aber, hätte sie am liebsten gefragt, würdest du mich dann lieben, Blitz? Würdest du mich lieben, in einer dunklen Welt? Du Lügner.

Wenn Ilinias den Kleinen an ihre Brust legte, schloss sie die Augen, um ihn nicht dabei ansehen zu müssen. Sie versuchte sich vorzustellen, dass sie ein anderes Kind im Arm hielt, ein hübsches, freundliches Kind, das ihren Blick suchte. Sorayn war dagegen nicht freundlich. Er trank mit einer Gier, die sie überraschte und die ihr Schmerzen bereitete. Schließlich fragte sie die Hebamme, ob das Stillen allen Frauen so wehtat. Die erfahrene Heilerin betrachtete verwundert Ilinias' gerötete Brust und sah sich daraufhin das Kind noch einmal an.

»Das gibt es doch nicht! Er hat schon einen Zahn! Kein Wunder, dass er dir wehtut.«

Es bereitete Ilinias ungeahnte Qualen, ihr Kind zu versorgen. Er trank so viel, dass ihre Brüste Unmengen an Milch bildeten – dann wieder schlief er so lange, dass sie sich sehnlichst wünschte, er würde trinken, doch er war nicht wachzubekommen. An die Wiederaufnahme ihrer Übungen bei den Amazonen war nicht zu denken. Mit kühlenden Umschlägen auf ihrer Brust lag sie im Bett, während der Kleine sich nicht darum scherte, ob seine Ansprüche ihr bekamen oder nicht. Alle Ratschläge der Hebamme, wie sie ihn zu regelmäßigen Fütterungszeiten erziehen könnte, schlugen fehl. Wenn er schlief, ließ er sich nicht wecken, und wenn er Hunger hatte, brüllte er mit einer Lautstärke, die fast im ganzen Palast zu hören war und es nicht zuließ, ihn warten zu lassen. Und doch waren diese ersten beiden Wochen nichts gegen das, was noch kommen sollte; später wünschten sie sich diese Zeit zurück.

Bei seinem ersten Anfall glaubte Ilinias, ihr Kind würde ersticken. Es rang nach Luft und lief blau an, es krümmte sich und zuckte. Sie wusste nicht, was sie tun sollte, was sie tun konnte, und schließlich lief sie los, den Kleinen im Arm, um nach dem kaiserlichen Heiler, dem Arzt Rugan, zu suchen. Noch bevor sie ihn gefunden hatte, hatte das Kind wieder Luft geholt und begann zu schreien. Es waren solche lauten, qualvollen Schreie, dass ihr schien, er würde jetzt sofort in ihren Armen sterben, und Ilinias lief weinend durch den Palast und hoffte, Rugan rechtzeitig zu finden.

Schließlich fand er sie, von dem Geschrei herbeigerufen, aber er war genauso hilflos wie sie.

»Ich weiß nicht, was er hat«, musste der Arzt zugeben, nachdem er das Kind kurz untersucht hatte. Er tastete es ab, um festzustellen, ob irgendetwas gebrochen war, und fragte sie etwas verlegen, ob sie es vielleicht fallengelassen hatte. »Ruf mich noch einmal, wenn er schläft, vielleicht kann ich ihn dann besser untersuchen.«

Ilinias kam es unwahrscheinlich vor, dass ihr Sohn jemals wieder schlafen würde, geschweige denn, dass er diesen Tag überhaupt überlebte. Eine Menge Leute waren zusammengelaufen, um zu sehen, was es gab. Es wäre Ilinias peinlich gewesen, so viel

Aufsehen zu erregen, wenn sie nicht so benommen von dem Lärm gewesen wäre, dass ihr bald alles gleich war, wenn es nur aufhörte. Die neugierigen Fürstinnen, die darauf hofften, auch einmal einen Blick auf das sagenhaft hässliche Kind werfen zu können, überboten sich mit weisen Ratschlägen.

»Das ist Bauchweh, das hatte meine Tochter auch in dem Alter.«

»Nein, das sind Schüttelkrämpfe, hast du nicht gesehen, wie es zuckt?«

»Solche Kinder leben sowieso nicht lange.«

Ilinias legte Sorayn ein Tuch über das Gesicht, damit niemand ihn sah, während sie zurück in ihr Zimmer ging. Die Dunkelheit schien ihn ein wenig zu beruhigen, aber vielleicht war er auch nur erschöpft. Irgendwann wurde er tatsächlich ruhiger und schlief ein. Wieder brauchte sie den Arzt nicht zu rufen – am abebbenden Gebrüll hatte er selbst erkannt, dass er nun zu der Untersuchung kommen konnte. Hinter ihm erschien die übergroße Gestalt des Riesenkaisers in der Tür.

»Es tut mir so leid, dass wir hier solchen Lärm machen«, begann Ilinias, aber Kanuna winkte ab. »Lass uns mal sehen, was er hat.«

Rugan hatte sein Hörrohr an die Brust des Kleinen gelegt, der im Schlaf nur noch hin und wieder leise aufschluchzte.

»Sein Herz schlägt aber laut«, fand er verwundert. »Laut und – ja, unregelmäßig. Zu schnell. Einmal laut, dann leise, dann ...« Er runzelte die Stirn. »Hat er etwa zwei Herzen? Ein kleines und ein großes?«

»Und das erklärt, warum er so schreit?«

Rugan versuchte, seine hilflose Miene durch ein gelehrtes Gesicht zu ersetzen, aber es gelang ihm nur schlecht.

»So ein Fall ist mir noch nie begegnet. Nein, ich weiß nicht, was mit ihm ist. Vielleicht würde ihm eine Luftveränderung gut tun? Wärme und Sonne?«

»Ja, vielleicht«, sagte Ilinias ohne Überzeugung.

Nun trat der Kaiser an die Wiege.

»Wenn Keta hier wäre«, sagte er leise. »Was immer es ist, ich bin sicher, er könnte es heilen. Seine Hände vermögen Unglaubliches ... Aber ich tue, was ich kann.«

Er legte seine Hände auf das schlafende Kind. Sofort öffnete es die Augen und sah ihn an.

»So haben mich meine Söhne angeblickt, als sie klein waren«, sagte Kanuna. »Mit ebensolchen blauen, wissenden Augen ...«

»Eure Söhne waren gesund und kräftig«, bemerkte Rugan. »Wir wissen beide, dass es nicht möglich ist, jedes Kind zu retten.«

Kanuna ließ sich nicht beirren. Er berührte den missgestalteten Körper mit seinen großen Händen, die Segen verteilen konnten und Heilung – wenn auch nicht im selben Maße wie die seines Sohnes –, und er murmelte irgendetwas, vielleicht ein Gebet.

»Mehr kann ich nicht tun«, sagte er zu Ilinias. »Vielleicht wird es besser, vielleicht auch nicht.«

Es wurde nicht besser. Bereits am nächsten Tag ereilte Sorayn der nächste Anfall, und er schrie so laut, dass niemand im Palast seiner Arbeit nachgehen konnte und mehrere Beschwerden beim Kaiser eingingen.

»Er ist gewachsen«, stellte Ilinias verwundert fest, als Blitz zusammen mit Manina nachsehen kam, was los war; bei dem Gebrüll war es unmöglich, sie zu ihrem Mittagsschlaf zu bewegen. »Sein rechter Arm ist jetzt länger als der linke. Das war gestern noch nicht so. Und schau dir seine Nase an. Ist sie nicht noch dicker als vorher?«

»Du meinst, er schreit, wenn er wächst? Aber so schnell wächst niemand.«

»Sieh es dir an, wenn du mir nicht glaubst.«

Blitz musste zugeben, dass Sorayn noch merkwürdiger aussah als sonst.

»Ich hoffe nur, das gibt sich«, meinte er. »Ich dachte bisher immer, dieser Palast ist fest und sicher gebaut, aber langsam habe ich den Eindruck, die Wände sind nur aus Papier. Wie kann ein so kleines Kind eine so laute Stimme haben?«

Es gab sich nicht. Der Rat, Wärme und Sonne und vielleicht auch noch Seeluft könnten ihrem kranken Schreihals helfen, wurde ihnen so oft erteilt und von so vielen Seiten, dass sie es schließlich selbst für das Beste hielten, Kirifas zu verlassen und eine Reise zu machen.

»Wir fahren nach Arima«, sagte Blitz zum Kaiser. »Noch bevor der Winter kommt. Vielleicht wird es am Meer besser. In der milden Luft … Wir können dort den ganzen Tag über mit ihm draußen sein. Und ich möchte natürlich auch meinen Bruder und seine Frau wiedersehen. Ich hatte mir zwar gewünscht, Manina noch ein wenig Zeit zu geben, aber …«

»Wegen Manina mach dir keine Sorgen. Kümmere dich um deinen Sohn. Wir hoffen hier alle, dass ihr, wenn ihr wiederkommt, ein gut erholtes Kind mitbringt.«

Kanuna bat ihn nicht, bei Manina zu bleiben, er sorgte sogar dafür, dass sie möglichst schnell abreisen konnten. Der ganze Hofstaat atmete auf, als Blitz und Ilinias zusammen mit Sorayn die Stadt verließen. Endlich kehrte im Palast des Kaisers wieder Ruhe ein.

6. *Auf der Insel*

»DAS MEER RUFT«, sagte Mino. »Wusstest du das? An den meisten Tagen ist es nur ein Geräusch. Heute habe ich es wieder rufen hören. Norha?«

Er hatte ihr gesagt, dass er wieder eine Reise machen würde, und sie hatte bereits seine Sachen zusammengepackt. »Kann ich nicht mit?«

Norha, der hastig sein Frühstück in sich hineinschaufelte, sah erstaunt auf. »Du willst freiwillig mit?«

»Ja«, sagte sie, sie lachte, »warum nicht? Ins Kaiserreich. Auf die Wanderwege, durch die Wälder. Nimm mich mit.«

Er schüttelte den Kopf, eine unübersehbare Röte überzog sein Gesicht. Ihm wurde heiß, aber er tröstete sich damit, dass sie nicht wissen konnte, warum. »Reisen macht man, weil man sie machen muss. Ich muss nun eben mal ein paar Dinge verhandeln. Niemand nimmt die ganzen Strapazen auf sich, wenn er nicht dazu gezwungen ist. Wozu habe ich dir dieses schöne Haus gebaut? Lass es dir gutgehen, während ich fort bin.«

»Aber ich bin gerne unterwegs.«

»Nein«, beschied er schroff.

Sie bettelte nicht. Eher fassungslos als beleidigt sah sie seinem Aufbruch zu. Zum Abschied küsste er sie auf die Wange.

Den Mann, der vor der Tür wartete, um den Koffer zu tragen, hatte er nie zuvor gesehen. Wie ein windiger Geselle sah er eigentlich nicht aus, aber Norha wusste mittlerweile, dass die Leute, die Wikant ihm schickte, nicht ganz so waren wie andere Menschen.

»Das Schiff ist bereit«, verkündete der Fremde. »Das Königreich Henten wartet auf Euch.« Er grinste.

So lange wie möglich hatte Norha diese Reise hinausgezögert. Er wollte das nicht tun, und Wikant und Tinek hatten ihm versprochen, dass sie ihn nie wieder fragen würden. Und doch hatten sie es natürlich getan. Ihr Geld schien nie zur Neige zu gehen, aber seins schon. Der Umbau des Hauses hatte weitaus mehr verschlungen, als er sich je vorgestellt hatte. Vielleicht hatte er zu viele Arbeiter beschäftigt, aber es war ihm viel daran gelegen gewesen, die Sache rasch zu einem Abschluss zu bringen. Außerdem war es pompöser geraten, als er ursprünglich geplant hatte. Fast wie ein kleines Schloss sah es nun aus, mit zwei Erkern vorne, die sich rund wie die Türme einer Burg aus der Fassade herausschälten.

»Du bist begabter darin, als du selbst glaubst«, hatte Tinek ihm versichert. »Deine Angaben über Sitra waren von unschätzbarem Wert. Die Königin hat ... aber du hast ja gesagt, du wolltest nicht wissen, was daraus wird.«

»Das will ich auch nicht«, gab er trotzig zurück.

»Na ja, und falls du es dir doch überlegst ... Henten ist so ein nettes kleines Land, um das es nie viel Gerede gibt. Was treiben sie dort so in ihren beschaulichen kleinen Schlössern und Herrenhäusern, die Adligen von Henten? Das würde ich doch zu gerne wissen.«

»Du irrst dich«, sagte er. »Ich habe gar nichts herausgefunden in Sitra. Liadett war's.«

»Liadett?« Tinek zog die Brauen hoch. »Aber Norha, du Schlawiner, es gab in Sitra eine Liadett? Weiß Mino das?«

»Willst du mich auch erpressen?«, knurrte er.

Aber Tinek bohrte so lange, bis er ihr alles über die kurze Bekanntschaft mit der redseligen Gräfin erzählte.

Was erwartete sie? Dass er in Henten ebenfalls auf eine solche Frau stieß, die er dazu bringen konnte, ihm die Geheimnisse der Reichen zu verraten? Es war eine absolut sinnlose Reise, und dass sie ihn mit dem Schiff an die Küste von Henten bringen wollten, machte es nicht besser.

Missmutig schlurfte er dem Gepäckträger hinterher, über die Planke auf das kleine Schiff, das dort auf ihn wartete. Wikant hatte die Reise für ihn bezahlt, anscheinend kannte er den Kapitän.

»Hier hinunter. Eure Kajüte, Fürst Norha.« Mit ausgesuchter Höflichkeit brachte der Matrose ihn unter Deck. Er öffnete ihm sogar die Tür. Und dort, mit einem breiten Lächeln auf dem Gesicht, saß Liadett.

»Was machst du denn hier?«, fragte er, und er stellte sich vor, was passiert wäre, wenn er Mino erlaubt hätte, mitzukommen. Er hatte nicht gewollt, dass sie Zeugin seiner hilflosen Schnüffelversuche wurde, aber schlimmer als das hier hätte es kaum kommen können. »Um Himmels Willen, Liadett!«

»Sehr freust du dich aber nicht, mich zu sehen. Und das, obwohl du mich doch herbestellt hast. So geheimnisvoll haben sie alle getan! Lass dich umarmen, Nörchen!«

In der Kajüte war es zu eng, um ihr auszuweichen.

»Ich bin verheiratet!«

»Das macht mir nichts aus, ehrlich nicht.«

Das hatte er schon in Sitra erfahren, aus ihren Erzählungen. In so manch einer Geschichte von untreuen Gatten war Liadett eine der Hauptpersonen gewesen.

»Ich soll mit dir in Henten an den Königshof?«, fragte er. »Als was soll ich dich dort wohl vorstellen? Als meine Frau?«

Liadett lachte. »Ach, Norha! Dass du so um meine Ehre besorgt bist! Ich spiele deine Frau, wann immer und wie oft du es wünschst.«

Er drängte sich an ihr vorbei nach draußen und hastete die Stiege nach oben an Deck. Aber es war zu spät. Das Schiff hatte schon abgelegt, und Arima wurde bereits zu einem kleinen, bunten Fleck auf dem Wasser. Hinter ihm trat Liadett an die Reling.

»Wir werden eine wunderschöne Zeit haben«, prophezeite sie.

Es gab kein Entrinnen.

Der Aufenthalt in Henten wurde noch ergiebiger als sein Besuch in Sitra. Überall hieß man ihn und die fröhliche Liadett willkommen. Und Liadett fand heraus, was immer sie herausfinden wollte. Die adligen Damen zuckten zusammen, wenn sie lachte, aber die Dienstmädchen kannten keine Zurückhaltung, wenn es darum ging, über ihre Herrschaft herzuziehen. Mit ihnen verstand die quirlige Gräfin sich bestens. Und wo es nichts herauszufinden gab, schuf Liadett neue Tatsachen, denn schöner und aufregender als der Langweiler Norha waren die Männer überall.

Schließlich wurde es ihm zu bunt und er reiste einfach ab, ohne auf irgendjemandes Erlaubnis zu warten. Es zog ihn zurück zu Mino, zurück nach Arima, er sehnte sich nach dieser Insel, auf der alles so einfach schien, auf der es leicht war, alles, was er tat und getan hatte, zu vergessen. Er bestellte sich eine Kutsche und fuhr ab, ohne sich umzublicken.

Weit war er noch nicht gekommen, als der Kutscher hielt und zwei Männer einstiegen, die sich rechts und links von ihm setzten, und dann quetschte sich noch ein dritter in das Gefährt und nahm den Platz gegenüber ein.

Norha spürte sofort, dass das keine normalen Mitreisenden waren.

»Was wollt ihr?«, fragte er. »Ich habe nichts.«

»Oh, wir sind sicher, dass du eine Menge hast.« Der Sprecher, der ihm gegenüber saß, hatte nichts von einem Wegelagerer. Norha war noch nie überfallen worden und hatte sich Räuber immer ungepflegt, bärtig und etwas zerlumpt vorgestellt. Doch diese Männer hier wären nicht einmal in dem Schloss, das er gerade Hals über Kopf verlassen hatte, aufgefallen.

»Dann erzähl mal.«

»Hat mein Bruder euch geschickt?«, fragte er misstrauisch und wusste nicht, ob er das hoffen sollte oder ob er lieber einen Kampf mit Banditen ausfechten wollte, die vielleicht vorhatten, ihn zu ermorden. Wenn sie von Wikant kamen, hatte er wenigstens nichts zu befürchten. »Wenn, dann kommt ihr vergebens. Ich weiß nichts. Ich habe überhaupt nichts herausgefunden.«

»Und deine kleine Freundin?«

»Fragt sie doch selbst.« Er biss sich auf die Lippen. Nein, etwas Schlimmeres konnte gar nicht geschehen. Liadett kannte keine Grenzen, wenn es um ihren Spaß ging, aber sobald sie erfuhr, dass ihretwegen Leute erpresst wurden, würde sie ihn hassen. »Nein, nein, fragt sie nicht.«

Er zählte die Namen auf, die Taten, die Geheimnisse anderer. Und dabei wusste er zu gut, dass er selbst ebenfalls erpressbar war, dass Tinek, wenn er nicht mehr mitspielte, zu Mino hingehen und ihr alles berichten konnte.

Die Männer hörten zu. Sie lächelten nicht, nicht einmal ermutigend. Es war wie ein Verhör, in dem er alles sagen musste, ohne zu wissen, ob man mit ihm zufrieden war, ob es das Richtige war, ob er sich damit sein Leben oder seine Freiheit oder sogar einen Anteil der Beute erkaufen konnte.

»Das war alles«, sagte er schließlich, als ihm nichts mehr einfiel, überhaupt nichts mehr.

Sie sagten nichts. Sie stiegen einfach nur aus. Und ihr Anführer wandte sich noch einmal zu ihm um und sagte: »Du hörst von uns.«

Es klang wie eine Drohung.

Er kam nach Hause, auf seine Insel, und sah das große, prächtige Haus, und die Vorstellung, dass diese Männer ihm bis hierhin folgen konnten, jagte ihm einen kalten Schauer den Rücken hinab.

Mino trat vor die Tür, ihr helles Haar wurde vom Wind erfasst und wehte ihr ins Gesicht. Sie eilte ihm entgegen.

»Geh lieber rein«, sagte er. »Hier ist es nicht sicher. Wir sollten einen Zaun errichten. Oder lieber gleich eine Mauer. Und einen höheren Turm.«

»Hat deine Reise sich gelohnt?«, fragte sie. Ganz offensichtlich versuchte sie, seine ernsten Worte zu überhören.

»Das werden wir sehen«, murmelte er und begann voller Unbehagen darauf zu warten, dass er Besuch von *ihnen* bekam.

Sie hatten sich dafür entschieden, mit einem Frachtkahn den Fluss bis ans Meer hinunterzufahren; es schien ihnen der schnellste und sicherste Weg. Dass es die richtige Entscheidung gewesen war, merkten sie daran, dass Sorayn weniger schrie. Das Schaukeln des Bootes auf den Wellen beruhigte ihn. Blitz und Ilinias hatten befürchtet, dass der Kapitän sie irgendwann aussetzen würde, aber der Kleine benahm sich auf dieser Reise fast wie ein ganz normales Baby. Sie verdeckten sein Gesicht stets mit einem leichten Tuch und erklärten auf Anfragen, dass er sehr empfindlich auf Zugluft reagiere. Es war Herbst und in Aifa war es jetzt schon recht kühl, aber Blitz wusste, dass sie, wenn sie erst Arima erreichten, in einen angenehm warmen, goldenen Spätherbst eintauchen würden.

Ilinias genoss es, jedenfalls zu Beginn ihrer Fahrt, wieder mit Blitz zusammen unterwegs zu sein. Obwohl er es sich nicht nehmen ließ, den Binnenschiffern zur Hand zu gehen, war er ihr wieder voll zugewandt und sie musste seine Aufmerksamkeit nicht mit Manina und dem Kaiser teilen. Sie hätte fast selbst daran glauben können, dass sie eine glückliche kleine Familie waren.

Doch je näher sie der Küste kamen, umso mehr wuchs die Angst in ihr. Arima. Auf Arima war all das, wovor sie sich fürchtete. Mino. Blitz würde sie wiedersehen, dieses weißhaarige Mädchen, diese andere, die zwischen ihnen stand. Und dann war da noch Blitz' Familie. Sein Bruder und dessen Frau – auch davor, diese beiden zu treffen, schrak sie zurück. Sie wollte so gerne einen guten Eindruck auf ihre neue Verwandtschaft machen. Blitz hatte ihr erzählt, dass Alika eine Amazone war, und so sehr Ilinias Amazonen bewunderte, so sehr fürchtete sie sich vor dieser Begegnung. Mehr als alles in der Welt graute ihr vor dem Moment, in dem Blitz den beiden das Kind zeigen würde. Seht her, unser Sohn Sorayn. Und dann, wenn sie ihn sahen und erschraken und wenn ihre Blicke auf Ilinias fielen, fragend: Ist das wirklich Blitz' Sohn, bist du sicher?

»Was hast du?«, fragte Blitz, dem auffiel, wie sie immer schweigsamer und düsterer wurde.

»Müssen wir ...« Sie zögerte. »Können wir den Kleinen nicht irgendwo lassen und deinen Bruder erst alleine besuchen?«

»Und wo willst du ihn lassen?«

Das war das Problem. Sie konnten ihn nicht irgendwo abgeben, irgendeine Fremde darum bitten, auf ihn aufzupassen. Ilinias seufzte.

»Schämst du dich seiner?«, fragte Blitz.

Ja!, wollte sie rufen. Natürlich, was denkst du denn? Glaubst du, ich bin stolz auf ihn?

Manchmal hätte sie das eingewickelte Bündel am liebsten über Bord geworfen. Er war so erstaunlich ruhig geworden und schlief fast die ganze Zeit. Anders als andere Kinder in diesem Alter versuchte er nicht, sich umzudrehen; er kaute ja nicht einmal auf Spielsachen herum. Er lag nur da und in seinen blauen Augen lag ein verträumter Glanz.

»Es ist nicht nur das Aussehen, das weißt du«, sagte sie. »Irgendetwas stimmt nicht mit ihm. Nein, nicht irgendetwas. Alles. Es ist alles gänzlich falsch. Er ist sehr, sehr krank.«

»Mir kommt er nicht so krank vor«, meinte Blitz. Vielleicht bemühte er sich nur, sie aufzumuntern, aber Ilinias machte es nur wütend, wenn er das Offensichtliche so beharrlich leugnete.

»Ich mag mir gar nicht ausmalen, was dein Bruder dazu sagt.«

»Was soll er schon sagen? Gratuliere, Blitz, zu deinem Sohn. Und zu deiner wunderschönen Frau. Ich hatte ihm ja eine Überraschung angekündigt, nun gibt es zwei.«

»Eine schöne Überraschung.« Wie konnte er glauben, dass El Jati und Alika sie mit diesem Ungeheuer herzlich empfangen würden? Er glaubte sie zu kennen, aber was war, wenn er sich irrte? Ilinias schämte sich so sehr, mit diesem hässlichen, kranken, missgestalteten Kind die Familie zu besuchen, auf die sie einen guten Eindruck machen wollte, dass sie dem Ziel ihrer Reise nur noch mit Angst und Sorge entgegensah.

Blitz jedoch legte Sorayn auf die Bohlen des Frachtkahns.

»Fühl es«, sagte er zu ihm. »Das Boot. Die Wellen unter dir, den Fluss. Du stammst aus einer Familie von Seefahrern. Dein Großvater ist Matrose und auch ich kann ganz gut mit Booten. Nur dein Onkel El Jati will damit nichts zu tun haben. Es ist deine Entscheidung, Kleiner. Ah, ich sehe schon, du gerätst nach mir. Du liebst Boote, hab ich recht?«

Ilinias saß in der Nähe. »Leg ihm doch bitte wieder das Tuch über, bitte!« Es machte sie krank, wie unbefangen Blitz sich mit dem Kind unterhielt, als bestünde nicht die Gefahr, dass einer der Matrosen in ihre Nähe kam. Aber Blitz ließ sich nicht beirren.

»Das Blaue über uns ist der Himmel. Blau wie deine Augen, blau wie die Augen deiner Mutter.«

Es war nicht zu erkennen, ob Sorayn überhaupt irgendetwas sah. Er verfolgte keine Gegenstände mit seinen Augen, die das einzig Schöne an ihm waren, er schaute nicht in die Gesichter seiner Eltern. Er lächelte nicht. Wenn er wach war, lag er da und träumte. Das sanfte Schaukeln des Kahns befreite ihn von den fürchterlichen Schmerzen, die ihn sonst ständig heimsuchten; Blitz fand, dass er geradezu zufrieden aussah.

»Er liebt Schiffe«, sagte er zu Ilinias. »Vielleicht wird er Seefahrer, so wie mein Vater. Das würde mir gefallen. Vielleicht findet Sorayn meinen Vater ja irgendwann. Sie heuern zusammen auf demselben Schiff an und stellen verwundert fest, dass sie verwandt sind. Oder nein, mein Vater ist sicher längst Kapitän. Und er wird Sorayn zu seinem Maat machen und ihm irgendwann das Schiff vererben.«

Ilinias verzog das Gesicht. Sie wussten beide, dass Sorayn niemals Seefahrer werden würde. Er würde überhaupt nichts werden. Manchmal wusste sie nicht, ob Blitz einfach nur gerne träumte und sich dabei vorstellte, dieses Kind wäre anders, oder ob er wirklich solche unglaublichen Hoffnungen hegte.

»Er wird immer so bleiben«, sagte sie. »Er wird daliegen und in den Himmel starren.«

»Oh nein«, widersprach Blitz. »Er wird krabbeln und laufen, so wie alle Kinder. Du kannst das, Sorayn, nicht wahr? Wenn die richtige Zeit gekommen ist, wirst du das tun. Oder willst du erst segeln lernen und dann laufen?« Er beugte sich über den Kleinen und kitzelte ihn sanft. Nicht einmal darauf reagierte Sorayn, aber es schien Blitz nicht zu stören.

»Wie soll er jemals krabbeln und laufen, wenn er sich nicht bewegt?«

»Er ist noch klein. Das kommt noch alles.«

»Ach ja, und wann?« Sie fühlte wieder, wie Scham und Sorge, Trauer und Wut sie überrollten. »Und wenn nicht? Was ist, wenn er so bleibt? Wirst du es noch niedlich finden, ihn zu wickeln, wenn er fünf ist? Oder zehn? Oder zwanzig?« Oder wirst du dann irgendwann hoffen, dass er endlich stirbt? So wie ich es tue? Aber das waren Gedanken, die sie in Blitz' Gegenwart nicht auszusprechen wagte. Er schien dieses Kind tatsächlich zu lieben und sie wollte sich nicht zu seiner Gegnerin machen. Es war schlimm genug, dass sie ihm dieses wie leblos daliegende Ding zum Sohn gegeben hatte.

»Dann kümmern wir uns eben um dich«, sagte Blitz zu Sorayn. »Egal, ob du fünf oder zehn oder zwanzig bist. Ich werde mir ein Boot kaufen und du kannst mit mir segeln und in den Himmel schauen. So machen wir es, ja?«

»Du würdest was?«, fragte Ilinias entgeistert. »Das ist doch wohl nicht dein Ernst!«

»Warum nicht, wenn es ihm gut tut?«, fragte Blitz zurück. »Und du siehst ja selbst, dass es ihm gefällt, auf dem Wasser zu fahren. Ja, ein Boot, für uns drei, Sorayn, nicht?«

»Ich will nicht auf einem Boot leben!«, protestierte Ilinias. Vielleicht war das alles für Blitz ein Spaß, ein Spiel, eine Träumerei, aber ihr war es bitterernst. »Hör doch endlich auf! Ich kann das nicht ertragen!«

Blitz hob den Kopf und sah sie an. »Was kannst du nicht ertragen?«

Dass du mit ihm sprichst, als könnte er dich verstehen. Dass du mit ihm spielst, als wäre er ein normales Kind. Dass du ihn so ansiehst, als wäre er liebenswert.

»Nichts«, sagte sie leise und wandte sich ab. »Nein, gar nichts.«

In der Bucht von Henten wechselten sie auf ein anderes Schiff, das sie die Küste hoch mitnehmen sollte, an Tors vorbei, zwischen den Inseln von Peh hindurch, bis zu den Glücklichen Inseln. Es war Spätherbst, eine Jahreszeit, in der die Blätter rot und gelb leuchteten und die Wiesen mit einem goldenen Teppich bedeckten. Dieselbe Strömung, der Blitz immer wieder sein Leben abgerungen hatte, trug sie jetzt rasch vorwärts. Die Luft um das Schiff herum war warm und das Holz heizte sich dermaßen auf, dass es kaum möglich war, barfuß über das Deck zu gehen.

Blitz legte Sorayn trotzdem auf die Planken, denn er hatte den Eindruck, dass dem Kind die Wärme gut tat. Stundenlang sprach er mit ihm, während Ilinias eifersüchtig und unruhig übers Deck schlenderte und auf unverschämte Worte oder Blicke der Matrosen wartete, damit sie sie mit funkelnden Augen in die Enge treiben und wüste Beschimpfungen gegen sie ausstoßen konnte, bis der Kapitän Blitz bat, seine Frau zur Mäßigung anzuhalten.

Arima. Blitz lachte, als er die Umrisse der Insel vor sich sah. Er legte den Arm um Ilinias. Gequält lächelte sie ihn an.

»Wie ich mich freue. Ich werde dir alles zeigen, die Plantagen und den Hafen und den Strand. Ach ja, und die Steilküste und den Wald ...«

»Ich bin schon so gespannt darauf«, versicherte sie ihm. Sie wusste nicht, wie lange schon sie alles, was wirklich in ihrem Herzen war, vor ihm verbarg. Jedes ihrer Worte war eine Lüge, aber hatte sie denn eine Wahl? Er liebte sie dafür, dass sie schön war und stolz und furchtlos, für ihren Freiheitsdrang und ihre Leidenschaft – wie hätte sie da zugeben können, dass sie sich schwach und voller Angst fühlte und dass Scham und Sorge sie zerfraßen?

»Vier Jahre«, sagte Blitz leise, als sie in den Hafen von Arima einfuhren. »Und doch kommt es mir viel länger vor, wie ein ganzes Leben.« Er legte den Arm um Ilinias' Schulter. »Es sieht hier genauso aus wie damals ...«

Sie gingen den Weg durch die Dünen, und er wurde nicht müde, sich umzusehen und alles wiederzufinden. Ilinias schob das Tuch über Sorayns Köpfchen zurecht, als ihnen die ersten Menschen begegneten.

»Blitz! Das gibt es doch nicht. Blitz!«

»Das sind alles Leute aus dem Dorf«, erklärte er. »Jetzt ist Erntezeit. Hier werden jetzt tagelang die geernteten Früchte im Hafen verladen.«

»Dann hat dein Bruder wahrscheinlich keine Zeit für uns«, hoffte Ilinias.

Er lächelte nur. Es war kein langer Fußmarsch ins Dorf der Pflücker, und doch kostete jeder Schritt auf einmal rätselhaft viel Kraft.

»Ich bin so aufgeregt«, bekannte er.

Das kleine Haus, in dem er seine Kindheits- und Jugendjahre verbracht hatte, hatte sich kaum verändert. Nur an dem Kirschbaum, den er selbst zusammen mit El Jati gepflanzt hatte, erkannte er, wie viel Zeit verstrichen war. Alikas Blumen und Jasminsträucher verströmten ihre intensiven Düfte, aber vielleicht wehte die überwältigende Süße auch von den Plantagen herüber.

Blitz blieb stehen. Er atmete tief durch. »Merkwürdig«, sagte er leise. »Als wäre ich nie fortgewesen ... Als hätte ich dies alles nur geträumt ... Und doch bringe ich dich mit und unseren Sohn.«

Bevor er den Gartenweg bis zum Haus gehen und klopfen konnte, öffnete Alika die Tür und flog ihm entgegen.

Die beiden Kinder waren etwa ein halbes Jahr alt. Sie ähnelten einander nicht, obwohl beide schwarzes Haar hatten, weder von ihrem Äußeren her noch von ihrem Temperament. Maja, vom Hauttyp dunkler, war die Wildere. Zart und klein von Gestalt, gehörte doch das ganze Haus ihr und nichts war vor ihr sicher. Tamait überließ es seiner Zwillingsschwester, auf Händen und Knien die Welt zu erobern, aber er war stets dicht hinter ihr, als müsste er sie dabei beschützen.

Ilinias betrachtete die beiden hübschen Kinder mit glühendem Neid. Zwei. Gesund und schön. Obwohl sie nicht zu den Frauen gehörte, die versessen auf den Nachwuchs anderer Leute sind, hätte sie doch alles dafür gegeben, ihren Sohn gegen ihren Neffen einzutauschen.

Sie hatte sich abgewandt, als Jatis Frau sich über Sorayn beugte. »Ach, Blitz«, sagte Alika schließlich. Und Ilinias weinte still in sich hinein, während sie ihn stillte und wickelte und tat, als wäre er ein ganz normales Kind, so wie Tamait und Maja. Ihre Schwägerin war so herzlich und freundlich, und doch tat jedes Wort, das sie nicht über Sorayn sagte, weh.

El Jati kam spät abends nach Hause. Er hatte schon erfahren, dass sein Bruder auf der Insel war. Freudig trat er ins Haus, doch bevor er Blitz begrüßen konnte, fiel sein Blick auf Ilinias.

Er starrte sie an, wie vom Donner gerührt. Er sagte kein Wort.

»Hallo, El Jati«, sagte Blitz. »Schön, dich wiederzusehen. Das ist meine Frau, Ilinias.«

»Ilinias«, wiederholte Jati. Es klang wie ein Schluchzen. »Deine – deine Frau?«

»Blitz ist da, zusammen mit seiner Familie.« Alika ging ihm entgegen, besänftigend. Noch ahnte keiner von ihnen, was ihn so verstörte. »Jati, was hast du?«

Auch Ilinias bewegte sich nicht. »Ich kenne dich«, sagte sie langsam. »Du hast mich besucht, im Kloster, nicht wahr?«

»Ihr kennt euch?«, fragte Alika verwirrt.

»Ilinias«, flüsterte Jati. »Das ist das Mädchen, das ich ins Kloster brachte.«

»Du?«, fragte Blitz verständnislos. »Was hast du denn mit ihr zu tun?«

»Oh nein«, sagte Alika. »Sag, dass das nicht wahr ist. Es kann doch nicht wahr sein?«

»Wer bist du?«, fragte Ilinias. »Bist du mein Vater? Mein Onkel? Oder was? Sag mir jetzt endlich, was das zu bedeuten hat!«

»Ich bin dein Bruder«, sagte El Jati. »Dein Halbbruder. Und Blitz auch. Wir sind beide deine Brüder.« Er starrte von ihr zu Blitz und wieder zurück. »Wie hast du sie gefunden? Warum hast du ausgerechnet sie zu deiner Frau gemacht? Oh Rin, das kann doch alles nicht wahr sein! Ihr müsst euch trennen. Trennt euch, bevor es zu spät ist und ihr schwachsinnige Kinder bekommt, die nicht lebensfähig sind ...«

Ilinias schluchzte auf. Sie stürzte an ihm vorbei, durch die noch offen stehende Tür, und verschwand im Garten. Blitz wollte ihr nach, aber Alika fasste ihn am Arm.

»Warte«, sagte sie. »Warte, Blitz. Lass ihr ein wenig Zeit.«

Blitz schüttelte den Kopf. »Warum, Jati? Wie – wie können wir eine Schwester haben? Und warum im Kloster?« Er weinte. »Sieh«, sagte er, »sieh her, das ist unser Kind. Das ist unser Sohn.«

Er zog El Jati zu dem Korb, in dem Sorayn lag, er zeigte seinem entsetzten Bruder das Kind, das wie leblos da lag und schwer atmete.

»Das wollte ich nicht.« Jati brach zusammen. Und so ging dieser Tag, der ein Tag des fröhlichen Wiedersehens hatte sein sollen, unter Tränen und Geheul zu Ende.

Als es schon dunkel draußen war und Ilinias immer noch nicht zurückgekehrt war, ging Blitz sie suchen. Er hatte erwartet, dass sie im Garten war, bei den Blumen, und dass er sie in den Arm nehmen konnte und beruhigen und wieder hereinholen, aber sie war nicht da. Er suchte zwischen den Häusern des Dorfes, er rief: »Ilinias!«, aber alles blieb still.

Blitz stand auf dem breiten Dorfweg und horchte in die Nacht hinaus. Die Insel war klein und doch noch zu groß; Ilinias konnte überall sein. Er zögerte, aber schließlich kehrte er zum Haus seines Bruders zurück.

»Ich habe sie nicht gefunden«, sagte er zu ihren erwartungsvollen Gesichtern.

El Jati sprang auf. »Ich helfe dir.«

Alika nickte ihm zu. »Ja, tu das. Nehmt Laternen mit. Ich bleibe bei den Kindern.«

Draußen hing die Nacht schwer über ihnen. Eine Brise wehte vom Meer über sie hin, salzig und frisch. Das alles war Blitz so vertraut, er konnte kaum glauben, dass er in Kirifas ohne das Meer hatte leben können.

»Geh du an den Strand«, sagte El Jati. »Ich sehe in den Plantagen nach.«

Sie trennten sich, jeder eine Laterne in der Hand. Die kleinen Lampen tanzten, während sie gingen, während sie riefen. »Ilinias! Ilinias!«

Blitz stand am Strand. Sand sickerte durch seine Schuhe. Er hörte, wie die Wellen sich leise schäumend am flachen Ufer brachen.

»Ilinias?«

Der kühle Wind war hier stärker, aber es war kein eisiger Winterwind. Vielleicht brachte er Sturm, aber vielleicht zog auch alles an ihnen vorbei und suchte das Festland heim. Die Nacht war ruhig. Es war eine Nacht, in der man gemeinsam um einen Tisch hätte sitzen sollen, um Wein aus Krügen zu trinken, in der er von seinen Abenteuern hatte erzählen wollen, davon, wie es ihm ergangen war, seit er ohne ein Wort verschwunden und als Gefangener einer Räuberbande nicht mehr hatte zurückkehren können. Ilinias hätte dabei neben ihm sitzen sollen, lächelnd. Endlich hast du dich mal entschieden, würde Alika sagen. Und was für eine gute Wahl! Sie würde Ilinias zuzwinkern. Willkommen in unserer Familie.

Er ging am Strand entlang und träumte davon, wie es hätte sein können. Und dann, auf einmal, ungerufen, blitzte ein Gedanke in ihm auf: Mino.

Die Ehe mit Ilinias war ungültig. Er war wieder frei.

Mino.

Er erschrak vor der Macht der Sehnsucht, die ihn plötzlich ergriff. Sein Herz hämmerte wie wild. Er blieb stehen und sah aufs Meer hinaus, schimmernd unter dem dunklen Himmel.

Mino.

Der Augenblick war wieder da, als er sie im Arm gehalten hatte, als ihr weißes Haar seine Wange kitzelte ... Oh nein, denk es nicht. Mit Gewalt versuchte er die Erinnerung aus seinem Herzen und seinem Kopf zu verbannen, aber die Sehnsucht, die aus dieser Erinnerung entsprang, loderte mit einer solchen Macht in ihm auf, dass sie ihn fast in die Knie zwang.

Denk es nicht. Wage ja nicht, an sie zu denken ... Ilinias ist deine Frau, der du dich angetraut hast. Aber nun war Ilinias seine Schwester. Er hätte sie nie heiraten dürfen. Diese Ehe war sowieso ungültig, und er war frei, ohne dass er sein Wort brechen musste.

Überwältigt von Hoffnung, Sehnsucht und Schuldgefühlen blieb er stehen und starrte aufs Meer hinaus, aufs dunkle Meer. Es war Mino, die er rufen wollte. Vielleicht hatte sie davon gehört, dass er hier war. Vielleicht ging sie gerade eben diesen Strand entlang und wünschte sich, ihn zu finden ...

Sorayn.

Er und Ilinias und Sorayn. Er war nicht frei, er konnte nicht frei sein.

Blitz zwang sich, weiterzugehen. »Ilinias!«

El Jati fand sie unter den Bäumen, mitten in der Plantage. Er fragte sie nicht, ob sie sich verirrt hatte. Er sah ihr helles Haar im Schein der Laterne schimmern und ging auf sie zu.

»Blitz?«, fragte sie leise.

»Nein, ich bin es«, entgegnete er. »El Jati.«

»Geh weg.«

Aber er ging nicht weg. Er näherte sich ihr, vorsichtig wie einem verschreckten Tier. »Komm her«, sagte er mit der Autorität des älteren Bruders, und während er es aussprach, erinnerte er sich daran, dass er das schon einmal zu ihr gesagt hatte, vor vielen Jahren, als er sie besucht hatte. Warum er das damals getan hatte, daran konnte er sich nicht mehr erinnern, auch nicht, warum er sie nicht mit nach Hause genommen hatte. Doch, da war etwas ...

»Unsere Mutter wollte wissen, wie es dir ging. Wie du aussiehst, ob es dir gutging. Sie hat mich damals nach Salien geschickt. Ich kam in das Kloster und fand ein blondes Mädchen, ein hübsches kleines Ding, aber keine Riesin. Mit dieser Nachricht kehrte ich nach Hause zurück: Ich sagte, sie ist keine Riesin. Ich war froh darüber, denn ich wollte nicht, dass irgendetwas an ihn erinnerte, an diesen fürchterlichen Riesen. Und sie – ich weiß nicht, war sie enttäuscht? Sie war krank, sehr krank. Es war ihr letzter Wunsch gewesen, dass ich noch einmal die weite Reise mache und nach dir sehe. Ein einziges Mal wollte sie noch von dir hören, bevor sie starb.«

Ilinias war näher herangekommen. »Was für ein Riese?«

»Man sieht dir nicht an, dass in deinen Adern Riesenblut fließt. Aber es war ein Riese, den meine Mutter liebte – unsere Mutter. Heute weiß ich, dass sie ihn liebte. Damals wusste ich es nicht. Es war der erste Riese, den ich je gesehen hatte, und ich hielt ihn für den schlimmsten Feind, dem ich je begegnet war. Jahre meines Lebens habe ich damit verschwendet, einen Mann zu hassen, den unsere Mutter liebte. Du warst für mich immer nur das Kind des Feindes. Nein, ich wollte nicht, dass Mutter Gefühle für dich hatte. Ich bot ihr nicht an, dich wieder mit nach Hause zu bringen. Es fiel mir schwer genug, den weiten Weg zu machen.«

»Ein Riese«, wiederholte Ilinias. »Wer? Wieso ein Riese? Wovon sprichst du überhaupt?« Sie war jetzt so nah, dass er ihre Augen im Schein seiner Laterne leuchten sah. Ihre wunderschönen blauen Augen.

»Ich habe nie erfahren, wie er heißt. Aber im letzten Sommer war sein Bruder hier auf der Insel. Sein Zwillingsbruder. So ist die ganze Geschichte herausgekommen, denn ...«

Sie unterbrach ihn ungeduldig. »Keta und Zukata? Die Riesenzwillinge?« Es konnte nur einen geben, der hier gewesen war. Und nur einen, der ... Aber konnte es sein? »Und deine Mutter hat ... Und es war Zukata? Er ist mein Vater? Bist du sicher?«

»Zukata?« Er starrte sie an. Natürlich kannte er diesen Namen. Natürlich wusste er von den Zwillingssöhnen des Kaisers. Natürlich hatte er sich Gedanken gemacht darüber, seit dieser Riese, der sich Remanaine nannte, an ihrem Tisch gesessen und seinen Hass, diese jahrelange Krankheit, an der er litt, geheilt hatte. Remanaine. Er hatte sich gesagt, dass es noch andere Riesenzwillinge geben könnte. Dass er nicht voreilige Schlüsse ziehen sollte. So viele Gedanken hatte er sich gemacht, und seine Befürchtungen hatten ihn davon abgehalten, nach Salien ins Kloster zu reisen und seine Schwester zu besuchen. Zu Alika hatte er gesagt, dass er sie nicht mit den Kleinen allein lassen wollte. Aber in seinem Herzen war etwas anderes, eine dunkle Ahnung.

»Ich weiß nicht«, antwortete er auf ihre Frage. »Ich weiß es wirklich nicht.«

»Oh Rin.« Sie lehnte sich gegen den Stamm eines Apfelbaumes. »Das ist der Mann, gegen den ich kämpfen wollte. Das ist der, dem ich entgegentreten wollte, sollte er jemals zurückkommen. Der Feind des ganzes Kaiserreichs und mein persönlicher Feind ... Einen seiner Räuber habe ich eigenhändig niedergeschlagen. Und das ist mein Vater?«

»Prinzessin Ilinias«, sagte er ernst, »komm mit mir zurück.«

»Prinzessin Ilinias«, wiederholte sie voller Bitterkeit. »Wohin zurück? Zu meinem brüderlichen Gemahl? Zu meinem schwachsinnigen Kind? In dein Haus, El Jati, in das du mich nie hineinlassen wolltest?«

»Es tut mir leid«, sagte er. »Ich bitte dich um Verzeihung, Ilinias. Mehr kann ich nicht tun.«

Als sie schwieg, streckte er die Hand aus und wiederholte seine Aufforderung. »Komm.«

Sie hörten das Geschrei schon von weitem. Sorayn brüllte so laut, dass die Leute im Dorf die Köpfe aus den Fenstern steckten und die Türen öffneten, um zu sehen, was los war. Erst im Haus waren die Stimmen von Alikas Zwillingen zu hören, die in das Geheul mit eingefallen waren. Sie lagen in ihrem gemeinsamen Bettchen, während Alika ihren Neffen auf dem Arm wiegte.

»Ich kriege ihn einfach nicht still«, jammerte sie. »Rin sei Dank, du bist da, Ilinias!« Sie drückte ihr das schreiende Kind in den Arm. Und Ilinias stand da und hielt ihn, der sich nicht beruhigen wollte, und in ihren Augen waren keine Tränen mehr. Es war nicht zu sehen, dass sie geweint hatte, dort draußen unter den Bäumen. Sie hielt ihr Kind, von dem sie wusste, dass nichts ihm helfen konnte, und gleichzeitig war es, als hielte sie es nicht. Sie war mit Jati zurückgekommen, aber gleichzeitig war es, als wäre sie nicht ganz zurückgekommen, nicht ganz bei ihnen im Haus. Sie schaute auf Jati mit ihren unglaublich blauen Augen, in denen der Himmel lag, der sich über Menschen und Riesen wölbt. Sie sagte, ohne auf Sorayn zu achten, der in ihrem Arm strampelte: »Was wird jetzt geschehen?«

»Wir müssen einen Priester aufsuchen, der eure Ehe auflöst«, meinte Alika, die dabei war, ihren eigenen Kindern gut zuzusprechen.

»Und dann, was bin ich dann?«, fragte Ilinias. »Eine Frau mit Kind und ohne Mann? Blitz wird nach Kirifas zu Manina zurückkehren. Und was soll ich tun? Betteln gehen?«

»Du kannst hier bei uns bleiben«, versprach El Jati, aber Ilinias lachte leise. »Hier, wo man mich für Blitz' Frau hält? Und was soll er dem Kaiser und den anderen im Schloss erzählen? Die Wahrheit?

Glaubst du, der Kaiser lässt ihn dann noch seine Tochter erziehen? Diese Wahrheit wird unser beider Leben zerstören.«

Sorayn hatte aufgehört zu schreien und rang keuchend nach Atem, seine Hände ruderten durch die Luft. Sie alle sahen ihn an: den Beweis dafür, dass bereits ein Leben zerstört war. Sie dachten es alle, aber keiner sprach es aus.

»Wenn wir die Wahrheit sagen, wird ihm das nicht helfen«, sagte Ilinias.

»Aber ihr habt keine Wahl«, sagte Alika. »Wir haben keine Wahl. Es ist so, wie es ist, und niemand wollte es, aber es ist nun mal passiert.«

Aber Ilinias hatte »wenn« gesagt, und auf einmal schien die Trennung von Blitz nicht mehr unausweichlich. Vielleicht war es möglich, all das hier einfach zu vergessen ... wer sie beide waren ... ihre Liebe zu bewahren und alles andere zu vergessen.

»Blitz ist da«, sagte El Jati, der aus dem Fenster gesehen hatte. Er ließ seinen Bruder herein.

Er sah Ilinias an, erleichtert, sie hier zu finden, und doch auch bedrückt und nachdenklich, und er spürte sofort, dass etwas in der Luft lag, etwas anderes als vor Ilinias' Weglaufen.

»Ich will mich nicht von dir trennen«, sagte sie. »Wenn wir niemandem etwas sagen, wird niemand etwas erfahren.«

»Nein!«, rief Alika sofort entsetzt. »Nein, das geht nicht. Das ist unrecht. Das ist gegen das Gesetz. Ihr könnt doch nicht ... Es geht nicht. Wenn man das erst einmal weiß, kann man doch nicht ... Bruder und Schwester ...«

Blitz blieb an der Tür stehen. Ilinias sah ihn an und dachte: Komm zu mir. Komm, stell dich neben mich. Wir sind eine Familie, wir müssen es bleiben ... Aber Blitz begegnete ihrem Blick über den Abgrund des Raumes hinweg und sie las darin die Qual, eine Entscheidung treffen zu müssen.

»Ihr müsst euch trennen«, sagte Alika. »Habt ihr nicht selbst gesehen, was dabei herauskommt?«

»Sorayn«, sagte Blitz, zugleich von Schmerz und Liebe erfüllt. »Wenn Sorayn nicht wäre ... Aber wir können doch nicht so tun, als gäbe es ihn nicht. Er ist da. Wie könnte einer von uns ihn aufgeben?«

Es versetzte Ilinias einen Stich, ihn das sagen zu hören. Sie wollte nicht, dass er Sorayns wegen an ihr festhielt, sondern weil sie zusammengehörten, seit sie sich das erste Mal gesehen hatten. Sie gehörten zusammen, untrennbar. Sie wusste das. Es war in ihrem Herzen und in ihrer Seele, in allem, was sie war.

»Nichts kann uns trennen«, sagte sie.

Jati schwieg. Aber Alika konnte das nicht dulden. Sie schüttelte den Kopf, sie sagte: »Nein. Nein, Ilinias. Sieh, wie es ist. Vielleicht verstehst du es heute noch nicht, vielleicht brauchst du noch ein paar Tage Zeit. Aber dann musst auch du begreifen, was ihr beide seid und warum ihr nicht zusammenbleiben könnt.«

»Ich ...«, begann Blitz müde, aber er wusste nicht, welche Worte er wählen sollte, welche Entscheidung die richtige war. Alika hatte recht, das wusste er. Und doch hatte auch Ilinias recht. »Es ist so spät«, sagte er. »Wollen wir nicht morgen ...?«

»Ja«, stimmte Jati sofort zu. »Lasst uns etwas essen und dann zu Bett gehen.«

Aber keiner von ihnen hatte Hunger. Und wo würden Blitz und Ilinias schlafen – in einem gemeinsamen Bett? In dem Zimmerchen, das früher seins gewesen war, gab es nur das eine Bett, aber Alika machte sich daran, in der Wohnküche ein zweites Lager herzurichten. Sie musste es nicht laut aussprechen, dass sie es nicht erlaubte, dass die beiden in einem Raum übernachteten. Ilinias wollte dagegen kämpfen, wenn Blitz es schon nicht tat. Sie wollte rufen: Das ist nicht eure Entscheidung! Lasst uns das unter uns ausmachen! Aber Blitz schüttelte fast unmerklich den Kopf. Er wusste genau, was sie dachte, was sie fühlte. Das Verstehen zwischen ihnen war vollkommen. Nie, dachte Ilinias, nie gebe ich das auf, was wir hier haben.

Am Morgen schrie Sorayn wieder. Sein Gesicht lief blau an, während er seine Qual hinausschrie. Ratlos stand Alika da und alle strengen Worte, die sie zu Blitz und Ilinias sagen wollte, erstarben ihr auf der Zunge.

»Wir brauchen ein Boot«, sagte Blitz. »Auf einem Boot geht es ihm viel besser.«

»Ihr könntet nach Neiara fahren«, schlug El Jati vor. »Liravah lebt jetzt dort. Sie wird sich bestimmt über einen Besuch freuen. Ich beschreibe dir gerne, wo sie wohnt.«

»Liravah? Wer ist das?«, fragte Ilinias misstrauisch.

»Nur meine alte Lehrerin. Ohne das, was ich bei ihr gelernt habe, hätte ich nie Maninas Erzieher werden können.«

»Natürlich, deine Lehrerin! Du hoffst wohl, sie kann mich zur Vernunft bringen?« Liravah, ja, jetzt erinnerte sie sich wieder. Sie wusste alles über ihn. Alles über seine Kindheit. Alles über Mino und ihn, vielleicht mehr, als er selbst wusste. Die Tochter des Fischerkönigs und der Sohn des verschwundenen Seemanns ... Aber nun gehörte er nach Kirifas, mit ihr zusammen. Welches Leben hätte es sonst für sie beide gegeben?

»Lass uns einfach fahren«, sagte Blitz.

Sie gingen hinunter zum Hafen. Er trug das brüllende Kind, das um sich schlug. In Ilinias' Mund lag der bittere Geschmack von Albträumen.

Auf dem Boot war es still. Sorayn lag in Ilinias' Armen, ruhig und nachdenklich, während Blitz ruderte. Einer der Fischer hatte ihnen den Kahn ohne zu zögern ausgeliehen.

Sie waren in die schwankende kleine Nussschale hineingestiegen. Keine Segel, die sich im Wind blähten. Nur Ruder, die man ins Wasser tauchen musste; harte, anstrengende Arbeit. Blitz beschwerte sich nicht. Er wurde zu einem anderen, sobald er auf dem Wasser war. Wie Sorayn, dachte Ilinias, bist du hier still. Aber der Aufruhr in ihr ließ sich nicht von schaukelnden Wellen besänftigen.

»Ich will mit dieser Liravah nicht über uns reden«, sagte sie. »Und auch nicht mit Alika und El Jati. Es geht sie überhaupt nichts an, was wir tun. Das ist allein unsere Entscheidung. Es geht nur darum, was wir wollen.«

Vor ihnen rückte die Insel Neiara näher. Die dunklen Hänge entpuppten sich als Weinberge, die in Wiesen und Wälder übergingen. Ilinias starrte an Blitz vorbei auf diese andere Insel, als gäbe es nichts Interessanteres als das. Bang wartete sie auf seine Antwort.

»Geht es denn darum, was wir wollen? Wir dürfen nicht zusammenbleiben«, sagte er schließlich.

»Dürfen?«, fuhr sie ihn an. »Das sagst du? Kommt das daher, dass du dich ständig nur mit Kleinkindern abgibst? Seit wann fragst du, was du darfst? Was ist aus dem Blitz geworden, der mich aus dem Kloster entführt hat? Was ist aus dem Blitz geworden, der Zukata selbst getrotzt hat und einfach getan hat, was für ihn das Richtige war? Dürfen!« Voller Verachtung warf sie ihm das Wort hin. Plötzlich fragte sie sich, ob er wusste, wessen Tochter sie war. Bis jetzt hatte sie gezögert, es ihm zu erzählen, aber vielleicht war Jati ihr zuvorgekommen? Wollte er deswegen nichts mit ihr zu tun haben? Aber nein, das konnte sie nicht glauben. Blitz verehrte Zukata, er hing an ihm mit der Zuneigung und Abhängigkeit eines Schülers von seinem Meister. Sie wusste das. Dass sie Zukatas Tochter war, war ihr letzter Trumpf in diesem Spiel um Blitz' Liebe, und sie zögerte damit, ihn jetzt schon auszuspielen. Er sollte sie lieben, immer und ewig, egal, wessen Tochter sie war. Selbst dann, wenn sie ihn beschimpfte und herausforderte und beleidigte. Er sollte die Herausforderung annehmen, er sollte kämpfen. Sie wollte, dass er aufhörte, nur Maninas Erzieher und Sorayns Vater zu sein. Jung sollte er sein und leidenschaftlich und rebellisch. Genau wie sie. Ihre andere Hälfte, ihr Bruder, ihr Geliebter ...

Blitz drehte sich um, um zu sehen, wie nahe sie der Insel gekommen waren. Er ließ sich nicht herausfordern, er wurde nicht ärgerlich. Er fing nicht an, mit ihr zu streiten.

Sie seufzte. Das war nicht der Blitz, den sie wollte. Und doch, wie hätte sie diesen Blitz, zahm und unsicher und unentschlossen, gehen lassen können? Es war der einzige Blitz, den sie hatte.

Er zog das Boot an den Strand. Sie waren die einzigen Menschen weit und breit. Vor ihnen, nicht weit von der steinigen Küste, begann der Wald. Die Weinberge waren von hier aus nicht zu sehen.

Blitz trug den schlafenden Sorayn. Und sie ging hinter ihm, dem Wald entgegen, dem unbekannten. Neiara schien ihr rauer als

Arima. Diese Bäume waren groß und alt, und der Herbst, der sie in Gold und Rot getaucht hatte, war hier schon deutlicher zu spüren. »Vielleicht«, sagte sie laut, während sie ihm auf einem Weg folgte, den sie nur undeutlich erkennen konnte, »sollte ich hier bleiben. Ich auf Neiara und du auf Arima. Und hin und wieder besuchen wir uns und erinnern uns an alte Zeiten.«

»Was redest du da eigentlich?«

»Ich male mir die Zukunft aus. Da du Kirifas aufgeben willst ...«

»Wer sagt das?« Er war stehen geblieben und drehte sich zu ihr um.

»Nun«, meinte sie, »ist das nicht offensichtlich? Oder willst du zum Kaiser gehen und sagen: Hier bin ich wieder, ohne Ilinias und Sorayn, die habe ich leider irgendwie verloren? Willst du ihm das wirklich sagen, Blitz? Er hat dir verziehen, dass du ein Räuber warst, aber ob er dir das verzeihen wird?«

»Es geht nicht um Kirifas«, sagte Blitz. »Es geht nur um uns.«

»Natürlich geht es auch um Kirifas«, widersprach Ilinias. »Es geht um unser Leben. Es geht um alles. Es geht immer um alles, wusstest du das nicht?«

Er schaute sie merkwürdig an und fast fragte sie sich, ob sie ihn wirklich noch wollte, einen, der so sehr zögerte, zu ihr zu stehen.

»Dort müssen wir hoch, den Weg dort.« Es ging den Hang hinauf. »Irgendwo dort hat Liravah ihr Haus. Sie hat schon damals immer allein im Wald gelebt.«

Jeder Satz schien voller verborgener Bedeutungen zu stecken. Schon immer. Die Menschen taten das, was sie schon immer getan hatten. Wie könnten wir uns da trennen? Wir sind so aneinander gewöhnt. Wir sind so verbunden, schon immer. Seit ich im Bauch unserer Mutter heranwuchs und du dein Ohr an ihren gerundeten Leib hieltest ...

Sie hielt ihn am Arm fest. Sie hielt ihn fest und beugte sich über Sorayn hinweg und küsste ihn. Er konnte sie nicht wegstoßen, solange er das Kind hielt. »Ist es nicht noch dasselbe?« Sie ließ ihn nicht los. Sie wollte es wissen, sie wollte es fühlen. Dass da immer noch dieselbe Leidenschaft war, dieselbe Liebe, dieselbe wunderbare Verbundenheit. Er wandte sich ab, aber sie wollte ihm das nicht erlauben. Wie unerträglich war es, wenn er ihr die kalte Schulter zeigte. »Leg Sorayn dorthin. Bitte, Blitz. Leg ihn dorthin. Küss mich!«

Sie versuchte, ihm das Kind abzunehmen.

»Ach, Ilinias, lass doch ...«

Sie krallte ihre Finger in sein schwarzes Haar. »Ich bin Zukatas Tochter«, sagte sie zu ihm. »Hörst du? Ich bin Zukatas Tochter, und ich sage dir, leg den Jungen dorthin.«

Blitz erstarrte. »Was?« Und sie nahm ihm Sorayn aus dem Arm und legte ihn auf den weichen Waldboden und zog Blitz vom Weg fort unter die Bäume.

»Wir können Sorayn doch nicht alleine lassen.«

»Meinst du nicht, dass wir ihn hören werden, wenn er schreit?«

Sie küsste ihn. Sie sagte es immer wieder in sein Ohr: »Ich bin Zukatas Tochter, wusstest du das nicht?« Und sie lachte auf, als in seinen Blick und seine Küsse das alte Feuer zurückkehrte. Er vergrub seine Hände in ihrem langen, hellen Haar.

Als sie zum Weg zurückkehrten, hörten sie eine Stimme, nicht laut, aber ruhig und freundlich, die Stimme einer alten Frau.

»Was tust du denn hier allein? Ganz allein, mein kleiner Süßer?«

Und Sorayns Antwort, ernst und erstaunlich tief für so ein kleines Kind. »Ah.«

»Liravah«, sagte Blitz, als sie aus dem Schatten der Bäume traten. Ilinias erschrak; sie hatte sich seine ehemalige Lehrerin anders vorgestellt, nicht so klein und faltig und gebeugt, nicht so hässlich, so uralt.

Die Alte erkannte ihn sofort. Ihre Stimme war jetzt streng, eine Lehrerinnenstimme. »Blitz! Ist das dein Kind, das hier auf dem Weg herumliegt? Was fällt dir ein?«

»Wir waren nur ganz kurz – eh, Pilze sammeln.«

Die Augen der alten Frau ruhten einen Moment auf Ilinias. Dann lächelte sie. »Ach, Blitz, ist das etwa deine Frau? Dein Kind und deine Frau? Wie groß du geworden bist, wie erwachsen ... Nein, lass nur, lass mich den Kleinen noch eine Weile halten. Was für schöne blaue Augen er hat ... Ja, ich seh schon, ganz die Mutter. Augen wie der Himmel und dazu dein schwarzes Haar. Wer hätte das gedacht, Blitz, dass wir uns so wiedersehen würden?«

Sie lud die beiden in ihr Haus ein, und sie folgten ihr, den Hügel hinauf und auf eine Lichtung, auf der eine kleine Holzhütte stand.

»Nachdem der Sturm mein Haus auf Arima zerstört hatte, bin ich wieder hierher zurückgekehrt«, sagte sie. »Hier habe ich in meiner Jugend gelebt.«

»Siehst du«, sagte Blitz zu Ilinias, »ich sagte dir doch, sie hat schon immer im Wald gelebt.«

Liravah trug Sorayn durch ihren kleinen Garten zum Haus. »Ich brauche nicht viel«, erklärte sie. »Ein wenig Gemüse, ein kleiner Fischteich ...« Tatsächlich lag hinter dem Haus ein Teich, von Schilf umstanden, in dem sich der graue Himmel spiegelte. »Und nicht viel Platz, nur für mich und meine Bücher.«

Die Hütte bestand aus einem einzigen Raum, der zum Schlafen, Kochen und Essen diente. Die Wände waren nicht zu sehen; Regale, die bis zur Decke reichten, bogen sich unter der Last der Bücher. Ilinias sah sich staunend um.

»So viele Bücher gab es nicht einmal bei uns im Kloster! Wer hat die alle geschrieben? Und wer soll die alle lesen?«

Die alte Frau lachte. »Mit Büchern ist man nie einsam. Ja, manchmal bin sogar ich das Leben im Wald leid, aber das hier sind meine Freunde. Ich unterhalte mich mit Gelehrten und Dichtern, mit Priestern und Königen ...«

»Siehst du?«, sagte Blitz stolz. »Und das war meine Lehrerin.«

»Und irgendwie habe ich nie aufgehört, Lehrerin zu sein«, sagte Liravah. Sie wiegte Sorayn in ihren Armen und betrachtete ihn entzückt. »Sobald ich ein Kind sehe, möchte ich anfangen, ihm Gedichte vorzulesen und ihm Geschichten aus der Zeit der Riesenkriege erzählen. Kindchen, süßes Kindchen ...«

Süßes Kindchen?, dachte Ilinias. Ist sie denn blind?

»Was für kluge Augen du hast«, redete Liravah weiter. »Du willst alles verstehen, nicht wahr? Ah, ich sehe, du verstehst jetzt schon alles. Wie heißt er eigentlich? Sorayn? Was für ein schöner Name.«

Ilinias sah fassungslos zu. Wie konnte diese Frau mit dem Kind reden, als ob nichts wäre? Missgestaltet, hässlich und schwachsinnig – und sie tat, als wäre er das schönste und klügste Kind der Welt. Der Einzigartige.

Nie hätte sie gedacht, dass es irgendjemanden auf dieser Welt geben könnte, der Sorayn schön fand.

7. Ilinias' Schmerz

AUF DEM RÜCKWEG wählte Blitz einen anderen Weg. Er vertraute das Boot der warmen Strömung an, die sie an Arima vorbeiführte; lange bevor sie in die Nähe der gefährlichen Klippen gerieten, steuerte er das Boot zurück ins kalte Wasser, aufs Ufer zu.

»Es ist nicht recht«, sagte Alika.

Als sie nach Hause gekommen waren, hatte Alika nicht gefragt, was sie besprochen hatten. Sie hatten ihnen nur zugesehen, wie sie miteinander umgingen, Ilinias zärtlich an Blitz' Arm. Sie hatte sich zurückgehalten, bis Ilinias mit dem unruhig werdenden Sorayn in den Garten ging, dann sprach sie Blitz an:

»Blitz – es geht nicht.« Sie klang streng und zugleich traurig darüber, dass sie streng sein musste.

Er sagte nichts dazu. »Weiß Mino eigentlich, dass ich hier bin?«, fragte er auf einmal.

»Bestimmt. Hier wissen doch alle immer alles.«

»Ich dachte – nun, will sie ihren alten Freund nicht besuchen? Oder soll ich einfach hochgehen zu Binajatjas Haus?«

»Ach, Blitz«, sagte Alika, »das kannst du versuchen. Mino ist verheiratet, weißt du. Und ihr Mann ist ... Nun, du kannst es versuchen, sie zu sehen. Aber ihre Mutter hält immer alle von ihr fern, die ihr nicht passen.«

»Ich habe ihr noch nie gepasst.« Er seufzte. »Nun ja, schade.« Blitz ließ sich nicht anmerken, wie sehr ihn diese Nachricht traf.

Mino verheiratet! Und er war hier am Überlegen, ob er Ilinias aufgeben sollte?

»Ich geh etwas spazieren. Dauert nicht lange.« Er marschierte durch den Vorgarten und schlug den Weg über die Dünen ein.

Mino hatte also geheiratet, und er hatte nicht einmal gefragt, wen. Er wusste nicht, wie er fragen sollte, ohne alles, was er fühlte, zu verraten. Schlimm genug, dass er mit seiner eigenen Halbschwester verheiratet war. Wenn er auch noch einer verheirateten Frau nachstellte ... Das würde Alika erst recht verurteilen. Und es hatte auch keinen Zweck. Mino hatte eingesehen, dass aus ihnen nichts werden konnte. War sie nicht immer so vernünftig gewesen? Sie hatte zugegriffen, als sie einen anderen haben konnte. Das musste er jetzt akzeptieren. Mino war glücklich. Das war das Leben, das sie beide gewählt hatten: ein Leben ohne den anderen, mit einem anderen Partner, mit einer anderen Liebe.

Es gab nichts zu überlegen. Er hatte überhaupt keine Wahl. Selbst wenn er sich wünschte, dass sie plötzlich auf ihn zukam, hier am Strand, wo sie beide allein waren, was würde es bringen? Ja, es war besser, dass sie ihn nicht treffen wollte. Besser für alle.

Das Herz war ihm schwer, aber er nickte sich selbst zu.

»Du hast bereits gewählt«, sagte er sich. »Du hast Ilinias die Treue geschworen. Du hast ein Kind. Es gibt keine Wahl.«

Er blickte auf Ilinias, die Sorayn auf dem Schoß hielt. Sie saß auf der Bank im Garten, in der warmen Sonne. Der Kleine schlief, endlich, nachdem er wieder lange geweint und geschrien hatte.

Ilinias sah auf. Ihr Gesicht war wunderhübsch. Jeder musste sie lieben, der sie sah, jeder.

»Es war so schön«, sagte er. »Dich und den Kleinen Liravah vorzustellen. Meine Familie. Ich war so stolz auf euch beide.«

Er sah sie an. Vielleicht versuchte er, in ihren Zügen Zukata wiederzufinden. Sie wollte das nicht denken, aber sie dachte es. Er will Zukata bei sich haben. Wusste ich es nicht? Diese Verbindung zu Zukata kann er nicht aufgeben.

»Wir können uns nicht trennen«, sagte er. »Ich kann Sorayn weder seines Vaters noch seiner Mutter berauben. Er braucht uns beide. Wir lieben ihn beide. Haben wir das nicht heute gemerkt, wie ruhig er war? Keine Schmerzen, kein Geschrei ... Es ging ihm gut. Wir müssen einen Weg finden, Ilinias, dass das immer so bleibt.«

»Dann hast du dich entschieden?«, fragte sie.

Er nickte. »Du bist meine Frau«, sagte er. »Du bist Zukatas Tochter. Was wir sonst noch sind, spielt keine Rolle. Aber«, er verzog das Gesicht, »ich glaube, wir sollten keine Kinder mehr bekommen.«

Sie nickte. »Ja, ich glaube auch.« Sie war so froh, dass sie sich darum bemühen musste, angemessen traurig auszusehen. »Es ist wohl besser so.«

Blitz hatte sich entschieden – sagte er. Und doch war in ihm immer noch die Sehnsucht nach Mino. Die Erinnerung an ihr weißes Haar, das wie ein selbständiges Wesen über seine Schulter kroch, während sie in ihrem Baumhaus nebeneinander lagen und redeten. Es kitzelte ihn, es neckte ihn, es forderte ihn heraus, aber in Gedanken war er bei dem Mädchen gewesen, das er kurz zuvor im Fischerdorf besucht hatte, mit seinem Herzen war er bei Jußait, und mit Mino unterhielt er sich wie mit einem Freund.

Es durfte nicht wieder passieren. Dass er träumte und dabei übersah, was er für einen Schatz in den Händen hielt. Ilinias. Sorayn. Es war nicht recht, dass er schon wieder träumte, an andere Frauen dachte, dass er schon wieder glaubte, diese neue Sehnsucht sei etwas anderes, etwas Besonderes. Es war nicht recht, vor allem Sorayn gegenüber nicht. Er erinnerte sich daran, wie er Ilinias im Wald gefolgt war, wie er sie vor sich hergejagt hatte – das Wild, das es zu stellen gab.

Immer liebte er das Mädchen, das er nicht haben konnte.

»Nein.« Auch El Jati hatte nun diesen strengen Gesichtsausdruck. »Wie könnt ihr glauben, dass ihr einfach so weitermachen könnt? Nein.« Man merkte, wie schwer es ihm fiel. Er saß vor ihnen wie ein Richter und fühlte sich dabei unbehaglich.

»Was willst du dagegen tun?«, fragte Blitz. »Willst du dem Kaiser einen Brief schreiben? Willst du uns verraten?«

»Wenn ihr nicht einsichtig seid ...«, begann Alika.

»Das würdet ihr tun?«, fragte Ilinias entgeistert. »Niemand wird es merken, wenn ihr nichts sagt!«

»Dieser Riese wusste es«, sagte Jati.

»Welcher Riese?«, fragte Blitz alarmiert.

Zukata, dachte er sofort. Aber wie kann Zukata davon wissen? Er dachte immer sofort an Zukata, wenn jemand einen Riesen erwähnte.

»Remanaine.«

»Wer ist das?«

»Dieser blonde Riese, der Mino herbrachte. Der Bruder von diesem Mann, den eure Mutter liebte, Ilinias' Onkel. Er wusste es! Er kam direkt aus Kirifas, er brachte Grüße von dir mit ... Und mit ihm haben wir über die ganze Sache gesprochen! Er wusste es! Warum hat er nichts gesagt?«

»Er hat einen Brief dagelassen«, fiel Alika ein. »Wo hab ich ihn noch? Hier.« Sie fischte eine Rolle aus der Schublade ihres großen Schrankes und legte sie auf den Tisch. »Er hat dir irgendetwas geschrieben. Ich frage mich nur, warum er dir nicht gleich nach Kirifas geschrieben hat, bevor ihr das Kind bekommen habt.« Sie schaute Blitz triumphierend an. »Siehst du, wir sind nicht die Einzigen. Es gibt noch andere, die ein Auge darauf haben, was ihr beide tut.«

Blitz zögerte, aber dann riss er die Rolle auf und las die Nachricht. Sie war nur kurz. Er starrte auf die Worte, dann reichte er Ilinias den Brief, ohne etwas zu sagen.

»Was ist?«, fragte Alika. »Was schreibt er?«

»Ich habe Zukata den Segen versprochen, um dein Leben zu erkaufen«, las Ilinias vor.

»Was soll das bedeuten?«, fragte Alika verwirrt. »Mehr steht da nicht? Was heißt das?«

»Keta hat den Segen«, sagte Blitz. »Das wusste ich ... Und er hat ihn Zukata versprochen? Wie konnte er? Er kann ihm nicht das ganze Kaiserreich ausliefern!«

»Das wird er jetzt auch nicht mehr tun«, sagte Ilinias. »Denn er vertraut darauf, dass ich mich vor dich stelle. Er verlässt sich darauf, dass Zukata seinen eigenen Schwiegersohn verschonen würde. Deswegen hat er nichts gesagt, auch als ihm klar sein musste, dass du die falsche Frau geheiratet hast. Weil ich genau die Richtige für dich bin. Weil ich Zukatas Tochter bin und für dich bitten könnte ... Wenn wir zusammenbleiben, Blitz, wird Keta sein Wort brechen.«

Alika blickte verwirrt von einem zum anderen. »Könnt ihr mir etwas genauer erklären, um was es eigentlich geht?«

»Nichts lieber als das«, sagte Ilinias. Aber während sie das Rätsel löste, warum ihre ungesetzliche Ehe das Kaiserreich davor bewahren würde, in Zukatas Hände zu fallen, war da noch ein anderer Gedanke in ihr. Er überfiel sie wie ein bissiger Hund, wie mörderische Zähne, die sich in ihr Fleisch bohrten.

Wenn wir uns trennen, wenn ich Blitz aufgebe ... würde Keta ihn dann doch segnen? Dann würde Zukata Kaiser und säße auf dem Thron von Kirifas und ich wäre seine Erbin. Warum hat Keta daran nicht gedacht? Ich wäre es. Keine Palastwache, die ihre Herkunft verschweigen muss, sondern Erbin des mächtigsten Herrschers der Erde! Sie war keine Riesin, also würde sie nie regieren, aber trotzdem ...

»Was sollen wir nur machen?«, jammerte Alika.

»Nichts«, bestimmte El Jati. »Hier fügen sich Dinge zusammen, die außerhalb unserer Reichweite liegen. Es war so unwahrscheinlich, dass Blitz ausgerechnet das Mädchen fand, im fernen Salien, das ich dort hingebracht hatte. Und doch hat er es gefunden und geheiratet ... Das ist Schicksal. Ich glaube, du hast recht, Ilinias. Du bist nicht die falsche Frau für Blitz. Du bist genau die Richtige. Du bist die Einzige, die ihn vor diesem Ungeheuer Zukata retten kann.«

»Wenn es überhaupt einen Unterschied macht für ihn«, sagte Alika.

»Oh doch, das wird es«, behauptete El Jati. »Unsere Mutter hat diesen Riesen geliebt. Und wenn das stimmt, was du selbst an ihrem Totenbett gehört hast, dann liebte er sie auch. Es wird ihm etwas bedeuten, dass du seine Tochter bist, Ilinias. Unsere Mutter hätte ihre Liebe nie an einen Mann verschwendet, dem das gleichgültig gewesen wäre. Es wird ihm etwas bedeuten, plötzlich ein Kind zu haben, und wenn du dich vor Blitz stellst …«

»Ich verstecke mich nicht hinter einer Frau«, sagte Blitz ärgerlich.

»Darum geht es gar nicht«, sagte Ilinias liebenswürdig. »Du bist jetzt sein Schwiegersohn. Du gehörst zur Familie.«

Er würde nie bei ihr bleiben, damit sie ihn beschützte. Aber Blitz war auf eine Weise mit Zukata verbunden, die sie manchmal sogar mit Eifersucht erfüllte. Dass sie seine Tochter war, bedeutete Blitz viel mehr als der Schutz, den es ihm eventuell bot.

»Eine Schwester zählt bei ihm wenig … Aber eine Tochter. Er weiß ganz genau, was eine Tochter wert ist.«

»Blitz?«

Sie waren an den Strand gegangen. Blitz hatte Sorayn ausgezogen und badete ihn in den Wellen. Der kleine Junge genoss das sichtlich. Er hatte die Augen halb offen und ließ sich von dem warmen Wasser des Stromes umspülen.

»Blitz«, sagte sie. »Keta wird Zukata nicht segnen, ganz gleich, was wir tun.«

»Ich weiß«, stimmte er ihr zu. »Das ist mir klar. Sobald er hiervon erfuhr, hat er sich aus dem Staub gemacht.«

»Du könntest Mino fragen, was sie davon hält. Was sie glaubt, was er tun wird. Sie kennt ihn doch am besten.«

Sie beobachtete ihn genau. Sie saß am Ufer und hielt ihre Füße in die Wellen, aber sie spürte weder den Sand noch das Wasser. Sie atmete die Seeluft ein, ohne sie wahrzunehmen, und der Schrei der Möwen, der für Blitz Musik in den Ohren war und für Mino der Ruf nach Rinland, erreichte nicht ihr Herz.

Es ließ sie nicht los. Diese Erkenntnis, die sie nun wie eine goldene Kette um den Hals trug, wie ein Diadem auf dem Haupt: Ich wäre die Erbin des ganzen Kaiserreichs …

War Blitz es wert, darauf zu verzichten?

Sie liebte ihn mehr als alles auf dieser Welt. Sie liebte ihn so sehr, dass sie zehntausend Kaiserreiche für ihn hingegeben hätte – aber wenn dieser leise Zweifel an ihr nagte, wenn sein Zögern, Ja zu ihr zu sagen, ihr zu schaffen machte, kam die Frage zurück: Ist er es wert?

»Du meinst, ich soll Mino erzählen, was wir wissen? Ich dachte, wir wollten es geheimhalten. Je weniger davon wissen, umso besser.«

Er konnte Minos Namen aussprechen, ohne dass seine Stimme zitterte, ohne dass sie irgendetwas verriet. Aber er hatte sie nicht angesehen, sein Blick war auf Sorayn gerichtet. Es versetzte Ilinias einen Stich. Der Stachel war immer noch da.

»Ich dachte, du hast vielleicht schon mit ihr darüber geredet.«

»Nein.«

Sie musste unbedingt wissen, ob er sie wirklich liebte. Ob er dasselbe fühlte wie sie oder ob er immer noch von Mino träumte. Ob er Sorayns wegen einverstanden war, die Ehe mit ihr aufrechtzuerhalten, oder ob sie ihm genügte. Ob er immer, was auch kommen mochte, zu ihr hielt.

»Hast du sie überhaupt schon getroffen?«

Er antwortete nicht sofort. Gestern, nachdem Alika ihm erzählt hatte, dass Mino verheiratet war, war er trotz der Warnung zu ihrem Haus gegangen. Es war nicht wiederzuerkennen gewesen nach dem Umbau, eine kleine Festung, die ihm wegen ihrer Winzigkeit nur lächerlich erschien. In den Augen der Inselbewohner mochte sie groß und prächtig sein, aber nachdem er ein Jahr lang in Kirifas gelebt hatte, waren die arimischen Häuser zu Hütten geschrumpft und selbst das neue Schloss der Apfelkönigin kam ihm vor wie ein Gartenpavillon.

Er hatte sich vorgestellt, dass er einfach hingehen und klopfen würde, aber bereits am Tor wurde er von einem fremden Mann aufgehalten.

»Wer bist du? Mit wem wünschst du zu sprechen?«

»Ich wollte mich gerne mit Mino unterhalten«, sagte er. »Ich bin ein alter Freund. Bist du ihr – Gemahl?«

Der Fremde stieß ein verächtliches Schnauben aus. »Ich sorge nur für die Sicherheit der fürstlichen Familie.«

Fürstliche Familie? Blitz hob verwundert die Brauen. Binajatja wurde die Apfelkönigin genannt, weil die Gärten ihr gehörten und sie den meisten Familien auf der Insel Arbeit und Brot gab. Mit den Fischern hatte sie nichts zu tun. Es war ihm nie eingefallen, sie als eine echte Adlige zu betrachten.

»Könntest du Mino ausrichten, dass ich hier bin? Mein Name ist Blitz.«

»Blitz, tatsächlich?« Der Wächter bedachte ihn mit einem herablassenden Grinsen. Aber dann ging er, nachzusehen, ob die Fürstin ihn empfangen wollte. Blitz wartete mit einem mulmigen Gefühl am Tor. Was ist hier passiert?, überlegte er. Ein Wächter, eine Fürstin ... Hatte Mino sich zu viel darauf eingebildet, Ketas Ziehtochter zu sein, so dass sie sich jetzt unbedingt mit Adelstiteln schmücken musste? Das war nicht die Mino, an die er sich erinnerte. Und er war nicht wirklich überrascht, als der Wachmann zurückkam, das abfällige Lächeln auf seinem Gesicht festgefroren, und nichts als ein Kopfschütteln mitbrachte.

Zu einer anderen Zeit, in einem anderen Leben, wäre Blitz um den Garten herumgeschlichen und hätte es heimlich durchs Fenster versucht. Aber er konnte nicht riskieren, dass Ilinias davon erfuhr. Und wusste Mino nicht mit Sicherheit längst, dass er hier war? Sie wollte ihn nicht sehen. Das musste er endlich akzeptieren.

»Und?«, wiederholte Ilinias ihre Frage. »Hast du sie getroffen? Nein? Das ist aber merkwürdig, wo ihr euch doch so lange kennt.«

Er hatte einen Moment nicht aufgepasst und Sorayn bekam einen Schwall Wasser ins Gesicht. Es dauerte lange, um das hustende und brüllende Kind zu beruhigen, und danach sprachen sie nicht mehr über Mino.

In diesem Winter, den sie auf Arima verbrachten, schien es Sorayn langsam ein wenig besser zu gehen. Er schrie nicht mehr so viel, still lag er da und ließ sich schaukeln. Blitz wirkte wieder jünger und entspannter; es war, als könnten die Sonne und die salzige Seeluft ihn von etwas heilen, was niemals für andere als Krankheit sichtbar gewesen war; er verlor etwas von den Sorgenfalten, die sich seit Sorayns Geburt in seine Stirn gegraben hatten, und sein Lachen klang wieder froh. Ilinias musste sich zum Glück nicht fragen, ob diese Veränderung damit zusammenhing, dass er sich heimlich mit Mino traf. Jeder wusste, dass die Apfelprinzessin einige Wochen auf Neiara verbrachte.

»Es geht uns hier gut«, sagte Ilinias zu Blitz, »und doch möchte ich wieder zurück nach Kirifas.«

»Hier merkt man den Winter kaum«, erwiderte Blitz, »aber im Kaiserreich liegt Schnee. Wir sollten noch warten.« Er zögerte. »Ich überlege, ob wir überhaupt zurück sollten. Sorayn bekommt die Luft hier sehr gut. Er macht erstaunliche Fortschritte.«

»Wir könnten ihn hierlassen«, schlug Ilinias vor, aber noch während sie es aussprach, wusste sie, dass es ein Fehler war, Blitz wissen zu lassen, dass sie einen solchen Gedanken auch nur zu denken wagte.

»Das ist nicht dein Ernst.« Er schüttelte den Kopf. »Und das gerade von dir? Ich glaube, in unserer Familie wurden bereits genug Kinder im Stich gelassen.«

»Ich habe nicht gesagt, dass wir ihn in ein Kloster geben sollen«, verteidigte sie sich ärgerlich. »Wenn wir Alika und Jati fragen würden ... Sie würden sich gut um ihn kümmern. Wir könnten ihn besuchen. Er würde wissen, wohin er gehört.« Sie fügte nicht hinzu: Als wenn ihn das interessieren würde. Ilinias fand nicht, dass Sorayn überhaupt irgendwelche Fortschritte machte. Er machte keinerlei Anstalten, sich aufzusetzen, zu krabbeln oder gar aufzustehen, so wie die Zwillinge, die längst durchs Haus tobten. Sorayn war etwas stiller geworden, das war schon alles. Er war in dieser Zeit auch kaum gewachsen. Er lag da und schien zu träumen.

Aber Ilinias träumte von Kirifas. Sie träumte von Salien. Sie träumte von allen Orten, an denen Menschen lebten, die schön und stolz waren, mutig und kriegerisch. Arima war zu einem Gefängnis geworden, einem weiträumigen Kloster, in dem sie nur mit Blitz, Alika und El Jati eingesperrt war. Und mit Sorayn. Alles drehte sich nur um die Kinder. Sie konnte es nicht mehr ertragen.

»Wir könnten uns im Frühling ein kleines Segelboot kaufen.« Auch Blitz träumte. Sie sah ihn an und fand all die Träume in seinen dunklen Augen, nach Freiheit und Abenteuer, die auch in ihr waren. Für ihn war es ein Boot. Für sie war es Salien.

»Und Manina?«, fragte sie. »Du bist der Erzieher einer Prinzessin, du kannst nicht einfach für immer verschwinden.«

Blitz seufzte. »Ich weiß ja. Also werden wir wohl nach Kirifas zurückkehren, sobald der Schnee in Deret-Aif taut. Ich vermisse Manina, ich geb's ja zu. Je länger ich hier bin, umso mehr vermisse ich sie. Aber es ist Sorayn, um den wir uns zuerst kümmern müssen, auch wenn der Kaiser das wahrscheinlich nicht so sieht ...« Blitz' Blick verlor sich in der Ferne.

Sie ist noch da, dachte Ilinias. Seine Fähigkeit, einfach das zu tun, was er für das Richtige hält. Aber es machte sie nicht froh. Wie konnte er nur daran denken, Kirifas aufzugeben und diese einsame Insel der Äpfel zu wählen – oder gar ein Boot? Die Vorstellung, ihr Leben auf einem Schiff verbringen zu müssen, zusammen mit Blitz, hatte auf den ersten Blick sogar etwas Verlockendes. Aber es ging um Sorayn, schon wieder. Immer ging es um Sorayn. Blitz würde sich um ihn kümmern und von ihr erwarten, dass sie dasselbe tat, und sie würde dabei sein, weil sie eben Sorayns Mutter war. Aus diesem und aus keinem anderen Grund duldete Blitz sie in seinem Leben.

Sie, Zukatas Tochter, Riesentochter, Prinzessin ...

Nur im Wald oder am Strand erlaubte sie es sich, hin und wieder zu weinen. Nur wenn sie ganz allein war und weit und breit niemand, der sie überraschen konnte, ließ sie ihrer Verzweiflung freien Lauf und beklagte ihr Leben.

Als ihr Aufenthalt sich dem Ende näherte, fasste Blitz sich ein Herz. An einem trüben, windigen Nachmittag schlich er zum Anwesen der Apfelkönigin. Mino war wieder da, schon seit Tagen, das hatte er von den Fischern erfahren. Er vermochte es nicht zu glauben, dass er Mino bei seinem gesamten Aufenthalt kein einziges Mal zu Gesicht bekommen hatte. Irgendetwas stimmte da nicht. Die Mino, die er kannte, hätte ihm fröhlich ihren Mann vorgestellt, vielleicht mit einem stolzen Augenaufschlag. Er hatte den Verwalter von Arima einige Male gesehen, ohne je mit ihm zu sprechen, und obwohl er keineswegs hässlich war, wunderte Blitz sich doch darüber, dass dies Minos Auserwählter sein sollte. So ernst, so wichtig, so beschäftigt ... und dies war der Mann, der das feine, weiße Mädchen in den Armen hielt, das so leicht war wie eine Feder?

Er näherte sich durch die Plantagen, aber er achtete darauf, dass niemand ihn sah. Im Moment gab es in den Gärten nicht viel zu tun und die Chancen standen gut, niemanden zu treffen.

Der Garten war zu dieser Jahreszeit noch karg. Ein paar vereinzelte Frühlingsblumen leuchteten gelb und blau aus der Erde. Blitz duckte sich hinter die Mauer. Früher hatte es hier keine Eingrenzung gegeben. Früher war Mino mit allen anderen Kindern zusammen gewesen, als wenn es keine Unterschiede zwischen ihnen gegeben hätte, Fischerkinder, Pflückerkinder, reich und arm, ohne Unterschied.

Er spähte zum Haus hinüber.

Ilinias stieg mit Sorayn in das kleine Boot. Er hatte wieder lange geheult, bis sie ihn hochgenommen hatte und zu Alika sagte: »Ich werde ein bisschen Rudern gehen, das tut ihm immer gut.« Blitz war nicht da, sie fragte nicht, wo er war. Normalerweise waren sie gemeinsam unterwegs.

»Kriegst du das auch hin?«, fragte Alika besorgt.

»Er liegt in seinem Korb. Es wird schon gehen. Ich will ja nicht weit hinaus. Es frischt auf.«

Ein Fischer schob das Boot ins Wasser. Man kannte sie hier bereits und nickte ihr freundlich zu. Ilinias ergriff die Ruder. Sie wusste, dass es anstrengend war, eine weite Strecke zu rudern, aber das schreckte sie nicht ab. Dies war ihre Gelegenheit. Sie hatte nicht vor, sie ungenutzt verstreichen zu lassen.

Mit gleichmäßigen Bewegungen tauchte sie die Paddel ins Wasser. Sorayn weinte noch eine Zeitlang und beruhigte sich dann allmählich. Die Wellen schaukelten höher, als Ilinias erwartet hatte, und einen bangen Moment fragte sie sich, ob sie sich nicht zuviel vorgenommen hatte. Aber ihre Verzweiflung war groß genug, um ihre Entschlossenheit zu nähren.

Vor und zurück ... Der Wind blies ihr leicht ins Gesicht, aber sie vertraute der Macht der Gezeiten. Die Strömung würde sie weit hinausbringen, weit genug, bis nach Neiara, das grün und verheißungsvoll aus dem Horizont ragte.

Sie versuchte, das Kind nicht anzusehen, das dort lag, fast reglos. Nein, es war nicht besser geworden. Dieses Kind würde nie aufstehen und umhergehen und sprechen. Sie fütterten und pflegten ein Wesen, das fremd war in dieser Welt, weder Mensch noch Tier. Sorayn, dachte sie, ist wie eine Pflanze, die Schmerzen äußern kann. Mehr ist nicht da ... Mehr wird niemals da sein ...

Es war der Wind, der ihr Tränen in die Augen trieb, nur der Wind.

Das schwarze Haar war gewachsen, dicht und glatt. Ein schwarzhaariger Baum, eine Blume mit blauen Augen ...

»Ach, Kind«, murmelte Ilinias. Sie wollte nicht zu ihm reden. Wenn sie mit Blitz unterwegs war, sprach er unentwegt zu Sorayn. Sie brachte es jedoch nicht über sich, und was machte es für einen Sinn, jetzt damit anzufangen?

»Es wird dir gutgehen«, versprach sie ihm. »Es ist das Beste für uns alle.«

Ihr Atem reichte nicht für lange Reden. Und er verstand sie ja doch nicht. Nur das Schaukeln des Bootes hatte die Macht, ihn zu trösten. Wozu brauchte er eine Mutter? Das Meer war seine Wiege, das große, weite Meer.

Das letzte Mal war ihr der Weg nicht so lang vorgekommen. Ilinias wusste nicht, wie viele Stunden sie schon unterwegs war – zwei oder drei? Aber als schließlich das Ufer in Sicht kam, konnte sie sich kaum noch rühren vor Schmerzen und Müdigkeit.

Sie sprang aus dem Boot und zog es an Land, dann stieg sie mit Sorayn den bewaldeten Hang hoch. Der Trampelpfad zwischen den Bäumen hindurch ... hier hatte sie Blitz zu küssen versucht und hier hatte er es endlich zugelassen. Dort waren sie weiter in den Wald hineingegangen ... Von hier aus hatte Liravah sie geführt, aber Ilinias war sich sicher, dass sie den Weg auch alleine finden konnte. Sorayn wurde in ihren Armen schwer wie Blei, schwer wie eine Krone aus purem Gold. Sie zwang ihre Füße vorwärts, einen Schritt und noch einen Schritt. Kämpferin, Kriegerin, Tochter der Riesenkönige. Denk nicht ans Aufgeben.

Dass sie, als sie vor der Hütte der alten Lehrerin stand, doch zögerte, beschämte sie. Nein, sie hatte diesen weiten Weg nicht gemacht, um es sich jetzt anders zu überlegen. Alle Gedanken wurden bereits gedacht, alle Pläne geschmiedet, alle Träume geträumt ...

Liravah öffnete auf ihr Klopfen hin. Wenn sie nicht zu Hause gewesen wäre, hätte Ilinias ihr den Korb vor die Tür gestellt. Aber dann wäre die alte Frau vielleicht irgendwann in Arima erschienen und hätte nachgefragt. Es war wesentlich besser, dass Ilinias jetzt selbst alles klären konnte.

»Besuch!«

Ilinias schüttelte den Kopf. Sie versuchte zu lächeln, leicht, als wäre dies nichts Besonderes, nichts Großes oder gar Schweres.

»Ich habe nicht viel Zeit. Ich komme mit einer Bitte.«

In der Hütte berichtete sie der Alten davon, wie gut es Sorayn hier ging. Wie ungern sie ihn nach Kirifas mitnehmen wollten, und nach Kirifas mussten sie zurück, es führte kein Weg daran vorbei. Alika und Jati hatten mit ihren Zwillingen genug zu tun.

Liravah blickte der jungen Frau fragend ins Gesicht.

»Und was sagt Blitz dazu?«

»Es fällt ihm schwer, deshalb bin ich auch allein gekommen. Bitte, Liravah – würdest du das tun? Ihn versorgen? Ich habe dir Geld mitgebracht ...«

Die alte Frau schaute auf das Kind. Sie bemerkte Ilinias' Eile, ihre Aufregung, sie fragte sich, was hier geschah. Dieser kleine Junge, den ihr die fast Fremde in die Arme legte, war für sie wie ein Geschenk, kostbarer, als sie sich jemals hatte träumen lassen. Ein Sohn. Dass er nicht so niedlich war wie andere Kinder, störte sie nicht. Auch sie war nie schön gewesen.

Liravah zwang sich zu fragen: »Weiß Blitz überhaupt etwas davon?«, denn immer noch schien es ihr merkwürdig, dass er nicht mitgekommen war.

In Ilinias' Augen lag ein Glanz, eine stählerne Härte. Ihr makelloses Gesicht war ein Bollwerk, hinter dem Zorn und abgrundtiefe Verzweiflung um die Vorherrschaft stritten.

»Entweder«, sagte sie, »entweder du nimmst dieses Kind, Liravah. Und dann will ich nie wieder von dir hören. Keine Briefe, keine mündlichen Botschaften, weder nach Arima noch nach Kirifas oder sonst wohin. Wenn ich Sorayn hier lasse, wird er zu deinem Kind und du darfst, nein, du musst seine vorherige Verwandtschaft vergessen. Keine weiteren Fragen. Nimm ihn oder lass es.«

Oder was? Was wirst du tun, wenn ich ihn nicht nehme?, wollte Liravah fragen. Aber sie sah dieses wunderschöne Gesicht, diese himmelblauen Augen, die jede Träne fortblinzelten. Viele Jahre war sie Lehrerin gewesen. Sie hatte mit verzweifelten Mädchen zu tun gehabt, die zu ihr gekommen waren mit der Frage: Was soll ich tun? Was soll ich meinen Eltern sagen? Und es hatte die anderen Mädchen gegeben, die nicht zu ihr gekommen waren. Sie hatte sie beobachtet und sich ihre Gedanken gemacht. Aber wenn man sie nicht um Rat fragte, konnte sie nichts machen, und in den Gesichtern der Mädchen hatte sie diese Entschlossenheit gesehen, die sich wie ein schwerer Mantel über Trauer und Zerbrechlichkeit legte.

Ich kann alleine kämpfen, ich kann das ...

Keine weiteren Fragen. In diesem Moment begriff Liravah plötzlich, in welch großer Gefahr dieses Kind schwebte. Sie sah in das kleine Gesicht.

»Gut«, sagte sie, »ich werde keine Fragen stellen. Aber gib mir kein Geld. Ich werde kein Geld dafür nehmen, dass ich mich um diesen Jungen kümmere.«

»Keine Briefe, keine Botschaften«, wiederholte Ilinias. »Versprich es.«

Liravah dachte an Blitz und ihr Herz war schwer.

»Versprich es mir!«

»Gut«, sagte sie leise. »Aber wenn du ihn irgendwann sehen möchtest ... Wenn du dir Gedanken machst und er in deinen Träumen zu dir kommt ... dann komm. Ich werde hier sein. Solange ich lebe. Und solange er lebt.«

»Solche Kinder leben sowieso nicht lange«, sagte Ilinias mit erstickter Stimme. »Du weißt das und ich weiß das. Schick mir keine Botschaft, wenn es soweit ist. Ich will es nicht wissen. Lass mich in dem Glauben, dass er hier bei dir ist und dass es ihm gut geht. Oder lass mich glauben, dass er in diesem Frühling gestorben ist, so dass ich mir sagen kann: Es hätte nichts geändert, wenn ich ihn mitgenommen hätte. Hier hatte er alles, was er braucht.« Sie verstummte, und Liravah schluckte die vielen Worte hinunter, die ihr auf der Zunge lagen. Willst du nicht doch ... Wir könnten, gemeinsam ...

Ein Wort zu viel und es würde alles nur noch schlimmer machen. Sie wusste das. Sie musste Ilinias nur ansehen, um das zu wissen.

»Keine Nachricht«, wiederholte Ilinias.

»Ja«, sagte Liravah, und sie dachte an Blitz. Aber was hätte es genützt, ihm hiervon zu erzählen? Wenn er das Kind zurückholte, würde Ilinias einen anderen Weg finden, um es loszuwerden. Und wenn Liravah ihm alles erzählte und Blitz am Ende noch seine eigene Frau verstieß – wem war damit geholfen? Ihr selbst und ihrem Gewissen, so dass sie sich sagen konnte: Da habe ich nicht mitgemacht, ich bin reinen Herzens?

Aber diese junge Frau, dieses Mädchen war zu ihr gekommen, eine von denen, die um Hilfe baten, und sie legte ihr Sorayn in ihre faltigen Hände und bat um nichts als um Stillschweigen.

Liravah seufzte. »Ach, Kind«, und sie meinte beide, das große blonde Mädchen und den kleinen schwarzhaarigen Jungen. Nicht sie war es, die die beiden voneinander trennte. Sie waren schon immer getrennt gewesen, zwei Fremde, aber jeder von Ilinias' trotzigen, abweisenden Blicken verriet eine Zärtlichkeit, von der sie selbst nichts wusste.

8. Blitz' Schmerz

MIT KLOPFENDEM HERZEN duckte Blitz sich hinter die Mauer. Er wusste, dass Mino wieder zurück war. Sie war hier, aber ...

Er kletterte nicht hinüber. Er wandte sich um und betrat den Wald, der ihm jetzt im Winter besonders still und einsam vorkam. Viele Bäume trugen das ganze Jahr über grüne Blätter, aber andere reckten ihre kahlen Äste in die Luft, in der bereits ein Hauch von Frühling lag. Es fühlte sich an wie Abschied, hier durch den Wald zu gehen, zur anderen Seite der Insel, wo die Steilküste hoch über dem Strand zu gefährlichen Mutproben verlockt hatte.

Blitz dachte nicht an Ilinias, die sich wahrscheinlich wunderte, wo er blieb, auch nicht an Sorayn. Er dachte an längst vergangene Tage, als sie hier gemeinsam ihre Zeit verbracht hatten, sie alle – Lexan und Mino, Bajad und Jußait und er selbst, der von sich glaubte, er würde irgendwann Jußait heiraten und so werden wie El Jati. Während Blitz über Wurzeln und abgebrochene Zweige stieg, leise raschelnd über den weichen Waldboden, befand er sich in einer anderen Zeit. Hier war ihre gemeinsame Hütte – aber der Baum, in den Mino und er den geheimen Unterschlupf hineingebaut hatten, war umgestürzt und lag da, vermodernd. Wenn er sich nicht ganz sicher gewesen wäre, dass dies die richtige Stelle war, hätte er weiterhin in dem Glauben leben können, dass die alten Plätze noch auf ihn warteten, irgendwo, geduldig, heimlich, auf einen Tag, der niemals kommen würde.

Er trat hinaus auf die offenen Wiesen, die sich in leichten Hügeln über den nördlichen Teil der Insel erstreckten. Als er zum Steilhang hinsah, zu dieser Linie, an der die Erde den Himmel zu treffen schien und das Meer nicht zu sehen, sondern nur zu hören war, wünschte er sich, er hätte die Zeit um vier oder fünf Jahre zurückdrehen können. Denn dort stand jemand, und lange, bevor er die Gestalt erreicht hatte, wusste er, wer es war. Er fühlte es, bevor er ihr weißes Haar im Wind flattern sah. Ihr dunkelblauer Rock bauschte sich um ihre Beine. Und als er sie erreicht hatte, wusste er nicht, was er sagen sollte. In ihrem Gesicht hatte sich etwas verändert; sie sah älter aus, reifer, eine Frau, nicht länger das kleine Mädchen, das sie noch vor kurzem gewesen war. Ihre Augen waren von einem blassen Blau, und die durchscheinende Porzellanhaut lag dünn über ihren Wangenknochen.

Er trat auf sie zu und ihm fehlten die Worte.

»Blitz«, sagte Mino. Ihre Mundwinkel verschoben sich zu einem ganz leichten Lächeln.

Nebeneinander standen sie oben an der Kante und sahen hinaus aufs Meer. Die Gedanken und Fragen überschlugen sich in ihm. Bist du glücklich?, wollte er fragen. Wolltest du mich nicht sehen?

»Du warst in Neiara?«, sagte er schließlich, krächzte es mühsam hinaus. Was muss sie nur von mir denken, überlegte er, von sich selbst unangenehm überrascht.

»Ja«, sagte Mino und lachte leise. »Sie versuchen, eine Prinzessin aus mir zu machen. Stolz und würdig.«

»Als ob man dir das beibringen müsste«, sagte er und sah sie dabei nicht an. Das Meer war an diesem Tag grau und die Wellen schäumten gegen die Felswand. Es war ein Tag, an dem man nichts anderes hätte tun dürfen, als mit einer alten Freundin am Steilhang zu stehen und zu plaudern, leichtes Wortgeplänkel, gesättigt von Vertrautheit und Vertrauen und einer uralten Freundschaft.

»Findest du?«, fragte sie zurück, zweifelnd, und in ihm loderte der Ärger auf Menschen, die nicht erkannten, wie kostbar diese Frau war, zugleich zart und stark, schön und unscheinbar, sanft und wild.

»Du hast mit dem Kaiser an einem Tisch gesessen«, sagte er. »Das ist mehr, als die Herren der Glücklichen Inseln je von sich sagen können. Wollen sie wirklich aus dir eine Prinzessin machen oder versuchen sie, selbst so königlich auszusehen, wie sie nur können?«

Sie sah hinaus auf die Wellen. »Vielleicht sehen sie in mir eher ein Mädchen, das mit Zintas durch den Wald gestreift ist, das sich mit Jungs prügelt und mit Obst wenig anfangen kann, außer damit zu jonglieren oder es zu essen? Und vielleicht sehe ich mich selbst ja auch so.«

Sie gingen am Hang entlang, das Meer zu ihrer Rechten. Wer war losgegangen und wer folgte? Keiner hätte es zu sagen gewusst. Sie gingen nebeneinander und hin und wieder fielen ihre Worte in das Schweigen, sanft wie Regentropfen. Am Fuß des Steilhangs überspülten die Wellen den Strand, und sie zogen ihre Schuhe aus und gingen durch den Sand. Kühl leckte das Wasser an ihren Füßen und spritzte hoch bis zu ihren Waden.

Hin und wieder streiften ihre Hände sich wie zufällig, und wie von selbst fanden ihre Finger sich und legten sich leicht ineinander, und jeder von ihnen tat, als wäre dies selbstverständlich und nebensächlich, so wie auch Kinder einander an den Händen fassen. Sie gingen am Strand entlang, bis zu der Biegung, hinter der ein Dorf lag, in dem Fischer lebten und ein paar Schafzüchter. Dort blieben sie stehen und zögerten den Moment ihres Abschieds hinaus, nahezu unauffällig. Mino bückte sich und sammelte ein paar Muscheln aus dem Sand heraus und Blitz rieb seine Füße ab und setzte sich ein paar Meter vom Wasser entfernt hin, um sie im Wind zu trocknen, bevor er wieder in seine Schuhe schlüpfte. Mino setzte sich neben ihn und legte die Muscheln in den Sand, angestrengt, als würde sie eine wichtige Aufgabe erfüllen.

»Man wird uns vermissen«, sagte er schließlich.

»Ich weiß.«

Der Wind wehte ihm ihre feinen Haare ins Gesicht, aber er strich sie nicht fort. Er rückte auch nicht näher an Mino heran. Sie saßen da und die Zeit verging und vielleicht waren da noch Worte, die gesagt werden mussten. Ihm war, als könnte er nicht aufstehen und fortgehen, bevor es nicht gesagt war, aber was wären das für Worte gewesen und wie hätte er die richtigen erkennen können? Die Worte, die in seinem Herzen waren, durfte er ihr nicht sagen. Er war sich sicher, sie wusste sie schon längst.

»Ich muss jetzt gehen«, sagte Mino.

Sie standen gleichzeitig auf, und Blitz, der immer noch mit den vielen Worten kämpfte, die er nicht sagen konnte, legte die Arme um sie und drückte sie an sich.

»Wir könnten fortgehen«, flüsterte er in ihr Ohr. »Wir könnten in ein Boot steigen und einfach fortrudern.« Nun hatte er es doch ausgesprochen und obwohl er darüber erschrak, war er doch auch erleichtert. »Wir könnten gemeinsam fortgehen.«

Mino zitterte leicht in seiner Umarmung. Er fühlte, wie ihren ganzen Körper ein Beben erfasste. Sie klammerte sich an ihn, um nicht zu stürzen.

»Geh nach Hause«, sagte sie mit brüchiger Stimme, »zu deiner Frau und deinem Kind.« Und dann, mit einer gewaltsamen Anstrengung, riss sie sich von ihm los und rannte davon, ihre Schuhe noch in der Hand.

Sein Blick fiel auf die Muscheln, die Mino in den Sand gelegt hatte. Blitz. Sie hatte seinen Namen dort geschrieben, mit den kleinen runden Muscheln. So kann es nicht enden, dachte er. So kann es nicht aufhören, bevor es denn jemals begonnen hat. Und er wünschte sich, er hätte sie festgehalten und geküsst, er sehnte sich nach diesem einen Kuss, so sehr, dass er kaum noch atmen konnte.

Wir müssen fort, dachte er. Sah so eine glückliche Ehefrau aus? Sie ist nicht glücklich mit diesem Kerl aus Neiara, das wusste er, ihre Mutter wird sie dazu gebracht haben, ihn zu heiraten. Sie würde ihn verlassen, ohne sich umzuschauen ... Geh nach Hause zu deiner Frau und deinem Kind. Wenn er seine Familie nicht gehabt hätte, Mino wäre mit ihm gekommen, da war er sich plötzlich sicher.

Aber die Ehe mit Ilinias war im Grunde genommen sowieso ungültig. Ilinias konnte nach Salien gehen und Kriegerin werden, war das nicht ihr allergrößter Wunsch? Und er würde mit Mino und Sorayn fortgehen. Ja, er würde Sorayn mitnehmen, wenn er sich von Ilinias trennte. Und gemeinsam würden sie, irgendwo im Kaiserreich, irgendwo, wo niemand sie kannte, das Leben führen, das ihnen von Anbeginn bestimmt war. Nein, nicht im Kaiserreich. Auf dem Meer. Sie würden mit einem Segelschiff hinausfahren, ein Schiff wie jenes, das Lexan nach Rinland gebracht hatte ...

Während er träumte, trugen ihn seine Füße zurück. Zurück. Immer musste es zurückgehen ... Aber seine Träume waren frei. In seinen Träumen war Mino immer noch da, und das Gefühl ihrer schmalen Hand in seiner lag noch auf seiner Haut.

Es dunkelte bereits, als er ins Dorf kam. Alles lag da wie ausgestorben und er wunderte sich, was in seiner Abwesenheit vorgefallen sein könnte; so spät war es schließlich auch noch nicht.

»Blitz! Oh Blitz, komm schnell!« Ein paar Kinder rannten auf ihn zu, sie kamen von den Dünen her. »Sie hatten einen Unfall, komm!«

Angst ergriff ihn, als er den Dorfkindern zum Strand folgte. »Ein Unfall? Wer?«

Unzählige Lichter funkelten auf dem Wasser. Alle Boote waren draußen. Die Küste entlang schritten Menschen, die ihm seit seiner Kindheit vertraut waren. Aufgeregt sprachen sie miteinander, sie riefen: »Habt ihr was gefunden?«

Er lief näher. Eine fürchterliche Angst ergriff Besitz von ihm. »Was? Was ist passiert?«

»Blitz ist jetzt da!«, rief jemand.

Vor sich in der Dämmerung sah er Ilinias' helles Haar schimmern. Sie trat durch die anderen Menschen auf ihn zu. Ihr Gesicht wirkte hell, doch ihre blauen Augen schienen so dunkel, als wären sie nachtschwarz.

»Ich habe ihn verloren«, sagte sie.

Seine Hände packten ihre Schultern, er merkte gar nicht, wie fest er zugriff. »Was?«

»Sie war mit dem Boot draußen«, berichtete einer der Umstehenden. »Ich hab noch gedacht, bei dem Wetter, ist die lange fort ... Dann habe ich gar nicht weiter drüber nachgedacht ...«

Vom Meer her kamen plötzlich Schreie, die die Menge am Ufer sofort erwiderte. »Sie haben was gefunden! Sie haben ihn!« Und dann: »Nein, es ist nur der Korb! Sie haben den Korb gefunden!«

Durch das Entsetzen hindurch, das ihn mit Blindheit schlug, sah er Ilinias' weißes Gesicht schimmern.

»Sorayn?«, ächzte er.

»Sie ist gekentert«, wusste einer. »Ziemlich weit draußen. Sie hat sich am Boot festgehalten und um Hilfe geschrien. Die Fischer sind gleich raus ... Sie suchen immer noch.«

Irgendjemand im Hintergrund murmelte: »Nun ja, ihr wisst ja, was das für ein Kind war.«

Er fühlte, wie Hände ihm auf die Schultern klopften, seinen Arm drückten. »Wenn sie ihn bis jetzt nicht gefunden haben ... Tut uns wirklich leid, Blitz.«

Er ließ Ilinias los, diese bleiche Gestalt, die so stumm dastand. Ihre Kleider klebten nass an ihrem Körper. Während er aufs Wasser zulief, streifte er seine Schuhe ab. Ein paar Leute versuchten, ihn zurückzuhalten. »Nicht! Sie suchen doch schon seit Stunden mit den Booten! Nicht, Blitz, du kannst nichts tun!«

Aber er hörte kaum, was sie zu ihm sagten. Er warf sich in die Wellen, er schwamm durch das Wasser, das hier so kalt war, viel zu kalt. Vielleicht, dass ihm das Meer ein Bündel in die Arme trieb, ein kleines, immer noch lebendiges Bündel ... Vielleicht ...

Er schwamm, er tauchte, er kam nach Luft schnappend hoch und tauchte wieder ...

Irgendwann zogen ihn die Fischer aus dem Wasser. Er hatte keine Kraft mehr und wehrte sich doch und wollte zurück, um seinen Sohn zu suchen, und sie sagten zu ihm: »Morgen suchen wir weiter«, nur um irgendetwas zu sagen, was ihn beruhigen konnte. Dass diese morgige Suche ohne Hoffnung sein würde, das wussten sie alle.

Ilinias wartete am Strand. Einige waren schon nach Hause gegangen, aber die Unruhe, die alle erfasst hatte, vertrieb die Müdigkeit. Und doch, als Blitz aus dem Fischerboot stieg und über den Sand auf Ilinias zuging, müde, mit hängendem Kopf, nahmen die Eltern ihre Kinder bei der Hand und verschwanden zwischen den Dünen, und der Strand lichtete sich, und um sie herum wichen alle zur Seite, als litten die beiden an einer ansteckenden Krankheit, an etwas, das unweigerlich zum Tod führte.

Ilinias sah ihm entgegen, und das Licht der Bootslampen warf seinen Schein über sie. In diesem Licht stand sie sehr allein da, und als sein Schatten über sie fiel, neigte sie leicht das Gesicht zur Seite, als erwartete sie, dass er sie schlagen würde.

Er blieb vor ihr stehen, nass und erschöpft, und schüttelte den Kopf, als hätte sie tatsächlich erwartet, dass er ihr das Kind wiederbrachte, das kleine, dunkelhaarige, und es zurück in ihre Arme legte. Nebeneinander, schweigend, gingen sie nach Hause, Blitz wankend wie ein Betrunkener, Ilinias sehr gerade und doch auch sehr langsam, als hinge die ganze Last dessen, was sie getan hatte, an ihren Füßen.

Tagelang suchte Blitz den Strand ab. Er untersuchte jedes Häufchen Tang, das die Wellen ans Ufer geworfen hatten. Er fuhr mit dem Boot hinaus, jeden Tag. Es half nichts, ihm zu sagen, dass es keinen Zweck hatte.

Ilinias sagte es niemals zu ihm. Sie sagte auch nicht: Ich komme mit!, denn um ihn her war eine Mauer aus Schmerz, durch die niemand zu ihm durchdringen konnte. Aber sie war nie fern. Wenn er am Ufer entlangging, sah er sie manchmal in die andere Richtung gehen, den Blick am Boden oder auf den Wellen, und wenn er verbissen ruderte und an den ewig gleichen Wellen verzweifelte, sah er sie am Strand, irgendwo zwischen den Dünen, und auf ihn warten.

Sie sagte nichts. Sie sagte nicht: Wann begreifst du es endlich? Sie versuchte nicht, ihm zu erklären, wie es zu dem Unfall gekommen war. Und er fragte auch nicht. Er machte ihr keine Vorwürfe, denn er wusste genau, was an jenem Tag passiert war. Er hatte ihn mit Mino verbracht, mit dieser anderen Frau, von der er geträumt hatte, während Ilinias alleine mit dem schwierigen Kind hatte fertigwerden müssen. Er hatte sie dazu verurteilt, allein mit dem Boot hinauszurudern, das Mädchen, das im Kloster aufgewachsen war und nichts von Booten, Gezeiten und Wetter verstand. Und so wie er sie nicht fragte, wie es dazu gekommen war, hoffte er darauf, dass sie ihn niemals fragte, wo er gewesen sei und was er getan habe, an jenem schrecklichen Tag.

Es war seine Schuld. Er wusste das, während er verzweifelt nach seinem Sohn suchte. Er konnte nicht daran glauben, dass er Sorayn wirklich verloren hatte, bevor er ihn nicht in den Armen hielt, tot oder lebendig. Aber das Meer gab seine Beute nicht her, und er suchte und suchte und schrie nach seinem Kind und schrie nach Rin, dem Herrscher der Welt und des Schicksals.

»Es tut mir so leid, so leid …« Er flehte um Verzeihung, während er sich in die Riemen legte, bis ihm die Arme schmerzten, er flehte Rin an, der über ihnen wachte, diese Strafe von ihm zu nehmen. »Ich weiß, dass es ein Fehler war … Aber warum bestrafst du das Kind und nicht mich? Warum nimmst du Sorayn und nicht mich?«

Seine Sehnsucht nach Mino war wie ausgelöscht. Keinen Augenblick lang dachte er daran, dass er nun, da er kinderlos war, besser mit ihr fliehen konnte, ohne auf irgendjemanden Rücksicht nehmen zu müssen. Rücksicht auf diese Frau, die nicht richtig auf Sorayn geachtet hatte? Rücksicht auf Ilinias, die ihr eigenes Leben gerettet und es nicht vermocht hatte, ihr Kind heil nach Hause zu bringen? Er sah eine Frau vor sich, gelähmt vor Entsetzen und Schuldgefühlen, und sie war es, die ihn mit ausgebreiteten Armen empfing.

Manchmal konnte er es kaum ertragen, sie zu sehen. Zu wissen, dass sie Sorayn dem Meer gegeben hatte, dass sie hinausgefahren war, obwohl sie sich mit Booten nicht auskannte, dass sie gekentert war, dass sie sich gerettet hatte und nicht das Kind. Es war unerträglich. Er wandte den Blick ab und wollte sie nicht sehen, wollte sie nicht mehr kennen. Er wollte ihr all das entgegenschreien, was er fühlte, diese schrecklichen Vorwürfe: Warum hast du das getan? Warum hast du das zugelassen, warum hast du ihn nicht gerettet? All das wollte er ihr vorhalten, aber er tat es nicht. Er konnte sie nicht mit Missachtung bestrafen, mit Schlägen, Beschimpfungen, und er konnte sie nicht verlassen. Sie war gestraft genug. Wenn er sich vorstellte, was wäre, wenn er den Tod des Kindes verschuldet hätte, fühlte er sich nur noch klein und verzweifelt. Vorwürfe? Es gab nichts Schlimmeres mehr, was irgendjemand einem zufügen konnte.

Ilinias wartete am Strand auf ihn. Er torkelte auf sie zu, geschlagen von Erschöpfung und Schmerz, und schloss sie in die Arme, das erste Mal seit dem Unfall. Er schluchzte in ihr Haar. Er spürte, wie ihre Hände ihn festhielten, ihre kleinen Hände, so fest und doch so stark.

»Wir haben ihn verloren«, weinte er. »Ich kann ihn nicht finden.«

Ilinias schwieg. Er drückte sie noch enger an sich. Sie hielten sich fest aneinander, während sie weinten, beide. Er küsste sie und schmeckte das Salz ihrer Tränen.

»Liebst du mich noch?«, flüsterte Ilinias.

»Ja, ich liebe dich«, sagte er, weinte er, in seinem Herzen die unauslöschbare Gewissheit, dass sie zusammengehörten. Dies – die Trauer um Sorayn – war nichts, was er mit Mino hätte teilen können. Mino wusste nichts davon, wie es war, ein Kind zu verlieren. Mino war nur eine Erinnerung an eine schöne Kindheit, ein Traum von einer Zeit, in der alles wunderbar einfach gewesen war. Aber Ilinias fühlte dasselbe wie er, diesen Schmerz, durchsetzt von Schuldgefühlen, die ihr niemand nehmen konnte. Sie durfte nie an seiner Liebe zweifeln, nie glauben, dass er sie für ihren Leichtsinn verurteilte. Es war nicht ihre Schuld. Er hätte da sein müssen. Und er war ihr so dankbar, dass sie ihm keine Vorwürfe machte, dass sie ihm nicht vorhielt, dass er nicht da gewesen war, dass er nicht das Boot gerudert hatte. Nie war ihre Verbundenheit so groß gewesen wie jetzt.

Ilinias kam ihm stiller vor, jetzt nach dem Unfall. Sie beobachtete Alikas Kinder beim Spielen. Sie wanderte barfuß über den Strand und hinterließ Spuren im nassen Sand, die sich mit Wasser füllten. Sie lächelte ihn an, schmerzlich und liebevoll. Er zwang sich, zurückzulächeln. Da er sich selbst nicht trösten konnte, wünschte er sich, wenigstens sie zu trösten, ihr etwas zu schenken, was ihren Kummer von ihr nehmen würde, etwas, das sie wieder zu dem

Mädchen machen konnte, das er in Salien gefunden hatte und das ihn auf der Reise nach Kirifas begleitet hatte.

»Lass uns diese Insel verlassen, heute noch«, sagte er zu ihr.

Immer noch suchte er den Strand ab, jeden Tag. Immer noch starrte er auf die Wellen. Er wusste, dass Sorayn tot war, aber irgendetwas in ihm wollte es nicht glauben, nicht wahrhaben. Irgendetwas in ihm würde nie aufhören, über das Wasser zu blicken und zu warten, als könnte Sorayn eines Tages von dort zurückkommen.

Was konnte er ihr geben?

»Möchtest du ...«, begann er, zögernd, »wünschst du dir noch ein Kind?«

Immer, wenn diese blauen Augen ihn ansahen, dachte er an Sorayn. So wie er nie mehr aufs Meer würde hinausblicken können, ohne darauf zu hoffen, seinen Sohn im Wasser zu finden, würde er auch in Ilinias' Augen immer nur Sorayn sehen. Augen wie der Himmel ... Zukatas Augen. Kanunas Augen. Maninas Augen. Aber in jedem Mitglied dieser Familie von Riesen würde er immer nur Sorayn erblicken, immer nur dieses Kind, das er in den Armen gehalten hatte, und nicht fest genug.

»Wir dürfen keine Kinder mehr bekommen«, sagte sie. »Wir haben es Alika und Jati versprochen. Wir ...«

»Vergiss dieses Versprechen«, meinte Blitz. »Das ist mir egal. Und es wäre mir egal, wenn es krank wäre und schwach ... Möchtest du noch ein Kind, Ilinias?«

Sie antwortete nicht sofort. Sie suchte nach der richtigen Antwort, den richtigen Worten, und schließlich sagte sie: »Wenn ich daran denke, welche Schmerzen er hatte ... Nein, Blitz. Nein, wirklich nicht. Wie er geschrien hat und man konnte nichts tun, um ihm zu helfen ... Wir haben beide gespürt, wie sehr er gelitten hat. Nein, Blitz. Ich möchte kein Kind bekommen, dass so leiden muss.« Sie streckte die Hand aus und berührte sanft sein Gesicht. »Ich brauche nur dich, Blitz. Du bist genug.«

Er weinte, weil er kaum mit ansehen konnte, wie sie versuchte, stark zu sein.

»Manchmal«, sagte sie leise, »denke ich, dass es so das Beste war ... für ihn und für uns alle. Er muss nicht mehr leiden, Blitz. Nie mehr.«

»Die kleinen Kinder gelangen so leicht über die Brücke zu Rin«, meinte Blitz. »So leicht ... Und ich bin sicher, dort in Rinland wird Sorayn keine Schmerzen mehr haben. Er wird wachsen und laufen und sprechen. Alles, was krank war, wird geheilt sein, und wenn wir ihn wiedersehen, werden wir ihn kaum erkennen. Wir werden sagen: Was? Du bist Sorayn, unser Sohn? So groß und schön bist du ... Und er wird uns auf der Insel herumführen und uns alles zeigen ...«

»Weine nicht, Blitz«, bat Ilinias. »Oh bitte, bitte, weine nicht mehr. Lass uns von hier fortgehen. Lass uns diese verfluchte Insel hinter uns lassen. Ich möchte nach Hause. Was sollen wir hier, wo alles uns quält? Wo wir Jatis Kinder ständig vor Augen haben? Lass uns gehen.«

»Nach Kirifas«, sagte Blitz leise. »Wo wir dem Kaiser mit leeren Händen vor die Augen treten. Was sollen wir ihm sagen, wenn er nach unserem Sohn fragt?«

»Du wirst jeden Tag mit Manina verbringen«, versprach Ilinias. »Sie ist dein Kind, Blitz, mehr, als sie des Kaisers Tochter ist, und das weißt du. Und ich werde mit der Amazonengarde üben, bis ich so gut bin wie die Beste von des Kaisers Leibwächterinnen. Es wird wieder so sein wie früher. Wie am Anfang, bevor wir Sorayn hatten.«

Blitz verbarg sein Gesicht in den Händen. »Ja«, stimmte er zu, »es wird sein, als hätten wir ihn nie gehabt.«

»Dann komm«, sagte sie, »verabschieden wir uns von Alika und Jati.«

So anders war ihre Rückreise. Flussabwärts waren sie mit dem Frachtkahn gekommen, zurück mussten sie reiten. In Drian kauften sie sich schnelle, kräftige Pferde, und Ilinias rief: »Nun wird es sein wie damals, als wir durch Salien ritten!«, aber so war es nicht. Der Frühling tobte sich in den Wäldern des Kaiserreichs aus, wild und fröhlich, aber sie ritten langsam und düster. Manchmal warf

Ilinias die Arme in die Luft und lachte, dann sah sie Blitz' Gesicht und verstummte schuldbewusst. Sie wollte so gerne froh sein, aber es war schwer, Blitz auch nur ein einziges Lächeln zu entlocken.

Manchmal war sie kurz davor, es ihm zu sagen. Sorayn ist nicht tot. Hör endlich auf zu weinen, er lebt. Aber wusste sie es denn? Dieses Schmerzenskind, geschüttelt von Qualen, die jedes ärztliche Können überstiegen, war vielleicht längst gestorben. Was nützte es, zurückzureiten, nach Neiara zu fahren und festzustellen, dass Liravah den Jungen längst begraben hatte?

Sie schwieg. Sie umarmte Blitz und flüsterte ihm Zärtlichkeiten ins Ohr. Sie weckte seine Leidenschaft, immer wieder aufs Neue, und rief ihn so zurück aus dem Ort der Dunkelheit, an dem er sich befand. Und Blitz, der wohl bemerkte, wie sehr sie ihn umsorgte, erkannte ihre Schuldgefühle in jeder ihrer Handlungen und jedem ihrer Worte, mit denen sie ihn dafür entschädigen wollte, dass sie Sorayn verloren hatte. Deshalb lächelte er zurück und überließ sich ihren Umarmungen und der Sanftheit ihrer Hände. Manchmal, um sie über ihre Schuld hinwegzutrösten; manchmal, um sich über seine eigene Schuld hinwegzutrösten; und manchmal, um nicht zu ertrinken in diesem Meer aus Tränen, in dem er untergegangen war. Doch selbst wenn er in ihrer Gegenwart nicht mehr weinte, wurde die Last nicht leichter. Er tat nur so. Er lächelte Ilinias an, aber seine Augen lächelten nicht mit.

Diese Reise durch Deret-Aif war für Ilinias dennoch wunderbar. Sie hatte Blitz ganz für sich. Niemand verfolgte oder bedrohte sie, und der Enge der kleinen Insel endlich entronnen, lag nun das ganze Kaiserreich zu ihren Füßen. Die Welt war voller Menschen, interessanten, gefährlichen, weitgereisten oder auch dumpf vor sich hinlebenden Dörflern ... Auf dem Weg nach Arima hatte sie sich an das Schiff gefesselt gefühlt, ihre Aufmerksamkeit hatte sich ständig auf Sorayn richten müssen, aber jetzt war sie frei.

Fast bedauerte sie es, als sie nach Kirifas kamen, dass das abenteuerliche Leben nun vorbei war, aber sie hoffte, dass Blitz hier wieder zu sich selbst fand. Wie, dachte sie, könnte dieses niedliche Kind ihn nicht die gepeinigte Missgeburt vergessen lassen können, an der sein Herz hing?

Kanuna sah Blitz dabei zu, wie er Manina eine Geschichte erzählte. Er hatte ein Buch mit kunstvoll verzierten Buchstaben vor sich auf den Knien liegen und las ihr vor, während sie auf der Seite nach den dazu passenden Bildern suchte – in jeder Initiale steckte eine ganze Geschichte, aber die Figuren waren so klein, dass man genau hinschauen musste.

Blitz war ein guter Vorleser, aber der Kaiser merkte deutlich, dass er nicht bei der Sache war. Er gab sich Mühe. Er las einen Satz – und die Geschichte wurde in seinen Worten lebendig –, doch dann hielt er inne. Sein Blick wanderte ins Leere, verträumt, und schien länger auf den blühenden Parkblumen zu liegen, als sie es eigentlich verdienten. Mehr als einmal musste die kleine Prinzessin ihn am Ärmel ziehen. »Weiter! Lies weiter!«

Der Kaiser trat näher. Die Bank, auf der Blitz dem Mädchen Wissen über das Kaiserreich beibrachte – verpackt in wunderbare, spannende Geschichten, so dass das Kind gar nicht merkte, dass es etwas lernte –, war hinter der Hecke kaum zu sehen. Zahlreiche Fürstinnen, das zarte Gesicht mit ausladenden Hüten vor der Sonne geschützt, waren bereits hier vorbeispaziert, ohne Blitz und seine kleine Schülerin zu bemerken. Das war auch gut so, denn nicht wenige versuchten, sich mit Süßigkeiten bei der Kleinen einzuschmeicheln. Kanuna wollte nicht, dass seine Tochter verzogen wurde. Bei Blitz machte er sich da keine Sorgen. Blitz liebte Manina, aber er konnte auch streng mit ihr sein. Drohungen wie »das sage ich meinem Vater« oder »wenn ich groß bin, lasse ich dich in den Kerker werfen« konnten ihn nicht schrecken. Der Kaiser war mehr als nur erfreut gewesen, als Blitz und Ilinias endlich von ihrer Reise zurückgekehrt waren, aber das Leid, das sie mitgebracht hatten, lag immer noch über ihnen wie ein Reisemantel, den sie vergessen hatten auszuziehen.

Er war nicht hier, um Manina zu beobachten, sondern Blitz. Um diesen jungen Mann machte er sich wirklich Sorgen …

»Der Kaiser ist da«, verkündete Manina mit ihrer altklugen Stimme. »Er hat sich versteckt, aber ich kann ihn sehen. Du hast es wohl nicht gemerkt, wie?«

Blitz schrak zusammen, er fuhr sich mit der Hand über die Stirn.

»Geh ruhig und begrüße ihn«, sagte er zu ihr.

Kanuna trat hinter der Hecke hervor.

»Du bist es, mit dem ich reden will, Ja-laieng.«

Blitz horchte auf. Wann immer ihn jemand so nannte, war es ernst. Keiner seiner Namen hatte sich je wirklich gegen »Blitz« durchsetzen können. Ja-laieng, Schwarzer Held, kam den Leuten wie ein Titel vor, nicht wie ein Name, und blieb offiziellen Anlässen vorbehalten.

»Mein Kaiser.« Er stand auf, aber Kanuna winkte ihm, sich wieder zu setzen. Er wollte Manina auf den Schoß nehmen, aber sie hüpfte davon. Der Kaiser zögerte, dann nahm er stattdessen das Buch. Eine Seite nach der anderen blätterte er um und betrachtete die bunten Seiten.

»Du liest sehr gut. Das ist ungewöhnlich für einen Jungen aus dem Volk.«

»Auf Arima lernen alle Kinder lesen und schreiben, wie Ihr wisst.«

Kanuna nickte. »Ich weiß, aber das meinte ich nicht. Es können und es sehr gut tun ist nicht dasselbe. Du liebst Geschichten, nicht wahr?«

»Schon immer«, gab Blitz zu. Er hatte keine Ahnung, worauf der Kaiser hinauswollte. Saßen sie hier zusammen, um über Bücher zu reden? »Geht es ... geht es um Maninas Erziehung?«, fragte er. »Seid Ihr nicht zufrieden – oder vielleicht die Kaiserin?«

»In was für einer Geschichte befindest du dich?«, fragte Kanuna El Schattik.

Blitz antwortete lange nicht. Schließlich sagte er: »In einer Geschichte, die keine Geschichte mehr ist. Es gibt nichts, was noch irgendeine Bedeutung hätte. Man spricht die Worte aus und gibt ihnen die richtige Betonung, aber es sind nur schwarze Häkchen auf dünnem Papier. Es sind nur noch Bilder. Nichts lebt mehr. Aber das macht nichts. Es ist mir völlig gleich. Ich gehe durch diese Geschichte und bin nur noch – ein Bild. Ein Buchstabe. Ein Name vielleicht. Blitz? Nur noch ein Haken über einer eingebrannten

Krone. Die Zeichen bedeuten nichts mehr. Vielleicht ist das gut, denn ich habe keine Angst mehr.« Er sagte dem Kaiser nicht, was das Einzige war, wovor er sich fürchtete: morgens zu erwachen und dann diesen Moment zu erleben, in dem ihm klar wurde, dass er Sorayn verloren hatte.

»Nein.« Kanuna schüttelte den Kopf. »Nein, das ist nicht gut. Es ist – schwer zu heilen. Oh Blitz, dies ist nichts, was ich mit meinen Händen heilen könnte, was irgendjemand auf dieser Welt heilen könnte. Außer die Zeit.«

»Ich glaube nicht, dass die Zeit das jemals von mir nehmen kann. Wir sind schon seit Wochen wieder hier. Es ändert sich nichts. Morgens erwache ich und weiß nicht, warum ich aufstehen sollte. Ich sitze am Tisch und weiß nicht, aus welchem Grund ich essen soll. Mein Herz schlägt, weil ich es nicht daran hindern kann. Ich atme nicht, sondern etwas in mir atmet ohne mein Zutun. Das ist jetzt meine Geschichte, Herr. Keine Abenteuergeschichte von Räubern und Helden, von Flucht und Kampf ... Es ist eine dunkle Geschichte geworden, in der absolut nichts passiert.«

»Viele Eltern verlieren ihre Kinder«, sagte Kanuna. »Es passiert ständig.«

»Ich weiß«, sagte Blitz. »Aber ich wusste nicht, wie sich das anfühlt.« Einst hatte er sich gefühlt wie ein Vogel, wie eine Möwe, die über der Küste fliegt und schreit, stark und wild, immer den Horizont im Blick. Selbst Zukata hatte diesen Vogel nicht zähmen können. Jetzt war er kein fliegender Vogel mehr. Er war höchstens noch wie etwas, das wie ein Vogel aussah – eine geschnitzte Figur, eine Illusion von Lebendigkeit.

»Manchmal möchte ich nur ein Schiff und eine weite Reise. Dann möchte ich nach Rinland fahren und Sorayn dort finden. Ich kann nicht ertragen, dass er ganz allein dort ist, ohne seine Eltern.«

»Glaub mir, er ist nicht allein«, sagte Kanuna sanft. »Niemand, der nach Rinland kommt, wird allein sein. Dein Sohn ist gut aufgehoben, in den Händen des wahren Vaters. Dort ist niemand schwach und allein und hilflos, keiner ist krank, niemand erleidet Schmerzen. Wenn er dort auf dich wartet, vergeht die Zeit für ihn wie im Flug, ohne Ungeduld, denn die Zeit verläuft in Rinland anders.«

»Woher wisst Ihr das?«, fragte Blitz. »Wie könnt Ihr das wissen?«

Der Kaiser lächelte. »Dein Freund Lexan ist nicht der Erste, der eine Botschaft geschrieben hat. Wir haben Briefe, manche Hunderte oder sogar Tausende von Jahren alt, Briefe, die davon berichten, wie es in Rinland aussieht. Ich kann dir keinen zeigen, denn sie werden in den Klöstern in Salien aufbewahrt. Dafür wurden diese Häuser errichtet – um die Briefe zu schützen, die all das Wissen enthalten, das wir von Rinland haben können. Jeder dieser Briefe gewährt einen kleinen Einblick in das, was dort auf uns wartet. Auf Herrlichkeiten, die unsere kühnsten Träume übersteigen.« Er legte seine Hand auf Blitz' Schulter. »Vertrau«, sagte er. »Sorayn geht es dort gut. Und für dich ist noch nicht die Zeit gekommen, nach Rinland zu gehen.«

Blitz seufzte. »Ich weiß, ich muss stark sein. Wegen Ilinias.«

»Ilinias ist für sich alleine stark genug«, meinte der Riese. »Und deshalb bin ich hier. Sie ist stark, weil sie das Richtige tut: sie kämpft. Sie kämpft mit einer solchen Wut und zugleich einer solchen Bewusstheit und Konzentration, dass Sarika ihr bald nicht mehr viel wird beibringen können. Die Amazonen hier im Palast haben schließlich auch noch ihren Dienst zu erledigen. Ilinias braucht noch viel mehr. Ich möchte sie nach Salien schicken, auf die Insel der Amazonen. Ich weiß, das ist ihr größter Wunsch. Ich möchte ihr gerne diesen Wunsch erfüllen, Blitz. Sie ist ... Versteh mich nicht falsch, aber wenn ich sie ansehe, wird Vinja, meine verstorbene Frau, wieder für mich lebendig. Die Art, wie sie sich bewegt und wie sie lacht und wie sie den Kopf hält ... Wenn sie dunkel wäre, würde sie ihr vielleicht wirklich ähneln.«

»Ilinias soll nach Salien«, wiederholte Blitz und versuchte, etwas zu fühlen, aber er wusste nicht recht, was.

»Und du sollst mit«, bestimmte der Kaiser. »Verstehst du nicht? Ilinias kämpft und es geht ihr gut. Aber du sitzt hier, mit einem Kind, dem du Geschichten vorlesen sollst, immer wieder mit einem Kind, das nicht das deine ist ... Ich habe gesagt, ich kann dich nicht heilen, Blitz. Aber die Zeit kann es, vielleicht nie vollständig, aber doch wenigstens zum Teil. Ich glaube, es würde dir gut tun, wenn du deine Zeit ebenfalls mit etwas verbringst, was dich körperlich fordert. Keine Kinder in der Nähe. Nur ein Schwert oder eine Armbrust. Glaub mir, ich weiß, wie es ist, wenn man in diesen Palast eingesperrt ist, obwohl man durch die Wälder laufen will ... Und nur das Laufen könnte einen heilen, aber man kann nicht fort ... Ich weiß genau, wie es ist.« Kanuna sah auf das Buch, auf den verschlungenen Buchstaben, der sich auf der Seite vor ihm über das Papier rankte. »Ich saß hier und die Jahre vergingen ... Wenn ich mir erlaubt hätte, zu gehen, wäre ich irgendwann zurückgekommen, vielleicht mit einem Lied auf den Lippen ... Aber ich bin der Kaiser. Ich konnte nicht gehen. Du jedoch, Blitz, du kannst es.«

Blitz schüttelte den Kopf. »Ihr habt zwei Dinge übersehen, Herr.«

»Tatsächlich?«

»Auf der Insel der Amazonen wird jeder Mann zurückgewiesen. Ihr könnt Ilinias dorthin schicken, aber nicht mich. Und außerdem ist da noch Manina. Sie hat mich schrecklich vermisst, als ich diesen Winter über fort war. Ich möchte ihr das nicht noch einmal antun.«

»Ich kenne die Regeln der Amazonen, Blitz.« Kanuna lächelte. »Für dich werden sie eine Ausnahme machen. Ich bin der Kaiser. Das ist mehr, als nur in einem Palast herumzusitzen und von goldenen Tellern zu essen. Wenn ich dich dorthin schicke, werden sie dich aufnehmen, glaub mir. Und was Manina angeht – sie hat uns. Sie ist stark. Und wir sagen ihr, dass du zurückkommen wirst, denn ich bin sicher, das wirst du.«

»Aber ...«

»Schluss«, sagte Kanuna mit Bestimmtheit. »Ich sende euch nach Salien. Dies unterliegt nicht mehr deiner Verantwortung. Wenn du wiederkommst, wirst du nicht nur noch besser ihr Lehrer sein können, du wirst auch in der Lage sein, sie zu beschützen. Manina ist ein Mensch. Wenn sie hier als Prinzessin heranwächst, braucht sie viel mehr Schutz, als eine Riesin ihn brauchen würde.«

Dachte er dabei an Zukata? Keiner von ihnen wusste, was aus dem verbrecherischen Kaisersohn geworden war. Seit es Blitz und Ilinias gelungen war, die entführte Manina zurückzubringen, war er wie vom Erdboden verschluckt.

»Es ist wichtig«, sagte Kanuna, »dass immer jemand in ihrer Nähe sein wird, der dazu in der Lage ist. Und jetzt kannst du deine Frau zu mir rufen. Ich möchte es ihr selbst sagen.«

Blitz nickte. Der Kaiser hatte gesprochen und es hatte keinen Zweck, sich dagegen aufzulehnen. Und auf einmal freute er sich darauf, Ilinias' Gesicht zu sehen, wenn sie die Nachricht erfuhr. So ungewohnt fühlte diese Freude sich an, dass er fast vergaß, sich Maninas wegen schuldig zu fühlen.

Nach Salien. Er wusste, wie ihre blauen Augen aufleuchten würden ... Und was würde der Kaiser denken? Dieses Mädchen ist fast wie Vinja?

Irgendwann, dachte Blitz, müssen wir es ihm sagen. Es kam ihm nicht richtig vor, es nicht zu tun. Dies, Herr, Kaiser von Deret-Aif, ist dein eigen Fleisch und Blut. Dein Herz hat dich nicht betrogen ... Wenn er es nicht schon längst ahnte.

9. Prinzessin Sidini

SIE WAREN DEN ganzen Weg von Sandart nach Yos zu Fuß gegangen und hatten dabei zu Erions Entsetzen eine Spur der Verwüstung hinterlassen. Mehrere Male hatte er versucht, Settan klarzumachen, dass ihre Chancen bei König Hürti von Yos noch schlechter wurden, wenn sie seine Dörfer verbrannt und sich mit seinen Soldaten blutige Gefechte geliefert hatten.

»Kannst du Zukata nicht sagen, dass wir keinen Ärger brauchen?«

Settan starrte den Jungen möglichst einschüchternd an, aber Erion hatte sich mittlerweile an finstere Gesichter gewöhnt und starrte einfach zurück.

»Sag du's ihm doch«, knurrte Settan.

Erion hatte nicht vor, sein Leben zu riskieren. »Auf dich würde er hören.«

»Er ist der Prinz«, gab Settan zurück. »Er hört auf niemanden.«

Erion seufzte. Dass Zukata seine Wut in Sandart ausgetobt hatte, war ihm noch verständlich gewesen, aber hier in Yos mussten sie anders vorgehen. Warum konnte der Riese das nicht einsehen, ohne dass man ihn darauf stoßen musste?

»Ihr redet über mich? Ist jemand unzufrieden?« Zukata hatte ihn gehört. Ein Schauer rann Erion den Rücken hinunter, als er den blonden Prinzen auf sich zukommen sah. Er hatte ein Gehör wie ein Luchs.

»Herr, ich halte es für einen Fehler, dass wir das letzte Dorf angegriffen haben«, sagte Erion. Seine Stimme zitterte, er konnte nichts dagegen tun, aber wenn er jetzt so tat, als hätte er nichts gesagt, würde das Ganze noch schlimmer ausgehen. Zukata würde nicht eher ruhen, bis er erfahren hatte, um was es ging. Niemand redete hinter seinem Rücken über ihn.

»Ach ja?«

»Wir sind jetzt in Yos. Wenn Ihr wirklich die Prinzessin ehelichen wollt, solltet Ihr wie ein vornehmer Herr anreisen und nicht wie ein Räuber durchs Land ziehen.«

Erion duckte sich unwillkürlich.

»Das ist also deine Meinung? Um mich mit einer feinen Prinzessin gutzustellen, soll ich wie ein braver Schuljunge anspaziert kommen?«

Erion nickte, ein zaghaftes, kaum sichtbares Nicken. Das Zukata nicht sofort ausrastete, machte ihm Mut.

»Herr, betrachtet es als List. Man kann keinen Krieg ohne List gewinnen.«

»Wer sagt das?«, knurrte Zukata. »Ich brauche keine List.«

Erion sah, dass Settan ihm hastig winkte zu schweigen, aber das ging nicht. Wenn sie wie ein Wirbelsturm durch Yos zogen und eine Schneise ausgeplünderter Dörfer hinter sich ließen, würde der Prinz weder eine Prinzessin noch einen Sieg erringen, und bei einer Abfuhr im Schloss stand sein eigenes Leben auf dem Spiel, davon war Erion überzeugt.

»Doch«, beharrte er. »Und Ihr braucht einen Berater, wie jeder gute König. Ihr braucht Diplomaten und Leute, die Eure Gesetze möglichst wohlklingend unters Volk bringen. Mit Stärke allein regieren nur Barbaren.«

Zukatas Augen verengten sich. »Ach, dafür hältst du mich? Für einen Barbaren? Gar für einen wilden Riesen, wie, der in Felle gehüllt in den Bergen haust? Du weißt nichts! Nichts weißt du über die Riesen! Ich habe in einem Palast gewohnt, als du noch nicht einmal geboren warst. Erzähl mir nichts über Fürsten und Diplomaten!« Er ballte wütend die Fäuste. »Und außerdem, will ich überhaupt heiraten? Wer sagt das? Bloß weil du eine Idee hattest, gibt es nur diesen einen Weg?« Zukata starrte den Jungen an, als versuchte er, etwas aus ihm herauszubrennen, was er in ihm vermutete, was vielleicht da war, vielleicht aber auch nicht.

»Lasst uns schnell und unauffällig gehen«, sagte Erion. »Und wir brauchen ein Geschenk für die Prinzessin. Ein Schmuckstück vielleicht? Ich werde es ihr überbringen, also bräuchte ich noch andere Kleidung. Wenn sie es annimmt, seid Ihr so gut wie verlobt.«

»Du willst es überbringen?«, fragte Zukata verblüfft.

»Natürlich«, sagte Erion. »Dachtet Ihr, Ihr würdet ins Schloss reinstürmen und nach der Prinzessin verlangen?«

»Aber du bist ein Kind!«

»Ich bin kein Kind«, widersprach Erion beleidigt. »Ich bin bald erwachsen. Junge Boten sind nicht ungewöhnlich.«

Zukata betrachtete ihn verwundert. »Na schön. Machen wir es einmal so, wie du es vorschlägst. Wir werden ja sehen, was dabei herauskommt. Wenn sie dir den Kopf abschlagen, kann ich ja immer noch ins Schloss stürmen und den König am Kragen packen. Ganz wie es ein wilder Riese tun würde, nicht?« Er lächelte grimmig. »Also, Männer, ihr habt es gehört. Wir werden sehr brav sein. Aber ein paar Geschenke einsammeln sollten wir doch trotzdem unterwegs, oder was sonst soll ich mitbringen?«

Er wartete auf Erions Nicken.

Später nahm Settan ihn beiseite. »Das ist ein sehr schmaler Grat, den du da betreten hast«, sagte er leise. »Sehr schmal. Es gab schon einmal einen Jungen, dem Zukata sein Vertrauen geschenkt hat.«

»Was ist passiert?«, fragte Erion bang. »Er hat ihn – getötet?«

»Nein, noch nicht. Dieser Junge konnte entkommen. Aber Zukata vergibt nie. Was ist das wohl für ein Leben, gestohlene Zeit? Ich mochte Blitz, wirklich, aber um nichts in der Welt würde ich mit ihm tauschen und an seiner Stelle sein wollen.«

»Ich werde Zukata nicht verraten«, beteuerte Erion. »Ganz bestimmt nicht.«

»Wir werden sehen.« Settan nickte ihm zu, ohne zu lächeln.

Zukata verraten? Wer würde so dumm sein?

»Settan bleibt bei dir«, ordnete der Riesenprinz an. »Er geht als dein Dolmetscher. Er wird darauf achten, dass du mich nicht hintergehst.«

Erion verschwendete keine Zeit damit, Zukata seiner Treue zu versichern. Er nickte mit trockener Kehle. Vor Aufregung zitterten ihm die Knie. Ein großer Diplomat war er bislang nur in seinen Träumen gewesen, doch er war fest entschlossen, seine Sache so gut zu machen, dass der Prinz stolz auf ihn war.

Auf schönen, großen Pferden ritten er und Settan zum Schloss. Sie trugen beide Gewänder im Stil des Kaiserreichs, den Schnitt hatte Erion dem Schneider genau erklären müssen. Bestimmt entsprachen sie nicht der neuesten Mode von Kirifas, aber um die Yosianer mit Eleganz und Exotik zu verzaubern, sollte es reichen. Erion war in ein hellgelbes Wams und dunkle Hosen gekleidet, um seinen Hals trug er eine dicke goldene Kette, deren Gewicht er bei jedem Schritt spürte. Settan trug etwas Dunkles, Schlichteres.

»Ich bin schon einmal so ausstaffiert worden«, murmelte Settan. »Um den Kaiser zu begrüßen. Es ist alles etwas anders gelaufen als geplant.«

»Diesmal nicht.« Erion sprach sich selbst Mut zu.

Die Wachen am Schlosstor wollten sie nicht hereinlassen. Settan stritt lauthals mit ihnen, bis einer sich anscheinend bereiterklärte, ihr Kommen anzukündigen. Sie mussten warten.

»Leute aus Deret-Aif sind hier wohl nicht besonders beliebt?«

»Du hast ja keine Ahnung.« Settan verzog den Mund zu einem Grinsen. »Nun, immer noch der Meinung, es war eine gute Idee? Was wirst du sagen, wenn sie uns in hohem Bogen rauswerfen?«

»Besser uns als Zukata«, meinte Erion, und dagegen konnte Settan nichts einwenden.

Schließlich kam der Wächter zurück und winkte sie herein.

Das Schloss von Yos ähnelte in nichts dem, was Erion sich vorgestellt hatte. Das Gelände, das die Mauern umschlossen hatten, war mit unzähligen kleinen Häuschen bebaut worden, die sich übereinander türmten und teilweise schwindelerregende Höhen erreichten. Die Wände dieser Häuser schienen so dünn und filigran, als wären sie aus Papier. Kunstvolle Aufbauten und unzählige schmale Treppchen verbanden die einzelnen Häuser. »Hier müsste Zukata nur einmal niesen und alles würde einstürzen«, murmelte Settan.

Man bat sie, von den Pferden zu steigen. Sie wurden an eine Treppe geführt, die so fein und zierlich aussah, dass sie unmöglich das Gewicht zweier Männer tragen konnte, aber als Erion zögernd den Fuß darauf setzte, stellte er fest, dass sie nicht einmal wackelte. In engen Windungen ging es hinauf, vielleicht an einem Dutzend Stockwerke vorbei, bis sie endlich ins Innere des Hauses gebeten wurden.

Der Saal, ganz in Weiß gehalten, ließ das Tageslicht durch unzählige kleine Fenster hinein, selbst durch die Wände schien Licht zu kommen. König Hürti, der vor ihnen auf einem riesigen Kissen saß, weiß gekleidet, so dass er fast mit dem Hintergrund verschmolz, trug auf seinem pechschwarzen Haar einen weißen Hut, der aus gefaltetem Papier zu bestehen schien.

Settan kniete nieder, Erion tat es ihm hastig nach.

»Setzt euch.«

Diener brachten zwei niedrige Kissen, auf die sie sich niederließen. Genauso gut hätten sie auf dem Fußboden sitzen können, der mit weißer Seide ausgeschlagen war.

»Gäste aus Deret-Aif.« Hürti betrachtete sie neugierig. Er wedelte mit der Hand und hinter einem Paravent traten zwei Frauen hervor, von denen die ältere die Königin und die andere wohl ihre Tochter war. Sie nahmen ihre Plätze in der Nähe des Königs ein und betrachteten die Ankömmlinge mit derselben unverhohlenen Neugier wie der Herrscher selbst.

Erion stöhnte innerlich auf. Es war unmöglich, sich Zukata in dieser Umgebung vorzustellen. Es war auch unmöglich, sich diese magere Prinzessin mit den großen dunklen Augen als seine Frau vorzustellen. Sie war nicht mehr die Jüngste, und die Schönste war sie nie gewesen. Wenn Zukata sie sah, würde er lachen und einfach gehen.

Aber sie waren hier, um einen Thron zu erobern.

Das Gespräch begann langsam. Settan stellte sie als Gesandte des Prinzen von Aifa vor.

»Sag nicht Kaiser«, erinnerte Erion ihn. »Nur Sohn des Königs von Aifa.«

»Das ist doch dasselbe?«

»Sag es ihm einfach nicht, ja?«

Settan gehorchte, jedenfalls nahm Erion das an. Es wäre alles viel einfacher gewesen, wenn er selbst mit dem König hätte reden können. Andererseits machte es, so hoffte er, auch einen gewissen Eindruck, wenn jedes seiner Worte wiederholt wurde.

Nach langem Gerede über das vortreffliche Schloss, das schöne Wetter und das wunderbare Land Yos kamen sie langsam auf den Zweck ihres Besuchs zu sprechen. Erion stellte das Kästchen mit dem Geschenk auf den Boden und ersuchte um die Erlaubnis, es der Prinzessin zu überreichen. Hürti wollte sofort wissen, was es sei und wie der Prinz von Aifa sich erdreisten könne, einer yosianischen Königstochter ein Geschenk zu senden.

Es mussten die richtigen Worte sein. Genau die richtigen. Nichts über Schönheit und Jugend, das wäre zu offensichtlich gelogen gewesen. Alles, was Erion sich so sorgfältig an Komplimenten zurechtgelegt hatte, war bei dieser spitznasigen Prinzessin verschwendet.

»Der Prinz von Aifa«, sagte Erion vorsichtig und hörte Settan seine Worte ebenso behutsam wiederholen, »ist ...« Und auf einmal verließ ihn der Mut. Geld würde diesen König nicht locken, er war mit Sicherheit reich genug. Der Kontrast zwischen den ärmlichen yosianischen Dörfern, die Erion gesehen hatte, und diesem Schloss war einfach zu groß. Dass der Prinz, um den es ging, ein Riese war, hatten sie verschwiegen, aber sie konnten sich nicht sicher sein, ob der König bei der Erwähnung Aifas nicht sowieso sofort an die kaiserliche Riesenfamilie dachte. Im Grunde hatten sie nichts in der Hand, nichts außer Zukatas wildem Wunsch, sich den Thron zu holen.

Die Prinzessin stand auf, obwohl ihr Vater ihr etwas zurief, kam auf Erion zu und nahm das Kistchen an sich.

»Du machst das nicht auf!«, befahl König Hürti, aber da holte sie schon das Schmuckstück heraus, eine Kette mit einem reich verzierten Anhänger, die einer der Räuber aus dem Haus eines yosianischen Grafen geholt hatte. Sie betrachtete den Anhänger, lächelte auf einmal und quietschte.

»Prinzessin Sidini sagt, sie hat noch nie ein Geschenk bekommen«, übersetzte Settan. »Sie möchte den Prinzen sehen und bittet ihren Vater darum.«

Der König hob die Brauen. »Welche Absichten hegt dieser Prinz?«, fragte er. Man musste die Sprache nicht verstehen, um die unterdrückte Wut aus seiner Stimme herauszuhören. »Will er meiner Tochter schmeicheln?«

»Er ist auf der Suche nach einer standesgemäßen Braut«, sagte Erion.

»Gibt es in Deret-Aif nicht genug Königstöchter? Wie viele Königreiche habt ihr – sind es nicht zwanzig?«

»Dreiundzwanzig«, stellte Erion richtig, »einschließlich Aifas. Doch keins dieser Königreiche ist dem Prinzen bedeutend genug.«

Die Prinzessin quiekte wieder. König Hürti lächelte geschmeidig, aber seine Augen blieben wachsam. »Ich habe nicht die Absicht, Yos zum vierundzwanzigsten Königreich Deret-Aifs machen zu lassen.«

»Prinz Zukata hat gewiss nicht vor ...«

»Geht«, sagte Hürti streng. »Ich will nichts mehr hören. Yos wird nie eine Verbindung mit Deret-Aif eingehen. Das wäre Verrat an unserem Volk und an all unseren Sitten.«

»Komm«, flüsterte Settan, »gehen wir lieber.«

Sie verbeugten sich und ließen sich zur Treppe führen. Dort ließ Erion seiner Enttäuschung freien Lauf. »Wie können sie nur so stur sein? Sie sitzen hier in ihrem Palast aus Papier und sind nicht einmal bereit, uns zu Ende anzuhören!«

Missmutig stampften sie die Stufen hinunter, wo ein Wächter sie in Empfang nahm und nach draußen begleitete.

»Was sollen wir ihm sagen?«, fragte Erion, dessen Entrüstung sich schlagartig in Furcht verwandelte, sobald sie durchs Tor ritten. »Bei Rin, was sagen wir ihm bloß?«

»Dass sie beraten werden und noch Zeit brauchen. Wir sollen warten.«

»Du würdest es wagen, Zukata anzulügen?«

»Es ist keine Lüge«, sagte Settan leise. »Sidini folgt uns.«

»Was? Sie …«

Settan packte ihn an der Schulter. »Dreh dich nicht um. Sie kommt uns nachgeritten. Lass dir nichts anmerken.«

Erion war, als würde er auf Stelzen gehen – nicht, dass er es je versucht hätte –, aber genauso wackelig und unsicher fühlte er sich. Er wagte es nicht, sich umzudrehen, zu schnell zu reiten, so dass die Prinzessin sie möglicherweise verlor, aber es wäre vielleicht auch zu auffällig gewesen, allzu lange zu trödeln.

Dort war schon der Wald, in dem Zukata und die Räuber warteten. Settan sprach mit den Posten, während Erion der schwere Gang zu Zukata bevorstand.

Der Prinz, nervös auf und ab gehend, verharrte, als er Erion kommen sah. »Nun?«, fragte er, der Blick unter buschigen Brauen hervor schien Erion aufzuspießen.

»Sie brauchen noch etwas Zeit, um sich zu entscheiden.«

»Du lügst«, stellte Zukata sofort fest. »Es ist nicht gut gelaufen.«

Dann hob er plötzlich den Kopf und sah auf ein Gebüsch, in dem es raschelte. »Habt ihr Spione mitgebracht?« Bevor Erion ihn aufhalten konnte, war er schon zwischen den Bäumen, sie hörten ein Pferd wiehern und einen Aufschrei, und schon schleppte Zukata eine schmächtige Gestalt in einem weißen Gewand in die Mitte des Lagers.

»Hat der König dich geschickt?«, fragte er schroff auf Sandartisch.

»Prinzessin Sidini?«, fragte Settan, der nähergetreten war.

Die Ergriffene schlug die Kapuze zurück. Es war tatsächlich die Prinzessin, die Kette mit dem schönen Anhänger trug sie um den Hals. Mit großen Augen starrte sie Zukata an, dann wandte sie sich an Erion und Settan. »Das ist der Prinz? Ein Riese?«

Erion schlug den Blick nieder. »Ja, Prinzessin.«

»Du meine Güte.«

Zukata trat einen Schritt zurück. »Was soll das?«, zischte er, diesmal in der Sprache des Kaiserreichs. »Das ist sie? Nie im Leben werde ich …«

»Prinz?« Sidini griff in ihr Gewand und holte eine kleine Schachtel heraus. »Ich habe Euch etwas mitgebracht.« Sie ging auf ihn zu und reichte ihm das Geschenk.

Erion hielt den Atem an. War er denn der Einzige, der Bescheid wusste? Und dabei hatte er nur über die yosianischen Bräuche gelesen. Nein, er sah es in den Gesichtern einiger anderer, dass auch sie wussten, was hier vor sich ging. Zukata hatte ihr ein Geschenk geben lassen – sie hatte es angenommen und damit die Verlobung akzeptiert. Wenn sie ihm jetzt ihrerseits ein Geschenk machte, waren die beiden nach dem Recht dieses Königreichs verheiratet. Zukata zögerte, und Erion war kurz davor, es ihm zu sagen. Aber er biss sich rechtzeitig auf die Lippen. Warum sollte Zukata es nicht wissen? Und außerdem waren sie hier, um diese Ehe zu schließen, aus keinem anderen Grund.

Zukatas Miene erstarrte, während er die junge Frau und das Päckchen ansah.

Er wich zurück, als bedrohte sie ihn mit einer in Gift getauchten Waffe.

»Beleidigt sie nicht«, flüsterte jemand neben ihm.

Langsam streckte er die Hand aus, nahm die Schachtel entgegen und öffnete sie. Die anderen konnten nicht sehen, was darin war, aber Zukata hob die Brauen und musterte die Prinzessin mit einem fragenden Blick, dann nahm er etwas Weißes heraus, das sich, sobald es genug Raum hatte, entfaltete und die Form einer Tasche annahm.

Sidini lächelte ihm aufmunternd zu, sagte aber nichts. Nur die Räuber tuschelten aufgeregt. »Was ist das?« »Ein weißes Tuch.« »Nein, sie würde ihm doch kein Tuch bringen? Das ist ein Modell des Palastes.« »Unsinn.«

Zukata hielt das merkwürdige Gebilde unsicher in der Hand und schien auf eine Eingebung zu warten, was er damit tun sollte.

»Es ist ein Hut«, flüsterte Erion. »Setzt ihn auf.«

Unschlüssig stand Zukata da, dann verzog er säuerlich das Gesicht und setzte sich das weiße Ding auf den Kopf. Sogleich erhellte ein strahlendes Lächeln das Antlitz der Prinzessin. Sie verbeugte sich kurz, drehte sich um und rannte zu ihrem Grauschimmel. Die Wachen ließen sie unbehelligt fortreiten, aller Augen waren jetzt auf Zukata gerichtet, der, den weißen Hut auf dem blonden Haar, seltsam fremd aussah. Jemand begann unterdrückt zu lachen.

Wütend riss der Prinz sich die ungewohnte Kopfbedeckung herunter. »Wer lacht da?«, rief er. »Was gibt es da zu lachen?«

Erion bückte sich schnell und hob den Hut von der Erde hoch. Er war aus dickem, seidigem Papier gefaltet, vielleicht war es auch Stoff. Viele Stunden Arbeit musste es gekostet haben, die vielen Ecken zu falten, sorgfältig und ausdauernd.

»Wir reisen ab«, befahl Zukata ärgerlich. »Ich habe genug gesehen. Wenn ich gewusst hätte, um welche Vogelscheuche es hier geht, wäre ich gar nicht erst hergekommen. Ich lasse mich doch nicht zum Affen machen!«

»Wir können jetzt nicht einfach abreisen«, sagte Erion. »Wir müssen ihnen ein bisschen Zeit geben, um die Feier vorzubereiten, und dann ...«

»Was für eine Feier?«, fragte Zukata. »Ich habe nicht die Absicht, diesen kuhäugigen Besenstiel zu heiraten.«

Erion seufzte. »Das habt Ihr bereits getan, Herr«, sagte er leise. Ihm entging nicht, dass Settan die anderen Räuber zur Seite winkte. Der Platz leerte sich auffallend schnell.

»Was?«

»Ihr – Ihr habt ihr Geschenk angenommen ...«

Zukata war so schnell über ihm, dass Erion kaum wusste, wie ihm geschah. Plötzlich baumelte er im Griff des Riesen, einen halben Meter über der Erde.

»Und du wusstest das? Du niederträchtige kleine Ratte! Du mieser kleiner Zwerg!« Zukata schüttelte ihn. »Ihr wusstet es alle, wie?«, brüllte er. »Hat euch die Vorstellung gefallen? Na, macht es Spaß, über mich zu lachen?«

Erion rang nach Luft. Ihm wurde schwarz vor Augen, seine Beine begannen unkontrolliert zu zucken.

»Kommt her!«, rief der Riese. »Ist das hier euer Prügelknabe? Wo seid ihr hin? Settan? Tu nicht so, als hättest du es nicht gewusst. Settan!«

Zögernd näherte Settan sich dem wütenden Prinzen. »Herr, es war doch das, was Ihr wolltet ...«

»Ich bin von Verrätern umgeben!«, schrie Zukata und ließ Erion achtlos zu Boden fallen. »Was glaubt ihr, was ich tue? Dass ich meine Wut an diesem kleinen Verräter auslasse, damit ihr ungeschoren davonkommt?«

Erion kämpfte darum, nicht in Ohnmacht zu fallen. »Ich bin kein Verräter«, stieß er hervor. »Ich bin nicht wie Blitz.«

Obwohl er nicht laut gesprochen hatte, hatte Zukata ihn gehört, packte ihn erneut am Kragen und riss ihn hoch, doch diesmal durfte er stehenbleiben. »Was sagst du da? Wie Blitz? Du bist nicht wie Blitz!«, brüllte der Riese. »Du bist überhaupt nicht wie Blitz!« Er öffnete seine großen Hände. Erion stand schwankend da und betete darum, nicht umzufallen.

»Herr, es war doch das, was Ihr wolltet«, wiederholte Settan vorsichtig.

»Ihr wisst genau, dass ich diese Frau nicht wollte.« Zukata schrie nicht mehr, aber noch war es zu früh, um erleichtert aufzuatmen.

»Herr ...«, begann Erion.

»Du bist nicht wie Blitz«, sagte Zukata leiser, seine Stimme versagte. Sie wussten nicht, ob er sich heiser gebrüllt hatte oder von seinen Gefühlen überwältigt wurde. »Blitz hätte versucht, sie aufzuhalten. Er hätte ihr dieses alberne Geschenk aus den Händen gerissen und sie vor mir gewarnt. Oh nein, Erion, vergleich dich nicht mit Blitz. Du hast keine Ahnung, wovon du da redest. Du, Erion, bist hier, um mir zu dienen. So wie du, Settan. Und es steht euch schlecht an, mich in eine Falle laufen zu lassen.«

Settan senkte den Blick. »Verzeih uns, Prinz Zukata.«

»Verzeih mir, Prinz Zukata, Prinz von Yos«, murmelte auch Erion, aber um seine Lippen spielte ein winziges, triumphierendes Lächeln.

König Hürti blickte aus dem Fenster. Auf dem Hof war bereits alles geschmückt und vorbereitet, Kissen, Sonnenschirme und niedrige Tischchen, auf denen Gläser und kleine Schüsseln kreisförmig angeordnet waren. Die ersten Gäste standen herum und versuchten zu tun, als seien sie ganz zufällig hier und könnten auch jederzeit wieder gehen. »Er wird nicht kommen«, sagte Hürti hoffnungsvoll. Doch im selben Moment erblickte er die Gruppe fremdländischer Besucher, die über den Hof auf das höchste Gebäude des Schlosses zustrebte. Er erstarrte. »Ein Riese ist bei ihnen.«

»Das ist der Prinz«, sagte Sidini möglichst gleichmütig.

Ihr Vater war sprachlos. Die Mutter sank zurück; ein paar Dienerinnen sprangen hinzu und fächelten ihr frische Luft zu.

»Ich weiß, ihr seid entsetzt«, sagte Sidini. »Und ich hätte es vorher sagen sollen.«

»Du hättest uns um Erlaubnis fragen sollen, das hättest du!«

»Und ihr hättet Nein gesagt! Nein, nein, und immer wieder nein!« Die Prinzessin strich ihr seidenes Gewand glatt und zog eine dunkle Locke aus ihrer Frisur, damit sie sich über ihrer Wange ringelte. »Ich bin siebenunddreißig Jahre alt, dies ist wahrscheinlich meine allerletzte Chance!«

»Dieser Thron wird dir genug Würde und Ehre verleihen. Du brauchst keinen Mann.«

»Du hast mir diesen Thron versprochen, sobald ich heirate, Vater. Du hast dein ganzes Königreich demjenigen versprochen, der sich meiner erbarmt.«

»Ich kann nichts dafür, dass niemand gekommen ist.«

»Da bin ich mir gar nicht so sicher. Wie viele hast du schon am Tor abweisen lassen, damit sie ja nicht in meine Nähe gelangen und mir ein Geschenk überreichen könnten?«

»Es war niemand dabei, der würdig genug war«, gab der König gepresst zu.

Sidini hielt an ihrem Lächeln fest. »Ich will diesen Prinzen haben. Er ist groß und stattlich. Er ist jetzt mein Gemahl. Entweder du empfängst ihn hier in Ehren, oder du zwingst mich dazu, mit ihm in sein barbarisches Kaiserreich zu gehen.«

»Das geht nicht. Du bist die einzige Erbin.«

»Ich weiß. Vater, glaub mir, ich weiß.«

Zukatas Eintreten schien den Raum zu sprengen. Sein Gesicht war düster und verschlossen, seine Begleiter lächelten vorsichtig. Erion trug den gefalteten Hut auf den Händen wie eine Gabe.

»Das Mahl findet im Hof statt«, gab König Hürti bekannt. »Ihr dürft meine Tochter die Treppe hinunterführen.«

Die Königin hatte sich soweit erholt, dass sie aufstehen und ihren Schwiegersohn aus der Nähe begutachten konnte. Erschrocken blickte sie zu ihm auf. Zukata wandte sich ihr mit einer leichten Verbeugung zu, sein Lächeln war spöttisch. »Verehrte Königin. Wie sehr freut mich Eure Gastfreundschaft.«

Sidini schob ihre Mutter sanft beiseite und griff beherzt nach Zukatas Arm. »Lasst uns hinuntergehen.«

Die yosianischen Gäste rangen sich ein höfliches Gemurmel ab, als der Riese und die schmale Gestalt der Prinzessin auf der obersten Stufe erschienen. Die Räuber hingegen, die den Raum zwischen den kleinen Tischchen breitbeinig ausfüllten, fingen lautstark an zu jubeln.

»Ist das Essen aus Papier?«, erkundigte Zukata sich.

»Nein, mein Gemahl.«

»Und gibt es etwas zu trinken?«

»Ja, mein Gemahl.«

»Gut.«

Das Brautpaar saß unter dem größten Sonnenschirm, zusammen mit dem König und der Königin und einigen yosianischen Würdenträgern, die ihr Entsetzen nur schwer verbergen konnten. Hin und wieder konnten sie es sich nicht verkneifen, sich zu der lärmenden Gruppe der Räuber umzudrehen und einen Blick auf deren ungewohnte Essgewohnheiten zu werfen. Zukata hatte kein Mitleid. Breit grinsend begann er sie auszufragen, wie ihnen die Sitten der Deret-Aifer gefielen, während Sidini und ihre Eltern stumm daneben saßen. Schließlich ergriff der König das Wort.

»Ihr seid ein Riese«, begann er.

»Vortrefflich bemerkt.« Zukata lachte. Seine Leute hatten ihn selten so guter Laune erlebt.

»Seid Ihr mit der Familie des Kaisers verwandt? Als Prinz aus Aifa ...«

»Natürlich. Ich bin der älteste Sohn Kanuna El Schattiks. Der Erbe des ganzen Kaiserreichs. War Euch das nicht bewusst? Habt

Ihr mir nicht deshalb Eure Tochter hinterhergeschickt, damit sie sich nicht die beste Gelegenheit ihres Lebens entgehen lässt?«

»Wozu braucht Ihr Yos?«, fragte König Hürti leise. »Wenn Euch sowieso die halbe Welt gehören wird?«

»Weil diese Hälfte der Welt sehr reizvoll ist. Und weil ich Yos zum Mittelpunkt der Welt machen kann. Wie lange träumt Ihr schon davon, den Weg zu den Häfen frei zu machen?«

Hürti zuckte zurück, als hätte diese Frage ihn gestochen. »Mit Groß-Sandart legt man sich nicht so ohne weiteres an.«

»Vielleicht doch«, murmelte Zukata. »Und der Tag wird kommen, da wird man sich in Sandart wünschen, ich hätte dort eine Prinzessin gefreit.«

Er hob sein Glas und ließ es sich erneut füllen. Irgendwann gab Erion es auf, die Gläser zu zählen, die der Prinz leerte. Der Prinz – das war Zukata nur noch so lange, bis König Hürti aufstand und seinen Hut abnahm. Er überreichte ihn an seine Tochter, während die Königin das Gesicht abwandte und stumm in ihre Haare weinte. Sidini nahm die königliche Kopfbedeckung entgegen und gab sie an Zukata weiter.

»Hier, mein Gemahl«, sagte sie. »König Zukata.«

Hürti und seine Frau verbeugten sich stumm vor dem neuen Herrscherpaar und verließen die Feier. Sidini wartete, bis auch die yosianischen Gäste gegangen waren und ein Großteil der lärmenden Besucher aus dem Kaiserreich schnarchend zwischen den Tischen lag. Dann stand sie auf und berührte seinen Arm. »Wollen wir auch gehen, mein Gemahl?«

Zukata erhob sich. Er schwankte nicht einmal, aber seine gute Laune war verflogen und seine hellblauen Augen schienen dunkler. Er folgte ihr ins Innere des weißen Schlosses, bis zu einer Tür, die sie mit einem schüchternen Lächeln öffnete.

Zukata setzte sich auf das mit weißen Blumen bekränzte Bett und zog seine Stiefel aus.

»Mein Gemahl ...«

»Sei still!«, fuhr er sie an. In seinem Gesicht lag eine solche Verachtung, dass Sidini erschrocken zurückfuhr. »Menschenfrau«, sagte er abfällig, es klang wie ein Schimpfwort. »Was glaubst du, wer du bist? Ich bin hier, um Krieg zu führen. Ich werde Melgian an unsere Seite holen und Sandart unterwerfen. Und dann, mit der vereinten Macht dieser Königreiche, gehen wir nach Kirifas. Yos wird nie der Mittelpunkt von irgendetwas. Es ist Aifa, das ich will. Ich will das Land, das mir gehört. Ich will das Schloss, aus dem sie mich hinausgeekelt haben. Ich will Kirifas, nur Kirifas ...« Er sah sie an, wie sie vor ihm stand, in ein weißes Seidenkleid gewickelt, schmal und zerbrechlich, und er lachte unfroh. »Geh«, sagte er. »Ich bin müde.«

»Aber ...« Sidini kämpfte mit den Tränen. »Aber mein Gemahl ...«

»Mein Gemahl, mein Gemahl!«, knurrte Zukata. »Glaubst du, es wird besser, wenn du es ständig wiederholst? Was willst du sein, meine Gemahlin? Fängst du gleich an, von Liebe zu faseln? Verschwinde.«

Sidini umfasste seine Knie. »Zukata, bitte. Ich weiß, ich bin nicht hübsch. Aber vielleicht kannst du doch lernen, mich ein wenig gern zu haben? Ein bisschen wenigstens?«

»Hinaus.«

Sidini bemühte sich um Haltung, während sie zur Tür ging; obwohl sie nicht mehr als ein halbes Glas Wein getrunken hatte, schwankte sie wie eine Betrunkene. »Gute Nacht, mein Gemahl.«

»Ach, hau einfach ab.«

Als sie gegangen war, schlug er die Hände vors Gesicht und stöhnte leise. »Ich bin König«, flüsterte er, »König von Yos.« Er wartete auf das Gefühl überschäumender Freude, aber er konnte rein gar nichts spüren.

10. Halb

»SORAYN.« ER ÖFFNETE die Augen und schaute die alte Frau an. Unwillkürlich erwiderte er ihr Lächeln, obwohl bereits der nächste Krampf seine Vorboten schickte. Er keuchte in Erwartung der Schmerzen, aber der ruhige, freundliche Blick Liravahs verhieß ihm, dass er sich auf sie verlassen konnte.

Sie hielt ihn locker in ihren Armen, so dass er sich bewegen konnte, wenn es ihn ergriff. In seiner Kehle begann ein Wimmern.

»Hab keine Angst, Sorayn. Hab keine Angst, ich bin da.« Sie wiegte ihn sanft hin und her. Er fühlte die Wärme ihrer Hände. Ihre Gegenwart machte ihn zuversichtlich, dass es diesmal nicht so schlimm sein würde, aber dann, als der Schmerz über ihn kam, vergaß er alles andere, auch sie, und er schlug wild um sich, um sich zu verteidigen, um irgendetwas zu tun gegen dieses Große, Schreckliche, das ihn mit solcher Regelmäßigkeit ergriff, dass er dazwischen kaum dazu kam, sich zu beruhigen.

»Du wächst wieder«, sagte sie zu ihm, während er Atem holte. »Und du musst wachsen. Es geht nicht anders.«

Ilinias hatte Liravah geraten, Sorayn möglichst oft auf einem Boot schaukeln zu lassen. In ihrem kleinen Teich hatte die alte Lehrerin deshalb ein kleines Boot angebunden, das sich auf der winzigen Wasserfläche allerdings kaum bewegte. Trotzdem schien es etwas zu helfen, und sie nutzte diese Möglichkeit gerne, um Sorayn dazu zu bringen, mit dem Geschrei aufzuhören. Doch schon bald hatte sie festgestellt, dass der Kleine nicht richtig wuchs, wenn sie ihn ständig beruhigte. Er machte keinerlei Fortschritte. Erst als sie zuließ, dass er seine Anfälle bekam, ging es mit seiner Entwicklung weiter.

Mit unendlicher Geduld half Liravah dem Kind, sich umzudrehen, sich aufzurichten, sich hinzusetzen. Laufen zu lernen erwies sich jedoch als eine fast unerfüllbare Aufgabe. Seine Hände waren kräftig und er konnte sich gut festhalten, aber seine schwachen Beine wollten ihn nicht tragen. Er fiel und schrie, außer sich vor Wut und Enttäuschung.

»Es hilft nichts«, sagte sie, streng und ohne ihn zu trösten. »Du musst damit klarkommen. Noch einmal. Versuch es noch einmal, Sorayn.«

Sorayn. Immer wieder sagte sie es zu ihm: Sorayn. Sie gab ihm seinen Namen, Tag für Tag. Sorayn, der Einzigartige. Es war wie eine Huldigung und zugleich Aufruf und Ansporn, ein Lied, ein Zuspruch und ein Segen.

»Sorayn, komm, du schaffst das.«

Oder sie sagte zu ihm, wenn er sich lange abgemüht hatte und sein Schluchzen langsam verebbte: »Ich weiß, wie schön du bist, mein Kind. Lass dir nie etwas anderes einreden. Und lass dir nie sagen, du seist zu schwach.«

Er versuchte nicht, zu sprechen. Wenn er seinen Mund öffnete, dann um zu essen oder zu schreien. An diesen Schreien erkannte Liravah, ob er hungrig war oder zornig oder ob er Schmerzen hatte. Viel mehr als das schien es nicht in seinem Leben zu geben: unendliche Schmerzen, einen Hunger, so groß, dass er kaum zu stillen war, und die wilde, ungezügelte Wut eines Kindes, dessen Willen größer ist als sein Vermögen.

Er wuchs, aber nicht gleichmäßig. Manchmal trat Liravah morgens an sein Bett und wunderte sich darüber, dass sein Gesicht seltsam unförmig geworden war. Oder er machte Fortschritte und es gelang ihm, aufrecht zu stehen – und am nächsten Tag, ein paar Stunden Schmerz weiter, war das eine Bein länger als das andere und er stürzte wieder hart zu Boden und brüllte. Falls ihm diese Stürze wehtaten, so ließ er sich das nicht anmerken; in solchen Fällen schrie er stets vor Wut. Vielleicht war der Schmerz, wenn er fiel und sein schwerer Kopf gegen den Fußboden schlug, nichts gegen die Qualen, die er zur Genüge kannte, wenn das Wachstum seinen Körper auseinanderriss.

Für Liravah, die einsam gewesen war und sich alt und nutzlos gefühlt hatte, war diese Zeit trotz aller Sorgen eine Zeit des Wunders. Zu Beginn hatte sie sich schuldig gefühlt, wenn kein Mittel gegen seine Schmerzen half, aber mittlerweile kannte sie diesen Jungen so gut, dass sie das, was er durchmachte, nicht mehr auf sich bezog. Sie fühlte weder Schuld noch allzu viel Mitleid. Er musste wachsen. Kein Weg führte daran vorbei. Er musste lernen, auf seinen eigenen Füßen zu stehen, er musste gehen. Er musste auch sprechen lernen. Sie sang ihm vor. Sie rezitierte Gedichte, alle, die sie kannte, und dann alle, die sie in ihren Büchern fand. Da er auf Rhythmus besonders gut ansprach und in seinen Augen etwas aufleuchtete, wenn sie Verse vortrug, nährte sie ihn mit den kostbaren Worten der alten Dichter. Auf Babysprache verzichtete sie gänzlich. Nichts konnte Sorayn schneller in Wut versetzen, als wenn sie ihn wie ein kleines Kind behandelte. Natürlich war er nichts anderes – ein kleines Kind, ein Junge, gefangen in einem merkwürdigen Körper, der ihm seine eigenen Regeln auferlegte.

Und doch, wenn sie ihn ansah ... Das war ein Kind, das sie brauchte, ihren Trost und ihre Mütterlichkeit und ihre Strenge. Aber da war mehr ... Sie hätte nicht sagen können, was. Längst hatte sie aufgehört zu glauben, dass ihm etwas fehlte. Nein, nichts, was er mitbekommen hatte, war zu wenig. Es war viel. Vielleicht zu viel, vielleicht lag es daran, dass sich in diesem kleinen Körper viel zu viel staute. Ilinias hatte erwähnt, dass er zwei Herzen hatte. Manchmal schien es Liravah, als ob er von allem mehr besaß als andere: doppelt so viel Willen und doppelt so viel Wut, mehr Gefühl für Worte und Melodien, als sie je bei einem Schüler – egal wie alt – vorgefunden hatte, und ein Wachstum, das ihn in alle Richtungen zu zerren schien. Nichts verlief bei ihm unauffällig und heimlich. Liravah wusste, wie es mit Kindern normalerweise war. Plötzlich waren sie groß. Man lebte mit ihnen und auf einmal, so schien es, waren sie flügge und wanderten in die weite Welt hinaus. Sicher, es gab besondere Ereignisse im Leben eines jeden Kindes, die Beachtung fanden: die ersten Schritte, der erste Zahn und die ersten Worte oder der Eintritt in die Dorfschule. Aber die Dinge dazwischen geschahen einfach, und aus dem Kind, dessen erstes Wort so bestaunt worden war, wurde fast unbemerkt ein Kind, das nicht aufhörte zu reden. Sorayn machte aus jedem seiner Fortschritte ein spektakuläres Ereignis.

Liravah nahm ihn mit, wenn sie ins Dorf ging, und nach anfänglichem Befremden hatten sich die Leute daran gewöhnt, dass sie wieder ein Findelkind bei sich aufgenommen hatte.

»Nun ja«, hörte man reden, »da hätte sich schließlich jedes Mädchen erschreckt, wenn sie das da gesehen hätte.« Sie sagten einvernehmlich: »Nun ja, solche Kinder leben zum Glück sowieso nicht lange.«

Man gewöhnte sich an seinen Anblick, daran, dass Liravah ihn in einem Tuch an ihrem Rücken trug. Die alte Lehrerin kam mit ihm ins Dorf, plauderte, erledigte Einkäufe, ließ sich von den Sorgen ihrer ehemaligen Schüler berichten – sie kannte jeden in diesem kleinen Dorf am Südhang der Insel – und man warf nur einen kurzen Blick auf das schwarzhaarige Kind. Wenn er zu schreien begann, legte sie ihn einfach an einer geschützten Stelle auf die Erde.

Am Anfang konnte niemand das verstehen. Natürlich würde keiner dieses Kind stehlen wollen – aber gab es nicht andere Dinge zu fürchten?

»Vorsicht«, warnte der Schuster, »meine Hunde sind bissig. Das Geschrei könnte sie reizen.«

Liravah lächelte bloß und ging fort, ohne sich um Sorayn zu kümmern.

Vielleicht will sie es nicht anders, dachte der Mann. Das Kind stirbt einfach nicht; es sind auch schon andere Leute auf ausgefallene Ideen gekommen, um die Sache zu beschleunigen.

Aber als er später nachsah, lag sein bissiger, grimmiger Hund neben dem Kind und ließ sich das Fell zausen.

Manchmal kamen alle Hunde des Dorfes auf einmal zu Sorayn und legten sich neben ihn. Oder eine Katze schmiegte sich in seine Umarmung, bei ihm auf dem Boden, und lauschte seiner Stimme.

Die Leute fanden das merkwürdig und fast ein wenig unheimlich.

Oder er lag da, schreiend, und wenn Liravah ihn abholte und sich das Tuch wieder umband, staunte einer: »Sind seine Haare etwa gewachsen, in dieser einen Stunde?«

»Kann schon sein«, sagte sie dann.

»Was für ein merkwürdiges Kind«, fanden die Leute und warfen Sorayn und auch ihr schiefe Blicke zu. Aber jahrzehntealtes Vertrauen verband seine Pflegemutter mit den Menschen dieses Dorfes, und so fanden sie sich damit ab, dass Liravah, die sich immer um Kinder gekümmert hatte, nun auch für dieses hässliche Geschöpf sorgte, das die Tiere mehr liebten als die Menschen. Sie rätselten, wer seine Mutter war, und manch ein Mädchen wurde beiseite genommen und gefragt: »Ist es etwa deins?«

Liravah zu fragen, wer ihr dieses Kind vor die Tür gelegt hatte, war zwecklos. Einige Frauen wussten das noch von früher, dankbare Frauen. Sie waren es, die Liravah, wann immer schlecht von ihr geredet wurde, verteidigten.

»Es ist nur ein Kind«, sagten sie. »Kein Ungeheuer. Bloß ein Kind.«

Es kam Liravah fast falsch vor, Sorayn ein Kind zu nennen. Er war in nichts anderen Kindern gleich. Er war wie eine neue Art von Mensch, eine eigene Rasse, für die nichts galt, was auf andere Menschen zutraf.

Es fiel ihr immer schwerer, ihn zu tragen, aber auch mit zwei Jahren konnte er noch nicht laufen. Seine anfänglichen, teils erfolgreichen Versuche wurden durch sein heftiges, unregelmäßiges Körperwachstum wieder zunichte gemacht. Sein linker Fuß war riesig, sein rechter dagegen kam kaum mit, dafür wuchs sein rechtes Bein schneller in die Länge. Für einen Zweijährigen war er sehr schwer und ihr Rücken schmerzte bald so heftig, dass sie am liebsten in sein Geheul mit eingestimmt hätte.

Schließlich fingen die Leute aus dem Dorf an, zu ihr zu kommen und ihr die Sachen, die sie brauchte, zu bringen.

Eine Frau – tüchtige Ehefrau, Mutter von acht Kindern – hatte sich erboten, für Sorayn Kleidung zu nähen. Sie nahm kopfschüttelnd Maß an diesem verwachsenen Kind.

Sorayn, den ihre Berührungen aufregten, steigerte sich wieder so in sein Geschrei hinein, dass Liravah ihn kurzerhand nach draußen trug und in das Boot legte.

»Hier beruhigst du dich jetzt«, befahl sie. »Tu doch nicht so, als ob du Schmerzen hättest. Du bist bloß wütend, das weiß ich genau.«

»Ein Glück, dass du dich so gut mit Kindern auskennst«, sagte die Näherin zu ihr, während sie in der kleinen, gemütlichen Hütte Tee tranken.

»Glaub mir«, entgegnete Liravah, »keins der Kinder, die ich betreut habe, hätte mich auf dieses hier vorbereiten können.«

»Nun ja, ich hoffe, wenn ich die Kleider fertig habe, ist er nicht wieder in die andere Richtung gewachsen.« Sie lachten. So vertraut war ihnen dieses Kind mittlerweile, selbst den anfänglich zurückzuckenden Dorfbewohnern.

»Und du glaubst nicht, dass er – dass das Problem sich von selbst löst?«

»Dass er stirbt?«, fragte Liravah zurück.

»Nun – ja.« Die Frau wurde von einer Woge von Verlegenheit ergriffen, als sie merkte, dass ihre Worte bei Liravah nicht gut ankamen. »Ähm, ich dachte ... Du weißt selbst, dass Idioten nicht lange leben.«

Liravahs Augen verengten sich unmerklich. »Glaubst du, dass Sorayn das ist – ein Idiot?«

»Nun, ähm ... Wir wissen doch beide ...«

Eine verlegene Pause entstand zwischen ihnen. In der unangenehmen Stille fiel Liravah auf, dass Sorayn draußen nicht mehr schrie. Sie stand auf und blickte aus dem Fenster. Das Boot lag ruhig zwischen dem Schilf am Ufer.

»Ich seh mal kurz nach ihm«, sagte sie, von plötzlicher Unruhe erfasst. Sie merkte kaum, dass die Näherin ihr nach draußen folgte. Sie sah nur das Boot vor sich. So ruhig ... Sonst schaukelte Sorayn sich doch schon selbst mit seinen kräftigen Händen ... Und zum Schlafen war es noch zu früh ...

Das Boot war leer.

Liravah ächzte. Sie schwankte; die Dörflerin musste sie stützen. »Oh Liravah, es tut mir so leid!«

Sie suchte mit den Augen den Uferrand ab, die hohen Pflanzen ... Ohne zu zögern, watete sie ins Wasser und bog die Halme auseinander, um ihn dort zu finden, dort neben dem Boot. Sie tauchte ihre Hände ins Wasser. Tränen liefen über ihre Wangen. »Sorayn! Sorayn, wo bist du!«

»Liravah«, sagte die andere Frau, ihre Stimme klang erschrocken.

Liravah hob den Kopf. »Was ist?«, fragte sie alarmiert. »Siehst du ihn?«

Die Näherin wies nur mit der Hand zur Mitte des Teichs.

Liravahs Herz setzte für einen Moment aus, als sie das schwarze Haar bemerkte, das im Wasser wogte wie eine seltene Unterwasserpflanze.

Und so endet es nun ...

Doch dann bemerkte sie, dass der schwarzhaarige Kopf auf sie zukam, sich ihr näherte, zielstrebig, direkt auf ihre zitternden, ausgestreckten Hände zu.

Er schwamm. Er glitt durch das Wasser, mühelos von seinem großen Fuß und den kräftigen Händen angetrieben – in ihre Arme.

Sie riss ihn hoch, aus dem Wasser.

»Oh Sorayn.« Sie lachte und weinte zugleich. »Was machst du denn?«

»Er kann schwimmen«, sagte die Dorffrau verwundert.

»Ja, das kann er wohl.«

Sie wollte Sorayn aus dem Teich hinaustragen, ans rettende Ufer, aber er stieß zornige Laute aus und strebte zurück ins Wasser. Zögernd ließ sie ihn wieder hinein, die Hände bereit, ihn jederzeit zu packen, aber schneller, als sie überhaupt zugreifen konnte, paddelte und tauchte er, leicht und frei wie ein Fisch, durch den kleinen Teich, den Kopf unter Wasser. Erst am anderen Ufer sahen sie ihn hochkommen und nach Luft schnappen. In diesem Moment sah er aus wie ein kleines Tier, vielleicht wie ein Otter oder ein Biber.

»Er kann nicht laufen und nicht sprechen, aber er schwimmt«, stellte die Frau fest. »Was hast du dir da eigentlich für ein Kindchen angelacht, Liravah? Bist du sicher, dass es – ähm, ein Mensch ist?«

»Was sollte er sonst sein?«, fragte Liravah zurück. »Ein Monster?«

Aber ihr Blick ruhte auf Sorayn, der, glücklich über die Möglichkeit, sich frei zu bewegen, laut auflachte. Es war das erste Mal, dass sie ihn lachen hörte.

Wer bist du?, dachte sie. Wer bist du, so klein und so – erstaunlich?

Sein Name war die Antwort. Sorayn. Der Einzigartige.

»Hast du daran gedacht, mal einen Arzt mit ihm aufzusuchen?« Den Schmied Alios, der zu ihrer Hütte gekommen war, um ihr den Kuchen zu bringen, den seine Frau gebacken hatte, machte das nicht endenwollende Geschrei sichtlich nervös. Er hielt sich nur mit Mühe davon ab, die Hände an die Ohren zu legen, und dabei war er ein Mann, der lautes Hämmern gewöhnt war.

»Es ist schlimmer geworden«, gab Liravah zu.

In letzter Zeit schrie Sorayn fast ununterbrochen. Die Schmerzen waren so stark, dass er kaum aus seinem Bett hochkam. Er lag nur da und krümmte sich und rang nach Atem. Es war nicht das hilflose Plärren eines Säuglings. Manchmal klang es fast wie das Stöhnen und Jammern einer Frau in den Wehen; aber was immer er zu gebären versuchte, es kam nicht. Er schrie und schrie, aber er wuchs nicht. Die Anfälle gingen bald nahtlos ineinander über, ohne Zwischenräume, in denen er sich erholen konnte. Das Boot half ihm nicht. Nichts half. Er schrie, und in seinem Geschrei hörte sie seinen Zorn darüber, was mit ihm geschah.

In dieser Zeit dachte sie zum ersten Mal, dass die Leute recht haben könnten. Vielleicht würde er sterben. Sie konnte sich nicht vorstellen, wie es möglich sein sollte, dass er dieses Leiden überstand, ohne Schaden zu nehmen. Was sollte sie mit ihm tun? Sie gab ihm Tränke aus schmerzstillenden Kräutern – ein wenig über die Heilkunst wusste auch sie –, aber es war kaum möglich, ihm irgendetwas einzuflößen. Er schlug dermaßen um sich, dass es gefährlich war, sich ihm zu nähern. Wenn er sie traf, blindlings, ohne irgendetwas wahrzunehmen als seinen Schmerz, hatte sie später große blaue Flecken, und einmal fürchtete sie, dass er ihr sogar den Arm gebrochen hatte, doch ganz so schlimm war es glücklicherweise nicht – vielleicht nur ein leichter Anbruch, der von selbst wieder heilte.

Sie war zu alt, um mit ihm fertigzuwerden.

»Ja«, sagte sie. »Ein Arzt. Aber wohin soll ich mich mit ihm wenden? Monta ist jetzt der Hofarzt des Weinfürsten und behandelt keine armen Leute. Und in unserem Dorf bin ich wohl diejenige, die sich noch am besten mit Arzneien auskennt. Und ich weiß mir keinen Rat. Ich dachte, ich wüsste alles über dieses Kind. Wenn er schreit, wächst er. Aber das ...« Sie schüttelte den Kopf. »Was tue ich nur mit ihm? Er macht mir Angst.« Und leiser, so dass es kaum zu verstehen war, fügte sie hinzu: »Ich fürchte, ich werde ihn verlieren. Er will nichts essen. Er liegt da und schreit und krümmt sich vor Schmerzen ... Wann wird es besser? Wie ein Unmensch komme ich mir vor, dass ich hier sitze und mit dir rede und mich auf diesen Kuchen freue, anstatt meinem Kind zu helfen.«

»Remanaine«, sagte Alios. »Der beste Arzt des Kaiserreichs. Du hast von ihm gehört?«

»Wer hätte das nicht«, gab Liravah zurück. »Aber wie soll ich ihn finden? Er ist mal hier und mal dort. Und ich habe kein Geld, um mich auf die Reise zu machen.«

»Er ist in Drian, habe ich gehört. Die Fischer haben darüber geredet. Er wollte mit dem Schiff nach Arima übersetzen und die Fährleute haben sich geweigert, ihn mitzunehmen. Binajatja duldet keine Riesen auf ihrer Insel, heißt es.«

Liravah hob den Kopf. »Er ist in Drian? Hier bei uns?«

»Nur mit dem Boot rüber, und da ist er. Anscheinend überlegt er noch, ob er das Schiff einfach entern soll.« Der Schmied lachte. »Du weißt, wo immer ein Riese auftaucht, wachsen Geschichten aus dem Boden. Aber es soll wirklich Remanaine sein, der Wanderarzt.«

Liravahs Hände zitterten vor Aufregung. »Ich muss zu ihm! Sofort! Bevor er wieder fort ist!«

Sie sah den Schmied an. Und Alios konnte ihrem Blick nicht ausweichen. Er seufzte. »Arita wartet auf mich. Ich sollte nur den Kuchen abliefern.«

»Du weißt, dass ich Sorayn nicht alleine bis zum Hafen tragen kann.«

Auch Alios war einmal ihr Schüler gewesen. Kein sehr fleißiger oder gelehriger Schüler, aber auch wenn sie ihm nicht viel Wissen hatte einflößen können, so doch immerhin Respekt.

»Wir gehen durchs Dorf und sagen ihr Bescheid«, brummte er schließlich.

»Ich habe auch nichts anderes von dir erwartet.« Sie lächelte. »Schließlich hast du mir von dem Arzt erzählt. Vielleicht wusstest du da schon, dass du mir helfen würdest, ihn aufzusuchen.«

Alios wagte nicht, ihr zu widersprechen. Er nahm das Kind auf den Arm, das schreiende, tobende, und trug es hinter Liravah her, über den Hügel und zum Dorf und dann quer über die Insel durch die Weinberge.

Eine Nacht musste Liravah am Hafen verbringen, bevor das nächste Schiff nach Drian ablegte. Eine unruhige, laute Nacht, die jeden in ihrer Umgebung verärgerte.

Bei der Überfahrt beruhigte Sorayn sich ein wenig, zum Glück, denn die Seeleute waren nahe daran, ihn über Bord zu werfen. Sie hielt ihn auf ihren Knien und ignorierte die scheelen Blicke, die sie und das Kind streiften. Schließlich verbarg sie ihn in ihrem Tuch.

Bei der Ankunft in Drian schleppte sie ihn mit Mühe über den Anleger aufs Festland und musste sich erschöpft erst einmal setzen. Ihre Augen schwammen von Tränen, so sehr hatte es sie angestrengt. Sie war kurz davor, zusammenzubrechen. Wie wollte sie den Arzt finden? Sie saß im Staub und weinte leise vor Müdigkeit und Kummer. An derselben Stelle war Blitz vor einigen Jahren zusammengeschlagen worden, aber das wusste sie nicht. Hier hatte er gelegen, verletzt an Leib und Seele.

»Kann ich dir helfen?«

Sie hob den Blick und da war er. Ein Riese von einem Mann. Er war viel größer, als sie ihn sich vorgestellt hatte. Er beugte sich über sie und seine blauen Augen waren freundlich.

»Ich brauche einen Heiler«, brachte sie heraus.

Er musterte sie freundlich. »Da hast du Glück, dass du mich getroffen hast. Ich kann dich gerne untersuchen, aber nicht hier, mitten auf dem Hafengelände. Komm, wir gehen nach dort drüben.« Er half ihr dabei, sich aufzurichten, und ohne dass sie ihn darum bitten musste, nahm er ihr den Jungen ab.

Bei einem Holzstapel im Schatten setzte sie sich wieder hin und Remanaine, der große Wanderarzt, kniete sich neben sie, immer noch das Kind im Arm. Er löste das Tuch und betrachtete den Jungen.

»Du bist seinetwegen hier?«, fragte er schließlich.

»Ja. Ich hörte, dass du in Drian bist. Ich dachte, wenn irgendjemand ihm helfen kann, dann du. Er schreit, als wenn er unerträgliche Schmerzen hätte. Und nichts kann ihm helfen. Und er wächst nicht einmal mehr.« Es sprudelte alles aus ihr heraus, Sorayns ganze Krankengeschichte, alle ihre Sorgen, ihre Hoffnungen, ihre Befürchtungen. Ihre Angst, dass er doch noch sterben könnte an dem, was ihn heimsuchte.

Sie sprach und sprach und er hörte ihr aufmerksam zu, ohne den Blick von Sorayns Gesicht zu wenden. Erst als sie verstummte, als alles gesagt war, wandte er sich wieder ihr zu.

»Das hört sich alles sehr merkwürdig an. Ich werde sehen, ob ich etwas tun kann. Sorayn? Ich werde dich jetzt ausziehen. Ich muss deine Haut berühren können, wenn ich dich untersuche.«

Der Junge hielt erstaunlich still, während Remanaine ihn abtastete. Seine blauen Augen verfolgten jede Bewegung des Riesen. Weil er weder gehen noch sprechen konnte, waren fast alle, die ihn sahen, stets der Meinung, dass er schwachsinnig war. Der Heiler erkannte jedoch die Intelligenz in diesen großen Augen und einen

Moment war er verwirrt, zu wem er reden sollte, zu Liravah oder zu dem Kind selbst.

»Zwei Herzen in dieser Brust«, murmelte Remanaine. »Ein großes und ein kleines.«

»Ja, das hat man mir gesagt. Ist das schlimm?«

Remanaine ließ seine Hände auf dem kleinen, unförmigen Körper ruhen. Ist es schlimm? Seine Hände empfingen die Botschaft von dem Kampf, der in diesem Jungen tobte. Er fühlte es und konnte doch nicht glauben, was er da fühlte. So wie ein Hund jeden anderen Hund erkennt, gleich welcher noch so ausgefallenen Rasse, so erkannte er ... Aber konnte es sein?

»Ein Kind wie dieses dürfte es gar nicht geben«, murmelte er.

»Sagt das nicht«, protestierte Liravah erschrocken. »Alle prophezeien mir, dass er bald sterben wird, aber ...«

Remanaine hörte ihr gar nicht zu. »Es kann nicht sein. Es kann nie beides auf einmal geben. Mensch oder Riese. Riese oder Mensch. Aber es gibt keine Mischlinge. Entweder wird das Kind so oder so ... Wie kann er beides zugleich sein? Es ist unmöglich.«

»Was?«, fragte Liravah.

Und der Junge schaute ihn an, dieser kleine Junge, als verstünde er wirklich jedes Wort. Und vielleicht tat er das ja auch.

»Was ist?«, wiederholte Liravah. »Was fehlt ihm? Kannst du ihn heilen?«

»Was ihm fehlt?« Remanaine schüttelte den Kopf. »Wer sind seine Eltern, Frau? Wenn dies dein Enkelkind ist ... Hat dein Sohn eine Riesin zur Frau genommen? Oder deine Tochter einen Riesen?«

»Was? Ich ...« Sie begann verwirrt zu stammeln. »Nein, er wurde mir ... anvertraut.«

»Von wem?«, verlangte Remanaine zu wissen.

So schnell ließ Liravah sich nicht das Geheimnis entreißen. »Was redest du da von Riesen, Herr? Dieser Junge ist doch kein Riese, weder er noch seine Eltern.«

»Ja und nein«, gab der Heiler zurück. »In ihm ist beides. Ein menschliches Herz und ein Riesenherz. Sieh ihn dir an. Dieser Fuß, diese Hände ... Ein Riesenfuß und ein Kinderfuß, Riesenhände an

Kinderarmen. Es ist, als ob er sich noch nicht entschieden hätte, was er werden will, ein Riese oder ein Mensch. Teils wächst er, als wollte er bis an den Himmel ragen, und teils hat er die Glieder eines ganz gewöhnlichen Menschenkindes. Kein Wunder, dass das Ergebnis so – gewöhnungsbedürftig ist. Wo um alles in der Welt hast du dieses Kind her? Es ist einzigartig.«

»So heißt er auch«, sagte Liravah leise. »Sorayn. Aber wo er herkommt, kann ich dir nicht sagen. Ich versprach es bei dem Leben dieses Jungen.«

Remanaine ließ sich nicht beirren. »Sag mir wenigstens, ob ich recht habe. Ein Riese und ein Mensch, nicht wahr?«

»Nein, Herr. Zwei Menschen. Zwei ganz normale Menschen.«

»Und du kennst sie gut genug, um das zu wissen? Du kennst auch ihre Eltern und Großeltern?«

Liravah musste zugeben, dass das nicht der Fall war. Etwas in ihr drängte danach, diesem Mann alles zu sagen. Auf einmal wurde ihr bewusst, dass auch sie sich Heilung wünschte. Ich habe dieses Kind aufgenommen, obwohl ich wusste, dass Blitz darum weinen würde. Ich habe auf Ilinias gehört, auf diese kühle, blonde Frau – aber wie hätte ich ablehnen können, ohne das Leben des Kindes zu gefährden?

»Die Frage ist doch eher, was können wir jetzt tun, um ihm zu helfen? Warum wächst er nicht mehr?«

Immer noch ruhten Remanaines große Hände auf der Brust des Jungen. Sorayn funkelte ihn an mit Augen voller Zorn. Gleich, dachte Liravah, fängt er wieder an zu schreien. Aber Sorayn schrie nicht. Er starrte den Riesen an, herausfordernd und zugleich fasziniert.

»Das bist du«, sagte Remanaine zu ihm. »Ein Riese wie ich. Aber du wusstest es nicht, nicht wahr? Und deshalb zögerst du.« Er schüttelte den Kopf. »Ich denke, er wächst nicht, weil er Zweifel hat, wohin die Reise gehen soll. Soll er wirklich so groß werden wie ein Riese? In seiner Umgebung gibt es keine Riesen, nehme ich an? Nein? Nun, wenn nur Menschen in seiner Nähe leben, versucht er vielleicht unbewusst, sich ihnen anzupassen. Nicht zu sehr zu wachsen, um ihnen gleich zu sein. Um wie du zu werden.«

»Das müsste er nicht«, meinte Liravah schwach.

»Meinst du? Was möchtest du denn, was aus ihm wird? Ein Riese? Ein Mensch? Ein Ding dazwischen, halb Riese, halb Mensch, eine groteske Gestalt, fürchterlich anzusehen?«

»Bestimmt nicht!«

»Dann lass ihn werden, was in ihm ist.«

»Ich würde ihn nie daran hindern. Wie hätte ich wissen können, dass er ein Riese ist? Kannst du ihm helfen, großer Heiler?«

»Nein«, sagte Remanaine. »Ich kann ihm nicht helfen. Und ich habe keine Ahnung, was aus ihm werden könnte. Selbst wenn aus ihm noch ein Mensch werden soll, ist Stillstand nicht die richtige Lösung ... Ich weiß es nicht. Mir ist noch nie ein solcher Fall begegnet.«

Liravah nickte traurig. »Ich hatte mir mehr erhofft. Kannst du mir wenigstens sagen, ob er daran sterben kann? An diesen Schmerzen?«

»Natürlich«, sagte Remanaine. »Wenn es jemals zuvor Mischlinge gegeben haben sollte, sind sie mit Sicherheit bereits alle im Mutterleib gestorben. Wie kann es beides geben, das menschliche Erbe und das Riesenerbe, in einem einzigen Wesen? Ein Sohn der Erde und ein Sohn der Sterne. Es ist zu viel, viel zu viel. Es ist ein Wunder, dass er überhaupt so alt geworden ist.«

Liravah seufzte leise. »Ein Riese. Ich weiß wirklich nicht, was ich davon halten soll ... Und es hilft mir nichts, gar nichts!«

»Sag das nicht. Er ist nicht dumm und vielleicht kann er aus Worten mehr machen als andere ... Erzähl ihm von den Riesen. Von den Riesen und von den Menschen. Vielleicht hilft es ihm, sich zu entscheiden.«

»Liegt es denn in seiner Hand, zu werden, was er möchte?«

Remanaine schaute Sorayn an, dieses Kind mit dem zornigen Blick. Es stieß einen kurzen, lauten Schrei aus, und weiter draußen über den Schiffen antwortete ein Seevogel, laut und schrill.

»Es hat nie zuvor ein solches Kind gegeben«, sagte er. »Wie kann ich da wissen, was er werden kann und was nicht?« Er schüttelte den Kopf. »Ach, Frau, immer erwarten alle so viel von mir. Und dabei kann ich nicht einmal entscheiden, ob es das Richtige wäre, nach Arima zu fahren, gegen Minos Willen, oder wieder umzukehren.«

»Du willst Mino besuchen?«, fragte Liravah überrascht.

»Du kennst sie?«

»Ich war ihre Lehrerin, viele Jahre lang. Ich habe sie alle unterrichtet, die Kinder von Arima ...« Sie beäugte ihn. »Was hast du mit Mino zu tun?«

»Du bist nicht die Einzige, die die Kinder anderer Leute pflegt.«

»Ah.« Sie wunderte sich ein wenig, dass er anscheinend einen weisen Ratschlag von ihr erwartete. »Nun«, meinte sie, »wenn sie groß sind, lasse ich sie gehen, wohin auch immer sie gehen wollen.«

»Ich sehne mich danach, sie zu sehen. Aber ihre Familie scheint das nicht zu wollen.«

»Manchmal«, sagte Liravah, »hat die Familie Angst vor der Macht der Pflegeeltern und der Liebe zwischen ihnen und den Kindern.«

»Dann ist es also besser, sich ganz zurückzuziehen? Aber was ist, wenn sie mich braucht? Wenn es ihr schlecht geht und sie mich braucht?«

Liravah konnte nur aus eigener Erfahrung sprechen. Sie wusste nichts davon, wie es Mino ging. »Ich weiß nur, dass sie Norha geheiratet hat. Den Bruder des Weinfürsten von Neiara.«

Remanaine nickte. »Sie hat also geheiratet. Und sie will keine Riesen auf ihrer Insel haben ... Gut, ich verstehe. Vielleicht will sie nicht daran erinnert werden, an die Wälder und die Gefahren und an Kirifas und die Sippe ... Sie hat ihre Familie. Vielleicht kann sie nicht beides zugleich sein, Mino und Möwe. Man kann nicht zwei Menschen zugleich sein.« Er blickte dabei auf Sorayn. »Und anscheinend hat sie sich entschieden. Es bedeutet weniger Schmerz, wenn man sich entschieden hat, nicht wahr?«

Liravah nickte.

Und auch Remanaine hatte sich entschieden. Er wollte Möwe nicht in Verlegenheit bringen, indem er auftauchte und ihr Glück störte. Ihr Glück. Er wollte daran glauben, dass sie glücklich war.

Variti hätte ihm gehörig den Kopf gewaschen, dass er auch nur darüber nachdachte, nicht nach dem Mädchen zu sehen. Sie hätte ihn, wäre sie da gewesen, dazu gezwungen, sich mit eigenen Augen von Möwes Glück zu überzeugen. Doch Variti war nicht da. Und war er nicht schon immer jemand gewesen, der einfach ging und unter dem Schatten der Bäume verschwand?

11. Meine Hände

ALIKA STAND AM Tor, mit verweinten Augen. Mino glaubte, ihr Herz müsse stehenbleiben. »Maja?«, fragte sie sofort.

»Werie kann ihr nicht helfen«, flüsterte Alika. »Sie hat sie aufgegeben.«

Mino stand einen Moment da und tat gar nichts. Sie hatte gewusst, dass die Kleine erkältet war, aber dass es so schlimm stand!

»Es ist dieser Husten«, sagte Alika weiter. »Tamait hat ihn schon überstanden, aber Maja hustet und hustet, er raubt ihr die ganze Kraft. Ich wollte es dir nur sagen, Mino.«

Mino drehte sich um und rannte zurück zum Haus, ohne auf Alikas Rufen zu hören. Sie stürzte in die Küche, schnappte sich ein Messer und einen Korb und war schon wieder draußen, bevor die verblüffte Köchin nachfragen konnte. Alika war nicht mehr da, sie war zurück ans Krankenbett der Kleinen geeilt. Mino wusste, dass ihre Freundin erwartet hatte, sie würde mitkommen, aber sie hatte keine Zeit für Erklärungen. Sie raffte ihr Kleid zusammen, schubste den Wachmann am Tor beiseite und rannte an der Mauer entlang zum Wald.

Was hätte Keta genommen? Wieselwurz und Sommerteeblätter. Im Kaiserreich wuchs beides fast überall, doch hier auf Arima hatte sie diese Pflanzen nie bewusst wahrgenommen. Sie hatte keine Ahnung, ob sie die Kräuter finden würde, die Majas Leben retten konnten, aber lieber kroch sie über die ganze Insel und versagte, als es gar nicht erst zu versuchen.

Vier Stunden lang streifte Mino durch den Wald, bis sie ein kümmerliches Exemplar von Sommertee fand, dass sich bis jetzt in den Herbst gehalten hatte. Mit Wieselwurz war es noch schwieriger. Die Wurzel war erst zu verwenden, wenn sich die oberen Teile der Pflanze in den Boden zurückgezogen hatten. Man musste also genau wissen, wo sie im Sommer geblüht hatte. Mino verwünschte ihre Sorglosigkeit. Hatte sie bei Keta nicht gelernt, dass man die Zutaten für jede Arznei jederzeit vorrätig haben musste? Dass man sich das ganze Jahr über darum zu kümmern hatte, was zu welcher Jahreszeit geerntet und getrocknet oder eingelegt werden musste? Sie hatte alles vergessen. Sie hatte hier gesessen und sich leidgetan und von Blitz geträumt ... Wie töricht! Diese Dummheit konnte Maja nun das Leben kosten!

Mino wusste, wie die Lichtungen aussahen, auf denen Wieselwurz gerne wuchs. Leichter Schatten, Brombeerranken, umgestürzte Baumstämme ... Ein Ort, an dem es im Sommer intensiv duftete. Wieselwurz, eine unscheinbare Blume mit winzigen gelben Blütenköpfen und einer Wurzel, die den Husten aus dem Körper ziehen konnte.

Eine Lichtung. Sie wanderte durch den Wald, auf der Suche nach einer Lichtung. Alles war so vertraut hier, so lieb ... Seit Norha ihr verboten hatte, wie ein Schulmädchen durchs Gestrüpp zu klettern – wie unpassend für eine vornehme Fürstin! –, war sie nicht mehr hier gewesen. Sie lehnte sich gegen einen Baumstamm, trotz ihrer Eile schloss sie die Augen. Eine Lichtung im Sommer – wo hatte es das gegeben? Brombeerranken. Ein süßlicher Duft. Die Wärme, die durch die Baumkronen flimmerte ...

Liravahs Haus! Sobald ihr das einfiel, machte sie sich auf den Weg dorthin. Natürlich wohnte dort keiner mehr. Die baufällige Hütte stand noch und wurde von Tieren besucht, vielleicht auch von Kindern. Der Garten, von Unkraut überwuchert, war kaum noch als Garten wiederzuerkennen. Der Wald war bereits dabei, die Lichtung einzunehmen.

Auf dem Boden kriechend, ohne Rücksicht auf ihr schönes Kleid, suchte Mino zwischen Grashalmen, Zweigen und Laub nach dem vertrockneten Stängel, der ihr verraten würde, dass hier Wieselwurz wuchs. Mit bloßen Händen wühlte sie in der Erde.

Es dämmerte bereits, als sie endlich fündig wurde. Eine weitere Stunde brauchte es, um mit der Beute nach Hause zurückzulaufen, die Wurzel zu reinigen und zu hacken und aus den beiden Kräutern einen Brei zu rühren.

»Was tust du da bloß?«, fragte Binajatja ungeduldig, von einer verstörten Dienerin herbeigerufen. »Du siehst aus, als wärst du durch den Schlamm gerobbt!«

»Das bin ich auch.« Sie ließ sich nicht ablenken. Sie hatte keine Zeit, sich umzuziehen, sie hatte sich nur die Hände gewaschen und das Gesicht. Und doch waren ihre Hände bereits wieder fleckig vom Pflanzensaft. Es musste alles genau stimmen. Merkwürdigerweise hatte sie überhaupt keine Angst, etwas vergessen zu haben. Alles, was sie bei Keta gelernt hatte, war noch da, das Wissen hatte sich in sie eingegraben, so wie jeder Tag mit dem Heiler. Jeder Tag mit Jamai und den anderen. Es war, als wäre es erst gestern gewesen.

»Ich muss jetzt ins Dorf.« Sie schob Binajatja einfach beiseite und eilte mit der kostbaren Medizin zu ihrem Kind.

Jati öffnete ihr die Tür. Wortlos ließ er sie hinein. Alika saß an Majas Bett und wachte über dem fiebernden, schweißnassen Mädchen.

»Es tut mir so leid, Mino«, sagte sie. »Werie war hier und hat einen Aderlass empfohlen, aber ich habe abgelehnt. War das ein Fehler? Jetzt ist es zu spät dafür.«

Mino kniete sich an Majas Bett. Sie war zwei Jahre alt, ein fröhliches, lebhaftes Kind. Davon war jetzt nichts mehr zu sehen.

»Ich habe etwas mitgebracht für sie.«

Zweifelnd sah Alika zu, wie Mino dem Kind den merkwürdig riechenden Brei auf die Zunge strich und ihm dann auch noch den Brustkorb einrieb.

Sie ließ ihre Hand über dem Herzen des Mädchens ruhen. Heilende Hände, dachte sie. Wenn ich die nur hätte ... Wenn Keta hier wäre ... Wenn wir gemeinsam bei den Ziehenden wären und er wäre da, es gäbe nichts, wovor ich mich jemals fürchten würde.

»Schlaf gut, Maja«, flüsterte sie. »Alles wird gut. Ich sorge dafür. Ich komme morgen wieder«, sagte sie zu Alika. »Bis dahin sollte es etwas besser sein.«

Auf dem Rückweg war sie so froh, dass sie zu hüpfen begann, als wäre sie selbst dieses kleine Mädchen, das sie so liebte.

Die Vorhaltungen, die man ihr zu Hause machte, ließ sie an sich abprallen. »Wie siehst du denn aus? Was sollen die Leute denken? Ist es dir eigentlich egal, wenn du unseren guten Namen beschmutzt?«

»Ich habe nur Alika besucht. Ihre Tochter ist krank.«

Binajatja überschüttete sie mit einem Hagel böser, vergifteter Pfeile, aber Norha griff besänftigend ein.

»Du hast ein Kind geheilt?« Er lächelte ihr ermutigend zu. Schlau fügte er hinzu: »Es macht einen guten Eindruck beim Volk, wenn man sich um kranke Kinder sorgt.« Mino erwiderte sein Lächeln. Sie wusste, wie sehr er sich wünschte, aus diesem Haus ein Schloss zu machen, aus ihrem Garten ein Fürstentum, aus ihr eine Adlige. Und doch konnte er, wenn es darauf ankam, nicht verbergen, wer er in Wirklichkeit war – ein Mann, für den Güte und Freundlichkeit immer noch mehr zählten als der Wunsch, mit seinem Bruder gleichzuziehen.

Binajatja schnaubte, sagte aber nichts mehr.

An diesem Abend, noch bevor sie von einer zugleich lachenden und weinenden Alika erfuhr, dass Maja über den Berg war, war sie voller Glück, war sie keine gelangweilte Schlossherrin in einem winzigen Schloss auf einer winzigen Insel. Sie war wieder Möwe, die klug war und gelehrig, mutig und erfinderisch.

Sie hatte etwas gefunden und das behielt sie. Nicht, weil sie den Entschluss dazu gefasst hätte. Aber Jati und Alika mussten irgendjemandem von der Heilung ihres Kindes erzählt haben, denn wenige Tage später stand einer der Obstpflücker am Tor und verlangte nach ihr. Seine Zwillinge litten an einem Ausschlag, der sie dazu brachte, sich blutig zu kratzen; nichts, was Werie versucht hatte, half.

»Aber ich ...«, begann Mino, zunächst voller Abwehr, doch dann nickte sie. Sie folgte dem Mann ins Dorf und sah sich die Kinder an. Diesmal genügten ein paar Ratschläge, um der Familie zu helfen. Mino wunderte sich über Werie. Sie war die Hebamme, die Kräuterfrau, die Heilerin hier. Warum wusste sie nicht Bescheid? Seit der schrecklichen Geburt waren ihre Gefühle für Werie gespalten. Sie hatte es geschafft, Maja gesund zur Welt zu bringen, aber sie hatte Binajatja mehr gehorcht, als sie es hätte tun dürfen.

Wie es aussah, waren die Menschen auf Arima schon länger unzufrieden mit ihrer Heilerin. Mehr und mehr Kranke meldeten sich am Schloss, bis Norha den Wachen ärgerlich befahl, sie wegzuschicken.

»Was ist das für ein Gerede?«, fuhr Binajatja Mino an. »Seit wann bist du eine Ärztin? Was soll das?«

»Vielleicht«, antwortete Mino unerschrocken, »glauben sie, ich hätte heilende Hände. Du weißt schon, wie der Kaiser. Vielleicht ist irgendwie durchgesickert, dass ich ihn kenne.«

»Was für ein Unsinn!« Binajatja musterte sie abfällig. Dass ihre Tochter Kaiser Kanuna kannte, beeindruckte sie zwar, aber niemals wäre sie bereit gewesen, das zuzugeben. Es war etwas, das sie hin und wieder in Gespräche mit anderen Leuten einflocht. Meine Tochter hat eine Zeitlang am Kaiserhof gelebt. Es klang gut und wichtig.

»Seit wann ist das ansteckend? Wenn es denn so etwas überhaupt gäbe.« Binajatja schüttelte den Kopf. »Es ist eine Redensart. Tu doch nicht so, als wüsstest du das nicht.«

»Das Volk glaubt an diese Dinge«, sagte Mino.

»Das Volk! Das Volk glaubt so ziemlich alles, was man ihm sagt. Du verlässt das Schloss nicht mehr, ist das klar?«

Norha war wieder einmal auf einer seiner Reisen und Binajatja erteilte dem Personal Befehle.

Mino begann, die Kranken heimlich zu besuchen. Eine Zeitlang musste sie mit Hilfe einer Leiter über die Mauer klettern, um aus dem Garten zu gelangen, doch dann wurde sie eines Tages von Norhas Wachmann angesprochen.

»Herrin? Wenn ich Euch kurz etwas fragen dürfte ...«

Sie zwang sich dazu, ihn freundlich anzulächeln. Da er ihr ständig im Weg stand, wenn sie fortwollte, waren ihre Gefühle ihm gegenüber mehr als unterkühlt.

Der Mann wurde rot bis unter seinen Helm. »Ich habe da ein kleines Problem ...«

Sie musste ein paar Mal nachfragen, bis er ihr von seinen Verdauungsschwierigkeiten erzählte. Sie sah den Schweiß auf seiner Stirn, während er ihr seine Not berichtete. Und auf einmal war er kein Feind mehr, kein Neiaraner, den Norha bezahlte. Er war ein Kranker. Keinen Augenblick zögerte sie, ihm genauso freundlich und kundig wie den Arimern zu helfen. Sie brachte ihm ein Fläschchen mit einem Trank, den er einzunehmen hatte, und wenige Tage später war sein Gesicht, als sie ans Tor kam, nicht mehr die starre Maske eines Soldaten. Er nickte ganz leicht. Und von da an war es, ohne dass sie mit ihm darüber sprechen musste, selbstverständlich, dass er die Anfragen der Arimer an sie weiterleitete und sie auch durchs Tor hinausließ, ganz gleich, wie spät es war. Sie sammelte wieder Kräuter und Wurzeln. Den Händlern gab sie Bestellungen für Blätter, Früchte und Pilze, seltene Nüsse und Gewürze mit, ohne dass Binajatja davon erfuhr.

Als einer der Muscheltaucher sich das Bein an den scharfkantigen Klippen aufgerissen hatte und man sie rief, traf sie vor der Fischerhütte Werie an, die ebenfalls gerade eintreten wollte.

»Hör endlich auf!«, zischte die Heilerin. »Das sind meine Kranken, nicht deine!«

»Sie haben mich gerufen«, gab Mino zurück, schob Werie zur Seite und eilte nach drinnen, an die Seite des Verletzten. Werie folgte ihr.

»Du hast keine Erfahrung. Was wirst du tun, wenn jemand aufgrund deiner Versäumnisse stirbt?«

»Für jeden kommt irgendwann die Zeit, die Brücke zu betreten.« Mino beugte sich über das blutüberströmte Bein des Tauchers. »Hilf mir lieber.«

Werie zögerte einen Moment, aber dann gab sie nach. »Er muss genäht werden. Willst du oder soll ich?«

Erst nachdem der Mann mit einem dicken Verband um seine Wunde versorgt im Bett lag und sie sich das Blut von den Händen wuschen, setzten sie ihr Gespräch fort. »Ich hätte erwartet, dass du umkippst.«

»Warum sollte ich?«

»Du sahst so blass aus.« Darüber mussten sie beide lachen.

Mino legte der älteren Frau die Hand auf die Schulter. »Werie, ich will dir wirklich nichts wegnehmen. Können wir nicht beide hier arbeiten?«

Die Hebamme strich sich die Haare aus der Stirn. Einige graue Strähnen zogen sich bereits durch ihren braunen Zopf. Ernst und streng sah sie in letzter Zeit aus, aber das Lächeln machte sie zehn Jahre jünger. »Du gibst nie auf, wie? Ich muss gestehen, ich habe dich ganz anders eingeschätzt.«

»Muttis kleines Mädchen, das alles mit sich machen lässt, wie?« Mino schüttelte den Kopf. »Das war einmal. Damals dachte ich noch, es wäre richtig, wenn ich leiden müsste. Ich wollte mich bestrafen.«

»Weil du dieses Kind hattest.«

»Ja. Aber als sie dann da war, meine Kleine, und so wunderschön ... Es gibt nichts, wofür ich mich schämen müsste. Es gibt nichts, was ich bereuen müsste. Es ist alles gut so, wie es gekommen ist. Ich bin hier zu Hause, Werie, und hier kann ich tun, was ich gelernt habe, als ich mit Remanaine unterwegs war. Und bestimmt gibt es auch noch viel, was ich von dir lernen kann. Frieden?«

Werie nickte. »Frieden.«

Dann kam Norha zurück.

»Was?«, fuhr er seine Schwiegermutter an, als er von dem Streit mit Mino erfuhr. »Das kann doch wohl nicht wahr sein!«

»Das habe ich ihr auch gesagt.« Binajatja nickte. »Ein unmögliches Benehmen. Ich habe getan, was ich konnte, um Schaden von unserem Haus abzuwenden.«

»Du sperrst meine Frau hier ein?«, schnappte Norha. »Du wagst es, meinen Wachen Befehle zu erteilen?«

Binajatja schrak zusammen, richtete sich aber gleich wieder zu ihrer vollen Größe auf. »Vergiss nicht, mit wem du sprichst. Das sind meine Gärten, lieber Norha.«

»Du hattest kein Geld«, erinnerte er sie. »Nichts hattest du außer den Gärten. Ich habe dafür gesorgt, dass wir ein Schloss aus deiner Hütte machen konnten, dass wir hier etwas aufbauen konnten. Du wirst meine Frau nicht einsperren!«

Wutentbrannt rauschte Binajatja davon, und Norha schloss Mino in seine Arme.

»Danke«, flüsterte sie.

»Wenn es dir so viel bedeutet, tu's«, sagte er. »Sei die mildtätige Fürstin von Arima, die heilende Herrin der Gärten. Sei du selbst.«

»Es ist viel besser, wenn du hier bist«, meinte sie. »Kannst du nicht immer hier bleiben, Norha? Oder mich mitnehmen, wenn du weggehst?«

»Nein«, sagte er leise, »das kann ich nicht. Tu, was du magst, Mino. Wenigstens einer von uns sollte frei sein.«

Mino war mit sich zufrieden. Den ganzen Tag war sie im Wald umhergestreift und hatte Kräuter gesucht. Nun war ihr Korb voll; sogar ein paar seltene Pflanzen, auf die sie gar nicht gehofft hatte, lagen darin, und sie hatte eine gute Stelle gefunden, an der das Rote Schwämmchen wuchs. Auf dem Rückweg schaute sie noch schnell im Fischerdorf vorbei. Der alte Yers konnte kaum noch aufstehen, und obwohl er immer wieder versicherte, dass er nichts hatte, glaubte sie doch, dass er Hilfe brauchte.

»Umdrehen und Hemd hoch«, befahl sie streng.

Der alte Mann knurrte etwas, aber er gehorchte und ließ es zu, dass sie den Brei aus Blättern, den sie angerührt hatte, auf seinem Rücken verteilte.

»Und wie lange muss ich jetzt so liegen?«

»So lange, wie ich es sage. Und wag es nicht, dich zu rühren.«

Sie achtete nicht auf sein Grummeln. Während sie wartete, dass die heilsame Packung ihre Wirkung entfaltete, kochte sie sich selbst einen Tee und trat mit ihrer Tasse vor die Hütte.

»Königin Mino?« Yers' Nachbarin kam herüber. »Hier, ich habe gerade gebacken.«

Mino nahm das noch warme Stück Kuchen entgegen. Es duftete köstlich. »Du sollst mich doch nicht so nennen.«

Die Frau lächelte nur.

Aus dem Inneren des Hauses kam ein klagender Ruf. »Wie lange denn noch?«

»Bleib schön liegen, Yers«, rief Mino und lachte. »Er tut immer so, als wollte ich ihn extra quälen.«

Ein Kind kam den Weg vom Hafen gelaufen. »Mino, er ist da!« Vor Mino deutete der Junge eine kleine Verbeugung an. »Königin Mino, Norha ist gerade angekommen.«

Mino seufzte. »Du sollst mich nicht so nennen«, sagte sie automatisch, dann stopfte sie sich schnell den Kuchen in den Mund, eine Entscheidung, die sie gleich darauf bereute. »Mmmh ...«

»Ich kümmere mich um Yers«, versicherte die Fischersfrau. »Geh nur zu deinem Mann, Königin Mino.«

Sie drückte der Frau die Tasse in die Hand und rannte zum Hafen, um Norha zu begrüßen. Ihren Korb würde sie eben später holen müssen. Norha war wieder einige Wochen weggewesen; wenn er nach Hause kam, sollte ihn nicht nur eine augenbrauenhochziehende Binajatja begrüßen.

Norha war schon vom Schiff gegangen und auf dem Weg zum Schlösschen. Er bestand darauf, das Haus »Schloss« zu nennen, aber alle anderen, einschließlich der Inselbewohner, hatten sich für die freundliche Verkleinerungsform entschieden. Es war nur ein wuchtiges Haus mit zwei Türmen und einer Gartenmauer. Für Mino, die eine Zeitlang im kaiserlichen Palast in Kirifas gewohnt hatte, konnte ein Haus mit zehn Zimmern kein Schloss sein.

Sie musste ihm nachlaufen. »Norha!«

Er drehte sich um. Und wie jedes Mal, wenn er von einer seiner Reisen wiederkam, war er düster und ernst, so als habe er Schreckliches erlebt. Sie kannte keinen anderen Menschen, der es so hasste, unterwegs zu sein.

Sie umarmte ihn, obwohl sie wusste, dass er es verabscheute, das öffentlich zu tun. Er zuckte zusammen. »Lass mal.«

Mit finsterem Gesicht ging er neben ihr her. Viel erzählte er nie von seinen Reisen. Geschäftsbeziehungen müssen gepflegt werden, sagte er manchmal, und mehr gab es zu diesen Unternehmungen wohl auch nicht zu sagen.

Mino unterrichtete ihn über alle Neuigkeiten. Binajatja würde das noch einmal tun, so wie jedes Mal.

»War es diesmal besonders schlimm?«, erkundigte sie sich.

»Was? Es war eine Reise, sonst nichts.« Aber seine Laune war merklich schlechter als normalerweise. Langsam erst, wenn er ein paar Tage auf Arima war, würde er wieder auftauen und wieder der Norha werden, der er eigentlich war. Sie musste nur etwas Geduld aufbringen.

Sie erreichten das Gartentor, das der Wächter ihnen öffnete. Sonst nickte Norha dem Mann immer hoheitsvoll zu, doch diesmal beachtete er ihn gar nicht. Er stapfte vorwärts, blind für alles.

Mino beobachtete ihn besorgt. »Norha?« Sie zupfte ihn nur am Ärmel, aber er zuckte so heftig zusammen, dass sie erschrak.

Binajatja machte die Tür auf und hob zu einer Begrüßungsrede an, doch mittendrin stutzte sie. »Du bist krank«, stellte sie fest.

»Lass uns allein«, befahl Mino.

»Aber ...« Ihre Mutter wollte etwas einwenden, nickte dann aber. Sie machte die Tür hinter sich zu.

»Zeig mir deinen Arm.«

Norha schüttelte den Kopf. »Du weißt nicht, was du verlangst.«

Sie hörte nicht auf ihn. Sie bat ihn nicht einmal, sich auszuziehen. Er bewegte sich so vorsichtig, dass es unter dem Stoff nicht gut aussehen konnte. Stattdessen eilte sie in ihr Zimmer hinauf und holte ihre Schere. Vorsichtig schnitt sie das Hemd auf.

Sein ganzer Oberarm war dick geschwollen. Auf der geröteten Haut hatten sich Blasen gebildet, die die dunklen Streifen verbrannten Fleisches umrahmten.

»Norha«, flüsterte Mino entsetzt.

Es war eine einzige Wunde, und doch erkannte sie darin die Krone und den Haken darüber, Zukatas Zeichen.

Sie zwang ihren Blick davon fort, zu seinem Gesicht. Er litt, aber nur die Anspannung war in ihm zu lesen, die es kosten musste, diese gleichmütige Gelassenheit aufrechtzuerhalten.

Sie tat gar nichts. Ihre Hände, eben noch bereit zum Anpacken, zum Helfen, zum Heilen, sanken zurück. Sie kniete da vor ihm und versuchte zu verstehen, was in diesem Augenblick geschehen war, wie es sein konnte, dass ihre Welt, in der sie alle, die sie liebte, verloren hatte, nun noch ein Stück weiter auseinanderfallen konnte.

»Du gehörst Zukata«, hörte sie sich murmeln. »Zukata.« Er war so weit fort, viel zu weit, um ihr jemals etwas antun zu können, um seine Rache je fürchten zu müssen. Doch jetzt war es, als ob er hier bei ihr im Wohnzimmer säße, hier vor ihr, und es war nicht mehr Norha, der hier bei ihr war, sondern der Riese selbst.

»Es ist nicht so, wie du denkst«, sagte Norha.

Sie sprang auf. »Nein? Was ist es denn sonst? Wie bist du dazu gekommen? Oh Norha, wie kommst du dazu, Zukatas Krone zu tragen?«

Er hob den Kopf und sah sie an. »Was glaubst du denn?«, fragte er. »Woher unser Geld kommt? Womit wir dieses Schloss gebaut haben und wie wir die Wachen bezahlen und das Personal?«

»Es kommt von ihm?«, rief Mino. »Von Zukata? Er schickt uns Geld? Daher reist du fort, um dich mit ihm zu treffen? Das kann doch nicht wahr sein!«

»Ich treffe mich nicht mit ihm«, sagte Norha. »Ich habe ihn noch nie gesehen. Ich sagte dir doch, es ist alles ganz anders.«

Sie starrte wieder auf seinen Arm. »Aber du bist doch kein Räuber«, flehte sie. »Wieso gehörst du zu seinen Leuten? Du bist hier der Verwalter. Du bist Obstbauer!«

»Nicht nur«, flüsterte er, und in seinem schiefen Lächeln war endlich der Schmerz sichtbar, den die Entzündung ihm verursachte. »Ich erpresse Leute, die mich als ihren Gast bei sich aufnehmen. Ich sammle Informationen und gebe sie weiter. Das ist es, was ich die ganze Zeit über getan habe, und damit habe ich dieses Kleid bezahlt, das du anhast, und deine Schuhe und diese schönen Möbel hier und das Dach über unserem Kopf.«

»Dann will ich es nicht!« Sie streifte sich die Schuhe von den Füßen. »Nichts davon will ich!«

»Dazu ist es zu spät.«

»Nein! Nein, ist es nicht! Nein, Norha.« Sie umfasste seine Knie. » Nein, nein. Wir gehören ihm nicht. Du darfst ihm nicht gehören. Das hier ist Arima, wir haben mit ihm nichts zu schaffen. Norha, wir verkaufen alles wieder. Ich werde keinen Tag länger in einem Haus wohnen, in dem Zukata herrscht und das du mit Räuberbeute bezahlt hast!«

»Bist du nun Heilerin oder nicht?«, fragte er. »Ich weiß, was du kannst, also versuch nicht, mich hier sterben zu lassen. Wie wäre es, wenn du damit anfängst, etwas für meinen Arm zu tun, statt nur zu lamentieren?«

»Norha, wenn du gesund bist, dann müssen wir es tun. Wir verkaufen das Haus. Wir geben das Geld zurück.«

Norha schüttelte den Kopf. Er schnaubte verächtlich. »Und du meinst, das ginge so einfach? Du meinst, man könnte dazugehören und dann Auf Wiedersehen sagen? Du kennst diese Leute nicht.«

»Oh doch«, murmelte sie. »Und ich kenne auch Leute, die uns helfen würden. Wir könnten zu Keta gehen, dort wird niemand uns behelligen. Wenn du gesund bist, Norha, dann ...«

»Jetzt tu endlich deine Arbeit.« Seine Augen glitzerten. »Ich werde dieses Haus nicht verkaufen, Mino. Nach alldem, was ich dafür getan habe, dass wir soweit gekommen sind?«

»Ich werde nicht unter diesem Dach leben«, sagte sie. »Das ist mein voller Ernst, Norha. Ich werde niemals akzeptieren, dass du für ihn arbeitest. Ich bin bereit, mit dir zu fliehen und uns Hilfe zu holen. Und wenn er eines Tages besiegt ist, kehren wir wieder zurück und ...«

»Besiegt?«, rief er aus. »Zukata ist noch lange nicht besiegt. Er wird Kaiser werden und diese Inseln werden ihm gehören. Und überall sind seine Diener. Nein, Mino, das ist so und wir stecken mittendrin. Ob du es akzeptierst oder nicht, danach kräht kein Hahn.«

»Dann werde ich gehen«, sagte sie leise, über ihre Kräuter gebeugt.

Norha lachte unfroh. »Das wirst du nicht«, sagte er. »Du wirst hier in diesem Schloss bleiben, das ich für dich gebaut habe, und meine Königin sein.«

Sie wandte sich ihm wieder zu. »Ich glaube, du verstehst nicht, Norha. Ich habe dich geheiratet, weil man es von mir verlangt hat, und ich habe die ganze Zeit versucht, dir eine gute Frau zu sein. Ich habe mich wirklich bemüht. Und ich werde es weiterhin tun, wenn du dich von Zukata lossagst. Wenn wir irgendwo ein neues Leben beginnen. Was hält uns hier? Aber mit einem Mann leben, der sich diesem Verbrecher verschrieben hat, und vom Geld des Feindes leben, ein Leben, das dem Feind gehört – nein. Nein und nochmals nein. Ich habe gegen ihn gekämpft, Norha, und ich bin Kanunas Kaisergängerin, und ich werde nie aufhören, das zu sein.«

»Du bist es, die nicht versteht«, sagte Norha leise. »Es ist, wie es ist, und ich werde nichts von dem, was wir haben, aufgeben. Du hast hier gesessen und die Hände in den Schoß gelegt, während ich da draußen mein Leben riskiert habe. Mino, wir müssen aus Arima ein Königreich machen. Aus den Glücklichen Inseln. Oder Zukata wird Drian erlauben, uns zu erobern, wenn er erst Kaiser ist.«

»Zukata wird nie Kaiser.«

»Natürlich wird er das. Wer sonst? Du besuchst hier die Kranken und pflegst deine eigene kleine Welt. Aber da draußen laufen die Dinge anders. Zukata ist bereits König von Yos. Melgian hat sich ihm angeschlossen zu einem Krieg gegen Groß-Sandart. Das ist weit weg, aber eines Tages wird uns das etwas angehen. Eines Tages wird er Deret-Aif besitzen und seine Hand nach diesen Inseln ausstrecken. Dann gehören wir zum Kaiserreich. Willst du die Königin sein, oder willst du, dass Drian oder Tors uns einen Statthalter schicken, der uns alle hier nach seinem Gutdünken maßregelt? Wir müssen unser eigenes Königtum errichten. Die Zeit drängt. Wenn Sandart fällt, was kommt als nächstes? Wird er dann schon ins Kaiserreich kommen? Oder das Reich des Ostens erweitern?«

»Er kann nicht siegen«, murmelte Mino. »Nicht immer. Nicht hier und nicht so. Erkennst du denn nicht, Norha, was hier passiert? Das ist seine Rache. Auch an mir, für den Widerstand, den wir ihm geleistet haben. Wir dürfen das nicht zulassen, Norha! Wir müssen den Kaiser informieren. Wir müssen uns etwas einfallen lassen.«

»Ich trage sein Zeichen«, erinnerte er sie. »Und diese Insel wird nicht zerstört werden, sondern gerettet. Wir beide werden sie retten.«

»Ich habe gegen Zukata gekämpft und ich werde nie aufhören, gegen ihn zu kämpfen.« Mino sah ihn an und zum ersten Mal erinnerten ihn ihre blassblauen Augen an gehärteten Stahl. »Und wenn du zu Zukata gehörst, muss ich auch gegen dich kämpfen, Norha.«

»Das wirst du nicht tun.«

»Oh doch.«

Er beugte sich vor, bis sein Gesicht fast das ihre berührte.

»Maja«, flüsterte er.

»Norha will unser König werden?«, fragte Alika schließlich, nachdem sie lange schweigend gelauscht hatte. »Das lassen wir nicht zu, nie im Leben.«

»Ich muss Kanuna benachrichtigen.«

»Der Kaiser kann nichts ausrichten«, erinnerte die Amazone. »Er hat gar nicht das Recht, in die Belange der Glücklichen Inseln einzugreifen. Deine Bekanntschaft mit ihm nützt dir gar nichts. Und wenn er dein richtiger Großvater wäre, er kann uns nicht helfen. Nein, das müssen wir selber tun. Wir müssen Norha von hier verjagen.«

»Das kannst du nicht«, wandte Mino ein. »Er ist recht beliebt bei den Leuten hier. Und das ist es ja gerade, weshalb ich das nicht verstehe. Er kann wirklich freundlich sein und zuhören und er lässt sich auch von meiner Mutter nicht einschüchtern. Und dabei dient er Zukata, schon seit Jahren? Wie kann er damit glücklich sein? Wie kann er überhaupt noch glücklich sein?«

»Norhas Glück interessiert mich herzlich wenig«, meinte Alika. »Nichts für ungut, Mino, aber selbst dass er dein Mann ist, zählt nicht. Er darf sich hier nicht zum König aufschwingen. Ob nun Zukata dahintersteckt oder nicht, darauf kommt es mir gar nicht an. Wir brauchen keinen König. Wir haben die Ältesten der Fischer und wir haben den Vorstand in unserem Dorf, gewählt von freien Menschen.«

»Die Fischer nennen Re immer noch ihren König«, erinnerte Mino.

»Und dich ihre Königin, ich weiß. Und das geschieht freiwillig! Wir wollen keinen Herrn, der seine Soldaten überall auf der Insel verteilt. Nein, Mino. Wir werden kämpfen. Ich kann es immer noch. Meine Hände sind schmutzig von Erde und weich vom Spülwasser, aber ich weiß immer noch, wie man ein Schwert hält.« Sie runzelte die Stirn und musterte ihre Freundin. »Wir brauchen eine Kampftruppe. Niemand würde uns jetzt glauben, dass Norha böse Absichten hat. Aber ich werde Leute gewinnen, sich von mir unterrichten zu lassen. Und wenn es soweit ist, dass er sein wahres Gesicht zeigt, dann sind wir bereit.«

Sie legte die Stirn in Falten. »Wir brauchen also Kämpfer, auch wenn sie noch gar nicht wissen, dass sie irgendwann kämpfen werden müssen.« Alikas nachdenkliches Schweigen wurde von den Kindern unterbrochen, die ins Haus polterten, es war, als würde ein Wirbelsturm hindurchfegen.

Maja kletterte sofort auf Minos Schoß. »Tante Mino, schau, was ich gefunden hab!« Sie legte ein paar Muschelschalen auf den Tisch.

»Und hier!«, verkündete Tamait triumphierend und leerte seinen kleinen Eimer ebenfalls auf der Tischplatte aus. Sofort gab es eine Überschwemmung, und aus dem nassen Sandhäufchen, das auf einmal Alikas bestickte Tischdecke zierte, kroch ein großer, sehr lebendiger Krebs.

Die Kinder lachten lauthals über den Aufschrei der beiden Frauen, der aus einer Kehle zu stammen schien.

»Das kann doch wohl nicht wahr sein«, sagte Alika.

»Beschütz mich«, flüsterte Maja und klammerte sich an Mino. »Beschütz mich, Tante Mino, damit sie mich nicht haut!«

Mino strich ihrer kleinen Tochter über das nasse Haar. Ihr eigener Rock wurde von Majas triefenden Sachen durchweicht.

»Geh dich umziehen«, befahl Alika streng. »Siehst du, Mino? Menschen tun Dinge, die wir nicht erwarten. Ständig. Und deshalb müssen wir das auch tun, wenn wir unseren Feinden zuvorkommen wollen.«

Mino sah Alika nicht an. Sie beobachtete den Krebs, der verzweifelt auf der Tischplatte hin- und herrannte, schließlich den auf der Seite liegenden Eimer fand und ihn zu seinem Versteck erkor.

»Wir haben keine Waffen«, sagte sie schließlich.

»Zum Üben könnte ich sowieso keine echten Waffen nehmen. Und später wirst du für Waffen sorgen.«

»Ich, Alika? Wie? Ich habe kein eigenes Geld!«

»Norha führt die Bücher, ich weiß«, meinte Alika, »aber dann übernimmst du eben diese Aufgabe.«

»Ich soll die Bücher fälschen und Geld beiseite schaffen?«

»Es ist deins. Die Gärten sind dein Erbe, also tu nicht so entsetzt. Es gibt nur ein Problem. Wie wollen wir ein paar Hundert Leute dazu bringen, den Mund zu halten und Norha nichts zu verraten? Selbst wenn ich nur meine besten Freunde einweihen würde, wäre das keine Garantie. Ein oder zwei Leute können ein Geheimnis wahren, zehn nur für kurze Zeit, zwanzig gar nicht mehr. Diese Insel ist zu klein, um heimlich Waffenübungen durchzuführen.« Alika stellte den Eimer mit dem Krebs vor die Tür und begann, mit großen Tüchern Sand und Wasser aufzuwischen.

Mino sah ihr zu, das Kinn in die Hände gestützt. Sie sah nicht glücklich aus, aber sie rang sich ein Lächeln ab. »Mach dir darüber keine Sorgen. Ich werde mit Norha darüber reden.«

»Du willst – was? Nach alldem, was du mir erzählt hast? Willst du meine Truppe zerstören, bevor sie überhaupt existiert?«

Mino hob den Kopf, ihre Augen funkelten. »Vergiss nicht, das ist auch mein Kampf. Obwohl ich mir wünsche, wir könnten ihn anders führen. Nicht mit Schwertern. Nicht so, dass Blut fließt.«

»Du willst kämpfen, ohne zu kämpfen?« Alika schaute sie fast mitleidig an. »Wie willst du damit gegen Leute ankommen, die weniger zimperlich sind als du? Überlass das Trainieren der Leute mir. Und du sorgst dafür, dass wir ausgerüstet sind, wenn es soweit ist, ja? Diese Hände haben schon lange kein Schwert mehr gehalten. Es wird Zeit dafür.«

12. Im Wasser

SORAYN LAG BÄUCHLINGS auf dem Steg und ließ seine große Hand ins kühle Wasser hängen. Die Fische umkreisten sie und schmiegten sich unter seine Finger. Sie erschraken, als er laut lachte, aber dann kamen sie zurück und strichen wieder an ihm vorbei. Es war, als ob sie darauf warteten, gefangen zu werden. Er brauchte weder ein Netz noch eine Angel. Wenn Liravah ihn bat, einen Fisch zum Mittagessen zu holen, fasste er ins Wasser und holte einen heraus.

»Kannst du mir mal verraten, wie du das machst?« Sie lächelte ihn an und er grinste zurück, aber er gab keine Antwort. Immer noch konnte er nicht richtig sprechen. Mühsam rang er sich die Silben ab. Seine Zunge war zu groß für seinen Mund. Im Dorf hielten sie ihn für stumm und ihm war das recht. Keinen ließ er an seinen mühsamen Sprechversuchen teilhaben, außer Liravah.

Sie hatte früh angefangen, ihm das Lesen und Schreiben beizubringen. Er las, wenn auch nur mit den Augen. Sein Stammeln biss sich zu sehr mit der wundervollen Melodie der Worte. Jeden Text, selbst die verschlungenen Verse der Dichter oder die rätselhaften Sagen der Frühzeit, begriff er ohne Mühe. Was Liravah kaum für möglich gehalten hatte, traf ein: Seine Hand war geschickter als seine Zunge und stärker als seine Füße. Schnell fasste er auf, was das für jemanden bedeutete, der sich sonst nicht ausdrücken konnte. Er schrieb, zuerst groß und unbeholfen, dann allmählich feiner und beherrschter. Seine große Hand war gelenkig, wohlgeformt trotz ihrer Größe, eine Erwachsenenhand an einem Kinderarm. Er schrieb. An einem Tag hatte sie begonnen, ihn die ersten Buchstaben zu lehren, und am Nachmittag hielt er ihr einen Zettel entgegen, auf dem stand: *Ich habe das ganze Brot aufgegessen und immer noch Hunger.*

Sie starrte ihn an, obwohl sie doch längst an seine sprunghaften Fortschritte hätte gewöhnt sein müssen. Manchmal wünschte sie sich, dass ein anderer Lehrer Zeuge dieser Begabung hätte sein können, oder dass wenigstens die Leute im Dorf einsahen, dass sie einem intelligenten Jungen das Leben schwer machten, wenn sie über ihn lachten. Doch wenn sie von ihm schwärmte, hörten die anderen nicht richtig zu oder winkten ab, und nicht nur die Kinder spotteten über ihn, wenn er mit seinen unterschiedlich langen Beinen und den verschieden großen Füßen mehr schlecht als recht durch die Gegend humpelte.

Langsam machte es ihr Mühe, ihn zu unterrichten und zu versorgen. Sie konnte nur noch schlecht sehen und seinen immensen Hunger zu stillen war eine Lebensaufgabe. Sie war schon alt gewesen, als er zu ihr gekommen war, aber jetzt alterte sie mit einer Geschwindigkeit, die ihr selbst Angst machte. Sie wollte noch nicht sterben. Es war zu früh, um ihn alleinzulassen. Seit ihrer Begegnung mit Remanaine wartete sie darauf, dass Sorayn sich entschied und entweder zum Menschen oder zum Riesen wurde. Als er wieder anfing zu wachsen, glaubte sie schon voller Hoffnung, dass das Schlimmste überstanden war. Aber sein Wachstum ging genauso wechselhaft und schubweise weiter wie zuvor. Er sah in ihren Augen besser aus, aber nur, weil sie sich daran gewöhnt hatte. Allen anderen, die noch Mitleid für einen missgestalteten Säugling aufgebracht hatten, kam der heranwachsende Junge immer fürchterlicher vor. Kein Kind konnte er jemals Freund nennen. Und die Tiere – sprach er zu ihnen, der Stumme? Liravah verstand lange nicht, was ihm die Tiere bedeuteten, bis sie ihm eines Tages die Geschichte vom Anfang der Welt vorlas, von Rins Schöpfung – von den Erdgeborenen und den Sterngeborenen und den Geschöpfen aus dem Wasser.

»Du hütest sie, nicht wahr?«, fragte sie. »Wie es einem Menschen zukommt. Du bist zu ihrem Hirten geboren.«

Er reagierte nicht. Er schaute sie nicht einmal an, sondern wandte sich der Katze zu, die sich auf seinem Schoß wohlfühlte, eine der zahllosen Katzen, die ihnen zugelaufen waren.

Vielleicht, dachte sie mit plötzlich aufwallender Hoffnung, ist dies ein erster Hinweis, in welche Richtung ihn sein Weg führt. Ein Mensch. Einer, der sich den Tieren zuwendet und über sie herrscht mit Liebe. Ein Mensch, wie wir alle sein sollten ... Er wird das Riesenhafte verlieren.

Sie sah ihn an und wünschte sich so sehr, dass er ein Mensch wurde. Was hätte es ihm genützt, ein Riese zu sein? Die Menschen auf dieser Insel mochten keine Riesen. Riesen bedeuteten Fremdherrschaft: das Kaiserreich und der Kaiser und wilde Gestalten in den Bergen ...

»Tiere sind aus Wasser gemacht«, sagte sie zu Sorayn. »Auch das könnte ein Grund sein, warum du dich zu ihnen hingezogen fühlst. Einer wie du, der das Wasser so liebt ...«

Stunden konnte er am Teich zubringen und den Fischen zusehen. Am liebsten lag er einfach da und genoss den Tanz der Schmetterlinge, ein Buch auf der Brust. Er war ein Kind, aber er benahm sich nicht wie eines. Niemand war da, mit dem er hätte spielen können, und so spielte er mit den Tieren, die nicht vor ihm flohen wie die Menschen.

Es gab noch andere Dinge zu besprechen. Nachdenklich betrachtete sie ihn, das Buch auf dem Schoß. »Ich habe gehört, du hast heute die Kinder erschreckt«, sagte sie. »Du hast sie angesehen, als wolltest du auf sie losgehen.« Sorayn schwieg dazu. Er senkte den Blick, er verbarg, was darin lag. Die Wut in seinen blauen Augen wuchs und schwelte in ihm, drohend und beständig, ein flackerndes Feuer, das in ihm brannte. Wenn er die Tiere ansah, waren seine Augen wie der offene Himmel und seine Hände wie ein Schutz unter der Hecke, aber wenn er sich den Menschen zuwandte, loderte Zorn in ihm auf. Er wollte, dass ihnen das Lachen verging.

»Schau sie nicht an, wenn sie sich über dich lustig machen«, riet Liravah. »Zeig ihnen nie, was du denkst und was du fühlst.Wenn sie glauben, dass du gefährlich bist, werden sie uns beide von hier vertreiben. Willst du das? Dass sie uns ausstoßen?«

»Du kannst nicht länger bei mir bleiben, Sorayn«, sagte Liravah zu ihm. »Ich kann dir nichts mehr beibringen. Du hast alle Bücher gelesen, die ich im Haus habe. Ich möchte ...«

Er sah sie an mit diesem Blick, vor dem selbst Erwachsene zurückwichen, aber sie ließ sich nicht von ihm einschüchtern.

»Ich möchte, dass du lernst, dir deinen eigenen Lebensunterhalt zu verdienen. Ich bin alt und ich will nicht, dass du um dein Brot betteln musst. Das könnte ich nicht ertragen. Ich dachte, vielleicht ... soll ich den Schuster fragen, ob er dich nimmt?«

Sorayn runzelte die Stirn und schüttelte den Kopf.

»Den Müller? Ich könnte auch zum Schloss gehen und fragen, ob sie dich in den Weinbergen gebrauchen können ...« Sie brach ab, denn Sorayns Gesicht war ganz Verneinung. Liravah seufzte. »Was willst du tun, Sorayn?«

Er hob die Faust und ließ sie wieder fallen. Einmal, zweimal. Liravah brauchte eine Weile, bis sie begriff. »Der Schmied? Du willst zu Alios?« Sie zögerte. »Das ist schwere Arbeit. Ich weiß nicht, bist du dem gewachsen?« Er lächelte nur, und sie nickte. »Nun gut, ich werde ihn fragen. Ich glaube, er mag dich.«

Sie brachte Sorayn zur Schmiede. Das Herz war ihr schwer bei dem Gedanken, den Jungen in die Lehre zu geben. Er war zehn, eigentlich war das noch etwas früh. Andere gingen mit zwölf, dreizehn von zu Hause fort. Aber sie wusste nicht, wie viel Zeit sie noch hatte. Je früher sie ihn untergebracht hatte, umso besser.

»Ist er stark?«, fragte Alios und blickte die alte Frau an, nicht den Jungen.

Sie nickte. »Das ist er.«

»Und versteht er, was man ihm sagt?«

»Ja.« Sie erzählte nicht, wie viele Bücher er bereits gelesen hatte, mit zehn. Sie sagte nicht, dass er manchmal stundenlang im Wald an einen Baumstamm gelehnt saß und Gedichte vor sich hinmurmelte, mit schwerer Zunge, und dass die Tiere kamen und ihm zuhörten, als wäre er der einzige Mensch auf der Welt, der ihnen die Worte zurückgeben konnte. Welchen Schmied hätte es gekümmert, dass sein Lehrling Verse liebte? Er hätte nicht nur weiterhin geglaubt, dass der Junge schwachsinnig war, sondern ihn dazu noch für schwach gehalten.

»Dann soll es mir recht sein.«

So wurde Sorayn Schmiedelehrling.

Normalerweise wohnten die jungen Lehrlinge bei ihrem Meister, aber die Frau des Schmieds hatte sich geweigert, ihn in ihrem Haus übernachten zu lassen. »Er ist eine Beleidigung für meine Augen«, sagte sie in Sorayns Beisein, ohne auch nur den geringsten Gedanken daran zu verschwenden, dass ihre Worte ihn kränken könnten. Also musste er jeden Abend durch den Wald nach Hause zu Liravah gehen und jeden Morgen in der Frühe zurück ins Dorf. Jeder Schritt, den er ging, bei dem seine Gelenke aneinanderrieben, bereitete ihm unvorstellbare Schmerzen, aber jeden Morgen stand er vor der Hütte des Schmiedes. Sein Meister war zufrieden mit ihm, denn er war kräftig und gelehrig. Die Arbeit am Blasebalg war schwer. Seine Arme zitterten, seine Beine schwankten, sein Rücken krümmte sich. Die Hitze fraß an ihm, Feuer, das ihm entgegenschlug und seine eigenen Flammen herausforderte. Er fühlte die Kraft in sich wachsen, fühlte sie in sich ruhen und keimen und dann emporschießen. Er schwieg und fütterte das Feuer und horchte auf das, was in ihm lebendig war, was sich auszubreiten suchte und immer auf Grenzen stieß. Schmerz durchpulste seinen Körper, pochte in ihm wie heißes Blut.

Er trat gegen einen Eimer, der scheppernd umfiel. Das Schelten des Schmiedes drang durch die Wand vor seinen Augen, und er musste sich bezwingen und das Glühen in sich zurückdrängen, musste ruhig und geduldig bleiben, Lehrling sein. Er lernte es, die Ausbrüche unter Kontrolle zu halten, denn einmal hatte er Angst im Gesicht des Meisters gesehen, und um Liravahs willen wollte er bleiben.

»Was du jetzt siehst, darüber musst du schweigen«, sagte Alios eines Tages. »Du hast gesehen, wie ich Messer mache. Dieses wird ein besonders langes Messer.«

Es war ein Schwert. Sorayn kannte es aus seinen Büchern, ein kurzes Schwert mit breiter Klinge. Aufregung erfasste ihn. Zu gerne hätte er selbst dieses Schwert gemacht, doch er war zehn, noch ließ ihn der Schmied nicht schmieden. Noch durfte er nur das tun, was sein Meister ihm auftrug, und keinen Handschlag mehr. Er brachte dem Feuer zu essen. Er sorgte für die richtige Temperatur, nicht zu heiß – das hätte den Stahl verbrannt – und nicht zu kalt, denn dann hätten sich die Schichten aus Stahl und Eisen nicht richtig verbunden. Er kümmerte sich um das Feuer und sah zu und lernte. Manchmal nahm er den Hammer in die Hand und schwang ihn, heimlich.

»Halte das Pferd«, sagte Alios zu ihm, wenn er neue Hufeisen angefertigt hatte. Die Pferde waren ruhig in Sorayns Händen. Er hielt seine Stirn gegen die Stirn des Tieres, gegen den langen Kopf mit den großen Augen. Halt still. Er musste es nicht aussprechen. Halt still, denn ich bin der Meister ...

Ich bin der Meister. Er dachte es, er spielte es, er war es. Dies war sein heimliches Spiel, sein Kindsein, von dem niemand etwas ahnte. Während Alios ihn hierhin und dorthin schickte, zu kleinen Handreichungen, während er die Wut darüber, ein Diener zu sein, hinunterschluckte, war es trotzdem da, in ihm: Ich bin der Meister. In mir sind die Sterne, eine Handvoll Sterne, brennend und funkelnd ... Es half ihm, die Schmerzen zu ertragen, wenn er sich vorstellte, dass es die Sterne waren, die in ihm glühten und ihn verbrannten. Keine Krankheit. Kein Leiden, das ihn in die Knie zwang, sondern der Mantel eines Königs über seinen Schultern, die brennend heiße Krone eines Sternenherrschers auf dem langen, schwarzen Haar.

Hinter den Bäumen, hinter denen er seine heimliche Kindheit lebte, sah er die drei, die kamen, um die Schwerter abzuholen. Es waren zwei braungebrannte Männer in der schlichten Kleidung der Fischer und eine Frau mit braunen, zu einem Zopf geflochtenen Haaren. Ihr Boot lag am Strand, er wusste das, seit er ihnen einmal gefolgt war. Ein kleines Boot. Von sehr weit her konnten sie nicht sein. Er fragte den Schmied nie, wofür die Fischer Schwerter brauchten. Aber einmal, als ein neues Schwert fertig war, nahm der Meister es in die Hände und schwang es prüfend.

»Merkwürdig«, sagte er. »Werden sie ihren Krieg wohl jemals führen?« Er sah Sorayn dabei an, erwartete aber keine Antwort von ihm. »Und gegen wen, das frage ich mich. Werie hüllt sich in Stillschweigen. Vielleicht gegen uns? Was glaubst du? Werden die Arimer eines Tages mit all ihren kleinen Booten übersetzen und diese Schwerter gegen uns erheben?« Er bemerkte das Brennen in Sorayns Augen und fragte: »Du willst auch, wie? Ich seh's dir an. Na, dann komm mal her, Junge.«

Sorayn ergriff den schweren Hammer. Sein Herz lächelte. Es lächelte sanft. Er musste sich zurückhalten, um nicht zusammen mit dem unfertigen Stück Eisen den ganzen Amboss zu zerschmettern.

Hin und wieder, wenn er allein im Wald war, ließ er seine Selbstbeherrschung fallen. Er umklammerte einen Baum und gab sich dem Schmerz hin, hielt ihn nicht zurück, und ließ sich durchdringen von dem Wüten und Ziehen. Er schrie, bis er nicht mehr konnte. Manchmal sah er auf seine Hände, von der Kraft erfüllt, groß und stark, keiner außer ihm wusste, wie stark wirklich. Hier im Wald tobte er sich aus und erlaubte seiner Kraft, ihn bis in die Fingerspitzen auszufüllen. Er hatte Äste zersplittert, die dicker waren als sein Arm. Er war klein, aber die Kraft verlangte nach Größe, um sich auszubreiten, und das bereitete ihm die quälenden Schmerzen. Er wusste das. Er sprach mit niemandem darüber, aber er wusste es, ebenso wie er wusste, dass in ihm Riesenblut war. Das Feuer, das in ihm loderte, war der Glanz der Sterne, aus denen seine Rasse gemacht war, ein Brand und ein Glühen, das ihn erfüllte und gegen das jede Gegenwehr zwecklos war. Liravah hatte ihm die alten Geschichten erzählt, er hatte davon gelesen, und er hatte sich in den Riesen erkannt, obwohl es keine Sage gab, die seinem Leben glich, seiner Mühe, seinem Leiden.

Wo sind meine Eltern?, schrieb er. Im Dorf hatten sie ihn Bastard geschimpft. »Sorayn, Sorayn, schau in den Spiegel rein!« Immer wieder diesen Spruch, dieses Lied, ein endloser Singsang. »Sorayn, Sorayn, schau in den Spiegel rein!« Wutentbrannt war er ihnen nachgelaufen, bis ein paar kreischende Mütter ihn mit Besen und Hacken vertrieben hatten. Das Schreien hatte ihn dazu gebracht, zu sich zu kommen und innezuhalten, bevor er ihnen die behelfsmäßigen Waffen aus der Hand reißen und an ihren Köpfen zerbrechen konnte. »Du Bastard!«, hatte ihn eine Frau angeschrien. »Du elender Bastard!« Mit blutendem Herzen war er nach Hause gehinkt – nicht zum Schmied, sondern nach Hause zu Liravah.

Bin ich ein Bastard? Wer sind meine Eltern?

Liravah sah ihn an. Sie hatte Ilinias ein Versprechen gegeben, aber als sie seine Fragen las, sah sie ihn an und wusste, dass sie ihren Eid brechen musste. Er hatte das Recht, seine Herkunft zu kennen.

»Dein Vater und deine Mutter leben im Kaiserreich«, sagte sie. »In Kirifas, beim Kaiser. Er ist ein Riese, wie du weißt. Du bist kein Bastard, Sorayn. Dein Vater ist Blitz, der Held von Arima, dessen Namen man in ganz Deret-Aif gepriesen hat, und deine Mutter ... so schön war sie und so jung, als sie dich herbrachte. Ilinias, blond und schön wie eine Prinzessin.«

Er schrieb wieder auf den Zettel, seine Hand zitterte dabei. *Wo ist der Riese, der mein Vater ist? In Kirifas?*

Liravah erschrak. »Du denkst doch nicht etwa, der Kaiser wäre dein Vater? Nur, weil sie dort in Aifa leben? Den Gedanken schlag dir ganz schnell aus dem Kopf. Der Sohn des Kaisers? Was glaubst du, wer du bist?« Sie sah das Brennen in seinen Augen, etwas, das in ihm aufleuchtete, was sie vorher nie bemerkt hatte. »Sorayn, hör mir zu. Der Riese, dessen Blut du in dir trägst, kann auch einer deiner Großeltern sein. Das hat mir Remanaine gesagt, der Heiler. Es kann sein, dass deine Eltern ganz normale Menschen sind, obwohl sie selbst von einem Riesen abstammen. Und über die Abstammung deiner Eltern weiß ich nichts. Blitz' Mutter ist schon lange tot. Aber dein Onkel El Jati lebt auf Arima, seine Frau ist eine Amazone aus Salien.«

Sorayn stand auf, entschlossen.

»Nein!«, rief Liravah schnell. »Nein, du kannst nicht zu ihnen gehen. Du dürftest es gar nicht wissen. Du darfst nicht nach Arima!«

Dieser Blick. Sie fragte sich, was er dachte. Sie fragte sich, was sich hinter seinem Zorn verbarg, welche Enttäuschung, welcher Kummer.

»Geh nicht«, sagte sie weicher. »Sie wissen nichts von dir. Bitte geh nicht. Du gehörst hierher, nach Neiara.«

Und dann dachte sie: Warum flehe ich ihn überhaupt an, hierzubleiben? Er hat kein Boot. Das kleine Boot, auf dem sie ihn früher geschaukelt hatte, war längst leck und sie hatte Blumen hineingepflanzt. Und über die ganze Insel, bis zum Hafen, würde er mit seinem Hinkegang wohl kaum kommen. Warum machte sie sich überhaupt Sorgen?

Sie wartete, dass er weiterfragte. Dass er wissen wollte, warum er hier war, warum seine Eltern ehrenvoll in Kirifas lebten und ihn auf dieser Insel gelassen hatten. Dass sie El Jati überhaupt erwähnt hatte, bereute sie jetzt, aber es war zu spät, um die Worte zurückzunehmen.

Warum haben sie mich hiergelassen? Er fragte nicht.

Er weiß es, dachte sie auf einmal, und dieser Gedanke fühlte sich an wie ein Schlag in die Magengrube. Er weiß, wer er ist und wie er ist. Haben die Kinder im Dorf es ihm nicht oft genug gesagt?

Sorayn wusste, dass er hässlich war. Er sah sein Spiegelbild im Teich. Er las es in den Gesichtern der Menschen, die ihm begegneten. Er war mit dem Schrecken, den er in anderen auslöste, konfrontiert worden, seit er zurückdenken konnte. Missgestaltet und furchterregend. Der Idiot. Der Bastard. Das Ungeheuer. So nannten sie ihn besonders gern. Da kommt es, das Ungeheuer.

Er hasste sie dafür, aber natürlich hatten sie recht. Sein Zorn richtete sich gegen die, die ihn beschimpften, aber gleichzeitig auch gegen sich selbst. Schönheit bedeutete ihm mehr, als die Menschen ahnten, wenn sie wegblickten, wenn sie ihn verspotteten. Da kommt er, der hässliche Kerl.

Liravahs Ungeheuer, so nannten sie ihn.

Er sah die Schönheit des frühen Morgens, wenn er ins Dorf ging, die Schönheit des Abends, wenn er zurückkehrte. Liravah in ihrer Güte war schön, der Schmied in seiner aufrichtigen Strenge. Der erdige Weg, die raue Rinde des Baumes, das Flackern des Schmiedefeuers. Er sah die Sterne über sich. Sterngeboren. Hinter einem Schleier wie Nebel und Wolke war ein Wissen, ein Glanz, durchsichtig wie der Tau im Gras. Er ahnte etwas von Licht und Gold und vom Duft des Frühlings in allem. Die ersten Riesen, die Rin gemacht hatte, die sein Wirken erlebt hatten, waren ihm nah; alles, was er erlebte, hatte mit seiner Herkunft zu tun. Er wusste das. Die Sagen, die er las, die alten Geschichten, rissen ihn mit und führten ihn in die Vergangenheit. Er las Worte, die ihn nicht losließen, deren Schönheit über ihn kam wie lauer Sommerregen.

Warum kann ich kein Riese sein wie die allerersten Riesen?, schrieb er auf, und Liravah las, was er geschrieben hatte, und sah ihn an, verwundert, als wäre er ein anderer, von dem niemand wusste, wo er herkam.

Frühmorgens, als ihn die Dämmerung aus der Hütte lockte, machte Sorayn sich auf den Weg durch den Wald, aber nicht zum Dorf, wo sein Meister auf ihn wartete. Er kämpfte sich den Pfad hinunter ans Meer. Liravah glaubte, dass er wie immer zur Schmiede ging, und Alios hob den Kopf mit einem Stirnrunzeln, besorgt, als die Zeit verstrich, aber Sorayn kam nicht.

Das Gehen fiel ihm nicht leicht. Bergab war es noch schwieriger als bergauf. Bei jedem Schritt fühlte er ein Stechen in den Beinen, ein Reißen, es fühlte sich an, als würden die Knochen gleich brechen. Er ging nicht leicht und federnd, sondern wie auf harschigem Schnee.

Dreizehn Jahre alt war Sorayn jetzt. Liravah war so gebrechlich, dass er damit rechnen musste, sie bald zu verlieren. Vielleicht war es dieser Moment des Erschreckens gewesen, am gestrigen Tag, als er sie draußen im Garten gefunden hatte. Sie war einfach hingesunken, zwischen das Gras und die Blumen. Im ersten Augenblick dachte er, sie sei tot. »Liava«, stammelte er, immer wieder, »Liava!« Tränen traten ihm in die Augen. Er wiegte sie in seinen Armen, als sei sie das Kind und er der Erwachsene. Dann merkte er, dass sie noch atmete, und erleichtert küsste er ihr runzliges Gesicht. Er trug sie in die Hütte auf ihr Bett und wachte, bis sie wieder zu sich kam.

Wenn sie starb, war er allein.

Vielleicht war es deshalb, dass er jetzt hier stand und hinaus aufs Meer sah. Dort hinten lag Arima. Dort wohnten sein Onkel und seine Tante.

Vielleicht waren sie es gar nicht. Vielleicht war er wirklich der Sohn des Kaisers, vielleicht hatte seine Mutter ihn deshalb loswerden wollen. Vielleicht hatte Kanuna El Schattik selbst es ihr befohlen, damit niemand davon erfuhr. Während er den Hang hinunter hinkte, träumte er davon, dass er ein Prinz war, von edlerer Herkunft als alle, die ihn verachteten. Der Kaiser hatte ihn hier, vor allen Feinden sicher, aufwachsen lassen, und würde ihn irgendwann zu sich rufen. Irgendwann würde er Boten schicken, die ihn an den Hof holten und ihn in Ehren zu seinem Vater brachten ... Es war ein Traum, der ihm half, die Schmerzen zu überstehen, auf seinem Weg ans Wasser.

Natürlich machte es keinen Sinn, Verwandte zu besuchen, die gar nicht seine Verwandten waren. Und doch ... Er wollte sie nur sehen. Er wollte sich nur vergewissern, dass es sie gab. Wenn Liravah ihn verließ, vielleicht würden sie ihn aufnehmen. Sie würden ihm alles beibringen, was er wissen musste, damit der Kaiser eines Tages stolz auf ihn sein konnte.

Er tauchte den Fuß ins Wasser. Schuhe musste er dafür nicht ausziehen, denn er besaß keine. Er hatte auch kein Boot. Ein Boot zu bekommen war ein Ding der Unmöglichkeit. Dafür hätte er auf die andere Seite der Insel gehen müssen, dorthin, wo das kleine schwarze Schloss sich über den Weinbergen erhob. Er hatte es nie gesehen, denn so weit wollten seine Füße ihn nicht tragen. Mehrere Male war er losmarschiert, beseelt von dem Wunsch, sich alles anzuschauen, aber jedes Mal hatten ihn die Schmerzen in die Knie gezwungen, und keuchend und weinend war er zusammengebrochen, voller Wut und Hass auf sich selbst. Nein, zum Hafen würde er nicht kommen. Und selbst wenn, was hätte es ihm genützt? Einem Ungeheuer lieh niemand sein kostbares Boot.

Das Wasser war kühl, aber nicht so sehr, dass es ihn gestört hätte. Er watete tiefer hinein, bis es ihm zur Brust reichte. Er liebte das Wasser, das seine Schmerzen lindern konnte. Im Wasser war er nicht mehr der ungelenke Tölpel. Er war frei.

Mit kräftigen Bewegungen begann er zu schwimmen. Keinen Augenblick fürchtete er, es nicht zu schaffen. Ihm war nicht ganz klar, warum das sonst niemand tat. Es musste die Kälte sein und die Nässe, die den meisten Menschen missfiel, außerdem konnte man seine Schuhe nicht mitnehmen, und alle, die er kannte, legten großen Wert auf ihre Schuhe.

Er schwamm und genoss die Leichtigkeit, mit der das Wasser ihn trug. Die Wellen, die an ihn heranrollten, fragten: Wer bist du? Es gefiel ihm, das Meer als ein lebendes Wesen zu betrachten.

»Ich bin Sorayn«, sagte er laut. Das Meer kümmerte es nicht, wenn er undeutlich sprach. Es kam immer wieder auf ihn zu, neugierig wie ein scheues Tier. Heran und wieder fort, schnell. Und wieder heran ... So wie die Fische, die ihm hier begegneten, interessiert und freundlich. Er lachte und spielte mit ihnen, dann fiel ihm ein, wo er war, und er schwamm weiter.

Arima war wesentlich weiter von Neiara entfernt, als er gedacht hatte. In einem Teil seines Körpers begann sich eine bleierne Müdigkeit breitzumachen, seine Brust schmerzte. Aber dies, dachte er mit leiser Verachtung, ist mein menschlicher Teil. Sterne können nicht untergehen.

Es war, als würden sich erst jetzt, wo er müde wurde, seine wahren Kräfte entfalten. Sie waren in ihm, ohne dass er sie rufen musste. Er musste gar nichts tun, nur schwimmen, während die andere grüne Insel einfach nicht näher zu kommen schien. Sie lag dort hinten, als würde sie über den Horizont nach hinten kippen und verschwinden, wenn er nicht aufpasste. Er ließ sie nicht aus den Augen.

Dort, die grüne Insel, die glückliche ...

Er schwamm. Waren nicht die Riesen von Rinland bis hierher, an Drians Küste, geschwommen? Liravah hatte ihm erklärt, dass diese uralten Geschichten wenig darüber aussagten, wer die Riesen heute waren und was sie konnten. »Dies ist der Wunsch der Riesen, über alles zu herrschen«, hatte sie gesagt. »Über die Erde und das Meer.« Sie hatte nicht ausgesprochen, dass sie die alten Geschichten für wenig glaubwürdig hielt. Aber ihm bedeuteten sie alles. Ein Riese konnte durch das ganze Meer schwimmen. Es musste auch in der anderen Richtung möglich sein: nach Rinland zu schwimmen. War die Entfernung zwischen Arima und Neiara dagegen nicht geradezu lächerlich?

Aber du bist kein Riese, sagte seine Müdigkeit. Du bist nichts Halbes und nichts Ganzes, eine Unmöglichkeit, das bist du ...

Trotzdem schwamm er weiter. Nein, widersprach er, ich bin der Sohn des Kaisers, des mächtigen, ich bin ein Riese und eines Tages werde ich auf seinem Thron sitzen. Er bewegte seine Arme, seine Beine. Er widersetzte sich der Strömung, die ihn hinaustragen wollte, ins offene Meer, widersetzte sich ihr mit aller Kraft. Und es war immer noch ein wenig Kraft übrig. Immer noch etwas mehr.

Als er ein paar vorgelagerte Klippen erreichte, zog er sich daran hoch und blieb einen Moment erschöpft liegen, das Gesicht an den nassen Stein gelehnt. Eine Weile tat er nichts als atmen, bis das Blut in seinen Ohren aufhörte zu dröhnen und der Trommelwirbel seiner Herzen sich zu einer ruhigeren Melodie abschwächte. Dann hob er den Kopf und sah sich um.

Vor ihm lag eine kleine, stille Bucht. Auf dem sandigen Strandabschnitt vor den hohen Dünen lagen ein paar bunte Dinge, und er fragte sich schon, wem sie gehören mochten, als er merkte, dass vor ihm im seichten Wasser zwei Kinder spielten. Zuerst hielt er sie jedenfalls für Kinder, sie tauchten gerade lachend auf. Ein Junge, die dunklen Haare klatschnass am Kopf, hielt etwas hoch, das ihm das Mädchen entreißen wollte, und warf es dann in hohem Bogen fort. Sie stürzte sich ins Wasser und tauchte unter. Sorayn sah gespannt zu. Er war beunruhigt, wie lange sie verschwunden blieb, doch dann kam sie wieder hoch, den Arm hochgereckt. »Ich hab sie!«

Er konnte jetzt sehen, dass es eine Muschel war, groß und gefleckt. Doch die beiden kämpften darum, als wäre es ein seltener Schatz. Der Junge stürzte sich auf das Mädchen, das sich kreischend wehrte und die Muschel davonschleuderte. Gleichzeitig tauchten beide unter.

An den Felsen gekauert sah Sorayn sehnsüchtig zu.

»Maja! Hier!« Diesmal hatte der Junge gewonnen. Er richtete sich auf, holte weit aus und warf die Muschel genau auf die Klippen zu. Wie Delphine, die Bewegungen genau aufeinander abgestimmt, sprangen die beiden Kinder ins Wasser und verschwanden unter der Oberfläche.

Sorayn hätte nicht erklären können, warum er es tat. Er schnellte über die Klippe und tauchte ebenfalls ins Wasser. Seine starken Hände ließen ihn wie einen Fisch vorwärtsgleiten. Dort auf dem Sand lag die scheckige Muschel, er griff danach, sah schon wie einen Schatten die beiden Taucher herankommen, schwamm zurück und war wieder aus dem Wasser heraus, als sie an der Stelle ankamen, an der die Muschel hätte liegen sollen. Er kletterte über die Klippen zurück ins Meer, seine Beute an sich gepresst. Eine kurze Strecke legte er tauchend zurück, dann kam er wieder hoch und sah sich vorsichtig um.

Die beiden stiegen gerade auf den größeren Felsen, an dem er sich zu Beginn festgehalten hatte.

»Merkwürdig«, sagte Maja. »Es muss ein Fisch gewesen sein, ein großer Fisch.«

»Ich habe gar nichts gesehen. Wir haben einfach die Stelle nicht wiedergefunden.«

»Doch, Tamait«, beharrte sie. »Da war ein Schatten. Irgendetwas ist da vorbeigeschwommen, aber ich konnte nicht richtig erkennen, was es war. Irgendetwas sehr Großes.« Sie setzte sich und zog die Beine hoch.

»Ein Riesenfisch, der uns frisst, wie?«

Es waren keine Kinder. Sorayn sah jetzt, dass sie ungefähr in seinem Alter waren. Das Mädchen, vielleicht vierzehn Jahre alt, war etwas größer als der Junge, der sich die schwarzen Locken aus der Stirn strich und sich misstrauisch umsah. Er trug nur eine kurze Hose, aber sie zitterte in ihrem nassen, dünnen Kleid und rieb sich die Oberarme. »Wenn sich hier ein Monsterfisch herumtreibt, kommen wir nie wieder ans Ufer.« Sie schüttelte ihre langen schwarzen Haare, die Tropfen spritzten dem Jungen ins Gesicht.

»Wenn wir ohne Muscheln nach Hause kommen, wird Mutter uns ohne Essen ins Bett schicken und wir werden verhungern. Die Gefahr halte ich für etwas größer.«

»Wir haben ja nach Muscheln getaucht. Das ist nicht gelogen.«

»So war es nur leider nicht gemeint.« Sie lachten beide.

Sorayn konnte Majas Profil sehen, ihre kleine, leicht gebogene Nase. Sie hielt das Gesicht in die Brise und fröstelte; auf ihren Armen erschien eine Gänsehaut. So wie sie von ihrer Mutter sprachen, mussten sie Geschwister sein. Er nahm diese Tatsache sowohl mit Erleichterung als auch mit Neid zur Kenntnis.

»Dann sollten wir wohl mal.« Tamait seufzte. »Holst du den Eimer oder ich?«

»Du. Du hast die Muschel verloren, also holst du den Eimer. Wenn dich der Riesenfisch frisst, weiß ich wenigstens Bescheid.«

Er hätte zum Ufer waten können, das Wasser war hier nicht viel mehr als brusttief. Aber er sprang hinein, wedelte mit den Armen, simulierte einen Fischangriff und tauchte unter. Das Mädchen wartete gelassen, sie winkte nur, als er weiter hinten wieder erschien und den Eimer holte, der am Strand bei ihren Sachen lag. Bald war er wieder da, er hatte auch zwei Messer mitgebracht, mit denen sie nun die kleinen essbaren Muscheln, die an der Klippe hafteten, ablösten. Sorayn sank etwas tiefer ins Wasser. Wenn sie jetzt den Blick hob, hätte sie ihn sehen können. Die große Muschel immer noch krampfhaft an sich gepresst, tauchte er unter, bis nur noch sein Haar über ihm schwebte wie dunkle Meeresalgen.

Als sie später am Strand saßen und sich von der Sonne die nassen Kleider trocknen ließen, stieg Sorayn auch aus dem Wasser und kroch durch die Dünen. Er wusste, dass er eigentlich hätte zurückschwimmen sollen, dass er aus einem ganz anderen Grund hergekommen war, aber er konnte nicht anders.

Tamait und Maja unterhielten sich. Er lauschte dem belanglosen Wortgeplänkel. Dies war das, was Menschen taten, die zusammengehörten: Sie warfen die Worte hin und her, wie Bälle, sie fingen sie und warfen sie zurück, harte, kleine Streitbälle, weiche Bälle aus Zuneigung und Respekt, unscheinbare Bälle, farblos, die nur dazu dienten, hin und her geworfen zu werfen. Er hörte zu, aber noch mehr war es ein Zuschauen – es war, als würden die Worte ein Netz knüpfen, als wäre es ein Faden, der sich zu einem Stoff zusammenfügen ließ. Aus Worten entstand Gemeinschaft. Wusste er das nicht am besten, er, der Stumme? Es war die Stimme, die einen Menschen ausmachte, mehr als vieles andere. So eine schöne Stimme hatte dieses Mädchen, eine Stimme voller Leben, voller Farbe ... In seiner Brust regte sich etwas, ein Schmerz, der ihm fast vertraut vorkam, so sehr ähnelte er dem Zorn, mit dem er lebte. Es war ein Gefühl, das ihm wehtat und das zugleich wundervoll war.

Dann tat das Mädchen etwas, mit dem er nicht gerechnet hatte: Sie holte eine Flöte hervor. Er kannte dieses Instrument aus dem Dorf, aber dort diente es nur dazu, schrille Töne zu produzieren, mit denen man geräuschempfindliche Menschen ärgern konnte. Umso erstaunter war er über die Musik, die das fremde Mädchen ihrer Flöte entlocken konnte. Ihr Bruder legte sich zurück in den Sand und schloss beim Zuhören die Augen. Es war ein Lied, aber es war mehr als das. Es waren die Pappeln, die in den Himmel wuchsen, und zwischen ihnen das dunkelgrüne Moos ... und Sonnenlicht fiel wie Regen durch das dichte Blätterdach, tropfenweise. Vögel flüsterten in den Zweigen, damit niemand sie entdeckte. Die Grillen verkündeten laut ihre Gegenwart, unbesorgt. Da war ein Lachen unter den Wipfeln der hohen Buchen, keck und fröhlich, aber niemand war zu sehen. Nein, er war es selbst, der dort im Wald unter den Bäumen lief und lachte, er selbst war es, der all das sah und fühlte ...

Sorayn lag da, wie gelähmt, und hörte sich in einen Wald hinein, in dem er nie gewesen war. Er war dort und zugleich ... nein, es waren die Sterne. Keine Bäume, sondern die Sterne, wie sie am Abend aufleuchteten, zuerst einer, dann der zweite, dann mit einem Schlag alle anderen, als hätte jemand alle gleichzeitig geweckt ... Wellen. Das Meer erkannte er sofort, die springenden Fische, den wirbelnden Schaum auf den Wellenkämmen.

Er schrak auf, als die Musik plötzlich abbrach.

»Du bist eingeschlafen«, beschwerte das Mädchen sich. »Tamait, wie kannst du schlafen, wenn ich spiele? Du solltest mir sagen, wie du es findest. Ich wollte es heute Mino vorspielen. Jetzt weiß ich ja gar nicht, ob es gut genug ist!«

»Ich habe gar nicht geschlafen. Es war ganz schön.«

»Hast du doch! Ich geh jetzt.«

Sorayn presste das Gesicht in den Sand und kniff die Augen zusammen. So tief duckte er sich zwischen die kargen Ginstersträucher, dass das Mädchen, als es seine Schuhe holte, ihn nicht bemerkte.

»Wo bist du gewesen? Wie kannst du mich so erschrecken?«

Liravah hörte ihn, als er nach Hause kam. Er hatte keine Erklärung für sie, keine Entschuldigung. Sie merkte, dass er nass war, aber sie sah nicht, wie sein ganzer Leib zitterte, wie seine Erschöpfung sich darin zeigte, dass Krämpfe ihn durchzuckten und schüttelten. Schmerz brach über ihn herein, aber er empfing ihn nicht als eine Strafe, sondern als eine Belohnung, als etwas, das wie ein Sternenschauer über ihn kam, funkelnd und brennend.

Und deswegen hatte er, als Alios ihn schlug, weil er am Vortag nicht erschienen war, nur ein verächtliches Lächeln für ihn übrig. Er musterte den Mann aus seinen sprechenden Augen und ließ die Schläge über sich ergehen, als wäre er jemand, der keinen Schmerz zu empfinden vermochte, nicht mehr jemand, der weinend und heulend durch die Wälder rannte. Er war ein Prinz. Er musste ein Prinz sein, einer, der durch Ungerechtigkeit und Elend hindurchging und eines Tages belohnt und gekrönt werden würde, an jenem Tag, wenn der Kaiser ihn zu sich holte. Es durfte nicht anders sein, denn wie sonst hätte er darauf hoffen können, dass er Maja auf irgendeine Weise ebenbürtig war? Mit diesem Traum, mit dieser herrlichen Zukunft vor Augen ging er an seine Arbeit, immer noch dieses Lächeln auf den Lippen, immer noch den Gesang im Herzen, immer noch die Melodien der kleinen Flöte im Ohr.

Sie beschlugen Pferde, sie reparierten Wagen, sie stellten Messer und Beile her. Und immer wieder Schwerter. Der Schmied, dem der Schweiß von der Stirn rann, reichte ihm den Hammer.

Er nahm den Hammer, den schweren, und schwang ihn. Er ließ ihn auf das glühende Stück Metall fallen. Funken sprühten. Es war

Musik. Das waren Verse, die Poesie der Erde und der Menschen. Schwer und glühend und heiß. Ein Schwert. Noch ein Schwert. Schwerter, eins nach dem anderen. Der Meister lehrte ihn, Schwerter zu schmieden, gute, scharfe Klingen, und Sorayn, halbwüchsig, weder Kind noch Erwachsener, weder Mensch noch Riese, tat die Arbeit eines Mannes. Alios nickte ihm zu.

»Gut gemacht.«

Sorayn lächelte nicht, nicht in solchen Augenblicken. Sein Lächeln galt seinem heimlichen Traum. Für seinen Meister hatte er nur diesen einen Blick, halb anhänglich und halb verächtlich, für diesen Mann, der ihm sein Handwerk und seine Kunst beibrachte und ihn jedesmal mit Schlägen empfing, wenn er einen Tag nicht gekommen war. Immer wieder wartete er vergeblich auf Sorayn, der erst am nächsten Tag auftauchte, lächelnd. Eine Zeitlang hatte er nicht gewagt, ihn zu schlagen, denn der Zorn in den blauen Augen war Warnung und Drohung zugleich, doch nun schien dieser Zorn verschwunden zu sein. Da war dieses Lächeln – eine Grimasse in einem Gesicht wie diesem.

»Gut gemacht«, sagte Alios, und doch reizte es ihn, in dieses Gesicht zu schlagen, in diese verzerrte Fratze, die ihn anschielte und grinste.

Kinder, die nicht gehorchten, wurden verprügelt. Lehrlinge, die aufsässig waren, bekamen die Rute zu spüren. Was tat dieser Krüppel, wenn er nicht bei seinem Meister erschien? Welche finsteren Pläne heckte er aus? Dem Schmied schien es angemessen, gegen dieses Grinsen anzuprügeln. Damit, dass er Sorayns Arbeit achtete, hatte das für ihn nichts zu tun. Lehrlinge mussten gute Arbeit abliefern, Prügel setzte es dennoch.

Wo war sein Zorn? Sorayn träumte von diesem Mädchen und ihrer Musik. Aus der Glut der Schmiede und dem Schmerz der Schläge schmiedete er sich einen Panzer gegen die Welt, die ihn verachtete, einen Panzer aus einem Traum. Und mittendrin, eingeschlossen in diesem stählernen Kokon, war das Lied. Hier waren die Worte, die blühenden, duftenden. Hier war die Schönheit. Hinter der Fratze, hinter seiner Hinfälligkeit, dem Hinken und dem Spott. Hier war er der Einzigartige und dachte und fühlte Einzigartiges.

Er war ein Prinz, und nun, da er seine Prinzessin gefunden hatte, schien alles in Gold und Herrlichkeit aufzublühen. Arima und Neiara wurden zu Schlössern, der Wald war eine goldene Halle, der Strand sein marmorner Ballsaal. Wie Lichtfunken huschten die Worte durch seinen Geist, golden, königlich, erhaben. Er tauchte die Feder in die dunkle, schimmernde Tinte. Er malte Worte auf das Papier, kunstvoll verschlungene Buchstaben. Seine Gedanken blühten auf wie Sterne.

Beim nächsten Mal besuchte Sorayn das Dorf. Begierig saugte er alles in sich auf, jede Einzelheit. Menschen, die sich auf der Straße trafen, miteinander redeten. Dies war erst das zweite Dorf, das er je gesehen hatte, und die Unterschiede und Gemeinsamkeiten sprangen ihm sofort ins Auge. Dort, die Schmiede. Da, ein paar Frauen mit kleinen Kindern. Ein alter Mann auf einer Bank.

Lautlos huschte Sorayn von Baum zu Baum, von Strauch zu Strauch. Er bewegte sich schnell und vorsichtig und biss die Zähne zusammen, um sich nicht durch einen Aufschrei zu verraten, wenn ein schneller Sprung ihn durchschüttelte und seine Gelenke aneinanderkrachen ließ. So schöne Häuser. So viele Leute. Hier lebte sie also.

Maja. Da war sie. Er sah zu, wie sie aus der Tür eines kleinen Hauses trat und mit schwungvollen Schritten über den Dorfplatz ging.

Wie konnte es so etwas Schönes auf dieser Welt geben? Hals über Kopf verliebt, wusste er doch nicht, was es war, das ihn da getroffen hatte wie ein Pfeil mitten ins Herz; ein fremdartiger Schmerz, der sich anfühlte wie Glück. Das kleine Glas in seiner Weste, in dem er seinen Brief wasserdicht verpackt hatte, schlug bei jedem Schritt gegen seine Rippen wie ein drittes Herz. Er brauchte eine Gelegenheit, ihn zu überreichen, nein, ihn vor ihr auf den Weg zu legen, heimlich.

Wie ein Schatten, lautlos und unsichtbar, folgte er ihr. Das Haus, zu dem sie ging, war viel größer als die anderen Gebäude. War es ein Schloss? Ein Haus aus weißen Steinen, mit vielen Fenstern ... Ein grüner Garten mit blühenden Sträuchern, und dort, eine Wache am gusseisernen Tor. Eine Wache nur? Wenn ich ein Riese wäre, dachte er und der Gedanke erheiterte ihn, könnte ich dieses ganze Schloss einnehmen, und dann würde ich darin wohnen. Und dann würde sie vielleicht zu mir kommen, in mein Schloss, und mich anlächeln. Bin ich nicht ein Prinz? Eines Tages werde ich in einem Palast leben, hundert Mal größer als diese Hütte, eine Krone tragen und ihrer würdig sein. Er klammerte sich an diesen Gedanken: Ich werde ihrer würdig sein ...

Maja öffnete die Pforte und ging durch den üppigen Garten zum Haus, und Sorayn verbarg sich hinter der Mauer und wartete sehnsüchtig auf den Moment, wenn er sie wieder zu Gesicht bekommen würde. In seinem Herzen war Gesang. In diesen Stunden des Wartens war er kein missgestaltetes Ungeheuer, nicht das Kind, das es niemals hätte geben dürfen, sondern ein Sterngeborener, erschaffen von Rins göttlicher Hand, den Glanz noch auf der Stirn. Er wartete und wartete zugleich nicht, denn er hatte gefunden, was er suchte. Er hörte ihr Flötenspiel durch das offene Fenster, und wie beim ersten Mal betrat er den Wald und wusste von den wispernden Vögeln und dem perlenden Licht, die Sterne zwinkerten ihm zu und die Fische tanzten. Hier war er zu Hause; es war gut. Sein Meister wartete auf ihn, aber das zählte nicht, denn hier war er selbst der Meister – Herr seines eigenen Lebens, aber nicht mehr der Herr seines eigenen Herzens, das er diesem Mädchen zu Füßen legen wollte.

Irgendwann kam sie zurück, und er achtete darauf, dass sie sicher nach Hause kam, zu diesem kleinen Haus hinter den Dünen. Er sah auf das Licht hinter den Fenstern. Er hatte sich nicht getraut, ihr den Brief zu geben, und war doch selig.

Es war schon dunkel, als er zurückschwamm. Er verspürte keine Müdigkeit, keinen Hunger, nichts als sein neues, wunderbares Glück. Hier im Wasser, wo sein Körper frei war, konnte er davon träumen, so zu sein wie alle, ein Junge wie alle, einer, der es wagen konnte, auf dieses Mädchen zuzugehen und Worte zu formen, glitzernde, blühende Worte – keine belanglosen Bälle, die sie fortschleudern würde, sondern Blumen oder Sterne, die sie in ihren Händen halten konnte, für immer. Er konnte davon träumen, dass sie ihn ansehen würde, ohne entsetzt zurückzuzucken. Sie würde ihn nicht beschimpfen wie die Mädchen in seinem Dorf, denn sie war anders. Sie würde ihn ansehen und wissen, wer er war – nicht Liravahs Ungeheuer, sondern Sorayn, der in ihren Augen einzigartig sein wollte.

Er schlug nicht zurück, wenn Alios ihn verprügelte. Er konnte es; er musste es nicht tun, um das zu wissen. Er, der Dreizehnjährige, schwang den Hammer wie ein Mann. In der Schmiede war er ein Riese, und die Schwerter, die unter seinen Händen entstanden, scharf und glänzend, waren die Früchte seiner Kraft. Keine Riesenwaffen – ein Riese brauchte keine Schwerter. Seine Hände genügten, das wusste er. Dieses Wissen war in ihm, wenn er seine Finger um den Hammer legte und ihn erhob – es war so leicht. Das Werkzeug war schwer, und doch war es zugleich leicht. In seinem ganzen Körper war dieses Wissen, wie leicht es war. Es war dasselbe, wie von Neiara nach Arima zu schwimmen. Man schwitzte. Man wurde müde. Und doch war es auf eine Weise leicht, die mehr eine Verheißung war als etwas, das tatsächlich stattfand. Er konnte unter der Schwere seiner Arbeit wanken und ächzen und es doch wissen: Wenn es ihm jemals gelang, diesen Hammer auf die richtige Art und Weise zu packen, würde er leicht sein wie eine Feder.

Oder wenn er schwamm, wusste er es: Wenn er noch tiefer in das Wasser eintauchte, noch viel mehr als nur mit den Bewegungen eines Schwimmers, würde er wie ein Fisch bis auf den Grund gelangen können oder bis hinter den Horizont. Alles war möglich, aber diese Möglichkeit war nicht ganz greifbar, sondern nur fast.

So auch die Worte: wenn er schrieb, wenn seine große, ungelenke Hand die verschnörkelten Buchstaben malte, Buchstaben, in denen ganze Wälder wucherten und das Schilf am Ufer des Teiches zitterte, in denen Wolken schwammen und Sterne glitzerten, war etwas da, aber nur fast. Es war wie eine Ahnung von mehr, so, als würde dort, in den Buchstaben, jemand singen. Unhörbar. Ein Duft wehte ihn an, als würde hinter dem Aroma von Tinte und Papier und der würzigen Süße des Waldes hinter dem Haus noch ein anderer Geruch verborgen sein, so weit entfernt, dass man ihn nie einatmen konnte, und doch da ... Und manchmal war ihm, als würden die Tiere, wenn sie zu ihm kamen und ihn anschauten, gleich zu reden anfangen mit menschlichen Worten. Er blickte sie an und legte ihnen die Hand auf den Kopf oder den Hals, auf das zuckende Fell oder die flaumigen Federn, und das Tier verharrte einen ganz kurzen Augenblick, flüchtiger als ein Herzschlag, bevor es floh. Etwas war da, in ihm und in der Welt um ihn her, so nah, dass er manchmal innehielt und wartete, dass es sich offenbarte. Er legte den Kopf schief und horchte.

Vielleicht war es der Kaiser. Sein Vater, der ihn aus der Ferne rief: Hab keine Angst. Halte aus. Ich werde kommen und dich zu mir holen, wenn es an der Zeit ist. Aber es fühlte sich nicht an, als wäre derjenige, der zu ihm sprach, fern; er schien so nah zu sein, als stünde er direkt neben ihm.

Es war eine Verheißung, so dicht, so greifbar, dass sie mehr schien als nur ein Traum. Er wunderte sich manchmal, dass außer ihm niemand davon zu wissen schien. Konnten die anderen nicht riechen oder sehen oder fühlen? Etwas war da. Jemand war da. Ein Flüstern. Ein Atmen, das ihn streifte, wie ein Windhauch, als wäre dort draußen ein unsichtbarer Riese. Ein Riese, der die Hand nach ihm ausstreckte und ihn vorsichtig berührte. Und Sorayn hob den Kopf und fragte leise: »Ja?« Zu niemandem sprach er, aber wenn das Gefühl der Gegenwart eines anderen übermächtig wurde, öffnete er den Mund, ohne die Furcht, ausgelacht zu werden, ohne die Furcht, die Worte, die ihm auf der Zunge lagen, nicht aussprechen zu können. »Ja?«, fragte er. Manchmal auch: »Wer bist du?« Wenn der Schmerz seine Glieder auseinanderriss und er in das lindernde Wasser des Teichs stieg, holte er manchmal tief Luft, tauchte unter und öffnete die Augen.

Grün. Blätter, die sich im Wasser bewegten, Halme, lang und gerade, wie Haare ... Fische, die an ihm vorbeischwammen, ihn mit großen Augen betrachteten.

Wo bist du?, dachte er. Riese. Vater. Oder was immer du auch bist.

Einmal, ein einziges Mal, sprach er mit Liravah darüber.

»Jemand ist da.« Er quälte die Worte über seine Lippen, undeutlich, schmerzhaft. Im selben Moment wusste er, dass er niemals darüber sprechen können würde. Er musste es in die Worte legen, die er schrieb, in die Buchstaben, die dufteten. In seiner Stimme war es zu schwach und zu klein, dieses Große, noch unsichtbarer als sonst.

»Was?« Liravah betrachtete ihn liebevoll.

Und er dachte: Nun werde ich ihr alles sagen. Ich werde sie fragen, was sie davon weiß. »Welcher Riese ist es, der sich über uns beugt und uns seinen Atem ins Gesicht bläst?«

Sie schüttelte den Kopf. Sie verstand ihn, wenn er ihr zu verstehen gab, dass er essen wollte oder Durst hatte, sie verstand ihn, wenn er ihr mitteilte, dass er die Nacht draußen im Wald verbringen würde. Aber dies?

»Schreib es auf, Sorayn«, sagte sie zu ihm, und wie jedes Mal, wenn jemand seinen Namen aussprach, durchlief ihn ein Schauer der Erregung, als wäre sein Name mehr als ein Wort, mit dem man ihn rufen konnte, sondern ein Versprechen, das kurz vor seiner Erfüllung stand.

Seine Hand zitterte so, dass das Papier zerriss. Die Tinte spritzte über den Tisch. Es war so wichtig, dass es sich nicht schreiben ließ, nicht unter Liravahs freundlichen Augen.

Und doch musste er diese Frage zu Papier bringen, doch musste er die anderen, mit denen er diese Welt teilte, danach fragen.

»Was ist das für ein Duft hinter den Dingen? Was ist das für ein Glanz auf allem? Welche Worte verbergen sich hinter den Augen der Tiere?«

Liravah schüttelte wieder den Kopf. »Es tut mir so leid, Sorayn, aber ich verstehe dich nicht. Du musst es aufschreiben.«

Aber er konnte nicht. Nicht jetzt. Er sah sie an und konnte nicht.

»Was ist das für ein Glück in mir, das zugleich schmerzt, und wie kann die Insel zugleich die richtige und die falsche sein?«

Er dachte an Maja. Maja war die Antwort – doch nein, Maja war nur ein Teil der Antwort. Sie spielte Flöte. Sie ließ sein Herz singen, und doch war dieser Gesang mehr. Und der Gesang in allem war mehr. Wir sind nichts, dachte er, als nur ein paar Worte in dem großen Lied.

Er malte die Buchstaben auf das Papier. Liravah konnte er nichts sagen, aber wenn er an das Mädchen dachte, wurde seine Hand leicht und die Feder glitt mühelos über die glatten Bögen.

Für sie konnte er aufschreiben, was ihn erfüllte wie goldenwarmes Fluten, süß und streng wie Honig. Seine schweren Hände wurden leicht, wenn er schrieb, fast ohne Denken, fern den Menschen, fern der Gewalt der Riesen, nahe der Größe der Sterngeborenen, ihnen verwandt durch unzählige Generationen, die sich in ihm erfüllt hatten. Er vergaß, dass er hässlich war, vergaß seine Schmerzen, streckte sich nach dem Schein aus, dem Glanz, den Sternen, dem Raum, den Worten Rins und der verlorenen Insel.

Zwischen seinen Erbteilen stand er da, zerrissen und gepeinigt, von Sternen gerufen, von der Kraft der Riesen überwältigt, vom Menschsein gefesselt, unentrinnbar festgehalten und eingekerkert.

Er kannte die Geschichten von den Riesen, die wahnsinnig geworden waren. Aber wenn er ihr schrieb, war alles leicht, und der Glanz über den Dingen spiegelte sich in der feuchten Tinte.

Dir kann ich das sagen. Du wirst das verstehen. Denn ich habe dich gesehen, wie du am Strand standest und auf das Meer hinausgeblickt hast. Du hast es gehört, nicht wahr? Du weißt es. Du weißt, dass alle Dinge rufen. Ihr Gesang und ihr Glanz sind in deinem Flötenspiel. Du weißt, dass alles schön ist, denn dieselbe Schönheit ist in dir. Du weißt, dass hinter dem Horizont eine Insel liegt, denn du wohnst auf dieser Insel.

Es war merkwürdig, aber Liravah, die ihn kannte und liebte, konnte er nichts davon mitteilen. Sie wusste, dass er Gedichte schätzte, aber niemals erfuhr sie, dass er eigene Worte fand, die nie jemand vor ihm auf dieselbe Art und Weise zusammengefügt hatte. Sie wusste, dass er es genoss, wenn sie sang, aber niemals ließ er sie zuhören, wenn das Lied in seinem Herzen bis in seine Kehle aufstieg und er die Melodie summte, weil er sie nicht singen konnte, fremde Melodien, die seinem Glück entsprangen. Es war Majas Lied. War Liravah nicht alles für ihn? Er fragte sich das, und es war noch nicht lange her, da hätte er diese Frage uneingeschränkt bejahen müssen. Doch auf einmal war die Welt viel größer als vorher und in seinem Herzen war viel mehr Platz. Er lebte auf einer Insel, aber nun war ihm dies bewusst. Alles war viel größer, als er es sich je vorgestellt hatte. Es gab unglaublich viele Menschen. Neiara und Arima und das Kaiserreich ... All das wartete auf ihn.

Maja. Ja, sogar Maja.

Er faltete den Brief zusammen und nahm die Muschel in die Hand, glatt und scheckig. Auf einmal schien es ihm leichter, ein ganzes Königreich zu erobern, als nach Arima zurückzukehren und der Angebeteten diesen Brief zu überbringen.

13. Entdeckt

TAMAIT LÖSTE DAS Tau vom Poller und sprang an Deck. »Na los, komm.« Maja stand noch auf dem Steg, zögernd.

»Und wenn kein Brief kommt? Dann hast du ganz umsonst verzichtet.«

»Was sagst du da?« Maja starrte ihn an, dann versuchte sie mit einem Satz auf die *Inselkönigin* zu springen. Der Sprung geriet zu kurz, sie landete zwischen dem Boot und dem Steg im Wasser, wütend schwamm sie Tamait nach. Er streckte ihr die Hand entgegen und zog sie lachend hoch. »Was für ein Brief? Woher weißt du denn davon?«

Ihr Bruder versuchte vergeblich, ein zerknirschtes Gesicht zu machen. »Schlag mich. Du hast ja recht.« Grinsend ließ er Majas Fäuste über sich ergehen. »So, und jetzt lass mich segeln, bevor wir kentern.«

Sie atmete tief durch. »Du hast mir nachspioniert?«

»Schwesterchen, wir haben bis jetzt alles miteinander geteilt. Ich wollte einfach nur wissen, was du immer in dem hohlen Baum hinten am Wald zu suchen hast.«

»Meine Briefe gehen dich nichts an!« Dann kam ihr ein schrecklicher Gedanke. »Hast du sie etwa gelesen?«

»Nein. He, Maja, das würde ich nie tun.«

Fassungslos blickte sie ihren Bruder an. »Dafür bringe ich dich um! Runter von meinem Boot, wird's bald!«

Er lachte nur. »Dein Boot? Sie gehört uns zusammen, das hast du immer gesagt.«

»Aber ich habe sie von Tante Mino geschenkt bekommen! Ich! Und selbst wenn – dir kann nicht alles gehören, was ich habe. Ich schubs dich von Bord, du wirst schon sehen!«

»Einen«, gab er zu. »Nur den ersten, den ich gefunden habe. Ich hatte ja keine Ahnung, was drinstehen würde.«

Um sein Grinsen zu verbergen, wandte er sich dem Meer zu. Auf der Suche nach den schönen Muscheln, die sie ins Kaiserreich verkauften, mussten sie recht weit hinausfahren. Maja hatte keine Wahl, als hier mit ihm auf der Inselkönigin zu bleiben, etwas anderes würden ihre Eltern nicht dulden. Ihre Schulzeit war vor kurzem zu Ende gegangen; mit vierzehn waren sie beide verpflichtet, zum Unterhalt der Familie beizutragen.

»Welcher war es?«, wollte Maja wissen. Ihr grimmiges Gesicht reizte ihn wieder zum Lachen, eilig drehte er sich um, aber sie ließ nicht locker. »Welchen hast du gelesen?«

»Du erwartest doch wohl nicht, dass ich ihn auswendig gelernt habe?«

»Tamait!«

»Na gut. Es ging um Schönheit, irgendwie. Um den blauen Himmel. Um sprechende Tiere. Sogar um Wasser, glaube ich, den Teil habe ich nicht ganz verstanden.« Tamait lachte lautlos in sich hinein. »Was hast du dir da für einen verrückten Verehrer angelacht? Wer von den Jungs ist ein Dichter? Wie heißt er?« Er wartete auf eine Antwort, und als keine kam, fragte er verwundert: »Du weißt es nicht?«

»Nein.« Diesmal war es Maja, die fortblickte.

»Es könnte also auch dieser kleine, pickelige Knabe aus der Reihe hinter dir sein, wie hieß er noch mal? Wie kannst du nur so ein Risiko eingehen?«

Jetzt musste Maja doch noch lachen. »Was du dir wieder ausdenkst! Die Jungs in der Schule hatten alle eine ganz andere Schrift.«

»Jetzt, wo du es sagst – zuerst dachte ich, es wäre ein Erwachsener, der das geschrieben hat. Diese geschwungenen und gedrehten Buchstaben, ich kenne keinen, der so schreibt.«

»Er ist ungefähr so alt wie ich.«

»Ach, und woher weißt du das, wenn du ihn nie gesehen hast? Weil er's geschrieben hat?« Tamait schüttelte den Kopf. »Maja, ganz ehrlich, die Sache gefällt mir nicht.«

»Du willst bloß nicht, dass ich dir etwas voraus habe!«, schnappte Maja. »Nur weil du keine Liebesbriefe von dieser kleinen Rothaarigen ...«

»Nein, im Ernst«, unterbrach er sie. »Warum sagt er dir nicht, wer er ist?«

Maja wollte nicht zugeben, dass sie das selbst gerne gewusst hätte. Jedes Mal, wenn sie nachsehen ging, ob ein neuer Brief auf sie wartete, wünschte sie sich, der Junge, der sie mit seinen Worten verzauberte, würde hinter dem Baum hervorkommen und sich zu erkennen geben. Wenn sie jedoch die Jungen auf der Insel, die sie kannte, durchging, war sie fast froh, dass die Identität des Briefeschreibers geheim blieb. Wenn es der Falsche war, einer, den sie nicht ausstehen konnte, hätte es das sofortige Aus des spannenden Briefwechsels bedeutet, und sie genoss es doch so.

Das erste Mal war sie erschrocken zurückgesprungen. Eine kleine weiße Papierrolle, vor ihren Füßen. Sie blickte sich um, um zu sehen, wer sie dorthin gelegt hatte, und konnte doch niemanden sehen. Noch glaubte sie gar nicht, dass die Nachricht für sie bestimmt war, sondern dass irgendjemand aus dem Dorf sie verloren hatte. Sie war sogar versiegelt und es gehörte sich nicht, das Siegel aufzubrechen und die Briefe anderer Leute zu lesen. Doch dann fiel ihr Blick auf ihren Namen. Maja. Ihr Name stand auf der Rolle! Verwirrt zögerte sie, denn sie hatte nie zuvor einen Brief bekommen. Zuerst dachte sie an einen Streich, vielleicht von einem der Jungen aus dem Dorf, irgendetwas Hinterhältiges. Sie ärgerten sie gerne, weil sie keine noch so kleine Beleidigung über sich ergehen lassen konnte, ohne aufzubrausen und laut zu werden oder gar zu weinen.

Die Neugier siegte jedoch. Sie öffnete die Rolle und las, die Stirn gekraust. Es waren keine Worte wie die Worte, mit denen man sprach und sich unterhielt. Dies war eher wie Singen. Ein Lied. Dies war ... ja, was hatte es zu bedeuten? Wieder und wieder las sie den merkwürdigen Brief. Sie hätte nicht einmal sagen können, worum es darin ging. Das war seltsam. Wie konnte man Worte finden, die dem Wasser gerecht wurden und dem Funkeln der Sonne auf den Wellen? Nur die Flöte konnte davon erzählen, Worte niemals. Das hatte sie immer geglaubt, und doch, da waren sie, die Worte, unglaubliche Worte. Ihre Hände zitterten, ohne nachzudenken griff sie nach ihrer Flöte. Das Lied. Was in ihr war, dieser Sturm an Verwirrung und Entzücken, musste in das Lied, musste hinaus in die Welt, und sie spielte und spielte, bis ihr bewusst wurde, dass sie der einzige Mensch weit und breit war, und alle anderen Schüler längst verschwunden waren. An diesem Morgen kam sie zu spät zur Schule. An diesem Tag war auf einmal alles anders – der blaue Himmel, der Geruch der See, ja, auch das Wasser. Das Wasser, das sie trank, und das Meer, das sie vor sich sah – alles hatte sich unerklärlicherweise verändert.

Nein, sie würde die Welt nie wieder so sehen können wie vorher. Wer schrieb ihr dies? Kein Name stand darunter. Sie blickte sich um, sie versuchte, in den Gesichtern der Jungen ein verräterisches Grinsen zu entdecken. Wer es wohl gewesen war? Sie mussten ein Buch gefunden haben, ein altes, vergessenes Buch, und daraus abgeschrieben haben.

Die Angelegenheit blieb mysteriös. Sie lebte ihr Leben weiter, aber es war ein bereits in Ansätzen verändertes Leben, in dem plötzlich die Möglichkeit von Wundern aufgetaucht war. Ein Gefühl der Beunruhigung begleitete sie tagelang. Es drängte sich in ihre Lieder, und aus den kleinen Meisen in den Bäumen wurden Möwen, die über den Strand hinwegflogen und schrille Schreie ausstießen. Das Konzert der Grillen war verstummt. Die Fische hüpften nicht mehr, sondern wurden unsichtbar in dem unruhigen, aufgewühlten Meer, das alles verschlang. Sogar Mino wunderte sich über ihr Spiel und zog leicht die Brauen hoch. Und dann fand Maja den nächsten Brief.

Diesmal wusste sie sofort, dass er für sie bestimmt war. Er fiel von irgendwoher vor ihre Füße. Sie war auf dem Weg in die Plantage, um ihrem Vater etwas von ihrer Mutter auszurichten, als die weiße Rolle ein paar Meter vor ihr im Gras landete. Wer immer sie geworfen hatte, er musste noch da sein – aber obwohl sie sich umsah, konnte sie niemanden entdecken. Diesmal zögerte sie nicht lange. Sie brach das Siegel auf und las und fand ihre Schönheit gepriesen, gleichgesetzt mit den Sternen und den Blumen. Dichter taten so etwas, das wusste sie, aber das tat ihrer Überraschung und ihrer Freude keinen Abbruch. Während sie den Brief las, die feine, verschnörkelte Schrift, wankte ihr von Träumen verwirrtes Gemüt, wurde ihr kalt und heiß, und sie empfand sich plötzlich selbst so deutlich wie nie zuvor.

Die Briefe kamen in unregelmäßigen Abständen. Manchmal lag nur ein Tag dazwischen, manchmal ein ganzer Monat. Nach dem fünften oder sechsten Brief wünschte sie sich mehr als alles andere, den Unbekannten einmal zu sehen, und nach dem siebten Brief rang sie sich dazu durch, ihm zu antworten. Sorgfältiger als sonst brachte sie ein paar Sätze aufs Papier, zerriss es, schrieb erneut, zerriss auch das. Ihre Handschrift, sonst hastig und krakelig, bändigte sie mit großer Mühe zu leserlichen und sogar fast nett anzuschauenden Buchstaben.

Wer bist du? Warum schreibst du mir?

Nein, das klang fast anklagend, so, als wäre es ihr nicht recht, dass sie diese wundervollen Briefe bekam. Sie musste es anders angehen, geschickter, um ihn dazu zu verleiten, sich zu verraten. Und überhaupt, wie sollte sie ihm die Antwort zukommen lassen? Zehn Tage lang trug sie sie mit sich herum, bis sie wieder eine Rolle fand, auf einen Zaun aufgespießt, an dem sie entlangging.

»Warte!«, rief sie sofort. »Ich habe auch einen Brief für dich! Warte! Ich lege ihn in den hohlen Baum hinter unserem Garten.« Von da an fand sie seine Briefe ebenfalls dort, in ihrem geheimen Versteck. Niemals hätte sie gedacht, dass Tamait davon wusste.

»Versprich, dass du unseren Eltern nichts verrätst.«

»Hm.« Sie hatten das Riff jetzt fast erreicht, in dem sie regelmäßig tauchten.Tamait warf den Anker aus und tat sehr beschäftigt.

»Versprich es mir. Tamait!«

»Es könnte ein uralter Mann sein. Ein ... böser Mensch.« Er zögerte, das Wort »böse« auszusprechen, tat es dann aber trotzdem. »Der es auf dich abgesehen hat.«

»Er ist ein Prinz«, behauptete sie. »Jedenfalls hat er so etwas angedeutet. Ein Prinz aus dem Kaiserreich.«

»Na toll«, stöhnte Tamait. »Wer's glaubt. Woher soll hier auf Arima ein Prinz kommen? Er belügt dich nach Strich und Faden. Und ich krieg das raus, das ist das, was ich dir verspreche. Ich will einmal sehen, wer es ist, und dann kannst du ihm ganze Bücher schreiben, wenn du willst. Entweder machen wir es so, oder ich sag's Mutter.«

Maja murmelte etwas Unverständliches. Sie streifte ihr Kleid ab, so dass sie nur in Leibchen und knielangen Hosen dastand, kletterte auf die Reling und sprang kopfüber ins kristallklare Wasser.

Im Schatten der *Inselkönigin* klammerte Sorayn sich an ein heruntergelassenes Seil. Er hatte jedes Wort gehört. Seine Finger verkrampften sich, er schluckte das Grollen in seiner Kehle hinunter. Dort schwamm Tamait, dieser hübsche Junge mit den schwarzen Locken, und tauchte mit einem Freudenschrei unter. Majas Bruder, der ihn jagen wollte. Sorayn biss die Zähne zusammen, er wartete darauf, dass sein Puls sich beruhigte. In seinen Fingern zuckte es, alles in ihm schrie danach, Tamait nachzutauchen, ihn zu packen und ihm zu zeigen, wer er war. Er würde ihn lehren, was es hieß, die kostbare Freundschaft zwischen ihm und Maja in den Dreck zu ziehen und ihn einen Lügner zu nennen!

Sorayn ließ das Seil los und tauchte dem anderen Jungen nach. Er sah das dunkle Haar unter sich in der sanften Strömung wehen, den hellen Oberkörper, die kraftvoll arbeitenden Arme und Beine. Wenn er nur so hätte sein können – so! Der Schmerz krallte sich um ihn zusammen. Sorayn drehte ab, und schnell wie ein Fisch glitt er zurück in den Schatten des Bootes. Vorsichtig tauchte er auf, er hatte keine Ahnung, wo Maja sich befand. Er presste die Stirn gegen das Boot und wartete, bis der Anfall vorüberging. Noch nie hatte es ihn im Wasser gepackt, aber er hatte beim Schwimmen oder Tauchen auch noch nie so einen wilden, mörderischen Zorn empfunden. Der milde Wind strich tröstend über sein nasses Gesicht.

Dort hinten war Maja. Sie winkte Tamait zu, der ebenfalls aufgetaucht war und eine große Muschel schwenkte. »Und du? Nichts?«

»Ha, schau mal!« Ihr Bruder hielt gleich zwei Beutestücke ins helle Tageslicht. »Wetten, da ist eine Perle drin?«

»Da! Was war das?« Maja schaute genau in Sorayns Richtung. Sofort tauchte er unter. Er wartete nicht darauf, dass sie angeschwommen kam, um nachzusehen, ob sie sich getäuscht hatte. So lange es ging, schwamm er unter Wasser; als er auftauchte und sich umdrehte, lag die Inselkönigin weit hinter ihm. Sorayn hielt nicht inne. Mit den schnellen Bewegungen eines Wesens, das in seinem Element ist, schwamm er zurück nach Neiara.

»Ich habe meine Finger verletzt«, sagte Maja. »Ich glaube, ich kann heute nicht Flöte spielen.«

Mino saß an ihrem Schreibtisch und beugte sich über einen Stapel Papiere.

»Das macht doch nichts. Kannst du mir das vorlesen, Maja?«

Die Augen der Schlossherrin hatten in den letzten Jahren so stark nachgelassen, dass sie nicht mehr lesen konnte. Deshalb half Maja ihr öfter. Dass man ihr diese Aufgabe übertrug, hatte sie nicht gewundert, schließlich war sie die Tochter des Vorarbeiters. Ihre Freundinnen beneideten sie darum, dass sie herkommen durfte; dafür musste sie allerdings auch auf jede Menge Freiheiten verzichten. Während die anderen nach der Arbeit in den Gärten wer weiß was taten, musste sie, wenn sie nicht tauchte, herkommen und Mino bei kleinen Aufgaben helfen. Das meiste hatte mit Buchführung und anderen langweiligen Sachen zu tun. Ihr war gar nicht bewusst, wie viel sie dabei lernte.

»Was ist los?«, fragte Mino. »Du bist heute so anders, Maja.«

»Wirklich?« Die blonde Schlossherrin merkte alles. Für Majas Stimmungen hatte sie ein fast unheimliches Gespür.

Maja zögerte; nicht, weil sie Mino nicht vertraute, sondern weil es einfach zu unglaublich war, was sie erlebt hatte. »Heute kam ein Vogel zu mir«, erzählte sie leise. »Er hat sich auf meine Hand gesetzt und mir einen Brief gebracht.«

»Aus Rinland?«, fragte Mino sofort, denn sie erinnerte sich an einen weißen Vogel, der eine Botschaft übermittelte, der vor Jahren in den Schlosspark nach Kirifas gekommen war und Nachrichten von denen brachte, die hinter den Horizont gesegelt waren. »Ein großer, schneeweißer Vogel?«

Maja schüttelte den Kopf. »Er war weiß, aber mit braunschwarzem Rücken und schwarzer Kehle. Du kennst sie, einer von diesen kleinen Vögeln, die immer Steine am Strand umdrehen.«

»Ach, ein Steinwälzer.«

»Ja, genau. Mino, wie kann man einen Vogel so abrichten, dass er so etwas macht?« Ihre Hand tat immer noch weh. Sie erinnerte sich daran, wie die scharfen Krallen des Vogels sich in ihre Finger bohrten, und wie das Entzücken alles andere überlagerte. »Dass er eine Papierrolle überbringt?«

»Bist du verliebt?«, fragte Mino zurück, lächelnd.

Man sah sie selten lächeln. Dabei konnte ihr Lächeln ihr ganzes Gesicht verwandeln, und nicht nur ihr Gesicht, sondern den ganzen Raum. »Ich weiß nicht.« Der Gedanke war ihr neu. Wie konnte man in jemanden verliebt sein, den man nicht kannte? »Ich glaube, er ist in mich verliebt.«

»Sieht er gut aus?«

»Ich glaub schon.« Seine Worte waren voller Schönheit, wie hätte er da hässlich sein können?

»Was auch immer du fühlst«, sagte Mino, »lass es ihn wissen.«

Sie nahm Majas Hand in ihre, eine Geste voller Zärtlichkeit. »Das ist der einzige Rat, den ich für dich habe, meine Liebe. Und jetzt«, sagte sie etwas lauter, »machen wir einen Krankenbesuch.«

Maja grinste. Sie wusste, was anstand, wenn Mino das ankündigte. In den seltensten Fällen ging es tatsächlich um Kranke.

Langsam, aber stetig war Alikas kleiner Trupp gewachsen. Sie trafen sich hinter dem Wald, auf einem ebenen Grasplatz, den eine

Herde Schafe kurz hielt. Gleich dahinter brach das Land ab, hoch über den Wellen.

»Da seid ihr ja.« Alika grinste. Sie drückte ihrer Tochter ein kurzes Holzschwert in die Hand. Die anderen, zumeist junge Leute, hatten bereits mit dem Üben begonnen. Sie standen paarweise zusammen und fochten. Mino begnügte sich mit dem Zusehen. Zu Beginn hatte Alika versucht, auch ihr das Kämpfen beizubringen, aber Mino war offensichtlich nicht dafür geboren. Sie schlug nie hart genug zu, immer hatte sie Angst, jemanden zu verletzen. Und wenn sie sich doch dazu aufraffte, traf sie meist daneben – oder vielleicht traf sie zu gut, wenn sie ungeschützte Arme und Beine erwischte – und ihre Befürchtungen erfüllten sich. Schließlich hatte Alika gemeint: »Es gibt auch so genug blaue Flecken, ohne dass du hier mitmischst«, und erleichtert hatte Mino das Schwert zur Seite gelegt.

Maja dagegen erwies sich als eine talentierte Schülerin. »Von wem du das wohl hast«, meinte Alika manchmal verwundert.

»Von dir natürlich.«

Dazu sagte Alika nichts. Und Maja, die Minos Blicke auf sich spürte, wandte sich zu ihr um und fragte: »Du siehst das nicht gern, hab ich recht?«

»Es ist gut, dass du dich verteidigen kannst«, meinte Mino und schenkte ihr ein aufmunterndes Lächeln.

Sie ließ die Übenden allein und stieg den Hang hinauf.

Mino liebte die Steilküste. Eigentlich hätte sie Angst vor diesem Ort haben müssen. Binajatja hatte sogar, als Norha einmal fragte, wo sie gewesen sei, behauptet: Die Steilküste? Niemals! Dort würde sie doch nie wieder hingehen!

Aber Mino fürchtete sich nicht vor dem Abhang. Sie stand hier und sah hinaus aufs Meer. Dort draußen war mehr als Wasser. Dort draußen war das ganze Kaiserreich, die Wälder und die Zintas und alle ihre Freunde ... Alles, was ihr Leben jemals ausgemacht hatte, war dort, nur einen Sprung ins Wasser entfernt, nur eine halbe Ewigkeit weit fort ...

Es war eine Versuchung. Sie wusste das und doch, auch das wusste sie, würde sie ihr niemals nachgeben. Sie würde nicht springen. Auch wenn das Unglück sie mit eisernen Krallen im Griff hatte – nein, von sich aus, aus eigenem Antrieb, würde sie das niemals tun.

Vielleicht, wenn sie hier stand, wartete sie auf den Sturm, der es für sie tun würde. Auf den Wind, der sie ergreifen und hinunterschleudern würde ... Und wenn sie Pech hatte, fiel sie gegen die Klippen und brach sich das Genick, und wenn sie Glück hatte, trug der Sturm sie an die Küste von Drian.

»Macht das eigentlich Sinn, was wir hier tun?« Alika war neben sie getreten und sah auf die schäumenden Wellen hinunter. »Versteh mich nicht falsch, Mino. Es macht mir Spaß. Ich habe sogar das Gefühl, dass es den jungen Leuten gut tut. Aber wofür tun wir das? Unsere Kinder werden erwachsen und Norha hat immer noch nicht versucht, die Herrschaft über die Insel an sich zu reißen.«

Mino drehte sich zu ihrer Freundin um. »Er wird es tun. Du weißt, warum. Du weißt, wer Norha ist und wem er dient.«

»Zukata hat Sandart erobert, habe ich gehört. Und zieht jetzt gegen Kijon. Wenn ihm der ganze Osten gehört, muss er nicht auch noch Kaiser von Deret-Aif werden.«

»Er will Deret-Aif«, widersprach Mino. »Und uns hier dazu. Glaub mir, Alika. Und er hat es nicht eilig. Riesen haben so ein langes Leben. Er wird sich holen, was er will, nach und nach, mit einer immer größeren Armee hinter sich. Wir dürfen nicht in unserer Wachsamkeit nachlassen.«

»Wie sieht es mit den Schwertern aus? Wie viele haben wir jetzt?«

»Wir können ungefähr vierzig Kämpfer ausrüsten.«

»Das ist zu wenig. Wir brauchen mehr. Genau solche, aber mehr.« Alika tätschelte das lange, in einer Lederscheide steckende Schwert an ihrer Seite. Es war kein Holzschwert, aber jeder, der nicht genau hinsah, hätte es für eins gehalten, denn die Maserung des bronzefarbenen Hefts erinnerte an harziges Holz. Die Amazone zog es einige Handbreit heraus. »Sieh es dir an. Hast du schon einmal so etwas Schönes gesehen? Es ist vollkommen. Und ich verstehe immer noch nicht so recht, wie es gemacht ist. Jemand muss die Schichten des Eisens zusammengerollt haben, so dass sie wie Baumringe aussehen. Schmiedet man so Schwerter? Es ist so scharf, dass man damit eine Feder in der Luft zerschneiden kann. Im Keller habe ich noch mein altes, salinisches Schwert, aber seitdem du mir dies gegeben hast, mag ich mich kaum davon trennen.«

»Ein Werkzeug zum Töten«, sagte Mino und ein Schauer lief ihr über den Rücken.

»Und ich schwärme davon, als wäre es ein Schmuckstück. Mino, wer liefert dir solche Waffen? Ich weiß, du wolltest es möglichst geheim halten. Aber trotzdem lässt mich die Frage nicht los. Am Anfang haben wir einfache, klobige Schlachtschwerter bekommen, nicht solche Prachtexemplare. Keins sieht aus wie das andere. Sie alle haben etwas an sich, das sie unverwechselbar macht. Hast du einen neuen Lieferanten? Schickt der Kaiser sie dir?«

Mino schüttelte lächelnd den Kopf. »Norha passt sehr gut auf, dass ich keine Nachrichten nach Kirifas schicke. Ich darf meine Kräuter und Wurzeln kommen lassen, aber er sieht sich jede Bestellung genau an. Nein, Alika, der Kaiser weiß nichts von unseren Sorgen. Wir stehen alleine da. Die Glücklichen Inseln. Und wir werden das auch alleine bewältigen. Alles, was wir brauchen, ist hier.«

Vom Platz her tönten die Schläge der Holzwaffen. Sie sah zu den Kämpfenden hinüber. Sie erkannte Maja an ihrem grünen Kleid, an dem schwarzen, wehenden Haar; sie drehte sich gerade um sich selbst, das hölzerne Schwert, von hier aus nichts als ein hellgelber Stock, tanzte in ihrer Hand.

»Du hast dir also wieder Alikas kleine Kampftruppe angesehen.«

Norha wirkte nicht sauer, er sah sie nur nachdenklich an. Aber er lachte nicht. Damals, als sie ihm von Alikas Vorhaben erzählt hatte, hatte er lauthals herausgelacht. »Ach, ist der Amazone langweilig?« Jetzt jedoch schüttelte er nur den Kopf.

»Mino, sieh es doch endlich ein. Ihr könnt euer albernes Spiel fortführen, solange ihr wollt. Wenigstens dient es der körperlichen Ertüchtigung und ist somit nicht völlig vertane Zeit. Aber merkst du nicht, dass du gegen dich selbst kämpfst? Gegen das Arima, das wir nur schützen wollen? Willst du nicht lieber die Königin sein, die diese schöne Insel regiert, als sie irgendeinem Statthalter vom Festland anzuvertrauen?«

»Als wenn Zukata mir den Thron lassen würde, wenn er Kaiser wäre. Falls er das jemals wird.« Norha, Zukatas Handlanger, konnte es nicht leiden, wenn sie die Allmacht des Riesenkönigs anzweifelte.

»Falls? Er wird, Mino, glaub mir. Er erreicht alles, was er will. Und wir können auch alles erreichen, wovon wir träumen.«

»Meine Träume sind nicht wie deine.« Sie sah ihn an, das Herz erfüllt von Kummer.

»Dann willst du lieber Arima zerstören? Mino, du wirst eine gute Königin sein. Und ich ein guter König. Ich gehöre nicht zu den Bösen. Sieh mich nicht so an, das ist unerträglich. Ich bin kein grausamer Tyrann, der Leute abschlachtet. Ich will nur das Beste für uns alle. Für uns beide. Für dich.«

»Für mich?« Er schien es tatsächlich zu glauben. In seinen Augen sah sie seinen dringenden Wunsch, ihre Zustimmung zu erhalten. Er liebt mich, dachte sie. Irgendwie, auf seine eigene Art, liebt er mich. Und die Gärten. Und ganz Arima.

»Zukata hat vor, diese Insel zu vernichten«, sagte sie. »Durch dich. Durch deine Hände. Aber es werden nicht meine eigenen Hände sein.«

Er berührte ihr helles Haar und strich mit dem Finger an ihrer Wange entlang. »Du willst die Einzige sein, die unschuldig ist? Und die es immer bleibt? Wie willst du das anstellen, Mino? Wir könnten gegen Zukata kämpfen und alles verlieren. Einschließlich dieser Insel. Oder wir tun, was er wünscht, und verlieren nur unseren Stolz. Wie könntest du aus dieser Sache herauskommen, ohne etwas zu opfern? Worum wird es gehen? Um Freiheit? Um Glück? Oder um das nackte Leben? Egal was du tust, du bist schon schuldig. Kämpf gegen Zukata und er wird alle Menschen hier vernichten, um deinetwillen. Nimm den Leuten hier ihre Freiheit und rette sie zugleich vor einer anderen, schlimmeren Herrschaft. Wie kannst du glauben, Nein zu sagen ist ausreichend, und alles könnte gut werden, wie früher? Nein, Mino. Wir entkommen ihm nicht, weder du noch ich. Wir werden auf dem Thron sitzen und wissen, dass dies ein Opfer ist, das wir bringen müssen.«

Sie hielt seine Hand fest und drückte sie an ihre Lippen. »Ach, Norha.«

»Ich habe Alikas Keller durchsuchen lassen«, sagte er leise. »Heute Nachmittag, während ihr draußen im Wald gespielt habt. Rate mal, was ich gefunden habe.«

Mino ließ seine Hand sofort los. »Was?«

»Schwerter«, sagte er. »Schwerter.« Er sagte es noch ein drittes Mal: »Verdammt, Mino, Schwerter!«

Sie schrak zusammen. Mit einem Schlag hatte er sich in jemand anders verwandelt. »Schwerter! Wie konntest du mir das antun? Du lässt mich glauben, sie üben mit Holzspielzeug, und im Keller horten sie Waffen? Gegen mich? Du intrigierst tatsächlich gegen mich und alle meine Pläne?«

Er war aufgestanden, bedrohlich baute er sich vor ihr auf. Am liebsten hätte sie kleinlaut abgewiegelt, hätte geschworen, dass sie nichts damit zu tun hatte. Aber so war Möwe nicht. Möwe stand zu dem, was sie tat und was sie glaubte.

»Ich habe dir gesagt, dass ich gegen dich kämpfen werde«, sagte sie. »Gegen dich und gegen Zukata.«

Sie sah seine Hand auf sich zukommen. Norha holte aus. Er traf sie so hart, dass sie zu Boden stürzte. Alles ging in Schmerz und Dunkelheit unter.

Norha saß neben ihr, als sie erwachte, die Hände vors Gesicht geschlagen. Einen Augenblick lag Mino da und versuchte sich an alles zu erinnern, was vorgefallen war. Dann merkte sie, dass sie nur ein Auge öffnen konnte. Sie setzte sich auf und stöhnte.

»Nein, bleib liegen«, rief Norha schnell. »Du solltest dich lieber noch etwas schonen.«

Mino befühlte vorsichtig ihr Gesicht. Sie zuckte zurück, als sie die aufgeplatzten Stellen berührte. »Ist meine Nase gebrochen?«, flüsterte sie.

»Ich glaube nicht«, meinte er. »Ich habe das Blut abgewaschen. Aber dein Auge ist geschwollen.« Norha griff nach ihren Händen.

»Oh Mino, es tut mir so leid. Ich wollte dich nicht schlagen. Wirklich nicht. Ich dachte, wir könnten das klären wie zwei erwachsene Menschen. Verzeih mir, meine Liebe, bitte.«

Sie antwortete nicht sofort. Durch ihren schmerzenden Schädel kam ihr Gespräch langsam zurück. Die Schwerter. Er hatte Alikas Schwerter gefunden.

»Ich habe versucht, dein Gesicht zu kühlen«, sagte Norha. »Damit es nicht so anschwillt. Mit kaltem Wasser. Immer wieder bin ich zum Brunnen gelaufen und habe neues Wasser geholt.«

»Du hast Alikas Keller durchsucht.« Es war so unglaublich, sie konnte es immer noch nicht fassen. »Du bist einfach in ihr Haus eingebrochen?«

»Manchmal muss man Dinge tun, die getan werden müssen. Auch wenn es auf den ersten Blick unrecht scheint.« Er schüttelte den Kopf. »Ach, Mino, es tut mir so leid, dass ich ausgerastet bin. Ich dachte natürlich, dass du diese Schwerter besorgt hast. Ich bin gar nicht dazu gekommen, dich zu fragen, ob es wirklich so ist. Dieser Amazone traue ich mittlerweile alles zu.«

Sie hatte nie gedacht, dass ihr Kampf gegen Norha körperlich ausgetragen werden könnte. Eine Faust ins Gesicht. Immer, das musste sie sich eingestehen, hatte sie gedacht, er würde zur Besinnung kommen und sein Vorhaben aufgeben. Und selbst wenn sie gegen ihn kämpfen musste, war es nie wirklich ihr Kampf gewesen. Alikas Truppe gegen Norhas Soldaten. Was hatte sie geglaubt? Dass sie beide danebenstehen würden und zusahen, wie andere über Sieg und Niederlage entschieden?

»Ich habe die Bücher geprüft«, sagte er. »Es stimmt alles. Unser Geld war es also nicht, mit dem diese Waffen erworben wurden. Oder?« Er musterte sie eindringlich. »Oder?«

»Was hast du mit den Schwertern gemacht?«, fragte sie.

»Ich habe sie herbringen lassen. Hierher ins Schloss.«

»Dazu hast du kein Recht! Sie gehören Alika und El Jati!«

»Ich soll also zusehen, wie vor meinen Augen eine Armee aufgebaut wird? Eine recht kleine Armee, aber immerhin. Meine eigenen Arbeiter bewaffnen sich gegen mich? Und«, fügte er hinzu, »du hast meine Frage nicht beantwortet. Was hast du mit diesen Schwertern zu tun?« Er packte sie an den Schultern und schüttelte sie.

»Au, du tust mir weh!«

»Anscheinend muss man dir ja wehtun, wenn man Antworten haben will. Verdammt, Mino, sag es mir!«

»Lass sie los, Norha!«

Binajatja stand in der Tür und starrte sie mit großen Augen an. »Was hast du gemacht? Oh meine Kleine ...« Sie wollte an Minos Bett eilen, aber Norha stand auf und versperrte ihr den Weg. »Was hast du mir da für eine Ehefrau angedreht, Binajatja? Sie sieht aus wie eine Gassengöre nach einer Wirtshausschlägerei.«

Binajatja öffnete den Mund und schloss ihn wieder.

»Ich habe lange genug Nachsicht geübt, Mino. Ich habe geduldet, dass du in eitrigen Wunden herumstocherst und zahnlosen Greisen Tee einflößt. Was immer du dir ausgedacht hast, ich habe es zugelassen und unterstützt. Ich habe sogar Alikas Holzschwert-Spielereien geduldet. Aber nun ist Schluss. Mino, du wirst mir jetzt sagen, woher diese Waffen herstammen. Alika und El Jati werden diese Insel sofort verlassen. Und sobald du wieder angemessen aussiehst, werde ich dich zur Königin krönen lassen.«

»Königin?«, fragte Binajatja verwundert. »Das ist lächerlich, Norha. Dies hier ist kein Königreich. Es ist nur Arima.«

»Es wird ein Königreich sein«, entgegnete er grimmig.

»Norha.« Sie stand ihm gegenüber, genauso groß wie er. Eine schöne, stolze Frau. Sie sah aus, als hätte sie in ihrem ganzen Leben kein einziges Mal geweint. »Ich habe dich hier als Verwalter eingestellt. Das bist du, Norha, ein Verwalter. Alles, was du an diesen Obstgärten besitzt, gehört dir nur durch Mino. Was soll das für ein Königtum sein, für das du meine Tochter schlägst? Uns gehören Apfelbäume. Ich gebe den Leuten hier Arbeit und aus Dankbarkeit und Respekt nennt man mich die Apfelkönigin. Wenn ich hier Macht ausüben kann, dann nur aus dem einen Grund, weil mir die Gärten gehören und jeder, den ich entlasse, sich eine andere Arbeit suchen muss und wahrscheinlich die Insel verlassen müsste. Aber könnte ich ihn dazu zwingen? Du kannst El Jati nicht von dieser Insel verbannen. Wenn er im Fischerdorf Arbeit findet, ist das seine Sache. Die Fischer haben mit mir nichts zu tun. Seit Res Fortgang haben sie keinen neuen Fischerkönig gewählt, aber auch dies ist nicht unsere Angelegenheit, sondern allein ihre. Verstehst du nicht, Norha? Wir sind auf Arima. So lange bist du schon hier und hast es immer noch nicht begriffen?«

Norha schaute Binajatja mit grenzenloser Verachtung ins Gesicht. »Wenn dies nicht dein Königreich ist, meins wird es sein.«

»Ich habe geduldet, dass du unser Haus ein Schloss nennst und deine Wachen davor postierst und eine Mauer um unseren Garten baust. Du nennst dich den Schlossherrn und meine Tochter die Schlossherrin. Aber nichts davon gehört dir, Norha. Es ist mein Haus und es sind meine Gärten.«

Norha wandte sich um. An der Tür stand der Wächter. Es war nicht der Mann, der Mino das Tor geöffnet hätte, sondern ein Fremder, ein großer, breitschultriger Soldat, der sein Gesicht vor sich hertrug, als wäre es eine Maske.

»Bring sie in ihr Zimmer«, befahl Norha. »Und achte darauf, dass sie es nicht verlässt.«

Binajatja, die jetzt auf einmal nicht zu vornehm war, um lauthals zu wüten, stampfte vor der Wache über den Flur.

Norha wandte sich wieder Mino zu.

»Ich kann das nicht glauben«, sagte Mino. »Ich sehe es und kann es doch nicht glauben. Was ist aus dir geworden?«

»Ich war zu lange nachsichtig«, sagte Norha. »Viel zu lange. Wir werden ein Königreich werden – jetzt. Und nun rede endlich. Und falls es dir schwerfällt – hast du da nicht noch irgendwo eine Tochter, meine Liebe?«

Mino schluckte ihre Wut hinunter. »Ich werde dir sagen, wie die Schwerter auf die Insel gekommen sind. Wenn du versprichst, Alika und El Jati in Ruhe zu lassen. Sie können nichts dafür, es war alles meine Idee. Ich habe Alika darum gebeten, ihren Keller benutzen zu dürfen.« Dies ist der Krieg, für den ich mich gewappnet habe, dachte sie. Hier ist er schon, jetzt und zwischen uns beiden, Mann und Frau. Sie wollte nicht lügen, aber im Krieg ging es nicht ohne

List. Niemals würde sie Werie und den neiaranischen Schmied verraten. Niemals würde sie die Fischer verraten, die ihre Heilkünste so großzügig entlohnten. »Die Waffen hat mir Kanuna El Schattik geschickt. Ich habe sie umsonst bekommen. Sie sind mit den Handelsschiffen hergekommen.«

»Das kann nicht sein. Die Ware wurde immer geprüft!«

»Sie waren gut versteckt. Manchmal hatten die Kisten doppelte Böden.«

Norha nickte zufrieden. »Ich wusste es doch, dass du eine kleine Betrügerin bist. Aber von nun an wirst du tun, was ich dir sage. Deine Freunde können meinetwegen bleiben, sie interessieren mich nicht. An deiner Stelle hätte ich sie lieber weggeschickt, solange es noch ging. Jetzt wirst du immer daran denken müssen, dass Maja in der Nähe ist.« Er blickte auf sie herab, und auf einmal war sein Gesicht wieder voller Wärme und Zuneigung. »Ach, Mino, ich wollte nie, dass so etwas geschieht. Kannst du nicht einfach deinen Part in diesem Spiel spielen, ohne dass ich dich dazu zwingen muss?« Er wandte sich zur Tür. »Erhol dich, meine Liebe. Ich werde alles für die Krönung vorbereiten.«

Solange man ihrem Gesicht die Misshandlung ansah, ließ er sie nicht vor die Tür. Er behandelte sie mit ausgesuchter Höflichkeit, vorsichtig, als könnten aus ihrem Mund Worte kommen, die schlimmer waren als scharfe Schwerter.

Sie hätte sich jetzt wieder frei bewegen können. Die Türen blieben unverschlossen, es folgten ihr auch keine Wachen. Aber Mino verließ das Schloss trotzdem selten. Er sollte glauben, dass sie sich fügte. Kriegslist.

»Ihr könntet euch ein Boot nehmen und einfach nach Drian übersetzen«, sagte sie zu Maja, die immer noch regelmäßig zu Besuch kam. »Wenn Norha erst die Krone auf dem Kopf trägt, wird alles noch schlimmer.«

»Wir haben keine Angst«, meinte Maja selbstbewusst. »Mach dir keine Sorgen, Mino.«

Es brannte ihr auf der Zunge, dem Mädchen zu sagen, wer sie war. Aber sie hatte Alika damals versprochen, dass das kleine Kind ganz und gar und ungeteilt ihre eigene Tochter sein sollte. Wenn Maja es jemals erfuhr, dann von Alika. Nicht von ihr.

»Hier, deine Kräuter. Sie sind vorgestern mit dem Schiff gekommen. Und diese hier, die habe ich aus dem Wald. Ich hoffe, es sind die richtigen.«

Lächelnd nahm Mino die kleinen Leinensäckchen entgegen. »Es sind die richtigen.«

»Du hast ja nicht einmal hineingesehen!«

»Das muss ich auch nicht. Wollschlinge hat diesen kräftigen Geruch, hier, halt deine Nase an das Säckchen. Merkst du es?«

Maja nickte, aber sie sah nicht glücklich aus. »Dann rieche ich die ganze Zeit schon nach dem Zeug?«

»Deinen kleinen Freund wird es sicher nicht stören«, meinte Mino.

Maja wurde rot. Hastig kramte sie in ihrer Umhängetasche. »Ich hätte fast vergessen, dir diesen Brief zu geben.« Sie sah sich um, bevor sie eine kleine Rolle hervorzog.

Mino öffnete sie nicht sofort. Das Papier schimmerte seidig. Nein, dies war kein einfaches Papier. Dies war Pergament. Sie hätte nicht einmal das Siegel sehen müssen, um zu wissen, woher diese Botschaft kam.

»Was ist?«, fragte Maja. »Willst du es nicht lesen?«

Auf dem Siegel prangte der Löwenkopf. Ihre Finger fuhren die Konturen nach.

»Kanuna El Schattik«, flüsterte Mino. »Wieso schreibt er mir einen Brief?« Sie beugte sich über die Rolle. So vorsichtig wie möglich löste sie das Wachs, es widerstrebte ihr, den aufgeprägten Löwen zu zerbrechen.

»Lies es mir vor«, sagte sie.

Majas Blick fiel zuerst auf die Unterschrift: Fanes. Meine Güte, dachte sie und fühlte sich wie erschlagen, die Kaiserin von Deret-Aif schreibt Briefe nach Arima? »Nun lies schon, Maja!«

Maja begann, stockte, überflog die Sätze, verstummte.

»Was ist?«, fragte Mino alarmiert. »Ist es etwas Schlimmes?«

»Er ist krank«, sagte Maja, ihre Stimme schien von weither zu kommen. »Er liegt im Sterben. Sie schreibt, er liegt im Sterben. Du sollst sofort nach Kirifas kommen.«

»Hab ich dich erwischt!« Von irgendwoher sprang Norha auf sie los und riss Maja den Brief aus der Hand. »Wie lange geht das schon so, he? Du dachtest wohl, ich merke nichts! Von wem kriegst du Briefe, nun sag schon!«

Mino, sich keiner Schuld bewusst, blieb ruhig sitzen. Sie hoffte nur, dass er Maja nicht allzu sehr erschreckte, deshalb ergriff sie die Hand des Mädchens und nickte ihr zu. »Danke, Maja. Aber jetzt geh, ja?«

»Und lass dich hier nie wieder blicken!«, schrie Norha. »Ihr glaubt wohl, ich merke nichts, wie? Aber da täuscht ihr euch! Ich habe mir schon länger gedacht, dass sie deine Botin ist. Und ich habe recht behalten!«

Maja war aufgesprungen, aber anstatt wegzulaufen, baute sie sich vor Norha auf. Furchtlos funkelte sie ihn an.

»Dies ist ein Brief von der Kaiserin selbst«, sagte sie. Ihre Stimme zitterte, aber sie wich nicht zurück. »Vielleicht solltet Ihr Eure Frau erst einmal fragen, bevor Ihr sie beschuldigt!«

Er versetzte ihr eine Ohrfeige, die sie nach hinten warf, und fast gleichzeitig stürzte Mino sich auf ihn. »Lass sie in Ruhe! Wag es nicht! Ich hasse dich! Du elender Idiot, ich hasse dich!«

Norha wehrte sie mit einer einzigen Bewegung ab und ging, den Brief immer noch in der Hand, einfach ins Haus. Mino bückte sich zu Maja und half ihr auf.

»Es tut mir leid. Oh Maja, verzeih mir, es tut mir so leid! Ich werde mit ihm reden. Geh du nur lieber nach Hause, Kind.«

Maja hielt sich die schmerzende Wange. Sie bedachte Mino mit einem verdutzten Blick. »Bis jetzt dachte ich immer, dass ihr übertreibt, du und Mutter. Jetzt glaube ich alles.«

»Dann geh zu deiner Mutter und sag es ihr. Verlasst Arima!«

»Und wir sollen dich hier im Stich lassen?« Maja schüttelte den Kopf, ihre schwarzen Augen blitzten. »Niemals. Wir werden immer in der Nähe sein, Mino, verlass dich drauf. Und ich kann mit einem Schwert umgehen, auch wenn es nur aus Holz ist.«

»Ich nehme an, du hast den Brief gelesen.« Sie musste Norha im ganzen Haus suchen, bis sie ihn schließlich in einer Abstellkammer fand. Ob er den Brief hier vielleicht versteckt hatte? Sie unterdrückte den Impuls, ihn danach zu fragen.

Norha wandte sich ihr zu. »Ja, das habe ich. Glaubst du, du könntest Briefe bekommen und sie vor mir verbergen? Ich habe mir schon länger gedacht, dass da etwas im Busch ist.«

»Die Kaiserin wünscht sich, dass ich nach Kirifas komme«, sagte sie und versuchte, gelassen und selbstsicher zu klingen. »Wenn du den Brief gelesen hast, müsstest du das doch wissen.«

Norhas Mundwinkel verzogen sich verächtlich. »Ist das deine neue Methode, meine Pläne zu vereiteln? Jetzt, wo deine Kampftruppe nichts als ein lächerlicher Spielzeugladen ist, willst du dich auf diese Weise nach Deret-Aif absetzen?«

»Er ist krank, Norha. Nur darum geht es.« Minos Herz zog sie nach Kirifas. Sie musste nach Aifa, auf der Stelle. »Ich verspreche dir, dass ich zurückkomme. Maja ist hier. Glaubst du, ich verziehe mich und überlasse alles dir? Ich komme zurück.«

»Zufällig ist gerade jetzt ein schlechter Zeitpunkt«, sagte Norha und grinste. »Wir sind nämlich kurz vor dem Ziel. Wir sind gerade dabei, ein Königreich zu werden. Deine Krönung steht kurz bevor.«

»Norha, es geht um Kanuna! Wenn es ihm schlecht geht, wenn er mich sehen will, ich kann ihm das nicht abschlagen! Ich muss dorthin! Ich muss – oh Rin, ich kann mir vorstellen, was er von mir will! Ich muss unbedingt dorthin!«

»Was könnte er schon von dir wollen?«

»Keta«, sagte sie ruhig. »Er will Keta. Natürlich. Er will seinen Erben, und Keta macht wieder Schwierigkeiten.«

»Und du willst ihn überreden, den Thron zu übernehmen?« Norha lächelte. »Die Krone über Deret-Aif gehört Zukata. Glaubst du, ich investiere Jahre meines Lebens in seine Sache und helfe dann einem anderen auf den Thron? Der Kaiser liegt im Sterben? Ich habe nie eine bessere Nachricht gehört.«

14. Die Brücke

DER KAISER TRÄUMTE. Wenn er die Augen schloss, sah er das Meer vor sich. Es war immer dasselbe Bild: Er stand an einem Sandstrand, der auf beiden Seiten endlos weiterzugehen schien. Er musste sich nicht umdrehen, um zu wissen, dass hinter ihm Kirifas lag. In seinem Traum kam es ihm nicht merkwürdig vor, dass sich die große Stadt nicht mehr im Herzen des Kaiserreichs befand, sondern an der Küste. Es kam ihm vor, als hätte sie schon immer dort am Meer gelegen, so dicht, dass das Rauschen der Wellen zu hören war und das Geschrei der Möwen.

Das war das einzig Seltsame an diesem Traum: die Stille. Kein Rauschen, keine Möwen. Kein Lärm aus der Stadt hinter ihm, keine Schreie von Händlern, keine spielenden Kinder, keine Schwertkämpfe im Hof. Er dachte an Ilinias, die Wächterin, die über die Säulengänge marschierte, das Kinn hochgereckt. Ich sollte an Fanes denken, fiel ihm ein. Ich sollte mich umdrehen und sie rufen. Aber kein Laut kam über seine Lippen. Die Stille war endgültig, und ihm war, als würde Ilinias das Schweigen bewachen, streng und unnachgiebig. Er lächelte. Sie war so schön und so stark und so stolz. Da war irgendetwas, was er vergessen hatte ... Was war es nur? Ja, jetzt wusste er es wieder. Sie hieß gar nicht Ilinias. Ihr Name war Vinja. Sie war seine Frau und zwei Jungen liefen durch den Park. Einer von ihnen war ein Mann. Oder waren es beide? Ein Riese, groß und blond, der ein Kind auf dem Arm hielt. Ein weinendes Kind, und mit ihm davonlief, aufs Tor zu. Haltet sie!, wollte er rufen, aber Ilinias wachte immer noch über die Stille.

Er drehte sich nicht um. Vor ihm lag das Meer. Er wartete hier auf etwas, das wusste er. Ein Schiff vielleicht? Kein Segel am Horizont, kein Wind, der ein Schiff hätte herbringen können. Völlige Windstille.

Worüber wachst du denn noch, Ilinias?, dachte er kopfschüttelnd. Stille. Wind. Du hättest mir sagen können, worauf ich warte.

Er stand da und fühlte, wie das Wasser seine Füße berührte. Es war erstaunlicherweise nicht kalt, sondern angenehm warm. Die Wellen schwappten bis an seine Knöchel.

Ich warte hier also, dachte er. Und das Meer kommt zu mir, aber es ist nicht das Meer, auf das ich warte.

»Kannst du mich hören?« Fanes beugte sich über ihn. Er erkannte sie sofort an ihrem lieben Lächeln.

Kanuna nickte. Etwas wollte ihn zurück in den Traum ziehen. Sein ganzer Körper fühlte sich schwer an, so schwer, dass es ihn nach unten zog, wo der Traum war. Träume dieser Art verschwanden nie ganz.

»Wie geht es dir?«

Es fiel ihm schwer zu sprechen. Auch sein Mund war schwer. Er wunderte sich ein wenig darüber, wie schwer ihm alles fiel.

»Wasser«, flüsterte er.

»Natürlich. Hier.«

Sie setzte das Glas an seine Lippen. Er aber hatte vom Meer gesprochen, von dem Wasser, das gegen seine Beine schlug. Es stieg, das fühlte er. Er hätte den Strand sofort verlassen müssen, denn es stieg mit atemberaubender Geschwindigkeit. Aber er konnte nicht. Er lag hier in seinem Bett im Palast. Es gab keinen Weg, wie er den Strand hätte verlassen können.

»Mino ist immer noch nicht gekommen«, sagte Fanes leise. »Jeden Tag warte ich darauf, dass die Wachen sie mir melden. Aber sie kommt nicht. Ich verstehe das einfach nicht. Hätte ich ihr eine Eskorte schicken sollen? Aber sie hat dein Siegel, sie kann sich doch jedes Pferd nehmen, das sie braucht, sie kann sich jeden Soldaten an ihre Seite holen, den sie benötigt. Ich mache mir langsam wirklich Sorgen.«

Kanuna hörte ihr zu, ohne sich mit ihr Sorgen zu machen. Dann wurde ihm auf einmal bewusst, dass dies auch sein Problem war. Er drückte Fanes' Hand. »Sie würde kommen, wenn sie könnte, das weißt du. Wahrscheinlich wurde sie aufgehalten. Der Weg ist lang.«

»Ich weiß doch.« Die Kaiserin seufzte. Er hatte sich so gewünscht, Mino zu sehen. Wenn sie von ihr sprachen, war sie für ihn immer Ketas kleine Tochter. Möwe. Keta betrachtete dieses Mädchen als seine Tochter und mit einer Selbstverständlichkeit, die Fanes manchmal wunderte, tat Kanuna das ebenfalls. Manchmal fiel es ihr schwer zu akzeptieren, dass seine Liebe nicht nur Manina, ihrer gemeinsamen Tochter gehörte, sondern immer noch, mit unverminderter Stärke, seinem Sohn Keta. Vielleicht stimmte Zukatas Vorwurf wirklich, dass er nie wirklich eine Chance gehabt hatte. Es war Keta, nach dem Kanuna sich in diesen Wochen, in denen seine Krankheit ihn überwältigt hatte, verzehrte. Keta und Möwe – Sohn und Enkelin.

»Keta wird bald hier sein«, versicherte sie ihm, obwohl sie ihre Zweifel daran hatte. Niemand wusste jemals, wo er sich aufhielt, aber sie hatte die nächste Zintasippe, die an Kirifas vorbeikam, unterrichten lassen und hoffte, dass den Prinzen die Nachricht von der Krankheit seines Vaters noch rechtzeitig erreichte. Er hätte Kanuna heilen können, davon war sie überzeugt. Vielleicht jetzt nicht mehr, aber zu Beginn, vor etwa einem halben Jahr, hätte er mit Sicherheit mehr ausrichten können als all die Ärzte von Kirifas zusammen. Und doch war er nicht sofort ans Krankenbett geeilt. In ganz Deret-Aif hatte sich die Kunde von der Krankheit des Kaisers herumgesprochen, aber Keta war immer noch nicht da.

Während sie am Bett ihres Mannes saß und mit ihm sprach, wallte der Zorn in ihr hoch. Sie wollte Kanuna damit verschonen, und doch brach es schließlich aus ihr heraus.

»Warum kommt er nicht? Es ist, als ob sie sich alle gegen uns verschworen hätten! Möwe ignoriert unseren Brief. Keta macht sich nicht die Mühe, herzukommen. Und dabei ist er dein Erbe! Manchmal frage ich mich wirklich, ob er das nicht absichtlich macht. Er wartet so lange, bis es zu spät ist, und dann kommt er her und will sich auf deinen Thron setzen?«

Kanuna versuchte zu lächeln. »Nein, Fanes. Nein, nicht Keta. Er wird kommen, so schnell er kann. Das weiß ich.«

Er musste jedes Zeitgefühl verloren haben. Wie konnte er immer noch daran glauben, dass Keta kommen würde?

Er wartet, bis du tot bist ... Das ließ sich so nicht sagen. Fanes beugte sich über ihren Mann, die Tränen tropften aus ihren Augen. »Ach, mein Lieber, du hörst nie auf, an ihn zu glauben! Du hast ihm den Segen gegeben und jetzt wäre ein guter Zeitpunkt für ihn, um zu beweisen, dass er ihn verdient. Mit dieser Macht in seinen Händen – er könnte dich heilen!«

»Ich stehe am Meer«, sagte Kanuna leise. »Das Wasser berührt meine Füße. Es steigt.«

»Nein! Nein, sag nicht so etwas!«

»Die Luft riecht salzig. Merkwürdig, dass es so still ist.«

»Möchtest du Musik hören? Soll ich jemanden rufen, der für dich singt und spielt?«

Er wartete darauf, dass Meer zu hören. Das Rauschen der Wellen, die Möwen. Und Schiffe – ja, er erwartete, eine ganze Flotte am Horizont auftauchen zu sehen, mit weißen Segeln, die das Sonnenlicht einfingen. Das Knarzen des Holzes, das Knattern des Segeltuchs im Wind ...

»Sie werden nicht kommen«, sagte er, denn auf einmal wusste er es. »Ohne Wind können sie nicht kommen.«

»Möwe und Keta? Sprichst du von ihnen?«

Er würde sterben. Sie wusste das. Keta kam nicht und nur aus diesem Grund würde ihr geliebter Mann sterben müssen. Es war zu früh für einen Riesen. Er war alt nach den Begriffen der Menschen, aber ein Riese hatte doch mehr Zeit! Viel mehr Zeit!

Ilinias schlüpfte ins Krankenzimmer, als Fanes endlich gegangen war. Die Kaiserin verbrachte fast den ganzen Tag bei ihrem Mann, aber Manina hatte sie nun doch dazu bewegen können, einmal nach draußen zu gehen, in die Sonne, bevor sie selbst auch noch krank wurde. Nur ihrer Tochter zuliebe hatte Fanes schließlich nachgegeben.

Es war befremdlich, einen Riesen, der doch eigentlich groß und stark sein sollte, der sonst immer gewaltig über allen anderen aufragte, so schwach vor sich zu sehen. Krank. Hinfällig. Hilflos. Diese Krankheit war ein Feind, gegen den nicht einmal der große Kanuna El Schattik kämpfen konnte. Die Ärzte hatten sich abgemüht und schließlich aufgegeben. Nichts, was sie versuchten, hatte dem Kaiser seine Kraft zurückgeben können. Es ist das Herz, murmelten sie hinter vorgehaltener Hand. Der Kummer, den er so viele Jahre mit sich herumgetragen hat – als seine Frau starb und als seine Tochter entführt wurde –, hat sein Herz in Mitleidenschaft gezogen und ihn so geschwächt. Sie flüsterten und schämten sich.

Es bereitete Ilinias keine Genugtuung, dass die Ärzte sich schämten.

Sie stand an Kanunas Bett und sah auf ihn hinunter. Er schlief, sie wollte ihn nicht stören. Sie war nur gekommen, um ihn zu sehen.

»Es tut mir so leid«, flüsterte sie. »Ich wollte es Euch sagen, aber es ging einfach nicht.«

»Was konntest du mir nicht sagen?« Die blauen Augen blickten sie an, zwei tiefe blaue Teiche. Ihr schien, dass sie mit jedem Tag, den er hier lag, tiefer wurden.

»Großvater«, wisperte sie.

Er streckte die Hand nach ihr aus, und sie ergriff sie.

»Mein Leben würde ich für Eures geben. Wenn ich nur für Euch kämpfen könnte.«

»Vinja?«

Verstand er sie oder nicht? Diese Augen, die bereits das Meer sahen. Sie wusste davon. Sie hatte an der Tür gewacht und jedes Wort gehört. Es war ihr nicht erlaubt, aber so oft wie möglich öffnete sie die Tür einen Spalt breit und lauschte, denn sie wollte sich kein Wort entgehen lassen. Alle diese Worte gehörten ihr, denn sie war nicht nur eine Wächterin. Dieser Riese auf dem Krankenbett war ihre Familie.

»Ja«, sagte sie leise. »Fast. Vinja bekam einen Sohn und Zukata bekam eine Tochter. Ja, Großvater, ich bin fast Vinja.«

Er hatte die Augen wieder geschlossen und sie huschte hinaus, bevor Fanes zurückkam.

»Prinzessin?« Einer der Wächter eilte auf Manina zu.

»Was?« Aber da sah sie schon hinter dem Mann einen anderen, einen Fremden. Einen Riesen.

»Prinz Keta«, verkündete der Wächter atemlos. »Er ist endlich gekommen. Soll ich der Kaiserin Bescheid geben oder wollt Ihr das tun?«

»Das mache ich«, sagte Manina sofort.

Sie schaute zu dem Ankömmling hoch, überwältigt. Natürlich konnte sie sich nicht mehr an ihn erinnern. Aber er sah aus wie eine jüngere Ausgabe ihres Vaters. Vielleicht war er sogar noch ein Stück größer.

»Keta?« Sie trat ihm entgegen. Wie blau seine Augen waren! Und sie waren sehr ernst, auch als er seinen Mund zu einem flüchtigen Begrüßungslächeln verzog.

»Manina? Meine – meine Schwester?« Er musterte sie mit beiläufigem Interesse. »Wie groß du geworden bist.«

»Nun ja, du warst ja auch lange nicht hier.« Bevor ihre Mutter erschien und sie zu größerer Höflichkeit anhielt, konnte sie noch schnell alles loswerden, was ihr auf der Seele lag. »Meine Schuld ist es nicht, dass du nicht mitbekommen hast, wie ich gewachsen bin.«

Er versuchte nicht einmal, zerknirscht auszusehen. Sie merkte schnell, dass er überhaupt kein Verlangen danach hatte, sich mit ihr zu unterhalten. »Ich komme doch noch nicht zu spät?«, fragte er.

»Ich bringe dich zu ihm«, bot sie an. Sie war gekränkt, aber das musste sie ihm ja nicht zeigen. Er wollte natürlich erst seinen Vater sehen. Dass er daneben noch eine Schwester hatte, würde vielleicht später noch wichtig werden.

Während sie den Besucher durch den Palast führte, hörte sie das Getuschel der Leute.

Er ist doch noch gekommen! Jetzt wird alles wieder gut!

Sie warf dem fremden Riesen einen zweifelnden Blick zu. »Kannst du das wirklich?«, fragte sie.

»Was?«, fragte er.

Nein, seine Schroffheit war verständlich. Er machte sich Sorgen, so wie sie alle. Aber für ihn – vielleicht war das Ganze noch schlimmer? Sie verlor einen Vater, den sie über alles liebte, der zu ihrem Leben gehörte, aber er verlor einen Vater, den er schmählich im Stich gelassen hatte. Es war wahrscheinlich wirklich zu viel verlangt, jetzt einen freundlichen, zuvorkommenden Prinzen zu erwarten, der genau dem Bild entsprach, das sie sich von ihrem großen Bruder gemacht hatte. Ein Heiler. Mein Bruder ist ein wunderbarer Heiler.

»Du kannst ihn doch wieder gesund machen?«, fragte sie bang.

Er blieb stehen und warf ihr einen unbeschreiblichen Blick zu. »Wir werden sehen«, meinte er schließlich.

»Aber wenn es möglich ist ...«

Er eilte mit seinen Riesenschritten durch die Gänge und Zimmer. Es fiel ihr schwer, mit ihm Schritt zu halten. Davon, dass sie ihn führte, so wie sie es sich vorgestellt hatte, konnte keine Rede sein; sie musste hinter ihm herrennen, um mitzukommen.

»Hier ist es«, sagte sie, aber da hatte er schon die Tür geöffnet. Fanes sprang auf. Ilinias, die er einfach zur Seite gestoßen hatte, kam ihm empört nach.

»Prinz Keta«, kündigte Manina an, irgendwo von hinten.

Kanuna öffnete die Augen. Und sein Sohn befahl schroff: »Lasst uns allein.«

Fanes scheuchte alle sofort hinaus. In ihren Augen glänzte eine ungeheure Hoffnung auf. Sie schloss Manina in die Arme.

»Vielleicht«, flüsterte sie. »Vielleicht wird doch noch alles gut. Er hatte die ganze Zeit recht, ist es nicht unglaublich? Keta ist doch noch gekommen.« Sie lachte leise. »Vielleicht steht Möwe ja auch schon draußen vor dem Tor?«

»Es kommt mir vor, als sei ein Sturm hier durchgeweht«, klagte Manina. »Meinst du nicht, die Aufregung könnte Vater eher schaden? Die Ärzte haben doch gesagt, er darf sich nicht aufregen.«

»Mach dir keine Sorgen«, versuchte Fanes, bis obenhin angefüllt mit Sorge und Hoffnung, ihre Tochter zu beruhigen. »Nun ist endlich der größte Heiler des Kaiserreichs bei ihm. Gebe Rin, dass es noch nicht zu spät ist.«

Ilinias hätte am liebsten die Tür geöffnet, um mit anzuhören, was im Zimmer geschah, aber da die Kaiserin mit ihr hier draußen wartete, wagte sie es nicht. Stocksteif stand sie da und versuchte, wie eine Wächterin auszusehen, nicht wie eine Angehörige.

»Mein lieber Sohn«, murmelte Kanuna schwach. Er stand am Strand und vor ihm war das Meer. Er drehte sich nicht um. Und doch war vor ihm dieser große blonde Riese, ein Mann in den besten Jahren. Um ihn her war die Aura seiner Kraft. Wenn man genau hinsah, konnte man es sehen – ein Glanz, als stünde er im Mondlicht. Nie zuvor hatte er darüber nachgedacht, was es bedeutete, ein Riese zu sein. Erst jetzt, auf seinem Sterbebett, gingen ihm die Augen auf und er sah klar.

»Du wirst über die Menschen herrschen, als wärst du Rin selbst«, sagte er.

»In der Tat, das werde ich, Vater«, sagte der Besucher.

Kanuna blinzelte, er versuchte, das Gesicht seines Sohnes durch all den Schimmer klarer zu sehen. »Keta?«

Der jüngere Riese beugte sich über ihn. »Nein, Vater. Du weißt genau, wer ich bin. Oder etwa nicht?«

»Zukata«, flüsterte der Kaiser.

»Ganz recht, Vater. Ich habe mir den Namen meines Bruders nur kurz ausgeliehen. Mir kam der unangenehme Gedanke, dass er hier vielleicht willkommener sein könnte als ich. Ist es so?«

Was war das für ein Schmerz, der sich um sein Herz krallte? Es war, als hätte jemand mit der unbarmherzigen Hand eines Riesen in seinen Brustkorb gefasst. Es ist Zukata, dachte er. Er hält mein Herz in seiner Hand. Hat er das nicht schon immer getan? Keta und Zukata. Wie konnte ich je zulassen, dass meine Söhne darüber entscheiden, ob ich glücklich bin?

»Zukata«, ächzte er. Er wollte all seine Liebe in diesen Namen legen, alle Zuneigung, alles, was er jemals versäumt hatte. »Mein Ältester ...«

»Die Weisheit spricht aus deinem Mund.« Zukata sprach leise, er wollte nicht, dass irgendjemand etwas von diesem Gespräch mitbekam. »Ja, dein Ältester. Dein rechtmäßiger Erbe. Und wie es aussieht, brauchst du früher einen Erben für deinen Thron, als wir alle gedacht haben. Wo ist nun mein Segen? Wo ist Keta, der versprochen hat, ihn mir zu geben? Ich hatte gedacht, dass er vielleicht hier sein würde. Was soll ich tun? Ihn im ganzen Land suchen lassen? Soll ich ihn aus seinem Versteck zerren, damit er mir endlich gibt, was mir zusteht? Er ist ein Lügner, Vater. Es tut mir weh, dir das sagen zu müssen, aber dein Liebling ist ein Lügner und Betrüger, der nicht einmal davor zurückschreckt, seine heiligsten Eide zu brechen. Ich hätte mir denken können, dass er wieder kneift. Warum ist er nicht hier, Vater? Er weiß doch, wie es um dich steht. Warum kommt er dann nicht, dein Lieblingssohn, dein Augapfel, dein gesegneter Erbe?«

Dieser Schmerz ... Keta war nicht gekommen. Und stattdessen war Zukata hier. Zukata, der sich auf den Thron von Kirifas setzen würde, der sich zum König von Aifa ausrufen lassen würde, zum Kaiser über ganz Deret-Aif ... Der Sternenglanz lag auf seiner Schulter wie ein königlicher Mantel. Es war richtig und es war falsch, alles zugleich. Wie hatte es nur zu diesem Durcheinander kommen können? Wie hatte er nur, als an jenem dunklen Tag ein Junge vor ihm kniete und bat: »Segne mich«, den Segen dem Falschen geben können? Einem Jungen, der an sich riss, was ihm nicht gehörte, und dann verschwand und nicht mehr zurückkam. Es tat so weh. Es tat so unglaublich weh, dass Keta Kirifas verlassen hatte und nicht mehr wiederkehrte.

»Du musst es wieder richtigmachen«, bat Zukata. »Oh bitte, Vater!« Der Zorn und die höhnische Anklage waren aus seiner Stimme verschwunden. »Mach es wieder richtig.«

Aber er konnte nicht. Das Meer hatte schon seine Knie erreicht. Der Strand war verschwunden. Das Gewicht in seiner Brust drückte ihn nach unten, so dass er den Horizont nicht mehr sehen konnte.

Nur noch seine Beine im Wasser, seine eigene helle Haut durch die schaukelnden Wellen. Das Licht spiegelte sich. Das war der Glanz. Nicht die Sterne, sondern das Licht auf den Wellen. Oder, bei diesem Gedanken musste er fast lachen, waren die Sterne ins Meer gefallen? Dass er das nicht früher gemerkt hatte! Deswegen war es auch so still. Sie waren alle hier unten, die Sterne. Sie versanken im Meer. Alle. Sie waren alle vom Himmel gefallen, die schönen, stolzen Riesen. Und nun war er an der Reihe. Nun würde er untergehen, wie sie alle. Das Wasser stieg und presste seine Brust zusammen.

»Vater!«, weinte Zukata. »Oh bitte, verlass mich nicht! Du musst es ihm doch noch sagen! Du musst doch – oh bitte, stirb nicht! Nicht jetzt!«

Alle Sterne gingen unter. Der Strand stand unter Wasser. Kirifas hinter ihm war längst vom Erdboden verschluckt. So endete es immer, im Wasser. Um ihn her war nichts als die spiegelnde, leicht gekräuselte Oberfläche des Meeres.

Er hatte einen schrecklichen Fehler gemacht. Er hatte den falschen Sohn gesegnet. Und daraus war all das Unglück entstanden. Daraus war der Schmerz entstanden, der Zukata weinen ließ. Er hörte ihn schluchzen. Das Wasser stieg an ihm hoch, aber immer noch hörte er seinen Jungen weinen.

Sie gehen unter, alle ... So endet es immer. Nein. Da war etwas, was er wusste, was er immer gewusst hatte. Die Brücke ... Es musste eine Brücke geben. Wo war die Brücke über das Meer? Er zwang sich, den Blick vom Wasser wegzulenken, fort von seinem eigenen Untergang, noch einmal zum Horizont. Da waren keine Schiffe, immer noch nicht. Aber tatsächlich, irgendwo dort hinten entsprang eine Brücke aus dem Horizont und schlug den Bogen über das Meer. Sie war doch da! So lange hatte er gewartet und nun war sie endlich da. Die Brücke. Sie wölbte sich über ihm, fern wie ein Regenbogen, weit, weit über ihm. Sie war so hoch wie der Himmel. Er stand im Wasser, das ihm nun bis zur Brust reichte, das mit einer solchen Gewalt gegen ihn schlug, dass es ihm die Luft aus den Lungen drückte. Sie war da, aber er konnte sie nicht erreichen. Eine Brücke von Horizont zu Horizont ... Wie sollte er hinaufgelangen? Er wusste, dass man über die Brücke gehen musste. Das war der einzige Weg nach Rinland. Genauso gut hätte man von ihm verlangen können, zu fliegen.

Er streckte die Arme aus und klammerte sich an den Pfeiler, der dicht neben ihm aus dem Grund ragte. Er lehnte die Stirn an diese Säule und weinte vor Erleichterung, weil es in diesem riesigen Meer, das ihn mitreißen wollte, einen Halt gab. Nein, es war kein Pfeiler. Es war ein Arm. Der Arm eines gewaltigen Riesen, eines Riesen, so groß wie die Welt. Er hatte sich an den Arm gehängt, der weit oben die Brücke hielt mit seiner Riesenhand.

Er hielt sich fest. Das Meer zerrte an ihm, aber mit all seiner Kraft klammerte er sich an den Arm. Er musste hinaufklettern, aber wie konnte man an einem Arm in den Himmel klettern? Dort oben war die Brücke, weit, weit oben. Es half ihm gar nichts. Er würde sich hier festhalten, bis er müde wurde und abrutschte und in den Fluten versank. Denn so endete es immer. Die Sterne fielen. Und wer auf dem Thron saß, machte sich schuldig, immer.

Seine Tränen mischten sich mit dem salzigen Wasser.

Salzwasser. Meerwasser. Der Junge war im Dunkeln zu ihm gekommen. Auch damals hatte er geweint, endlos, eine schier endlose Flut von Tränen. Damals hätte er mit Leichtigkeit Rin Konkurrenz machen und ein eigenes Meer aus Tränen füllen können. Der Junge mit einer Schale Meerwasser. »Segne mich, Vater. Gib mir deinen Segen. Es wäre ihr Wunsch gewesen, dass du das tust.«

Er rutschte ab. Er klammerte sich an den Arm des Riesen, so fest, wie er nur konnte. Eine Schale voll Meerwasser. Er tauchte darin ein … Damals hatte er nur seine Finger eingetaucht. Er hatte das Haar des Jungen mit den salzigen Tropfen benetzt und die Worte gesprochen.

Ein Fehler … Das Wasser war nicht mehr warm, sondern kalt. Es zog an seinen Füßen, als wäre es ein Ungeheuer mit einem Eigenleben. Mit aller Kraft hielt er sich an dem Riesenarm fest, aber er rutschte wieder tiefer. Noch ein Stück und noch ein Stück … Der Junge flüsterte. »Vater. Segne mich.« Wie hatte er seinen eigenen Sohn nicht erkennen können, seinen Lieblingssohn? Diese Stimme. Heiseres Flüstern. »Segne mich, Vater.«

Seine Hände verloren den Halt, er stürzte und das Wasser schlug über ihm zusammen. Was für ein Fehler war es gewesen. Diesen Jungen hier, der neben ihm weinte, den hätte er segnen sollen. Den hätte er in den Arm nehmen sollen, als seine Mutter starb. Er hätte ihn trösten müssen, ihm sagen müssen, dass er ihn liebte ... Segne mich. Flüstern. Eine Gestalt im Dunkeln. Keta.

»Ja!«, schrie er auf, und während er schrie, drang das kalte Wasser in seine Kehle ein, eine Flut aus Dunkelheit. »Ja, ich wusste es!« Tief in mir habe ich es gewusst. Sie sind sich nie so ähnlich gewesen, dass ich sie nicht hätte unterscheiden können. Keta, mein Liebling. Mein Sohn, mein Stolz, mein Herz. Ich habe es gewusst.

Er versuchte zu schwimmen. Dort war der Arm, immer noch, das einzig Feste in dieser flüssigen Dunkelheit. Der Arm eines Riesen, der die Brücke hielt und die ganze Welt und der die Sterne an den Himmel streute ... Er klammerte sich an diesen Arm.

Ich habe es gewusst!

Der Schmerz in seiner Brust ließ seine Hände hilflos hinabsinken. Und sogleich zog ihn die Dunkelheit mit sich, immer tiefer hinunter.

Ich habe einen Fehler gemacht. Nein, ich habe mich nicht geirrt. Ich wusste es. Tief in mir, verborgen vor meinen stolzen Kaisergedanken, habe ich es gewusst. Ich wollte Keta segnen. Ich wollte ihm alles geben. Ich wollte, dass er mein Erbe wird. Selbst jetzt habe ich nur nach ihm gerufen, nicht nach dem anderen. Es war immer nur Keta, den ich wollte ...

Verzeih mir!, wollte er rufen. Ich habe dich nicht geliebt, Zukata. Das war mein Fehler. Ich habe dich nicht genug geliebt. Oh Zukata, verzeih mir!

Das Wasser in seinem Mund war salzig. Es füllte ihn aus, es ließ keinen Raum mehr für Worte. Es war zu spät, um alles zu erklären. Zu spät, um irgendetwas wiedergutzumachen. Zu spät, um Zukata zu sagen, dass er sich geirrt hatte, als er Keta all seine Liebe gab. Zu spät, um irgendetwas nachzuholen, um zu versuchen, die Waagschale wieder auszugleichen.

Nicht genug geliebt ...

Er versank. Dort im Dunkeln. Er hatte einen schrecklichen Fehler gemacht. Er hatte Zukata von sich gestoßen, in ein fürchterliches Leben, in ein Leben, in dem es ihm nie möglich gewesen war, die Liebe seines Vaters zu erringen. Er hatte versagt, so sehr versagt ...

So endet es immer, nicht wahr? Sie versinken alle im Meer, die Sterne. Die stolzen Riesen, Rins Stolz und seine erste Liebe, die ihm so gleichen. Sie werfen sich ins Meer und sinken nach unten durch die Finsternis ...

Er versuchte, die Arme zu bewegen, sich nach oben zu arbeiten. Irgendwo dort war die Brücke, irgendwo dort oben. Wenn sie sich auch unerreichbar weit im Himmel wölbte, wenigstens einmal wollte er sie noch sehen. Sein schmerzendes Herz lag schwer wie ein Stein in seiner Brust. Das tun sie immer mit denen, die sie zum Ertrinken verurteilen, nicht wahr? Mit den jungen Hunden, den kleinen Katzen. Ein Stein. Und sie sinken. Sie können strampeln, so viel sie wollen, sie werden sinken. Sein Herz war ein solcher Stein, denn er hatte nicht genug geliebt. Nun war es zu spät, um irgendetwas wiedergutzumachen. Er hatte die Dunkelheit getrunken und nun waren da keine Worte mehr. Er konnte nicht einmal mehr die Schluchzer seines Jungen hören. Er saß im Dunkeln und sein Sohn kam zu ihm, mit der Schale voll Wasser. Segne mich. Es war Zukata. Es war Keta. Und er segnete ihn.

Und so endet es nun.

Er war allein. Doch dann, wie ein Blitzstrahl, erinnerte er sich daran, dass er den riesenhaften Arm gesehen hatte. Und weit oben, fast schon am Himmelsgewölbe, eine Hand, die die Brücke hielt.

»Hilf mir.« Er klammerte sich an diese Worte, wie er sich kurz zuvor an den Arm geklammert hatte. »Hilf mir.«

War er nicht da, der Riese aller Riesen? Ganz dicht vor ihm musste er stehen, in dem nachtschwarzen Wasser, so nah ...

»Hilf mir.« Er hatte keine anderen Worte mehr. Nur das: »Hilf mir.«

Sein Kopf durchbrach die Wasseroberfläche. Es war Nacht da draußen. Weit oben glänzten die unzähligen Sterne. Wie einen schwarzen Streifen durch das Licht sah er die Brücke hoch oben, die unerreichbare. Dort war der Arm, dort war die riesige Hand.

»Hilf mir. Lass mich nicht untergehen, so nah bei dir. Oh bitte nicht. Es muss nicht so enden. Hilf mir.«

Und auf einmal war die Hand da. Eine Hand, so groß wie der Himmel, aber sie war gerade groß genug, um ihn zu tragen. Das Wasser flutete zurück. Er sah, dass die Brücke fiel, nun, wo die Hände sie nicht mehr stützten. Hoch schäumte das Wasser auf, als sie auf der Oberfläche des Nachtmeeres aufschlug. Aber er fürchtete sich nicht. Er hielt sich an der Hand fest, der großen, warmen, festen. Das Wasser stürzte nach hinten, ein einziger, riesiger Wasserfall. Er brauchte eine Weile, um zu begreifen, was geschah. Die Brücke war eingestürzt und der Riese erhob sich aus dem Wasser. Die gewaltigen Wassermassen flossen an ihm herunter. Und da war das Haupt des Riesen, eingehüllt in einer Wolke aus Glanz. Er wagte kaum, hinzusehen, aber da hörte er die Stimme sprechen: *»Sieh mich an.«*

Er gehorchte, bang, aber ohne zu zögern. Und dort, hinter dem Glanz der Sterne, war ein Gesicht, das Gesicht des wahren Riesen, des Herrschers über alle Riesen und alle Menschen und alle Tiere und alles, was in der Welt lebt und geschaffen wurde.

Er wurde so klein, dass er glaubte, verschwinden zu müssen. Aber immer noch hielt ihn die große, starke Hand.

Es war Nacht, aber der Glanz dieses Hauptes war so groß, als wäre es die Sonne selbst. Die Wärme, die von ihm ausging, war tödlich und verzehrend und doch auch liebkosend und nährend. Wenn man ihn gefragt hätte: Was ist es, was du siehst?, so hätte er nur stammeln können. Dies ... und es ist so groß ... und wer bin ich?

»Sieh dorthin, Geliebter«, sagte der große Riese, und er schaute über das Meer und erblickte weit hinten am Horizont eine Insel.

Was hatten sie erwartet? Dass Keta, der Prinz, der den Segen besaß, mit strahlendem Gesicht die Tür öffnen und sie hereinbitten würde und dass sie dann, staunend und weinend, Kanuna im Bett sitzend vorfinden würden, lächelnd und schon ein wenig ungeduldig, um aufzuspringen und sein Leben wieder aufzunehmen? Sie standen vor der Tür und warteten, bang. Ihre Herzen schlugen heftig.

Sie warteten lange, sehr lange. Und schließlich konnte Manina es nicht länger aushalten und öffnete die Tür.

Der Kaiser lag immer noch in seinem Bett. Was sie nicht erwartet hatten, war dieser Riese, der schluchzend danebenkniete.

»Was ist passiert?«, fragte die junge Prinzessin erschrocken.

Er hob den Kopf. Seine Augen waren gerötet, seine Wangen nass von all den Tränen, die er geweint hatte. Als er sah, dass man ihn beobachtete – sie kamen alle herein, Manina, Fanes, sogar Ilinias –, wischte er sich hastig übers Gesicht und sprang auf.

»Er ist tot«, sagte er mit rauer Stimme.

Ungläubig starrte die Kaiserin auf ihren Mann. Sie wollte es nicht glauben. Er lag da und sah nicht anders aus als vorhin, als sie aus dem Raum gegangen war.

»Nein«, widersprach sie. »Nein, du – du bist doch in der Lage, ihn zu heilen. Das bist du doch.«

Der blonde Riese, den sie für Keta hielt, schüttelte nur den Kopf. Dann fühlte er sich auf einmal von Manina umarmt, diesem Mädchen mit dem langen Haar. »Oh Keta, er ist wirklich tot!«

Wollte sie, dass er sie tröstete? Oder glaubte sie, ihm damit helfen zu können? Einen Moment lang duldete er es, dass sie an seiner Brust weinte, dann machte er sich los, ließ sie bei dem Toten und trat hinaus ins Vorzimmer.

Er atmete tief durch. Dies war mehr, als ein Mann ertragen konnte.

Manina. Wie alt mochte sie sein? Achtzehn, neunzehn?

Er hatte nicht damit gerechnet, dass ihn hier alle für Keta halten würden. Im Grunde war er davon ausgegangen, dass sein Bruder längst hier eingetroffen war. Um sich den Segen zu holen, war er gekommen, um das Versprechen, das Keta ihm damals, im finsteren Keller eines verlassenen Hauses, gegeben hatte, einzufordern. Sie würden alle hier sein, dessen war er sich sicher gewesen, die ganze Familie, und Keta vielleicht mit der Hoffnung, er, Zukata, würde nicht kommen. Wenigstens den Versuch würde er machen, sich selbst krönen zu lassen. Ein Sohn des Kaisers, ein Riese, der Gesegnete. Natürlich würden die Fürsten ihn krönen, keine Frage.

Am Tor, als der Wachmann ihn fragend ansah, zugleich ehrerbietig und ein wenig furchtsam – »Prinz Keta?« –, erst da war ihm aufgegangen, dass er vergeblich kam. Keta hatte es nicht für nötig gehalten, zu seinem sterbenden Vater zu kommen. Oder war er längst da und hielt es geheim, damit er den Segen ja nicht weitergeben musste? Einem solchen Betrüger war alles zuzutrauen.

Wütend stapfte Zukata durch die Gänge und Zimmer des Palastes. Er hatte kein Auge für die samtweichen Teppiche, die Wandgemälde, die kostbaren Bilder. Es war eine Umgebung, die eines Kaisers würdig war, aber im Augenblick hätte er alles dafür hingegeben, wenn nur Kanuna nicht gestorben wäre. In seinen Armen. Deinetwegen, flüsterte eine Stimme. Er ist gestorben, nicht, weil ausgerechnet jetzt seine Zeit gekommen war, sondern weil er dich gesehen hat. Der Widerwille hat dazu geführt, dass sein Herz aufhörte zu schlagen ... Er wollte dich nicht sehen. Keta hat er erwartet, nicht dich. Er wollte dich nicht, er wollte dich nie ...

Fast ohne es zu merken, war er weitergegangen, dorthin, wo früher das Zimmer der Prinzen gelegen hatte. Das Kinderzimmer, wo sie beide zu Feinden herangewachsen waren.

Seinetwegen war Keta nicht gekommen, weil er sich vor dieser Begegnung gefürchtet hatte. Und deshalb war Kanuna gestorben.

Siehst du, sagte es in ihm, eine grausame Stimme, die sich nicht zum Schweigen bringen ließ. Deinetwegen ist dies geschehen.

Hilf mir. Er hatte diese letzten Worte gehört, geflüstert von den Lippen des Sterbenden, und er hatte nichts tun können. Wie hätte er seinem Vater helfen können? Selbst die Kraft eines Riesen reichte nicht aus, um den Tod zu vertreiben. Nur die Gabe des Gesegneten, die er nicht besaß.

Er lehnte sich aus irgendeinem Fenster, um atmen zu können. Ihm war danach, alles kurz und klein zu schlagen, den ganzen Palast niederzureißen. Er durfte das, schließlich war es sein eigener Palast ... Sein Palast?

Sehr sorgfältig schloss er das Fenster wieder. Die Scheiben zitterten leicht, aber sie brachen nicht.

Sie hielten ihn für Keta. Sohn, Riese, Gesegneter. Sie würden ihn krönen, wenn er dieses Spiel weiterspielte. Solange Keta nicht höchstpersönlich hier auftauchte, wer sollte ihn aufhalten? Fanes hatte ihn nicht erkannt. Und Manina! Dieses süße Mädchen, das ihn für ihren lieben Bruder hielt! Sie würden zusehen und ihm lächelnd zunicken. Dass er es nicht vermocht hatte, Kanuna zu heilen, würden sie letztendlich auf Rins göttlichen Willen zurückführen müssen. Es hatte so kommen sollen, für jeden kam irgendwann seine Zeit.

Und nun war Zukatas Zeit gekommen. Sie würden ihn krönen. Er würde sie dazu bringen, ihn zu krönen. Er lächelte. Nun, so fürchterlich das alles hier begonnen hatte, so gut würde es enden. Sein Vater war tot – ja, aber hör auf zu weinen. Du bist ein Riese, keine Memme.

Mit festen Schritten machte er sich auf den Weg zurück zu seiner Familie.

Irgendwo dort draußen hatten die Hörner angefangen zu rufen. Ihre Klage hallte über die ganze Stadt. Zukata sah die Höflinge, die Fürsten und die Diener, betreten herumstehen, wie gelähmt. Blicke ruhten auf ihm, die bereits die Frage enthielten: Ist das unser neuer Kaiser? Er bemühte sich, nicht zu lächeln. Ernst, wie es der Situation angemessen war, schritt er durch die menschengefüllten Räume.

Mein Vater ist tot. Er wird nie wieder da sein. Er wird dir nie sagen, dass du ein guter Sohn bist. Dass er stolz auf dich sein wird. Du wusstest, dass das nie geschehen würde. Wusstest du es nicht? Also nimm dich zusammen und tu nicht so, als sei die Welt untergegangen.

Er hatte sich vollkommen unter Kontrolle. Was hätte Keta getan? Der Kaiserin sein Beileid ausgesprochen. Der Prinzessin. Sie an den Schultern gefasst und hinausgeführt und den Dienern befohlen, etwas zu trinken zu bringen. Vielleicht so. Er wusste nicht, wie gut sie Keta kannten, aber allzu gut konnte es nicht sein, sonst hätten sie doch längst Verdacht schöpfen müssen..

Er legte seiner kleinen Schwester die Hand auf den Arm. »Komm«, sagte er zu ihr.

Aber sie schüttelte den Kopf. »Nein, lass mich – lass mich noch eine Weile bei ihm sein.«

Fanes saß auf dem Sessel am Bett und starrte auf den Toten.

»Geh mit ihm«, sagte sie zu ihrer Tochter. »Ich möchte ein paar Augenblicke hier allein sein, bevor wir das Volk hereinlassen.«

Zukata führte Manina sehr fürsorglich hinaus. Ein hübsches Mädchen, dachte er. Brav, ihren Eltern sehr verbunden. Was wohl aus ihr gewesen wäre, wenn sie in meinem Lager aufgewachsen wäre? Er stellte sie sich wild und herrlich vor, eine Frau, die in der Lage war, eine Armee anzuführen. Zu ihm würde sie aufsehen, nicht nur wie zu einem Fremden, sondern voller Respekt und Kameradschaft.

»Manina! Ich habe es gehört und ...« Der Mann, der auf sie zugelaufen kam, blieb stehen und starrte ihn an.

Blitz. Er war älter geworden, ein Mann, kein Junge mehr. Und trotzdem war es unverkennbar Blitz, der kleine Verräter. Blitz, der stehengeblieben war und ihn anstarrte. Nein, Blitz brauchte nicht mehr als einen Blick, um zu wissen, welchen der Zwillinge er vor sich hatte. Er öffnete den Mund, aber Zukata kam ihm zuvor.

»Dies ist deine einzige Chance«, sagte er. »Wenn du schweigst, kannst du vielleicht alles wiedergutmachen, was du getan hast.«

»Manina«, sagte Blitz mit bebender Stimme, er streckte die Hand aus. »Komm zu mir, sofort.« Er sprach zu ihr wie zu einem Kind, das aufs Dach geklettert ist und jeden Moment abstürzen könnte.

Zukata verstärkte seinen Griff fast unmerklich. Nur in Maninas Gesicht veränderte sich etwas. Sie kannte Blitz so gut. Sie musste nicht mehr fragen, was los war, sie wusste es, sobald er gesprochen hatte. Und dann, als aus dem brüderlichen, trostspendenden Arm um ihre Schulter auf einmal der Griff eines Feindes geworden war, konnte sie nicht einmal einen halben Schritt von ihm fort.

Zukata wies auf irgendeine Tür. »Geh dort hinein, Blitz.« Blitz gehorchte, ohne den Blick von Manina zu lassen.

»Hab keine Angst«, sagte er zu ihr. »Es wird alles gut.«

»Ach ja?« Zukata drückte sie an sich. Für Außenstehende mochte es so aussehen, als sei dies eine zärtliche Umarmung unter Geschwistern, deren Vater soeben verstorben war, doch Manina wusste, dass er ihr hier seine Kraft demonstrierte. Es tat weh, aber sie ließ sich nichts anmerken. Ein wenig mehr, und er hätte ihr alle Knochen im Leib gebrochen, aber durch jahrelangen Umgang mit Menschen wusste Zukata genau, wie weit er gehen durfte.

Als er über die Schwelle trat, Blitz nach, ließ er sie plötzlich los und schlug die Tür hinter sich zu.

»Tu ihm nichts!«, rief Manina. »Oh bitte, bitte, tu ihm nichts!«

Sie standen sich gegenüber. In diesem mit allem Prunk eingerichteten Zimmer einer Herzogin war ein Kampf kaum vorstellbar. Zukatas Augen schweiften durch den Raum und blieben an einer Sammlung kleiner Porzellantassen hängen, die sorgfältig aufgereiht in einer Anrichte standen.

»Nun, Blitz, so sehen wir uns wieder.«

Blitz war nicht ganz unbewaffnet, auch wenn das zunächst so ausgesehen hatte. Er trug ein Messer in seinem Gürtel. Seine Hand ruhte darauf, aber noch hatte er es nicht gezogen.

»Na, na«, tadelte Zukata. »Warum glauben eigentlich immer alle, ich wollte sie umbringen? Ich bin hier, um meinen Vater zu besuchen.«

Blitz schwieg. Hatte er eine solche Angst, dass er nicht reden konnte? Zukata fühlte den Zorn in seinen Schläfen pochen.

»Was dachtest du denn? Dass ich vorhabe, Manina etwas anzutun? Sie zu entführen? Ich bitte dich, das hatten wir doch schon längst.«

Er machte ein paar Schritte auf Blitz zu und sah, wie dessen Finger sich um den Griff des Messers krallten, so dass die Knöchel weiß wurden. Aber er zog es immer noch nicht.

»Und dir?«, fragte er. »Wie geht es dir so?«

»Was willst du, Zukata?«, fragte Blitz mit heiserer Stimme.

»Was ich will?« Er lachte. »Den Segen natürlich. Den Thron. Die Krone und das Zepter. Den Palast. Kirifas. Aifa. Deret-Aif. Alles. Ist dir das zu viel? Es ist all das, worauf ich einen Anspruch habe. Ich bin der Erbe. Konntest du nicht einfach so tun, als wäre ich Keta? Keta, dieser verdammte Dieb, der kein Recht auf das Erbe meines Vaters hat und dem sie es doch zu Füßen legen werden? Wäre es so schwer gewesen, einfach zu schweigen? Du kennst mich. Du weißt, ich bin ein guter und gerechter und strenger Herr.«

»Ja«, brachte Blitz heraus.

»Du weißt, warum du noch lebst? Ich halte meine Versprechen. Es war Keta, der dein Leben erkaufte, das mir gehört. Aber Keta hat seinen Eid gebrochen. Er ist nicht hier, um mir den Segen zu geben. Und deshalb gehört dein Leben mir, Blitz.«

Er beobachtete die Hand genau. Sobald Blitz das Messer zog, würde er sich auf ihn stürzen. Es würde nicht lange dauern. Er war gespannt, ob Blitz wie ein Besessener gegen das Unvermeidliche ankämpfen würde oder ob er sich ergab in die Hände dessen, den er verraten hatte. Schon wieder. Schon wieder hatte Blitz seinen Traum getötet.

»Warum musst du überall auftauchen und meine Pläne durchkreuzen?«, fragte Zukata und trat noch einen Schritt näher. »Warum bist du überhaupt in meine Bande eingetreten, wenn du vorhattest, mir ständig zu schaden?«

»Ich bin nicht in deine Bande eingetreten«, stieß Blitz hervor. »Du hast mich entführt und gezwungen. Du hast mir dein Zeichen eingebrannt, gegen meinen Willen. Ich habe mit dir nichts zu schaffen, Zukata.«

»Ach ja, ich vergaß, das war diese Geschichte: Ich bin ein Vogel hoch in der Luft und bin frei.« Noch einen Schritt. »Und nun werde ich diesem Vogel den Hals umdrehen.« Er sprang auf Blitz los, Blitz zog sein Messer, und im gleichen Moment zerbarst hinter ihnen die Tür und jemand schrie: »Nicht!«

Zukata drehte sich um. In seiner Faust hielt er bereits Blitz Handgelenk und zwang ihn, das Messer fallenzulassen. Wenn man ihn dabei störte, Blitz langsam zu töten, konnte er ihn auch einfach gegen die Wand schmettern, aber er wartete noch ab. Er wollte sehen, wen sie geschickt hatten, um es mit ihm aufzunehmen. Die gesamte Palastwache vermutlich. Aber zu seiner Überraschung war es nur eine einzige Frau. Er erkannte in ihr die hübsche blonde

Wächterin vor Kanunas Sterbezimmer. Eine junge Frau in kriegerischer Aufmachung. Eine Amazone. Es interessierte ihn nicht, wie stolz diese Weiber auf ihre Kampfeskunst waren.

»Lass meinen Mann los!«

Zukata grinste. »Sieh an, Blitz. Das ist deine Frau? Ein hübsches Ding, ich muss schon sagen.«

So hätte Manina werden können, wenn sie bei ihm geblieben wäre. Wütend und kampflustig. Es gefiel ihm, obwohl er ihre Einmischung gerade jetzt nicht schätzte.

»Lass ihn los!«

»Und wenn nicht?«

Er zog Blitz noch etwas näher zu sich heran. Sie alle waren Verräter: der Bruder, der ihn betrog, die Mutter, die einfach aus seinem Leben verschwunden war, der Vater, der ihm nur Schlechtes zutraute, selbst dieser Junge, von dem er geglaubt hatte, er könnte ihn als eine Art Sohnersatz an seinem Leben teilhaben lassen. Gegen meinen Willen, hatte Blitz gesagt. Was sollte er mit so einem Sohn?

Die Amazone stürmte mit gezogenem Schwert auf ihn los. Es begann interessant zu werden. Sie erwischte seinen Arm, bevor er sie abwehren konnte, und als er nach einem Stuhl griff, den er ihr an den Kopf werfen konnte, hatte sie mit ihrer spitzen Waffe schon irgendwo in seine Brustgegend gestochen.

Es war eine Herausforderung, einarmig mit ihr zu kämpfen, denn die ganze Zeit ließ er Blitz nicht los, und sie musste darauf achten, nicht aus Versehen ihren Mann zu treffen. Sie war unglaublich schnell. Eine Mücke, die einen Stier ärgert. Aber er ließ sich nicht ärgern, er lachte.

»Wunderbar, junge Dame!«, rief er ihr zu. »Das ist eine Frau nach meinem Geschmack, Blitz!«

»Untersteh dich«, zischte die Kriegerin. »Du wärst schon längst tot, wenn ich deinen Tod wollte. Lass ihn los!«

War es wirklich ihr Ziel, ihn von Blitz abzubringen, ohne ihn ernstlich zu verletzen? Er glaubte nicht, dass sie in der Lage war, ihn umzubringen. Aber zugleich merkte er, dass er längst nicht so wütete wie sonst. Er nahm Rücksicht auf sie. Wegen ihrer schönen blauen Augen, wie? Und deshalb glaubte sie, dass sie ihm das Wasser reichen konnte? Mit einem Aufschrei schleuderte er Blitz zur Seite und ging auf sie los. Ihr Schwert schnitt durch seine Haut, als er es ihr entriss und sie zu Boden stieß. Hoch hob er es auf – und blickte in ihre zornigen blauen Augen, die so verblüffend furchtlos dem Tod entgegenblickten.

»Nicht««, schrie Blitz hinter ihm. »Das ist deine Tochter!«

Mit einem Schlag war seine Wut verraucht. »Was?«

Die blonde Frau rappelte sich auf und warf die Haare zurück. »Ich bin Ilinias«, fauchte sie ihn an.

Er sah von ihr zu Blitz und wieder zurück. Vor der geborstenen Tür marschierte gerade die Wache auf.

»Warum muss ich es ihm sagen?«, fragte Blitz wütend. »Willst du lieber sterben, als ihm zu verraten, wer du bist? – Sie ist Meniks Tochter.«

Das war sein Kind? »Und warum hast du das nicht gleich gesagt?«, beschwerte Zukata sich. »Ich hätte dir wehtun können!«

»Du wirst Blitz am Leben lassen.« Ihre Stimme klang feindselig, aber ihre Augen musterten ihn neugierig, ja, fast sehnsüchtig. Sie war wunderschön. Er versuchte, Menik in ihrem Gesicht zu finden. Auf einmal ergab alles einen Sinn. Menik hatte sich von ihm zurückgezogen, weil sie ein Kind erwartete. Hatte sie ihm nicht zugetraut, es mit ihr zusammen aufzuziehen? Und doch, er hätte nichts Besseres aus diesem Kind machen können als das, was er vor sich sah.

Und Blitz? Zukata grinste. »Nun bist du doch mein Sohn geworden, wie?«

Blitz lächelte nicht zurück. So ernst sah er aus, immer noch abweisend. Warum hatte er nicht zugelassen, dass sie ihn krönten? Schwiegersohn des Kaisers. Bedeutete ihm das denn gar nichts?

»Ich erlaube nicht, dass du ihn umbringst«, wiederholte Ilinias böse.

Die Wachen vor der Tür klirrten mit ihren Waffen.

»Und ich verlange, dass du gehst, ohne ein Blutbad zu hinterlassen«, fügte sie hinzu. »Ich weiß, du könntest sie alle hinwegfegen. Tu es nicht. Geh einfach.«

Er sah sie an und konnte ihr nichts abschlagen. Das war seine Tochter. Er war so unglaublich stolz, dass er es am liebsten der ganzen Welt verkündet hätte.

»Dann habe ich auch eine Bitte«, sagte er zu ihr. »Komm mit mir.«

Aber sie schüttelte den Kopf. »Mein Platz ist hier.« Sie griff nach Blitz' Arm, der kühl und fremd danebenstand.

»Meiner auch«, sagte Zukata leise. »Dies ist mein Palast und meine Stadt. Ich werde zurückkommen Ich werde mir holen, was mein ist. Wirst du auch dann noch da sein? Und wirst du dann bei mir bleiben?«

Ilinias starrte ihn an, ohne etwas zu sagen.

Die Wachen wichen zurück, als er vor die Tür trat, und als er zwischen ihnen durch den Palast ging, hielten sie wohlweislich Abstand. Es sah nur ansatzweise danach aus, dass sie ihn abführten, viel mehr wirkten sie wie die Eskorte eines vornehmen Prinzen. Sie brachten ihn vor das große Tor und sahen erleichtert zu, wie er sich mit großen Schritten entfernte.

15. *Ich bin es*

MAJA DURFTE NICHT mehr kommen. Nicht einmal Alika wurde in den Garten gelassen, der langsam verwilderte. Jedes Schriftstück, das das Schlösschen verließ, wurde geprüft.

»Was glaubst du denn?«, fragte Mino wütend, als sie wieder einmal mit ansehen musste, wie Norha sorgfältig einc Liste durchlas, die sie mit Binajatjas Hilfe angefertigt hatte. »Meinst du, ich könnte so klein schreiben, dass ich eine Botschaft mit hinausschmuggeln kann?«

»Dir traue ich alles zu«, gab er zurück, ohne zu lächeln. Norha lächelte nie, wenn er es vermeiden konnte. Seine Anspannung war fast greifbar, sie wurde immer schlimmer. Er konnte kaum noch sprechen, ohne dass es wie ein Vulkan aus ihm herausbrach – Ärger und Feindseligkeit. Daran erkannte Mino, dass es bald geschehen würde.

»Dabei freue ich mich doch so sehr darauf, Königin zu sein.«

Er starrte sie an, und plötzlich brach wieder das Bedauern durch seine strenge Miene. »Ach, meine Liebe. Wenn es wirklich so wäre. Ich glaube immer noch daran, dass wir glücklich sein könnten.«

»Dann lass mich gehen«, flüsterte sie. »Lass mich einfach gehen.«

»Du wirst Königin, ich König. Ich brauche dich so sehr. Es geht einfach nicht ohne dich. Du bist Binajatjas Tochter. Morgen lasse ich es verkünden.«

Sie schnappte nach Luft. »Morgen?«

»Ein großer Festakt ist geplant. Das Volk wird an diesem großen Ereignis teilnehmen. Ich erwarte, dass du blendend aussiehst.«

»Ich habe nichts anzuziehen, was irgendwie königlich aussieht.«

»Das glaubst du.« Er lächelte beinahe. »Ich habe der Schneiderin eins deiner Kleider gegeben, um Maß zu nehmen. Du wirst morgen glänzen, wie es deinem Rang entspricht.«

Es überraschte sie nicht, dass er an alles gedacht hatte. Trotzdem konnte sie sich nicht verkneifen zu sagen: »Das Kleid wird mir nicht passen. Ich habe abgenommen.«

Er musterte sie wie ein Tier, das vielleicht schlachtreif ist, vielleicht aber auch nicht.

»Versuch es«, sagte er, drehte sich um und ging.

Versuch es. Königlich auszusehen. Königlich zu sein. Ihn zufriedenzustellen. Mino seufzte. Sie war eine Prinzessin, das wusste sie – durch Keta, ihren Ziehvater. Nicht durch Binajatja, die Apfelkönigin. Vielleicht ein wenig noch durch Re, den Fischerkönig. Aber Obstbauern waren keine Könige, selbst wenn ihnen eine große Plantage gehörte. Es war einfach lächerlich.

Sie wollte hinaus in den Garten. Es regnete leicht, und sie wünschte sich, im Regen zu stehen und sich vorzustellen, dass sie im Wald war, auf der Wanderung durch die vielen Königreiche von Deret-Aif.

Der Wachmann machte ein verkniffenes Gesicht, als er hinter ihr hinaus in den Regen trat. Sie konnte seine schlechte Laune spüren. Aber warum hätte sie Mitleid mit ihm haben sollen? Er tat, was Norha ihm befahl, aber nie würde sie begreifen, warum es Leute gab, die andere Menschen gegen Bezahlung gefangen hielten.

Der Regen durchnässte ihre Kleidung. Ihr Haar fiel in nassen Strähnen über ihr Gesicht. Sie merkte, dass sie fror, aber dennoch ging sie nicht wieder nach drinnen, sondern wanderte noch ein paar Schritte weiter durch den überwucherten Garten. Vergiss den Wachmann. Vergiss Norha. Vergiss alles.

Sie hielt ihr Gesicht in den Regen. War er wirklich so kalt oder kam ihr das nur so vor? Manchmal hatte er sie wie mit warmer, liebevoller Hand gestreichelt. Aber heute schien er ihr unfreundlich wie das Meer an einem trüben Tag. Es war fast, als würde man ins Wasser springen, ins eiskalte, und nach Luft schnappen ...

»Komm rein«, sagte Binajatja hinter ihr. »Willst du dir den Tod holen?«

Auf diese Frage gab es nur eine ehrliche Antwort, also sagte sie etwas anderes. »Hast du dich jemals gefragt, wie es wäre, auf Rinland zu leben?«

»Was?«

»Auf Rinland. Wenn wir ins Boot gestiegen wären, vielleicht wir beide, wenn wir einfach nicht zurückgeschaut hätten ... Wenn wir dort angekommen wären, so wie Vater und Lexan. Wie wäre es, dort zu leben? Würden wir die ganze Zeit traurig sein, weil wir an die denken, die immer noch hier sind? Oder ist es unmöglich, in Rinland traurig zu sein? In den alten Geschichten heißt es, dass es dort keine Tränen gibt.«

»Wir beide?«, fragte Binajatja leise. »Aber das wäre nie gegangen. Alles im Stich zu lassen – wie? Wir können Arima nicht im Stich lassen.«

Mino sah ihrer Mutter ins Gesicht. Nein, glücklich sah sie auch nicht aus.

»Wenn hier irgendjemand eine Krone verdient, dann du. Niemand liebt Arima mehr.«

Binajatja schüttelte den Kopf. »Komm rein. Die Krönung wird stattfinden, auch wenn du hustest und Fieber hast. Mach wenigstens eine gute Figur dabei. Ausweichen kannst du ja doch nicht.«

Vater hätte das nie zugelassen, dachte Mino und dachte dabei an Re, nicht an Keta. Re, der Fischerkönig, der so beliebt gewesen war, dass niemand seine Entscheidung, einfach zu verschwinden, angezweifelt hatte. Arima und ein richtiges Königreich? Sie dachte an Re, und dann an Keta, der durchs Kaiserreich wanderte, den göttlichen Segen in seinen Händen, den er nie wieder loswurde.

»Vielleicht gibt es nichts Schlimmeres als einen König ohne Rins Segen«, meinte sie.

»Ach Unsinn!«, fuhr Binajatja auf. »Kein König im ganzen Kaiserreich hat so einen Segen.«

»Aber sie stehen unter dem Kaiser, der ihn hat.«

Minos Mutter schüttelte wieder den Kopf, voller Ungeduld und Unverständnis. Sie schob ihre Tochter durch die Tür ins Haus.

»Du weißt, dass es falsch ist. Es ist noch nicht lange her, da hast du es selbst zu Norha gesagt.«

»Wir haben beide keine Wahl«, sagte Binajatja. »Also müssen wir es wenigstens mit Würde durchstehen. Ich will, dass du mir keine Schande machst. Benimm dich einfach mal zur Abwechslung so, wie man es von dir erwartet.«

In dieser Nacht schlief sie schlecht. Und am Morgen brachte eine Dienerin ihr das funkelnde, mit Perlen bestickte Kleid, mit Silberfäden durchzogen. Weiß. Ein weißes Kleid für die weiße Königin. Sie wurde in dieses Kleid gesteckt und dann türmte die Dienerin ihr Haar kunstvoll hoch und verzierte es mit Silberdraht und weiteren Perlen.

Norha schaute zwischendurch herein und nickte anerkennend, als er sah, dass Mino artig auf ihrem Stuhl saß und alles mit sich machen ließ.

»Heute wirst du eine Königin.« Es klang fast, als habe er selbst kaum glauben können, dass das jemals geschehen würde. »Du siehst sogar so aus. Du bist schöner und prächtiger als Tinek, mag sie sich noch so viel einbilden. Genießt du es nicht doch?« Hoffnungsvoll wartete er auf ihr Ja.

Er kniete sich vor sie und schaute sehnsüchtig in ihr blasses Gesicht. »Bitte lass es nicht umsonst gewesen sein«, sagte er. »Alles, was ich getan habe – und glaub mir, leicht war es nicht. Du hast ja keine Ahnung. Bitte, Mino, verdirb es nicht. Mein Glück liegt heute in deiner Hand.«

Sie erinnerte ihn nicht daran, dass auch ihr Glück in seiner Hand lag. Dass sie nur Maja zuliebe seine zahme Königin wurde und im Hinterkopf immer noch die finstersten Pläne ausbrütete.

Als sie endlich fertig waren, traten sie beide aus dem Haus, Arm in Arm.

Die Wachen – es waren merklich mehr geworden, so um die zweihundert Männer in glänzenden Rüstungen, die Hälfte davon auf Pferden – begleiteten sie auf dem Weg ins Dorf. Zwei Pferde zogen die Kutsche, in die sie sich setzten; als wäre der kurze Weg zu anstrengend für die zarten Füße einer edlen Dame! Und dort waren sie alle versammelt. Die Obstpflücker, die Binajatja bezahlte und die in ihr stets die Herrin gesehen hatten, die ihnen Arbeit gab, und auch die Leute aus dem Fischerdorf. Sie waren alle gekommen. Auf dem Platz hatten Norhas Leute ein großes Podest errichtet, mit Blumen geschmückt, zu dem mehrere Stufen hinaufführten. Dort oben setzte sie sich hin, und Norha drehte sich zu den Zuschauern und hielt eine Rede. Das Gemurmel, das bei ihrem Eintreffen angefangen hatte, wurde lauter. Mino hörte nicht zu, sie suchte die Menge nach den Gesichtern ab, die ihr etwas bedeuteten. Sie hatte Schwierigkeiten damit, so weit entfernte Gesichter zu erkennen, aber sie war sich trotzdem ziemlich sicher, sie gefunden zu haben. Dort waren Alika und El Jati, ja, und mit ihnen Tamait und Maja. Sie alle hatten schwarzes Haar, und sie kannte die Farbe ihrer Kleider. Mino fühlte, wie warme Dankbarkeit ihr Herz durchströmte. Maja ging es gut. Sie nickte ihr zu, voller Freude. Wochen hatte sie sie nicht mehr gesehen, und am liebsten wäre sie von dem Podest heruntergesprungen und auf ihre Tochter zugelaufen, um sie in die Arme zu schließen.

»Und deshalb«, sagte Norha gerade, »haben wir beschlossen, Prinzessin Mino das Symbol zu verleihen, das ihr zukommt: die Krone von Arima.«

»Es gibt keine Krone von Arima!«, rief jemand aus der Menge. Aber die Mehrheit schwieg und sah dem Schauspiel zu, das heute für sie aufgeführt wurde. Sie murmelten, aber ihre Stimmen wurden nicht wirklich laut.

Ein Mann aus dem Dorf trat auf Norha zu, mit einem dunklen Samtkissen, auf dem ein goldener Reif lag. Norha stieg zu ihr hinauf und gebot ihr, sich hinzuknien, und von irgendwoher kam ein Priester und nahm die Krone aus Norhas Händen und drückte sie ihr aufs Haupt.

Mino sah die braune Kutte des Mannes dicht vor sich. Er hatte ein wenig Schwierigkeiten damit, die Krone passend auf ihrer kunstvollen Frisur zu platzieren, aber dann gelang es ihm doch und mit weithin hallender Stimme sprach er Worte, die sich wie ein Segen anhörten.

Das hat Norha vom Wächter, dachte Mino. Dass ich gesagt habe, ein Segen wäre nötig. Oder hat er wohl selber daran gedacht, dass das einen guten Eindruck macht? Die Leute hier auf der Insel geben viel auf so etwas. Nicht umsonst war es der Fischerkönig von Arima, der es wagte, blindlings nach Westen zu segeln ...

Sie wollte aufstehen und merkte, dass auch Norha neben ihr kniete.

»Beweg dich nicht und sag nichts«, zischte er. Jemand brachte eine zweite Krone, die der Priester ihm aufsetzte.

»Als der Gemahl der Königin bist du, Fürst Norha von Neiara, nun der König von Arima«, verkündete der Geistliche. Seine Stimme trug weit. Seine Gesten waren voller Würde und Dramatik. Mino kam der Gedanke, dass er vielleicht kein echter Priester war, aber sie wagte es nicht, ihn zu fragen.

Norha stand auf und zog sie mit sich hoch. Er lud alle Arimer zu einem großartigen Festmahl zu Ehren der Königin ein – mit dem besten Wein aus Neiara, so viel das Herz begehrt – und verhaltener Jubel dankte ihm dafür.

»Nun«, sagte er leise zu ihr, »so schlimm war es doch gar nicht, meine Königin.«

Später saßen sie an der langen Tafel und aßen mit silbernem Besteck von silbernen Tellern. Mino wünschte sich, sie hätte nicht gewusst, woher der Reichtum stammte, den Norha hier zur Schau trug. Allein ihr Kleid musste ein Vermögen gekostet haben. Gelangweilt ließ sie ihre Gabel über den Teller kratzen. Sie war in Kirifas gewesen – sie wusste, wie wahrer Reichtum aussah und wie wenig er ihr bedeutete.

»Bist du jetzt endlich glücklich?«, fragte sie.

Er zwang das Lächeln, auf seinem Gesicht zu bleiben, wie festgefroren. Er hatte so lange weder gelächelt noch gelacht, dass er aus der Übung war. Mino sah, wie seine Miene erstarrte. Sie hob das Glas an ihre Lippen und prostete ihm zu. Es wunderte sie nicht, dass Norha ihr nicht antwortete. Er wandte sich seinen vornehmen

Gästen zu, seinem Bruder und seiner Schwägerin sowie irgendwelchen Fürsten aus Tors und Drian, und verwickelte sie in ein Gespräch. Neben Mino saßen Leute, die sie nicht kannte und die Norha wohl aus einem einzigen Grund eingeladen hatte – damit sie bei den Einwohnern Arimas Eindruck machten. Genauso gut hätten es Schauspieler in üppigen Kostümen sein können.

»Königin Mino?« Einer der Fischer näherte sich ihrem Platz. Die Wachen traten ihm entgegen, aber sie winkte sie fort und nahm befriedigt – und zugleich ein wenig schuldbewusst – zur Kenntnis, dass sie ihr gehorchten.

»Du brauchst mich nicht so zu nennen.«

»Du bist Res Tochter.« Der Mann lächelte wissend.

»Aber ...« Sie schüttelte den Kopf. »Re ist fort, schon so lange. Warum wählt ihr euch nicht einfach einen neuen Fischerkönig?«

»Das können wir nicht, solange der alte nicht tot ist.«

»Ihr seid Fischer. Ihr wisst, was es bedeutet, wenn ein Boot nicht zurückkommt.«

Aber der Fischer ließ sich nicht beirren. »Solange er lebt, wählen wir keinen anderen König. Und solange bist du unsere Königin, Mino.« Er beugte sich vor, ihr aufmunternd zunickend. »Also nimm es nicht so schwer. Lächle für mich, weiße Prinzessin. Nur ein einziges Mal.«

Sie lächelte, das erste Mal an diesem Tag.

Die Worte waren klein auf dem Papier, aber wenn man sie las, schienen sie zu wachsen und auszutreiben. Knospen sprossen aus den Buchstaben und fächerten sich zu Blumen und Blättern auf. Das Papier verströmte einen zarten, mädchenhaften Duft.

Sorayn hielt den Brief an seine Brust gedrückt. Er hielt ihn wie seinen kostbarsten Schatz, das Schönste, was er je besessen hatte, was er je gesehen oder gehört oder gefühlt hatte.

Mein Geliebter! Du bist in allen meinen Gedanken, in allem, was ich tue. Jede Nacht träume ich von dir, jeden Tag bist du hier, bei mir. Du bist da und doch vermisse ich dich so schrecklich. Ich möchte dich sehen. Ich möchte dich noch viel mehr kennenlernen.

Wovor hast du Angst? Glaubst du, du könntest mich enttäuschen? Wie könntest du das? Ich kenne dich wie mein eigenes Herz.

Sie liebte ihn. Sorayn war schwindlig vor Glück. In ihren früheren Briefen hatte sie vage Andeutungen gemacht, aber niemals hatte sie so unverhohlen über ihre Gefühle geschrieben. Maja, das schönste Mädchen der Glücklichen Inseln, nannte ihn ihren Geliebten!

Er sog den Duft des Papiers ein. Ihre Finger hatten es berührt. Vielleicht hatte sie es geküsst, bevor sie es versteckte. Und sich vorgestellt, sie würde ihn küssen ...

Sorayn lehnte den Kopf gegen die glatte Rinde des Baumes. Tränen liefen ihm über die Wangen. Ja, wenn sie das gewusst hätten, die Leute hier im Dorf, die ihn verspotteten, die ihn für einen Idioten hielten! Maja liebte ihn. Am liebsten wollte er es laut herausrufen, es allen zuschreien: Sie liebt mich! Hört alle her, ich bin der, den Maja liebt! Ich! Ich, Sorayn!

Jetzt endlich verstand er seinen Namen. Er war der Einzigartige, weil Maja ihn liebte. Weil er der Einzige war, dem es gelungen war, ihr Herz zu erobern. Er war derjenige, der sie bezaubert hatte mit nichts als Worten! Nein, es waren mehr als Worte. Es war sein Innerstes, das er ihr gezeigt hatte, es war all das, was in ihm wirklich und echt war, wie eine Perle in einer schlammbedeckten Muschel. Sie hatte es verstanden und für gut befunden. Sie war diejenige, die ihm sein Äußeres verzieh, die nur Augen für sein Inneres hatte ...

Sein Äußeres – nun ja, sie hatte es noch nicht gesehen. Zweifel meldeten sich zu Wort, und die Angst, sie könnte doch so sein wie alle anderen und vor ihm zurückweichen, kam wieder zu ihm zurück, diese so vertraute Angst, die zu einem Teil seiner selbst geworden war.

Er dankte dem Steinwälzer mit einem saftigen Wurm. Es war nicht das erste Mal, dass Sorayn nicht selbst nach Arima geschwommen war, sondern ein Tier geschickt hatte, um seinen Brief zu überbringen oder ihre Antwort abzuholen. Seit Tamait ein Auge auf den hohlen Baum hatte, war dies die beste Möglichkeit, um Maja unauffällig zu kontaktieren. Außerdem ließ Alios ihn zur Zeit nicht fort, er hatte ihm sogar angedroht, ihn zu entlassen, wenn er einfach grundlos fehlte.

»Schwerter«, sagte er. »Wir brauchen Schwerter. Mehr. Und noch mehr.« Seine Stirn war gefurcht, die Augen unter den mittlerweile ergrauten Brauen blickten düster. »Fürst Norha hat sich auf Arima zum König ausrufen lassen. Hast du das schon gehört? Zum König! Dafür waren die Schwerter, Sorayn, unsere Schwerter. Ich wusste es, aber ich habe sie ausgelacht. Arima, dieses kleine, lächerliche Arima, ein Königreich? Und trotzdem habe ich ihnen die Schwerter gemacht. Sie haben gut gezahlt, also sollten sie doch ihre Schwerter haben.« Er wischte sich über die Stirn, während er Holz ins Feuer legte, damit es heißer brannte. »Sie haben mich gewarnt, damals. Diese Mino war hier, die jetzt ihre Königin ist. Schmiede auch Schwerter für euch hier, hat sie zu mir gesagt. Der Tag wird kommen, an dem auch ihr Widerstand leisten müsst. Gegen Wikant und seine edle Tinek. Gegen die uneinnehmbare Festung, die sie dort oben auf der Felsnadel errichten. Und ich hab gelacht. Sollen sie doch bauen, was sie wollen, hab ich gesagt. Was geht es uns an, was die Leute für Häuser haben wollen, um darin zu wohnen?«

Sorayn hatte ihm zugehört, ohne etwas zu sagen. Er wusste von dem König und der Königin drüben. Maja hatte ihm davon geschrieben. Ihre Eltern arbeiteten jetzt im Fischerdorf, sie durften die Gärten nicht mehr betreten. Und auch die Schwerter waren verloren. Dabei waren sie für sie gewesen. Für sie hatte er sie so schön gemacht wie möglich, für sie hatte er Blumen und Girlanden um das Heft gewunden oder die feinsten Muster in die Klinge graviert. Nur für sie.

»Wikant hat keine Soldaten hier«, sagte Alios. »Aber er wird welche kommen lassen, darauf wette ich. Schon bald. Tinek wird nicht ertragen, dass die dort drüben Könige sind und sie noch nicht. Wir brauchen Waffen, mein Junge. Viele, viele Waffen.«

Schwerter. Sie schmiedeten sie Tag für Tag, und nur um die Nachbarn nicht zu verärgern, ließ der Schmied des Nachts die Arbeit ruhen, sonst hätte er ohne Unterbrechung weitergemacht, so eifrig war er dabei. Schwerter, schön und lang und scharf, glänzend und tödlich. Sie schmolzen alles Eisen ein, dessen sie habhaft wurden. Haken und Schaufeln wurden weich in der rotglühenden Hitze. Messer, Kochtöpfe, sogar Nägel und Türklopfer, bis die Nachbarn kamen und auf ihn schimpften, bis seine Frau lauter schrie als der Hammer.

»Ich weiß nicht, ob wir hier auf Neiara überhaupt genug Kämpfer finden, die damit umgehen können«, sagte Alios. »Wenn es soweit ist, fürchte ich, die meisten werden sich weigern, für ihre Freiheit zu kämpfen. Aber das werden wir sehen. Wir können die Schwerter auch nach drüben bringen, nach Arima. Dann können die Krieger dort Norha verjagen, und anschließend kommen sie hierher und treiben Wikant ins schwarze Wasser. Was hältst du davon, Sorayn?«

Der Junge nickte. Er wünschte sich diese Waffen in Alikas und Majas Hände, in die Hände der Menschen, die die Amazone ausgebildet hatte. Oft genug hatte er ihnen beim Üben zugesehen. Sie würden kämpfen, als gelte es ihr Leben. Nicht mit Holz, sondern mit Eisen, scharf und unerschrocken. Es war keine Zeit für Blumen und Verzierungen, keine Zeit für Gedichte und schöne Worte. Kriegszeit.

Für Sorayn war die Pflicht, die ihn hier auf Neiara hielt, zugleich eine willkommene Begründung, um nicht nach Arima zu schwimmen. Wie stark konnte die Angst sein! Dass sie, Maja, ihn doch eines Tages entdeckte, wenn er den nächsten Brief brachte. Dass sie ihn sah und erschrak und sich abwandte. Jeder Tag, den er nicht auf Arima zubrachte, war wie eine Frist, die ihm noch ein wenig mehr von dieser Freundschaft schenkte, von der er sich mittlerweile genauso abhängig fühlte wie von Luft und Nahrung, wie von Sonne und Wald und Meer. Er durfte nicht nach Arima. Niemals, denn sobald sie ihn ertappte, war alles zu Ende. War es aus. Und niemand mehr würde sich dafür interessieren, wie er dachte und wovon er träumte und was er dichtete. Und doch, mittlerweile sehnte er sich diese Entdeckung geradezu herbei. Einmal sollte ihr Lächeln ihm gelten. Sie würden sich in die Augen schauen. Und sie würde vergessen, wie er aussah. Sie würde nur seine Augen sehen, sonst nichts, und ihn kennen, ihn wirklich kennen, und ihn trotzdem lieben.

Der Steinwälzer war immer noch da. Er flatterte um Sorayn herum, als wartete er auf die Antwort, die er zurückbringen sollte; vielleicht hoffte er aber auch nur auf einen weiteren Leckerbissen. Ob Maja sich darüber wunderte, was für seltsame Brieftauben er besaß, so klug und verständig wie sonst keine andere?

»Hast du sie gesehen?«, fragte er den kleinen bunten Vogel. »Wie sah sie aus, als sie den Brief hinterlegt hat? War sie fröhlich, hat sie gelächelt? War sie hübsch? – Natürlich war sie hübsch.« Nicht immer war er ein Meister der Worte. Manchmal genügten sie einfach nicht, um zu sagen, was er fühlte, um etwas von diesem Glanz einzufangen, der auf den Dingen lag und noch viel mehr auf den Menschen. Wie hätte es irgendein Wort geben können, das beschrieb, was Maja ihm bedeutete – außer ihrem Namen? »Maja.« Er flüsterte es, er raunte es, manchmal brach es als Schrei aus ihm heraus: »Maja!«

Und wie eine Antwort von ferne: »Sorayn! Sorayn!«

Der Schmied. Er rief ihn, nicht sie, natürlich nicht sie. Nur Alios, der ihm erlaubt hatte, für eine kurze Weile in den Wald zu gehen, um sich auszuruhen. Nicht, um zu träumen und den ganzen Nachmittag hier zu vertrödeln.

»Ich komme ja schon«, murmelte er. Der Steinwälzer hob erwartungsvoll den Kopf. Als er merkte, dass er nichts bekam, beschloss er, wieder selbst etwas für sein Glück zu tun. Schob seinen Schnabel unter einen Stein und drehte ihn schwungvoll um.

»Was soll ich ihr nur schreiben? Die Worte müssen leicht genug sein, damit du sie tragen kannst.« Maja. Ihr Name war wie eine Windbö, die ihn in die Luft hob und selber fliegen ließ.

»Sorayn!« Wieder Alios. Immer diese Schwerter. Immer das Feuer und der Blasebalg und die Esse und der Amboss. Die Faust um die Werkzeuge gekrümmt statt um eine Schreibfeder. Eisen statt Papier. Doch selbst dort, zwischen Rauch und Lärm, tänzelte ihr Name vor ihm her, wie ein Schmetterling aus Glück, der sich nicht fangen ließ.

Die Fische begleiteten ihn auf dem Weg nach Arima. Hier komme ich, dachte er, ein Prinz mit einem Gefolge, mit unzähligen Soldaten in silberglänzender Rüstung. Über sich hörte er den Ruf einiger Möwen, die ihn entdeckt hatten und über ihm kreisten. Wenn die Tiere so weitermachten, würde es bald schwierig werden, unbemerkt von einem Ort zum anderen zu gelangen, begleitet von Fischschwärmen und Vogelwolken. Er lächelte, aber in ihm war kein Lächeln. Da war nur Angst.

Er hatte sich entschieden und es war falsch. Er wusste, dass es falsch war, dass er alles verlor, wenn er Maja begegnete. Und doch konnte er nicht anders, als sich ihr zu nähern. Einmal, ein einziges Mal, wollte er ihre Stimme hören, nicht wenn sie mit anderen, sondern wenn sie zu ihm sprach.

Maja war anders. Er klammerte sich an diesen Gedanken, an diese Hoffnung, an das Versprechen einer herrlichen Zukunft. Maja war etwas Besonderes. Mit den Kindern aus seinem Dorf, mit den albernen, kreischenden Mädchen dort hatte sie nicht das Geringste gemein. Sie wusste, wer er war, und wenn – nun ja, wenn sie über sein Aussehen erschrak, was ja durchaus sein konnte, würde sie sich schnell wieder beruhigen, wenn sie sich daran erinnerte, wie gut sie ihn kannte.

Nichts konnte zwischen ihnen stehen, hatte sie das nicht selbst geschrieben?

Und doch zögerte er immer wieder und war wieder nahe dran, umzukehren und der Angst zu gehorchen, der weisen Angst, der allwissenden Angst.

Aber da war schon der Strand. Die Dämmerung kam mit ihm auf die Insel. Bald würde es dunkel sein, und er stellte sich vor, wie er im Dunkeln mit ihr sprach. Vorsichtig. Aber es würde ihre Stimme sein. Und es würde seine Stimme sein. Gemeinsam, wie in einem Lied.

Er lief über den Sand in den Schutz der Dünen. Der letzte Schein der untergehenden Sonne tauchte die hellen Hügel in ein rötliches Licht. Der Wind war heute etwas schärfer und kälter als sonst, niemand war zu sehen. Ein wenig hatte er darauf gehofft – und sich genauso davor gefürchtet –, dass Maja hier alleine spazieren gehen würde, so dass er sie ansprechen konnte, ohne dass jemand anders dabei war. Schlimmer als alles andere war, wenn ihnen jemand bei seiner vorsichtigen Annäherung dazwischenkommen würde, wenn ein anderer ihn vielleicht angriff und Maja dabei erschreckte.

Was habe ich gehofft?, dachte er, während er sich ans Dorf heranschlich. Dass sie es geahnt hat, dass ich kommen würde? Dass unsere Herzen im Gleichtakt schlagen und unsere Gedanken sich über die Entfernung begegnen, wie Brieftauben oder Botenmöwen, die wir aussenden über das Wasser? Dass uns dieselbe Sehnsucht hier zusammenführt, heute Abend, an diesem Strand?

Aber Maja war nicht da. Und er stapfte langsam weiter. Sein Schleichen war womöglich noch mühsamer als sonst, seine Beine, von seiner Angst erfasst, schienen über unsichtbare Drähte zu stolpern. Von Deckung zu Deckung wollte er huschen und kämpfte sich doch nur voran, gegen seine eigene immer größer werdende Furcht.

Maja. Sie liebt mich.

Das war das Einzige, was ihn weiteratmen und weitergehen ließ, Schritt für Schritt.

Da war das Dorf. Sorayn blieb hinter einer Baumgruppe stehen, die ihm schon öfter als Versteck gedient hatte, und wartete. Er versuchte, das geliebte Mädchen mit der Kraft seiner Sehnsucht herbeizurufen, aber nichts geschah. Dort das kleine Haus mit den erleuchteten Fenstern ... War sie drinnen? Und schrieb vielleicht einen Brief oder träumte über seiner letzten Nachricht? Vorsichtig hinkte er über den freien Platz darauf zu. Und in diesem Moment hörte er Stimmen vom Weg her, Majas Lachen und die tiefe Antwort ihres Bruders, der ihr in irgendetwas widersprach, und schon waren sie am Haus. Sie sahen ihn nicht. Er eilte auf den Schutz zu, den der Garten ihm bieten konnte, Büsche und Zaun.

»Was war das?«, fragte Tamait. »Hast du das gehört?«

»Meinst du, da ist wer?«, fragte Maja ängstlich.

»Irgendjemand schleicht hier herum. Ich sage lieber Vater Bescheid.« Er öffnete die Haustür und Licht flutete auf den Weg und den Vorgarten.

Maja stand immer noch draußen, sie hatte nicht so große Angst, dass sie gleich im Haus verschwand. Stattdessen blieb sie stehen und sah sich um, erwartungsvoll, als ahnte sie, dass er es war, er, den sie liebte.

»Wer ist da?«, fragte sie.

Er fasste sich ein Herz. Es hatte anders laufen sollen, aber er wollte nicht, dass sie sich fürchtete, dass sie glaubte, ein unbekannter Verbrecher würde hier lauern.

»Ich bin es«, sagte er leise.

Doch da standen schon Tamait und El Jati auf der Schwelle und spähten angestrengt hinaus.

»Da ist niemand«, sagte Maja und in ihren Füßen war ein Tänzeln, ein kleines Hüpfen, das vielleicht niemand außer Sorayn bemerkte, der sich rasch geduckt hatte.

Sie schlossen die Tür und nur der Schein, der durch die Fenster fiel, erhellte den Garten und warf zugleich finstere Schatten, in denen man unsichtbar bleiben konnte. Sorayn sah, wie Maja im Zimmer stand, nachdenklich, und wie sie dann den Kopf hob und strahlend lächelte.

Seine Stimme hatte sie nicht erschreckt. Vielleicht hatte sie, wenn sie seine Worte las, immer zugleich auch diese Stimme gehört, so dass sie sie jetzt erkannte. Sie lächelte, während ihr Vater und ihr Bruder mit großen Schritten im Zimmer umherwanderten und redeten.

Sorayn stand da, im Garten, und versank im Glück. Es umstrahlte ihn, während er das schöne Mädchen dort im Haus wusste, und ihr Lächeln, das ihm galt, wirklich ihm – hatte jemals irgendjemand so für ihn gelächelt? –, ließ ihn alles andere vergessen.

Die Lichter im Haus verlöschten, eins nach dem anderen. Er war immer noch da, in seinen Träumen eingesponnen wie in einem Netz, trunken vor Seligkeit.

»Nein«, beharrte Maja stur. »Nein, das ist nicht wahr, gar nicht.«

»Da ist jemand und er ist wegen dir hier«, behauptete El Jati zum vielleicht zwanzigsten Mal. »Mit wem triffst du dich?«

»Mit niemandem.«

»Dann ist es Norha«, sagte El Jati leise. »Er hat jemanden geschickt. Wir sollten unsere Nachbarn informieren.«

»Nein! Warum sollte Norha jemanden herschicken? Das hier geht nur mich etwas an.«

»Maja, das ist doch kein Verbrechen«, sagte Alika liebevoll. »Wenn du verliebt bist, das ist doch wundervoll. Aber wir möchten gerne wissen, wer es ist. Das verstehst du doch, nicht wahr? Wenn du dich mit einem jungen Mann triffst, dann wollen wir ihn kennenlernen. Wir wollen, dass er sich bei uns vorstellt.«

»Ich brauche keine Erlaubnis, um mich mit irgendjemandem zu treffen«, knurrte Maja.

»Aha! Also gibt es wirklich jemanden!«, trumpfte El Jati auf.

»Das habe ich nicht gesagt!«

Alika seufzte. »Kind, wir wollen doch nur, dass du keinen Fehler machst.«

»Was meinst du, wer könnte es sein?«, fragte ihr Vater, an Tamait gewandt.

Der Junge zuckte die Achseln. »Keine Ahnung. Jeder.«

»Jeder?«

»Fast jeder?«, gab Tamait zögernd zurück.

»Uns interessiert jetzt nicht, wer alles in Maja verliebt ist«, erinnerte Alika ihren Sohn. »Sondern, wen sie bevorzugt.«

»Mutter! Das ist ...« Maja suchte nach Worten, um ihrer Empörung Ausdruck zu verleihen. »Könnt ihr mich nicht einfach in Ruhe lassen?«

»Ich fürchte, das können wir nicht.«

»Es ist doch nicht dieser Junge vom Bootsbauer? Der ist genauso, wie mein Bruder Blitz früher war. Erst die eine, dann die nächste ...«

Maja schwieg trotzig.

»Maja! Du wirst nur unglücklich. Glaub uns doch, wenn wir dir das verbieten, ist es nur zu deinem Besten.«

»Er ist es ja gar nicht.«

Alika schüttelte den Kopf. »So kommen wir nicht weiter. Du musst uns das sagen.« Sie öffnete die Tür zu Majas Zimmer.

»Mutter!« Das Mädchen stürzte ihr nach. »Was hast du vor? Nein! Wag es ja nicht! Du darfst nicht! Nein, das darfst du nicht tun!«

Aber Alika hatte die Kommode schon geöffnet. Dort lagen die Briefe, unzählige kleine Rollen, in Seidenbänder eingebunden, sie dufteten nach Wald und Rauch und Salz. Ohne auf die kreischende Maja zu achten, zog Alika die Briefe aus der Schublade.

»Das kann nicht wahr sein«, stöhnte El Jati. »Wie viele sind das?«

»Du hast gesagt, er hätte aufgehört, dir zu schreiben«, warf Tamait überrascht ein. »Im Baum war nichts mehr, also habe ich dir geglaubt. Wie hast du sie bekommen?«

»Du wusstest das, Tamait, und hast nichts gesagt?«

»Mach sie nicht auf!«, rief Maja. »Tu es nicht! Das gehört mir, das gehört alles mir!«

Alika öffnete eine der Rollen. »Dichten kann er, wie? Gold, Sterne, deine dunklen Augen ... Ach Maja, das klingt ja alles gut und schön, aber das reicht nicht. Schöne Worte sind nicht genug. Was ist das für ein Mann?«

»Welcher Name steht denn da?«, wollte El Jati wissen.

»Keiner«, stellte Alika verwundert fest. »Kein Name. Keine Unterschrift.« Sie zog wahllos ein paar Briefe aus dem Packen. »Nichts. Nur Worte, lauter schöne Worte. Was hat er nur mit den Sternen? Warum unterschreibt er kein einziges Mal mit seinem Namen?«

»Ich hasse euch«, flüsterte Maja, heiser vor Zorn.

Alika überflog ein paar weitere Briefe. »Er klingt so – erwachsen. Wer ist das, Maja? Ist er viel älter als du? Du triffst dich doch nicht mit einem verheirateten Mann? Und hier? Was ist das?«

Sie erstarrte.

»Was?«, fragte El Jati alarmiert. »Zeig her.« Stirnrunzelnd betrachtete er das Blatt. »Dieses Muster? Du meinst das Muster!«

»Das gleiche wie auf den Schwertern«, sagte Alika. »Diese Schnörkel hier, die Drehungen – das kenne ich doch alles! Maja, was geht hier vor? Ist er ein Waffenschmied? Aus dem Kaiserreich? Dann ist er ja wirklich ein erwachsener Mann.«

»Diesen Kerl schnappe ich mir«, kündigte El Jati an. »Und dann will ich wissen, warum er meiner Tochter heimlich Briefe schreibt, ohne ein einziges Mal hier an die Tür zu klopfen und um Erlaubnis zu fragen.«

»Maja.« Alika streckte die Arme nach ihr aus, aber Maja wich zurück. »Maja, komm zu mir. Bitte. Wir gönnen dir ja einen Freund – nur, siehst du nicht, wie gefährlich so etwas ist? Wer um dich wirbt, sollte kein Fremder für uns sein. Er sollte mit uns reden, uns in die Augen sehen können, wir könnten dich beraten ... ein wenig Menschenkenntnis kannst du uns ruhig zutrauen.«

»Wer ist es?«, fragte El Jati grimmig. »Und wo wollt ihr euch treffen?«

»Ach, diese Stelle ist schön«, sagte Tamait, der auf Majas Bett saß und sich bereits in den Briefen festgelesen hatte, die Alika aufs Kissen gelegt hatte. »Mit dem Glanz und ... Was ist?«

Maja stürzte sich auf ihn und schlug mit ihrer ganzen Kraft zu. »Das – sind – meine!«

El Jati und Alika mussten sie gewaltsam von ihrem Bruder wegzerren. Aber dann nahm Alika ihm die Briefe fort und stopfte sie zurück in die Schublade. Maja atmete schon erleichtert auf, doch ihre Mutter zog die ganze Schublade heraus und trug sie aus dem Zimmer.

»Mutter!«

Alika drehte sich um. »Es sind deine, ich weiß. Und du bekommst sie zurück. Wenn du uns sagst, wer sie geschrieben hat.«

»Ihr seid so ungerecht!«

»Wer ist es, der dich so gegen uns aufbringt?«

Aber sie brachten kein Wort aus Maja heraus. Schließlich entschied Alika, dass es für heute genug Streit gegeben hatte. Sie ließen Maja in ihrem Zimmer, und aufseufzend stellte Alika den Kasten mit den Briefen auf den Tisch.

»Das müssen Hunderte sein.« El Jati schüttelte den Kopf. »Wer schreibt so viel? Die meisten Kinder hier lernen gerade so Lesen und Schreiben.«

»Tamait gehört noch zu den Begabtesten, und nicht einmal er würde so etwas fertigbringen.« Alika zwang sich dazu, den Brief, den sie gerade lesen wollte, wieder zurückzulegen. »Es juckt mich in den Fingern. Natürlich hat sie recht, es gehört ihr. Aber es ist einfach ... Ich habe nie solche Worte gelesen, solche Sätze. Er schreibt über die Sterne und man glaubt, man könnte sie berühren. Hier, diese Stelle über den Wald, es ist, als würde man Moos und Pilze riechen und den Specht hören.«

»Du liest ja schon wieder.«

»Ach.« Alika legte den Brief ein zweites Mal weg. »Kein Wunder, dass dieser Mann unsere Maja fasziniert. Es ist ein Dichter. Aber je mehr ich davon sehe, umso weniger zweifle ich daran: Es ist ein erwachsener Mann.«

»Das höre ich gar nicht gern.« Jati knetete seine Finger.

Tamait hob den Kopf. »Da – habt ihr das gehört?«

»Sie klettert aus dem Fenster!« Alika sprang auf.

Jati hielt sie fest. »Lass«, flüsterte er. »Lass sie. Komm, Tamait. Nimm die Lampe, aber deck sie zu. Den Burschen krallen wir uns.«

Sie öffneten lautlos die Haustür. Draußen war es dunkel, aber rasch hatten ihre Augen sich daran gewöhnt. Der Mond hing wie ein schiefer Bogen am Himmel, flüchtige Wolken zogen darüber hinweg, von einem kühlen Wind getragen.

Vater und Sohn schlichen vorsichtig ums Haus herum.

»Bist du da?«, hörten sie Maja gedämpft fragen. »Wo bist du?«

Und dann eine andere, fremde Stimme, warm und tief, die Stimme eines Mannes: »Ich bin hier.«

»Ich komme mit dir«, verkündete Maja. »Sie haben meine Briefe gestohlen.«

El Jati hielt die Luft an. Noch ein Schritt, noch ein Schritt ...

Maja streckte die Hände aus. Im Dunkeln war der Geliebte nichts als ein Schatten, gleichzeitig fremd und vertraut, bedrohlich und verlockend. Er war wie ein Traum, dem sie hier begegnete, unter dem Mond und den Wolken. Sie streckte die Hände aus und da waren seine Hände, und die Berührung traf sie wie ein Schlag, denn dies war die Wirklichkeit, dies war mehr als jeder Traum, dies war so sehr wirklich, dass es zugleich unendlich schrecklich war.

Und im selben Moment erhellte der Strahl der Lampe den Garten und sie sah, was sie da berührt hatte.

Maja schrie. Sie schrie, wie sie noch nie geschrien hatte. Tamait ließ die Lampe fallen und für einen Moment wurde wieder alles finster. »Was war das? Oh Rin, was war das?«, rief er entgeistert.

Alika hatte von drinnen das Fenster geöffnet und erneut fiel Licht auf die Menschen dort draußen, und in diesem Licht sahen sie das missgestaltete Geschöpf, das seine riesigen Hände schützend vor sein Gesicht hielt und rückwärts in die Blumenbeete wankte.

»Nein!«, schrie Maja. »Nein, oh nein!«

»Sorayn?«, fragte El Jati. »Sorayn? Bist – bist du das?«

»Verschwinde! Ungeheuer!«, schrie Tamait und warf der entsetzlichen Gestalt die verloschene Lampe nach. Sie hörten das Brechen von Zweigen und einen Laut wie aus der Kehle eines verwundeten Tieres, als der Eindringling sich in die Nacht hinausflüchtete.

Jati schlang seine Arme um die zitternde, schluchzende Maja. Er führte sie ins Haus, mit kleinen Schritten bewegte sie sich vorwärts wie eine uralte Frau.

»Was war das?«, fragte Tamait immer wieder. »Was war denn das? Soll ich es verfolgen? Ich könnte die Nachbarn wecken, wenn sie nicht sowieso schon wach sind von dem Geschrei.«

Er hatte recht. Schon kamen ein paar Männer mit Lampen auf das Haus zugelaufen. »Was ist passiert? Was ist los?«

»Hier war ...«, begann Tamait, aber Jati schnitt ihm das Wort ab. »Nichts«, sagte er rasch. »Falscher Alarm. Maja glaubte, sie hätte einen Einbrecher gesehen. Aber es war nur ein Tier bei uns im Garten.«

Er wartete, bis alle wieder drinnen waren. Er schloss die Tür hinter sich und atmete tief durch.

Alika stand da wie eine Kriegerin, bereit zum Kampf. »Ich habe etwas gesehen – was war es, ein Buckliger?«

»Das war mehr als das«, erzählte Tamait aufgeregt. »Es sah aus wie ein Ungeheuer. Hast du das Gesicht gesehen, Vater? Ich habe noch nie ... oh Rin, es war grauenhaft! Warum hast du die Nachbarn weggeschickt? Wir könnten es noch einholen, da bin ich sicher.

Morgen durchkämmen wir die ganze Insel, aber was machen wir, wenn es sich irgendwo im Wald versteckt?«

»Wir tun gar nichts«, bestimmte Jati. Er hatte die weinende Maja ihrer Mutter übergeben und setzte sich. Er bedeckte sein Gesicht mit den Händen und saß da, seine Schultern bebten.

»Setz dich«, befahl Alika ihrer Tochter. »Hör auf zu heulen. Jetzt bekommt jeder erst einmal etwas zu trinken und dann ... Jati?«

Er ließ langsam die Hände sinken. »Sorayn«, sagte er nur.

»Sorayn?«, fragte Alika. »Aber Sorayn ist tot.«

»Er ist es«, sagte Jati dumpf.

»Nein. Nein«, beharrte Alika, »das kann nicht sein. Er ist tot.«

»Er ist es, glaub mir.«

»Sorayn war ein Baby. Das hier war ... Wenn Sorayn noch leben würde, müsste er sechzehn oder siebzehn Jahre alt sein.«

»So alt wie Maja und Tamait«, sagte Jati. »Glaubst du, ich würde ihn nicht erkennen? So sehr hat er sich gar nicht verändert.« Er lachte freudlos auf.

Maja hatte aufgehört zu weinen. Sie hob den Kopf. »Wovon redet ihr?«, flüsterte sie.

»Er ist tot«, sagte Alika noch einmal. »Wir haben schon einmal um ihn geweint. Blitz war untröstlich ... Er kann ihn nicht hier auf der Insel gelassen haben. Glaubst du, es war alles nur gespielt? Nein. Nein, Jati!«

»Glaubst du«, hielt Jati dagegen, »es gibt einen zweiten Menschen, der so aussieht? Irgendwo auf dieser Welt?«

»Ihr kennt ihn?«, fragte Tamait. »Ihr kennt diesen ... was immer er ist?«

»Meinen Neffen«, sagte El Jati. »Euren Vetter. Wie es aussieht, haben wir ganz unnötig um ihn geweint.«

Alika schob Maja die Schublade mit den Briefen hin, aber sie zuckte zurück. »Das – das war er nicht«, stammelte sie. »Das war nicht der, der mir geschrieben hat.«

Jati stürzte das Glas Branntwein hinunter, das Alika ihm hinstellte.

»Doch, mein Schatz.«

»Nein!« Maja begann wieder zu weinen. »Nein. Nein. Das war er nicht. Das ist doch nur ein Albtraum. Nur ein schrecklicher Albtraum. Das kann er nicht sein.«

»Dieser Kerl sah nicht aus, als ob er ein Dichter wäre«, stimmte Tamait zu.

»Ich dachte, er wäre ein Prinz«, flüsterte Maja. »Ein Prinz aus Deret-Aif ...«

»Er ist ein Prinz aus dem Kaiserreich«, sagte Jati trocken.

»Mach nicht solche Scherze.« Majas Stimme war dünn und brüchig wie Herbstlaub.

»Oh, ich mache keine Scherze.« Jati schaute düster in sein Glas. Dann hob er den Blick und sah in das verzweifelte, verheulte Gesicht seiner hübschen Tochter.

»Ein edler Prinz aus der Familie des Kaisers selbst. Es ist uns eine Ehre.« Er goss noch einmal nach und schob ihr den Becher über den Tisch.

»Trink, hier. Heute machen wir mal eine Ausnahme.« Die Tränen waren aus seinen Augen verschwunden, stattdessen funkelte dort der Zorn.

»Ich werde meinem Bruder mal einen Brief schreiben«, kündigte er an. »Mir scheint, wir müssen ein paar Dinge klären.«

16. Der Wunsch zu versinken

»ICH HABE MICH entschieden«, verkündete Fanes. Die Kaiserin blickte ihre Tochter liebevoll an. »Du bist alt genug, Manina. Du kommst alleine klar.«

»Was hast du denn vor?«, fragte Manina erschrocken. Hilfesuchend blickte sie zu Blitz und Ilinias hin, die ratlos die Köpfe schüttelten. »Mutter?«

»Ich werde nach Rinland fahren.«

»Was?« Die Prinzessin sprang von dem Sessel auf, in dem sie gemütlich gelesen hatte, und setzte sich zu ihrer Mutter auf das dunkelrote Samtsofa. »Das ist nicht dein Ernst! Das kannst du nicht! Das geht nicht!«

»Es geht nicht?« Fanes lächelte. »Doch, das tut es. Sein Freund Lexan«, sie wies auf Blitz, »hat es vorgemacht. Seit Monaten denke ich schon an nichts anderes. Als Kanuna – als dein Vater noch lebte, haben wir oft darüber gesprochen. Wir haben beide davon geträumt. Aber er hatte hier seine Aufgabe. Und nun ist er vor mir dort angekommen, allein.«

»Jetzt ist es deine Aufgabe«, wandte Manina ein.

»Nein, Schatz.« Die Riesin, in deren Gesicht der Kummer tiefe Furchen gegraben hatte, lächelte wieder. Sie hatten sie nicht mehr so voller Freude und Hoffnung gesehen, seit der Kaiser von ihnen gegangen war. »Die Fürsten werden dich krönen.«

»Das können sie nicht! Ich bin keine Riesin!«

»Ich bin nur noch hier, weil ich gewartet habe«, sagte Fanes. »Auf Keta. Es ist sein Erbe, ich dachte, er würde kommen, wenn er von Kanunas Tod erfährt. Aber er ist nicht gekommen.«

»Du kannst noch Jahre regieren. Noch viele Jahre!«, protestierte Manina.

»Ja, das könnte ich wohl. Aber mein Herz ist nicht bei der Sache. Man kann dieses Reich nicht regieren ohne Herz. Ich bin Kanuna schon längst gefolgt. Das weißt du. Nur mein Körper ist noch hier, mein Herz und meine Seele wollen ihm nach.«

»Sagt ihr doch etwas!« Manina wandte sich hilfesuchend an ihre Freunde, Ratgeber und Leibwächter Blitz und Ilinias.

»Ihr wollt wirklich ein Schiff ausrüsten und fahren?«, fragte Blitz und seine Augen leuchteten auf.

Ilinias gab ihm einen Stoß in die Seite, bevor er fragen konnte, ob er mitdurfte. »Majestät«, sagte sie, »verzeiht, aber für mich klingt das nach Fahnenflucht. Oder, noch schlimmer, nach Selbstmord.«

»Das ist es nicht!«, widersprach Blitz hitzig. »Man kann Rinland übers Meer erreichen. Du warst dabei, als wir den Brief bekommen haben!«

»Der Brief hat nur bewiesen, dass Lexan irgendwo gelandet ist. Mag sein, dass er es für Rinland gehalten hat.«

Blitz starrte sie an. »Das ist nicht dein Ernst.«

»Na gut, sagen wir, man kann Rinland mit dem Schiff erreichen. Aber warum sollte man das wollen? Wozu? Wenn man doch sowieso dorthin gelangt, nachdem man gestorben ist? Wozu mit dem Schiff eine ungewisse Reise antreten, wenn man sich auch einfach den Dolch ins Herz stoßen könnte? Das geht wesentlich schneller.«

»Ich fasse es nicht!«, rief Blitz entsetzt. »Es ist nicht dasselbe! Niemand hier will sterben!«

»Sie schon«, sagte Ilinias ungerührt und wies mit einem Kopfnicken auf die Kaiserin. »Sie will ihm nach, ihrem geliebten Kanuna. Und da sie so gesund ist und beileibe nicht krank werden kann und ihr vielleicht noch dreißig, vierzig Jahre bevorstehen, wählt sie diesen Weg.«

»Rede nicht so vor der Kaiserin!«

»Lass sie«, sagte Fanes ruhig. »Du glaubst also, ich bin nur zu feige, um den Dolch zu wählen? Oder mich aus dem Fenster zu stürzen? Der schmerzloseste Weg in den Tod, um einem Leben zu entfliehen, das ich nicht will?«

Ilinias wich keinen Schritt zurück, auch nicht unter dem grimmigen Blick einer Riesin. Herausfordernd starrte sie zurück.

»Ich glaube nicht, dass es möglich ist, Rinland auf diese Weise zu erreichen«, sagte Blitz. »Mit Todessehnsucht im Herzen. Wie soll einem das über die Brücke helfen? Der Wunsch zu versinken soll dich über das Wasser führen?«

»Es ist ein Abenteuer«, sagte Fanes. »Bei Rin, ich bin eine Riesin! Glaubst du, ich wäre dafür geschaffen, auf einem Thron zu sitzen und von goldenen Tellern zu essen? Meinst du, weil ich ein Kleid aus Spitze und Samt trage, hätte ich nicht den Wunsch in mir, durch die Wälder zu streifen und Berge zu erklimmen? Ich will dieses Schiff. Vielleicht habe ich mich in meiner Zeit als Kaiserin zu sehr daran gewöhnt, dass all meine Wünsche erfüllt werden. Aber diesen gönne ich mir. Ein Schiff. Ich brauche eine Mannschaft aus Freiwilligen. Und dann segeln wir los und suchen die Insel. Das ist das, was ich will, Ilinias, was mir wieder das Gefühl gibt, dass in meinen Adern Blut fließt, dass in meinem Herzen das Sternenfeuer brennt. Die früheren Riesenkaiser haben nie ihr ganzes Leben auf dem Thron verbracht. Sie haben den Segen und die Krone an den Erben weitergegeben und haben sich aus dem Staub gemacht, wenn es an der Zeit war. Und ich weiß, dass meine Zeit hier nun zu Ende ist.«

Auf einmal schaute sie Blitz an, und sein Herz begann heftig zu schlagen.

»Nein«, sagte Ilinias sofort. »Du nicht.«

Manina schloss sich an. »Wenn meine Mutter geht, könnt ihr doch nicht auch gehen. Ich brauche euch! Habt ihr nicht gehört? Sie will mich krönen lassen!«

»Auf mich könnt Ihr Euch verlassen«, versprach Ilinias. »Solange Ihr lebt, Prinzessin Manina.«

Blitz zögerte. In seinen Augen war der Hunger erwacht, eine alte, nie vergessene Sehnsucht. Dein Schiff. Das ist dein Schiff.

Fanes lächelte. »Denkt darüber nach. Aber lasst euch nicht viel Zeit damit. Ich breche auf, sobald ich kann.«

»Nein«, sagte Ilinias. »Nein, nein, und nochmals nein. Das lasse ich nicht zu.«

»Kannst du dir dieses Gefühl vorstellen? Nach wochenlanger Fahrt übers Meer. Wasser, nur Wasser, und über dir der Himmel. Und dann irgendwann am Horizont die Insel zu sehen. Und zu wissen, dass du es erreicht hast, das Ziel. Eine Insel, wie es keine andere gibt, und …«

»Hör auf.« Sie konnte seine Schwärmereien nicht länger ertragen. »Keiner von uns geht auf dieses Schiff. Die Kaiserin können wir nicht daran hindern. Aber wir haben eine Verantwortung Manina gegenüber.«

»Manina ist klug und tapfer. Sie wird auch ohne uns eine gute Herrscherin werden. Traust du ihr denn gar nichts zu?«

»Du vergisst Zukata«, sagte Ilinias. »Er unterwirft alle Länder des Ostens, eins nach dem anderen. Nach seinem Sieg über Sandart rechne ich mit dem Schlimmsten. Er wird auch vor Deret-Aif nicht haltmachen. Du willst Manina im Stich lassen, während sich jenseits der Grenze das größte Übel zusammenbraut, das das Kaiserreich je gesehen hat?«

»Und du glaubst, wenn Zukatas Truppen hier einfallen, macht es einen Unterschied, ob wir Maninas Hand halten? Sie kann sich hundert salinische Amazonen kommen lassen, die ihr Leben besser beschützen, als wir es je könnten.«

»Aber ob sie ihnen auch vertrauen kann? In so einer Situation braucht sie ihre ältesten Freunde. Sie braucht Menschen, die ihr Mut zusprechen und mit denen sie über alles reden kann. Die ihre Entscheidungen auch hinterfragen, die wirklich ehrlich zu ihr sind. Sie hat außer uns eigentlich überhaupt keine Freunde.«

»Du vergisst Kroa.«

»Einen Zwerg! Ha! Der sie einmal im Jahr besuchen kommt!«

Seit er zu Maninas Rettung beigetragen hatte, kam Kroa jedes Jahr einmal nach Kirifas. Am Anfang zu dem Kind, dem er von seinen Reisen kleine Überraschungen mitbrachte, mittlerweile zu der jungen Frau, der er Geschichten aus ganz Deret-Aif erzählte. In ihrer Gegenwart schmolz er dahin, aber trotzdem hatte die Prinzessin ihn nicht dazu überreden können, im Palast zu bleiben – seiner Meinung nach war die Gefahr zu groß, dass die Leute ihn für einen Hofnarren halten könnten.

»Du kannst nicht nach Rinland fahren«, bekräftigte Ilinias. »Überleg doch mal – was wäre dann mit mir? Wäre ich Witwe, weil du dann ja auf der Insel wärst, auf die man eigentlich nur nach dem Tod kommt? Oder doch nicht, weil du ja nicht gestorben wärst?«

»Machst du dir also schon Gedanken über deinen nächsten Ehemann?«, fragte Blitz säuerlich.

»Du weißt, dass ich nicht ohne dich leben will«, sagte Ilinias. »Du bist derjenige, der davon träumt, wegzugehen.«

»Dann komm mit, Ilinias. Lass uns beide die Kaiserin begleiten! Lass uns zusammen Rinland suchen!«

Ilinias seufzte. »Du weißt genau, dass ich deine Begeisterung für die Seefahrt nicht teile. Ich gehe jetzt zum Übungsplatz. Das täte dir auch ganz gut. Du wirst noch alt und fett und schwach.«

Blitz, dessen Körper kein Gramm Fett zu viel aufwies, lächelte. »Das werden wir ja sehen, du vorlautes Weib.«

Ilinias blieb ihm die Antwort nicht schuldig. »Dass du mein liebster Trainingspartner bist, brauche ich dir ja nicht zu sagen. Du kannst nicht weg, Blitz. Wenn es nötig ist, kette ich dich an.«

Manina saß mit geröteten Wangen auf dem Thron. Vor ihr standen die Fürsten, die seit jeher die Aufgabe hatten, den Kaiser zu krönen. Die Gäste, die den Thronsaal füllten, hielten den Atem an, als Fürstin Fanes die Krone abnahm und sie Calio, dem Fürsten, der das Los gezogen hatte, überreichte. Fürst Calio, ein großer, breiter Mann mit einer Stirnglatze, die er zu diesem Anlass unter der bestickten Haube des Króners verbergen konnte, trat auf die Prinzessin zu.

»Kniet nieder.«

Die junge Frau kniete sich hin, auf ein dickes, samtbezogenes Kissen, während er über ihr stand und die Worte sprach, die sie zur

Kaiserin von ganz Deret-Aif machten. Er drückte die Krone auf ihr lockiges blondes Haar und half ihr beim Aufstehen.

»Kaiserin Manina von Deret-Aif, Königin von Aifa, Erbin Kanuna El Schattiks, Mutter des Volks.«

Gesegnete Rins, Hirtin über die Menschen. Das hätte dazugehört, aber sie war es nicht, und so sprach der Kröner es nicht aus. Und es fehlte. Allen fehlten diese Worte. Manina war weder gesegnet noch eine Riesin.

Der Jubel war verhalten. In manchen Gesichtern lag Sorge, ob dieses junge Mädchen – so jung sah sie aus, dabei war sie einundzwanzig – der großen Aufgabe gewachsen sein würde. Kein Segen. Keine Riesin. Nur ein Mensch, nur eine hübsche Frau, deren Nervosität für alle sichtbar und auch hörbar wurde, als sie mit zitternder Stimme ihre erste Rede hielt.

Der edelsteinbesetzte Stirnreif hing schief über ihrer Stirn, zu weit für ihren Kopf. Es hatte vorher lange Diskussionen darüber gegeben, ob es erlaubt sei, die Krone zu verkleinern, damit sie ihr passte. Aber niemandem war wohl bei dem Gedanken, denn schließlich ging es nicht um ein Schmuckstück, sondern um ein Symbol. Allen war bewusst, dass Zukata hinter den Grenzen des Reichs etwas aufbaute, mit dessen Gewalt er ihnen zusetzen konnte. In einer solchen Lage die Krone zu verkleinern, schien ihnen allen undurchführbar, ein Akt, der nichts Gutes verhieß.

»Das hat sie nicht verdient«, flüsterte Blitz. Er mochte kaum dabei zusehen, wie seine liebe Manina diese Krone trug, die ihr zu groß war, und dabei tun musste, als sei alles richtig. Später würde er versuchen, sie zu trösten, ihr gut zuzureden, damit sie zuversichtlich alles anpackte, statt verzagt das Ausbleiben des Bruders Keta zu bedauern. Denn Keta hätte es sein sollen, hier und heute, der sich auf den Thron setzte als neuer Kaiser von Deret-Aif.

Keta. Blitz hörte, wie die Gäste immer wieder diesen Namen flüsterten, wie der eine den anderen fragte: Und was ist mit Prinz Keta? Warum ist er nicht gekommen?

Manina hatte es nicht verdient, als ein schwacher Ersatz für ihren unzuverlässigen älteren Bruder herhalten zu müssen.

Blitz warf noch einen Blick über die Menge und ging dann hinaus. In den Sälen war es ruhig, viel zu ruhig. Hier hätte man schon die Schreie des Volks hören sollen. Er öffnete ein Fenster, damit die wenigen Rufe, die von draußen ertönten, hier drinnen gehört wurden.

Was für eine schwere Bürde für sein kleines Mädchen. Er seufzte.

Am Fuß der Treppe kam ihm ein Bote mit einem Sack voller Briefe entgegen. »Die Glückwünsche? Na endlich!« Eilig nahm er den Sack an sich und entlohnte den Boten. In einem leeren Nebenzimmer schüttete er ihn aus und suchte rasch nach Post mit königlichem Siegel – Glückwünsche der Könige. Diese würde er Manina gleich bringen und von einem der Fürsten vorlesen lassen. Seit Tagen hatte er auf die letzten Rollen gewartet, und Manina machte sich schon Sorgen, ob wirklich jeder der zweiundzwanzig Könige ihren Amtsantritt mit Wohlwollen begrüßte.

Aus dem Haufen, der auch Botschaften an weniger hochgestellte Mitglieder des kaiserlichen Haushalts enthielt, fischte er den lang ersehnten Gruß des Königs von Rils und der Königin von Jolis. Beim Durchsehen der Rollen fiel sein Blick auf eine vertraute Handschrift. Sein Bruder El Jati hatte ihm wieder geschrieben.

Blitz steckte das Schreiben seines Bruders in seine Tasche. Zuerst musste Manina die Grußbotschaften hören. Dann endlich war Zeit für Privates.

Erst spät am Abend fand er Gelegenheit, seinen eigenen Brief zu lesen. Ilinias war noch bei der Krönungsfeier. Auch wenn die Freude über eine ungesegnete Nicht-Riesin sich in Grenzen hielt – an der Tafel ließen die Gäste sich nicht lumpen und entwickelten eine ungeahnte Begeisterungsfähigkeit für die Bemühungen der kaiserlichen Küche und die Schätze des Palastkellers. Blitz, der keinen rechten Appetit hatte, schlich sich in seine Wohnung und freute sich auf Nachrichten aus Arima. Er bekam regelmäßig Post von seinem Bruder, auch wenn es selten etwas Besonderes zu berichten gab. Doch als er diesen Brief entrollte, fiel ihm die ungewöhnliche Kürze der Botschaft sofort auf, und etwas verwundert begann er zu lesen.

Blitz, was hast du dir nur gedacht, uns nichts zu sagen? Wir haben mit euch getrauert und nun, da, wie wir nun auch endlich erfahren haben, alles eine Lüge war, frage ich mich, was aus dem Helden von Arima geworden ist. Wie konntest du uns das antun, Blitz? Wir hätten den Jungen mit Maja und Tamait zusammen großgezogen, wenn du uns darum gebeten hättest. Aber nun hat sich herausgestellt, dass Sorayn jahrelang heimlich um Maja geworben hat. Kannst du dir das vorstellen, einer wie er!

Ich glaube, mehr gibt es zwischen uns nicht zu sagen.

El Jati

Blitz las die Nachricht mehrere Male, ohne den Sinn zu begreifen.

Sorayn hatte um Maja geworben? Aber Sorayn war tot.

Wieder und wieder las Blitz die rätselhaften Sätze. Er wollte die Hoffnung nicht zulassen, die plötzlich in ihm aufstieg, eine so gewaltige Hoffnung, die sich, als er das Blatt schließlich aufschluchzend, auflachend fallen ließ, in jähe Freude verwandelte.

Sorayn war nicht tot. Sorayn lebte. Er sagte es leise vor sich hin, er musste den Klang dieser Worte hören und spüren, um es zu glauben. »Sorayn ist nicht tot. Er ist nicht tot. Er lebt.«

Er sagte es leise, er sagte es laut. Ein Schrei brach aus ihm heraus, der ihn in die Höhe riss, er warf die Arme in die Luft, er schrie, so laut er nur konnte. »Er lebt!«

Ilinias steckte den Kopf durch die Tür. »Blitz?«

Er griff nach ihrer Hand und zog sie ins Zimmer, er umschlang sie und wirbelte sie herum. »Ilinias! Sorayn lebt! Er lebt!«

Er setzte sie ab und hob den Brief auf. »Hör zu! Oh, Ilinias, hör zu, was mein Bruder schreibt!« Er las vor, er sprang wieder auf. »Er ist nicht ertrunken, Ilinias! Jemand hat ihn aus dem Wasser gezogen, irgendjemand hat ihn gefunden und gerettet und er ist nicht tot! All meine Tränen waren umsonst!« Er schluchzte, wischte sich das Gesicht, fing sich wieder und lachte. »Oh Schatz, kannst du das begreifen? Er wurde gerettet! Es ist kaum zu glauben, wie?«

Atemlos drückte Blitz den Brief an seine Brust. »Warum haben sie ihn uns nur damals nicht wiedergebracht? Ich hätte sie belohnt, mit allem, was wir besitzen! Arima ist so klein, warum haben wir nie etwas davon gehört? Es muss jemand gewesen sein, der nichts davon wusste, wie sehr wir dieses Kind vermisst und betrauert haben, wie lange ich gesucht habe ...«

Er blickte auf und sah in Ilinias' bleiches Antlitz. Sie hatte kein einziges Wort gesagt, erst jetzt fiel ihm das auf. Kein einziges Wort.

»Ilinias?«, fragte er leise.

Immer noch sagte sie nichts. Sie wandte das Gesicht von ihm ab.

»Du wusstest es?« Er starrte sie an, als sähe er sie zum ersten Mal. »Ilinias, sag, dass das nicht wahr ist! Du hast das – gewusst? Du wusstest, dass er lebt?« Die Papierrolle fiel aus seiner Hand, wie ein Vogel, den er mit seiner innigen Umarmung erdrückt hatte.

»Bitte, Blitz, schau mich nicht so an.«

»Wer bist du?«, fragte er fassungslos. »Ich sehe dich an und – wer bist du nur, Ilinias? Was hast du getan?«

»Ich hielt es für das Beste«, sagte sie. »Ich hatte keinen Bootsunfall. Ich dachte nur, es würde besser sein, auf diese Weise Abschied zu nehmen. Ich habe das Kind nach Neiara gebracht, zu dieser Alten. Sie fand ihn schön, weißt du noch? Sie war die Einzige, die ihn schön fand. Und wir hätten ihn doch nie wieder zurück nach Kirifas bringen können. Weißt du nicht mehr, wie sie ihn angesehen haben? Wie entsetzt alle waren? Ich hatte gedacht, wir kehren zurück, wenn es besser mit ihm wird, aber es wurde immer nur schlimmer. Du weißt, wie es war.«

Er fand keine Worte. Er sah sie an, diese wunderschöne Frau mit den blauen Augen.

»Kinder wie er bleiben immer hilflos! Ich hab das gesehen, bei den Nonnen. Ständig muss man sich um sie kümmern, sie lernen nicht einmal laufen, sie liegen da und man muss zusehen und sie pflegen.«

»Dazu war ich bereit«, flüsterte Blitz.

»Ich weiß. Ich wusste das doch! Aber wir wollten doch noch so viel tun. Wir wollten reisen und zur Insel der Amazonen, und ich wollte doch, dass du mitkommst. Ich wollte mit dir zusammen all das erleben. Wir gehören doch zusammen, wir beide. Und wir hatten so viele wunderschöne Jahre zusammen, das darfst du doch jetzt nicht vergessen. Oh, sieh mich nicht so an. Sag nicht, dass es nicht schön war. Und ich hab ihn ja nicht umgebracht. Liravah hat versprochen, sich gut um ihn zu kümmern.«

»Ich sehe dich an«, sagte Blitz, »und ich sehe eine Fremde.«

»Es war für dich!«, rief sie aus. »Für uns beide. Damals in Arima ... Nachdem Jati uns das Schreckliche gesagt hatte. Und ausgerechnet in Arima! Und dann dieses Kind! Jeder hätte es gewusst. Sie hätten es angesehen und sich Gedanken gemacht und dann hätte es jeder gewusst. Sie hätten auf einmal erkannt, wie ähnlich wir uns sind ... Blitz! Oh, Blitz, sei mir nicht böse, bitte nicht! Ich wollte doch nur, dass du bei mir bleibst. Bei mir, verstehst du, nicht bei dem Kind. Nicht wegen dem Kind. Ich musste es wissen. Ob du zu ihr läufst, sobald es weg ist, zu Mino ... Wir waren auf Arima! Du hast gesagt, dass das Kind uns verbindet, aber wie hätte mir das reichen können? Ich musste doch wissen, ob du mich liebst, auch ohne Kind.«

Blitz sah sie an, lange und nachdenklich. »Und ich bin seinetwegen bei dir geblieben. Ich wollte dich trösten. Ich wollte nicht, dass deine Schuldgefühle dich zerreißen, dass du in deiner Verzweiflung umkommst, wenn ich dich auch noch verlasse. Ich habe dir nie Vorwürfe gemacht, obwohl ich dich damals am liebsten umgebracht hätte ... Ich habe meinen Zorn hinuntergeschluckt, ich habe mich immer gefragt: Und wenn mir das passiert wäre? Wenn ich auf unseren Sohn nicht richtig geachtet hätte, wenn ich ihn in Gefahr gebracht hätte, was hättest du getan? Ich wäre von deiner Vergebung und deiner Liebe so abhängig gewesen ... Ich wollte dich trösten, ich wollte dir alle deine Wünsche erfüllen, damit du wieder Freude am Leben finden kannst, damit du glücklich bist. Ich dachte, dass dieser Schmerz uns verbindet. Es war alles Lüge, alles. Die ganze Zeit wusstest du, dass er lebt. Und du hast überhaupt nicht gelitten. Du sagst, du liebst mich? Und du hast zugesehen, wie ich um Sorayn getrauert habe? Wie ich in einer Dunkelheit versunken bin, die kein Ende zu haben schien.«

»Was für eine Dunkelheit?«, frage Ilinias. »Ach, Blitz, du übertreibst. Du bist in überhaupt nichts versunken. Du hast geweint, damals auf Arima. Ja, ich muss zugeben, ich war auch bedrückt. Es tat mir leid, wirklich, dass wir ihn nicht mehr hatten. Aber dann haben wir uns beide beruhigt. Wir haben uns daran gewöhnt, dass er nicht bei uns war. Du hast überhaupt nie von ihm gesprochen. Gib es zu, Blitz, er gehörte doch gar nicht richtig zu unserem Leben. Und es war doch auch eine Erleichterung, nicht? Du hast doch sowieso schon Manina, wenn du das Gefühl brauchst, ein Vater zu sein. Manina war so hübsch und so süß als kleines Kind. Unser Kind hätte so sein sollen ... Wozu brauchtest du noch dieses – dieses Wesen?«

»Sorayn ist mein Sohn«, sagte Blitz.

»Er war *mein* Kind«, entgegnete Ilinias. »Du hattest nicht so einen dicken Bauch, dass du dich nicht rühren konntest. Du bist nicht fast verblutet und hattest solche Schmerzen, dass die Welt fast untergeht. Ich habe dieses Kind geboren und ich konnte damit tun, was ich wollte. Ich habe dafür gesorgt, dass wir unser Leben weiterleben konnten. Ich habe dafür gesorgt, dass du mich liebst um meinetwillen. Wir beide, Blitz. Wir beide. Oh *Ahinehl* ...« Sie streckte die Arme nach ihm aus.

»Ahinehl?« Er warf ihr das Wort vor die Füße. »Sag das nicht. Sag das nie wieder zu mir. Weißt du überhaupt, was das bedeutet?«

»Du und ich und ich und du«, sagte Ilinias. »Wir sind eins. *Ahinehl.* Ich habe es zu dir gesagt und du zu mir ...«

»Eins«, wiederholte Blitz. »Du und ich, wir sind eins, wir tragen denselben Schmerz. Das habe ich geglaubt, als ich dir dieses Wort gegeben habe ... als ich dachte, dass wir beide zusammen, bis an unser Lebensende, diesen Verlust tragen, dass wir Sorayn mit uns tragen in unseren Träumen. Jeden Tag habe ich an ihn gedacht. Ich habe ihn mit mir genommen, Jahr für Jahr, und mir vorgestellt, wie er wächst und wie er vier wird und fünf und zehn und dreizehn, schon fast erwachsen ... Und gleichzeitig war er immer klein. Er war so klein, ein Baby mit schwarzem Haar, und in meinen Träumen hielt Rin ihn in seinen Händen, dieses Kind, das nie größer werden durfte. Er war immer da, hier in meinem Herzen. Ja, ich habe nie von ihm gesprochen, denn diesen Namen auch nur zu denken war für mich ein Schmerz, den ich manchmal kaum aushalten konnte. Ich habe dich angesehen, Ilinias, und mich gefreut, dass du wieder lachen konntest. Ich habe dich angesehen und geglaubt, in der Tiefe deiner blauen Augen denselben Schmerz zu entdecken. Es war immer Sorayn, der uns verbunden hat, Ilinias. Wusstest du das denn nicht? Dieser Junge mit dem schwarzen Haar, den wir mit uns getragen haben ... Du nennst mich *Ahinehl?* Du weißt nichts von mir. All die Jahre ... und du weißt nichts.«

Er wandte sich um und öffnete seine Truhe und seinen Schrank. Mit raschen Bewegungen begann er zu packen.

»Blitz!«, rief Ilinias. »Was tust du? Wohin willst du?«

»Wohin wohl? Nach Arima.«

»Nach ...? Oh Rin, Blitz, geh jetzt nicht zu ihr, oh bitte!«

Er hob den Kopf. »Zu ihr? Du meinst, zu Mino? Ach Ilinias, selbst jetzt hast du nichts verstanden.«

Er richtete sich auf, die Tasche über der Schulter. »Lass mich vorbei, Ilinias.«

Sie legte die Hand auf seinen Arm. »Blitz! Oh bitte, geh nicht so! Nicht so, bitte, ich liebe dich!«

Er ging durch die Tür, ohne sich umzusehen.

»Bitte, sag es ihnen nicht! Ich meine El Jati und Alika, bitte sag ihnen nichts davon!«, rief sie ihm nach. »Und sag es nicht Manina. Sag es nicht Fanes. Bitte, Blitz, bitte, bei unserer Liebe, bei allem, was wir hatten, sag es keinem!«

Er starrte finster in ihr verzweifeltes Gesicht.

»Nun gut«, sagte er. »Ich werde es niemandem sagen. Aber mehr kannst du nicht von mir verlangen. Ich werde Fanes' Reisegruppe begleiten. Wenn dich jemand fragt, sag ihnen, was immer du willst.«

Sie wollte ihm nachlaufen und ihn festhalten, aber in diesem Moment sah sie eine Gruppe junger Fürstinnen auf dem Gang, und sie wollte sich diese Blöße nicht vor ihnen geben. Sie nahm Haltung an und stand an der Schwelle, bis die Frauen vorüber waren. Von Blitz war nichts mehr zu sehen.

17. Entfesselt

SORAYN SASS AM Ufer und hielt seine Füße ins Wasser. Er brauchte heute nicht zu arbeiten, eigentlich sollte er gar nicht hier sein. Alios hatte ihm die Erlaubnis gegeben, zum Fest ins Nachbardorf zu gehen. Während der Woche des Sommerfestes wurde die Insel von einem merkwürdigen Taumel der Seligkeit ergriffen und der Meister hatte darauf bestanden, dass er sich seinen Anteil am Glück dort abholen sollte.

Natürlich war es ein Reinfall gewesen, der ganze gestrige Tag, aber das hatte er dem Schmied nicht gesagt und sich heute, statt zum Fest zu gehen, unbemerkt in den Wald verdrückt, wo er über sein Unglück grübeln konnte. Irgendwo in einem Winkel seiner zwei Herzen hatte er darauf gehofft, dass ihm der Trubel, der Gesang und die geschmückten Häuser rund um den Festplatz dazu verhelfen würden, Maja zu vergessen. Mit dem Geld, das ihm der Schmied gegeben hatte, wollte er sich zum ersten Mal in seinem Leben richtig betrinken.

Mittlerweile war er so gut zu Fuß, dass er den beschwerlichen Weg über den Hang und dann wieder ins Tal recht schnell meisterte, hinter den Jugendlichen aus seinem eigenen Dorf. Er wollte nicht, dass sie ihn sahen, und begleitete sie nicht auf dem Weg, sondern hielt sich im Schutz der Bäume auf. Doch dann kam der Waldrand und er musste hinaus ins Freie, den steinigen Pfad über den kleinen Berg.

Es dauerte nicht lange, bis ein Mädchen sich umdrehte und ihn sah.

»Das gibt's doch nicht! Er kommt uns nach, der Krüppel! Er will zum Fest! Nein, das glaub ich nicht!«

Einer der Jungen fühlte sich zum Verteidiger der Mädchen berufen. »Verschwinde! Du verdirbst uns bloß alles!« Er bückte sich und hob einen Stein vom Weg auf.

Sorayn duckte sich und der Wurf ging daneben. Als die nächsten Steine flogen, rettete er sich über eine niedrige Mauer, hinter der die Weinstöcke wuchsen. Um ihn zu treffen, hätte die Gruppe ein Stück zurückgehen müssen; zu seinem Glück hatte niemand Lust dazu. Lachend wanderten sie weiter, und er wartete, bis er niemanden mehr sah, kletterte dann wieder über die Mauer und hinkte ihnen nach.

Das Fest war in vollem Gange, als er ankam. Die fröhliche Musik brachte ihn trotz allem zum Lächeln. Er sah den Tänzern zu, die in farbenfrohen Kostümen einen Reigen aufführten.

»Was will der denn hier?«

Wieder hatte man ihn entdeckt. »He, du, verschwinde!«

Er hielt die Münze in der Hand. Trotz der bösen Rufe beschloss er, sich nicht um den Becher Wein betrügen zu lassen, auf den er sich gefreut hatte. Der Duft von Kuchen und Gewürzen lag in der Luft, dort drüben wurde sicherlich auch Wein ausgeschenkt. Er drängte sich durch die Menge, um zu den Verkaufsständen zu gelangen. Von überall wurde er angerempelt, von Leuten, die nicht auf ihn achteten; doch wer ihn bemerkte, sprang zurück, um nicht von ihm berührt zu werden. Um ihn her wurden Rufe laut. Angestrengt bemüht er sich, nicht auf die Worte zu hören.

Der Wein duftete. Bunte Früchte schwammen in dem großen Bottich. Sorayn streckte die Münze der Frau entgegen, die mit einer großen Kelle das verlockende Festgetränk in breite Gefäße füllte.

Die Händlerin zögerte einen Moment, dann griff sie nach dem nächsten Becher und goss Wein hinein. Rote und gelbliche Obststücke tanzten obenauf. Sorayn hielt das klebrige Gefäß an die Lippen und öffnete den Mund, als ihn jemand so heftig zur Seite stieß, dass er zu Boden fiel. Der Becher rollte unter den Verkaufstisch. Sein

Hemd klebte an seiner Brust, süßer, fruchtiger Duft stieg ihm in die Nase.

»Ach, da war er wohl unvorsichtig, wie?«

Es waren die jungen Leute aus seinem Dorf. Das Mädchen kicherte, der Junge lachte zurück. Er hatte nicht einmal einen verächtlichen Blick für Sorayn übrig. Als hätte er nichts als einen Holzklotz umgeworfen, um Eindruck zu machen.

Sorayn rappelte sich auf. Etwas in ihm brannte auf. Er wollte sich auf diese Menschen stürzen, die sich selbst zu seinen Feinden gemacht hatten, er wollte sie packen und ... Seine Hände zitterten. Er stand da, tropfend. Sie waren einfach weitergegangen. Andere Blicke streiften ihn, unbarmherzige Blicke, die auf ihm verharrten, erschauernd, oder hastig wieder zurückwichen. »He!«, rief die Verkäuferin. »Und mein Geld? Wo ist mein Geld?«

Er verschloss seine Ohren vor allem. Er senkte den Kopf und trottete auf dem kürzesten Weg vom Festgelände fort, die Zähne zusammengebissen. Nein, keine Tränen. Keine Tränen in seinen Augen.

Irgendwann. Er hielt sich an diesem Gedanken fest, während er sich auf den Heimweg machte, über den Weinberg: Irgendwann. Irgendwann komme ich wieder, ein vornehmer Prinz, und ihr müsst zu mir aufsehen. Ich komme wieder, als Sohn des Kaisers. Ich komme wieder, mit einer Armee. Ich komme wieder, auf einer Kutsche, gezogen von zehn weißen Pferden, und ihr werdet zurückweichen vor Angst, ich könnte gekommen sein, um mich zu rächen. Ich komme wieder, und dann werdet ihr zittern, vor mir, und mich anflehen, euch zu verzeihen.

Seine Träume trugen ihn zurück, den langen Weg, fort von Musik und Tanz und Fröhlichkeit. Tu ihnen nicht weh, tu ihnen nicht weh ... Noch nicht. Warte. Irgendwann kommt dein Tag. Warte. Tu ihnen nicht weh.

Er ging, mit geballten Fäusten. Auf einmal fiel ihm ein, dass er immer noch die Münze hielt. Er öffnete seine Finger mit einiger Mühe und fand darin ein Stück Metall, zu einem kleinen Klumpen zusammengepresst.

Nichts war hier zu hören außer dem Plätschern der Wellen. Und doch war ihm, als hätte er etwas gehört. Unruhe erfasste ihn, und so schnell er konnte, eilte er den Hang hinauf zum Dorf. Es war leer, natürlich, schließlich waren alle drüben beim Fest. Die Stille empfing ihn wohltuend. Umso erstaunter war er über den Wagen vor dem Haus des Schmieds. Es war ein unauffälliger Karren, gezogen von einem starken, braunen Wallach. Gerade kamen zwei Männer aus der Schmiede und schleppten Schwerter und Rüstungen herbei.

»He, was ist das denn für einer?«

»Ein Idiot, sieht man doch. Was glotzt du so?«

Ein Schwall heißer Wut schoss durch Sorayns Adern, aber selbst sein Ärger über die Beleidigung konnte die Beunruhigung, die er auf einmal verspürte, nicht überdecken. Ohne die Männer weiter zu beachten, stürzte er ins Haus.

Es war schlimmer, als er befürchtet hatte. Viel, viel schlimmer.

Alios stand an einen Holzpfosten gelehnt, der Kopf war ihm auf die Brust gesunken. Sorayn sah sofort, dass er nicht freiwillig dort verharrte, während die Fremden seinen Besitz davontrugen. Von einem seiner eigenen Schwerter an den Balken genagelt, wartete er auf den Tod, während das Blut ihm den Bauch und die Beine herablief. Sorayn heulte auf und wollte nach draußen stürzen, er wollte diejenigen bestrafen, die das getan hatten. Draußen trabte der Braune los, er hörte das Rappeln des Wagens.

»Sorayn.« Alios flüsterte seinen Namen. Einen Moment war Sorayn hin- und hergerissen zwischen seinem Wunsch nach Rache und diesem Ruf, aber dann wandte er sich seinem Meister zu.

»Soll ich ...?« Er streckte die Hände nach dem Schwert aus.

»Nein!«, protestierte Alios. »Nein, noch nicht. Sorayn, hör mir zu. Das sind die Männer des Fürsten gewesen. Irgendjemand hat uns verraten.«

»Ich werde sie nicht davonkommen lassen«, versprach er grimmig.

»Nein. Es gibt Wichtigeres als mich. Du musst ins Schloss. Du musst verhindern, dass sie uns unterwerfen. Tu etwas, Sorayn.« Er war kaum zu verstehen. »Lass sie nicht gewinnen.«

Sorayn wollte ihn festhalten, ihn stützen, ihm irgendwie beistehen, aber er konnte nur zusehen, wie sein Meister ihm das letzte Mal zunickte, das letzte Mal hustete, das letzte Mal atmete. Mit einem Ruck zog er das Schwert heraus und legte den leblosen Körper sanft auf den Boden. Er sah auf ihn herunter, die Waffe in der Hand, und wieder war da der fast unbezähmbare Wunsch, den Mördern hinterherzulaufen und es ihnen heimzuzahlen.

Du musst verhindern, dass sie uns unterwerfen.

Sorayn legte dem toten Schmied das Schwert auf die Brust, er drückte es in die noch warmen Hände. Dann eilte er, so schnell er konnte, nach draußen, dem Wagen nach.

Er holte ihn schneller ein, als er erwartet hatte. Sie bekamen den Karren nicht den Hang hinauf, offensichtlich war ein Rad steckengeblieben.

Sorayn wunderte sich nicht darüber, dass das Pferd die schwere Last nicht den steilen Weg hochbekam. Es war nicht einmal eine richtige Straße, sondern nur ein breiter, festgetretener Pfad den Hügel hinauf, durch den Wald, ein Weg voller Schlaglöcher, die sich bei Regen in Pfützen verwandelten. Wie jeder wusste, steckte der Fürst die Steuereinnahmen in seine große schwarze Burg und die schöne, neue Hafenstadt; die Wege in die kleinen Dörfer zu befestigen, wäre ihm nicht im Traum eingefallen.

Ein Mann versuchte von hinten zu schieben, während der andere vorne den stämmigen Braunen dazu bewegen wollte, stärker zu ziehen. Dabei hatte das keinen Zweck. Das Rad stak dermaßen fest, dass sie auf diese Weise höchstens den Wagen zerstörten, anstatt ihn zu befreien.

»Da kommt ja der Idiot. Los, komm her, pack mit an!«

Er hätte ihnen sagen können, dass es so nicht gehen würde. Irgendetwas musste einfach brechen. Sie hätten den Wagen entladen sollen, aber wer war er, sie darauf aufmerksam zu machen? Er stellte sich an den Platz, den sie ihm zuwiesen, und schob mit an. Mit Leichtigkeit hätte er das eingeklemmte Rad aus dem Loch heben können, aber er tat genau das, was sie ihm sagten. Es gab einen Moment ungeheurer Anstrengung, dann einen Ruck und der Wagen war frei.

Er ließ sie jubeln; sie würden noch früh genug merken, dass die Achse gebrochen war.

»Das gibt's doch nicht! Seht euch das an!«

»Was machen wir denn jetzt? Wir hätten den Schmied am Leben lassen sollen, damit er uns das repariert.«

»Die Dörfler kommen bald zurück. Wir müssen weg hier!«

»Ja, und wie? Kannst du mir das mal verraten?«

Nach langem Hin und Her einigten sie sich darauf, dass sie den Wallach abschirren und mit den Waffen beladen würden. So schnell es ging. Es erwies sich natürlich als unmöglich.

»Jeder trägt, so viel er kann. Das muss doch möglich sein! Und den Rest verstecken wir hier im Gebüsch.«

»Das kannst du unmöglich riskieren! Wir müssen alles mitnehmen. He, Junge, wie viel kannst du tragen?«

Sie luden ihm eins der eilig in Decken gehüllten Bündel auf. Es war schwer, er wankte unter dem Gewicht, aber er sagte kein Wort. Er vermied es auch, den Blick zu heben und sie anzusehen, zu groß war seine Wut.

Du musst es verhindern. Der letzte Befehl eines Sterbenden.

Sie marschierten den Hang hinauf und auf der anderen Seite wieder hinunter. Die verbissenen Gesichter der Männer nahm Sorayn, der sich auf seine Füße konzentrieren musste, kaum wahr. Die Waffen waren für ihn nicht so schwer zu tragen wie für sie, aber seine Füße streikten. Bei jedem Schritt schoss der Schmerz durch seine Knöchel und bis zur Hüfte hinauf, wo er sich in einem Feuerwerk entlud.

Aber er ging. Und man merkte ihm nichts an. Die Männer waren weit davon entfernt, Mitleid mit einem Krüppel zu verspüren; für sie zählte nur, möglichst schnell voranzukommen.

»He«, rief einer, als Sorayn fast gestolpert wäre und sich gerade noch fing. »Pass auf, dass du nichts fallenlässt!«

Das sind meine Schwerter, dachte Sorayn. Sie gehören meinem Meister und mir. Harter und zugleich biegsamer Stahl. Er durfte nicht zulassen, dass der Fürst sie gegen die Inselbewohner einsetzte.

Es wurde schon dunkel, als sie die kleine Hafenstadt erreichten, zu Füßen der Weinberge, Häuser aus weißen Steinen, die in der Dämmerung schimmerten.

Das Schloss war schwarz. Es war so dunkel wie der Fels, auf dem es stand, und trotz der Lichter in den vielen Fenstern wirkte es alles andere als einladend. Sorayn sah nicht zur Seite, als sie die Brücke überquerten. Wie tief es hinunterging, war in dieser Dunkelheit sowieso nicht zu erkennen, und er wollte es auch gar nicht wissen. Er war so müde, dass er kaum noch denken konnte. Als wäre er tatsächlich der Idiot, für den sie ihn hielten, trottete er hinter den beiden Mördern her.

In einer Kammer schichteten sie die Schwerter auf, und dann kam der Fürst selbst. Es musste Wikant sein, dieser schon ergraute Mann mit dem unsteten Blick. Er wirkte beileibe nicht wie jemand, der ein ganzes Regiment Krieger mit Schwertern ausrüsten konnte, aber sie redeten ihn mit seinem Titel an.

»Gute Qualität«, sagte er anerkennend.

»Ja, Fürst Wikant, dieser Schmied ist der Beste weit und breit.«

»Das hat ihm auch nichts genützt.« Wikant lächelte. »Dann wäre das Problem jedenfalls gelöst. Nun müssen wir nur noch auf die Söldner warten.«

Wikants Blick fiel auf Sorayn und er fuhr zurück. »Wen habt ihr denn da?«

»Das ist nur ein Idiot aus dem Dorf. Wir brauchten ihn zum Tragen.«

»Seid ihr verrückt? Er kann alles verraten!«

»Was, der? Wohl kaum.«

Wikant musterte den Jungen voller Abscheu. »He, du.«

Sorayn tat, als hörte er ihn nicht. Es war nicht schwierig, zu tun, als verstünde man nichts. Er musste nicht einmal befürchten, dass ihn seine aufmerksamen Blicke verrieten. Die Leute scheuten sich davor, jemandem wie ihm in die Augen zu sehen. Sie taten lieber so, als sei er gar nicht da.

»Du! Der Fürst spricht mit dir!«

Einer der Männer packte ihn so grob an der Schulter, dass er fast gestürzt wäre. Er musste den Impuls unterdrücken, ihn zur Seite zu schleudern. Mit gesenktem Kopf dazustehen und zu warten, nein, es war gar nicht so schwer.

Du musst es verhindern …

»Ich gehe kein Risiko ein«, beharrte der Fürst. »Kelon?«

»Ja, Fürst?« Ein Mann, der mit Wikant ins Gewölbe gekommen war, trat näher. Sorayn beobachtete hinter seinen langen Wimpern, wie auch Kelon bei seinem Anblick erschrak und das Gesicht verzog, aber er hatte sich schnell wieder in der Gewalt.

»Sorg dafür, dass er schweigt.«

Wikant marschierte hinaus, die Mörder hinter sich.

Kelon nickte. »Ähm, Junge?« Er streckte die Hand aus und legte sie sanft auf Sorayns Schulter. »Komm. Wir finden einen guten Platz für dich, versprochen.« Er schob den Jungen aus der Waffenkammer hinaus in den sternenbeschienenen Hof und blieb dort stehen, um nachzudenken. »In die Küche? Nichts für ungut, mein Junge, aber ich bezweifle, dass sie dich dort sehen wollen. Vom Wein halten wir dich auch lieber fern.« Kelon lächelte aufmunternd. »Der Fürst will, dass du schweigst. Legen wir das mal so aus, dass er dich zu seinen Leuten zählen will. Zu seiner Gefolgschaft. Er wäre nicht der erste Fürst mit einem – Narren.« Seine Mundwinkel umspielte ein bitterer Zug. »Das hat zweifellos etwas Königliches, nicht wahr? Vermutlich wird es ihm sogar gefallen. Komm, hier entlang.«

Kelon führte Sorayn durch einen Torbogen in eine kühle Halle. Nach all den Büchern, die er gelesen hatte, hatte der Junge mehr Pracht erwartet. Mehr Gold und Bilder und Statuen, mehr von all dem, was die Schlösser in den Geschichten ausmachte. Dieses Schloss war einfach nur eine Burg aus grob behauenem Stein. Bilder, wenn es sie denn gab, waren direkt auf die Wände gemalt und gaben sich nur den Anschein, wertvolle Verzierungen zu sein. Man hatte sie aus Büchern abgemalt und daher erkannte Sorayn sogar das eine oder andere wieder.

»Ja, freu dich nur«, sagte Kelon. »So schön wie hier wirst du es nirgends sonst haben. Hier. Der königliche Saal.«

Es sollte wohl ein Thron sein. Ein Stuhl, mit dunkelgrünem Samt bezogen, in dessen hoher Lehne eine goldene Krone eingefügt war. Am liebsten hätte Sorayn gefragt, welche Kinder hier König spielten, aber er behielt seine Meinung lieber für sich.

»Kelon! Kelon, was ist das?«

Ihrer übertrieben aufgetürmten Frisur nach zu urteilen, musste es die Fürstin sein. Als sie Sorayn sah, stieß sie einen hohen, spitzen Schrei aus. »Iihh! Kelon!«

»Ja, Herrin«, sagte der Mann geduldig. »Der Fürst wünscht diesen Jungen hier im Schloss zu behalten.«

Tinek nahm sich lange genug zusammen, um ihren Blick über Sorayns ungewöhnliche Gestalt wandern zu lassen.

»Aber ... ich kann kaum glauben ... Das ist – oh, das ist so grauenhaft. Was ist es?« Kelon versuchte, ihr die Lage zu erklären. In Sorayns Arm begann ein Muskel zu zucken. Es ist nicht schwer, dachte er. Es ist leicht. Es tut nicht weh, schau nur immer nach unten ...

Aber es war schwer. Und es tat weh. Seine Zehen bohrten sich in den Steinfußboden, als könnte er auf diesem Weg verschwinden.

Irgendwo in seinem Hinterkopf pochte eine Ader. Aber er schwieg und begnügte sich damit, den Fußboden zu betrachten und sich Gedanken über den Reichtum des Fürsten zu machen, während die Fürstin sich langsam dafür erwärmte, ein eigenes Ungeheuer zu besitzen.

»Oh Kelon, das ist phantastisch! So etwas fehlte uns gerade noch! Ich meine, haben die Könige nicht immer irgendwelche Buckligen und Idioten bei sich? Es ist doch nicht gefährlich, hoffe ich?«

Kelons Hand drückte auf Sorayns Schulter. Es sollte wohl beruhigend sein, tröstend, irgendeine Art von Entschädigung für die Behandlung durch die Fürstin, aber die Berührung brachte ihn völlig aus dem Gleichgewicht. Er wankte und stolperte vorwärts, auf Tinek zu.

»Es fasst mich an!«, kreischte sie auf.

Um ebendies zu vermeiden, ruderte Sorayn wild mit den Armen und fing gerade noch seinen Sturz auf, aber die Fürstin schrie, als hätte er versucht, sie zu erwürgen. Sorayn blieb auf dem Boden liegen und horchte nur halb hin, wie Kelon versuchte, sie zu besänftigen. Er fühlte die kühlen, rauen Steine unter seinen Handflächen. Das Marmormuster, auf den Felsboden gemalt, war nicht einmal perfekt imitiert. Der Fürst hatte Künstler bezahlt, aber nicht die besten.

Kelon führte die Fürstin aus dem Raum. Sorayn rappelte sich auf und betrachtete den Thronsaal. Die Malereien auf den Wänden waren hier etwas besser, und ja, diese Krone im Sessel war wirklich vergoldet. Sorayn wunderte sich über sich selbst, dass ihn all dies nicht so überwältigte, wie es das hätte tun sollen. War er nicht ein Junge aus dem Dorf? Hatte er nicht sein ganzes Leben bei Liravah im Wald verbracht? Und doch beeindruckte ihn dieses Schloss einfach nicht, und während er darüber nachsann, warum dies wohl so war – hatte er sich einfach zu viel vorgestellt beim Lesen? –, stieg in ihm die Sehnsucht auf nach einem anderen Schloss, das das hielt, was die Bücher versprachen. Kirifas, wo die Riesen herrschten ...

Auf dieser winzigen Insel war alles winzig, selbst das angestrebte Königtum.

»Junge, bist du noch da?« Kelon kam wieder herein, eine Decke über dem Arm. »Du wirst hier schlafen. Dies ist der Thronsaal und ein König hat seinen Narren immer in der Nähe, ist es nicht so?« Er breitete die Decke aus und machte ihm ein kleines Lager in einer Ecke.

Wieder ging die Tür auf. »Hier ist das Essen für ...« Eine Frau trug ein Tablett herein. Als sie Sorayn sah, begann sie so zu zittern, dass Teller und Glas aneinanderschlugen. Kelon sprang rasch hinzu und nahm ihr das Tablett ab, bevor sie es fallenlassen konnte.

Sie machte nur ein unverständliches Geräusch und floh. Kelon zuckte mit den Schultern. »Tja. Mach dir nichts draus. Aber wahrscheinlich bist du das sowieso gewöhnt. Also, lass es dir schmecken. Und sei schön brav.«

Sorayn sagte nichts. Sich bei Kelon zu bedanken, hätte schon zu viel Verstand verraten, also schwieg er lieber und widmete sich dem Brot. Es war natürlich viel zu wenig für ihn, aber er ließ sich auch seinen Hunger nicht anmerken. In der Nacht würde er wohl oder übel auf die Suche nach mehr gehen müssen.

Es war nicht der Hunger, es waren die Schmerzen, die ihn wach hielten, trotz seiner Müdigkeit. Der anstrengende Marsch den Berg hinauf forderte seinen Tribut. Aber er war nicht der Einzige, der in dieser Nacht nicht schlief. Auch der Fürst und seine Frau waren noch wach; Sorayn erkannte ihre Stimmen. Was hatten sie um diese Zeit im Thronsaal verloren?

Der Fürst trug eine kleine Lampe. »Glaub mir, er wird kommen. Es ist alles vorbereitet.«

Tinek murmelte vor sich hin, während sie warteten. Und schließlich, als Sorayn schon fast glaubte, sie wären dort an ihrem herrschaftlichen Tisch eingeschlafen, führte Kelon den erwarteten Besuch herein.

Es waren zwei Männer, aber nur einer war von Wichtigkeit. Er setzte sich dem Fürstenpaar gegenüber, während der andere hinter ihm stehen blieb. Sorayn konnte den Sitzenden von seinem Platz aus gut sehen, der Lichtschein zeigte das Gesicht eines Mannes, mit dem sicher nicht gut Kirschen essen war. Sein Begleiter stand stumm dahinter, im Schatten. Sogar Wikant und Tinek schienen etwas eingeschüchtert, aber der Fürst räusperte sich und fragte: »Läuft alles nach Plan?«

»Natürlich.« Der Fremde lächelte nicht, er zeigte nur seine Zähne. »Morgen legt das Schiff mit den Söldnern an. Sie werden ihre Waffen zunächst auf dem Schiff zurücklassen, um kein Aufsehen zu erregen. Wie gewöhnliche Händler werden sie durch die Stadt schlendern und auch das Schloss aufsuchen. Werdet Ihr sie empfangen und bewirten, Fürstin?«

Tinek nickte. »Ja, aber ich dachte, sie würden unsere Farben tragen?«

»Das kommt später. Wenn sie die wichtigen Gebäude und Plätze besetzen, werden sie natürlich Euer Wappen tragen.«

»Die Krönungszeremonie soll ein großes Fest sein«, sagte Wikant. »Eure Männer sollen äußerst sensibel auf ablehnende Stimmen reagieren. Sensibel, verstehst du? Ich will nicht, dass der kleinste Zwischenfall die Feierlichkeiten stört. Ich will kein Blut, keine Toten, nicht einmal Verletzte. Habe ich mich klar ausgedrückt? Es soll ein Tag der Freude sein.«

»Ganz klar, gewiss.« Die Stimme des Gastes klang sanft und schneidig, eine Stimme wie ein geschärftes Schwert.

Wikant lehnte sich vor. »Bist du sicher, dass meine Botschaft König Zukata erreicht hat? Wird er kommen? Wird er sich ansehen, was wir geschaffen haben?«

»Wenn er es versprochen hat, wird er es tun«, bemerkte der Gast. »Hat er es denn versprochen?« Schon in der Frage lag der Zweifel daran, nein, es war mehr als Zweifel. Es stellte die Frechheit der Erwartung heraus, jemand wie der große König des Ostens würde sich für eine solch lächerliche Angelegenheit wie die Krönung eines Inselkönigs interessieren.

Wikant senkte den Kopf.

»Es würde dem Ganzen einen unnachahmlichen Glanz verleihen, wenn König Zukata uns die Ehre erweisen könnte, zu kommen«, sagte Tinek, als hätte sie es auswendig gelernt.

Der Besucher erhob sich von seinem Stuhl. »Noch etwas?«

»Es wird doch alles gutgehen?«, stammelte die Fürstin.

»Dessen seid versichert.« Er ging, und sein stummer Schatten ging mit ihm.

Eine Weile herrschte Stille am Tisch. Dann hörte Sorayn die Fürstin weinen. Sie verbarg ihr Gesicht in den Händen und schluchzte.

»Warum weinst du?«, fragte Wikant ungeduldig. »Wir sind jetzt fast am Ziel. Nur noch ein Schritt. Das war es, was du doch die ganze Zeit wolltest. Also warum heulst du jetzt?«

»Und wenn Zukata wirklich nicht kommt? Wenn er alles vergessen hat? So lange haben wir auf dieses Ziel hingearbeitet. Und wenn alles umsonst war?«

»Er muss nicht selbst kommen«, sagte Wikant. »Das hat er nie versprochen. Es reicht, wenn er uns Erion zurückgibt.«

Sie schnäuzte laut in ein Taschentuch. »Er schuldet uns Erion. Er muss sich daran halten! Da kann er noch so sehr ein Prinz und was weiß ich sein. Wenn er das nicht hält, dann ...«

»Selbst dann könnten wir nichts tun«, sagte Wikant sanft. Er zögerte. »Erion wird kein Junge mehr sein. Manchmal habe ich Angst, wen wir uns da zurückkaufen. Wird er überhaupt zu uns zurückkommen wollen? Was kann aus einem Jungen werden, der seine besten Jahre unter Piraten und Riesen verbringt?«

»Sag nicht so etwas! Du warst schon immer gegen ihn!« Ihre Trauer schlug in Wut um. Aufgewühlt rauschte sie hinaus und nur Wikant blieb sitzen und starrte in die Lampe.

In Sorayn arbeitete es. Nicht nur die Gedanken, die fliegenden, kreisenden, rätselnden, zusammenfügenden, sondern auch der Schmerz. Ohne sich zu rühren, hatte er die Zeit über auf seiner Decke gekauert, hatte gelauscht und kaum zu atmen gewagt, doch jetzt drängte sein ganzer Körper danach, sich zu bewegen, aufzustehen, sich zu strecken. Wikant saß immer noch da, einsam am Tisch. Vielleicht schlief er längst? Sorayn streckte vorsichtig sein linkes Bein aus.

Er hätte damit rechnen müssen, dass seine Gelenke knackten. Sie knackten immer, wenn er sich lange nicht bewegt hatte. Doch durch die nächtliche Stille in dem einsamen Saal fuhr dieses Geräusch wie ein Donnerschlag. Wikant wirbelte herum, hob die Lampe, sprang mit einem Schwert auf ihn zu – er hatte tatsächlich ein Schwert, eins dieser schönen Schwerter, die Sorayn und sein Meister geschmiedet hatten. In der Hand des Fürsten lag es nicht wie die vortreffliche Waffe, die es war, sondern wie ein Stock aus Metall.

Sorayn riss die Arme schützend vor das Gesicht. Das genügte. Wikant erkannte, wen er da vor sich hatte, und ließ das Schwert aufseufzend wieder sinken. »Du!«

Sorayn versuchte ein Lächeln. Er wusste, dass er nicht lächeln konnte, dass das Friedensangebot, das aus seinem Herzen kam, sich auf seinem Gesicht in eine verzerrte Grimasse verwandelte. Aber er lächelte diesem Mann zu, der so viel Unglück über diese Insel bringen wollte. Soldaten, um aus einem Fürsten einen König zu machen. Ein Festtag ohne Blutvergießen, bitteschön, und es wird doch alles gut? Alios war bereits tot, und nichts konnte das rückgängig machen. In seinem Kopf pochten die Namen, die sie genannt hatten. Zukata. König Zukata. Ein Riese. Selbst auf dieser winzigen Insel, in diesem kleinen Dorf, aus dem er kam, war dieser Name jedem ein Begriff. Liravah hatte ihm Geschichten erzählt, furchtbar und unglaublich. Und trotzdem wünschte er sich, dieser Zukata würde herkommen, um Wikants Krönung beizuwohnen, nur damit er ihn sehen konnte, damit er einem echten Riesen gegenüberstehen konnte. Er musste wissen, wie es war, so zu sein. Ganz ein Riese und ganz vollkommen.

Aber Zukata würde nicht herkommen. *Du musst es verhindern, du musst ...*

Wikant blickte auf den Jungen herunter, immer noch das Schwert und die Lampe in der Hand. »Armer Kerl«, sagte er leise.

Sorayn dachte das Gleiche.

Am nächsten Tag machte er sich auf den Weg durch die kleine Stadt, bis zum Hafen. Er ließ sich nicht davon stören, dass die Menschen zur Seite wichen, dass ihn die, die er aus Versehen anrempelte, angewidert zurückstießen. Er wollte das Schiff sehen, das die angekündigten Söldner brachte.

Während er mühsam durch die verwinkelten Gassen humpelte, wusste er immer noch nicht, was er tun sollte.

Ein König, eine Königin. Aber was sollte er tun, um es zu verhindern? Er war nur ein Junge, und auch wenn er stärker war, als er aussah – gegen eine Armee von Söldnern konnte er nicht kämpfen. Aber es ließ sich nicht vergessen: Er hatte diese Schwerter gemacht. Er hatte sie ins Schloss getragen. Und er konnte nicht dabei zusehen, wie Wikant damit die Inselbewohner versklavte.

Schon eine ganze Weile gingen zwei Männer vor ihm, die wie er auf den Hafen zuhielten. Der eine drehte sich kurz um, als Sorayns Erscheinen in der Nähe wieder Unruhe verursachte, doch dann wandte er sich wieder seinem Weggefährten zu.

»Wenn ich erst König bin, wird es so etwas hier nicht geben. Krüppel auf einer öffentlichen Straße!«

Die seidenweiche Stimme des Zweiten erkannte Sorayn sofort. »Das würde dir auch gar nicht ähnlich sehen.«

»Du machst dich über mich lustig«, beschwerte sich der Jüngere. Das musste der Schatten sein, der des Nachts dem Gespräch zugehört hatte, als wäre er nichts als ein Leibwächter. Und wollte das Königtum für sich?

»Keineswegs. Es ist nur ...«, der Befehlshaber der Söldner lachte leise. »Warum die Mühe? Für diese Stadt und diese Insel?«

»Aber es ist meine Stadt und meine Insel.«

»Nun ja, jedem das, was ihm zusagt.«

Alles andere als erfreut, stieß der Jüngere ein paar wüste Verwünschungen aus. Er drehte sich wieder um und ertappte Sorayn dabei, wie er dicht hinter ihnen herschlich, das Humpeln auf ein Mindestmaß reduziert. »Was glotzt du so? Mach, dass du fortkommst!« Er gab Sorayn einen heftigen Stoß mit seinem Ellbogen; nicht einmal die Hände machte er sich schmutzig. Ein Mann um die Dreißig, schmal und blond.

»Komm, Erion.« Wieder der Spott in der Stimme des Anführers.

Sorayn blieb eine Weile liegen. Er spürte das raue Pflaster in seinem Rücken, die Wunde an seinem Hinterkopf, die er vorsichtig betastete. Ja, es blutete. Er betrachtete seine Finger.

»Erion«, flüsterte er. »Der verlorengegangene Sohn ist bereits zurückgekehrt.«

Dort kam das Schiff. Er konnte sehen, wie die Morgenwinde es hereintrieben, mit vollen Segeln. Es lag so tief im Wasser, dass es bis zum Rand gefüllt sein musste mit Kriegern und Waffen.

Zuschauer fanden sich ein, vor allem Kinder, die auf dem Hafengelände herumlungerten. Er versuchte sich ganz klein zu machen, damit sie ihn nicht beachteten, aber es half nichts.

»Oh seht doch! Der da!«

»Oh nein!« Ein Mädchen begann schrill zu lachen.

Es dauerte nicht lange, da hatten die Kinder das Schiff vergessen und sich dafür entschieden, dass es interessanter war, den Buckligen zu beobachten und zu ärgern. Sie näherten sich ihm, alle gleichzeitig, ein Trupp, der zum Angriff überging. Ihre Waffen waren ihr Gelächter, die Schimpfwörter, mit denen sie sich gegenseitig überboten, und auch Steine. Noch hielten sie sie nur in der Hand.

Die Kinder im Dorf fürchteten ihn. Diese hier hielten ihn nur für ein Opfer. Sorayn war sich darüber im Klaren, dass Erion und der Anführer der Söldner in der Nähe waren, mit Sicherheit auch ein paar Abgesandte vom Schloss. Es war daher nicht ratsam, den

Anschein seiner Hilflosigkeit aufs Spiel zu setzen. Und doch, als der erste Stein ihn traf, hätte er sich am liebsten auf die Kinder gestürzt, brüllend und beißend wie ein tollwütiger Hund.

Es waren nur kleine Steine. Er hob die Arme schützend vor sein Gesicht.

»Verschwindet! Na los!« Es war Kelon, der sie vertrieb. Kelon, der auf das Schiff wartete, das die Männer herbringen würde, die alle, auch diese Kinder, unterwerfen würden unter die Krone eines selbsternannten Herrschers. Und doch jagte Kelon die Kinder davon und beugte sich über Sorayn.

»Junge? Sie sind weg. Du gehörst unserem Fürsten, das werden sie bald alle wissen. Dann wird niemand mehr wagen, dir etwas zu tun.«

Konnte es wirklich so einfach sein? König Wikant, der seine schützende Hand über alle Buckligen und Kranken legte, weiser und gerechter Herrscher, der nur Gutes tat? Aber Kelons Gesicht lag in Falten, während er dem Schiff entgegensah. Froh war er nicht.

Sorayn setzte sich auf eine niedrige Mauer und sah zu, wie das Schiff in den Hafen einlief. Die stolzen weißen Segel ... *Windgesang* hieß es, ein merkwürdiger Name. Möwen umkreisten es, ein ganzer Schwarm hing darüber wie eine Wolke. Die Männer, die von Bord gingen, gaben sich ganz den Anschein, Händler zu sein. Sie trugen bunte Kleidung, keiner die gleiche wie sein Nachbar, und sprachen laut und gestikulierend miteinander. Aber nicht jedem gelang das gleich gut. Manche marschierten zu zweit oder zu dritt, mit verschlossenen Gesichtern und rasch umherblickenden Augen, die nach Feinden Ausschau hielten. Falls sie Körbe trugen oder lange, schmale Kästen, machte sie das nicht weniger zu Kriegern, als wenn sie ihre Waffen offen zur Schau gestellt hätten.

Kelon stand da und sah schweigend zu, und Sorayn konnte an seinem gebeugten Rücken erkennen, wie traurig er war. Ein Mann, der bereit war, eine Last zu tragen.

Und all das für Erion?

Sorayn wartete, bis alle Soldaten sich im Hafengelände verteilt hatten und durch die Gassen im Inneren der Stadt verschwanden. Schließlich war niemand mehr da. Aber das Schiff war nicht gänzlich verlassen. Wachen lehnten an der Reling und gaben sich den Anschein gelangweilter Händler. Die *Windgesang*, obwohl als Kaufmannsschiff beflaggt, war mit Kanonen bestückt, unauffällig hinter schmalen Klappen in der Bootswand verborgen.

Waffen auf diesem Schiff. Waffen in den Händen der Söldner. Und Waffen im Schloss. Er wusste nicht, wie er all diese Waffen verschwinden lassen sollte, aber wenigstens an einer Stelle konnte er anfangen. Das Schiff.

Sorayn stieg von der Mauer und sah die Kinder auf sich zukommen. Kelon begleitete die verkleideten Soldaten zum Schloss, und seine Peiniger näherten sich wieder. Nachdem ein Erwachsener sie zurechtgewiesen hatte, würden sie noch begieriger darauf aus sein, ihn zu quälen. Er kannte das zur Genüge. Aber das würde ihm die Möglichkeit geben, ins Wasser zu gelangen, ohne Aufsehen zu erregen. Er musste nur vor den Kindern zurückweichen. Hastig, als ob er große Angst hätte ...

»Na, machst dir wohl fast in die Hosen, was?«

Einer der größeren Jungen schnitt ihm den Weg ab. Er war nicht viel jünger als Sorayn, aber groß und kräftig, mit dem vielsagenden Grinsen eines Kindes, das sich gerne größer und stärker fühlt als andere.

Sorayn sah diesmal nicht zu Boden. Er erwiderte den Blick, wütend, und trotz allem, was er sich vorgenommen hatte, stieg der Gedanke in ihm auf: Dafür? Für diese Menschen? Dafür soll ich hier ins Wasser springen und mein Leben riskieren?

Aber er hatte die Schwerter geschmiedet, die dort oben im Schloss lagerten. Deshalb machte er noch einen Schritt rückwärts.

Der Junge streckte sein Bein aus, um ihn zu Fall zu bringen. Es würde so wenig kosten, es ihm zu brechen. Aber hier geht es um Neiara und niemand soll wissen, wer ich bin ... Und doch, dachte Sorayn, wenigstens eine kleine Lektion sollte ich ihm erteilen.

Er stolperte pflichtschuldigst über den Fuß des Fischerjungen, warf sich im Fallen herum und riss den Jungen mit sich zu Boden. Die anderen Kinder waren gleichzeitig entsetzt und erheitert: Sie lachten und schrien, aber sie beeilten sich nicht damit, ihrem Freund zu Hilfe zu kommen.

»Lass mich los, du Scheusal! Hier, nimm das!« Der Junge holte aus, um ihn zu schlagen. Es war für Sorayn nicht schwer, seinen Arm wieder zurückzubiegen und ihn am Boden festzuhalten.

Dieses breite, mit Sommersprossen übersäte Gesicht. Hübsch war der Fischerjunge nicht, aber was hätte Sorayn dafür gegeben, so auszusehen! Hätte er dafür, eins von diesen Kindern zu sein, nicht alles dahingegeben – Liravahs Hütte und die Bücher und die goldenen Worte von den Sternen?

Er schleuderte den Jungen von sich und wollte sich aufrichten, aber da waren sie schon über ihm. Fußtritte trafen ihn in die Rippen, in Arme und Beine und Rücken.

»Ungeheuer! Idiot! Du Dreck, du!«

Auf allen Vieren schleppte er sich weiter, und dort war schon das dunkle Wasser des Hafens. Er fühlte nicht mehr, wie sie ihn traten. Mit dem Kopf voran ließ er sich fallen.

Es war angenehm kühl. Die Schmerzen verschwanden nicht sofort, aber das Wasser war wie eine Hand, die sich über die wunden Stellen legte. Es war salzig an seinen Lippen. Es war, als wäre er in den Trost eingetaucht, in das Weinen eines Größeren, eines, dem es nicht gleich war, wenn andere Kinder ihn beleidigten und verprügelten. Hier war die Geborgenheit, hier war das Willkommen. Er tauchte durch die Dunkelheit, und als er irgendwo zwischen den Booten nach Luft schnappte, sah er die Kinder noch am Kai stehen und ins Hafenbecken blicken, stumm und erschrocken.

Die *Windgesang*. Er schwamm tief unter Wasser, damit kein Wächter ihn herankommen sah. Unter dem Landesteg kam er hoch und überlegte.

Wenn das Schiff hier sank, würde man Taucher nach den Waffen ausschicken. Es musste weiter draußen geschehen, wo es tiefer war, dort, wo keiner sich mehr trauen würde, danach zu suchen. Mitsamt seinen Kanonen würde es untergehen. Dort.

Die Ankerkette bestand aus dicken Stahlringen. Man hätte schon ein Riese sein müssen, um sie auseinanderzureißen. Ein gewaltiger

Riese. Der Anker selbst stak im schlammigen Grund des Hafenbeckens. Er befühlte ihn; sehen konnte er hier unten nichts.

Oben schien immer noch die Sonne. Ein friedlicher Tag, wie jeder andere Tag auf der Insel. Sorayn zog sich an einem etwas weiter draußen liegenden Steg hoch und machte sich auf den mühsamen Weg den Hang hoch, ins Schloss. Dass er nass war, störte ihn nicht. Die Passanten, die ihn anglotzten, wunderten sich wohl am wenigsten darüber, warum seine Kleidung tropfte. Trotzig zog er sich seine schwarzen Haarsträhnen über das Gesicht.

»Junge!« Es war Kelon, der ihm entgegenlief. »Da bist du ja wieder! Ich dachte schon ... mir war, als hätte ich gehört ...«

Sorayn folgte ihm ins Innere des Schlosshofs. Hier spürte man die Unruhe, die angespannte Erwartung der kommenden Ereignisse. Die angeblichen Händler standen herum und machten grimmige Gesichter.

»Du bist ja ganz nass! Wir müssen Kleidung für dich besorgen – aber ich vermute, dir passt nichts, wie? Dann setz dich wenigstens ans Feuer.«

Er führte Sorayn in die Küche, stritt mit einer Köchin und setzte schließlich durch, dass der Junge eine Weile am Feuer bleiben durfte, bis seine Sachen trocken waren – »Wenn er nichts anfasst und nichts anschaut, was die Herrschaften später essen.«

Kelon tätschelte ihn wieder wie einen Hund. Und Sorayn, so peinlich es ihm auch war, klammerte sich an seine Beine, als wollte er verhindern, dass er wieder ging.

»Ach ja, du bist schon ein ganz Lieber.« Mit sanfter Gewalt machte der Mann sich frei. Er nickte der Köchin zu, die mit entgeistertem Gesicht zugesehen hatte, und verließ die Küche.

Sorayn saß brav am Feuer und bewegte sich kaum. Er hielt den Kopf gesenkt. Das Lächeln, das er nicht lächeln konnte, war in ihm. Fest hatte sich seine große Hand um den Schlüssel gekrallt, den Zutritt zur Waffenkammer. Aber damit hatte er noch lange nicht gewonnen.

»Raus!« Die Köchin zeigte auf die Tür, um ihrem Befehl Nachdruck zu verleihen. Sorayn humpelte nach draußen und stand wieder unter einem milden, blassblauen Himmel.

Um in den Keller zu gelangen, musste er durch den Hof und die Treppe hinunter. Er hoffte, dass niemand, der ihn sah, sich etwas dabei denken würde. Da er nicht unauffällig schleichen konnte, versuchte er es gar nicht erst. Unzählige Blicke folgten ihm, während er über die freie Fläche zwischen den vielen Menschen hindurch hinkte. Erst an der Treppe hielt ihn eine Wache auf.

»He, du hast hier nichts zu suchen!«

Sorayn tat, als hätte er nichts gehört. Es war schwierig für ihn, Treppenstufen nach unten zu steigen. Ein Geländer, an dem er sich hätte festhalten können, gab es nicht. Eigentlich blieb ihm gar nichts anderes übrig, als sich an dem Wachmann festzuhalten, ihn dadurch zu Fall zu bringen und gemeinsam mit ihm die Stufen hinunterzurollen.

Unten angekommen, stand Sorayn schnell auf. Der Wachmann stöhnte und fluchte, während er prüfte, ob er sich etwas gebrochen hatte. In dieser Zeit hatte Sorayn bereits den Schlüssel in das eiserne Vorhängeschloss gesteckt. Er drehte ihn nicht herum, sondern drückte ihn so tief hinein, wie er konnte. Mit beiden Daumen schob er den Eisenschlüssel in die Vertiefung hinein. Wenn es einen zweiten Schlüssel gab, würde niemand ihn benutzen können. Um an diese Waffen heranzukommen, musste man die eisenbeschlagene Tür zerstören – mit Äxten oder mit Feuer. Auf jeden Fall würde es die Söldner aufhalten.

Der Wächter wankte, aber er stand. Blut floss aus seiner Nase und er hielt sich den Schädel, aber ansonsten war ihm nichts passiert. »Du elende Missgeburt!«

Man sah dem Schloss nicht an, dass es verstopft war. Zufrieden duckte Sorayn sich unter dem Schlag des Wachmanns hindurch und kämpfte sich die Treppe hinauf.

Der Abend dämmerte schon herauf, als er am Schlosstor anlangte. Jetzt musste er wieder hinunter in den Hafen. Sein ganzer Körper schrie auf bei der Vorstellung, die Strecke erneut zu Fuß bewältigen zu müssen. Es dauerte zu lange, so viel Zeit hatte er wahrscheinlich nicht einmal. Der Karren, den sie aus dem Hof rollten, kam ihm daher gerade recht. Ein Pferd zog ihn klappernd über die Zugbrücke.

»He, Junge.« Wieder war es Kelon, der sich um alles kümmerte, der nun auch diesen Wagen losschickte. Zum Hafen, die Waffen zu holen, dachte Sorayn, während er hinten auf die Ladefläche kletterte.

»Du willst mitfahren?«, fragte Kelon freundlich. »Nun gut. Hier im Schloss bist du wahrscheinlich sowieso im Weg. Nehmt ihn mit, er wird euch schon nicht stören.« Die Schwierigkeiten, in die er Kelon brachte, in die er ihn schon gebracht hatte, würden den Mann dazu bringen, ihn zu verfluchen. Es tat Sorayn leid, aber es war nicht zu ändern.

Es war ein anderer schwarzer Karren, aber derselbe braune Wallach. Sorayn war nicht überrascht, die beiden Mörder auf dem Kutschbock zu sehen.

Während sie durch die Gassen fuhren, sah Sorayn, der mit dem Rücken zur Fahrtrichtung saß, das Schloss und die Zugbrücke immer kleiner werden. Die Zugbrücke. Wenn es nur möglich gewesen wäre, zu verhindern, dass sie morgen wieder über die Schlucht führte, wenn er sie irgendwie hätte herausreißen können ... so dass die dort drinnen nicht herüberkamen ... Gut, sie konnten, wenn die gesamte Brücke und somit auch das verschließende Tor fehlte, lange Leitern oder Stangen über die Schlucht legen, aber wie sah das aus? Ein König und eine Königin, die aus ihrem eigenen Haus kletterten, als würden sie aus dem Gefängnis ausbrechen? Die wackelig balancierten, statt stolz herauszureiten, das waffenklirrende Gefolge hinter sich?

Aber die Zugbrücke sparte er sich für später auf.

Die Stadt hatte sich für das Sommerfest geschmückt. Blumen verzierten die Fenster und hingen in langen Girlanden über den Häuserschluchten. Noch konnten die Männer sagen: Nein, wir fahren nicht zum Hafen. Wir holen Blumen fürs Schloss. Blumen oder Kuchen oder was auch immer ... Aber natürlich war die *Windgesang* ihr Ziel. Der Braune zog den Wagen fast bis zum Landesteg.

»Warte hier«, befahl einer der beiden. »Halte das Pferd.«

Sorayn streichelte den kräftigen Braunen. »Geh«, sagte er zu ihm. »Ich brauche dich später noch. Warte dort, hinter dem Lagerschuppen.«

Der Wallach stupste ihn freundlich an. Für Sorayn war es nie eine Frage gewesen, ob die Tiere ihn verstanden. Es war einfach so, warum, darauf hatte er keine Antwort. So warm und glatt wie das Fell fühlte er das entgegenkommende, hilfsbereite Wesen des Braunen unter seinen streichelnden Händen.

Es war schon fast dunkel, als er sich leise ins Wasser hineingleiten ließ.

Nur ein einziges Glied der Ankerkette musste er auseinanderbiegen. Die meiste Arbeit hatte er bereits am Vormittag geleistet, so dass er jetzt nur noch einmal kräftig zupacken musste, um es so weit auseinanderzureißen, dass er den nächsten Eisenring herausziehen konnte. Dann hatte er das lose Ende in der Hand, eine riesige Kette, an der er, wie einen großen, gefährlichen Hund an der Leine, ein Schiff hielt.

Einmal musste er Luft holen, dann schwamm er los. Noch dunklere Schatten glitten neben ihm durchs Wasser. Er hatte sie nicht gerufen, aber sie kamen zu ihm, zuverlässige Freunde, neugierig. Auch in ihnen fühlte er den gleichen sanften, bereitwilligen Geist wie oben bei dem braunen Pferd; nein, vielleicht nicht ganz so sanft, etwas mutwilliger, etwas verspielter, und risikofreudig, ja, auch das waren sie. Acht lange Arme streckten sich aus und tasteten nach der Kette wie nach einem besonders interessanten Geschenk. Hohe Stirnen stießen das große Schiff vorwärts, in den immerfort fließenden Sog der Strömung.

Ein neuer Gedanke kam ihm, ersetzte den Befehl des Schmieds, das pochende: »Du musst es verhindern«. Waffen für Alikas Truppe. Auch das war wichtig, vielleicht entscheidend, um die Inseln zu retten. Waffen – nicht die, die für Arima vorgesehen waren, aber mit Sicherheit genug andere.

Sie mussten aus der Strömung heraus, sie mussten nach Arima.

Arima, sagte er, dachte er zu den Fischen. *Arima.*

Mit vereinten Kräften zogen und schoben sie, bis der Schwung groß genug war, um das Schiff hinaus aufs offene Meer gleiten zu lassen.

Vom Deck her ertönten die ersten erstaunten Ausrufe: »Was! Wo ist der Hafen? Wo – ist – der – Hafen?«

Die Lichter der Stadt lagen jetzt schon weit hinter ihnen. Es war gar keine große Kraft mehr nötig, um das führerlose Schiff vorwärtszubringen. Arima war nicht weit. Dort hinten schon waren die Klippen, an denen Maja und Tamait immer Muscheln suchten. Das war der richtige Ort. Der sandige Grund war nicht zu tief zum Tauchen; es sollte nicht allzu schwer werden, die Schwerter zu bergen.

Und jetzt?

Sorayn ließ die Kette los und schwamm am Rumpf entlang. er fühlte das dicke Holz unter seinen Händen. Die Balken waren zu glatt, zu eng aneinandergefügt, um mit den Fingern dazwischenzukommen. Um ein Loch hineinzureißen, hätte er ein Werkzeug gebraucht. Oder er hätte einen Sturm rufen müssen, einen so gewaltigen Sturm, dass die hohen Wellen es umwarfen und kentern ließen. Doch er hatte nicht die Macht, einen Sturm zu rufen. Nur die Tiere waren da, um ihn her, und strichen an seinen Händen vorbei. Er sah nur ihre dunklen Schatten, er spürte nur ihre Gegenwart, ihr neugieriges Abwarten.

Und jetzt? Und jetzt?

»Dieses Schiff soll sinken«, sagte er zu ihnen. »Es muss sinken. Lasst niemanden entkommen.«

Das Wasser um ihn her begann zu brodeln. Arme hoben sich aus den Wellen, mit unzähligen Saugnäpfen besetzt, und hefteten sich an den Rumpf. Die *Windgesang* begann zu schaukeln und zu schlingern, immer heftiger.

Er hörte die Schreie an Deck, während der einzige Sturm, den er hatte rufen können, um ihn her tobte.

Ja. Ja, das tun wir jetzt.

Die Bewegungen des Schiffes wurden immer heftiger. Der Sturm, den die Fische verursachten, seine hilfreichen Meeresungeheuer, entfesselte nun erst völlig seine ganze Gewalt. Hohe Wellen schlugen über die *Windgesang*, eine und noch eine. Mit dem Bug tauchte sie in die nächste Welle ein; im nächsten Augenblick lag sie bereits schräg auf dem Wasser.

In Neiara gab es noch viel zu tun, bevor die Nacht um war. An eine gewaltige Rückenflosse geklammert, trat er die Reise zurück zur Insel an.

Das Pferd wartete im Schatten zwischen den Lagerschuppen. Es freute sich, ihn zu sehen, auch wenn es etwas verwundert an seiner triefenden, fischigen Kleidung schnupperte.

»Zum Schloss.« Er war so müde, dass er sich kaum auf dem Pferderücken halten konnte. Die Worte kamen nur undeutlich zwischen seinen klappernden Zähnen hervor. Er fror, nicht nur vom langen Aufenthalt im Wasser. Wie in einem Fiebertraum wälzten sich die Schmerzen durch seinen Körper; er hatte sich so angestrengt, dass nicht einmal das Meerwasser das Leiden lindern konnte. Zum Schloss. Ruhe war eingekehrt zwischen den Häusern. Falls die klappernden Hufe die Leute weckten, konnte er jetzt nichts daran ändern. Er konnte nicht auf seinen eigenen Beinen den Hügel hinaufsteigen, nicht jetzt. Wenn er einem Nachtwächter begegnete, musste er sich etwas einfallen lassen.

Aber der Wallach trug ihn sicher hinauf und niemand hielt sie an. Erst dort zwang er sich, die bleierne Müdigkeit abzuwerfen, dort vor dem felsigen Abgrund, der ihn von den Schlossmauern und dem nun geschlossenen Tor, in das sich die Zugbrücke verwandelt hatte, trennte. Sie waren so gut geschützt, die hoheitlichen Bewohner und ihre Besucher. Wie hätte man sie angreifen können, außer vielleicht mit Brandpfeilen? Wikant hatte dafür gesorgt, dass er unbesiegbar war.

Die ganze Zeit hatte Sorayn darüber nachgedacht, was er tun konnte, um das Tor geschlossen zu halten. Die Antwort gaben die Kiefern, die auf dieser Seite wuchsen, schief und trotzdem hoch und stolz, mit ausladenden Kronen. Ein einziger Baum, der sich über die Schlucht legte und gegen das Tor drückte, reichte aus, um zu verhindern, dass sie es hinunterlassen konnten. Ein Baum, gefällt, wie eine zweite Brücke zum Schloss.

Er legte die Hand an die Rinde der am nächsten stehenden Kiefer. Falls Wachen dort an den Fenstern waren, sahen sie nur eine dunkle Gestalt, die sich an einen Baum lehnte. Sie würden ihn beobachten und darauf warten, dass er wieder verschwand, aber er war keine Bedrohung für sie – noch nicht. Sobald er die Axt an den Stamm legte, sobald der Hall das ganze Schloss und die Stadt hinter ihm weckte – was würden sie tun? Mit Pfeilen auf ihn schießen? Ins Horn blasen, um die Wächter aus der Stadt zu rufen?

Er hatte keine Axt. Er hatte nichts als seine Hände und den Schmerz, der ihm zurief, sich zu beeilen. Lange konnte er nicht mehr. Schlaf rief ihn, lauter, als Alios ihn je gerufen hatte. Maja ... Nein, befahl er sich, denk nicht an sie. Denk nicht an ihre Insel, denk nicht an ihr schwarzes Haar. Und vor allem, denk nicht an das, was geschehen ist ...

In seinem Schmerz war so viel Wut, so viel ungeheure Wut auf sich und seine Träume, auf all das, was er zu hoffen gewagt hatte. Eine solche Wut, dass er, als er seine Finger um die Wurzeln des Baumes krallte, die aus der steinigen Erde ragten, sich in den fürchterlichen Tag verkrallte, den er aus seinem Gedächtnis tilgen wollte. Majas Schrei. Ihre Eltern. All diese Blicke, ihre Panik. Und Majas Tränen. Und seine Träume.

Er riss die Wurzel aus den Steinen und die alte Kiefer ächzte, aber es war nicht der Baum. Er war es, als Maja sein Gesicht sah und schrie. Als sie schrie und schrie und nicht wieder aufhören wollte. Worte aus Gold, Verse von den Sternen. Liebe. Was hatten sie beide nicht alles über Liebe geschrieben!

Ein Knarren, ein Kreischen. War er es? War sie's? Er wollte daran denken, wie er gelaufen war, gestolpert und gefallen und gekrochen, nur fort – aber immer sah er das Entsetzen in Majas dunklen Augen, immer sah er den Moment vor sich, in dem sie erkannte, dass er es war, an den sie ihre Gefühle verschwendet hatte.

Ein Zittern lief durch den Stamm. Dort, genau dorthin, musste er fallen. Im Schloss gingen bereits die Lichter an. Hatte er geschrien oder der Baum? Er stemmte sich gegen die raue Rinde, Laute drangen aus seiner Kehle, während er drückte. Er sah Majas Gesicht vor sich. Und der Schmerz verlieh ihm die Kraft, die er brauchte.

Krachend stürzte der Baum gegen das Schloss, gegen die Balken der Zugbrücke. Eine Erschütterung ging durch das ganze Gebäude, und auch von dort kamen Schreie. Dunkle Gestalten zeigten sich in den Fenstern. Und er stand da, fast ohne zu atmen, stand nur da.

Das Pferd blies ihm seinen warmen Atem in den Nacken. Er zog sich irgendwie hinauf, mit Armen ohne Gefühl und ohne Kraft. Halb bewusstlos klammerte er sich an seinen Hals, während der Braune ihn forttrug.

18. Möwe

SIE WAR EINE Königin und eine Gefangene. Sie wusste, dass die Leute murrten, verhalten, aber dennoch. Sie sah es in ihren Blicken, wenn Norha geruhte, sie zu einem Gang ins Dorf mitzunehmen. In ihrem schönsten Kleid, blass und vornehm wie eine Adlige aus dem Kaiserreich.

Es war unmöglich für sie, das zu tun, was sie sich wünschte. Sie träumte davon, barfuß am Strand entlangzulaufen. Sie sehnte sich danach, mit hochgekrempelten Ärmeln durch den Wald zu streifen und Kräuter und Beeren zu sammeln. Sie sehnte sich nicht mehr nach Blitz. Die kleinen Dinge waren es, die sie vermisste: Regen in ihrem Haar. Erde in ihren Schuhen. Am Lagerfeuer zu sitzen und etwas zu braten, das man entweder erlegt oder gefunden hatte – einen Fasan, eine Handvoll Pilze. Sie sehnte sich nach dem Lachen der Zintas, nach Majas dunklem Haar, wenn sie sich über die Papiere beugte.

Auf dem Tisch stand eine hölzerne Figur.

Sie trat ein paar Schritte näher, um sicher sein zu können, was sie da sah. Ihren Augen traute sie nicht, aber nun wollte sie nicht einmal ihren Händen trauen, mit denen sie den kleinen Gegenstand betastete.

Eine Möwe.

»Was ist denn los?« Binajatja trat näher, neugierig. »Du siehst aus, als hättest du ein Gespenst gesehen. Was hast du da?«

»Nichts«, sagte sie. »Ich hab nur gerade etwas gefunden, von dem ich dachte, ich hätte es verlegt.«

Sie versuchte krampfhaft, sich nichts anmerken zu lassen, während ihr Herz einen Sprung machte. Ihr wurde schwindlig, aber sie setzte sich auf einen Sessel und hielt sich sehr gerade, zwischen ihren Fingern immer noch den kleinen geschnitzten Vogel.

Jamai. Sie hatte die Möwe Jamai gegeben ... Sie hatten nie darüber gesprochen, dass sie ihm die Figur in die Tasche geschoben hatte, in einer unwirtlichen Hütte, als sie sich gefragt hatte, ob sie ihn nicht doch liebte.

Er war hier. Er musste im Haus gewesen sein, in ihrem Schloss, und die Möwe auf den Tisch gestellt haben. Welche andere Möglichkeit konnte es geben? Er war da, ganz in der Nähe. Er würde sie hier herausholen.

Mino ließ sich zurücksinken, sie schloss die Augen. Jamai. Sie hatte immer wieder an Blitz gedacht, so oft, unzählige Male, aber an Jamai nur im Zusammenhang mit ihrer gemeinsamen Reise. Keta und Jamai. Kroa und Jamai.

»Was lächelst du so?«, wollte ihre Mutter wissen. »Du heckst doch etwas aus, Mino!«

Nenn mich nicht Mino, nenn mich Möwe. Sie dachte es, aber sie sagte es nicht. Das kleine Lächeln auf ihrem Gesicht war innerlich bereits ein Gelächter, froh und laut. Königinnen, so wie Norha sie sich vorstellte, lachten weder besonders froh noch besonders laut. Sie rutschten nicht unter den Tisch, nur weil ihnen jemand einen Witz erzählt hatte. Sie vermieden alles, was ihre zerbrechliche Würde hätte beschädigen können.

Sie öffnete ihre Augen wieder und betrachtete die Holzmöwe. Ein Vogel im Flug. Ein Vogel in Freiheit. Ein Vogel, der über das Meer flog, den Schiffen nach, wild und frei ...

Sie stellte ihn zurück auf den Tisch, neben die Obstschale. Immer lagen dort Äpfel aus ihren eigenen Plantagen, rund und glänzend. Sie nahm zwei heraus und wog sie in der Hand. Der eine rot, der andere gelb. Sie dufteten nach all dem, was Arima ausmachte, die glückliche Insel. Sommer. Ernte. Eine Kindheit mit Freunden.

Sie warf den ersten in die Luft, nur wenige Handbreit hoch, dann den zweiten. Sie fielen mit einem leichten Plumps zurück in ihre Handfläche. Es war ein Gefühl, das sie fast vergessen hatte. Aber ihre Hände erinnerten sich schnell. Wo war der dritte Apfel? Grün und rot, dunkel. Eine wunderbare Sorte, kräftig im Geschmack, saftig, sauer und würzig. Er flog genauso gut wie die anderen. Sie ließ alle drei im Wechsel aufsteigen. Längst war sie aufgestanden, sie nahm aus den Augenwinkeln wahr, wie ihre Mutter dastand und sie anstarrte.

»Mino! Mino, was tust du da?«

»Ich jongliere«, sagte sie. »Das sieht man doch.«

Königinnen jonglieren nicht. Aber ich bin Möwe. Ich bin Ketas Tochter und die Gefährtin von Kroa und Jamai und mit ihnen habe ich mich um Prinzessin Manina bemüht, unerschrocken, erfinderisch, treu – und bin es immer noch!

»Norha kommt«, warnte Binajatja trocken, und sofort ließ Mino sich in den Sessel zurückfallen. Die Äpfel schlugen auf dem Holzfußboden auf. Im Schloss von Arima lagen keine dicken, weichen Teppiche wie im Palast von Kirifas, die ihren Aufprall hätten mildern können.

»Was ist denn hier los?«

»Ich war – ein wenig ungeschickt«, entschuldigte Mino sich. Sie senkte das Gesicht nach unten, während sie die Äpfel aufhob, damit er ihre Freude nicht sah.

»Und was ist das da?« Norha zeigte auf die Holzfigur, seine Stirn krauste sich. »Wo hast du das her?«

»Wunderst du dich, dass Königinnen Geschenke bekommen?«

»Von wem?«, fragte er misstrauisch.

»Das habe ich schon immer«, erklärte Mino fröhlich. Vorsicht, warnte sie sich selbst, übertreib es nicht. Lass ihn nichts ahnen. Sie fügte die Lüge hinzu, ohne mit der Wimper zu zucken: »Ich habe sie vorhin wiedergefunden. Ich dachte schon, ich hätte sie verloren.«

»Ihr Vater hat diesen Vogel geschnitzt«, ergänzte Binajatja. Ihre Augen ruhten nachdenklich auf der Möwe. »Ich weiß gar nicht, wie viele Jahre ist es her?«

Norha war nicht an Minos Kindheit interessiert. »Deine Pflücker«, sagte er schroff zu seiner Schwiegermutter, »haben so etwas Aufwieglerisches in den Augen. Ich kann es genau sehen. Und sie vermeiden es, mir den gebührenden Respekt zu zeigen.«

»Was habe ich damit zu schaffen?«

»Rede mit ihnen! Du kennst sie am besten!«

»Und was sollte ich ihnen sagen? Wie froh sie sein sollen, dass sie endlich einen richtigen König haben?«

Norha wanderte unruhig im Zimmer auf und ab. »Ich bin sicher, ihr alle heckt etwas aus.«

»Dein Misstrauen bringt dich noch ins Grab«, prophezeite Binajatja.

»Was vielleicht gar nicht so schlimm wäre«, sagte Mino frech und verwünschte sich gleichzeitig für ihre Leichtfertigkeit. In ihren Händen war immer noch der Flug der Äpfel. Sie konnte es spüren – den Sprung der duftenden Früchte in die Luft. So musste es sein. Alles musste fliegen. Alles musste frei sein. Alles musste lachen und tanzen und sich in die Bahn fügen, die ihre Hände vorgaben.

Sie sah den Schlag kommen und wich ihm aus, aber auch das war ein Fehler. Er hatte sie schon so lange nicht geschlagen, dass sie sich fast daran gewöhnt hatte, ihn für harmlos zu halten. An ihrem Haar riss er sie hoch und versetzte ihr rechts und links kräftige Ohrfeigen. Binajatja, die ihm in den Arm fallen wollte, stieß er zurück.

»Du geh und schaff Ordnung unter deinen Pflückern! Verstanden? Und du, ich werde dich lehren, was es heißt, mich zu beschimpfen! Ich bin der König hier, klar?« Und dann, nachdem Binajatja zur Tür hinaus war, beugte er sich über Mino und zischte ihr zu: »Wenn du nicht meine Königin sein willst, mir soll's recht sein. Dann werde ich eben eine andere Frau auf deinen Thron setzen.«

»Das werden die Arimer niemals akzeptieren«, entgegnete Mino. Möwe. Auf einmal war so viel Mut in ihr, auch, ihm zu widersprechen. Auch, ihm furchtlos in die Augen zu blicken, während er sie schlug. Sie war stark. Viel stärker, als er glaubte. Auch wenn er damit drohte, sie umzubringen. Nein, das würde er nicht tun. Niemals. Sie kannte ihn. Aber dann wurde ihr bewusst, wie sehr er sich verändert hatte, seit er Zukatas Zeichen auf seiner Haut trug.

Norha nickte zufrieden, als er Angst in ihren Augen aufsteigen sah.

»Ich sehe, du begreifst.«

»Tu das nicht«, bat sie.

»Du hast dir das selbst zuzuschreiben«, sagte er. »Und die Arimer werden es hinnehmen. Erst wird es heißen, du seist krank. Sie werden sich gewiss nicht darüber wundern, empfindlich warst du schon immer. Und dann, irgendwann ... Ein kränklicher Mensch wie du. Sie werden sich gewiss nicht wundern, wenn du zu Hause im Bett liegst und irgendwann gar nicht mehr auftauchst. Und ob sie wohl eine Heilerin vermissen werden, die sich nicht einmal selbst helfen kann?« Er schüttelte den Kopf. »Ach, Mino, dass es soweit kommen musste. Liadett hat es mir immer gesagt, aber ich habe es nicht glauben wollen.«

Sie hatte die Möwe. Sie war wieder Möwe. Vielleicht wäre sie andernfalls verzweifelt. So aber wusste sie, dass sie nicht mehr lange hierbleiben würde.

Einzupacken hatte sie nichts. Ihre Arzneimittel waren schon lange in einem Bündel verstaut, das sie sorgsam versteckt hatte. Sie legte Kleidung zurecht, mit der sie bequem durch die Wälder fliehen konnte; weitere Kleider zum Wechseln würde sie überall bekommen können. Besitztümer, an denen sie hing, besaß sie keine. Dieses Haus, das Norha gebaut hatte, war nicht das Haus ihrer Kindheit. Das Einzige, was ihr etwas bedeutete, war Maja. Aber es war Alikas und El Jatis Aufgabe, sie zu schützen.

Mitten in der Nacht, als alles still war im Haus, schlich sie ans Fenster. Sie war froh, dass sie und Norha schon lange kein Schlafzimmer mehr teilten, aber dann hätte sie wenigstens sicher gewusst, ob er schlief. Vielleicht war er gar nicht da, sondern bei dieser Liadett. Sie wollte sich lieber nicht vorstellen, wer das sein mochte.

Eine Bewegung dort unten im Garten – oder war es der Wind in den Bäumen? Sie lauschte in die Stille. So leise wie möglich öffnete sie das Fenster.

Die Fenster im Erdgeschoss waren mit einem Eisengitter vor Einbrechern und Ausbrechern geschützt, die Türen wurden jeden Abend verschlossen. Nur Norha kam und ging, wie es ihm passte.

Wenn es ihr möglich gewesen wäre, vom Obergeschoss aus zu fliehen, hätte sie es längst getan. Aber sie hatte kein Seil. Im Grunde, musste sie sich eingestehen, hatte sie auch nie ernsthaft daran gedacht, sich eines zu knüpfen oder vielleicht ihr Bettzeug dazu zu verwenden. Maja war die stärkste Fessel gewesen, die sie hier gehalten hatte. Außerdem, selbst wenn sie es geschafft hätte, nach unten zu gelangen – im Garten war immer ein Wächter. Und dann war da diese Mauer, die Norha um den Garten gebaut hatte – zu hoch, um sie ohne Hilfe zu überwinden.

Mino lehnte sich aus dem Fenster und versuchte etwas zu erkennen. Sie wollte nicht rufen und dadurch vielleicht den Posten auf sich aufmerksam machen. Es war eine mondlose Nacht, schwarz und still. Sie fragte sich, ob ihre Retter diese Nacht absichtlich ausgesucht hatten und wie lange sie wohl schon auf der Insel waren.

Und was, dachte sie plötzlich, wenn ich mich täusche? Wenn die hölzerne Möwe irgendwie in dieses Haus gekommen ist und es gar nichts zu bedeuten hat? Es war eine Möglichkeit, die ihr mehr Angst machte als alles andere. Denn Norha hatte vor, sie zu töten. Sie wusste das. Norha stand zwischen ihr und der wunderbaren dunklen Nacht da draußen, dieser milden Inselnacht, wo alles, was herrlich war und lebenswert, draußen lockte. Der leichte Wind strich durch die Bäume. Das Rauschen des Meeres, das sie nur noch wahrnahm, wenn sie bewusst darauf achtete. Der Geruch der See. Die Blumen im Garten, die sich auch ohne Alikas Hilfe ihr Wachstum erkämpften. Und noch mehr, noch viel mehr, lag dort draußen, eine Welt voller Möglichkeiten, voller Wege, voller Königreiche. Unzählige Menschen und Häuser und Städte. So viel, was es zu entdecken gab, so viel, was man fühlen konnte und denken und sagen ...

»Jamai?«, rief sie flüsternd ins Dunkel hinaus.

»Mino.« Sie fuhr herum, als sich die Tür hinter ihr öffnete. Ihr Herz drohte stehenzubleiben. Aber es war nicht Jamai. Auch nicht Norha. Nur ihre Mutter.

»Mino«, wiederholte Binajatja. Sie trat näher; ihr helles Nachthemd schimmerte durch die Dunkelheit. »Vielleicht solltest du eine Kerze anzünden, damit sie wissen, wo du bist.«

»Das wissen sie, da bin ich sicher.«

Ihre Mutter stellte sich neben sie ans Fenster.

»Du wirst mich nicht aufhalten«, flüsterte Mino. »Er hat vor, mich umzubringen und durch seine Liadett zu ersetzen. Ich weiß es.«

In diesem Moment tauchte unter ihnen eine Gestalt auf und lehnte eine Leiter gegen das Haus. Ohne zu zögern schwang Mino ihre Beine über die Fensterbank.

»Geh nur«, sagte Binajatja leise und drückte ihr einen Kuss auf die Stirn.

»Willst du nicht mitkommen?«, fragte Mino spontan, aber ihre Mutter schüttelte den Kopf. »Und ihm Arima überlassen und meine Gärten? Niemals. Geh. Na los, beeil dich.«

Mino fühlte die Sprossen unter ihren Füßen und machte sich eilig an den Abstieg. Sie war noch nicht zur Hälfte gekommen, als sie die Wache mit einer Laterne um die Hausecke biegen sah.

»Verflucht!«, schrie der Mann auf. Eine andere Gestalt sprang ihm entgegen, und als Mino den Boden erreicht hatte, war jemand da und griff nach ihrer Hand und zog sie fort. Von der anderen Hausseite tauchten noch zwei Wachsoldaten auf.

»Lauf zur Mauer, Möwe«, rief eine Stimme, gedämpft, aber sie glaubte, sie zu kennen. »Ich muss ihm helfen.«

Sie lief los, quer durch den Garten, bis an die Mauer. Dann fiel ihr ein, dass sie die Leiter brauchen würden, und sie lief noch einmal zurück, um sie zu holen. In der Dunkelheit war schwer zu erkennen, wer da gegen wen kämpfte, aber auf einmal erschien eine Gestalt im Nachthemd am Fuß der Leiter und warf sich den Wachen entgegen.

»Verschwindet, na los, verschwindet!«, gellte Binajatjas Ruf durch die Nacht. Mino packte die Leiter und zerrte sie in Richtung Mauer, doch dann wurde es leichter, denn jemand fasste mit an. Sie stellten die Leiter auf und kletterten hinauf, und dann, als sie

sie schon wieder hochziehen wollten, kam noch jemand, ein kleiner Mann, nicht größer als ein Zwerg.

»Da wären wir. Ha!«

Auf der anderen Seite stiegen sie hinunter, aber sie hörten bereits die Wachen das Tor öffnen.

»Komm, schnell!« Es war eindeutig Jamais Stimme. Sie hatte es gewusst und doch, es war wie Erschrecken und überschäumende Freude zugleich. Gemeinsam hasteten sie zwischen den Obstbäumen hindurch.

»Da sind sie!«, erscholl hinter ihnen das Geschrei der Soldaten.

»Habt ihr ein Boot?«, fragte Mino atemlos, während sie rannten.

»Bei den Fischern«, keuchte Jamai. Er lachte. »Das haben wir uns etwas eleganter vorgestellt, was, Kroa?«

»Du hast gesagt, du hältst die Wachen auf, während ich die Leiter halte. So war es abgemacht. Es war nicht vorgesehen, dass sie uns sehen.«

»Ich hab etwas zu lang zum Fenster hochgestarrt«, gab Jamai zu.

»Das nächste Mal nehme ich dich nicht mit!«, schnappte Kroa.

»Ach ja? Es war deine Idee mit der Leiter. Ich hätte ein Seil genommen, das ist viel unauffälliger.«

»Jungs«, mischte Mino sich ein, »könnt ihr später streiten? Wir rennen hier gerade um unser Leben.«

Merkwürdigerweise hatte sie keine Angst. Ihr fiel nur ein, dass es jetzt unmöglich war, Maja mitzunehmen. Ins Dorf laufen, an die Tür klopfen, Alika und Jati wecken, alles erklären, warten, bis Maja sich angezogen hatte, ihr begreiflich machen, warum sie hier nicht sicher war ... Und vielleicht war sie immer noch dort bei Alika sicherer als auf einer waghalsigen Flucht, Norhas Leute im Nacken.

»Sie werden versuchen, uns den Weg abzuschneiden.«

»Hilft alles nichts. Ohne Boot kommen wir nicht von dieser Insel runter.«

Sie liefen so schnell, dass Mino kaum noch atmen konnte. Ihr Herz schlug so heftig, dass es schmerzte. Und doch war sie vielleicht noch nie in ihrem Leben so glücklich gewesen. Sie rannten durch den Wald, auf der Flucht, bei absoluter Dunkelheit, immer auf der Hut, um nicht gegen einen Baumstamm zu prallen oder sich im Gestrüpp zu verfangen und zu fallen – und beides passierte ihnen regelmäßig –, aber das war ihr Leben. Das waren ihre Freunde. Und endlich war sie wieder sie selbst.

Am Waldrand zögerten sie. Vor ihnen lagen die Dünen und dazwischen das Fischerdorf. Von Wachen war nichts zu sehen, aber Norhas Leute hatten Pferde. Mit Sicherheit würden einige von ihnen bereits hier sein.

»Keine Hörner?«, fragte Jamai.

»Sie werden das heimlich erledigen wollen«, sagte sie. »Es macht sich nicht so gut, die Königin über die Insel zu jagen.«

»Warten hilft nichts«, fand Kroa. »Los, wir müssen zum Boot.«

Sie liefen über die freie Fläche auf das Dorf zu. Das Meer rauschte; so feine Geräusche wie das Flüstern von Wächtern oder das Ziehen eines Schwertes würden nicht zu hören sein. Und dennoch – war da nicht das leise Schnauben von Pferden, das sachte Klirren ihres Geschirrs?

Sie eilten durch die Straßen. Da war der Hafen. Dort lag das Boot, musste es liegen, denn sehen konnten sie es nicht.

»Da sind sie! Fasst sie!«

Licht leuchtete auf, als zahlreiche Laternen gleichzeitig von ihrer dunklen Hülle befreit wurden. Es waren zehn Reiter, die gleichzeitig auf sie losritten.

Jamai zog Mino in eine schmale Gasse hinter ihnen, während Kroa mit lautem Gebrüll auf die Feinde losging.

»Zum Angriff!«

»Sie werden ihn umbringen«, rief sie, aber in diesem Moment öffneten sich die Türen der Fischerhäuser und Männer stürmten heraus, bewaffnet mit Stöcken, Keulen und sogar Netzen, die sie den Reitern überwarfen. Die Netze waren am wirkungsvollsten. Es dauerte nicht lange, und Norhas Wächtertrupp war kampfunfähig gemacht, während die jubelnden Fischer die Nacht mit ihrem Geschrei zum Tag machten. Von überall her kamen Leute aus den Häusern, Alte, Frauen, Kinder, um zu fragen, was geschehen war.

Aus dem Paket der verschnürten Wächter ertönte dumpfes Grollen.

»Hast du das ohne mein Wissen mit den Fischern abgesprochen?«, fragte Jamai den triumphierend grinsenden Kroa.

Der Zwerg verbeugte sich vor Mino. »Ein paar kleine Andeutungen, für wen dieses Boot, das hier warten sollte, bestimmt war, reichten schon aus. Verehrte Königin.«

»Ich bin keine Königin«, sagte sie zu den Dörflern, »ich wollte das nie.«

Der alte Yers, den sie von ihren Krankenbesuchen her kannte, trat auf sie zu. Früher war er ein Freund ihres Vaters gewesen, und nichts bedauerte er mehr, als dass er einen Platz auf dem Schiff nach Rinland ausgeschlagen hatte. Er hatte ihr davon erzählt und sie hatte zu ihm gesagt: Da bist du nicht der Einzige.

»Und trotzdem helfen wir dir gerne, Res Tochter«, sagte er zu ihr. »Eine gute Reise dir und deinen Freunden, wohin auch immer.«

Sie stiegen in das Boot, in dem einer der Fischer auf sie wartete. Ein kleines Segelboot, das auf den Wellen schaukelte; weiß schimmerte das Segel, heller als der Tag, der bald beginnen würde.

»Dein Königtum endet recht schnell«, sagte der Mann fröhlich, während er wartete, bis sie ihre Plätze auf den schmalen Holzbänken eingenommen hatten.

»Das macht gar nichts«, entgegnete Mino. Der Wind frischte auf, und am Himmel zeichnete sich bereits das erste Grau ab. Das Meer rauschte. Es rief, immer rief es, immer, sie wusste, dass es nie aufhören würde. Am liebsten hätte sie gerufen: Lasst uns nach Westen segeln! Lasst es uns einfach wagen, vielleicht kommen wir sogar an!

»Na, dann los«, sagte der Fischer. »Ich schätze, ihr habt es eilig. Wer sind diese Kerle, die dich hier entführen, Königin Mino?«

Sie saß Jamai gegenüber. Die Dämmerung tauchte ihn in ein geheimnisvolles Licht. Ein dunkler Mann, schwarzhaarig und drahtig. Wenig erinnerte an den Jungen von damals. Seine Stimme war ihr vertraut gewesen, doch dies war fast ein Fremder.

Kroa antwortete für sie. »Ihre Familie«, antwortete er stolz. »Das sind wir, Möwe, nicht wahr?«

»Ja«, bestätigte sie, »meine Familie. Kaum zu fassen, wie sehr ich euch vermisst habe.« Sie umarmte Kroa, auf einmal merkte sie, dass sie weinte. »Bei Rinland, was habe ich euch vermisst.«

Und dort saß Jamai und das Licht des Morgens enthüllte immer mehr von seinem einst so vertrauten Gesicht, erwachsen, ernster als früher und dunkler. Schüchtern lächelte sie ihn an.

Sie sahen zu, wie der Fischer wieder ablegte. Kroa räusperte sich. »Nun, liebe Möwe, haben wir endlich wieder festen Boden unter den Füßen. Boote sind nichts für Zintas, das ist meine Meinung.«

Jamai beobachtete sie aufmerksam und versuchte gleichzeitig, sich nichts anmerken zu lassen. »Bedauerst du es?«

Sie schüttelte den Kopf. »Nein. Ich danke euch. Wie habt ihr mich überhaupt gefunden?«

»Das war ja wohl nicht schwer«, meinte Kroa. »Wir wussten, wohin Keta dich gebracht hatte. Und wenn du lieber in Arima sein wolltest als bei uns – bitteschön. Jeder ist seines eigenen Glückes Schmied. Deine Entscheidung. Ich hätte dich ja gerne besucht, aber Jamai meinte ...« Er wartete einen Moment, um Jamai Gelegenheit zu geben, seine frühere Meinung kundzutun, aber sein Freund schwieg und so fuhr Kroa fort: »Doch als der Kaiser gestorben ist und du nicht kamst! Kaiserin Fanes hat uns mitgeteilt, dass sie sich Sorgen machte. So gut glaubten wir dich denn doch zu kennen. Also hab ich gesagt: Komm, Jamai, hab ich gesagt, sehen wir mal nach, was unsere alte Freundin Möwe so macht und was so wichtig ist, dass sie nicht einmal der Einladung ihrer Großeltern folgt.«

Jamai hob den Kopf. »Wir wollten dich nicht in Verlegenheit bringen. Deshalb haben wir uns zunächst ganz unauffällig auf deiner Insel umgesehen.«

»Dass du Königin bist, ja, das war schon eine Überraschung«, rief Kroa. »Ich sagte: Nun, sie ist Königin, da konnte sie vielleicht nicht einfach so fort, ans Krankenbett des Kaisers? Aber Jamai hier, dem gefiel die Sache nicht. Was die Leute so redeten. Über eine Mino, die nie das Haus verließ. Über diesen merkwürdigen

Norha. Seltsame Angelegenheit, das Ganze, habe ich gesagt. Das sieht nicht nach unserer Möwe aus. In einem Schloss leben und tun, als ob man seine alten Freunde nicht kennt? Womit ich jetzt nicht uns meine, sondern all die Leute aus dem Dorf, die dich gut kennen, wie's scheint. Da sind wir noch etwas näher ran und haben einige Male unauffällig durch die Fenster geschaut.«

Jamai räusperte sich. »Ist ja gut, Kroa.«

»Was denn? Wenn du erzählen willst, bitteschön.«

»Ihr habt es genau richtig gemacht«, sagte Mino. »Ich danke euch so sehr.« Sie umarmte sie noch einmal. Beide. Und es war für einen Augenblick fast, als wären sie nie getrennt gewesen, als hätten sie gestern erst Zukata herausgefordert und Maninas sichere Heimkehr ermöglicht, als sei es erst gestern gewesen, dass sie in Kirifas eingezogen waren voller Triumph.

»Nun, ähm«, krächzte Kroa gerührt, »dann wollen wir mal im Wald verschwinden, wie? Wir haben einen langen Weg vor uns.«

»Wohin?«, fragte Mino. »Der Kaiser ist längst gestorben. Es ist jetzt ein bisschen spät, ihn zu besuchen, nicht?«

»Wir wissen, wo Keta sich verkriecht«, verkündete der Zwerg. »Wenn es irgendjemandem gelingt, ihn herauszulocken und auf seinen Thron zu setzen, dann dir. Irgendjemand muss es ihm endlich sagen: Mein lieber Keta, willst du Manina nicht von dieser Krone erlösen, die ihr zu groß ist?«

»Ach! Deshalb habt ihr mich also befreit. Weil ihr mich braucht.«

»Das ganze Kaiserreich braucht dich«, stellte Kroa richtig. »Und nicht nur das.« Er zwinkerte.

»Red nicht so viel«, meinte Jamai mürrisch.

»Was denn? Meinst du, sie schwimmt zurück nach Arima, nur weil ich mich gerne unterhalte?«

Der Wald empfing sie wie ein verlorengegangenes Kind. Mino hatte das Empfinden von Wärme, als sie in ihn eintauchte, als wäre eine Tür für sie geöffnet worden und dahinter lag das Kaiserreich, groß und vielfältig und herrlich, und seit sie Kaisergänger war, mit ihr auf eine Weise verbunden, die sie nicht leugnen konnte. Doch das stimmte nicht mehr, fiel ihr ein, der Kaiser war tot und sein Auftrag an sie galt nicht mehr.

»Gehen wir Keta besuchen«, sagte sie. »Ich wollte ihn schon lange fragen, warum er sich nie hat blicken lassen.«

Sie marschierten, ohne Zeit zu vertrödeln, aber die beiden Männer nahmen Rücksicht auf Mino, die so lange nicht gewandert war. Mit den Mitteln aus ihrem Rucksack musste sie ihre Füße gegen Blasen und Risse behandeln, mit verschiedenen Salben versuchte sie gegen Muskelkater anzukämpfen und klagte doch niemals.

Die meiste Zeit sprach sie mit Kroa. Oft, wenn Jamai im Wald verschwunden war, um zu jagen oder irgendetwas zu erkunden, wovon nur er wusste, was es war, erzählte der Zwerg von dem, was er und sein Gefährte in den vergangenen Jahren erlebt hatten. Er bemühte sich, Mino nicht auszufragen, aber immer öfter entfuhren ihr ein paar Sätze über die Zeit auf Arima. Über ihre Mutter. Über Norha. Und sogar, vorsichtig – aber welche Mutter hätte nicht gerne über ihr Kind geredet? – über Maja.

Kroa blinzelte, als sie das erste Mal darauf zu sprechen kamen, auf diese Tochter, den Grund dafür, warum sie nicht längst geflohen war.

Ein Kind.

Er wiegte bedächtig den Kopf und versuchte seine Verwirrung mit dem Anschein von Weisheit zu übertünchen. Wie damals Keta fragte er nicht, von wem dieses Kind war, er machte sich fast hörbar Gedanken darüber, bis Mino es nicht mehr aushielt und ihm ihr Geheimnis verriet.

»Ah.«

»Wieso Ah? Was daran ist Ah? Das würde ich zu gerne wissen. Was soll daran Ah sein?«

»Deswegen waren sie so merkwürdig zueinander. Jamai und Toris.«

»Toris hat es ihm gesagt?«, fragte Mino entsetzt.

»Nein! Nein, nicht dass ich wüsste. Ich habe nie gehört, dass sie über dich gesprochen hätten.«

Mino nickte, dann wunderte sie sich. »Was habt ihr bei meiner Sippe zu suchen gehabt?«

»Wir sind eine Zeitlang mit ihr gezogen. Jamai wollte nicht zu seiner Familie zurück. Und ich – ich hielt es für das Beste, ihn zu begleiten und ein bisschen auf ihn aufzupassen.« Der Zwerg räusperte sich einige Male, um seine Verlegenheit zu kaschieren. »Aber auch da waren wir nicht lange. Es ging nicht, Jamai und Toris. Sie sind sich zu ähnlich. Ich wusste nie, was es war, das sie so ähnlich macht. Nun, jetzt weiß ich es wohl.«

»Aber ...« Sie setzte dazu an, ihm zu widersprechen, zu betonen, dass sie und Jamai nie ein Paar gewesen waren, aber sie biss sich rechtzeitig auf die Lippen. »Das alles ist so lange her«, meinte sie. »Wir waren so jung. Und bestimmt ...« Sie wusste nicht, wie sie das fragen sollte. »Hat Jamai nie geheiratet? Irgendein schönes, schwarzhaariges Zinta-Mädchen?«

»Ich würde lügen, wenn ich behaupten würde, dass ihm niemals ein Mädchen gefiel«, sagte Kroa langsam. »Aber wir waren nicht sesshaft, verstehst du? Wir sind die Zintas der Zintas gewesen, wenn du so willst. Nicht mal in der Sippe sind wir geblieben.«

»Wie Keta.«

»Genau. Wie Keta.«

Sie sahen beide ins Feuer, und als Jamai zurückkam, einen fetten Fasan in der Hand, schwiegen sie, lächelnd.

Es ist so lange her. Ich habe gelebt, ein Kind bekommen, so vieles gefühlt und erlebt ... Und dies war nicht mehr der junge Jamai von früher. Dies war ein Freund. Dass er sie damals geliebt hatte, war nur noch eine Erinnerung. Menschen sind nicht so, dachte Mino. Dass sie jemanden lieben und immer lieben, ihr ganzes Leben lang, selbst wenn sie ihn weder bei sich haben noch von ihm wiedergeliebt werden. So sind wir nicht. Sie dachte an Blitz. Da war etwas in ihr, das immer noch etwas empfand. Manchmal träumte sie nachts von ihm, manchmal fühlte sie im Traum das wunderbare Glück grenzenloser Annahme und Liebe. Dieses Gefühl hieß Blitz, dessen war sie sich in jedem Traum bewusst, selbst in solchen Nächten, in denen der Traum ihn dermaßen verwandelte, dass nichts von ihm blieb als dieser Name.

Jamai kam ihr zu Beginn ihrer gemeinsamen Reise sehr zurückhaltend vor, doch nach und nach wurde er gesprächiger und seine einsamen Ausflüge seltener. Er stritt sich mit Kroa, im Tonfall eines Menschen, der sein Gegenüber sehr gut kennt, und lachte über Kroas Späße. Irgendwann ertappte Mino sich dabei, dass sie mitlachte. Ohne Bitterkeit. Sie stimmte mit ein und in diesem Moment war das Glück vollkommen – obwohl Maja in Arima war, obwohl der Kaiser gestorben war und Keta überzeugt werden musste, obwohl sie nicht wusste, wie dieser Weg enden würde. Das Blätterdach wölbte sich grün über ihnen, der Hase war verkohlt und schon wieder ein paar Schuhe zerschlissen – egal.

Wie wenig doch genügte, um lachen zu können.

19. Gejagt

ALS BLITZ VON der Fähre stieg, die Seeluft im Gesicht und den Ruf der Möwen über sich, als seine Füße den Boden der Insel unter sich fühlten und die Düfte des Sommers ihm entgegenschlugen, atmete er tief durch und die Vorfreude schlug hohe Wellen in seinem Herzen. Er schulterte seinen Reisesack und schlug den Pfad zum Dorf ein, über die Dünen.

Er war mit dem kleinen Gefolge der ehemaligen Kaiserin aus Kirifas abgereist. Nicht bis an die Küste; Fanes wollte durch Rilien und Henten zur Torser Bucht und von da aus segeln. Er musste sich, um Arima auf schnellstem Weg zu erreichen, recht früh von ihnen trennen. Mit Bedauern hatte Fanes seine Entscheidung aufgenommen, und in dem Moment wünschte er sich, er hätte ihr sofort mitgeteilt, dass er nicht mit nach Rinland kommen würde.

»Du willst zu deinem Bruder? Aber ich dachte, Rinland wäre dein Traum?«

»Ich muss nach Arima.« Er hielt ihren Blick aus. Selbst wenn Ilinias ihm nicht das Versprechen abgenommen hätte, zu schweigen, hätte er gezögert, von seiner großen Hoffnung zu sprechen.

Fanes versuchte nicht, ihn zu überreden. »Sollen wir warten?«, fragte sie nur. »Bis du dich verabschiedet hast? Wir werden eine geraume Zeit in der Torser Bucht verbringen, bis wir das richtige Schiff gefunden haben und genug Vorräte an Bord sind. Alles, was nötig ist – du weißt da sicher besser Bescheid als ich. Wenn du auf

Arima gewesen bist und dann über Tors zur Bucht reist, könnte es sein, dass wir noch dort sind.«

»Ja«, sagte er, mit einem Kloß im Hals.

Das Schiff. Er stellte sich vor, wie es in der Bucht vor Anker lag, wie Fanes dort auf ihn wartete. Er hoffte, dass sie ein gutes Schiff auswählte, eine fähige Mannschaft aussuchte, sich nicht von windigen Gesellen betrügen ließ. Obwohl schon einiges dazugehörte, um eine Riesin zu betrügen.

Vielleicht würde das Schiff noch da liegen, wenn er Sorayn gefunden hatte. Und dann – aber dieser Traum war zu köstlich, diesen Traum wagte er kaum zu träumen – würde er mit seinem Sohn zusammen auf das Schiff gehen und Sorayn nach Rinland bringen. In Rinland war niemand krank oder verkrüppelt, in Rinland gab es keine Schmerzen. Er stellte sich vor, wie er Sorayn vom Schiff trug, und wie, während er über den Steg ging, sein Sohn in seinen Armen genas, wie sich sein Gesicht entspannte und seine Arme und Beine die richtige Länge erhielten, und dass drüben am Ufer, wenn er dort in Rinland ankam, der Siebzehnjährige in seinem Arm vollkommen war, ein perfekter junger Mann, ohne Schmerzen.

Der Traum brannte in seinem Herzen. Noch nie hatte er sich etwas so sehr gewünscht wie das. Und vielleicht würde es Wirklichkeit werden. Gleich. Er würde hier den Weg über die Dünen gehen und Sorayn sehen und sich sofort auf die Reise in die Torser Bucht machen, wo das Schiff auf ihn wartete. Diesmal würde es warten. Diesmal würde er nicht am Ufer stehen und auf ein Meer hinausblicken, das nichts war als eine riesige Fläche aus Tränen.

So lange hatte er das kleine Haus nicht mehr gesehen, dieses Haus, vor dem die Blumen blühten. Der Anstrich war verwittert und die Bäume, die El Jati gepflanzt hatte, beschatteten es. Ein Junge – vielleicht auch ein Mann – drehte ihm den Rücken zu. Er strich eine Bank an, blau, himmelblau, und Blitz musste an Ilinias denken und verwarf den Gedanken an sie.

»Sorayn?«, fragte er vorsichtig, von seiner eigenen Erwartung gelähmt, an dieses schwarze Haar gewandt, so dicht und glänzend. Der Junge drehte sich um. Blitz versuchte, in seinem hübschen

Gesicht etwas Vertrautes zu entdecken, und sah doch nur Alikas große, strahlende Augen.

»Ich bin Tamait«, sagte der Junge. »Mit wem habe ich die Ehre?«

»Tamait«, wiederholte Blitz. »Das hätte ich mir denken können, aber ich habe dich so lange nicht gesehen. Ich bin dein Onkel, Junge.«

»Blitz?« Tamaits Mund verzog sich zu einem breiten Grinsen. »Onkel Blitz? Aus Kirifas? Der Held von Arima?«

»Das ist lange her. Wo sind deine Eltern?«

»Oh, die ... Die werden überrascht sein. Und sauer sind sie auch.« Der Junge verzog das Gesicht, als hätte er Zahnschmerzen. »Nun ja ... Du bist wohl hier, um dich zu entschuldigen, wie? Vielleicht hole ich sie besser her, ohne ihnen zu sagen, wer zu Besuch gekommen ist?« Seine Augen leuchteten auf, die Idee gefiel ihm. »Warte, ich mach dir die Tür auf, Onkel Blitz. Mach dir einen Tee oder was immer du möchtest, du kennst dich doch hier aus. Und ich hole sie aus dem Fischerdorf.«

»Warum sind sie nicht in der Plantage?«

Tamait grinste wieder. »Wir hatten einen kleinen Streit mit dem hoheitsvollen Gernegroß-König Norha.«

»Ach.« Blitz klopfte dem Jungen auf die Schulter. »Sieh an, auch ein kleiner Held, wie?« Und die ganze Zeit über war er sich dessen bewusst, dass dies Jatis Sohn war. Alikas Sohn. Sein Neffe. Ein wunderbarer junger Mann, ein Sohn. Und er hatte auch einen Sohn. Er auch.

»Ich hole sie!« Tamait war fort, bevor Blitz nach Maja fragen konnte, oder, noch viel dringender, nach Sorayn.

Er öffnete die Tür und trat in die Küche. Dort im Regal waren die Gläser, die Teller, die Krüge ... Die schönste Küche, die er je gesehen hatte, die es je geben würde. An eine solche Küche hatte er gedacht, als er und Ilinias von einem kleinen Haus geträumt hatten. Irgendwo hier auf Arima, ein Haus für sie beide, nein, für ihre Familie ...

Er legte seinen Reisesack ab und wanderte durch die Wohnung. Das letzte Mal, als er hier gewesen war, war dies ein Ort gewesen, von Gram und Entsetzen erfüllt, ein Ort, an den er nie wieder hatte zurückkommen wollen. Verfluchte Insel der Unglücksseligen ... Ah, eine offene Weinflasche. Er schnupperte. Wein aus Neiara, voller Duft und Erinnerungen. Er schenkte sich ein Glas ein und setzte sich an den Tisch. Gleich würde Mino hereinkommen und ihm verbieten, aufs Schiff zu gehen. Und dann würde Jati kommen. Du darfst nicht fortgehen ...

Der Brief war eindeutig gewesen. Du darfst nicht herkommen. Wag es ja nicht. Aber hatte er sich je um Verbote geschert?

»Nun sag schon, wer es ist«, hörte er Alikas Stimme vor der Tür. »Spann uns doch nicht so auf die Folter!«

»Nein, ihr müsst schon selber nachsehen.« Die Stimme des Jungen, in der die Freude an Heimlichkeiten und Überraschungen mitschwang. »Wer traut sich als Erster?«

Die Tür ging auf und sie sahen ihn am Tisch sitzen. Blitz. Und die frohe Erwartung verschwand aus ihren Gesichtern.

»Dass du dich noch hertraust«, sagte Alika.

»All die Jahre«, meinte El Jati, »hast du uns nie besucht. ›Nein, es ist mir zu schmerzlich ...‹ Und was willst du jetzt?«

»Wo ist Sorayn?«, fragte Blitz. Er hielt das Glas in der Hand, in dem der gelbe Wein schimmerte. So hatte er gesessen, an diesem Tisch, damals, als er gehen wollte, ohne Abschied zu nehmen. Aber er war nicht mehr derselbe. Er würde nicht fliehen. Nein, er lächelte, diesmal würden sie ihn nicht in den Keller sperren, auch wenn sie ihm grollten. »Ich will Sorayn sehen.«

»Verlass mein Haus«, befahl Jati, aber Alika, obwohl sie eben noch geschimpft hatte, legte ihm besänftigend die Hand auf den Arm. »Warte, Jati. Blitz, was soll das? Du bist hergekommen, um ihn zu sehen? Vergiss es, er ist fort.«

»Fort? Was soll das heißen?«

Jati schüttelte den Kopf. »Fort eben. Weg. Verschwunden. Er ist gegangen. Er hat uns alle hier in helle Aufregung versetzt und dann ist er verschwunden. Tja, dein Sohn, Blitz.«

Blitz sah seinen Bruder an. Enttäuschung und Freude stritten in ihm. »Also ist es wirklich wahr? Er war hier? Und er war es, ohne Zweifel?«

»Er war es«, bestätigte Alika. »Hast du gedacht, du könntest ihn ewig eingesperrt halten? Er ist so alt wie Tamait! Was hast du dir nur gedacht?«

Er dachte an Ilinias' Bitte, sie nicht zu verraten. Ja, er wusste, wie viel Alikas Zuneigung ihr bedeutete. Ilinias liebte schöne, stolze Menschen. Kriegerinnen, Helden.

Er schwieg, er senkte den Kopf. Ich wusste es nicht. Er wollte es sagen und konnte doch nicht, er verstummte, ihm war bewusst, dass es danach aussah, als schämte er sich.

»Wie kann ich ihn finden?«, fragte er.

Jati und Alika sahen sich an. »Mehr hast du uns nicht zu sagen?«

»Ich will ihn sehen«, wiederholte er. »Nur das, ich will ihn sehen. Ich will ihn anfassen, ich will ihn mit diesen meinen Händen berühren ... Ich will ...« Er merkte nicht, dass er weinte. Das Glas zitterte in seinen Händen. »Es kann nicht sein, dass du ihn gesehen hast und ich nicht. Ich muss ihn sehen, ich muss sehen, dass er lebt ...«

Alika hatte ihn genau beobachtet. Auf einmal ließ sie Jati los, ging zu Blitz, kniete sich neben ihn und umfasste seine Knie. »Blitz! Oh Blitz! Sag nicht, dass du es nicht wusstest. Oh sag das nicht! Dein Schmerz war echt, wie konnte ich je daran zweifeln? Blitz, weine nicht. Wir werden ihn finden. Er wird wiederkommen, ganz bestimmt. Er ist in Maja verliebt ... ganz bestimmt wird er wiederkommen.«

Blitz hob den Kopf. »Was hast du damit gemeint, Jati?«, fragte er. »Einer wie er. Du hast geschrieben: einer wie er. Was heißt das?«

El Jati zögerte. »Es ... es war ...«

»Was?« Er wischte sich die Tränen aus dem Gesicht. »Was war mit ihm?«

»Du hast ihn das letzte Mal gesehen, als er ein Baby war«, warf Alika ein. »Du hast doch gesehen, was mit ihm los war.«

»Was willst du damit sagen? Ist er nicht gewachsen? Hat er sich nicht weiterentwickelt?«

Jati und Alika sahen sich an. »Blitz ...«

»Was heißt das: einer wie er?«

Tamait war zu ihnen getreten. »Onkel Blitz«, sagte er, »dieser Junge sah fürchterlich aus. Es war schrecklich, ihn überhaupt nur anzusehen. Er war wie – wie ein Ungeheuer!«

»Tamait!«, rügte Alika ihn scharf.

»Er hat doch gefragt, was mit ihm ist!«

»Nun ja«, sagte El Jati leise. »Es ist hart, aber so ist es.«

»Er ist mein Sohn«, sagte Blitz gepresst.

Alika hielt seine zitternden Hände fest. »Und das wird er bleiben. Aber du hast ihn nicht gesehen. Es ist nicht besser geworden mit ihm. Es ist viel, viel schlimmer. Denk einfach an ihn als an jemanden, der lebt. Schau ihn dir nicht an. Tu dir das nicht an. Such ihn nicht.«

Er zog seine Hände von ihr fort. »Hör auf«, sagte er schroff. »Sorayn ist mein Sohn. Er lebt.« Er schaute auf Tamait, diesen schönen Jungen, der bei ihnen war. Er sah aus wie Jati und wie Alika, wie er selber, er sah aus wie der Sohn, den Ilinias sich erhofft hatte, dunkel und hübsch und lächelnd. »Ich muss zu ihm.«

Die Tür wurde heftig aufgestoßen und ein Mädchen kam herein. Das musste Maja sein; er war noch gar nicht dazu gekommen, nach ihr zu fragen, so sehr kreisten seine Gedanken um Sorayn. Doch jetzt fiel ihm wieder ein, was Alika gesagt hatte: Er ist in Maja verliebt ...

»Maja, das ist dein Onkel Blitz«, stellte El Jati ihn vor.

»Was?«

Jetzt hatte er ihre volle Aufmerksamkeit. Sie blieb stehen und starrte ihn an, und er versuchte, sie mit den Augen seines Sohnes zu sehen. Hübsch war sie, aber ganz anders als Alika oder Tamait. »Maja«, sagte er und fügte das Erstbeste hinzu, was ihm einfiel: »Du ähnelst deiner Mutter nicht im Geringsten.« Sie starrte ihn verwundert an, wie er dort am Tisch saß, zusammen mit ihrer Familie.

»Was?«, fragte sie noch einmal. Und dann drehte sie sich um und stürzte hinaus. Sie machte sich nicht einmal die Mühe, die Tür hinter sich zu schließen.

»Was habe ich falsch gemacht?«, fragte er. »Ich meine, vielleicht hätte ich das mit der fehlenden Ähnlichkeit besser nicht …«

»Mach dir keine Sorgen«, unterbrach Alika ihn, aber sie ging dabei zur Tür und sah hinaus, und man sah ihrem Gesicht die Sorge an.

Er dachte an Jatis Brief und die Vorwürfe darin, und irgendwie war das alles nicht zu verstehen. Er wusste nur, dass er Sorayn finden musste. »Wo ist er?«, wiederholte er seine dringendste Frage.

Jati zögerte. »Ich weiß nicht, ob er es ist, den sie dort suchen, aber es klingt fast so. Man kann sich zwar kaum vorstellen, dass er das alles getan haben soll, was sie ihm vorwerfen, aber …«

»Was?«, fragte Blitz sofort. »Was wirft man ihm vor?«

Alika stützte die Hände auf den Tisch. »Auf ganz Neiara wird nach einem Buckligen gefahndet.« Sie sprach das Wort sehr schnell aus, vielleicht um es rasch hinter sich zu bringen, bevor jemand die Bezeichnung hinterfragen konnte. »Sorayn soll er heißen, aber vielleicht ist das eine Verwechslung? Blitz, wenn sie ihn finden … Ach, Blitz. Warum kommst du gerade jetzt? Jati hätte dir diesen Brief wohl besser nicht geschrieben.«

»Was hat er getan?«, verlangte Blitz zu wissen.

»Er soll ein Schiff versenkt haben, mit dem die Gäste des Fürsten gekommen waren. Oder war es ein Handelsschiff? Und er hat das Schloss angegriffen, die Zugbrücke blockiert und die Bewohner für mehrere Tage dort eingesperrt. Und einen Schmied getötet, seinen eigenen Meister. Blitz, es muss nicht stimmen. Die Gerüchte aus Neiara sind vage und merkwürdig. Aber anscheinend bist du nicht der Einzige, der ihn sucht.«

Sorayn lag unter einer Wurzel, halb verborgen von Ästen und Erde, und stellte sich tot. Nein, er stellte sich nicht tot, er war es schon fast, er fühlte, wie die Erde und die Steine bereit waren, ihn zu empfangen. Seit wie vielen Tagen lag er hier? Irgendwo war er vom Pferd gefallen und hierhin gekrochen, um zu sterben.

Er konnte nicht mehr. In seinen Träumen sah er immer noch das Schiff vor sich, das von den aufgepeitschten Wellen geschaukelt wurde, hörte die erschrockenen Schreie der Männer. Er fühlte die glatten Leiber der Fische neben sich, die Kraft der Untiere, die aus den Tiefen des Wassers emporstiegen. In seinen Träumen wogte und krachte es, Schaum lag auf den Wellen und das Meer war dunkel. Es war finsterer als die Nacht, aber immer noch konnte er es nicht fürchten. Es schaukelte ihn sanft, wie ein Kind ...

Sie suchten ihn. Er wusste es, er hörte, wie sie durch den Wald streiften, wie sie mit ihren Waffen klirrten, wie sie riefen.

»Sorayn! Sorayn!«

Er hatte keine Kraft, ihnen gegenüberzutreten. In seinem Traum war immer noch der Baum da, den er umarmte, an dessen Wurzeln er zog, und zugleich war irgendwo dazwischen Majas Gesicht und Majas Schrei.

Er dachte an die kurze Berührung ihrer Hände, an diesen magischen Augenblick, als sie aus dem Fenster geklettert war und ihn gerufen hatte. Sie war zu ihm gekommen, furchtlos, voller Vertrauen, in dem Bewusstsein, dass sie zueinander gehörten. Er konnte immer noch ihre Hand spüren, ihre warme, etwas verschwitzte Hand, die sie nach ihm ausgestreckt hatte. Wo bist du, ich komme mit dir.

Es waren die einzigen Worte, die noch da waren, die einzigen, die ihn nicht verließen in seinem Versteck zwischen Wurzeln und Erde, eingegraben wie ein scheues Tier. Sie suchten ihn. Schon einmal waren sie ganz in der Nähe vorbeigekommen, ohne ihn zu sehen. Wenn sie ihn fanden, würden sie ihn töten, das wusste er, und er war zu müde, um sich zu wehren, auch das wusste er. Zu sehr hatte er sich verausgabt. Mit der Ankerkette des Schiffes hatte er sich selbst zerrissen. Aber immer noch schlugen in ihm die beiden Herzen, das menschliche und das Riesenherz, und niemals im Gleichtakt. Immer noch war da der Schmerz und zwang ihn zu Boden. Es war noch nie so schlimm gewesen. Noch nie hatte es ihn so gepackt und zu Boden gezwungen, noch nie hatte er das Gefühl gehabt, dass es zu Ende ging. Dass es zu viel für ihn war, dass es nicht schlimmer kommen konnte – ja, diese Empfindungen kannte er zur Genüge. Aber jetzt ... Er konnte nicht einmal mehr fliehen. Wenn er schon sterben musste, hätte er es gerne bis zu Liravahs

Hütte geschafft, damit sie ihn dort einkreisten und fingen, so dass er, wenn sie über ihn herfielen, zumindest wie ein Mensch in einem Haus starb, nicht wie ein Tier unter einem Baumstamm.

Und über ihn herfallen würden sie. Er gab sich keinen Illusionen hin. Einen wie ihn würden sie an Ort und Stelle erledigen, sie würden sich nicht die Mühe machen, ihn vor den Fürsten zu schleppen oder gar vor ein ordentliches Gericht.

Wo bist du, ich komme mit dir.

Er trank von diesen Worten, von Majas Stimme und ihrer Liebe, die darin lag. So gab sie sich fort, in einem Augenblick, in einer Nacht unter dem Mond, der so scharf und dünn war wie ein Säbel und der alles zerschnitt, was dort unten in dem Garten geschah. Nein, denk es nicht, denk nicht daran, bleib bei dem Augenblick, in dem sie zu dir kommt, erwartungsvoll, in dem sie in die Dunkelheit hinausflüstert, voller Hoffnung, du könntest da sein. Behalte nur diesen Moment, in dem die Verheißung liegt, dass alles gut wird ...

»Sorayn?«

Durch seine wirren Träume hindurch traf ihn sein Name wie ein Schlag. Sie hatten ihn gefunden. Und nun würden sie ihn aus seinem Versteck zerren und ihm wehtun. Aber konnten sie seinen Schmerzen überhaupt etwas hinzufügen? Vielleicht würde der Tod kommen wie ein Freund, der ihm Trost brachte und der ihn mitnahm, ohne sich wie alle anderen vor ihm zu fürchten.

»Sorayn.«

Es war ein Fremder, der ihn aus der Senke herauszog, einer, der flüsterte, der nicht lauthals nach dem übrigen Volk schrie. Kein Wächter, niemand in den Farben des Fürsten, auch keiner aus dem Dorf. Vielleicht ein Fischer? Sorayn blickte in das fremde Gesicht eines schwarzhaarigen Mannes. Irgendetwas vage Vertrautes war an ihm.

»Sorayn«, sagte der andere noch einmal. Er schien tatsächlich nur gekommen zu sein, um diesen Namen zu sagen, immer und immer wieder, als müsste er eine wichtige Botschaft verkünden.

Sorayn blieb in seinem Arm liegen, ohne sich zu rühren. Es erstaunte ihn, dass dieser Fremde ihn an seine Brust drückte und weinte. Das war so anders als alles, was er erwartet hatte, dass ihm nicht einmal in den Sinn kam zu fragen, wer der Mann war und was er hier bei ihm wollte.

El Jati. Jetzt wusste er, was ihm an dem Fremden so bekannt vorkam. Er sah aus wie ein zweiter El Jati, wie Majas Vater, der in jener Nacht seinen Namen gerufen hatte, als würde er ihn seit langem kennen.

»Vater?«, fragte Sorayn vorsichtig, immer noch zu verwundert, um etwas zu verstehen oder in Frage zu stellen.

Statt einer Antwort wurde er nur noch stürmischer gedrückt. Seit Liravahs Tod war er von keinem Menschen mehr angefasst worden. Vielleicht eine Hand auf der Schulter, eher noch ein Tritt oder ein Stoß. Aber umarmt zu werden, so wie andere Menschen einander umarmten ... Und nun, da er das bekam, was ihm so lange entzogen worden war, konnte er es kaum ertragen. Er klammerte sich an den Fremden.

»Wo warst du?«, fragte er. Das hätte ich haben können, dachte er. So wie Maja, einen Vater und eine Mutter, vielleicht sogar einen Bruder. Und auch dies war ein Schmerz, der kaum zu ertragen war, der sich neben Majas Entsetzensschrei einreihte, als wollte auch er zu seinem Recht kommen.

»Es tut mir leid. Es tut mir so leid. Ach, Sorayn! Ich wusste es nicht. Die ganze Zeit habe ich nicht gewusst, dass du lebst.«

Es war nicht zu verstehen. Sorayn fühlte sich wie ein kleines Kind, über dessen Kopf die Eltern wichtige Dinge bereden. Nur hin und wieder hört es seinen Namen, aber alles andere ist zu weit entfernt, so viele Worte, wie eine andere Welt, die irgendwo existiert, vielleicht sogar im selben Haus ...

»Wie hast du mich gefunden?«, fragte er.

»Da war so ein kleiner, frecher Steinwälzer«, antwortete Blitz. »Er ließ keinen Zweifel daran, dass ich ihm folgen sollte.«

Sorayn genoss die streichelnde Hand auf seinem Haar, die Küsse auf seiner Wange. Dann fiel ihm, durch sein Elend und sein Wohlbehagen hindurch, etwas ein. »Bist du wirklich mein Vater?«, fragte er. »War es kein Riese?«

Blitz küsste ihn auf die Stirn und wiegte ihn. »Du bist mein Sohn«, sagte er. »Der Sohn von Blitz aus Arima. Deine Mutter ist Ilinias, die Tochter Zukatas. Du bist der Urenkel Kanuna El Schattiks. Mein Prinz.« Er lehnte seine Wange an Sorayns Gesicht. »Mein Prinz und mein Sohn, ja, das bist du.« Dann hob Blitz plötzlich den Kopf. »Wir müssen hier weg«, erinnerte er. »Sie suchen auf der ganzen Insel nach dir, ich habe sie gesehen. Leute mit Stecken und Schwertern. Ich bin mit dem Boot gekommen, dort hinten. Komm.«

Er legte Sorayns Arm um seine Schulter und stützte ihn beim Gehen, halb schleifte er ihn mit.

»Ich kann nicht«, murmelte Sorayn schwach.

»Unsinn. Du kannst.« Blitz wankte unter Sorayns Gewicht, mühsam kämpfte er sich vorwärts. »Glaubst du, ich überlasse dich denen?«

Sorayn wollte ihm nicht sagen, dass ihm wohl nichts anderes übrigbleiben würde. Er überließ sich der Führung seines Vaters und wankte voran. Es fühlte sich, so an einen anderen Menschen gelehnt, wie ein Tanz an, wie ein Ausschreiten voller Lust und Lebendigkeit. In seinen Knochen zerbarsten die Sterne ... So fühlte es sich an, während er zum ersten Mal in seinem Leben tanzte: Sterne glühten in ihm auf und strahlten immer heftiger. Die Schmerzen schienen aus seinen Knochen und seinen Muskeln heraus zu explodieren, sie leuchteten durch seine Haut. Alles stand in Flammen.

Aber Blitz glaubte immer noch, dass sie entkommen konnten. Er zerrte ihn vorwärts. Stimmen drangen durch den Wald, genau vor ihnen. Schreie.

»Da! Da ist er!«

»Sie haben uns entdeckt«, stieß Blitz hervor. Er drehte sich wieder um und begann zu laufen, und da Sorayn nicht laufen konnte, nahm er ihn in den Arm wie ein kleines Kind und trug ihn, vorwärtsstolpernd, und nun tanzte auch er unter seiner Last.

»Was ist dort? Wohin laufen wir?«

»Die Klippen«, flüsterte Sorayn. Auch Neiara besaß eine Steilküste, an der die Wellen sich brachen, und sie hörten die Brandung von hier, hörten, wie das unruhige Meer gegen die Felsen schlug.

Trotzdem hastete Blitz weiter, und hinter sich hörten sie die Verfolger kommen, hörten ihre triumphierenden Rufe.

Der Himmel war plötzlich weit über ihnen, als sie aus der Deckung des Waldes heraustraten. Da war der blaue Himmel und vor ihnen das Meer, glitzernd und fast weiß, Schaumkronen auf den Wellen.

Blitz fiel, und einen Moment lagen sie nebeneinander auf dem rauen Fels und spürten das spärliche Gras unter den Händen. Sie sahen einander in die Augen.

»Hab keine Angst«, sagte Blitz. »Ich werde kämpfen.« Er stand auf und zog ein kleines Messer aus seinem Gürtel, lächerlich klein, und doch stand er da wie ein Krieger, als die ersten Verfolger aus dem Wald stürmten. Es gab einen einzigen Weg, auf dem sie hätten fliehen können, einen schmalen, rutschigen Pfad, der hinunter ans Wasser führte. Aber dort kam man nur langsam vorwärts. Es war kein Weg, auf dem man gut flüchten konnte, eine johlende Meute im Nacken, die einen mit einem gezielten Wurf in den Rücken – ein Stein, ein Knüppel, was auch immer – mühelos zu Fall bringen konnte.

Sorayn hatte keine Kraft mehr, aber Stück für Stück zog er sich weiter, auf die Kante des steil abfallenden Felsens zu. Das Meer war hier so laut, dass man nicht mehr flüstern konnte, schon jetzt musste man dagegen ankämpfen. Er spürte die Energie, mit der das Wasser sich gegen die Insel warf, und wie feiner Nebel stieg es hoch bis zu ihm. Es verhieß Heilung ... Er fürchtete sich nicht. Dort war es, das Meer, das ihn immer heilen konnte.

Sorayn sah hinunter in die schäumende Brandung und fürchtete sich nicht.

»Na los, kommt, wenn ihr euch traut«, schrie Blitz.

»Wir wollen nur den Krüppel«, sagte einer der Männer.

»Er will springen!«, schrie einer.

Blitz drehte sich hastig um. »Nein! Sorayn, nicht!«

Sorayn hatte sich aufgerichtet. Allein der Duft des Meerwassers genügte, um ihm Hoffnung zu geben. Er hatte nicht vor zu springen. Aber da war dieser Pfad hinunter zum Wasser. Sie sahen einander an und verstanden sich sofort. Blitz nickte, er gab ihm mit einer Kopfbewegung zu verstehen: Geh. Und doch zögerte Sorayn. »Und du?«

»Geh!«, befahl Blitz. »Jetzt warte nicht, geh!«

Er warf sich den Angreifern entgegen, die ihre sicher geglaubte Beute verschwinden sahen und Sorayn wütend nachsetzen wollten. Dass er aus dieser Sache lebend herauskommen könnte, das glaubte Blitz nicht, als er, mit nichts als seinem Messer bewaffnet, den kräftigen Männern gegenübertrat. Die vertraute Waffe war wie eine Verlängerung seiner Hand, scharf und gefährlich. Ob er lebte oder starb, war ihm in diesem Augenblick gleich. Hauptsache, es gelang ihm, sie so lange aufzuhalten, bis Sorayn unten ankam. Er dachte nicht darüber nach, was es nützte. Kein Boot konnte hier zwischen den Felsen anlegen, rastlos spritzte das Wasser in die Höhe und sang sein endloses Lied. Sorayn war so oder so verloren. Und trotzdem, um ihm diesen kleinen Aufschub zu verschaffen, war er zu allem bereit. Starke Männer wie diese, die seinen Sohn jagten, verdienten, dass man sie ein bisschen zurechtstutzte, und wenn es das Letzte war, was er je tun würde. Das Einzige, was er je für Sorayn würde tun können.

Maja saß im Garten und drehte die kleine Flöte zwischen den Fingern.

»Du spielst ja gar nicht mehr.« Alika setzte sich neben sie und lächelte ihre Tochter liebevoll an. Es war ihr schon länger aufgefallen, dass Maja nicht mehr spielte. Seit sie Sorayn im Garten gesehen hatte, war die Musik in ihr verstummt.

Wie ein kleines Hölzchen lag das Instrument in ihrer Hand, ein lebloses, nutzloses Ding.

»Ich vermisse deine Musik so sehr.«

Maja schwieg. Sie betrachtete die Flöte wie etwas Fremdes, als wäre sie nicht ihre Begleiterin gewesen, fast ihr ganzes Leben lang, ein Teil ihrer Hände und ihres Mundes und ihrer Seele.

Alika überlegte, ob dies vielleicht ein guter Zeitpunkt war, um Maja zu erzählen, dass sie die Briefe aufbewahrt hatte. Wirf sie weg!, hatte das Mädchen geschrien. Ich will sie nicht mehr! Aber Alika hatte keinen einzigen fortgeworfen. Sie hatte sich auch versagt, sie zu lesen. Sie hatte den Kasten in den Keller gestellt, zwischen die Sommerernte, zwischen Gläser mit Früchten und Marmelade, zwischen die bunten Flaschen, dorthin, wo sie jahrelang Schwerter versteckt hatte.

Ein Schatten fiel über sie. Da stand El Jati, und Alika sah in seinem Gesicht, dass etwas geschehen war. Sie hatte ihn noch nie so gesehen. Er stand da und war etwas Dunkles in diesem Garten, ein Fremdkörper, der in die Nacht gehörte, nicht hierher in die Sonne.

»Was ist?«, fragte sie bang.

El Jati konnte nicht sprechen, nicht sofort, und das erschreckte sie so, dass auch ihr Mund trocken wurde. »Jati?«

»Blitz ist tot«, sagte er leise.

»Was? Jati, aber ... das kann nicht sein.« Sie protestierte gegen die schreckliche Nachricht, sie erhob Einspruch. Blitz konnte nicht tot sein.

»Sie sind beide tot.« Er stand immer noch da wie ein Schatten, ein Fremder. Und der unbekannte Zug in seinem Gesicht verwandelte sich in etwas, das sie erkannte. Es war nicht Trauer, nicht Entsetzen. Es war ein wilder Zorn, der dort aufgeflammt war.

»Beide?«

»Blitz und Sorayn. Sorayn haben sie die Klippen hinuntergetrieben. Und Blitz haben die Leute des Fürsten zu Tode geprügelt.«

Alika streckte die Hand nach ihm aus, aber El Jati schüttelte den Kopf. »Warum habe ich ihn allein nach Neiara fahren lassen? Was habe ich mir nur dabei gedacht? In was für einer Traumwelt habe ich gelebt?«

»Bist du dir sicher?«, fragte Alika vorsichtig. »Vielleicht ist es nur ein Gerücht. Du weißt ja, wie Gerüchte entstehen ...«

Maja blickte mit weißem Gesicht zu ihnen auf. Ihre schwarzen Augen wirkten riesig.

»Sorayn?«, fragte sie. Es war das erste Mal, dass sie dieses Wort aussprach, seit sie gesehen hatte, wer zu diesem Namen gehörte.

»Ja«, sagte El Jati. In seiner Stimme war eine merkwürdige Kälte. »Das habe ich doch gesagt. Wir wussten, dass er in Schwierigkeiten war. Und wir haben getan, als ob uns das nichts anginge. Und nun ist Blitz tot.«

»Es ist nicht deine Schuld«, sagte Alika.

Er sah sie an. »Das hast du auch damals gesagt, als er weggelaufen war. Als wir ihn daran gehindert haben, nach Rinland zu segeln. Ich bin nicht schuld? Er ist ... er war mein kleiner Bruder. Und ich habe immer nur gegen ihn gekämpft und niemals für ihn. Damit ist ab heute Schluss. Bist du eine Amazone oder nicht? Wir werden denen da oben jetzt zeigen, wer wir sind, Alika. Ruf Tamait. Wir haben lange genug alles mit uns machen lassen. Aus Angst um unsere Arbeit, um unser Haus und unseren Garten und um all das, was wir für wichtig hielten.« Seine Stimme zitterte leise. »Es ist nicht mehr wichtig. Verstehst du das, Alika? Du weißt, dass ich dich liebe. Aber ein solches Zuhause ... Und dieser Wikant glaubt, er könnte ungestraft meine Familie zerstören? Ab heute schlagen wir zurück.«

»Ich bin eine Amazone«, sagte Alika ruhig. »Immer noch. Aber wie stellst du dir das vor? Willst du allein Neiara erobern und Wikant bestrafen? Willst du Norha die Meinung sagen, um dich besser zu fühlen?«

»Oh, du verstehst nicht.« El Jati schüttelte den Kopf. »Ich habe nicht vor, den gleichen Fehler zu begehen wie Blitz und mich allein mit den Tyrannen dieser Inseln anzulegen. Wir haben uns geduckt, seit Norha unsere Waffen beschlagnahmt hat, aber das war ein Fehler. Ich spreche von einem Aufstand. Ich spreche von Krieg.«

Maja stand auf. »Ich bin dabei«, sagte sie mit einer Stimme, die nicht ihre zu sein schien.

»Du weißt nicht, wovon du sprichst«, fuhr Alika sie an.

»Nein?« Majas entschlossenes Gesicht erinnerte, vielleicht zum ersten Mal in ihrem Leben, an die sanfte Mino, wenn man sie zu lange gereizt hatte. »Vielleicht doch.«

»Du hast eine Zukunft hier. Jati, unsere beiden Kinder verdienen eine Zukunft. Ein Zuhause. Bist du dir darüber im Klaren, dass wir alles verlieren können? Dass wir wahrscheinlich sogar alles verlieren werden? Das ist unser Leben hier.«

»Ich weiß«, sagte Jati. »Aber es bedeutet nichts mehr.«

Maja nickte. »Du hast recht«, sagte sie leise. »Es bedeutet nichts mehr.«

Alika sah von einem zum anderen. »Tamait wird das anders sehen.«

»Gar nicht.« Tamait tauchte hinter einem Gebüsch auf. »Ich wollte nicht lauschen, aber ich bin hier mit einem Buch eingeschlafen ... Wir sind keine Kinder mehr, die du beschützen musst, Mutter. Wenn die Fürsten meinen Onkel umgebracht haben, dann sind sie einen Schritt zu weit gegangen.«

Alika runzelte die Stirn. »Ihr seid ja alle verrückt.« Aber dann brach ein Lächeln durch ihre finstere Miene. »Ihr wollt kämpfen? Dann kämpfen wir. Notfalls stürmen wir das Schloss mit Spaten!«

»Du überraschst mich immer wieder, Alika«, sagte Jati. »Selbst nach so langer Zeit. Komm. Gehen wir erst zu den Arbeitern. Besser Spaten als bloße Hände.«

Tamait und Maja blieben stehen, sie sahen zu, wie ihre Eltern Hand in Hand davongingen, um einen Krieg anzufachen.

»Tut mir leid, wegen Sorayn«, sagte Tamait schließlich.

»Ja«, sagte sie nur. Sie folgte ihm ins Haus und sah sich um, jeder Blick wie ein Abschied. »Was werden Norha und Wikant tun?«, fragte sie. »Noch mehr Soldaten herkommen lassen?«

»Höchstwahrscheinlich. Hast du Angst?« Tamait öffnete die Bodentür und stieg hinunter in den Keller. Sie wartete, dass er wieder auftauchte.

»Was hast du vor?«, fragte sie. »Suchst du nach Waffen?«

»Nein, nur danach hier.« Er holte einen kleinen Kasten hervor, den er auf den Tisch stellte. Zögernd blickte sie hinein, auf ihre Briefe.

»Ich dachte nur«, sagte Tamait. »Nun ist es gleich, wer er war und wie er aussah. Er war unser Vetter, Maja. Letztendlich wird er derjenige sein, der den Stein ins Rollen gebracht hat. Und nur das wird dann noch zählen.«

»Ja«, stimmte sie ihm leise zu.

Oben in ihrem Zimmer schüttete sie die Briefe auf ihr Bett. Vor kurzem noch hatte sie geglaubt, sie würde es nicht ertragen, diese Schrift noch einmal zu sehen. Sie hatte gehofft, diese schönen und gerade deshalb verlogenen Worte nie wieder zu sehen oder zu hören, nicht einmal denken wollte sie sie. Worte, die etwas in ihr erweckten, die einen ganzen Himmel voller Sterne in ihr Herz trugen ... Seine Stimme, die aus der Nacht heraus zu ihr sprach. Und nun war ihr Wunsch in Erfüllung gegangen. Es würden keine Briefe mehr kommen und diese Stimme schwieg für immer. Und doch hörte sie sie immer noch. Ich bin hier ...

»Was willst du?« Sie hob den Kopf, als Tamait in ihr Zimmer kam und die Tür hinter sich schloss.

Vorsichtig sah er aus dem Fenster. »Sie kommen«, flüsterte er.

»Sind Mutter und Vater schon zurück? Haben sie viele Leute mitgebracht?«

»Soldaten«, murmelte er. In seinen Augen stand Panik und auch Verwunderung. »Wie können sie so schnell hier sein?«

Lautes Hämmern an der Haustür. »Aufmachen!«

»Vielleicht gehen sie wieder weg«, flüsterte Tamait. »Wenn sie glauben, dass keiner zu Hause ist.«

»Meinst du, sie haben unsere Eltern verhaftet?«

Eben noch hatten sie über Krieg gesprochen, heldenhaft und willens, sich todesmutig in jede noch so aussichtslose Schlacht zu stürzen. Doch dass, kaum dass sie sich umgedreht hatten, dieser Krieg bereits beginnen könnte, erschreckte sie beide mehr, als sie für möglich gehalten hätten.

»Aufmachen!« Und dann heftige Schläge gegen die Tür. Maja zuckte zusammen, als direkt unter ihnen ein Fenster zersplitterte. Die Briefe fielen aus ihren Händen, als sie aufstand und sich nach einer Waffe umsah. Ein Bett, ein Schrank, ein Waschtisch.

Tamait hielt den Finger an die Lippen und legte die Hand ans Fenster. Er zeigte auf ihre Bettdecke und dann nach draußen. Maja hätte am liebsten laut aufgelacht. Was dachte er sich, dass sie sich hier abseilen würde? Sie war schon einmal aus dem Fenster geklettert, in einer warmen Nacht, eine Ewigkeit war es her, in einer Nacht, die wie ein Traum über sie gekommen war ... Und auch dies fühlte sich an wie ein Traum. Wie ein Traum war es, als sich die Tür ihres Zimmers öffnete und ein Fremder seinen Kopf hereinstreckte – und sie die kleine Holzkiste auf dem Schädel des

Eindringlings zerbrach. Die Briefe, die noch darin gewesen waren, flatterten um ihn her zu Boden wie gerade flügge gewordene Tauben. Nur einen Moment stand sie da, wie betäubt, dann bückte sie sich und hob die Lanze auf, die dem Soldaten aus der Hand gefallen war.

»Nimm sein Schwert«, zischte sie Tamait zu.

Schon stand der nächste Soldat vor ihnen. »Sie ist da! Es ist das Mädchen!«, rief er laut. Zahlreiche Füße trampelten polternd die Treppe hoch. Maja machte einen Schritt rückwärts, sie hielt die Lanze abwehrend vor sich. Der gefallene Soldat lag auf der Schwelle; unmöglich, jetzt noch die Tür zu schließen.

»Ha!«, schrie Tamait und machte einen Ausfallschritt.

»Schnapp sie dir einfach!«, rief einer der Soldaten.

Maja kannte ihn. Sie kannte sie alle, diese Männer, die am Tor gestanden hatten, wenn sie Mino besucht hatte. Sie kannte selbst den, der am Boden lag. Durch sein braunes Haar sickerte dunkles Blut. Und sie stand immer noch da, die Lanze in der Hand, und fiel nicht in Ohnmacht. In ihren Ohren fühlte sie ihr eigenes Blut pochen.

»Das sind die Kinder der Amazone«, gab ein anderer zu bedenken, zögernd. »Komm einfach mit«, sagte der Erste zu Maja. »Und keinem passiert etwas.«

»Wirklich?« Im ersten Moment glaubte sie, die Soldaten hätten es auf sie abgesehen, weil sie einen der Ihren niedergeschlagen hatte. Dafür würde sie sich verantworten müssen. Doch dann sah sie, wie dieser Mann, den sie doch kannte, den Blick senkte, und ihr wurde klar, dass sie hergekommen waren, um zu töten. Um sie zu töten.

»Haaa!«, schrie Tamait aus vollem Hals, er riss Maja zurück und stürmte auf die beiden Soldaten los. So überraschend kam sein plötzlicher Angriff, dass sein Schwert den Vordersten durchbohrte, er gegen den Mann dahinter prallte und alle drei auf die Soldaten fielen, die noch auf der Treppe standen. Bevor Maja sich von ihrem Schreck erholt hatte, war Tamait schon zurückgesprungen, zog den Soldaten, der den Holzkasten an den Kopf bekommen hatte, ganz ins Zimmer und warf die Tür zu. »Den Schrank!«, rief er. »Los, hilf mir!«

Gemeinsam wuchteten sie den Schrank vor die Tür, gerade rechtzeitig, bevor die ersten Soldaten, die sich von ihrem Treppensturz erholt hatten, wutentbrannt nach oben polterten.

Tamait zog Maja ans Fenster. »Warum haben wir nur kein Seil!«

»Man braucht kein Seil«, sagte sie rasch. »Hier, du musst dich an diesem Vorsprung festhalten, dort in die Weinranke greifen, und dann da auf den Vorsprung ...« Leichtfüßig kletterte sie aus dem Fenster, während die wuchtigen Schläge der Soldaten den Schrank erzittern ließen. Tamait schwang seine Beine über das Fenstersims. »Ich kann nicht«, flüsterte er.

»Du musst! Komm! Komm doch!«

In dem Moment, in dem sie mit beiden Füßen im Garten landete, wurde sie im Haus von einem der Soldaten gesehen. Man hörte den wilden Ruf: »Da ist sie! Los, da ist sie!«

Sofort wurde es an der Tür still. Tamait sah zu, wie Maja durch den Garten rannte, über den Zaun kletterte und den Weg hinunterlief, hinter sich vier – nein, fünf Soldaten. Er streckte seine Hand nach der Weinranke aus.

Als sie die Dünen vor sich sah, wurde ihr klar, dass sie zur Plantage hätte laufen müssen. Dorthin, wo ihre Eltern waren, wo sie die Arbeiter aufwiegelten, wo sie sich in den Schutz einer wütenden Menschenmenge hätte flüchten können. Aber ohne darüber nachzudenken, hatten ihre Füße, denen sie sich anvertraut hatte, den Weg zum Meer eingeschlagen, den vertrauten geliebten Weg zwischen den Dünen hindurch zum Strand. Die Wolken am blassblauen Himmel waren dünn. Der Mond zeigte sich milchig und rund dort oben. Das Auge Rins, hatte Mino gesagt, und merkwürdigerweise hatte sie jetzt, während sie um ihr Leben lief, diese Worte im Ohr. Das Auge Rins, das über der Welt wacht. Ein Auge für den Tag, ein Auge für die Nacht. So wacht er über uns, während wir hier laufen, die Verfolger hinter uns wie Bluthunde.

Ein rascher Blick zurück zeigte ihr, dass sie versuchten, ihr den Weg zum Fischerdorf abzuschneiden. Keuchend wandte sie sich nach links. Pfeifend fuhr die scharfe Seeluft durch ihre Lungen, während sie in den Abend rannte, während eine blutrote Sonne in den Wellen versank ...

Ein Reiter kam von vorne, eine große, dunkle Gestalt, eine Flut goldenen Lichtes über sich. Mino lief genau auf ihn zu, Hoffnung wallte in ihr auf. Ein Reiter, der ihr helfen konnte zu entkommen ... Doch bevor die Sonne ganz unterging, bevor der Glanz verblasste, erkannte sie Norha, den selbsternannten König von Arima, und blieb stehen.

Hinter ihr näherten sich die Soldaten; sie hörte, wie sie lachten.

»Lebt sie immer noch?«, fragte Norha kühl.

Sie stand da. Jeder Atemzug tat weh, aber sie merkte es kaum. Sie wusste nur, dass sie gefangen war, unter Rins Augen, und doch gefangen. Hinter sich in der zunehmenden Dunkelheit spürte sie die Gegenwart der Soldaten.

»Mino hat Arima verlassen«, hörte sie Norha sagen. »Sie ist gegangen und hat dich zurückgelassen. Einfach im Stich gelassen hat sie dich, kleine Maja. Und nun wird niemand dich mehr retten.«

Sie spürte etwas Hartes, Scharfes in ihrem Rücken, eine stählerne Spitze.

Eine merkwürdige Ruhe überkam sie. Während sie im Haus gekämpft hatte, während sie über den Strand gelaufen war, war ihr nichts schlimmer vorgekommen, als gestellt zu werden wie ein gehetztes Wild. Doch jetzt, wo es soweit war, fühlte sie eine unnatürliche Ruhe. »Warum?«, fragte sie. »Was habe ich dir getan, Norha?«

Die Dunkelheit verbarg sein Gesicht. Sie wollte es nicht sehen und doch hätte sie jetzt, in diesem Moment kurz vor dem Tod, seine Augen sehen wollen, sie hätte gerne gewusst, ob er es schaffte, ihrem Blick standzuhalten. Vielleicht hätte er ihr nicht geantwortet im Licht, doch hier, in der Finsternis, die sich über die Insel gesenkt hatte, sprach er es aus.

»Haben sie es dir nie gesagt?« Er lachte leise. »Haben sie dich nicht gewarnt, vor mir, dem Herrn dieser Insel? Haben sie mir nicht zugetraut, dass ich endlich handle, nachdem ich dich so lange in Ruhe gelassen habe? Deine Mutter ist fort und nun gehst du ihr nach. Hast du es nicht gewusst, Maja, nicht einmal geahnt? Mino ist deine Mutter. Bastardbalg! Nun geht auch diese unrühmliche Geschichte zu Ende. Los, tötet sie!«

Die Hand eines Soldaten packte sie im Nacken.

Und im selben Moment flammten Lichter auf und zahlreiche Gestalten stürmten von den Dünen auf sie zu. Maja blinzelte; die hüpfenden Lichter entpuppten sich beim Näherkommen als Laternen in den Händen von Kämpfern. Es waren die Fischer, die wie eine Woge vom Land her auf den Strand fluteten, allen voran eine große Frau mit hellem Haar.

Noch während Maja kämpfte, um sich aus dem Griff des Soldaten zu befreien, hatte die Frau sie erreicht. Es war Binajatja, die sich unter wilden Verwünschungen auf den König stürzte. »Lass sie los! Lässt du sie los!«

»Das wird dir noch leid tun!«, rief Norha. Sein Pferd, verwirrt von den Lichtern und dem Geschrei, stieg, aber er hielt sich fest und zwang es wieder hinunter. Mit einem Satz sprang es vorwärts, auf Maja und Binajatja zu. Die alte Frau stieß das Mädchen zur Seite, doch dann war das Pferd schon über ihr, brach durch die Kämpfenden und verschwand in der Dunkelheit.

Maja kniete sich neben die Gestürzte. »Binajatja?«

Eine Hand umschloss ihre. »Maja.« Ein heiseres Flüstern. Aber der Griff der kühlen Finger war fest. Maja merkte nicht, dass der Kampf um sie her bereits zu Ende war, dass Stille eintrat. Das vertraute Rauschen der Wellen hörte sie ebenso wenig wie das Flüstern der Fischer, die sich mit ihren Laternen näherten und einen Kreis um sie beide bildeten.

Sie hielt nur diese Hand. Und durch die Schichten, die der Schreck um sie herum errichtet hatte, kam die Wahrheit zu ihr zurück, die Norha ihr verkündet hatte. Ihre Augen weiteten sich. »Großmutter?« »Sei stark«, flüsterte die alte Frau, die Apfelkönigin, die Herrin der Gärten.

20. Die Botschaft des Prinzen

NACHDEM WERIE ALLE Anwesenden aus der Fischerhütte gescheucht hatte, beugte sie sich über die Verletzte. Binajatja öffnete die Augen.

»Norha hat dich also niedergeritten?« Es klang wie eine beiläufige Frage. Sie vermochte es nicht, Mitleid in ihre Stimme zu zaubern. »Musstest du dich auch unbedingt dazwischenstellen?«

»Maja …«

»Ach ja, Maja. Nur deinetwegen ist es immer noch nicht vorbei.«

»Du«, flüsterte Binajatja. »Du hast sie verraten.«

»Das wollte ich damals tun, aber Mino hatte es ihm selbst gesagt, dumm, wie sie ist. Dafür gab es ein paar andere Sachen, die ich ihm mitteilen konnte. Wer wusste besser, wo die Schwerter waren, als ich, die dafür zuständig war, sie herzubringen?«

Binajatja versuchte sich aufzurichten, aber sie sank kraftlos wieder zurück.

»Ich habe mich lang genug zurückgehalten. Mino hat mein Leben zerstört. Glaubst du, das Geld, das du mir gezahlt hast, hätte ersetzen können, was sie mir genommen hat? Ich war die Heilerin der Inseln! Ich! Wie konnte sie es wagen, meine Arbeit zu tun? Sie hat mich vernichtet. Und du hast es zugelassen. Und deshalb musste es so kommen, Binajatja.« Sie lächelte verträumt, während sie sich erinnerte. »Ich bin zu Norha gegangen. Erst wollte er mich nicht vorlassen, aber ich habe so lange gewartet, bis er bereit war, mir zuzuhören. Erst hat er mich ausgelacht, weil er schon wusste, wer Maja ist. Aber er wollte wissen, was Mino auf dieser Insel trieb, wenn er fort war, also konnte ich ihm doch nützlich sein. Und so lange niemand davon weiß, bin ich das immer noch.«

»Sei verflucht«, stöhnte Binajatja.

Werie lachte nur. Sie wandte sich ab und wühlte in ihrer Tasche, in der sie Arzneien und Verbandszeug mitgebracht hatte. Binajatjas Augen folgten ihr, während sie am Herd hantierte und in einem Mörser bitter duftende Kräuter zerrieb.

»Du wirst jetzt etwas trinken, das dich von allen deinen Schmerzen befreit«, sagte die Heilerin.

Binajatja drehte den Kopf weg. Sie versuchte, sich zu sträuben, aber sie hatte keine Kraft, zu viele Knochen waren gebrochen, die kleinste Bewegung verursachte ihr unsägliche Schmerzen. Trotzdem hob sie die Hand, um sich zu wehren, um Werie den Becher aus der Hand zu stoßen. Doch die Heilerin riss ihren Kopf hoch. Binajatja presste die Lippen aufeinander, aber Werie musste nur ihre gebrochene Schulter berühren und sie öffnete den Mund zum Schrei.

»Ich konnte nichts mehr für sie tun«, sagte Werie mit tränenerstickter Stimme. »Nur etwas gegen die Schmerzen konnte ich ihr geben. Sie hat nicht gelitten.«

Maja funkelte die Heilerin zornig an. »Mino hätte sie gerettet«, sagte sie. »Mit Sicherheit.«

»Sei nicht ungerecht.« Alika legte ihrer Tochter die Hand auf die Schulter. Sie und El Jati waren so schnell wie möglich ins Fischerdorf geeilt, nachdem Tamait sie gerufen hatte. »Werie hat ihr Bestes getan.«

Maja hielt die schmale Hand der Toten. »Sie hat sich ihm in den Weg gestellt«, sagte sie. »Ich verdanke nur ihr, dass ich noch lebe.«

Die Fischer hatten berichtet, was geschehen war, wie Binajatja völlig aufgelöst zu ihnen gekommen war und sie um Hilfe gebeten hatte. Maja. Minos Tochter. Meine Enkelin. Immer wieder. Und sie hatten nicht lange gezögert, als sie ihnen erzählt hatte, dass Norha Soldaten ausgeschickt hatte, um das Mädchen zu töten.

Maja hörte ihnen mit gesenktem Kopf zu. Tamait war es, der aufgeregt Fragen stellte, der immer wieder sagte: »Meine Schwester? Maja?« Er war es, der ihren Eltern Vorhaltungen machte, weil sie dieses Geheimnis so lange für sich behalten hatten. Aber schließlich verstummte auch er. Sie saßen beieinander und es war fast gleich, was noch alles geschah und gesagt wurde, um ihr altes Leben auseinanderzunehmen. Es war vorbei, und jetzt war eine neue Zeit angebrochen.

Binajatja war tot. Maja sagte es vor sich hin, während sie Alika und einer Fischersfrau half, den Leichnam für die letzte Reise vorzubereiten. »Sie ist tot«, flüsterte sie, denn anders konnte sie es nicht glauben. Sie hüllten die Herrin der Gärten in weiße Tücher und legten sie in ein Boot, das sie der Strömung anvertrauten.

Es war kein Priester anwesend, was Maja, die noch nie eine Bestattung erlebt hatte, gar nicht aufgefallen wäre. Einer der Fischer nickte ihr zu.

»Sag du etwas«, bat er sie. »Enkelin Res.«

Das Boot schaukelte auf den Wellen. Maja hatte keine Worte, die sie hätte sagen können, aber als er sie so nannte, Res Enkelin, fielen ihr die Geschichten ein, die Mino erzählt hatte, damals, als sie noch eine ältere Freundin gewesen war, der Mensch, der keine Geheimnisse vor ihr zu haben schien. Geschichten von einem Schiff, das nach einem Vogel benannt war, Geschichten von Abschied und einer waghalsigen Reise ins Ungewisse.

»Re hat es gewagt«, sagte sie schließlich. »Und nun ist es deine Reise. Nun«, ihre Stimme erstickte in Tränen, »ist es deine Reise.«

Sie vertrauten Binajatja dem Meer an. Die Obstbauern warfen unruhige Blicke nach hinten, zu den Dünen.

Norhas Soldaten warteten dort, irgendwo zwischen dem Strand und dem Dorf der Pflücker. Diese hatten sich zu den Fischern geflüchtet; in den Häusern herrschte drangvolle Enge und die Stimmung war gereizt.

»Norha wird nicht freiwillig gehen«, sagte Alika. »Das heißt, wir müssen ihn dazu zwingen. Die Gärten gehören Maja, nicht ihm.«

»Er wird uns entlassen«, sagte einer der Obstpflücker. »Und dann? Wir werden nach Drian gehen müssen und er wird hinter uns her lachen. Was gewinnen wir mit einem Aufstand? Nichts. Wenn wir Waffen hätten, könnten wir darüber reden. Aber so? Wollt ihr ihn mit Fischernetzen fangen und seine Soldaten mit Muscheln und Äpfeln in die Flucht schlagen?«

»Wenn wir nur dieses Schiff hätten, das Wikant abhanden gekommen ist«, sagte ein Fischer. »Der Laderaum war voll, es lag so tief im Wasser, dass es schon fast untergegangen wäre.«

»Dieses Schiff, das Sorayn angeblich hat verschwinden lassen«, meinte Alika missmutig. »Ich schätze eher, dass irgendein Pirat sich die Beute nicht entgehen lassen wollte. Wie auch immer. Ich werde euch zeigen, wie man sich mit Küchengeräten und Gartenwerkzeugen verteidigen kann. Wir haben keine Wahl, wir müssen Norha endgültig vertreiben.«

Wie immer, wenn sie den Namen Sorayn hörte, zuckte sie zusammen. Maja ließ die anderen weiterreden, aber sie selbst schlich aus der Hütte und setzte sich auf die Bank vor der Tür. Von hier sah sie das Meer, dessen Blau, dessen strahlende Ruhe ihr unpassend und doch irgendwie tröstlich vorkam.

Als Tamait sich neben sie setzte, sah sie nicht auf. »Du wirst immer meine Schwester sein, Maja. Es ändert nichts. Unsere Eltern werden immer unsere Eltern sein.«

Als sie nichts dazu sagte, sah er sie von der Seite her an. »Vielleicht ist er nicht tot. Vielleicht hat er wirklich dieses Schiff versenkt. Wie auch immer er das getan hat. Glaubst du, so jemand fällt von den Klippen und ertrinkt?«

»Ich weiß nicht. Und«, setzte sie heftiger hinzu, »was spielt es für eine Rolle? Du hast ihn gesehen.«

»Er ist nicht einmal dein Vetter, wie wir jetzt wissen. Du bist nicht mit ihm verwandt.«

»Hör auf!« Sie sprang auf. Ihre Wangen glühten. Ihre Augen versprühten Zorn. Aber Tamait lachte nur.

»Lach mich nicht aus!« Wütend stapfte sie davon. Sie wollte nur fort, nur nach Hause. Zu Hause auf ihrem Bett lagen die Briefe, die goldenen Worte, und sie wusste, dass sie nur ganz frei von ihnen werden konnte, wenn sie sie verbrannte. Ja, sie würde sie nehmen und in den Ofen werfen und dann hatte sie Ruhe. Sorayn war tot. Und selbst wenn er nicht tot war, was hatte sie mit ihm zu schaffen? Aber sie konnte nicht nach Hause, wenn sie den Soldaten nicht in die Arme laufen wollte. Es gab nur einen Weg, um allem zu entkommen: hinaus aufs Meer. Sie wollte ins Wasser tauchen und alles an der Oberfläche zurücklassen, was schmerzte.

Dafür brauchte sie ihren Bruder. »Komm«, sagte sie zu Tamait. »Lass uns die *Inselkönigin* holen.«

An der Pier lag ihr Boot und wartete wie immer auf sie.

Das Meer, das sie umgab, ruhig und friedlich, war heute nur noch eine riesige offene Fläche, die ihnen keine Deckung bot. Weit und breit war kein anderes Boot zu sehen. Nur die dunkle Silhouette der anderen Insel erhob sich über dem Horizont.

»Wo willst du eigentlich hin?«, fragte Tamait.

Aus reiner Gewohnheit hielt sie auf die Muschelbänke zu. Sie stellte sich vor, dass sie, wenn sie ins Wasser sprang, sich wieder so fühlen konnte wie früher, bevor der Schrecken in ihr Leben hereingebrochen war. Als Mino noch ihre Tante gewesen war und ihr ein Prinz Briefe schrieb und der Sommer nie zu enden schien.

»Da!«, rief Tamait aufgeregt. »Da ist etwas.«

Sie starrten beide ins Wasser. Es war so klar, dass sie bis auf den Grund sehen konnten. Dort unten, wo sonst nur Sand und Steine gelegen hatten, ruhte etwas Riesiges, Dunkles.

»Ein Schiff«, murmelte sie. »Ein Schiff, hier?«

»Das kann nur das Schiff sein, von dem die Fischer gesprochen haben«, sagte Tamait ehrfürchtig. »Ich wette, ich weiß, wie es hierherkommt. Sorayn hat es hergebracht. Das ist seine letzte Botschaft, sein letzter Liebesbrief an dich.«

Maja streifte entschlossen ihre Schuhe ab und ließ sich ins Wasser gleiten.

Die *Windgesang* lag auf der Seite, winzige Fische umschwärmten sie wie bunte, flatternde Vögel. Maja holte tief Luft und tauchte unter.

Der Rumpf war unbeschädigt. Nachdem sie vergeblich nach einer Öffnung gesucht hatte, die ihr einen Zugang ermöglicht hätte, schwamm sie wieder nach oben, auf den dunklen Umriss des Bootes zu.

»Jetzt bin ich dran«, sagte Tamait, nachdem er ihr hochgeholfen hatte. Sie sah zu, wie er sich dem Schiff näherte und die Einstiegsluke suchte. Dann war er verschwunden. Sie wartete mit klopfendem Herzen, aber er erschien nicht wieder.

»Das ist zu lang«, flüsterte sie. »Jetzt – jetzt musst du kommen.«

Sie war schon im Begriff, ins Wasser zu springen, als ihr Bruder endlich wieder zum Vorschein kam.

»Was hast du gesehen? Los, sag schon.«

Tamait rang nach Luft. »Ich habe den Lagerraum gefunden. Da sind viele Kisten, aber ich hatte keine Zeit mehr, sie zu öffnen. Wir bräuchten eine Brechstange oder so etwas.«

Maja blickte sich suchend auf dem Boot um. »Da, geht das?«

»Wir haben noch ein Schwert?« Tamait nahm das kurze Schwert staunend in Empfang, das Maja unter der Bank hervorholte. »Ich dachte, Norha hatte sich alle unter den Nagel gerissen?«

»Das hat Mutter mir mal mitgegeben.« Maja zuckte die Achseln. »Du weißt schon. Mütter.«

Er grinste. »Das müsste gehen.« Als er sich über die Reling schwingen wollte, hielt sie ihn am Arm fest. »So nicht, mein Lieber. Ich bin dran.«

Er öffnete den Mund, um ein paar kluge Argumente anzubringen, warum er es tun sollte, aber dann schwieg er doch. Dazu kannte er seine Schwester zu gut.

Maja steckte das kleine Schwert an ihrem Gürtel fest.

Sie ließ sich ins Wasser gleiten und tauchte mit raschen Bewegungen auf das versunkene Schiff zu. Sie hatte nicht viel Zeit, jeder versäumte Atemzug war kostbar. Dort war schon die Luke, die Treppe war zu einem schrägen Gang geworden, der in mehrere

Räume mündete. Sie schwamm durch die einzige offene Tür und sah die vielen Kisten vor sich, von denen Tamait gesprochen hatte. Gleich bei der ersten setzte sie das Schwert an. Mit einem kräftigen Ruck öffnete sie den Deckel, griff nach irgendetwas und machte sich auf den Rückweg.

Tamait beugte sich über die Reling, als sie japsend Atem holte.

»Du warst zu lange unten.«

Triumphierend riss sie die Arme hoch. »Ich hatte recht! Arima ist gerettet!«

Ehrfürchtig nahm Tamait das Schwert entgegen, das sie aus dem Bauch des Schiffes geborgen hatte.

»Es müssen Hunderte sein«, sagte er. »Das schaffen wir nicht alleine. Wir müssen den Fischern Bescheid sagen.«

In einer Nacht-und-Nebel-Aktion hatten alle Muscheltaucher die Waffen aus dem versunkenen Schiff geborgen. Wenn ihre Feinde davon erfahren hätten, hätten sie die gefährlichen Tauchgänge gestört, deshalb musste alles schnell und heimlich vor sich gehen.

»Wir marschieren zum Schloss«, entschied Alika schließlich.

Sie rechneten damit, bereits in den Dünen angegriffen zu werden, aber alles blieb ruhig, bis sie das Schlösschen erreicht hatten. Norha hatte seine kleine Armee hier versammelt. Waffenklirrend versperrten sie den Weg durchs Tor. Der König erschien an einem Fenster im oberen Stockwerk.

»Was wollt ihr?«, schrie er. »Legt eure Waffen nieder, dann geschieht keinem etwas.«

»Wir werden dich am Leben lassen«, sagte El Jati. »Wenn du deine Soldaten abziehst und dieses lächerliche Königtum aufgibst.«

»Ich bin euer König!«, rief Norha. »Mir gehören die Gärten. Ich gebe euch allen Brot und Nahrung. Ohne mich wärt ihr tot! Ohne mich könntet ihr eure Kinder nicht ernähren und würdet verhungern. Ohne mich ...«

Er kam nicht dazu, alles aufzuzählen, was sie ihm verdankten. Einer der Arimer war zu nah an die Kette der Soldaten vorgetreten. Ohne Vorwarnung stach dieser mit seiner Lanze zu. Alika musste nicht einmal das Zeichen zum Angriff geben, als sich der Zorn der Arimer über den Eindringlingen entlud.

Maja und Tamait standen weiter hinten. Lange Zeit hatten sie es mit keinem Gegner zu tun, sie konnten nur zusehen, wie der Kampf vor ihnen aufflammte, wie Leute, die sie ihr Leben lang gekannt hatten, von den Soldaten getötet wurden, denen sie ebenfalls unzählige Male grüßend zugenickt hatten. Ohne ihre Waffen wären die Insulaner einfach abgeschlachtet worden. Auch jetzt waren sie den kampferprobten Söldnern immer noch unterlegen, aber Alika war überall. Sie stürzte sich ins Getümmel, sie drosch rücksichtslos auf die Feinde ein, mit ihrem Schwert schlug sie eine Bresche in die Reihe der Gegner. Jeder ihrer Streiche traf. Neben ihr kämpfte El Jati wie ein wütender Wirbelsturm. Maja zuckte jedes Mal zusammen, wenn sie mitansehen musste, wie spitzer Stahl durch menschliche Haut drang, aber sie konnte nicht wegsehen. Wie gelähmt stand sie da, obwohl sie oft genug geprobt hatten, wie man ein Schwert benutzte. Doch bei diesen Übungen hatte sie getanzt, zu ihrer eigenen Musik, die sie in sich hörte, das Schwert in der Hand wie einen seidenen Schal. Hier, in der Wirklichkeit, gab es keine Musik mehr. Sie krallte ihre Hand um den Griff des vertrauten Schwertes, als einer der Soldaten, der sich durch die Dörfler gekämpft hatte, auf sie zukam.

»Da bist du ja«, knurrte er. »Dich sollten wir zuerst erledigen.«

Einen Moment konnte sie sich nicht rühren. Aber im Angesicht des Todes erwachten ihre Lebensgeister, erwachte alles an ihr, was nicht sterben wollte. »Komm nur her.« Ihre Stimme zitterte nicht einmal. Sie hob die Waffe – und dann war es Tamait, der auf den Soldaten lossprang und ihm mit einem Schrei das Schwert in die Seite rammte.

»Pass auf, hinter dir!«

Sie waren mittendrin. Es blieb keine Zeit mehr, den Schmerz und das Entsetzen zu nähren, zuzuschauen, wie es anderen erging. Nur das Schwert war wichtig, die Verlängerung ihres eigenen Arms. Nur Tamait, der immer irgendwo neben ihr war. Nur das.

Und irgendwann war es vorbei. Sie sah von dem bärtigen Mann auf, den sie und ein paar andere gemeinsam getötet hatten, hin zu den Leichen und Verwundeten auf dem Schlachtfeld. Alika wischte sich den Schweiß von der Stirn und lehnte sich an Jati. Andere schritten über die am Boden Liegenden und suchten nach ihren Angehörigen.

»Es ist zu Ende«, sagte Tamait neben ihr. Er legte den Arm um ihre Schulter, aber sie konnte nichts fühlen. Sie spürte nur, wie eine überwältigende Müdigkeit über sie kam. Ihre Hände waren dunkel von fremdem Blut.

Die Übelkeit kam so plötzlich über sie, dass sie nicht einmal mehr eine einsame Stelle aufsuchen konnte. Sie ging in die Knie und würgte, und da war immer noch Tamaits Hand auf ihrer Schulter.

»Es ist zu Ende«, wiederholte er leise.

Sie musste warten, bis ihr Magen sich beruhigt hatte, dann stand sie mit zitternden Knien auf. »Ich muss mich waschen.« Sie stolperte davon.

Alika erschrak, als sie Tamait allein auf sich zukommen sah, aber sein müdes Lächeln beruhigte sie. »Wir haben gewonnen«, sagte sie. »Aber zu was für einem Preis.«

El Jati winkte einige Arimer zu sich heran. »Gehen wir Norha besuchen«, sagte er.

Der selbsternannte König von Arima hatte sich in seinem Schloss verschanzt.

»Mach auf!«, rief Jati.

»Ich habe hier noch mehr Soldaten!«, rief Norha zurück. »Wagt es ja nicht!«

»Wir könnten die Tür mit der Axt aufbrechen«, schlug Jati vor. »Oder wir räuchern ihn aus.«

»Er hat verloren«, sagte Alika. »Auch wenn er noch eine Handvoll Soldaten bei sich hat, was will er damit erreichen? Er ist geschlagen. Wir haben jetzt Wichtigeres zu tun. Wir müssen uns um die Verletzten kümmern und unsere Toten begraben.«

Maja tauchte ihre Hände ins Wasser. Aber es genügte nicht. Sie watete in die Wellen hinein, mitsamt ihren blutbefleckten Schuhen, und tauchte unter. Das kühle Wasser spülte über sie hinweg und warf sie zurück. Sie schnappte nach Luft, als sie auftauchte. In ihrem Mund schmeckte sie das Salz.

Sie hatten gewonnen, aber das Gefühl des Triumphs stellte sich einfach nicht ein. Sie wollte sich selbst zurufen: Wir haben gesiegt, aber die Worte erstarben auf ihren Lippen. Es bedeutete nichts. Sie sah das Gesicht des Toten vor sich, sein bärtiges Kinn. Wie oft war sie an ihm vorbeigegangen, wenn sie Mino besuchte?

Das Bild ließ sich nicht auslöschen.

Sie hatte einen Menschen getötet. Nicht allein; sie waren mit mehreren auf ihn losgegangen, mit ihren Schwertern fuchtelnde Obstpflücker und Fischerjungen, nur durch ihre Zahl hatten sie ihn bedrängen und erledigen können, wie ein Wild, von Hunden gestellt.

Sie wollte es nicht mehr sehen. Sie schloss die Augen, aber es war immer noch da, unauslöschlich.

Wieder tauchte sie unter, wieder und wieder. Die Kälte des Wassers linderte den Schrecken ein wenig. Sie wusste nicht mehr, ob ihre Wangen von ihren eigenen Tränen nass waren oder vom Meerwasser, von den Tränen eines anderen.

»Hast du so um uns alle geweint?«, flüsterte sie. »Um dieses sinnlose Sterben, das alles Glück aus meinem Herzen zieht?«

Noch nie war ihr so klar gewesen, dass diese unzähligen Tropfen Salzwasser Tränen waren, der Beweis einer Trauer, die die ihre so übertraf wie die Fülle des riesigen Meeres das bisschen Wasser, das aus ihren eigenen Augen strömte.

»Maja!«

Sie hätte damit rechnen müssen, dass Tamait ihr nachkam. Aber sie drehte sich nicht um. Sie hielt die Augen geschlossen und spürte das Licht der untergehenden Sonne auf ihren Augenlidern.

»Wir haben sie besiegt«, rief er. »Willst du nicht bei der Feier dabei sein?«

»Es bedeutet nichts«, flüsterte sie.

»Ha!«, rief er aus. »Wie kannst du das denken? Hätten wir diesen Aufstand je begonnen, wenn es nichts zu bedeuten hätte? Hast du vergessen, warum wir gekämpft haben? Dass Norha uns unterdrücken und uns unsere Freiheit wegnehmen wollte, das zählt auf einmal nichts? Du weißt ja nicht, was du redest. Und«, fügte er wütend hinzu, »unsere Nachbarn, die dafür gestorben sind, beleidigst du, wenn du so redest.«

»Tut mir leid.« Er hatte ja recht, aber merkwürdigerweise konnte das ihren Schmerz nicht lindern. Sie hatte gewusst, worum es ging – vorher. Jetzt sah sie nur diesen einen Toten vor sich, den Mann, der gefallen war, blutend, und sie erinnerte sich an die Überraschung in seinen Augen, als er erkannte, dass er sterben musste. Jetzt. Heute. Obwohl er der ausgebildete Soldat war und sie nur Inselpack.

»Eigentlich wollte ich dich nur dafür loben, wie tapfer du warst«, sagte Tamait. »Ich glaube, wir haben uns heute gegenseitig einige Male das Leben gerettet.«

»Wir waren es«, sagte Maja leise. »Wir haben die Waffen gefunden. Wir haben unseren Leuten den Mut gegeben, in den Krieg zu ziehen.«

»Sonst hätten die anderen sie gefunden«, gab Tamait zu bedenken. »Und wären alle verloren gewesen. Verloren oder versklavt. Du kannst ruhig weiterflennen, aber ich werde jedenfalls so oft in den Kampf ziehen, wie es nötig ist. Sie werden diese Inseln nicht kriegen.«

Sie öffnete die Augen und sah ihn an, in sein wild entschlossenes Gesicht. »Wovon redest du eigentlich?«

»Es ist noch nicht vorbei«, sagte er. »Unsere Eltern und die Fischer haben beschlossen, dass wir nach Neiara gehen und auch Fürst Wikant und seine Bande verjagen. Arima kann erst frei sein, wenn auch Neiara frei ist. Das sind wir unserer Schwesterinsel schuldig.« Er nickte. »So ist das nun mal unter Geschwistern. Einer steht für den anderen ein.«

Sie fühlte, wie das Wasser an ihr zerrte. »Ich will nie wieder kämpfen«, sagte sie. »Nie.«

»Das ist der Preis für die Freiheit«, sagte Tamait.

»Dann ist er zu hoch!«

»Maja, diese Soldaten haben gewusst, worauf sie sich einlassen. Sie haben ihre Wahl getroffen und mussten dafür bezahlen.«

Sie sah den Mann vor sich, seine Überraschung ... »Niemand kann das wissen«, sagte sie. »Niemand weiß je, worauf er sich einlässt. So wenig wie ich wusste, wie es sein würde, in den Krieg zu ziehen.«

Tamait betrachtete seine Schwester nachdenklich und schüttelte den Kopf. »Und doch werde ich bis zum letzten Atemzug kämpfen, bis auch Neiara frei ist. Alles andere wäre Feigheit. Alles andere würde heißen, unsere Brüder und Schwestern dem Tyrannen auszuliefern. Wir können unsere Augen nicht verschließen und so tun, als würden wir nichts sehen, nur damit wir uns nicht dreckig machen. Nur damit wir unser zartes Gewissen nicht beflecken.«

Maja hob den Kopf bei diesen Worten, aber sie biss sich auf die Lippen und antwortete nicht.

»Wir werden nur die Verwundeten und ein paar Pfleger hier lassen, hat Mutter gesagt«, ließ er sie wissen. »Norha kann in der Zeit verschwinden, wenn er klug ist. Wenn nicht, und wenn er immer noch in seinem Schloss hockt, wenn wir zurückkommen, dann werden wir ihn mit Gewalt da rausholen. Also überleg es dir. Komm mit oder kümmere dich um die Verletzten. Aber vergiss nicht, was Wikant und Tinek getan haben. Mit unserem Onkel Blitz. Und mit Sorayn.«

»Ich komme mit«, sagte sie, natürlich sagte sie das, denn wann wäre er je ohne sie irgendwohin gegangen? Und was hätte sie je ganz für sich allein gehabt, außer ihrer Flöte und Sorayns goldzüngigen Briefen?

Blitz war nicht tot.

Die Angreifer hatten sich zuerst nicht an ihn herangetraut, da er jeden, der ihm zu nahe kam, sein Messer schmecken ließ. Doch schließlich griffen sie ihn mit langen Knüppeln an, und unter dem Ansturm von allen Seiten ging er zu Boden. Sie traten und schlugen ihn, bis er das Bewusstsein verlor, und selbst dann machten sie weiter. Als sie sich schließlich ausgetobt hatten, standen sie eine Weile da, ratlos. Der Blick von den Klippen verriet ihnen, dass der Krüppel, den sie verfolgt hatten, längst verschwunden war.

»Der ist hin, über den brauchen wir uns keine Sorgen mehr zu machen.«

»Und der hier?«

»Bringen wir ihn zum Fürsten.«

Zwei Männer schleppten Blitz mit sich, zum Schloss. Einige Leute standen am Wegrand und riefen ihnen schon von weitem: »Habt ihr ihn?« zu.

»Nein«, mussten sie zugeben, denn niemand hätte diesen fremden Mann für den gesuchten Idioten gehalten. »Aber er ist sein Helfershelfer. Würde uns nicht wundern, wenn der Kerl hier das ganze Komplott angestiftet hätte.«

Über die Zugbrücke trugen sie ihn in Wikants Schloss und brachten ihn in das Verlies in den unteren Räumen.

Tinek hob die Brauen, als Kelon sie davon unterrichtete, dass sie den Schuldigen hatten. »Und, ist er tot?«

»Nein, Herrin, er ...«

»Wozu kommst du dann zu mir?« Sie sah Kelon reglos in die Augen. Er schluckte.

»Herrin«, sagte er leise. »Die Männer haben ihn übel zugerichtet ...«

»Na und? Er hat uns in unserem eigenen Schloss eingesperrt! Er ...«

Sie wollte aufzählen, was der Gefangene alles getan hatte – ob er es nun selbst durchgeführt hatte oder ein Helfer war, war ihr völlig egal –, aber Kelon unterbrach sie.

»Herrin, er hat da etwas an seinem Arm, das Ihr Euch ansehen solltet.«

Tinek zuckte zusammen. Der Schreck ließ ihre Wut auf einen Schlag verrauchen. »Zeig's mir«, befahl sie heiser.

Stumm starrte sie auf den Gefangenen. Es ging ihm nicht gut. Zusammengekrümmt lag er auf dem harten Felsboden und rührte sich nicht. Aber sein Hemd war zerrissen und dort sah sie genau das, was sie befürchtet hatte: Zukatas Brandmal.

»Ein verurteilter Verbrecher«, sagte Kelon. »Und Ihr wisst vielleicht, dass vor einigen Jahren bekannt wurde, dass alle Männer des Kaisersohns Zukata dieses Zeichen tragen?«

Sie starrte immer noch auf die Krone und den Blitz darüber. Aber so gut sie dieses Mal auch kannte, den Mann hatte sie noch nie gesehen. Hatte er vielleicht gar nichts mit der Vereitelung ihrer Pläne zu tun und war den Häschern nur zufällig in die Hände geraten? War er hier, um ihr Anweisungen von Zukata zu überbringen? Sie hatte einen schrecklichen Fehler gemacht.

Oder spielte Zukata ein doppeltes Spiel und hatte Leute geschickt, um ihre Machtergreifung zu stören? Aber warum hätte er das tun sollen? Es war lebenswichtig, jetzt keinen weiteren Fehler zu machen ...

»Leute wie der hier sind schon zum Tode verurteilt«, erläuterte Kelon. »Allerdings im Kaiserreich, nicht hier. Was sollen wir machen? Wahrscheinlich wäre es das Klügste, ihn nach Drian auszuliefern.«

»Nein«, sagte sie sofort. Sie hob die Hand, um ihn zum Schweigen zu bringen. »Wer hat ihn gesehen? Außer dir? Die Männer, die ihn hergebracht haben?«

»Ich glaube nicht, dass sie darauf geachtet haben. Herrin? Was soll ich anordnen?«

Eine Garantie dafür konnte er ihr natürlich nicht geben. Sie starrte auf den Verletzten, während sich ihre Gedanken überschlugen.

»Wie schwer ist er verletzt? Wird er sterben?«

Kelon beugte sich über den Gefangenen. »Er atmet noch, aber schwach.«

Wenn Zukata erfuhr, dass sie seinen Boten umgebracht hatte, war sie verloren. Sie und Wikant und all das hier, ihr wunderschönes Schloss ... Wo würde sie sich verstecken müssen, damit er sie nicht aufspürte? Wenn sie sich nur hätte sicher sein können, dass niemand sonst etwas wusste. Kelon konnte den Mund halten. Falls Zukata jemanden schickte, um nachzufragen, konnte sie tun, als sei dieser Mann niemals hier angekommen. Der Weg war weit, alles Mögliche konnte passiert sein.

Aber wenn es herauskam ...

Und wenn sie ihn nicht sofort töten ließ, wenn er überlebte und sich erholte – würde er sich dann nicht bei Zukata beschweren, dass man ihn hier fast umgebracht hatte?

Sie musste auf Zeit spielen, irgendwie. Zuallererst musste sie herausfinden, welche Botschaft des Prinzen er überbrachte, und dann – ja, dann musste sie ihn irgendwie davon überzeugen, dass alles ein Missverständnis gewesen war. Dass sie ihn aus den Händen des Pöbels gerettet hatte und er nun auf ewig in ihrer Schuld stand. Das war der einzige Weg, ihre Haut zu retten.

Sie nahm ihr Schultertuch ab und legte es über den Gefangenen.

»Lass den Heiler rufen. Schnell. Und er soll in eins der oberen Zimmer gebracht werden.«

Kelon ließ sich seine Überraschung nicht anmerken. »Jawohl, Herrin. Ich werde jemanden nach Monta schicken.«

»Niemand darf erfahren, dass er noch lebt.«

»Wenn er überlebt«, murmelte Kelon.

»Ja, wenn.« Tinek seufzte. »Die Leute sollen denken, dass er tot ist. Dass jeder, der uns angreift, mit seinem Leben bezahlen muss. Lass aber nichts von dem Brandzeichen verlauten. Hast du verstanden, Kelon?«

Die Frage nach den Gründen lag ihm auf der Zunge, aber er nickte nur.

»Ich werde es dir erklären – später.« Bis dahin musste sie sich etwas zurechtlegen, was einigermaßen vernünftig klang. »Jetzt sorg für den Arzt.«

Kelon eilte davon. Fröstelnd kniete sie sich neben den dunkelhaarigen Mann. »Was hat er dir aufgetragen?«, flüsterte sie. »Sollst du mir etwas sagen? Ich bin Tinek. Hast du eine Nachricht für mich?«

Er stöhnte nur leise.

Sein Leben hing an einem seidenen Faden. Und ihres auch.

»Sollen wir es Erion sagen?« Tinek hatte ihren Mann in das kleine Zimmer geführt, in dem der Gefangene schlief.

Mit unbeweglichem Gesicht betrachtete Wikant den Verletzten. »Er wird also durchkommen?«

»Monta hat mir Hoffnung gemacht. Wenn er gut gepflegt wird. Natürlich könnten wir immer noch ...«

»Jetzt nicht mehr«, sagte Wikant düster. »Der Heiler hat das Zeichen doch auch gesehen, oder nicht?«

»Ich habe die Wachen angewiesen, ihn nicht aus dem Schloss zu lassen. Er hat hier eine Kammer, nebenan, so dass er sich Tag und Nacht um diesen Mann kümmern kann.« Sie legte Wikant die Hand auf den Arm. »Was meinst du? Sollen wir Erion zu ihm bringen? Vielleicht kennt er ihn.«

»Das halte ich für keine gute Idee«, sagte Wikant leise. »Falls sie sich kennen – vielleicht sind sie sogar Freunde? Er könnte schlecht über uns denken.«

»Das tut er sowieso schon.« Erions abfällige Blicke über all das, was sie jahrelang so mühsam aufgebaut hatten, verletzten sie jedes Mal. Jede seiner Bemerkungen war wie ein kleiner Nadelstich. »Er hat bei Zukata am Königshof von Yos gelebt. Und dann das hier – unsere Burg auf einer Felsnadel ...«

»Er ist einfach nur blöd«, flüsterte Wikant. In letzter Zeit hatten sie sich beide angewöhnt zu flüstern, als könnten die Wände Ohren haben, als könnten die Diener und die Wachen ihre Worte jemandem überbringen, für den sie nicht bestimmt waren. Seit der junge Mann vor sie getreten war, blass vor Wut und Enttäuschung, war alles anders.

»Das Schiff ist fort«, hatte er gesagt. »Und wie wollt ihr nun euer Königtum verkünden – noch während des Sommerfestes? Bin ich etwa dafür hergekommen, für diese Pleite?«

Sie hatten ihn angestarrt. Erwachsen war er geworden. Ein Mann, auf den man stolz sein konnte. Tinek wollte ihn in ihre Arme schließen, aber sie wagte es nicht, so abweisend fixierte er sie. Und dafür bin ich hergekommen?

Und dafür hatten sie dieses Schloss gebaut?

Wikant sah aus dem Fenster aufs Meer. Unter ihm fiel die Wand steil ab und ging in den Felsen über. Manchmal spritzte die Gischt fast bis zu ihnen nach oben, ein feiner Nebel stieg auf und trug Wolken von Feuchtigkeit ins Schloss. Unentwegt hämmerten die Brecher gegen den Felsen, er konnte es bis in seine Fußsohlen spüren. Der Donner der Brandung, an den er seit seiner Geburt gewöhnt war, fiel ihm nur noch auf, wenn er bewusst hinhörte.

»Kein Wort«, entschied er. »Ich möchte Erion nicht in einen Konflikt zwischen uns und Zukata bringen.«

»Weil du weißt, für wen er sich entscheiden würde«, murmelte Tinek.

Sie schloss die Zelle sorgfältig ab. Außer ihr hatte nur Monta einen Schlüssel, er würde dem Gefangenen auch zu essen bringen. Falls er sich dafür zu schade war – nun, sie musste sich noch überlegen, ob sie ihn bedrohen oder bestechen wollte. Treue Verbündete waren immer wertvoller als eingeschüchterte, aber sie hatte nicht genug Geld für Geschenke. Sie hatten alles, was sie noch besaßen, in die Waffen investiert, die verschwunden waren.

Mit hoheitsvoller Miene saß Erion an der langen Tafel. Er sah aus wie ein junger Schlossherr, als wäre all dies seins. Selbst die Art, wie er seinen Eltern zunickte, wirkte wie eine hoheitsvolle Einladung.

Tinek und Wikant wechselten kurz einen Blick, als sie sich setzten.

»Nun?«, fragte Erion. »Was gibt es Neues? Wurde das Schiff endlich gefunden?«

»Es ist nicht so einfach«, setzte Wikant an, aber sein Sohn unterbrach ihn sofort.

»Nicht? Wo soll es denn schon hin sein, verdammt! Gibt es nicht so etwas wie Strömungen?« Er ballte seine Hände zu Fäusten, haute aber nicht auf den Tisch, sondern legte sie sehr sorgfältig neben seinem Teller ab. »Langsam beginne ich zu glauben, dass dir dieses Schiff auf eine ganz andere Art abhanden gekommen ist, Vater. Hast du es heimlich entführen lassen, um die Waffen woanders zu verkaufen?«

»Was hätte ich dadurch gewonnen?«, fragte Wikant trotzig.

»Ja, was? Was könnte irgendjemand gewinnen, der sich an einem von Zukatas Schiffen vergreift? Das frage ich mich auch. – Aber setzt euch doch. Es ist bereits aufgetragen.«

Die Mahlzeit verlief in gespanntem Schweigen, bis Erion nicht länger an sich halten konnte. »In Yos sitzen wir an einer Tafel, die ist mindestens zehnmal so lang. Und es gibt nicht nur eine davon, sondern fünfzig. Eine riesige Halle, größer als dieser ganze Berg!«

Tinek rang sich ein kleines Lächeln ab, während sie seinen Prahlereien zuhörte. Er war so ein schöner junger Mann. Er lebte und war gesund. Sie hatten ihn wieder. Alles hätte vollkommen sein können.

Und doch stahl sich immer wieder ein Gedanke in ihren Kopf, der sich von keinem Wachposten aufhalten ließ: Dafür? Dafür das alles, und dafür habe ich mir dieses verfluchte Zeichen einbrennen lassen? Für diesen Sohn?

Blöd. Der Name Erion verschwand, während sie ihm gezwungenermaßen zuhörte, und dafür tauchte dieser andere Name auf, den sie Wikant stets übelgenommen hatte. Blöd.

Genau das war er geworden.

»Wer bist du?«

Blitz war schon eine Zeitlang wach. Er hatte vom Bett aus die grobgemauerten Wände seines Zimmers betrachtet und auf die Brandung gelauscht. Wo war er? Ungewöhnlich laut kam ihm das Meer hier vor, auch wenn er seine Stimme so gut kannte.

Warum hatten sie ihn nicht getötet? Die Männer, die ihn angegriffen hatten, wollten es, das hatte er in ihren Augen gesehen. Er hatte den Hass darin aufbrennen sehen, als sie erkannten, dass sie Sorayn nicht mehr in die Finger bekommen würden.

Sorayn. Er lächelte unwillkürlich, als er an seinen Sohn dachte. Vielleicht hatte er es tatsächlich geschafft zu entkommen. Er musste einfach daran glauben, an dieses Kind, das immer wieder dem Tod entging. Kind? Schon fast ein junger Mann. So alt war ich auch, als ich mein Zuhause verließ – und wo endet mein Lebensweg nun? Im Verlies von Fürst Wikants dunkler Burg?

Er hatte schon einmal in einer Zelle gesessen und auf den Tod gewartet. Dagegen war dieses weich gepolsterte Bett geradezu luxuriös. Er schlug die Decke zurück und stellte fest, dass er mehrere Verbände trug, um den Leib, an den Beinen, den Armen ... Der

Versuch aufzustehen scheiterte, bevor er das Bein aus dem Bett bekam. Jetzt erinnerte er sich an den Knüppel, der ihn in die Knie gezwungen hatte, an das Entsetzen, das er empfunden hatte, als er seine Knochen brechen hörte.

Warum lebte er noch?

Stimmen vor der Tür. Schnell schloss er die Augen und stellte sich schlafend. Durch den Schleier seiner Wimpern beobachtete er einen hageren älteren Mann im Heilergewand und eine große dunkelblonde Frau, die ein schwarzes Samtkleid trug.

»Es geht ihm besser«, sagte Monta. »Er war jetzt schon einige Male wach.« Er berührte Blitz an der Schulter. »Hörst du? Die Fürstin ist hier.«

Es gab Tinek einen Stich, dass er sie so nannte. Nicht Königin, nur Fürstin. Und diesem Mann hatte sie eine großzügige Belohnung für sein Schweigen geben wollen? Sie würde sich etwas ganz anderes für ihn ausdenken, wenn sie ihn nicht mehr brauchte.

»Lass uns allein«, befahl sie.

Sobald der Mann gegangen war, beugte sie sich über den Kranken.

Blitz entschied, dass es an der Zeit war, sich dem Feind zu stellen. Er öffnete die Augen.

Tinek zuckte zusammen, als sie sein intensiver, dunkler Blick traf.

»Es tut mir leid«, begann sie sofort. »Es muss sich um ein Missverständnis handeln, dass du angegriffen wurdest. Unsere Leute sollten einen Spion fangen. Vermutlich warst du zur falschen Zeit am falschen Ort.« Sie lachte halbherzig. »Ich bin Königin Tinek. Hast du eine Botschaft für mich – von ihm?«

Blitz überlegte noch, was er von dieser merkwürdigen Entschuldigung halten sollte, als Tinek deutlicher wurde.

»Es war nicht unsere Schuld, dass es mit der Übernahme der Insel nicht so geklappt hat wie geplant. Es gab Schwierigkeiten mit der Waffenlieferung. Aber wir sind Zukata natürlich dankbar, dass er uns unseren Sohn hergeschickt hat. Wir tun alles in unserer Macht Stehende, um auch unseren Teil der Vereinbarung einzuhalten.« Sie zögerte. »Gibt es eine Botschaft oder bist du hier, um Bericht zu erstatten?«

In Blitz' von Schlaf, Schmerz und diversen Heiltränken umnebeltem Geist traf langsam die Bedeutung ihrer Worte ein.

Sie arbeitete für Zukata. Und sie hielt ihn für Zukatas Botenjungen? Natürlich, das Zeichen. Nun hatte er es letztendlich doch geschafft, in den Händen seines Todfeindes zu landen. Sobald diese Frau herausgefunden hatte, wer er war, würde sie sich vor Freude nicht mehr zu halten wissen.

»In der Tat hatte ich eine Botschaft«, sagte er langsam. »Aber ich – im Moment kann ich mich an nichts erinnern. Da war doch etwas ...« Er brauchte Zeit, um sich etwas zu überlegen. Wenn er doch nur in der Lage gewesen wäre, hier als Zukatas Mann herauszuspazieren und zu verschwinden, bevor sie begriffen hatte, was geschah! Aber er konnte sich kaum rühren. Noch nie hatte er sich so hilflos und ausgeliefert gefühlt.

Tinek nickte erleichtert. »Gut, dann komm erst einmal zu Kräften. Ich werde regelmäßig nach dir schauen.«

Er schloss die Augen und stellte sich wieder schlafend, und auf Zehenspitzen schlich sie hinaus.

21. Zu Hause

»WIR WERDEN ANGEGRIFFEN! Die Zugbrücke hoch!«

Es war ein Albtraum. Es musste ein Albtraum sein – die ganze Einwohnerschaft der Inseln stürmte schwerbewaffnet den Hügel herauf. Hastig kurbelten die Wachen die schwere Brücke hoch. Durch die Fenster sah Tinek die Leute vor der Schlucht stehen und mit ihren Schwertern drohen.

Nie war sie so froh gewesen, dass sie diesen Standort für das Schloss gewählt hatte. Niemand konnte es stürmen, es war unangreifbar und sicher.

»Das war ein Fehler«, sagte Erion hinter ihr. »Jetzt glauben sie, sie hätten gewonnen. Das ist dein Volk, du musst es in die Schranken weisen. Gib deinen Soldaten Waffen und schick sie hinaus, um für Ordnung zu sorgen. Treib diese dämlichen Fischer und Bauern den Weg hinunter in ihre Dörfer, wo sie hingehören.«

»Das geht nicht«, sagte Tinek. »Es sind zu viele. Hast du nicht gesehen, dass sie Schwerter haben?«

»Ich habe euch ausgebildete Soldaten mitgebracht«, erklärte Erion stolz. »Das ist das gleiche Volk, gegen das du sie einsetzen wolltest. Schon vergessen?«

»Damals waren sie auch noch nicht bewaffnet«, meinte Wikant, der zu ihnen trat. »Wo haben die Leute Schwerter und Lanzen her?«

»Jedenfalls können sie uns nicht damit angreifen.« Tinek beobachtete besorgt die aufgebrachte Menge.

»Bist du so dumm oder tust du nur so«, polterte Erion los. »Wir sitzen hier fest! Was hat euch geritten, eine Burg zu bauen, aus der man nicht entkommen kann? Die dort brauchen sich nur hinzusetzen und zu warten, bis unsere Speisekammer leer ist. Wie sollen wir heimliche Ausfälle machen, von diesem unmöglichen Platz aus? Habt ihr an irgendwelche geheimen Ausgänge gedacht?«

»Wir hatten keine hundert Jahre, um das hier zu errichten«, verteidigte Tinek sich. »Es musste schnell gehen! Dafür ist es eine Meisterleistung!«

»Hört auf zu streiten«, befahl der Fürst ruhig. »Lasst uns fragen, was sie wollen. Vielleicht können wir uns irgendwie einigen.«

Er hob die Hand und rief laut hinaus: »Meine lieben Neiaraner! Ich ...«

»Nieder mit Wikant! Nieder mit Wikant!«, kam es vielstimmig zurück, sobald er sich zeigte. Seine Stimme ging im Lärm unter, er hatte keine Chance, dagegen anzukommen. Sein Gesicht war blass, als er sich seiner Familie zuwandte.

»Sie hassen uns ... Warum hassen sie uns so?«

Erion wandte sich den Soldaten zu. »Sammelt euch vor der Zugbrücke. Ein paar Waffen haben wir ja immerhin noch.«

»Erion?« Tinek wollte ihn festhalten, aber er machte sich mit einem Ruck frei. »Erion, was hast du vor?«

»Glaubst du, ich höre mir das länger an? Je länger wir sie da schreien lassen, umso unbesiegbarer fühlen sie sich. Umso schwerer wird es später, sie wieder unter Kontrolle zu bekommen.«

»Du kannst die Brücke nicht herablassen! Sie werden die Burg stürmen!«

»Das sollen sie nur versuchen. Nein, Mutter, wir müssen ihnen jetzt zeigen, wer wir sind. Jetzt oder nie.«

»Du fürchtest dich nicht einmal«, sagte sie leise, und sie erinnerte sich an jenen Tag, als er Zukata entgegengestürmt war, mit nichts als einem Messer und einem Besenstiel. Verzweifelt drehte sie sich zu Wikant.

Der Fürst verzog das Gesicht zu einem grimmigen Lächeln. »Er ist zu blöd, um sich zu fürchten«, sagte er. »Wusstest du das nicht?«

Erion hatte einen Teil seiner Soldaten mit den Schwertern ausgestattet, die in der endlich aufgebrochenen Waffenkammer lagen. Es waren gute Schwerter, scharf und schön. Anerkennend wog er ein besonders breites Langschwert in den Händen. »Selbst ein Riese könnte damit besiegt werden«, murmelte er.

»Die Männer sind bereit«, sagte der Anführer der Söldner.

»Gut. Nehmt Aufstellung im Hof. Zweierlei kann passieren.« Er schaute über seine kleine Truppe hinweg. »Sobald die Brücke unten ist, werden die Insulaner versuchen, die Burg zu stürmen. Dann können wir sie hier am Tor abwehren. Es sollte nicht allzu schwer sein. Nur die Vordersten können kämpfen, wer drängelt, fällt in die Schlucht.« Er lächelte. »Aus diesem Grund sollten wir es auch vermeiden, ihnen auf der Brücke entgegenzukommen. Zunächst. Wenn sie die Schreie ihrer Leute gehört haben, die in den Abgrund gestürzt sind, werden sie wahrscheinlich vorsichtiger sein und auf ihrer Seite bleiben. Dann stürmen wir voran. Wir müssen mit einer solchen Wucht auf sie zukommen, dass wir wie ein Pfeil mitten zwischen sie fahren. Dann treiben wir sie den Berg hinunter. Und jetzt – die Brücke!«

Der Lärm verstummte, als das Knarren und Quietschen der großen Winde erklang. Langsam senkte sich die Brücke über die Schlucht.

Alika versuchte, die Leute in ihrer Nähe zu beruhigen. »Stürmt nicht einfach drauflos. Tretet zurück. Lanzen vor. Lasst sie es nur versuchen.«

Aber die Brücke hatte noch nicht vollständig aufgesetzt, als die Ersten schon hinaufsprangen und losrannten. Sie sah sie ins Verderben rennen, aber sie konnte sie nicht festhalten. Es waren Neiaraner, die Herzen erfüllt von Hass und Wut. Während die Arimer weiter hinten standen, bei Alika und El Jati, hatten sich die hiesigen Inselbewohner unter der Führung ihrer angesehensten Bürger ganz nach vorne gestellt. Die Waffen machten sie tollkühn; in ihren

Augen hatte der Fürst schon verloren. Die Chance, die Burg nicht nur zu belagern, sondern sofort zu erobern, machte sie blind für die Gefahr. Als die Vordersten mit den Soldaten des Fürsten zusammenstießen, verloren bereits einige im Getümmel den Boden unter den Füßen. Alika konnte nicht sehen, wie viele in die Schlucht stürzten, aber sie hörte die Schreie, so laut und markerschütternd, dass die anderen Fischer zur Besinnung kamen und sich vorsichtig von der Brücke zurückzogen.

Ein paar Verwundete lagen noch da und versuchten sich kriechend in Sicherheit zu bringen, als der Trupp des Fürsten aus der Burg gestürmt kam. Die Söldner brachen durch die Neiaraner, wie ein Messer durch Butter schneidet.

Alika wandte sich den Arimern zu. »Jetzt gilt's! Los!«

Unter der Führung der Amazone stellten die Leute von der Nachbarinsel sich Erions Kriegern in den Weg. Er hatte nicht viele Männer ausrüsten können, es waren etwa fünfzig bewaffnete, ausgebildete Kämpfer, mit denen er die Insulaner in ihre Schranken verweisen wollte. Es waren großgewachsene Kerle, zum Töten bereit, Männer, denen weder diese Insel noch ihre Bevölkerung etwas bedeutete. Sie taten hier nur ihre Arbeit. Sie hatten es für leicht gehalten, Fischer und Weinbauern abzuschlachten, doch mit einem Mal merkten sie, dass ihnen ernsthaft Widerstand geleistet wurde. Die schwarzhaarige Frau schickte ihre Leute in den Kampf, und immerhin hatten diejenigen, die die Schlacht vor Norhas Schloss überlebt hatten, daraus einiges gelernt. Sie ließen sich nicht von ihrer Wut leiten, sondern verkauften ihr Leben so teuer wie möglich.

»Lasst euch nicht einschüchtern!«, rief Alika. »Wir sind in der Überzahl!«

Sie sprang in den Weg des Anführers, geschickt wich sie seinen Schwertstreichen aus. Er trug einen schweren Panzer, so dass sie gar nicht versuchte, ihn zu treffen und ihr Schwert zu beschädigen. Dass sie ihn nur ablenkte, merkte er zu spät.

»Ha«, rief er, »trau dich doch end...«

Er brachte den Satz nicht zu Ende. Es war El Jati, der ihn von der Seite überraschte und ihn mit einem Schwertstreich in die Beine zu

Fall brachte. El Jati hob das Schwert. Dort, zwischen Panzer und Helm, lag der Hals des Söldners bloß vor ihm. Aber Jati zögerte, sein Blick traf Alikas. Sie schüttelte den Kopf.

»Wir sind keine Schlächter. Sollen sie ihn mitnehmen, wenn sie wollen.« Noch während sie sprach, schwang sie herum und traf einen weiteren Söldner, der gerade mit erhobenem Schwert auf sie zugestürzt kam, in die ungeschützte Achselhöhle.

»Zurück!« Erion war schon auf dem Weg zurück in die Burg. »Alle Mann zum Rückzug!«

Von seinen fünfzig Soldaten war kaum mehr die Hälfte übrig, als er die Brücke erreichte.

»Lasst sie gehen«, befahl Alika. Von den Anführern der Neiaraner war niemand mehr übrig, der ihr hätte widersprechen können.

Sie öffneten eine Gasse für die verletzten Söldner, die so schnell wie möglich zurück zur Burg hinkten. Der Anführer, dessen Beine Jati getroffen hatte, zog sich mühsam mit seinen Armen vorwärts. Wie ein halbzertretenes Insekt kroch er über den blutgetränkten Boden. Die anderen Soldaten hatten, sich teilweise gegenseitig stützend, die Brücke bereits erreicht.

»Zugbrücke hoch!«, befahl Erion.

»Wartet!«, stöhnte der Verwundete. Er hatte die Schlucht schon fast erreicht. Mit blutigen Händen schleppte er sich auf die Brücke zu, die sofort wieder hochgezogen wurde, nachdem der Letzte der geschlagenen Söldner in der Burg verschwunden war.

Alika trat vor und blickte auf den Mann hinunter, der sich mit größter Anstrengung aufsetzte.

»Willst du mich töten? Nur zu.«

Sie betrachtete ihn nachdenklich. »Dein Akzent ist mir nicht vertraut. Woher kommt ihr alle?«

Er schwieg trotzig, aber einer der Fischer meldete sich zu Wort. »Das sind Leute aus dem Osten«, sagte er. »Yos oder Sandart. Bin ihnen oft auf Handelsschiffen begegnet.«

»Söldner aus dem Osten«, murmelte Alika. »Zukatas Leute, allesamt. Was tut ihr hier auf den Glücklichen Inseln? «

Der Mann presste die Lippen aufeinander.

»Bringt die Verwundeten hinunter ins Dorf«, wies Alika die Umstehenden an, »und nehmt ihn mit. Wir stellen hier Wachen auf und bilden eine Rufkette, damit wir möglichst schnell zusammenkommen können, wenn sie etwas aushecken.«

Tinek tupfte ihrem Sohn das Blut von der Stirn. Schließlich hielt er ihr Seufzen nicht mehr aus.

»Du hast dir den Beginn deiner Herrschaft wohl etwas anders vorgestellt, Mutter, wie?«

Tinek wischte sich die Tränen aus den Augenwinkeln. »Alle diese anderen Königreiche ... und bei denen steht das Volk nicht mit Schwertern und Lanzen vor ihren Toren. Sie erhalten Respekt und die Leute verbeugen sich, wenn sie vorbeikommen ...«

»Macht muss mit Blut errungen werden«, verkündete Erion ungerührt. »Wenn du das nicht weißt, verdienst du diese Burg nicht.«

»Und jetzt?«, fragte Tinek. »Was machen wir nun?«

»Dieser erste Versuch ging daneben«, meinte er gleichmütig. »Ich muss zu Zukata zurück. Anscheinend kommen wir ohne seine Hilfe nicht aus. Wir brauchen mehr Soldaten. Waffen, die nicht einfach verschwinden. Auf Spielchen und Täuschungsmanöver können wir ja jetzt verzichten. Die Leute wissen, was ihr vorhabt, also können wir auch mit ein paar Schiffen hier anlegen und sie dazu zwingen, klein beizugeben. Das wird natürlich eine Zeitlang dauern.« Er musterte seine Eltern. »Könnt ihr so lange durchhalten? Hier in eurer Burg? Es wäre weitaus schwieriger, sie von außen zu erobern, wenn ihr sie erst einmal aufgegeben habt.«

»Du willst hier raus und weitere Söldner holen?«

»Das war der Gedanke.« Er lächelte geschmeidig. Ein Fremder. Tinek starrte ihn an und fragte sich, wie sehr er sie wohl verachtete.

»Ich frage mich, wie du dir das vorstellst«, meinte Wikant vorsichtig. »Zuallererst musst du diese Burg verlassen. Die Leute sind nicht dumm, sie haben Wachen postiert, auch wenn es so aussieht, als wären sie alle abgezogen. Und dann – was glaubst du, wie lange wir hier leben können, ohne Austausch mit der Bevölkerung? Die Regenwasserzisternen sind voll, aber was sollen wir essen?«

»Handelt mit ihnen«, schlug er vor. »Wenn ihr gut zahlt, wird sich der eine oder andere finden, der euch etwas über die Mauer wirft.«

»Aber ...«

»Still. Ich muss jetzt nachdenken, wie ich ihnen ein Schnippchen schlage.«

»Alika? Sie wollen verhandeln.«

Maja hob den Kopf. Einer der Fischer stand an der Schwelle des kleinen Hauses, das sie hier im Hafen von Neiara nun schon seit einigen Tagen bewohnten. Es zog die Arimer zurück auf ihre eigene Insel – Maja vielleicht noch mehr als die anderen, die von der Wirkung ihres Eingreifens berauscht waren –, aber sie waren sich darüber im Klaren, wie viel die Söldner auch jetzt noch anrichten konnten.

»Sieh einer an«, sagte Alika misstrauisch. »Jetzt schon?«

»Ich vermute, sie lassen Kelon mit uns reden. Er ist die rechte Hand des Fürsten, früher hat er das Weingut geleitet. Die Arbeiter haben Vertrauen zu ihm, immer noch.«

Aber der Unterhändler, den man wenig später ins Haus führte, war nicht Kelon. Es war ein schmaler Mann mit strähnigen dunkelblonden Haaren, vom Wind zerwühlt. Als sie ihn in ihre Hütte brachten, setzte er sich, ohne aufgefordert zu sein, und hängte seinen Umhang umständlich über die Stuhllehne. Zugbrücke hoch. Sie erinnerten sich alle daran, kaum mehr, wie er gekämpft hatte, sondern nur an seinen schnellen, unbarmherzigen Rückzug.

»Warum hat der Fürst nicht Kelon geschickt?«, fragte der Fischer.

»Nicht der Fürst schickt mich«, entgegnete der junge Mann, »sondern die Söldner. Ihr Anführer ist, wie ich mitbekommen habe, in Gefangenschaft geraten. Lebt er übrigens noch? Ich bin hier, um im Namen der Ostländer zu reden.« Er wartete nicht ab, bis sie ihn fragten, er kam sofort zur Sache. »Die Söldner wollen hier weg. Sie hatten etwas anderes erwartet, es ist alles fehlgeschlagen, und nun geht es ihnen nur noch darum, ihre Haut zu retten. Sie bitten die Einwohnerschaft von Neiara um die Erlaubnis, abziehen zu dürfen.«

Der Fischer hob die Brauen. »Einfach so?«

Der junge Mann lächelte geschmeidig. »Einfach so. Dann könnt ihr mit eurem Fürsten tun, was euch beliebt. Wie lange wollt ihr die Burg bewachen? Irgendwann werdet ihr wieder eurer Arbeit nachgehen müssen. Eure Freunde hier kehren auf ihre eigene Insel zurück. Könnt ihr ruhig schlafen, wenn jederzeit ein Trupp wütender Krieger aus der Burg kommen und über euch herfallen könnte? Ihr könnt nicht wieder normal leben, solange diese Gefahr besteht. Zehn Mann könntet ihr vielleicht entbehren, aber was würden diese zehn nützen, wenn die Brücke herabkommt und zu allem entschlossene Söldner angreifen, die nichts mehr zu verlieren haben? Nur eure Überzahl hat euch zum Sieg verholfen. Wir haben euch nichts anzubieten, das gebe ich zu. Aber wenn ihr nicht zulasst, dass die Söldner verschwinden, müsst ihr einen hohen Preis bezahlen, der vielleicht irgendwann zu hoch wäre.«

»Wie viele sind es?«, fragte Alika.

Der Besucher zögerte, dann rang er sich doch zu einer Antwort durch. »Hundertfünfzig.«

»Sie würden unbewaffnet herauskommen?«

»Natürlich. Wir werden euch auch unsere Waffen übergeben, wenn ihr erlaubt, dass wir sie mit aus der Burg nehmen. Das müsst ihr entscheiden.«

»Und das Schiff?«, platzte Tamait plötzlich heraus. »Ihr habt kein Schiff mehr, wie wollt ihr denn die Insel verlassen?«

»Sicher finden wir in dieser Burg noch genug Geld, um die Überfahrt aufs Festland zu bezahlen.« Der Fremde nickte Tamait hoheitsvoll zu. »Wir wurden um unseren Lohn betrogen und viel gibt es dort oben nicht zu holen. Sonst hätten wir euch Geld geboten für unseren Abzug. Aber für die Fahrt sollte es reichen.«

»Und was gebt ihr uns für unsere Toten?«, fragte der zweite Fischer. »Was bekommen wir für unsere Freunde, die gefallen sind, und deren Witwen und Waisen?«

»Dafür müsst ihr Wikant verantwortlich machen. Wenn ihr wünscht, dass wir die Insel nicht lebend verlassen, dann ist mein Versuch hier sinnlos. Dann werden wir unser Leben teuer verkaufen. Hattet ihr nicht die Absicht, dem Blutvergießen ein Ende zu bereiten?«

Der Fischer wollte nach vorne stürzen, aber der Dorfälteste hielt ihn zurück.

»Darüber werden wir beraten müssen.«

Bevor er sich zurück zur Burg geleiten ließ, bedachte der galante Unterhändler jeden von ihnen mit einem gefälligen Lächeln.

»Das ist Erion«, knurrte einer der Männer. »Wikants Sohn. Der taugte schon damals nichts.«

»Warum hast du das nicht gleich gesagt? Wir hätten ihn als Geisel hierbehalten können! Dann hätten wir Wikant gezwungen, uns die Burg zu öffnen!«

»Und dann?«

Die Frage stand im Raum, keiner wollte eine Antwort darauf geben. Wenn sie den Fürsten dazu brachten, sie hineinzulassen, was würden sie tun?

»Wikant muss sterben«, sagte El Jati leise.

»Das ist nicht nur dein Wunsch«, stimmte der Fischer zu. »Ganz Neiara wird seinen Kopf fordern. Und er wäre dumm, wenn er das nicht wüsste. Warum lässt er die Söldner gehen, die sein einziger Schutz sind?«

»In der Burg nützen sie ihm nichts«, sagte Alika. »Und sobald sie fort sind, reichen die Vorräte wesentlich länger. Wie lange kann er dort oben ausharren? Wenn es nur noch ein paar Leute sind, er und seine Frau und vielleicht ein paar Diener? Vielleicht monatelang. Er muss die Söldner wegschicken, denn zur Zeit schaden sie ihm mehr, als dass sie ihm nützen.«

»Dann ist dieser Vorschlag doch kein Angebot der Söldner?«, knurrte der Fischer. »Sondern eine von Wikants Listen?«

»Natürlich.« Alika runzelte die Stirn. »Und trotzdem können wir ihn nicht einfach ablehnen. Es wäre eine große Erleichterung zu wissen, dass die Söldner abgezogen sind.«

»Sie werden wiederkommen«, sagte El Jati. »Das wisst ihr doch, oder? Das wird es sein, worauf Wikant spekuliert. Dass sie ihn retten kommen, bevor er verhungert ist.«

»Es zieht mich zurück nach Arima.« Unruhig wanderte Alika auf und ab. Maja sah ihrer Mutter zu, wie sie am Fenster auf den Wind horchte und dann wieder zu den Neiaranern zurückkehrte. Sie lehnte sich an Tamait. »Ich möchte auch nach Hause. Ich würde die Söldner gehen lassen. Wenn sie Verstärkung holen, können wir sie nicht daran hindern. Sonst tut es Norha.«

Alika blieb stehen und starrte ihre Tochter an. »Was hast du gesagt? Du glaubst, dass Norha ... Bei Rinland, den hatte ich ja ganz vergessen! Dann hätten wir alle töten müssen. Norha und jeden einzelnen seiner Soldaten. Alle, die sich hier in der Burg verschanzen. Wissen wir denn, wer in der Bevölkerung vielleicht auch noch für sie gearbeitet hat? Nein, das können wir nicht wissen. Jeder von ihnen könnte dafür sorgen, dass Wikant Hilfe erhält. Es hat keinen Zweck, diese Söldner hier festzuhalten, damit niemand von dieser Niederlage erfährt. Dazu müssten wir einen Zaun um beide Inseln errichten und jeglichen Kontakt mit dem Kaiserreich unterbinden. Wie soll das gehen?«

Sie sahen zu, wie die Brücke herabkam. Es dauerte eine Weile, bis der erste Söldner erschien. Einzeln sollten sie vortreten, ihre Waffen zu Füßen der Fischer ablegen und sich hinunter zum Hafen führen lassen. Wikant und Tinek standen an einem der Fenster und sahen mit unbewegten Gesichtern zu ihnen heraus.

»Ich würde mich verstecken«, murmelte Maja, die plötzlich von einem Hassgefühl überwältigt wurde, mit dem sie nicht gerechnet hatte. »Ich würde mich nicht zeigen, wenn ich so viel angerichtet hätte.«

Tamait betrachtete sie besorgt. »Geht es dir gut?«

»Nein. Nein, es geht mir nicht gut.« Sie starrte auf die schwarze Burg, die unangreifbar auf ihrem Felsen thronte. Maja bückte sich, ihre Hände krallten sich um einen Stein. »Seid verflucht!«, schrie sie. »Seid verflucht!«

Alika legte ihr beruhigend die Hand auf die Schulter. »Wir überlassen sie jetzt ihrem Elend.«

»Das ist nicht genug.« Maja kämpfte vergebens gegen ihre Tränen. »Es ist nicht genug.«

»Sie haben es nicht geschafft, Neiara zu unterwerfen.«

»Ich weiß, was sie meint«, sagte El Jati, und auch er legte Maja eine Hand auf die Schulter. »Sie mögen verloren haben, aber unsere Familie haben sie vernichtet.«

»Nein!«, begehrte Alika auf. »Sag nicht so etwas.«

El Jati wandte sich an das Fürstenpaar, das sichtbar am Fenster stand, als müssten sie beweisen, dass sie immer noch am Leben waren, dass sie am Schluss doch noch siegen würden, ungebeugt.

»Ihr werdet eure Strafe erhalten!«, rief er ihnen zu. »Dafür, was ihr hier getan habt! Dafür, dass ihr schuld seid am Tod von Sorayn und von – von Blitz ...« Seine Stimme brach.

Maja hielt immer noch den Stein in der Hand. Wütend schleuderte sie ihn über die Schlucht. Er schlug gegen die Mauer und prallte wirkungslos ab. Sie wandte das Gesicht ab und wischte sich die Augen. »Lasst uns gehen.«

»Was haben die gesagt?«, fragte Tinek. »Woran sind wir schuld?«

Mit düsterem Gesicht wandte Wikant sich vom Fenster ab. »Sorayn«, sagte er. »Das war dieser kleine Krüppel, der angeblich das Schiff versenkt hat.«

»Ach ja. Und der unsere Brücke blockiert hat.« Tinek schüttelte den Kopf. »Ich weiß, es klingt absurd, aber wir hatten Zeugen!«

Wikant setzte sich schwerfällig an den Tisch. Zwei Teller standen dort, leer.

Ein Schauder überlief Tinek.

»Wir müssen uns von Erion verabschieden.«

»Ich bin hier.« Er trat in den Raum und blickte aus dem Fenster. Gerade ging der dritte Söldner über die Brücke. Er hinkte schwer und stützte sich auf einen Stock. »Ein wenig Zeit haben wir noch. – Was hat der Mann euch da eben vorgeworfen? Was für einen Blitz sollt ihr getötet haben?«

Er starrte seine Mutter an.

»Haben wir denn Zeit für so etwas?«, jammerte Tinek. »Erion, wir werden verhungern, wenn nichts geschieht!«

»Unsinn, ihr habt für den ganzen Herbst und Winter ausgesorgt.« Er hob ungeduldig den Kopf. »Wie war das mit Blitz?«

»Ich weiß nicht«, sagte sie. »Der Name sagt mir nichts.«

Erion schien zu versuchen, die Wahrheit mit einem Blick aus ihnen herauszubrennen. »Der Held von Arima«, sagte er. »Nie gehört? Ein Bekannter von Prinz Zukata.« Er lächelte wissend. »Nicht nur ein Bekannter, sondern sein Erzfeind. Es würde zu ihm passen, dass er euren großen Tag verdorben hat, auch wenn mir schleierhaft ist, wie er das tun konnte, wo er doch angeblich nach Rinland gefahren ist.«

»Als das Schiff verschwand, ließen wir überall nach den Schuldigen suchen«, sagte Wikant. »Dabei wurde ein Fremder aufgegriffen. Ein Mann um die vierzig, dunkelhaarig.«

Erion bemühte sich, seine Aufregung zu verbergen. »Er trug ein Brandmal, richtig?«

Tinek wechselte einen Blick mit Wikant. Sie zögerte. »Ja, ich glaube schon.«

»Und ihr habt ihn erwischt?« Sein Gesicht verzog sich zu einem breiten Grinsen. »Oder – nein, sagt nichts, ich sehe es an euren Blicken. Er lebt? Doch nicht etwa dieser geheimnisvoller Gefangene, den Kelon mich nicht sehen lassen wollte? Ihr ahnt ja gar nicht, was ihr getan habt!«

»Sollen wir ihn töten?«, fragte Tinek ängstlich. »Hätten wir ihn nicht am Leben lassen sollen?«

»Oh doch, es war gut.« Erion musste seine aufschäumende Freude zügeln. »Wenn ich mir vorstelle, dass ich fast diese Insel verlassen hätte, ohne es zu erfahren ... Ihr könnt euch sicher sein, dass Zukata euch reich belohnen wird. Er wird kommen, um Blitz mit eigenen Händen zu erledigen. Tut es auf keinen Fall selbst, er wird mit Sicherheit kommen. Ihr werdet nicht lange auf Hilfe warten müssen.«

Er sah wieder aus dem Fenster. »Zeit für mich zu gehen. Lebt wohl.«

Tinek und Wikant standen schweigend am Fenster, bis der Letzte der Söldner die Burg verlassen hatte. Dann sahen sie Erion hinübergehen, mit großen, schwungvollen Schritten.

»Anscheinend haben wir einen Fang gemacht, dessen Bedeutung wir gar nicht geahnt haben – und er wollte uns auch nicht mehr darüber sagen, das war ja offensichtlich.« Tinek konnte ihr Glück kaum fassen.

»Noch einer, den wir durchfüttern müssen«, brummte Wikant.

Sie sahen zu, bis die Wachen die Brücke wieder hochzogen.

»Wir bekommen diesen Herbst Hochwasser«, sagte El Jati, als die kleine Flotte der Arimer sich auf den Weg nach Hause machte. Unruhig tanzte die *Inselkönigin* auf den Wellen. Obwohl der Wind abgeflaut war, hatte die See sich nicht vollständig beruhigt. Die Fischer schüttelten besorgt den Kopf; das Wasser stand ungewöhnlich hoch.

»Mir ist, als wären wir Wochen weggewesen«, sagte Maja, als die *Inselkönigin* Neiara so weit umrundet hatte, dass endlich ihr geliebtes Arima vor ihnen lag. Eine dunkle Wolke hing über der Insel.

»Riecht ihr das auch? Rauch?«

»Hoffentlich nicht«, murmelte Alika.

Auch in Arima waren die Anlegestege überflutet. Knietief musste man auf den rutschigen hölzernen Steigen in den Hafen waten.

Still lag das Fischerdorf vor ihnen. Man konnte nicht sehen, woher der Brandgeruch kam.

»Niemand da?«, fragte Tamait verwundert, als keiner aus den Häusern stürzte, um sie zu begrüßen.

»Da ist ja Werie. Hallo!« Maja winkte.

Die Heilerin winkte zurück. »Kommt! Ich warte schon lange auf euch.«

»Werie, was ist passiert? Hat es gebrannt?«, rief El Jati.

»Sie hätte uns einen Boten geschickt, wenn das der Fall gewesen wäre«, meinte Alika beruhigend. Werie, die Arme vor dem Körper verschränkt, sah ihnen zu, wie sie sich durch das Wasser zum Dorf hochmühten.

»Alles in Ordnung?«, fragte Alika, noch bevor sie sie erreicht hatten. »Was bedeutet der Rauch?«

»Norha hat sein Schloss angezündet.« Werie lächelte mit gefletschten Zähnen. »Er dachte wohl, wenn er dort nicht wohnen kann, soll es auch niemand anders.«

»Dann hat er uns erspart, es abzureißen. Und die Kranken?«

»Alle auf dem Weg der Besserung. Hier, der Dorfälteste hat nach dir und El Jati gefragt. Wollt ihr ihm Bericht erstatten?«

»Natürlich.« Alika nickte. Sie beugte den Kopf und trat durch die niedrige Tür, El Jati folgte ihr.

»Und ihr?«, fragte Werie. »Willst du den Ältesten nicht auch begrüßen? Du weißt, dass du den Fischern wichtig bist, Maja.«

Maja nickte, sie machte schon einen Schritt auf die Tür zu, aber Tamait hielt sie am Arm fest. »Wir warten lieber hier draußen«, sagte er.

»Er hat wirklich viel nach euch gefragt«, meinte Werie. »Geht doch endlich, bevor er sich ärgert. Das ist in seinem Zustand nicht gut.«

Tamaits Augen verengten sich. »Warum willst du unbedingt, dass wir da reingehen?«

Die anderen Arimer kamen jetzt auch die überfluteten Stege hoch. Werie wurde ungeduldig. »Na los, jetzt begrüßt ihn schon.«

Tamait näherte sich dem kleinen Haus, aber anstatt einzutreten, rief er nur: »Mutter? Vater? Seid ihr da drin?«

Es kam keine Antwort.

Maja stürzte los, aber wieder hielt er sie fest, er zerrte sie von der Tür weg. Sie sah, wie Werie einige Schritte rückwärts ging, sah in ihr wutverzerrtes Gesicht. Dann drehte die Heilerin sich um und rannte.

»Ihr nach!«, schrie Tamait einigen Arimern zu, die ihn verständnislos anstarrten. »Folgt ihr! Haltet sie fest!«

»Was ist hinter der Tür?«, flüsterte Maja weinend.

»Ich weiß nicht«, antwortete Tamait leise. »Aber geh da nicht rein.« Er trat den anderen Ankömmlingen entgegen. »Geht nicht in die Häuser! Irgendetwas stimmt hier nicht.«

Ein paar junge Männer gesellten sich zu ihm, als er auf die Tür zulief, hinter der Alika und El Jati verschwunden waren. Mit einem einzigen Tritt ließ er sie aufschwingen. Dahinter war nichts zu sehen. Die Fenster waren abgedunkelt, im Raum herrschte Stille. Und dann, während sie gespannt horchten, vernahmen sie ein leises Stöhnen.

»Ich geh da jetzt rein«, sagte Tamait, doch einer der älteren Fischer kam ihm zuvor. »Nicht du, mein Junge. Kommt, Männer.«

Zu fünft stürmten sie in die Hütte, und gleich darauf hörten Maja und Tamait Kampflärm, sie hörten Schreie und das Aufeinanderprallen harter Gegenstände. Einem der Fischer gelang es, die Fensterläden zu öffnen, und nun konnten sie endlich sehen, was dort drinnen vor sich ging. Es waren vier Soldaten, die gegen die Heimkehrer kämpften, vier von Norhas Soldaten.

»Nein!«, schrie Maja auf, als sie ihre Eltern am Boden liegen sah.

In diesem Moment kippte der Fischer drinnen am Fenster mit einem unbeschreiblichen Ausdruck im Gesicht seitlich weg, und dahinter sahen sie Norha stehen. Ein Blick traf sie, brodelnder schwarzer Hass, dann tauchte er wieder in den Raum ein, beugte sich über die dort Liegenden – und plötzlich riss er El Jati hoch und hielt ihm das Messer an die Kehle.

»Er lebt noch!«, rief er laut. »Hört ihr, er lebt noch!«

El Jati hing schwer in seinem Griff, seine ganze Seite war voller Blut. Aber als Norha ihn über die Schwelle schleifte, öffnete er die Augen.

»Vater!«, rief Maja verzweifelt.

Die Soldaten lösten sich von den Fischern, mit denen sie gekämpft hatten, und folgten Norha nach draußen. Dieser sah sich um, er sah in die Gesichter der so stolz und froh heimgekehrten Arimer.

Er lachte. »Ich bin euer König!«, rief er. »Und ihr hättet besser alles so lassen sollen, wie es war. Dann wären wir alle glücklich und zufrieden gewesen. Dies ist meine Insel und ich kann mit ihr tun, was ich will.« Er machte wieder einige Schritte rückwärts, dann ließ er El Jati fallen und rannte. Seine Soldaten blieben an seiner Seite, alle zusammen verschwanden hinter den Dünen.

Eine große Schar Arimer machte sich an die Verfolgung, aber Maja und Tamait eilten zu El Jati.

»Vater?« Er hob den Kopf und sah sie an, dann wanderte sein Blick weiter, als suche er jemanden. Zwei Fischer trugen Alika aus dem Haus, zu ihnen.

»Legt sie neben ihn«, bat Tamait.

El Jati streckte die Hand aus und berührte das bleiche Gesicht seiner Frau.

»Warum habe ich euch nicht aufgehalten«, murmelte Tamait verstört. »Ich habe ihr nicht getraut, aber ihr wart zu schnell, ich konnte nichts mehr tun.«

El Jati verzog das Gesicht zu einem kleinen Lächeln. »Tamait. Maja.« Ein Hustenanfall schüttelte ihn.

Da war die Brücke. Die dicken Bohlen reichten nicht ganz bis zum Strand, die ersten Bretter waren vom Wasser überflutet. Alika stand dort im Wasser und lächelte ihm zu.

Wollen wir gehen?

El Jati sah in Majas weinendes Gesicht.

Da war noch etwas, was er tun musste. Er wusste es. Irgendetwas war da noch ...

Alikas Gesicht war nicht bleich. Merkwürdig, sie sah gar nicht aus wie der stille Körper neben ihm, so weiß und ruhig. Dort an der Brücke war sie wie immer, vielleicht sogar noch schöner als sonst. Ihr schwarzes Haar fiel glatt und seidig auf ihren Rücken. Sie trug ihre Kriegerkleidung, das Schwert an ihrer Seite, aber die Blutflecken waren verschwunden.

Komm, El Jati. Lass uns gehen. Sag es und dann lass uns gehen.

Mit Mühe wandte er sich seinen Kindern zu.

»Geht zu Mino«, flüsterte er. »Dein Vater heißt Toris. Fragt die Ziehenden.«

Ja, sagte er zu ihr. Er warf noch einen Blick zurück zu den hellen Dünen, zu der wunderbaren Insel.

Du siehst in die falsche Richtung, sagte Alika. Sie ist dort, die Insel. Dort hinter dem Horizont.

Sie stand bereits auf der Brücke. Mit einem Lächeln nestelte sie an ihrem Schwertgurt und warf das schöne lange Schwert ins Wasser.

Das brauche ich nicht mehr.

Er watete durch das Wasser auf die Brücke zu. Warm spülte es um seine Knöchel; als er die Brücke erreichte, ging es ihm bereits bis zu den Knien. Mühsam zog er sich hoch. Alika wartete nicht mehr, sie ging bereits ein gutes Stück vor ihm, und er sah nur ihr Haar, in dem der Wind spielte, den er hier unten noch nicht fühlen konnte.

Sie hatte recht. Dort vorne war die Insel. Was tat er noch hier? Ohne noch ein letztes Mal zurückzublicken, ging er ihr nach.

Die Verfolger kamen zurück, mit leeren Händen.

»Sie hatten ein Boot dort am Strand. Und weiter draußen haben wir ein größeres Schiff gesehen, das bestimmt zu Norha gehört. Ein Piratenschiff. Weg sind sie.«

Aus einem der Häuser kam ein Schrei.

»Was! Sind doch noch Soldaten hier?«, rief Tamait aus.

Aber das war es nicht. Die Verwundeten, die sie in Weries Obhut gelassen hatten, wurden ausnahmslos tot in ihren Betten gefunden.

»Was sind das für Menschen?«, fragte Maja tonlos. »Wie kann jemand so etwas Schreckliches tun?«

»Wir hätten Norha niemals hierlassen dürfen«, sagte Tamait düster. »Unsere Mutter hat sich geirrt, als sie dachte, er würde still abziehen.« Er sah Maja an. »Und nun sind nur noch wir beide da. Lass uns nach Hause gehen.«

Mit den anderen kamen sie ins Dorf – aber es gab kein Dorf mehr. Norha hatte jedes einzelne Haus abgebrannt.

»Bei Rin«, flüsterte einer. »Was denn noch? Was noch?«

Die Plantagen waren dem gleichen Schicksal anheim gefallen. Verstümmelte Baumstümpfe ragten in die Luft, teilweise verkohlt, teilweise mit der Axt zerhackt. Aus den Reihen der Obstbäume hatte Norha ein Stoppelfeld gemacht. Auch das nächste Dorf war dem Erdboden gleichgemacht worden, hier schwelten noch die Trümmer, dunkler schwarzer Rauch stieg auf, und auf dem Weg dahin, der durch die Gärten führte, kamen sie an einem Feld der Zerstörung vorbei.

»Das kann er unmöglich mit vier Soldaten getan haben«, sagte Maja mit tränenerstickter Stimme.

»Dann hatte er Hilfe«, meinte Tamait. »War nicht da draußen ein Schiff?«

»Warum haben sie uns dann nicht alle zusammen angegriffen, als wir übergesetzt sind? In unseren kleinen Booten wären wir eine leichte Beute gewesen.«

»Vielleicht lag ihnen etwas daran, dass möglichst viele Leute sehen, was sie sich hier für Mühe gegeben haben.«

»Hat er – die Aprikosen? Oh Rin.« Maja sank in die Knie, als sie den sonst so sonnenbeschienenen Hain erreichten, in dem die Aprikosenbäume gestanden hatten.

Auch diese Bäume waren nicht sorgsam gefällt, sondern wie mit blinder Wut zerhackt worden. »Oh Rin, wer kann so etwas Böses tun? Es ist alles kaputt.«

Tamait setzte sich neben sie. »Spiel. Spiel dein Lied, Maja. Spiel, damit es mich nicht auseinanderreißt. Ich weiß nicht, wie ich das ertragen soll.«

Mit zitternden Fingern tastete sie nach der Flöte, aber sie fiel ihr aus den Händen. »Ich kann nicht. Tamait ...«

»Spiel!«

Sie spielte. Sie sah nicht, wie die Arimer sich weinend um sie scharten. Sie spielte mit geschlossenen Augen, sie versuchte sich vorzustellen, dass alles heil war, dass nichts zerstört und vernichtet war. Alika pflanzte in ihrem Garten Blumen ein. El Jati ging zwischen den Bäumen umher und prüfte die Reife der Frucht. Die Äste bogen sich unter ihrer Last, leuchtend hing das Obst in den Zweigen, duftend. Die ganze Insel duftete, und vom Meer her kam eine Brise, die ihnen den Geruch von Salzwasser und Weite mitbrachte, den Duft der Sehnsucht, den Ruf der Ferne. Sie spielte. Sie spielte, während sie die Toten in Boote betteten und dem Meer anvertrauten, während sie über die Insel wanderten auf der Suche nach irgendetwas, das Norha ihnen gelassen hatte. Sie spielte, während die anderen weinten, und immer, wenn sie die Flöte von den Lippen nahm, war jemand da und bat: »Spiel weiter. Spiel, ich kann es sonst nicht ertragen.«

Doch irgendwann legte sie die Flöte zur Seite und sah sich um, als könnte der Schmerz inzwischen verschwunden sein.

»Ich baue das Haus wieder auf«, stieß Tamait zwischen zusammengebissenen Zähnen hervor. »Wir pflanzen neue Bäume. Wir lassen ihn nicht gewinnen. Du wirst dich um den Garten kümmern, und ich werde ihn suchen, in der ganzen Welt werde ich nach Norha suchen.«

Er war ihre ganze Familie, das Einzige, was sie noch hatte. »Nein«, widersprach sie. »Das tust du nicht. Ich kann hier nicht mehr leben, es gibt nichts, was mich noch hier hält. Wir gehen, Tamait.«

»Dann hätte er gewonnen«, widersprach Tamait.

»Na und?«, gab sie zurück. »Dann hat er das eben.« Sie schluckte. Es ließ sich sagen, aber es ließ sich nicht fühlen. Der Verlust war zu groß, um ihn einfach in sich hineinzulassen, um ihm zu erlauben, die Wirklichkeit zu bestimmen. Es war unmöglich, so zu tun, als könnte man einfach weitermachen. »Lass uns woanders neu anfangen, irgendwo im Kaiserreich.«

»Wir haben dort niemanden«, sagte er leise. »Wenn unser Onkel Blitz noch lebte, hätten wir nach Kirifas gehen können. Aber was wären wir da jetzt als arme Fremde?«

»Wir haben eine Familie«, entgegnete sie. »Mino. Und Toris.« Ein fremder Name, ungewohnt auf ihrer Zunge. »Die Ziehenden.«

22. Mein Berg

DAS WASSER BEGRÜSSTE ihn freudig. Es schlug gegen seine Knöchel, als er unten am Pfad ankam. Die Brandung war so laut, dass er nichts von seinem Vater und den Männern oben auf der Klippe hören konnte. Sorayn tauchte die Füße ins Wasser, und sofort stürzte sich die nächste Welle auf ihn und warf ihn um. Überall waren Steine, große und kleinere Felsbrocken, gegen die das Meer ankämpfte, jeden Tag, jede Stunde. Er ruderte mit den Armen, er kämpfte gegen die Gewalt, die ihn gegen die Felsen schmettern wollte. Eben noch hatte er sich, halb tot, kaum rühren können, doch hier erwachten seine Lebensgeister wieder. Er warf sich nach vorne, um der Brandung zu entkommen, tauchte unter den nächsten Wellen hindurch und rettete sich nach weiter draußen. Der Sog war unglaublich stark. Es war, als ob die Insel selbst ihn festhielt, ihn mit Eisenketten an sich band, so dass er, so sehr er auch um seine Freiheit kämpfte, wieder zu ihr zurückgezogen wurde. Doch er hatte schon einmal eine Eisenkette zerrissen. Hier im Wasser, wo er keine Schmerzen hatte, konnte er alles, was von seiner Kraft noch da war, entfalten. Er schwamm um sein Leben, und zugleich, während er sich abmühte, erfüllte ihn Friede darüber, dass es nun zu Ende war und dass es hier und jetzt geschah. Die Wellen gingen über ihn, Wasser füllte seine Lungen. Er sank tiefer, und da waren sie: Schwärme glänzender Fische, die dort in der Dunkelheit tanzten. Wie eine Flut aus Silber strömten sie über ihn hinweg. Sie strichen an seiner Haut vorbei, flüchtig, und doch war es nicht so, als ob sie nichts von seiner Gegenwart wussten, sondern als wollten sie ihn berühren, noch einmal, bevor er ging. Ein riesiger Krake mit langen Armen schwebte aus der Finsternis empor. Eine Schlange, länger und dicker als ein Baum, zog an ihm vorüber und streifte lässig seine Hand. Wie eine Gruppe betrunkener Gaukler tauchte ein Quartett Seepferdchen auf und führte einen fröhlichen, wenn auch nicht ganz stimmigen Tanz auf.

Runde und spitze Mäuler drückten sich in seine Handflächen. Und dann waren da leuchtende Augen in der undurchlässigen Finsternis und kleine Ampeln, die vor riesigen Zähnen geschwenkt wurden, und aus der Tiefe stieg noch etwas anderes hervor, leicht, so wie Träume im Schlaf aus den tieferen Schichten aufsteigen und wie Seifenblasen emporschweben. Aber dies hier war nicht klein und schillernd, sondern etwas Großes, etwas so Gewaltiges, dass es alles andere verdrängte. Still war es hier unten die ganze Zeit über gewesen, aber in diesem Moment bekam die Stille eine andere Qualität; es war nicht still, weil es in dieser Tiefe immer still war, sondern weil *es* kam. Alle kleinen Fische huschten fort. Selbst der Krake bewegte seine langen Arme und schlängelte sich davon.

Etwas.

Es war zu dunkel, um es zu sehen. Auch die leuchtenden Fische waren geflohen. Sorayn konnte es nur spüren, seine alles verdrängende Gegenwart, ein Wesen aus der Tiefe des Meeres, unvorstellbar alt und groß. Es war dunkel, und doch konnte Sorayn sehen, wie sich ein riesiges Maul unter ihm öffnete, ein Schlund, gewaltig wie ein Abgrund. Brachte es sein eigenes Licht mit sich, sein eigenes Glühen, dass er in dieses Maul aus Finsternis hineinblicken konnte, das sich unter ihm auftat?

Er fiel immer noch, langsam, als würde er fliegen. Er hatte aufgehört zu atmen. Sein kleines Menschenherz schlug längst nicht mehr. Aber sein Riesenherz schlug. Sein Riesenherz schlug auf, heftig, und der Friede war fort, in dem er sich seinem Sterben hingab. Sein Mund öffnete sich zum lautlosen Schrei, seine Arme und Beine gerieten wieder in Bewegung, er versuchte, nach oben zu schwimmen, zu entkommen, er zerteilte das Wasser mit seinen kräftigen Händen, als könnte er sich am Wasser selbst nach oben ziehen. Das riesige Maul schnappte ins Leere. Und zugleich fühlte er sich gepackt und nach oben weggezogen, lange Arme fassten ihn um die Taille, und da waren sie wieder alle: Krake und Fische und Schlange, und schoben und zogen ihn in die Höhe, bis er irgendwann wieder die Wasseroberfläche durchbrach und nach Luft schnappte. Er spuckte und hustete und würgte das Wasser wieder aus, das ihm in Lunge und Kehle brannte, und die ganze Zeit hielten sie ihn.

Der Himmel über ihm war schon dunkel, ein gelblicher Mond jagte die Wolken über das Meer.

Er atmete. Er lebte noch, aber er war so erschöpft, dass er nicht mehr kämpfen konnte, nicht kämpfen und nicht schwimmen, er konnte sich nicht einmal mehr an den Flossen festhalten, die um ihn aus dem Wasser ragten. Er schlief ein, und auch dagegen konnte er sich nicht wehren, schlief, wie er als Kind in einem kleinen Boot geschlafen hatte. Das Wasser nahm ihm die Schmerzen. Und die Wesen des Meeres trugen ihn mit sich, als wäre er einer, der vom Mondlicht lebte.

Sorayn erwachte an einer fremden Küste. Der Strand, fahl und steinig, schien endlos in beide Richtungen weiterzugehen. Dies war keine kleine Insel, weder Arima noch Neiara. Die Sonne stand über ihm, hoch und brennend. Ein Tag, ein neuer, er hatte keine Ahnung, welcher es war, wie lange er geschlafen hatte. Vor ihm türmte sich ein Gebirgsmassiv auf, wie eine Wand, die bis in den Himmel ragte. Er stand auf und legte den Kopf in den Nacken, und vor ihm auf den Steinen schrumpfte sein Schatten in der Mittagssonne.

Er ging auf die Berge zu, überwältigt von ihrer Größe. Sie waren gewaltiger als alles, was er sich jemals vorgestellt hatte. Angezogen wie eine Motte vom Licht, marschierte er auf das gewaltige Felsmassiv zu, das sich über ihm auftürmte, das in den Himmel ragte, in schwindelnde Höhen, mit Schnee und Eis bekränzt. Seine Hände berührten das Gestein und mit jedem kleinen Brocken zugleich das große Ganze. Wie ein schlafendes Riesentier kam ihm das Gebirge vor, wie etwas Starkes und Kraftvolles, das den Atem anhielt. Es lockte ihn an, mit ebendieser Stärke, mit der Gewalt der Steine und Abgründe, der steilen Felswände und geröllübersäten Abhänge, der singenden Bäche und der wilden Wasserfälle.

Er stieg immer höher hinauf. Seine großen Hände umklammerten Vorsprünge und Kanten, an denen er sich hinaufziehen konnte. Die Müdigkeit hatte er dort hinten am Strand gelassen, dort unten am Wasser, wo er, von den Wellen immer weiter hinaufgeschoben, geschlafen hatte. Er ging und kletterte und war, während er sich immer weiter in die Wildnis des Gebirges vorarbeitete, ein anderer. Nicht der Lehrling des Schmieds, nicht der Briefschreiber, der Worte und Verse kunstvoll schmieden konnte wie Eisen, sondern jemand ohne Worte und ohne Meister.

Er fand eine andere Welt hier, fern der Glücklichen Inseln, und wurde ein anderer. Niemand sah sein Hinken, niemand zeigte auf seine Hässlichkeit, und so, allein, vergaß er, was er war und was die anderen Menschen zeit seines Lebens in ihm gesehen hatten, das Ungeheuer.

Berge und Steine. Fels. Klare Bäche, kalt wie der Winter, die alles linderten: den Durst, den ziehenden Schmerz, der ihn immer noch heimsuchte. Er tauchte ins Wasser, in die eisige Kälte, die den Schmerz überdeckte und betäubte, die alles zu einem einzigen Fühlen verschmolz. Kälte und Wasser. Oder die Härte des Steins, die bis ins Mark drang, durch ihn jagte wie ein schmerzender Zahn, wie eine Verlängerung seiner eigenen Knochen. Er war dieses Riesentier, während er auf dem Gestein lag und das Wachstum in seinem Körper knacken und krachen hörte wie aufbrechendes Eis im Frühjahr. Er fühlte dieses Wachstum durch sich strömen, fühlte es pochen und schlagen und fluten, hämmern und drängen. Er breitete die Arme aus, warf den Kopf zurück und schrie und wurde umfangen von dem Schrei, den die Hänge und Schluchten zurückwarfen. Er schrie, wenn der Schmerz ihn schüttelte. Hier, in der Stille, hielt er es nicht zurück, er öffnete den Mund und ließ alles heraus.

Sein Schrei schreckte ein Tier auf, groß und zottig, einen riesigen Bären, der verärgert herankam und sich aufrichtete und die riesigen Pranken um das halbnackte Wesen legte. Sorayn, der schon heiser war vom Schreien und den die Qual doch immer erneut dazu zwang, erwiderte die tödliche Umarmung. Er klammerte sich an das Tier, an sein dichtes Fell, und drückte es an sich. Er spürte nicht die Krallen, die ihm den Rücken aufrissen. Er hielt sich an diesem lebenden Wesen fest und in ihm war die Erinnerung an einen, der ihn in den Armen gehalten hatte, an jenes Gefühl, das immer noch da war, das ihm zur Verfügung stand wie das schmerzlindernde Wasser des Baches. So hältst du mich, geborgen. Er weinte an der Brust des Bären, bis dieser, verwundert über diesen Fremden, der ihn so fest gedrückt hielt, dass es schmerzte, vergaß, was er mit ihm hatte tun wollen. Als Sorayn ihn schließlich losließ, stand der Bär da mit hängenden Tatzen und wartete geduldig auf das, was als Nächstes geschehen würde.

Jetzt erst merkte Sorayn, dass das Blut seinen Rücken herunterrann. Er wankte auf den Bach zu und tauchte ein, und der Bär nahm dies als Aufforderung, tappte mit ans Wasser und begann dort, während der Junge seine Wunden kühlte, Fische zu fangen und in hohem Bogen ans Ufer zu werfen. Später verzehrten sie das Mahl gemeinsam. Sorayn kam nicht einmal in den Sinn, ein Feuer anzuzünden, abgesehen davon, dass er nicht gewusst hätte, wie – völlig natürlich schien es ihm, die Beute roh zu essen, so wie sein neuer Freund. In der Höhle des Bären wärmte ihn der dichte Pelz des Tieres. Aber Sorayn hielt es nie lange in ihrem gemeinsamen Versteck aus. Er wollte die Sterne über sich sehen. Er schaute auf die glitzernden Punkte, bis ihm die Augen zufielen, und lag da in ihrem Glanz.

Morgens erwachte er früh. Langsam tauchte über den Felsen das große, grelle Rund der Sonne auf, rot und kühl. Es wurde wärmer und heißer und gelb, stieg immer noch und schwängerte die Luft mit Wärme und Farbe. Er atmete. Er sah dem Licht entgegen und warf seine Arme in die Höhe, reckte sich, bis ihn der Schmerz durchfuhr. Sobald der Schmerz kam, lief er hinunter ans Wasser. Manchmal lehnte er die Stirn an das zottige Fell des Bären und hielt sich an ihm fest, während ihn der Anfall überrollte. Manchmal rief er, ohne zu wissen, was er rief. Er träumte von einem Mädchen mit schwarzem Haar und schwarzen Augen, und vielleicht war es ihr Name, den er am Rand der großen Schlucht immer wieder ausrief. Er wusste es nicht. Über allem lag ein Schein, ein Schimmern von Wärme und Licht und Verheißung, wie eine zweite Haut, und in dieser Haut lebte er, in der Stille, ganz nah bei den Dingen. Während er mit dem Bären dort hauste, war er nicht mehr Sorayn. Er war nur einer, der atmete. Der trank und aß und schlief. Er war einer, den das Wasser rief und der manchmal schrie, wortlos, und manchmal Namen fand ... Über ihm kreisten Adler. Der Bär ließ ein tiefes Grollen vernehmen, als einer der riesigen Vögel hinabstieß und seine Krallen in Sorayns ausgestreckte Faust bohrte. Er hielt den Arm hoch, ohne zu wanken, und der Adler glotzte ihn an mit seinem runden, gelben Auge, und schien auf etwas zu warten.

Sorayn streckte die andere Hand aus und berührte die braunen Federn, den stolzen Kopf, die mächtigen Schwingen. Der Adler stieß mit dem Kopf gegen Sorayns Stirn, den Schnabel an Sorayns Nase, und so verhielten sie eine Weile. Dann warf er den Vogel wieder in die Luft, und während er aufstieg und schrie, kam der Bär näher und stieß ein eifersüchtiges Grollen aus.

»Das ist nicht dein Adler.«

Sorayn drehte sich um. Drei Riesen standen da, breite, große Kerle in grob genähten Tierfellen und mit verfilzten Bärten.

»Das ist nicht dein Bär. Das ist nicht dein Berg. Verschwinde.«

Sie sprachen zu ihm, aber er fand keine Worte. In ihm waren nur Schreie, so wie die Stimme des Adlers, so wie das Brüllen des Bären. Mit einem solchen Schrei, dem Laut eines Tieres, sprang er sie an.

Grimmig lächelnd sahen sie ihm entgegen. Sie waren unbewaffnet, sie fürchteten sich nicht vor diesem merkwürdigen verwachsenen Menschen. Das war es, wofür sie ihn hielten: für einen Menschen, aber als er wie ein Sturm über sie kam, warf er sie um wie eine Meereswoge. Sein Schrei fegte über sie hinweg; kaum hatten sie sich aufgerichtet, griff er wieder an. Den Ersten schmetterte er gegen eine der Tannen, die dort am Bachufer wuchsen, den Zweiten prügelte er ins Wasser, dem Dritten, der sich von der ersten Überraschung erholt hatte und sich auf ihn stürzen wollte, rammte er den Schädel in den Bauch.

Danach stand er da, keuchend. Der Schmerz hämmerte in seinem Körper, in seinen Knochen. Er sah ihnen zu, wie die ersten beiden sich aufrappelten und einander ansahen. Der eine hob einen großen, runden Stein aus dem Flussbett, der Zweite riss einen Ast vom Baum. Der Dritte lag noch da und krümmte sich heulend.

Sie näherten sich, diesmal vorsichtiger.

»Dies ist nicht dein Berg«, zischte der Erste, der den Stein schleppte.

»Riesenland«, sagte der andere. »Dies ist Riesenland.«

Er sah ihnen zu. Hinter ihm richtete sich der Bär auf und machte sich bereit, mitzukämpfen. Riesenland ... Stumm hatte er hier gelebt zwischen Steinen und Sternen, aber etwas regte sich in seinem Geist. Riesenland ...

»Ich bin ein Riese«, sagte er, hörte er sich sagen, und fast wunderte er sich, dass er wie sie eine Stimme besaß, die mehr konnte als Schreien.

Sie lachten ihn aus. »Du?« Und doch tasteten sie sich vorsichtig an ihn heran, mit wachsamen Augen.

»Dann nimm das!« Der durchnässte Riese warf den Stein, er schleuderte ihn dem Eindringling entgegen. Sorayn hätte sich zur Seite werfen können, um ihm auszuweichen, aber hinter ihm stand immer noch der Bär und tat stark.

Er machte einen Schritt nach vorne und fing den Stein auf. Den gewaltigen Brocken in den Armen tänzelte er einige Schritte rückwärts, aber er hielt ihn fest und warf ihn dann zurück. Er konnte nicht sehen, wo er aufschlug; der dritte Riese war wieder zu sich gekommen und umfing Sorayn von hinten. Er schlang die Arme um ihn und drückte ihn an sich, so fest, dass es jedem Menschen den Brustkorb zerquetscht hätte, und gleichzeitig hängte sich der Bär grollend an den fremden Riesen.

Sorayn rang nach Luft. Und doch fühlte es sich für ihn an wie eine starke Umarmung. Konnte er keine Arme um sich spüren, ohne an jenen Moment erinnert zu werden, da ein Fremder ihn hielt und leise zu ihm sprach? Wieder war dieser Augenblick da, so gegenwärtig, als würde es gerade jetzt geschehen, und so hing er völlig ohne Angst im Griff des Riesen, dem der Bär immer mehr zusetzte. Dann machte er sich mit einem Ruck frei. Und im selben Moment ging ein halber Baum auf ihn nieder, denn nun versuchte der zweite Angreifer sein Glück. Der Schlag warf Sorayn zu Boden. Aus dem Schmerz entsprang wie ein Keim die Wut. Sie loderte in ihm auf, urplötzlich, und obwohl er eben noch, mitten im Kampf, die Geborgenheit des Geliebtwerdens gespürt hatte, verschwanden jetzt alle anderen Gefühle unter dem Feuer des Zorns.

Die Riesen kannten sich aus mit der Wut, mit dem Sternenbrand, der in ihnen aufglühte und sie aneinanderprallen ließ, manchmal grundlos, manchmal von irgendeiner Kleinigkeit bis aufs Äußerste gereizt. Aber dem Schmerz, der in Sorayn lebte, hatten sie nichts entgegenzusetzen. In ihnen glühte der Riesenzorn gefährlich und tödlich, aber was nun wie ein Springball aus Feuer und Wut auf sie losging, war ihnen weder aus Erfahrung bekannt noch hätten sie es sich jemals vorstellen können. Irgendwann ergriffen sie die Flucht, um ihr Leben zu retten, und auch das hätten sie sich niemals vorstellen können – zu fliehen, sie, die Riesen! Humpelnd und heulend stolperten sie davon, und Sorayn starrte ihnen nach und war mindestens ebenso überrascht wie sie.

Er hatte nie gekämpft, hatte immer alles schlucken müssen, die Beschimpfungen, die Handgreiflichkeiten, hatte sich beugen müssen unter die Zwänge und Aufgaben, die ihm auferlegt wurden. Doch jetzt, nach diesem Ausbruch, fühlte er sich wie befreit. Der Schmerz war fort. Er stand da und ihm war, als würde er gerader stehen als sonst, aufrechter und stolzer.

Dies ist nicht dein Berg, hatten sie gesagt.

»Doch«, sagte er laut, rief er ihnen laut nach, »doch, das ist mein Berg!«

Am nächsten Tag kam ein Riese, einen Kopf größer als die anderen. Er stapfte stolz heran, bis zum Bach, und sah sich dort herausfordernd um. »Wo bist du? Komm nur her, wenn du dich traust!«

Sorayn stieg gerade den Hang hinunter. Er setzte sich auf einen Felsblock, neben sich den Bären, und beobachtete den neuen Feind, während dieser sich dort unten in Pose warf. Schließlich hatte der Riese, ein dunkler, zottiger Geselle, der Sorayns tierischem Freund von weitem durchaus ähnlich sah, genug gebrüllt und wartete. Er ließ den Blick schweifen und entdeckte die beiden.

»Ha! Da bist du ja! Komm bloß her!«

Sorayn kletterte gelassen weiter nach unten, und als er schließlich im Tal anlangte, sah der Riese auf ihn herab und lachte. »Du? Du, Kleiner? Das ist ja nicht zu glauben. Ich hatte einen Riesen erwartet, der doppelt so groß ist wie ich!«

»Ich bin doppelt so groß wie du«, sagte Sorayn furchtlos. In ihm pochte der Schmerz, so wie immer, dieser Schmerz, an den er sich so gewöhnt hatte, dass er ihn kaum noch wahrnahm. Es war dieser Schmerz, der aus ihm zwei Riesen machte oder ein Unwetter oder einen Steinschlag. In ihm lebte ein brennender Riese, der ihn, als der Gegner auf ihn losging, mit einer solchen Wucht zurückschlagen ließ, dass auch dieser Fremde, der vielleicht nie Schmerz gespürt hatte, erfuhr, was es hieß, zu leiden.

Auch nach diesem Ausbruch fühlte Sorayn sich besser. Der Schmerz ließ ihn für eine Weile in Frieden, so dass er, als der angeschlagene Feind fluchend und weinend davonstürzte, atmen konnte, die reine Bergluft und den ganzen Himmel darüber und den Schrei des Adlers dort oben. Es war, als ob er dadurch, dass er austeilte, einen Teil des Schmerzes abwerfen konnte, dass der Schmerz, den er weitergegeben hatte, nicht mehr zu ihm zurückkehrte, jedenfalls nicht sofort. Erst spät in der Nacht begann das vertraute Reißen wieder. Sorayn legte sich ins Flussbett und ließ das eiskalte Wasser über seinen Körper strömen und wünschte sich für den nächsten Tag einen neuen Riesen, an dem er sich austoben konnte.

Sein Wunsch ging in Erfüllung. Diesmal waren es fünf. Auch eine Riesin war darunter. Sorayn konnte den Blick nicht von ihr wenden, er hatte noch nie eine so große Frau gesehen. Das lange Haar hatte sie geflochten und kleine Tierknochen und winzige Schädel mit hineingearbeitet, vielleicht von Mäusen oder Ratten.

Ihr Gesicht war nicht so fein wie das eines Menschen, sie hatte eine dicke Nase und ein grobes Kinn, und doch strahlte sie eine aufregende, kraftvolle Schönheit aus.

»Was willst du hier?«, fuhr sie ihn an. Sie jedenfalls wollte den Kampf. Es war in ihren Augen zu lesen, dass sie nur deswegen hergekommen war, nicht um zu plaudern. Die Männer, die sich um sie geschart hatten, schienen beinahe zu fürchten, dass sie zu kurz kommen könnten, denn sie traten rasch einen Schritt vor.

»Dies ist mein Berg«, sagte Sorayn.

»Das ist Riesenland!«

»Ich bin ein Riese«, sagte er. »Ich muss noch wachsen.«

Und dann, mitten in ihr Gelächter, erfolgte der Angriff, auf den sie gehofft hatten, und er enttäuschte sie nicht. Je mehr sie ihm zusetzten, umso mehr schien der Schmerz in ihm zu wachsen, ein gleißendes Licht, ein Stern, der ihn und alle um ihn her verbrannte, und jeder neue Schmerz, den sie ihm zufügten, fiel wie der Same einer neuen Kraft in ihn, so dass er es ihnen vielfach heimzahlen konnte. Es widerstrebte ihm, die Riesin zu schlagen, aber sie kannte keine Gnade und schließlich konnte er nicht anders, als sie genauso zu behandeln wie ihre Begleiter. Irgendwann hatte er genug und ging einfach fort, und von weiter oben, hinter einem Felsen versteckt, sah er zu, wie diejenigen, die noch gehen konnten, ihre Gefährten aufsammelten und forttrugen.

Danach kam lange Zeit niemand mehr. Er wartete auf die Riesen, sehnsüchtig, während der Schmerz durch seinen Körper rollte. Nach diesen Kämpfen schien es nicht besser geworden zu sein, sondern sogar schlimmer, so schlimm, dass er manchmal nicht wusste, wie er den Tag überstehen sollte, so schlimm, dass er wieder heulte und schrie, bis er heiser war.

»Ich werde sie suchen«, flüsterte er. Seine Stimme eignete sich nur noch zum Brüllen, zu Lauten, die Schmerz oder Hunger oder Wohlbehagen ausdrückten, Knurren, Fauchen und Summen. Zwei Sätze waren es, die in seinem Mund wohnten und die er hin und wieder aussprach, ohne darüber nachzudenken, was sie bedeuteten.

Ich bin ein Riese.

Ich muss noch wachsen.

Er war ein Riese. In der Umarmung der Riesen, im Kampf, spürte er das, und er brauchte sie, um es zu spüren.

Der Bär trottete hinter ihm her, geduldig und mit allem zufrieden, was geschehen mochte. Sorayns Herz schlug aufgeregt, als er das Tal verließ, das ihm so lange als Zuhause gedient hatte. Und doch war es nicht, als ob er in die Fremde gehen würde. Über ihm schrie immer noch der Adler. Es war nicht nur sein Berg. Es war sein Gebirge. Er breitete die Arme aus und schritt voran, hinein in sein Reich.

Für einen Beobachter – vielleicht für den Bären, der ihm so treu folgte – mochte es aussehen, als ob Sorayn die Riesen aufsuchte, einen nach dem anderen, um sie zu verprügeln. Tatsächlich war er es, der stets angegriffen wurde, sobald er einen der Gebirgsbewohner aufgestöbert hatte. Wie Tiere, über ihrer Beute gestört, fielen sie ihn an, und er ließ den Schmerz heraus und schlug zurück. Er wanderte durch das Gebirge, ein Raubtier, das sein Revier durchstreift und alle Rivalen in die Schranken weist. Das Gehen und Klettern fiel ihm immer leichter. Er strich sich das Haar aus der Stirn, das erst seine Schultern und dann seinen Rücken eroberte, lang und dicht, und stürzte sich in den nächsten Kampf. Wenn er einen fremden Riesen umfasst hielt, in der Berührung mit denen, die so waren, wie er nicht sein konnte, verwandelte sich der Schmerz in Wachstum. Es war, als müsste er seinen verwirrten Körper daran erinnern, was er sein sollte. Unter den Menschen hatte er nie etwas anderes sein können als ein halber Mensch, ungestalt und verwachsen, aber hier, unter den Riesen, schlug sein Riesenherz schnell und hoffnungsvoll. Es trieb ihn vorwärts.

Riesen, die einsam in Höhlen hausten. Riesen auf der Jagd. Riesen im Schnee. Und schließlich kam er in ein Tal, in dem viele von ihnen lebten. Die Hänge waren durchlöchert von den Eingängen zu ihren Höhlen, eine neben der anderen. Im flachen Bach spielten Riesenkinder. Als sie ihn entdeckten, stemmten sie die Riesenfäuste in die Seiten und funkelten ihn angriffslustig an. Er ging mitten durch das Dorf und sah zu, wie sie aus ihren Höhlen heraustraten und näherkamen, viele, immer mehr. Der Kampf lag in der Luft, zum Greifen nah.

Der Bär richtete sich auf und fletschte die Zähne, als eine Riesin sich aus der Menge löste und auf Sorayn zutrat. Er kannte sie bereits; diese Frau war es, die er schon einmal getroffen hatte. Er musste ihr damals die Nase gebrochen haben, denn sie sah etwas verändert aus. Aber anscheinend hatte auch er sich verändert, denn sie musterte ihn und sagte: »Wie es aussieht, bist du tatsächlich gewachsen.«

»Ja«, sagte er. Er stand gerade vor ihr, die Beine gleich lang. So groß wie sie war er nicht, aber die Riesen schauten nicht mehr ganz so tief auf ihn hinunter.

»Wir haben uns schon gefragt, wann du zu uns kommen würdest«, sagte die Riesin. »Schließlich hast du schon die meisten, die hier im Gebirge leben, mit deinem Besuch beehrt.«

Die Riesen grinsten. Immer noch lag die Möglichkeit eines Kampfes vor ihnen, die knisternde Verheißung eines ungeheuren Brandes. Er warf einen kurzen Blick über seine Schulter und sah sie näher herankommen, der Kreis zog sich enger. Aber er fürchtete sich nicht.

»Dies ist mein Berg«, sagte er. »Mein Gebirge.«

»Vielleicht nimmst du es mit einem von uns auf«, sagte sie. »Oder mit zweien oder dreien, ja, sogar mit fünf. Das habe ich selbst miterlebt, auch wenn viele hier das nicht glauben wollen. Aber mit uns allen? Wie wahnsinnig bist du, dass du allein herkommst, zu uns allen?«

Der Kampf war jetzt zum Greifen nah, die elektrisierende Spannung über ihnen und zwischen ihnen, wie die hauchdünnen Fäden eines Netzes, das jemand zwischen ihnen gespannt hatte. Er war im Mittelpunkt dieses Netzes. Er war die Spinne, sonst keiner.

Sorayn lächelte.

»Was?«, fragte einer der anderen Riesen misstrauisch. »Warum lächelst du? Warum lächelt er so, Riba? Ich werde ihm zeigen, wer hier zum Schluss noch genug Zähne zum Lächeln haben wird.« Er machte einen Schritt vorwärts, aber die Riesin packte seinen Arm. »Nicht. Komm ihm nicht zu nahe.«

»Aber …« Der Riese funkelte Sorayn grimmig an.

Sorayn war nicht der Einzige, den es nach diesem Kampf dürstete. So wie sie war er willig, sich in die Gefahr zu stürzen, in den Schmerz, der zugleich der Ausweg aus dem Schmerz war. Um nichts in der Welt, ganz gleich, was es ihn kostete, hätte er auf diesen Kampf verzichten mögen.

Riba schüttelte den Kopf. »Du hoffst sogar, dass wir uns alle auf dich stürzen, wie?«

»Alle?«, fragte er zurück. »Ihr würdet euch doch gegenseitig behindern. Man kann nicht gegen hundert kämpfen, und hundert können es nicht gegen einen. Es wären wahrscheinlich nicht einmal fünf oder sechs, die gleichzeitig an mich herankommen. Vielleicht zehn?«

»Das hättest du wohl gerne. Nein, wir werden einen von uns gegen dich antreten lassen. Einen Einzelnen. Dann kann jeder hier sehen, ob du den Ruf verdienst, den du dir hier in unseren Bergen erworben hast.«

»Ich will mit ihm kämpfen, Mutter.«

Eine kleinere Riesin boxte sich durch die Zuschauer und trat in den Kreis, den sie um Sorayn und seinen Bären gebildet hatten. Sie war genauso groß wie er. Ihr Gewand aus Fell hatte sie mit zahlreichen Federn geschmückt. Ihr Haar, hell und wirr wie Heu, umgab ihren Kopf und ihren Rücken wie eine Wolke. Mit Augen, grau wie der Fels, blickte sie ihn trotzig an.

»Ich kämpfe nicht gegen Mädchen«, sagte Sorayn.

»Fria«, begann Riba, »ich hatte eher gedacht, wir wählen jemanden wie Fret.«

»Du willst meinen Bruder gegen den hier antreten lassen? Das ist ein Mensch«, sagte das Mädchen. »Merkt ihr das nicht? Nur Menschen reden solch dummes Zeug.« Sie stellte sich vor ihn hin, Auge in Auge, und verzog das Gesicht. »Ich bin so groß wie du. Aber ich bin Riesin. Und was bist du? Mensch.« Verächtlich spie sie das Wort aus, wie die schlimmstmögliche Beschimpfung.

»Nun gut«, befand ihre Mutter, »Fret ist sowieso nicht da, also zeig du ihm, wer wir sind.« Ein warnender Blick traf Sorayn über den hellen Schopf des Mädchens hinweg, und Sorayn wusste, dass die ältere Riesin es auf keinen Fall dulden würde, wenn er dem Gesicht ihrer Tochter Schaden zufügte.

Über ihm kreischte der Adler. Sein Schrei fuhr wie ein Blitz durch Sorayns Herz.

»Mensch!«, schrie Fria ihn an. Er sah die Wildheit in ihren Augen. Über ihnen der schrille Ruf des Adlers. Und Sorayn war ein Teil der Wut, ein Teil des Gebirges, ein Teil von allem hier. Er gehörte zu den Riesen, und einen Riesen im Kampf zu berühren, war seinem Körper bereits vertraut. Aus dem Schmerz erwuchs die Kraft. Irgendwo hinter ihm stieß der Bär sein herausforderndes Brüllen aus. Und er brüllte es ihm nach, während er den Gegner ansprang, während er vergaß, dass es ein Mädchen war, während er alles um sich her vergaß. Das Mädchen war stark, eine wahre Riesin, mutig war sie und wild und entschlossen und fürchtete keinen Schmerz. Eine wahre Riesin, immer bereit, die Wut herauszulassen und auszuteilen. Um sie her johlten die Gebirgsriesen, jubelten ihr zu, ihrer Tochter, Schwester und Freundin. Im Rausch des Kampfes maßen sie ihre Kräfte. Doch Sorayn merkte bald, dass die Wildheit ihr größtes Gut war. Sie kam nicht an ihn heran, und so spielte er eine Weile mit, bis ihn erneut der Schmerz durchfuhr, und da hob er die Hand zu einem Schlag – und ließ sie wieder sinken. Diese Nase brach er nicht, diese Zähne ließ er heil, dieses Mädchengesicht wollte er nicht beschädigen.

Fria hatte gemerkt, was er tat, dass er sie verschonte, und in einem erneuten Ansturm der Wut prasselten ihre Fäuste auf ihn ein, bis er zu Boden ging.

»Gewonnen! Sie hat gewonnen!«, schrien einige, die weiter hinten standen. Frias Gesicht glühte, als sie aufstand. »Das ist nicht fair«, knurrte sie. »Du kannst mich nicht einfach gewinnen lassen. Sei ein Mann und kämpf! Sei ein Riese!«

Sorayn erhob sich und kraulte den Bären, der zu seiner Verteidigung herbeigeeilt war. Er kümmerte sich nicht um seine Gegnerin, die kurz davor war, erneut auf ihn loszugehen.

»Kämpf weiter!«, rief Fria. »Du sollst weiterkämpfen!«

Ihre Mutter trat hinzu. Sie wandte sich an Sorayn, ohne die unzufriedene Fria zu beachten. »Du überraschst mich, Fremder. Meinst du, das war klug?«

Er lächelte, während er den Bären weiter beruhigte. »Meinst du, jetzt werden wieder einige versuchen, mich zu vertreiben?«

»Jeder Versuch wäre dir überaus willkommen, ich weiß.« Sie seufzte. »Nun denn, das wird dir so oder so blühen. Hier findest du immer jemanden, der mit dir raufen möchte.«

Er schaute sie jetzt an. »Und das heißt?«

»Du bist ein Riese«, sagte sie. »Was auch immer meine Tochter glaubt, ich sehe es in dir. Und dies ist das Tal der Riesen.«

Er nickte.

»Ich bin Sorayn«, sagte er und streckte ihr die Hand entgegen, und sie schüttelte sie, zog ihn zu sich heran und drückte ihn sehr fest, Begrüßung auf Riesenart.

»Ach«, schnaubte Fria und marschierte davon. Er sah, dass sie versuchte, ihr Hinken zu verbergen.

»Anscheinend habe ich ihr doch mehr wehgetan, als ich wollte«, murmelte er.

»Das macht nichts«, sagte Riba. »Ein zimperlicher Riese wäre kein Riese.«

Mitten in der Nacht durchfuhr ihn Schmerz, und obwohl er doch daran gewöhnt war, kam ihm etwas an diesem Schmerz merkwürdig vor. Er schlug die Augen auf, griff in die Dunkelheit hinein und bekam etwas zu packen, das um sich schlug.

Sorayn versuchte die Handgelenke des Angreifers festzuhalten und spürte einen harten Schädel gegen sein Kinn schlagen. Er schmeckte das Blut in seinem Mund. Bisher war er nur überrascht gewesen, jetzt wurde er ärgerlich. Mit seinem ganzen Gewicht warf er sich über seinen Gegner – und dann merkte er, dass es eine Frau war.

Sein erster Gedanke war: So rächt sich Riba nun dafür, dass ich ihre Tochter verschont habe?

»Ich bin keine Bedrohung für euch, Riba«, sagte er.

»Ich bin es«, kam ein Flüstern zurück, »Fria.«

»Fria?« Er ließ sie los, und sofort fing sie wieder an, mit ihren Fäusten auf ihn einzuhämmern. »Fria, was soll denn das?«

»Warum hast du mich gewinnen lassen?«, zischte sie. »Glaubst du, ich hätte es nicht gemerkt? Alle haben es gesehen!«

»Beruhige dich.« Es war unmöglich, sie zu bändigen. Sie wollte kämpfen; wenn er sich nicht verprügeln lassen wollte, musste er zurückschlagen.

»Noch nie«, keuchte sie, »bin ich so gedemütigt worden. Noch nie!« Er wollte sich zurücknehmen, um sie nicht zu verletzen, aber sie merkte das und wurde nur noch wütender.

»Das war doch keine Absicht«, verteidigte er sich, aber mit Worten war es, wie er merkte, nicht getan. Erst als er sie wirklich seine Kraft spüren ließ, als er sie schlug und zu Boden zwang, lachte sie.

»Jetzt erst weiß ich, wer du bist.«

»Und«, fragte er, »wer bin ich?«

»Ein Riese.« Und dann streckte sie die Hände aus, griff in sein langes Haar, zog ihn näher zu sich heran und küsste ihn.

Sorayn fühlte sich total überrumpelt. Die Wut wich schlagartig und verwandelte sich in Leidenschaft, und ohne darüber nachzudenken, ohne überhaupt noch zu irgendeinem Gedanken fähig zu sein, ließ er sich zum zweiten Mal von der jungen Riesenfrau besiegen.

Am frühen Morgen kroch die Dämmerung in die Höhle. Der Bär kehrte von seinem nächtlichen Streifzug zurück und knurrte, als er die Frau auf Sorayns Lager sah. Missmutig verzog er sich in eine Ecke.

Sie malte mit dem Finger die Narben auf Sorayns Rücken nach. »Du wilder Bär, du.«

Er drehte sich zu ihr um. »Wie schön du bist«, flüsterte er und war froh, dass er auch in dieser Nacht darauf geachtet hatte, nicht ihr Gesicht zu treffen. Er streichelte über ihr Haar. Und dann wurde ihm auf einmal bewusst, dass es hell war, und er tauchte mit der Nase in das weiche Fell, auf dem sie geschlafen hatten.

»Was ist?« Sie ließ es nicht zu, dass er sich von ihr abwandte, dass er in Schweigen versank, als würde er sich verstecken. Sie riss ihm die Decke weg, sie zwang seine Hände von seinem Gesicht fort. »Du sagst mir sofort, was los ist.«

»In der Dunkelheit heute Nacht konnte ich es vergessen«, flüsterte er. »Und du anscheinend auch. Aber jetzt – wie kannst du meinen Anblick ertragen? Wie kannst du ... Und ich dachte, nie würde irgendeine Frau mich ansehen, ohne entsetzt zu sein.«

Fria runzelte die Stirn. »Wovon redest du eigentlich?«

»Sind die Riesen da anders als die Menschen?« Er dachte an Maja. So lange hatte er nicht an sie gedacht, hatte er es geschafft, die Erinnerung an sie von sich fernzuhalten. Wie sich ihre Hände berührten ... und dann ihr Schrei, ihre Abscheu und ihre Angst ... Fria hielt seine Handgelenke fest, er kämpfte dagegen an, und sie lachte und beugte sich wieder über ihn, um ihn zu küssen.

»Nein! Oh Fria, nein!«

»Langsam werde ich ärgerlich«, drohte sie an. »Was soll das? Was sind das für Spielchen? Erst wirbst du um mich und dann darf ich dich nicht einmal küssen?«

»Ich habe um dich geworben?«

Frias Augen weiteten sich. »Natürlich. Du – du wusstest das nicht?«

»Wann hätte ich das getan?«

»Dann hast du mich gestern gewinnen lassen, ohne zu wissen, was das bedeutet?« Sie stieß ein wütendes Schnauben aus. »Du bist doch ein Mensch, wie? Ich hatte von Anfang an recht.«

»Langsam.« Die vielen Rätsel dieses Morgens mussten eins nach dem anderen geklärt werden; vielleicht war dies hier sogar die Lösung für alles andere. »Du wolltest mit mir kämpfen und ich habe dich absichtlich gewinnen lassen. Das bedeutet bei den Riesen, dass wir jetzt so was wie ein Paar sind?«

»Ja«, sagte sie. »Und dann hast du mich einfach weggehen lassen, ohne mich in deine Höhle mitzunehmen. Und alle haben es gesehen! Du kannst froh sein, dass ich zu dir gekommen bin, bevor mein Bruder dir den Schädel eingeschlagen hat.«

»Jetzt verstehe ich, warum dich das so wütend gemacht hat«, murmelte er. »Du wolltest mich aus dem Tal vertreiben, und stattdessen macht dieses Scheusal eine Verlobung daraus. Aber du hättest trotzdem nicht zu mir kommen müssen. Du bist nicht an mich gebunden, Fria. Niemals würde ich je so etwas von dir verlangen.« Er zwang sich, ihr in die Augen zu sehen, so grau und unerschrocken.

Sie schnaubte ärgerlich. »Was tust du so bescheiden? Willst du mich schon wieder loswerden? Wartet die Nächste schon im nächsten Tal auf dich?«

»Ein grausamer Scherz«, sagte er leise, »zu jemandem, der zu hässlich ist, um in der Sonne zu leben.«

»Hässlich?« Fria lachte, schubste ihn, da er sich halb aufgerichtet hatte, zu Boden, und beugte sich über ihn. »Ach, witzig ist er auch noch!«

»Mach dich nicht über mich lustig!«

»Du meinst es tatsächlich ernst? Du findest dich hässlich?« Sie schüttelte verwundert den Kopf. »Beim ewigen Schnee auf den Gipfeln, ist der Mann eitel. Wie schön möchtest du denn noch sein?«

»Vielleicht sind bei den Riesen die Maßstäbe tatsächlich anders«, gab er zu und musste sich eingestehen, dass ihn hier noch niemand beschimpft hatte. »Aber die Menschen ... nun ja, die Menschen.«

»Ich habe noch nicht viele Menschen gesehen«, sagte Fria, »aber von denen hätte ich keinen in seiner Höhle – oder seinem Haus – überfallen.« Sie strich zärtlich über Sorayns Wangen, seine Nase, seine Lippen.

Etwas in seinem Blick ließ sie innehalten. »Sorayn?«

»Du meinst es ernst«, flüsterte er. »Ich bin ... oh Rin, was bin ich? Ich wusste, ich bin gewachsen, aber ich hatte nicht damit gerechnet, dass ich ... Wie sehe ich aus, Fria?«

»Du weißt nicht, wie du aussiehst? Soll ich dir einen Spiegel bringen?«

»Wenn du einen hast.« Er hatte in ein paar der Höhlen hineingesehen; mit den Häusern der Menschen waren sie nicht zu vergleichen. Aber anscheinend hatten auch Riesenmädchen gerne etwas, worin sie sich betrachten konnten. Frias Kleider waren nicht nur zweckmäßige Überwürfe gegen die Kälte, sondern geschmückt und verziert. Selbst die Lederriemen, mit denen sie geschnürt wurden, waren kunstvoll geflochten, und ihre warm gefütterten Stiefel waren nicht einfach grob zusammengenäht, sondern sehr sorgfältig gearbeitet. Sie lächelte, als sie seine Aufmerksamkeit spürte.

»Bin gleich zurück.«

Sorayn kannte keine Angst, vor keinem Kampf, keinem noch so großen und wilden Gegner, doch er fürchtete sich vor diesem Spiegel, dass ihm der Schweiß ausbrach.

»Will ich es denn wissen?«, fragte er den Bären, der sich in der hintersten Ecke der Höhle zusammengerollt hatte. »Ich könnte davon träumen, etwas zu sein, was ich nicht bin. So wie alle zu sein ... Ich könnte, wenn niemand schreiend vor mir davonläuft, es mir einfach vorstellen, dass ich bin wie sie.« Er kraulte seinen Freund, dem es immer egal gewesen war, wie er aussah. Dass die Riesen genauso waren, hatte er einfach angenommen.

»Hier.« Fria hielt ihm den Spiegel hin, kaum mehr als eine Scherbe von der Größe seines Handtellers. Er musste sich zwingen, hineinzusehen.

»Du schweigst«, stellte sie fest.

Er konnte nichts sagen. Und schließlich legte sie den Spiegel auf den Boden und umarmte ihn, und diesmal hinderte er sie nicht daran, ihn zu küssen.

23. König der Riesen

DER ADLER STIESS herab auf Sorayns Faust. Aus seiner Kehle stieg ein Laut, fast zu weich für einen so gewaltigen, stolzen Vogel, während er gestreichelt wurde.

»Er schnurrt«, stellte Fria erstaunt fest. »Seit wann können Adler schnurren?«

Sie war so nahe herangekommen, wie der große Vogel es duldete. Mit seinen stechenden goldenen Augen verfolgte er jede ihrer Bewegungen.

»Nun gut«, gab sie zu, »ein richtiges Schnurren ist es nicht. Aber ...«

Als hätte der Adler sie gehört, schrie er laut und schwang sich in die Luft. Sorayn zog den ledernen Handschuh aus.

»Wie es aussieht, willst du keine durchlöcherten Hände mehr.«

»Ich habe keinen Bedarf an Schmerz«, sagte er, und in dem Moment, als er es aussprach, ging ihm auf, dass er keine Schmerzen hatte, dass er, vielleicht zum ersten Mal in seinem Leben, frei davon war.

»Meinst du?«

Sorayn drehte sich um. Es war ein fremder Riese, der gesprochen hatte. Auf den ersten Blick konnte man in ihm Frias Bruder erkennen. Er war einen Kopf größer, sein wuchernder Bart machte ihn um einiges älter, aber die Familienähnlichkeit war unverkennbar.

»Fret?«, fragte Sorayn.

»Fret!« Fria stellte sich vor Sorayn, in ihrer Stimme war keine Wiedersehensfreude. »Was willst du?«

Der zottige Riese kam ein paar Schritte näher. »Geh da weg. Wer ist der Kerl? Kann er nicht für sich selbst einstehen?«

Sorayn schob Fria zur Seite. »Ich begrüße dich«, fing er an, aber Fret unterbrach ihn sofort.

»Ich habe schon gehört, dass du hier bist. Du glaubst wohl, du bist der Größte? Dass dir hier alles gehört, wie? Das ist mein Tal. Das sind meine Berge. Das ist meine Schwester.«

Sorayn hatte mit vielen Riesen gekämpft, die sich auf den Kampf genauso gefreut hatten wie er. Wilde, bärtige Gesellen ohne Furcht. Sie alle suchten nach Streit und nutzten jede Gelegenheit, sich zu prügeln. Seit er hier im Tal der Riesen lebte, gingen ihm die meisten aus dem Weg; es war wirklich an der Zeit, sich wieder mit jemandem zu messen. Sorayn lächelte.

»Es ist mein Ernst.« Frets Augen funkelten bedrohlich. »Mein Berg. Mein Gebirge. Mein Königreich.«

»Das ist wahr«, flüsterte Fria neben ihm. »Er ist noch nie besiegt worden.«

»Und das macht ihn zu einer Art König?«

»So ist das bei uns Riesen. Wenn ihm danach ist, wird er versuchen, dich zu töten.«

»Ich möchte deinen Bruder nicht verletzen«, sagte Sorayn.

Fret hatte seine Worte gehört, er lachte. »Du mich verletzen?«

Sorayn sah ihm entgegen. Er zögerte. Aber dann erinnerte er sich daran, wie wütend Fria darüber gewesen war, dass er sie absichtlich geschont hatte; auch dieser Mann hier würde nicht dankbar sein, wenn er diesen Kampf ausschlug. Und ihm war danach, das konnte er nicht leugnen.

Frets Augen leuchteten auf, als Sorayn ihm entgegentrat. Und bald merkte Sorayn, warum Riba von Anfang an einen Kämpfer wie diesen hier für ihn vorgesehen hatte, denn obwohl Fret nicht aussah, als wäre er der Stärkste aller Riesen, wurde er zumindest seinem Aussehen als dem Wildesten aller Riesen gerecht. Er war unglaublich schnell. Seine Fäuste hämmerten wie Dreschflügel, seine Füße ließen ihn tanzen. Er brüllte, wenn er angriff, und sein Schrei hallte von den Bergen wieder, hundertfach.

Vielleicht war es ihm so gelungen, die anderen Riesen einzuschüchtern und ihnen seine Überlegenheit klarzumachen. Sorayn merkte, nachdem er sich an diesen Kampfstil gewöhnt hatte, wie viel Spaß ihm die Sache machte. Endlich hatte er einen Gegner, der wirklich seinen vollen Einsatz, seine ganze Konzentration verlangte, einen, den er mit seiner Kraft und seiner eigenen Schnelligkeit überraschen konnte, denn hier bei Fret musste er sich nicht länger zurückhalten. Ein Gegner, der ihm ebenbürtig war.

Beinahe.

Denn jeder Schmerz, der ihm zugefügt wurde, entfachte in Sorayn das altbekannte Feuer, das Sternenglühen, das seine ganze Kraft aus ihm herausexplodieren ließ. Und so musste Fret einer Wut standhalten, die seiner nicht nur gleichkam, sondern sie überstieg, und irgendwann lag er am Boden und Sorayn kniete auf ihm, die Faust erhoben ...

»Tu's doch«, zischte Fret.

»Nein!« Fria stand daneben, sie fiel Sorayn in den Arm. »Nein, lass ihn!«

»Tu's doch«, wiederholte Fret. »Na los. Was bist du für ein Riese, he?«

Sorayn schüttelte Fria ab und stand auf. »Einer, der dich besiegt«, sagte er, »das bin ich.«

»Besiegt bin ich erst, wenn ich tot bin«, rief der Riese, dessen Wildheit wieder erwachte, rappelte sich auf und rannte in Sorayns Faust hinein, in einen Schlag, der ihn niederstreckte. Reglos blieb er zu Sorayns Füßen liegen.

Fria eilte an seine Seite. Sie weinte auf, aber dann sagte sie: »Er lebt.«

»Natürlich lebt er.« Sorayn ließ sich nicht anmerken, wie erleichtert er war. »Was glaubst du denn? Dass ich einen umbringe, den ich schon besiegt habe?«

Sie sah zu ihm hoch. »Wer bist du?«, fragte sie. »Dass du einfach hier in unsere Berge kommst und meinem Bruder eine Lektion erteilst? Bei Rin, er hat sie verdient. Aber wer wird dir eine Lektion erteilen?«

Sorayn wischte sich den Schweiß von der Stirn. Unter seinen Händen fühlte er eine gewaltige Beule wachsen, und die Sehnsucht nach kühlem Wasser stieg in ihm auf. Wasser gegen den Schmerz ... Er schaute Fria zu, wie sie versuchte, ihren Bruder zu wecken, und auf einmal ging ihm auf, dass sie zu ihrer Familie gehörte, mehr als zu ihm.

»Niemand«, sagte er. »Mir wird niemand eine Lektion erteilen. Mein ganzes Leben lang habe ich einstecken müssen ... Und jetzt bin ich derjenige, der am Ende noch steht.« Und zugleich sah er eine Insel vor sich, einen Wald voller hoher Bäume und ein kleines Haus an einem Teich ... Die Weinberge unter der Sonne, eine Brise vom Meer ... und Maja.

Er sah durch Fria hindurch, er sah eine andere Frau, ein Mädchen, dessen Lied sein Herz emporgehoben hatte ins Licht. Die Melodie war wieder da. Sie spielte in ihm, während er davonging, während er Fria dort ließ bei ihrem Bruder. Er ignorierte, was sie ihm nachrief.

»War das wirklich nötig? Konntest du nicht einfach alles so lassen, wie es war?«

Er blickte über die Schluchten und hielt Ausschau nach dem Adler. Ihm war danach zu schreien. Etwas war geschehen, aber er konnte nicht sagen, was es war. Ihm war, als hätte er etwas Entscheidendes verpasst, als hätte er irgendetwas übersehen ...

»Sorayn.«

Es war Riba, in Begleitung mehrerer anderer Riesen. Sie näherten sich ihm vorsichtig, und er war sich dessen bewusst, dass er am Rand eines Abgrunds stand und dass er kein Adler war, der die Schwingen ausbreiten und davonfliegen konnte.

»Wenn ihr mit mir kämpfen wollt«, rief er ihnen entgegen, »nur zu.«

»Du hast Fret geschlagen«, sagte Riba. »Fria hat mir erzählt, dass sie dich davon abhalten wollte, aber es ist trotzdem zum Kampf gekommen.«

»Ich weiß nicht, um wen von uns beiden sie Angst hatte«, sagte er.

Riba musterte ihn aufmerksam. Auch ihre Augen waren grau wie der Fels, uralt schienen sie ihm. Sie schüttelte sorgenvoll den Kopf.

»Er hätte dich nicht herausfordern sollen«, meinte sie, »aber früher oder später musste es wohl dazu kommen.«

»Geht es ihm nicht gut?«, erkundigte er sich. »Er ist doch wieder aufgewacht?«

Sie brauchte seine Frage nicht zu beantworten. Dort hinten sah er Fret heranwanken, gestützt von Fria und einem anderen Riesen, sie trugen ihn halb. Er blutete stark aus einer Kopfwunde, sein halbes Gesicht war dunkel, aber er hatte noch etwas zu sagen.

»Ich war auf der Jagd. Und überall habe ich deinen Namen gehört. Wo ich auch hinkam, du bist schon dort gewesen.«

»Das mag sein«, gab Sorayn zu. Er erinnerte sich kaum noch an diese Zeit, in der er, schreiend vor Schmerz, wie ein Wilder durchs Gebirge gewandert und Riesen verprügelt hatte. Als wäre es ein anderer gewesen, der das getan hatte.

Fret spuckte einen Schwall Blut aus und hustete. »Aufschneider.«

»Er meint es nicht so«, versicherte Riba. »Er ist hier, um dir die Ehre zu erweisen. Nicht wahr, Fret?«

Ihr Sohn nickte missmutig. Er verzog das Gesicht dabei, aber etwas war an diesem Nicken, dass es zu mehr als einer Geste der Zustimmung machte. Fast war es eine Huldigung.

»Deine Berge«, schnaufte Fret. »Deine Riesen.« Und neben ihm stand Fria, den Kopf erhoben, und funkelte Sorayn abwechselnd stolz und wütend an, als könnte sie sich nicht entscheiden, wem von ihnen beiden sie mehr zürnte und wen von ihnen beiden sie mehr liebte.

»Woher weißt du das?«, fragte Sorayn.

»Gerüchte«, sagte Fria. »Der Wind trägt sie hierher, zu uns. Die Vögel bringen sie mit. Die Menschen am Fuß der Berge tuscheln darüber. Selbst wir hier am Ende der Welt erfahren solche Dinge.«

»Ich dachte, euch interessiert nichts, was die Menschen angeht.«

Die Riesin lächelte. »Er kommt, mit einem riesigen Heer. Zukata, der Riesenprinz. Natürlich spitzen selbst wir die Ohren. Ein Riese. Auch«, sie verzog abfällig das Gesicht, »auch wenn es nur ein zahmer Riese ist, der in einem Schloss geboren wurde.«

Sorayn schüttelte den Kopf. »Nach allem, was ich über ihn gehört habe, ist er nicht sehr zahm. Da könnte sich gleich einer der wilden Riesen auf den Kaiserthron setzen.«

Fria flocht ihr blondes Haar. Sorgfältig steckte sie kleine Federn in die schmalen Lederbänder.

»Meinst du dich?«, fragte sie spöttisch.

»Ich bin kein wilder Riese.« Er beobachtete sie, während sie sich schön machte. Was sie auch tat, sie würde nie so hübsch sein wie ein Menschenmädchen, nie würde sie an jemanden wie Maja heranreichen, an die Lieblichkeit ihres Gesichts, an die Grazie ihrer Figur, ihrer Bewegungen. Und in dem Moment, in dem er erkannte, dass er sich zu den Menschen zurücksehnte, wusste er, dass er gehen musste. Bald. Er wusste nur noch nicht, wohin.

»Doch, das bist du.« Fria erwiderte sein Starren wie ein angriffslustiges Tier. »Du bist wilder als jeder von uns hier. Keiner, den ich kenne, hat so in diesen Bergen gewütet wie du. Gibt es überhaupt irgendwen hier, mit dem du dich noch nicht geprügelt hast? Und dabei, wenn du da so auf deinem Fell herumliegst, wirkst du wie ein harmloser Junge.«

»Ich wurde auch in einem Schloss geboren«, sagte Sorayn.

»Im Ernst?« Ihr Blick fiel auf den Adler, der aus dem Sonnenlicht in die schattige Höhle hereinstolziert kam und sich umsah. »Da, dein Freund.«

Der große Vogel wirkte am Boden seltsam unbeholfen. Er marschierte auf den schwarzhaarigen Mann zu und lehnte seine Stirn gegen Sorayns Knie.

»Wenn Zukata Kaiser wird, könnte das selbst auf uns hier Auswirkungen haben. Er könnte herkommen und sich hier als unser König aufspielen, so wie damals.«

Sorayn setzte sich auf, so dass der Adler erschrocken zurücksprang. »Was? Er hat es schon einmal versucht?«

»Hat dir das keiner erzählt? Oh ja, er war hier. Frag die älteren Riesen. Wollte der König der Berge werden. Ha! Als ob ein zahmer Riese es mit einem wilden aufnehmen könnte! Sie haben ihn verdroschen, aber er hat es immer wieder versucht. Jedes Mal hat er Prügel bezogen und ist umgekehrt. Manche Riesen werden mit Menschen eben besser fertig als mit uns.« Sie lächelte stolz.

Sorayn nahm abwesend den Adler hoch und streichelte ihn, während er Frias Worten nachspürte.

»Ich hätte nicht gedacht ... Auf Neiara wurde nur hinter vorgehaltener Hand über ihn geredet. Es klang, als wäre er unbesiegbar. Ich habe es gehört und mir gewünscht, auch so zu sein. Unbesiegbar.« In seinen Augen glitzerte die Freude über das, was er gehört hatte. »Und er wurde hier abgeschmettert – und ich nicht?«

»Du bist einer von uns«, erklärte Fria knapp. »Und er eben nicht. Wer in einem Schloss groß wird, hat schon verloren.«

»Nun, ich bin im Wald aufgewachsen.«

»Dann hast du Glück gehabt.« Sie war mit ihrem Haar fertig, aber immer noch saß sie da und zupfte daran herum. »In welchem Schloss bist du denn geboren?«

»In Kirifas.«

»Nein.« Sie gab nicht mehr vor, beschäftigt zu sein, und starrte ihn unverhohlen an. »Du bist ein Laringer? Du bist – was bist du? Mit Kanuna verwandt?«

»Mit den zahmen Riesen, die du so verachtest. Ja.«

»Kanuna El Schattik hat niemand hier verachtet«, beteuerte Fria. »Ganz gewiss nicht. Er war der wahre Riese, der größte von uns allen. Du stammst tatsächlich aus seiner Familie? Wie?«

»Sagen wir es so: Wenn Zukata Kaiser wird, sitzt mein Großvater auf dem Thron.«

Fria ließ dieses Wissen erst einmal auf sich wirken. »Und das sagst du erst jetzt?«, meinte sie schließlich. »Das lässt du einfach so zu? Hast du nie daran gedacht, dass du selbst derjenige sein könntest?«

Sorayn lachte leise. »In der Tat, das habe ich. In meinen Träumen, in denen ich mir erlaubt habe, bis zu den Sternen zu gehen und nach allem zu greifen, was funkelt.« Er sprach zu dem Adler, nicht zu ihr. »Ich habe mir vorgestellt, dass ich eines Tages über ihnen allen stehe, die mich verspotten. Dass ich auf sie herabblicke, irgendwann, in einer Zeit, in der alle Träume wahr werden. Und dass jeder, der mich je ausgelacht hat, es bis an sein Lebensende bereut. Und sich fürchtet, dass ich mich räche, irgendwann. Natürlich würde ich das nicht tun. Aber sie hätten keine ruhige Minute mehr, und jeden Abend, wenn es an ihrer Haustür pocht, würden sie sich fragen, ob ich jemanden geschickt habe, sie zu holen.« Der Vogel schloss die Augen und gab sich den streichelnden Fingern hin. »Jungenträume. Wer möchte sich nicht zum Herrn der Welt aufschwingen?«

»Immerhin hast du dich bereits zum Herrn dieser Berge hochgekämpft. Unterbrich mich nicht. Ich weiß, es lag nie in deiner Absicht. Aber du hast es getan. Du hast nicht nur deinen Platz verteidigt, du hast jeden hier in seine Schranken verwiesen. Du gehörst hierher, Sorayn, zu uns, und doch – du weißt, dass du es dir nehmen könntest. Das ganze Kaiserreich. Den Thron von Kirifas. Du kannst die kleine Königin verjagen und dir die Krone nehmen.«

»Ganz Deret-Aif wird zu den Waffen gerufen, wenn die Gerüchte stimmen«, gab Sorayn zu bedenken. »Und aus dem Osten kommt Zukata. Wie stellst du dir das vor? Ich soll mich zwischen diese beiden Heere stellen – und dann? Sie würden mich zwischen sich zerreiben.«

»Lass sie kämpfen«, schlug Fria vor. »Und dann, wenn sie sich aneinander aufgerieben haben, kommst du.«

»Ach, Fria.« Der Adler, unzufrieden damit, dass er nicht die volle Aufmerksamkeit bekam, sprang von Sorayns Knie und trippelte zum Ausgang. Erst dort, wo er die Schwingen ausbreitete, sah man wieder, wie groß und majestätisch er war. Sein scharfer Schrei, ärgerlich und wild, hallte in ihren Ohren. »Du träumst Riesenträume. Davon, hinzugehen und dir alles zu nehmen, was du haben willst. Und jeden, der sich dir in den Weg stellt, würdest du zerschmettern.«

Sie war auf ihn zugetreten und kniete sich vor ihn. Ihre Gesichter berührten sich fast. »Ja«, flüsterte sie. »So wie du. Und du träumst das auch, also versuch nicht, mich oder dich oder sonstwen zu belügen. Wolltest du dieses Gebirge je haben? Du hast es verachtet, denn es war dir schon zu klein. Dieses Königtum hier bedeutet dir so wenig, dass du nicht einmal darüber sprechen magst. Jeder begegnet dir mit Respekt, aber das macht dich nicht froh. Fret war glücklich darüber, aber du nicht. Es ist dir zu wenig. Alles ist dir zu wenig. Wäre Deret-Aif genug? Was willst du noch?«

»Das Meer und den Himmel«, flüsterte er zurück. »Ich will auch noch das Meer und den Himmel.«

»Und Deret-Aif?«

»Und das ganze Kaiserreich.« Er sprach so leise, dass sie ihn kaum hören konnte. »Und den Osten. Und den Norden. Alles. Vom Grund des Meeres bis zu den Wolken.«

Fria lachte. »Und du behauptest, du wärst kein wilder Riese?«

Sorayn stand auf. »Große Träume«, sagte er. »Sonst nichts.«

Es war der Bär, der ihn warnte. Er stand im Licht, aufrecht wie ein Mensch, und knurrte.

Sorayn stellte sich neben ihn, bereit, der Gefahr ins Auge zu blicken, wie auch immer sie aussehen mochte.

Es waren die Riesen. Es waren alle Riesen, sie füllten das Tal aus. Und sie schauten auf ihn, schweigend, wie nur Riesen schauen können, bereit zum Angriff. Er fühlte die Spannung in der Luft, knisternd wie kurz vor einem Gewitter, die Bereitschaft, alles Angestaute in einem heftigen Unwetter auszuleben.

Neben ihm knurrte der Bär wieder, sein Fell sträubte sich.

»Ruhig«, sagte Sorayn leise zu ihm. Er hatte gewusst, dass es so kommen musste. Vielleicht fürchtete er sich deshalb nicht, vielleicht hatte er, seit Fria ihm zugeschrien hatte: Konntest du es nicht einfach so lassen, gewusst, dass ihm auch die anderen irgendwann diese Frage stellen würden. Was tust du hier? Mit welchem Recht bist du hergekommen und erklärst all das hier für dein?

»Mit dem Recht des Stärkeren«, sagte er leise zu sich selbst. Und laut rief er: »Hier bin ich!«

Er machte einen Schritt vorwärts, er fühlte die Gegenwart des Bären dicht neben sich. Dasselbe Knurren war auch in ihm, dieselbe Bereitschaft zum Kampf. Nein, er fürchtete sich nicht. Lange genug hatte er friedlich hier in dieser Höhle gelebt, viel zu friedlich, eingelullt von einer warmhäutigen Gefährtin. Wenn sie ihm den Kampf antrugen, dann bitte schön! Dann sollten sie sehen, wer er war!

»Wer«, er machte noch einen Schritt vorwärts, »will der Erste sein?«

Sie standen da und starrten ihn an. Nicht einmal die Vordersten wichen zurück. Da standen Fria und Fret mit ihrer Mutter, dort die ältesten Riesen. Sie alle rückten sogar weiter nach vorne. Wollten sie ihn mit ihrer puren Übermacht erdrücken? Sollten sie es versuchen!

Er achtete darauf, dass ihm niemand in den Rücken geriet, auch als diejenigen, die nah am Höhleneingang standen, näherkamen, widerstand er der Versuchung, weiter nach vorne zu treten, wo der Platz frei war, und sich einschließen zu lassen. Ein Schauer ging durch das Tier neben ihm, und durch die Wärme des Bärenkörpers, der ihn berührte, fühlte er die wilde Entschlossenheit, Widerstand zu leisten.

Er hob den Kopf. »Keiner?« Immer noch sagte niemand etwas, als wollten sie ihn nicht nur mit ihrer Masse, sondern ihrem Schweigen einschüchtern und besiegen. Aber er würde nicht in die Knie gehen und um Gnade betteln. Er würde nicht darum flehen, dass sie ihn ungeschoren gehen ließen. Dass er sowieso hatte gehen wollen, mussten sie nicht wissen. Hoch erhobenen Hauptes wäre er gegangen, aber wenn sie ihn dazu zwingen wollten, war das erst recht ein Grund zu bleiben. Bis zum bitteren Ende. Nein, nicht bitter würde es sein, sondern wild und laut, voller Geschrei und Kampf, so wie sein Leben begonnen hatte. Recht wenig, dachte er noch, habe ich zustande gebracht in den Jahren, die mir vergönnt waren. Er dachte dabei nicht einmal daran, dass er sich zum König der Berge gemacht hatte; so wie Fria gesagt hatte, bedeutete es ihm so wenig, dass ihm nicht einmal jetzt einfiel, was er hier errungen hatte. Dies waren seine Berge. Dies war sein Tal. Und dies war sein Leben, das er nun teuer verkaufen würde.

Ohne die Riesen zu warnen, griff er einfach an. Er warf sich nach vorne, in die nächststehende Gruppe, und ging mit allen, die er mit sich reißen konnte, zu Boden. Das herrliche Gefühl grenzenloser Freiheit durchzuckte ihn. Nun brauchte er keine Rücksicht zu nehmen. Nun brauchte er niemanden mehr zu schonen.

Er lachte. Von irgendwoher lachte jemand zurück. Ein Faustschlag traf ihn hart in den Rücken und er fuhr herum und –

… und da war Fria. Und lachte ihn an und rief: »Sorayn!«

Und aus den Kehlen von Hunderten von Riesen kam es zurück: »Sorayn!«

Er rappelte sich auf. Überall reckten sich Fäuste in die Luft. Sie schrien seinen Namen, so laut, dass er von den Bergen und Hängen wiederhallte. Sorayn streckte die Hand aus, und der Bär schmiegte sich an sein Bein, trostsuchend.

»Ruhig«, befahl er ihm, während er versuchte, sich auf das, was hier geschah, einen Reim zu machen.

Fria lachte triumphierend. Aber es war Fret, der mit grimmigem Gesicht vortrat und die Faust gegen die Brust schlug.

»Wir gehen mit dir nach Kirifas.«

Die anderen stimmten sofort ein Gebrüll an, in dem nichts mehr zu verstehen war, auch nicht Sorayns ungläubige Frage: »Was?«

Fria packte ihn bei den Haaren und zog ihn so nah zu sich heran, dass sie es ihm ins Ohr schreien konnte: »Du bist der König, Sorayn. Ob du's nun willst oder nicht.«

Ich will es nicht, wollte er rufen. Was fällt euch ein? Ich will es nicht.

Aber gleichzeitig fühlte es sich an wie ein süßer Geschmack in seinem Mund, wie ein Rausch, von dem er wünschte, er möge nie enden. Sie schrien seinen Namen. Sie warfen Steine in die Luft, kleine Felsbrocken, und ihr Gelächter, ihr wildes Geheul, entfachte in ihm einen Brand, der nicht zu löschen war.

»Ki-ri-fas! Ki-ri-fas!«

Er schrie mit. Mit ihnen streckte er die Fäuste in die Luft, warf er Steine empor, brüllte er seine Entschlossenheit hinaus. Mit ihnen trank er Riesenwein, ein Gebräu, das jeden Menschen ins Koma versetzt hätte, mit ihnen tanzte er durch das Tal und sang ihre Lieder, und jedem Riesen, der ihn im Rausch anrempelte, schlug er die Nase blutig oder ein Auge blau.

»Ein wundervoller Tag«, stöhnte Fria, als sie sich in die Höhle schleppte.

»Kirifas«, murmelte er.

Sie küsste ihn auf die Wange. »Wer könnte sich einer Armee von Riesen entgegenstellen?« Nur diesen einen, schwierigen Satz brachte sie noch fertig, dann schlief sie schon.

»Kirifas«, lallte er. »Wir kommen.«

24. *Zu den Menschen*

MANINA SANK IN sich zusammen. »Was?«

»Gerüchte«, sagte Ilinias. »Aber das sollte uns nicht dazu bringen, sie ganz zu ignorieren, so unglaublich es auch klingt.«

»Zukata kommt aus dem Osten, mit seiner Armee. Und nun ist auch noch aus dem Süden ein ganzes Heer von Riesen unterwegs?« Die Kaiserin verbarg das Gesicht in ihren Händen. »Was soll denn noch alles kommen?«

»Ein Heer von Riesen«, wiederholte Ilinias. »Das kann ich mir nicht vorstellen. Aber wer weiß? Vielleicht sind die Gebirgsriesen unterwegs, um Zukata zu unterstützen. Wir müssen mit allem rechnen.« Die weißhaarige Kriegerin schenkte Manina ein ernstes Lächeln. »Dein Vater hat dir eine schwere Bürde hinterlassen. Nicht jeder würde sie so tapfer tragen.«

»Tapfer?« Manina kämpfte mit den Tränen. »Wenn wir eine Chance hätten, ja, dann wäre es leicht, tapfer zu sein. Aber so? Kannst du dir vorstellen, was für eine Angst ich habe?«

»Alle deine Könige halten zu dir. Deret-Aif ist nicht so einfach einzunehmen. Zukata wird sich an uns die Zähne ausbeißen.« Ilinias' zuversichtliche Entschlossenheit übertrug sich auf die junge Kaiserin. »Wir dürfen ihn nicht gewinnen lassen, Manina. Wir beide wissen am besten, wer er ist.«

Manina hatte keine Erinnerung mehr an die Zeit ihrer Gefangenschaft in Zukatas Räuberlager, aber sie wusste genug.

»Ich wünschte, Blitz wäre hier«, murmelte sie.

Ilinias strahlend blaue Augen schienen mit einem Schlag dunkler zu werden.

Ihr Gesicht blieb unbeweglich, sie verriet nicht, was sie dachte. Blitz war nicht zurückgekommen. Sie hatte damit gerechnet, sie hatte es gewusst, als er davongestürmt war, um Sorayn zu suchen. Blitz war gegangen und hatte sie verlassen. Vielleicht lebte er jetzt dort, auf Arima, mit dieser Mino. Mit dem Kind. Es war ihr unmöglich, sich Sorayn als einen schon fast erwachsenen Jungen vorzustellen, sie sah ihn immer nur als das Kind, das er gewesen war.

Blitz war gegangen und natürlich kam er nicht zurück, genau wie sie es sich gedacht hatte. »Er ist nach Rinland gefahren«, sagte sie, wenn jemand fragte, aber die meisten im Schloss hatten mitbekommen, dass er Kaiserin Fanes begleitet hatte, und flüsterten nur hinter vorgehaltener Hand darüber. Wie konnte ein Mann nach Rinland Ausschau halten, wenn er eine Frau wie diese an seiner Seite hatte? Als die Leute anfingen zu verstummen, wenn sie in ihre Nähe kam, hatte sie Manina darum gebeten, eine Reise machen zu dürfen. »Ich muss auf andere Gedanken kommen«, hatte sie gesagt. »Schick mich fort.« Manina konnte ihre Gefühle gut verstehen, denn auch sie schlich mit traurigem Blick umher, seit ihre Eltern und Blitz sie verlassen hatten. »Wohin soll ich dich schicken?« »In die Gefahr«, bat Ilinias. »Mach mich zu deiner Kundschafterin.« Die junge Kaiserin sah, dass es keinen Zweck hatte, sie zu einer weniger gefährlichen Mission zu überreden. Und so hatte Ilinias ihr Pferd gesattelt und war losgezogen, in Richtung Osten.

Durch Ingreich und Rist war sie bis an die Grenze von Yos gekommen, eine schwer bewachte Grenze, wo an jeder Straße mehrere Soldaten saßen. Sie hätte versuchen können, sich durchs Gebüsch zu schlagen und eine Stelle zu finden, an der sie heimlich hinüberschleichen konnte, aber sie brauchte eine Auskunft, und die konnte sie sich auch hier erfragen.

»Halt!« Der diensthabende Soldat sprach ihre Sprache nicht gut, aber gut genug, um Fragen zu stellen. »Was willst du in Yos?«

»Eine Botschaft für König Zukata«, sagte sie. In ihrem Herzen hämmerte es, als sie ihrem Vater den Titel gab, den er sich hier errungen hatte.

Der Soldat musterte sie aus halb zusammengekniffenen Augen. »Ach ja? Der König ist in den Krieg gezogen.«

»Gib mir eine Eskorte mit, wenn du magst. Ich muss zu ihm.« Sie lächelte. »Versuch nicht, mich dazu zu überreden, die Botschaft gleich hier loszuwerden. Ganz sicher will der König nicht, dass das, was ich zu sagen habe, ein anderes Ohr als seines erreicht.«

Der Mann schien zu überlegen, ob sie eine von Zukata geschickte Spionin sein könnte. »Kannst du dich ausweisen?«, fragte er. »Das Zeichen?«

Das Zeichen. Sie kannte es so gut. Wie oft hatte sie es an Blitz' Arm gesehen, hatte mit ihren Fingerspitzen die Linien nachgemalt. Die Krone und das Z. Aber sie hatte sich nie gewünscht, es selbst zu tragen. Sie gehörte Zukata nicht, wie es seine Untertanen taten. Sie war seine Tochter.

Ilinias schüttelte den Kopf. »Ich werde hier nichts ausziehen, ganz gewiss nicht.«

Ein zweiter Soldat trat hinzu, gemeinsam überlegten sie auf Yosianisch, was zu tun war. Schließlich trafen sie eine Entscheidung – genau das, was sie vorgeschlagen hatte. Einer der Posten sollte sie zum König bringen.

Es wurde weniger schlimm, als sie erwartet hatte. Der Yosianer war unnahbar und höflich, aber als sie sich der Front näherten, taute auch er allmählich auf und lächelte hin und wieder. Vielleicht freute er sich auf das Ansehen, das er gewinnen würde, wenn er die schöne Frau vor aller Augen zum König brachte. Ilinias hatte jedoch nicht vor, sich von allen sehen zu lassen. Im Schutz der Dunkelheit ließ sie sich zu Zukatas Zelt bringen. Ihre Waffen musste sie dort ablegen, dann erst führte man sie hinein.

»Diese Frau kommt mit einer Nachricht aus Deret-Aif.«

Zukata saß auf dem Boden, über eine Karte gebeugt. Er sprang nicht sofort auf, als er sie sah. Aber das Lächeln, das über sein Gesicht glitt, wärmte ihr Herz. Er nickte den Männern zu, damit sie sie allein ließen.

Sie lachte leise. »Nun werden sie reden«, sagte sie. »Und sich Dinge ausmalen. Vielleicht hättest du mich vorstellen sollen?«

Zukata stand auf. Er streckte die Arme nach ihr aus, zögernd. »Bringst du mir eine Botschaft von Manina?«

»Die Kaiserin weiß nicht, dass ich hier bin.«

Er zögerte immer noch, seine großen Hände griffen unschlüssig durch die Luft. Ilinias beschloss, die Initiative zu ergreifen. Sie trat vor ihn hin und umarmte ihn, und er drückte sie vorsichtig an seine Brust. Dann ließ er sie los und räusperte sich. »Warum bist du gekommen?«

»Wollen wir uns nicht setzen?«, fragte sie. »Ich habe eine weite Reise hinter mir.«

Merkwürdigerweise genoss sie es, ihn so verlegen zu sehen. So unentschlossen, als könnte jedes Wort, jede falsche Bewegung sie wieder vertreiben. Sie sah zu, während er ihr etwas in ein Glas goss, eine goldene Flüssigkeit.

»Trink«, sagte er. »Weißwein aus Neiara. Spätauslese.«

»Den gibt es selbst in Kirifas selten.«

»Ich habe Beziehungen.« Er beobachtete sie, wie sie trank. »Weiß Blitz, dass du mich besuchst?«

»Blitz ist fort.« Aber sie war nicht hergekommen, um über Blitz zu reden. Sie hatte nicht vor, Zukata zu erzählen, was sie getan hatte und warum. Jedenfalls noch nicht. Er würde es verstehen, da war sie sich sicher, aber sie wollte jetzt nicht darüber reden.

»Ich kann ihm gerne den Hals umdrehen, wenn du das wünschst«, bot Zukata an.

»Blitz ist nach Rinland gefahren.« Mittlerweile glaubte sie es fast selbst. »Ich bin hergekommen, um bei dir zu bleiben.« So, jetzt war es heraus. »Ich könnte hier in deinem Krieg kämpfen. Ich bin eine gute Kriegerin, das weißt du. Ich kann dir hier nützlich sein.« Sie schaute in das Glas, um ihn nicht dabei ansehen zu müssen. »Ich habe sonst niemanden«, sagte sie. »Du bist meine Familie.«

Zukata antwortete nicht sofort. »Hast du Manina gesagt, dass du den Hof für immer verlässt?« Als sie verneinte, atmete er auf. »Das ist gut. Denn du musst zurück, Ilinias. Es wäre mir eine Ehre, dich an meiner Seite zu haben. Aber in Kirifas bist du mir viel nützlicher. Ich habe dort niemanden so nah an ihr dran.«

Ilinias schüttelte heftig den Kopf. »Es ist nicht meine Art, Leute auszuspionieren. Ich will meinem Gegner in die Augen sehen. Wenn ich kämpfe, dann ehrlich und fair.« Aber sobald sie das Wort »ehrlich« sagte, gab es ihr einen Stich, denn die ganzen vergangenen Jahre mit Blitz waren eine Lüge gewesen. Sie war genau das, was Zukata brauchte: eine Frau, die hinter dem Rücken ihrer Lieben handelte und dann so tat, als sei sie unschuldig.

»Yos. Groß-Sandart. Melgian.« Zukata sah sie an. »Und jetzt der Krieg um Kijon. Ich mache dieses Reich groß, aber es ist nicht das, was ich will. Ich will mein Erbe. Und sobald ich meine Macht hier ausgebaut habe, werde ich nach Deret-Aif kommen und mir nehmen, was mein ist.«

»Und was kann ich da tun?«, fragte sie. So lange war sie geritten, um ihn zu sehen, aber sie verlor kein Wort darüber, dass er sie sofort wieder fortschicken wollte. Natürlich ging es ihm um den Kaiserthron, nicht darum, als kleine Familie glücklich und zufrieden hier im Ausland zu leben. Sie hatte sich darauf eingestellt, ihn in seinem Kampf zu unterstützen. Dann musste sie es auch auf die Art tun, die er für richtig hielt.

»Du kennst die Kaiserin. Erzähl mir von ihr. Warum haben die Könige sie gewählt, obwohl sie keine Riesin ist? Was erwarten sie von ihr? Sind die Fürsten im Palast zufrieden? Erzähl mir alles.«

Er fragte nicht danach, wie sie lebte. Nicht danach, ob sie glücklich war, und auch nicht, was zwischen sie und Blitz getreten war. Aber über Manina wollte er alles wissen.

»Seit Blitz fort ist, hat sie keinen Ratgeber?« Zukata lächelte. »Ich sag's doch, auf diesen Jungen ist kein Verlass. Macht sich einfach davon.«

Blitz war längst kein Junge mehr. Aber Ilinias widersprach nicht. Sie widersprach auch nicht, als er ihr nahelegte, Maninas erste und einzige Vertraute zu werden. In gewisser Weise war sie das schon. Manina hatte schon als Kind sehr an ihr gehangen. Manchmal hatte sie das gefreut und manchmal war es einfach nur lästig gewesen. Zum ersten Mal, durch Zukatas Augen, erkannte sie, wie nützlich es war.

»Diene ihr gut«, sagte er. »Denn dumm ist sie mit Sicherheit nicht. Aber vergiss nie, wem du in Wirklichkeit dienst.«

Ilinias schluckte. Eigentlich hatte sie es nicht als Dienst bezeichnen wollen. »Du bist mein Vater, nicht mein König«, fauchte sie.

Zukata sah sie überrascht an. »Ich kann dich nur gebrauchen, wenn ich mich auf dich verlassen kann«, sagte er. »Wenn du tust, was ich dir sage, an dem Platz, an den ich dich hinstelle. Für Spielchen habe ich keine Zeit. Und ich brauche dich nicht, um rebellische Kijoner zu schlagen. Dafür habe ich genug andere Leute. Entweder gehst du zu Manina und bleibst an ihrer Seite, bis ich hier soweit bin, dass ich nach Deret-Aif kommen kann, oder du hörst auf, so zu tun, als wolltest du mich unterstützen. Du bist hergekommen und hast dich angeboten. Nicht ich habe um deinen Beistand gebettelt.«

Vor Ärger krallte sie ihre Hand so fest um das Glas, dass es zersplitterte. Fassungslos starrte sie auf die Scherben. Ihre Handfläche färbte sich rot.

»Zeig her«, sagte Zukata sanft. Er nahm ihre Hand in seine und zog die Scherben heraus. Obwohl seine Hände so groß waren, tat er es schnell und geschickt. Dann legte er das Halstuch ab, das er trug, und wickelte es um ihre Hand.

»Hältst du dich für Keta, den Heiler?«

Er verzog grimmig das Gesicht. »Eines Tages werde ich die heilenden Hände haben. Hier, trink das. Wir beide brauchen wohl etwas Stärkeres als Wein.«

Diesmal reichte er ihr kein Glas, sondern einen Becher aus Horn. Nach dem ersten Schluck verzog sie angewidert das Gesicht, und er lachte.

»Nichts für Kinder, ich weiß.«

»Ich bin kein Kind.«

Er nickte. »Wirklich nicht? Ich hatte schon fast den Eindruck, du bist hergekommen, damit du mit meinem Spielzeug spielen kannst. Vielleicht hättest du gerne einen eigenen Trupp gehabt, mit dem du dich in Kijon austoben kannst? Und danach ziehst du ein

Seidenkleid an und spielst in meinem Schloss in Yos Prinzessin? Ach ja, und du hast noch gar nicht darum gebeten, Königin Sidini vorgestellt zu werden.«

Das entsprach so sehr dem, was sie sich erhofft hatte, dass sie rot wurde und schwieg.

»Ich brauche dich in Kirifas«, wiederholte Zukata ernst. »Ohne Wenn und Aber. Ich dulde keine Eigenmächtigkeiten. Keine Ausreden, keine Ausflüchte. Nur Gehorsam. Bist du dazu bereit, Ilinias?«

»Und was«, fragte sie leise, »bedeutet das, wenn der Zeitpunkt gekommen ist? Wenn du nach Deret-Aif kommst, mit deinem Heer? Erwartest du, dass ich dann Hand erhebe gegen Manina? Das könnte ich nicht.«

»Warum bist du dann hier?«, fragte er schroff. »Verschwinde. Entweder du gehörst zu meinen Leuten oder nicht. Dann geh.«

Sie rührte sich nicht von der Stelle. Sie hielt die verletzte Hand an den Bauch gepresst und starrte ihren Vater trotzig an.

»Ich wollte nie einen Krieg«, sagte Manina leise. »Nie. Es ist so sinnlos. Ich dachte, ich könnte eine gute Kaiserin sein, ich könnte meinem Volk dienen. Und nun sollen sie für mich sterben? Nun soll ich sie Zukata entgegenschicken, damit er sie totschlagen kann? Was bin ich für eine Herrscherin, wenn ich das erlaube?«

»Sie werden nicht für dich sterben«, meinte Ilinias. »Sondern für Deret-Aif. Für ihre eigenen Familien. Für all das, was Kanuna El Schattik aufgebaut hat und was niemals in Zukatas Hände fallen darf. Dieses schöne Land ... Sei stark, Manina. Wir haben keine Wahl.«

Ein lautes Klopfen ließ sie hochfahren. Die Kaiserin war in letzter Zeit so schreckhaft, dass es wenig brauchte, um sie zusammenzucken zu lassen. »Was ist?«

Es war Sarika, mittlerweile zu alt, um noch als Wächterin zu dienen. Aber das Schloss verlassen wollte sie trotzdem nicht. »Ihr habt Besuch, Eure Majestät«, sagte sie förmlich. »Die Wachen haben eine Frau eingelassen, die sich als Kaisergänger Eures Vaters ausweisen konnte.«

»Bring sie her.« Manina wandte sich verwundert an ihre Freundin. »Kann das Mino sein?«

Es war tatsächlich Mino. Ilinias erkannte sie sofort, auch wenn es so viele Jahre her war, dass sie sie zuletzt gesehen hatte. Natürlich war sie kein junges Mädchen mehr und die Jahre hatten ihre Spuren hinterlassen, aber ihr sanftes Lächeln erinnerte so sehr an früher, so sehr an Blitz, dass es schmerzte.

Es war bewundernswert, wie es Manina gelang, Haltung zu bewahren. Eben noch war sie den Tränen nahe gewesen, jetzt jedoch saß sie sehr königlich und aufrecht in ihrem gepolsterten Lehnstuhl und nickte hoheitsvoll.

»Kaiserin Manina«, sagte Mino und zögerte. Diese Frau war eine Fremde. Sie hatte an das blonde Kind gedacht, das sie gekannt hatte, um das sie gekämpft hatte, aber diese hellhaarige Kaiserin war trotz aller Ähnlichkeit mit Keta eine völlig fremde Person.

»Ich bin Mino. Wie Ihr vielleicht wisst, bin ich die Ziehtochter Eures Bruders Keta. In gewisser Weise bin ich Eure Nichte.«

»Keta hat dich geschickt?«, fragte Manina und lehnte sich vor.

»Nein.« Mino schüttelte den Kopf. »Es tut mir leid. Ich bin aus eigener Initiative hier, ich dachte, bevor der große Krieg ausbricht ... Schon seit längerem versuche ich ihn dazu zu überreden, Euch den Segen zu geben. Es würde Eure Position enorm stärken, wenn Ihr die gesegnete Kaiserin wärt. Ich habe mit Keta darüber gesprochen, aber er ist der festen Überzeugung, nur ein Riese könnte den Segen bekommen.«

Manina nickte. »Ich weiß«, sagte sie. »So ist es nun mal. Ich habe nie verlangt oder auch nur erwartet, dass er mich segnen würde.«

»Aber warum nicht?«, brach es aus Mino heraus. »Es hieß auch, nur ein Riese dürfte auf dem Thron hier sitzen, und doch sitzt Ihr hier und die meisten finden das gut und richtig so. Keiner in Deret-Aif will von dem wahnsinnigen Zukata regiert werden!« Mino atmete tief durch. »Kaiserin Manina, ich konnte Keta nicht dazu überreden, herzukommen. Aber wenn Ihr mit mir kämt, zu ihm, wenn er Euch sehen würde, dann würde er vielleicht seine Meinung ändern.«

»Bist du verrückt?«, warf Ilinias ein. »Du verlangst, dass Manina den Palast verlässt und auf der Suche nach Keta durch die Wälder streift? Zu Kriegszeiten?«

»Ich verlange gar nichts«, verbesserte Mino schroff. »Ich habe es nur vorgeschlagen. Ich weiß, dass es ein Wagnis ist, bei dem es vielleicht nichts zu gewinnen gibt. Nicht einmal seine Frau kann Keta zu etwas überreden, was er nicht will. Aber wenn Manina zu ihm kommt und ihm beweist, dass sie nicht so schwach und ängstlich ist, wie er denkt ...«

»Er gibt ihr den Segen nicht, weil er sie für schwach und ängstlich hält?«, rief Ilinias aufgebracht.

»Er hat gesagt, er kann den Segen keinem Menschen geben, weil Menschen zu schwach sind! Weil ein Mensch, jung und unerfahren und dazu noch eine Frau – ja, auch das hat er gesagt – mit der Last des Segens überfordert wäre! Das hat er gesagt!«, schnauzte Mino sie an.

Manina hob die Hand und die beiden verstummten sofort. »Das ist also der Grund?«, fragte sie. »Ein Mensch kann nicht gesegnet werden, weil er zu schwach ist? Ich dachte, es wäre unmöglich. Dass es einfach nicht geht. Aber jetzt klingt es, als wäre es schon möglich, aber die Riesen behalten den Segen für sich, weil sie uns Menschen für unwürdig und unfähig und klein und dumm und schwach halten?« Ihre Augen funkelten wütend. »In mir fließt Kanunas Blut, genauso wie in ihm. Und Keta läuft mit diesem Segen durch mein Reich und weigert sich zu regieren, aber ich erfülle hier meine Pflicht und bin einfach nicht würdig genug?«

»Darum geht es doch gar nicht.« Sarika, die bisher still an der Wand gestanden hatte, mischte sich jetzt ein. »Keta mag das für den Grund halten, aber dann weiß er selber nicht, warum es ist, wie es ist. Ein Riese muss über uns herrschen, weil Rin ein Riese ist. Weil er ein gewaltiger Riese ist, der die Brücke hält – nur darum.«

»Dann glaubst sogar du, dass ich nicht rechtmäßig auf diesem Thron sitze?« Manina hielt es nicht länger auf ihrem Sessel, sie sprang auf. »Ich bin die Kaiserin«, sagte sie. »Ich werde ihm befehlen, mir den Segen zu geben. Ich bin stark genug dafür. Ich werde die gesegnete Herrscherin von Kirifas sein, die Zukata entgegentritt.« Sie sah Mino in die Augen. »Wo finde ich Keta?«

»Ich kann Euch zu ihm bringen.«

»Verzeiht, Majestät.« Sarika trat einen Schritt näher. »Aber das könnte eine Falle sein.«

»Dieser Frau hat mein Vater seine ganze Macht anvertraut«, sagte Manina. »Das ist keine Falle.«

»Ich kämpfe gegen Zukata«, verkündete Mino stolz, »wie ich es schon immer getan habe.«

»Trotzdem muss ich Euch daran erinnern, wie gefährlich es für Euch ist, den Palast zu verlassen.« Ilinias brennende Augen hätten Mino versengt, wenn das möglich gewesen wäre. »Wie sollen wir Euch schützen, wenn Ihr Euch in die Wildnis begebt?«

»In die Wildnis?« Manina lachte auf. »Das ist Deret-Aif. Das ist mein Reich! Und außerdem wird niemand davon erfahren. Sie sollen alle glauben, dass ich hier in meinem Palast hocke und auf die Truppen warte. Ich denke, wenn ich heimlich gehe, bin ich weitaus sicherer, als wenn ich mit Leibgarde und Tamtam reise.«

Ilinias schüttelte den Kopf. »Mit Verlaub, das ist bodenloser Leichtsinn.«

»Ich bin kein ängstliches kleines Mädchen, das sich hinter goldenen Wänden versteckt«, zischte Manina. »Ich werde Keta überraschen, und er wird gar nicht anders können, als mir den Segen zu geben.«

Der Ausblick von den Nordhängen des Gebirges war grandios. Das schöne Wetter gewährte ihnen klare Sicht. Sie konnten weit ins Land hinaussehen.

»Deret-Aif«, sagte Sorayn leise. »Da liegt es.«

»Geh hinunter und nimm es dir«, sagte Fria.

»Dort«, meinte Fret, »liegt Kirifas, wo der gesegnete Kaiser regiert.« Er lachte verächtlich. »Ein Menschenmädchen.«

»Manina«, murmelte Sorayn. »Und sie ist gesegnet? Das wusste ich gar nicht.«

»Nein, ist sie nicht. Der Segen ist verlorengegangen. Jeder kann sich jetzt die Krone greifen, es spielt keine Rolle. Zukata oder Manina oder du. Und mit dir die Riesen.«

Sorayn übersah sein Grinsen, er wandte sich an Fria. »Stimmt das? Der Segen ist verloren?«

»Zukata hat ihn«, meinte jemand.

»Dann«, sagte Sorayn, »wird ihn nichts und niemand aufhalten, wenn er nach Kirifas kommt. Soll ich mich ihm wirklich in den Weg stellen? Das ist wohl doch keine so gute Idee.«

»Nein, das stimmt nicht«, sagte ein anderer Riese. Und eine junge Riesin drängte sich vor und sagte: »Es ist Prinz Keta, der Heiler. Er war hier im Gebirge, bei uns, vor ein paar Jahren, als wir alle das Fieber hatten. Es war die Zeit, in der Kanuna im Sterben lag. Er wusste, dass er dort gebraucht wurde, aber er blieb bei uns. Er hat die heilenden Hände.«

Sorayn wandte ihr seine volle Aufmerksamkeit zu. »Dann müsste er es sein, den wir dorthin begleiten. Wir könnten den Thron für ihn erkämpfen.«

»Vater des Volks«, sagte jemand. »So haben wir ihn genannt. Vater der Riesen ... Aber er wollte es nicht hören. Er wollte nichts davon wissen. Keta wird den Segen mit ins Grab nehmen.«

»Das werden wir ja sehen.« Etwas stieg in ihm auf, das sich warm und freudig anfühlte, so wie das berauschende Gefühl vor einem Kampf. »Wir gehen nach Kirifas«, sagte er laut. »Und vorher statten wir Prinz Keta einen Besuch ab.«

Die Riesen streckten die Fäuste in die Luft und antworteten ihm mit einem Schrei, der die Berge erzittern ließ.

Ilinias fühlte sich seltsam zufrieden, ihre Rivalin allein anzutreffen, ohne Blitz. In ihren Träumen hatte sie sie schon zusammen gesehen, Mino und Blitz und Sorayn. Diese echte Mino jedoch wusste gar nichts.

»Das können wir nicht erlauben«, sagte Sarika. »Und das weißt du.«

»Manina will es so.«

Die ältere Amazone schüttelte den Kopf. »Ich muss dir nicht aufzählen, was alles passieren kann.«

»Ich betrachte es als eine Kriegslist, die uns helfen kann, diesen Krieg zu gewinnen«, sagte Ilinias.

»Wirklich? Ich sehe es in deinen Augen, dass du mit dem Schlimmsten rechnest. Du hast dich schon von Manina verabschiedet.«

»Das alles kannst du in meinen Augen lesen?« Ilinias lachte. »Mach dich nicht lächerlich, Sarika. Ich bring sie zurück. Ich hatte eine gute Lehrerin.«

Sarika seufzte. »Ich sollte euch eine Eskorte mitgeben, ob du willst oder nicht.«

»Das tust du nicht. Denn du weißt, dass wir zu dritt weniger auffallen, als wenn die Kaiserin mit Gefolge reisen würde. Wir werden heimlich und schnell reiten und sind bald wieder zurück. Versprochen.«

Aus der Tür, vor der die Wächterinnen gewartet hatten, trat Manina, in einem schlichten braunen Kleid. Das blonde Haar, das sie sich sonst kunstvoll hochstecken ließ, fiel offen und leicht gewellt über ihre Schultern.

»Ein Mädchen vom Lande«, stellte die Kaiserin sich vor. In ihren Augen glänzte die Aufregung. Wenn der Krieg nicht so nahe gewesen wäre, hätte diese Reise eine angenehme Abwechslung werden können, ein lustiges Spiel für die verwöhnte Prinzessin. »Wie sehe ich aus?«

»Wie die Kaiserin«, sagte Sarika missmutig.

Manina zog sich die Kapuze über den Kopf. »Dann lasst uns gehen. Sind die Pferde bereit?«

»Alles ist bereit«, gab Ilinias widerwillig zu. »Sollte mich nicht wundern, wenn auch Eure Feinde bereit sind.«

»Es ist deine Aufgabe, dich um mich zu sorgen«, sagte Manina hoheitsvoll. »Aber es ist meine, dieses Land zu regieren. Ich brauche diesen Segen, mehr denn je!«

Mino wartete vor den Toren der Stadt auf sie. Fast hätte sie die beiden, die zu der abgesprochenen Zeit, kurz vor der Dämmerung, herauskamen, übersehen – zwei Frauen, beide in Reiseumhängen;

weder das weißblonde Haar der Amazone noch das goldblonde der Kaiserin lugte unter den Kapuzen hervor. »Da sind wir«, sagte Manina. »Und nun bring uns zu Keta.«

»Ich habe auch noch einen Begleiter mitgebracht«, sagte Mino. »Er wird dort vorne im Wald zu uns stoßen. Ich hielt es für sicherer, wenn er sich nicht in der Stadt blicken lässt.«

Ilinias schnappte nach Luft, aber der Mann, der sein Pferd zu ihnen auf den Waldweg lenkte, war klein und gedrungen.

»Kroa!«, rief Manina begeistert. »Oh, wie schön! Jetzt bin ich mir sicher, dass alles gut wird!«

»Ich war schon lange nicht mehr in Kirifas«, sagte der Zwerg. »Ihr ehrt mich, dass Ihr Euch an mich erinnert, Kaiserin Manina.«

»Nur Manina«, sagte die junge Frau rasch. »Nenn mich auf dieser Reise nur mit Namen.« Ihre Augen leuchteten vor Freude. Sie ritt mit ihm voraus und begann, Kroa nach allem und jedem auszufragen.

Gemeinsam bildeten Mino und Ilinias die Nachhut, vereint in eisigem Schweigen.

25. *Hier bin ich*

DAS ERSTE DORF, in das sie am Fuß des Gebirges kamen, lag leer und wie ausgestorben vor ihnen. Kein Mensch war zu sehen, nur ein paar Hunde kläfften die Riesen wütend an.

»Ist der Krieg schon so nah?«, fragte Sorayn erschrocken.

»Junge, die Leute suchen das Weite, wenn sie auch nur einen einzigen Riesen von den Bergen herabkommen sehen!« Einer der älteren Riesen boxte Sorayn in die Seite und lachte dröhnend. »Was glaubst du, wie die gerannt sind, als sie uns alle gesehen haben!«

Sorayn runzelte die Stirn. »Ich hatte vor, mit den Leuten zu reden.«

»Ha, das ist gut! So, wie du aussiehst, wirst du nie mit irgendeinem Menschen reden. Entweder er läuft weg. Oder er fällt in Ohnmacht.«

»So, wie ich aussehe?« Es versetzte ihm einen Stich. Monster, Monster ... Er hatte nie mit irgendeinem Menschen einfach so reden können. Doch dann begriff er, was der Riese meinte. Er sah an sich herunter. Ein wilder, zerlumpter Kerl, in Pelz und zerrissene Kleider gehüllt, barfuß ... Seine Hände fuhren über sein Gesicht, über seinen langen, struppigen Bart. Wie lange war er überhaupt bei den Riesen gewesen? Er hatte keine Ahnung. Fest stand nur, dass er nicht in diesem Aufzug vor Prinz Keta treten und ihn um den Segen bitten konnte. So konnte er sich vor keinem einzigen seiner zukünftigen Untertanen blicken lassen!

»Ich brauche einen Barbier. Und einen Schneider. Und einen Schuster.«

Die anderen lachten. »Wenn du bis auf hundert Meter an einen herankommst.«

»Hört auf zu lachen!«, fuhr er sie wütend an. »Das nächste Dorf werde ich allein betreten. Ihr werdet es umgehen, so dass niemand euch sieht. Ist das klar?«

Ihre betretenen Gesichter machten deutlich, wie schwer es ihnen fiel, auf das Erschrecken ahnungsloser Dörfler zu verzichten. Während sie weitergingen, versuchte er die Riesen mit anderen Augen zu sehen, mit menschlichen Augen. Die meisten waren gar nicht mal so heruntergekommen wie er. Fria mit ihren geschmückten Stiefeln und Kleidern brauchte keinen Schneider; jedes andere Kleid hätte das, was sie aus sich heraus war, nur verdorben.

»Ich sagte es doch«, meinte sie lächelnd. »Du bist der Wildeste von allen.«

»Auch in Menschenkleidern werde ich immer noch der Stärkste sein«, knurrte er.

»Natürlich. Und das wissen wir. Hier.« Sie knüpfte einen kleinen ledernen Beutel von ihrem Gürtel. »Das wirst du brauchen.«

Er sah hinein. Der Beutel war mit kleinen Goldkörnern gefüllt. Auf seinen fragenden Blick lachte sie. »Unsere Berge sind voll davon. Und du hast doch sicher nicht vor, dem Schneider oder wem auch immer zum Dank die Tür einzutreten.«

»Selbst wenn ich mein Ziel erreiche und Kaiser in Kirifas werde, wirst du in die Berge zurückkehren.« Er sprach es aus, ohne darüber nachzudenken, was das für sie beide bedeutete.

Fria nickte. »Natürlich. Und du wirst dir wünschen, du könntest es auch.«

»Warum hilfst du mir dann?«, wollte er wissen. »Wenn du doch schon weißt, dass wir beide unglücklich sein werden?«

»Weiß ich das?«, fragte sie zurück. »Ich bin glücklich, dort, wo ich hingehöre. Was weiß ich, was dich glücklich macht? Ich jedenfalls nicht.«

Also wusste sie es, wusste, dass er sich in seinen Gedanken und in seinem Herzen schon weit von ihr entfernt hatte.

»Ich freu mich auf den Kampf«, sagte sie. »Nur aus diesem Grund bin ich hier, so wie die anderen auch. Alles andere ist von jetzt an vorbei.«

Sie marschierten schnell. Schon bald kam das nächste Dorf in Sicht und Sorayn wies die Riesen an, möglichst ungesehen einen Bogen darum zu schlagen. Er selbst ging weiter, doch auch hier fand er die Straße leer. Er hörte, wie die Fensterläden zugeschlagen wurden. Irgendwo bellte ein Hund sich die Seele aus dem Leib.

»Du solltest mir doch nicht nachkommen.« Der Bär war immer noch da und wiegte sich unruhig hin und her. »Das war falsch«, rügte Sorayn ihn. »Na los, geh schon.«

Dann war er endlich ganz allein. Während er langsam an den verrammelten Häusern vorbeiging, fragte er sich, ob es immer so sein würde, sein ganzes Leben lang. Wut stieg in ihm auf. Er fragte sich, was sie sagen würden, wenn er eine dieser Türen eintrat – hatte Fria nicht genau das vorhergesagt? – und sie dazu zwang, ihm zu gehorchen.

Das musste der Laden des Barbiers sein, das Schild mit Kamm und Schere lud auch die Leseunkundigen ein. Sorayn legte die Hand an die Klinke.

»Ist da jemand?«, fragte er laut.

Zu seinem Erstaunen bewegte sich die Tür, ganz sacht nur, und er ließ sie schnell los, damit derjenige, der auf der anderen Seite war, sie öffnen konnte. Es war ein älterer Mann, der über gar kein Haar mehr verfügte, sich aber offenbar umso ausgiebiger mit seiner Glatze beschäftigte. Sie glänzte strahlend, aber das Lächeln des Barbiers stand dem in nichts nach.

»Der Herr wünscht eine Rasur?«

Sorayn sah, wie der Mann zitterte, wie viel Kraft es ihn kostete, dem wilden Riesen aus den Bergen die Tür zu öffnen und ihn wie einen ganz normalen Kunden zu behandeln.

»Du bist doch der Barbier?« Sorayn wartete die Antwort nicht ab. Er trat in die Stube und war sich dessen bewusst, dass unzählige unsichtbare Beobachter, die ihn von den Fenstern der Nachbarhäuser aus beäugten, zugleich erleichtert und enttäuscht aufatmeten.

»Hier – setz dich, wenn es genehm ist. Eine Rasur. Und – und die Haare ... vielleicht?«

»Tu, was nötig ist, damit ich wie ein anständiger Mensch aussehe.«

Er hatte es leichthin gesagt und erschrak doch darüber, dass er sich immer noch einen Menschen nannte, obwohl er wusste, dass er etwas ganz anderes war.

Der Barbier hantierte mit Schüsseln und Messern herum und fragte mit bebender Stimme, ob er ihm die Haare waschen dürfe.

»Alles, was nötig ist«, wiederholte Sorayn und überließ sich ganz den Händen des Meisters. Er schloss die Augen, während er die Behandlung über sich ergehen ließ. Es war nicht unangenehm, aber er war es nicht gewohnt, dass jemand an ihm herumzupfte, schabte und riss.

»Verzeihung«, stammelte der Barbier immer wieder. »Bitte um Verzeihung.«

»Mach einfach weiter. Ich werde dich schon nicht in der Luft zerreißen.«

Der Mann schien davon weniger überzeugt, aber als nichts Schlimmes geschah, beruhigte er sich schließlich und seine Handbewegungen wurden sicherer. Schließlich war er fertig. Er betrachtete seinen Kunden zufrieden, aber auch ein wenig erstaunt. »Du siehst aus wie ein Mensch.«

»Hast du einen Spiegel?«

Es war das zweite Mal, dass er sich selbst sah. Der Barbier hatte recht, das war kein Riesengesicht. Seine Züge waren viel feiner, die Nase kein dicker Klumpen, sondern schmal und gerade. Die Brauen, bei den Riesen meist nur dicke Büschel, wölbten sich wie schwarze Messerklingen über seinen Augen. Diese Augen waren von einem unglaublich strahlenden Himmelsblau, und dass seine Wimpern so lang und tiefschwarz waren, bot einen reizvollen Kontrast. Sein Mund, früher so schief, dass er kaum Worte herausbekommen hatte, war jetzt gerade, die Lippen sanft geschwungen über den makellosen Zähnen. Der Barbier hatte ihn glatt rasiert und sein langes Haar bis zu den Schultern gekürzt.

»So trägt man es jetzt«, flüsterte er. »Glaube ich. In Aifa soll das groß in Mode sein. Ist es recht so?«

»Ich kenne dieses Gesicht«, sagte Sorayn leise, ohne auf den Mann zu hören. Er starrte in den Spiegel, als wäre dort drinnen ein Fremder.

»Nun ja, es ist ja auch dein Gesicht.«

El Jati. Es war so viel von El Jati in diesen Zügen, und, nein, er hatte diesen Mann nur ein einziges Mal gesehen, aber es gab keinen Zweifel.

»Ich sehe fast aus wie mein Vater.« Er stand auf und machte einen Schritt auf den Barbier zu, der erschrocken zurückwich.

»Was bin ich dir schuldig?«

»Nichts. Oh, gar nichts«, beteuerte der Mann.

Sorayn holte den Beutel hervor, den Fria ihm gegeben hatte, packte die Hand des Barbiers und schüttete ihm ein paar Goldkörner auf die Handfläche. »Reicht das?«

»Ob das ... Bist du ein Fürst, Herr?«

»Gibt es hier einen guten Schneider? Und einen Schuster?«

»Ja! Ja, natürlich. Ich bringe dich – ich führe Euch hin, Herr. Fürst. Prinz.«

Draußen war immer noch alles still, als der Barbier Sorayn zu einem anderen Haus führte und dort an die Tür klopfte.

»Kundschaft!«, rief er laut. »Gute Kundschaft! Mit Gold zahlende gute Kundschaft!«

Leise knarrend schwang die Tür auf.

Als Sorayn später zu den Riesen stieß, johlten sie wie eine Horde Schuljungen. »Seht den edlen Jüngling da. Habt ihr ihn gesehen? Habt ihr, habt ihr?«

Sorayn holte aus und schmetterte den Nächstbesten zu Boden.

Der Riese setzte sich auf und hielt sich das schmerzende Kinn. »Es ist Sorayn«, sagte er. »Kein Zweifel.«

Mehrere hundert Riesen konnten, wenn sie die Straße entlangstampften, Brücken zum Einsturz bringen. Doch sie konnten sich auch erstaunlich leise und nahezu unsichtbar vorwärtsbewegen. Als die Gebirgsriesen in den Wald eintauchten, in dem ihre

Späher eine Gruppe Zintas ausgemacht hatten, verschmolzen sie mit dem Dämmerlicht unter den Blättern.

»Sie werden uns verraten, wo Keta sich aufhält«, flüsterte Fria, »und dann haben wir ihn.«

»Nach allem, was ich von den Zintas weiß, verraten sie nie einen der Ihren.«

»Dazu bringen wir sie schon, mach dir keine Sorgen.«

Sorayn lächelte über Frias blinde Zuversicht, alles mit Gewalt zu erreichen. Manchmal bedauerte er, dass er nicht sein ganzes Leben bei den Gebirgsriesen verbracht hatte, und manchmal war er froh über die menschlichen Verhaltensweisen, die er sich angeeignet hatte. So wie auf der Jagd nach Keta. Er hatte den Riesen verboten, die Dörfer zu verwüsten, durch die sie kamen. Bei der Kampfstimmung, in der sie alle waren, war das nicht leicht durchzusetzen, aber nachdem er ein paar besonders vorwitzige Riesen in die Schranken verwiesen hatte, hielten sie sich an die Regeln. Alle, die es nach Kampf dürstete, konnten sich darauf verlassen, dass Sorayn jederzeit zu einer Prügelei bereit war.

»Ich werde mit ihnen reden«, sagte er. »Niemand, der einen Zinta trifft, soll ihn bedrohen.«

Mittlerweile machte es ihm sogar Spaß, sie mit diesen eigentlich unmöglichen Verboten zu ärgern. Sie mussten ihm gehorchen. Und fast freute er sich über jeden, der es nicht tat, denn dann hatte er endlich wieder einen Grund. So sehr hatte er sich in den Bergen an körperliche Auseinandersetzungen gewöhnt, dass er sie brauchte wie die Luft zum Atmen. Kampf war wie Nahrung. Manchmal war ihm, als könnte er seinen Körper nur fühlen, wenn er Schmerz verspürte, wenn er in der Umklammerung eines anderen Riesen an seine Grenzen kam.

»Ich rede als Einziger, klar?«

Er verlor die anderen an den Schatten, an das tanzende Sonnenlicht auf dem Waldboden. Es war lange her, dass er allein gewesen war. Es war lange her, dass er von den Sternen geträumt hatte und dass die Worte golden aus seiner Feder geflossen waren, eine endlose Kette von Worten, wie ein Seil, mit dem er die Welt an sich binden konnte.

Es war eine andere Art Wald als daheim in Neiara, weiter und lichter, und doch war er auf einmal wieder der Junge, dessen einzige Freude die Bäume waren, die ihn nicht verspotteten, der Junge, zu dem die Tiere kamen.

Ein Stoß in den Rücken ließ ihn vorwärts stolpern. Es war der Bär, der zwar Abstand hielt, wenn Sorayn in der Mitte der vielen Riesen unterwegs war, ihn aber immer noch begleitete.

»Du willst spielen, wie?«

Sorayn lief los und der Bär rannte ihm nach. Auf einer Lichtung ließ er sich einholen. Das schwere Tier warf sich gegen seinen Rücken, und gemeinsam rollten sie über das hohe Gras. Der Bär knurrte bedrohlich und riss an Sorayns Ärmel.

»He, lass das, das sind meine neuen Sachen!«

Er vergaß, dass er eigentlich nach den Ziehenden hatte suchen wollen. Aber sie waren da, in diesem Wald, und ein Mädchen, das sich vom Lager entfernt hatte, trat auf die Lichtung, und sah, wie ein wütender Bär mit einem Mann kämpfte, der auf dem Rücken lag. Sie konnte ihn nicht sehen, sie sah nur Arme und Beine und hörte das furchteinflößende Grollen des Tieres; es war größer als alle Bären, die sie je gesehen hatte.

Die junge Zinta stand da wie erstarrt. Sie wollte schreien. Sie wollte loslaufen und den Bären wegzerren, aber sie konnte sich nicht von der Stelle rühren. Sie sah sich nach einer Waffe um, nach einem Knüppel, mit dem sie das Tier schlagen konnte. Auf einmal berührten ihre tastenden Hände die Flöte. Sie setzte sie an die Lippen und begann zu spielen. Was geschehen würde, wenn es ihr gelang, das wilde Tier von seiner Beute abzulenken, darüber dachte sie nicht nach. Sie spielte einfach, mit zitternden Fingern, aber das Lied, das sie im Schlaf konnte, das so sehr ihr gehörte wie nichts sonst, spielte sich fast von alleine.

Der Bär hob verwundert den Kopf und starrte sie an. Einen Moment lang glaubte sie, das, was sie hier tat, wäre vergebens, denn der Mann, den sie retten wollte, rührte sich nicht. Doch auf einmal bewegten sich die Grashalme, ein dunkelhaariger Fremder setzte sich auf, und ihr fiel die Flöte aus der Hand, als er fragte: »Maja?«

Sorayn hatte sich manches Mal schon gefragt, ob er sich je trauen würde, Maja noch einmal gegenüberzutreten. Er hatte sich vorgestellt, wie er, wenn er erst Kaiser von ganz Deret-Aif war, eine Reise nach Arima machen würde, dass er zu ihr kommen würde mit großem Gefolge. Und sie, die sich bis dahin die ganze Zeit gefragt haben würde, ob der Sorayn, der Kaiser geworden war, der gleiche Sorayn sein könnte, bei dessen Anblick sie geschrien hatte, würde ihn ansehen und vor lauter Freude und Erstaunen kein Wort herausbringen. Andere Träume waren nicht ganz so grandios, aber jede Szene, die er sich ausmalte, begann damit, dass er fürstlich gekleidet vor sie hintrat, und endete in einem verschwommenen Nebel, denn er konnte sich nicht wirklich vorstellen, was Maja tun würde, wenn sie ihn wiedertraf. Die Angst, sie könnte ihn wieder so ansehen, mit diesem Entsetzen in den Augen, war immer noch in ihm, die Angst, sie könnte erst die Hände nach ihm ausstrecken und dann schreiend weglaufen.

Es war nicht geplant, sie so zu treffen, von ihr überrascht zu werden, während er mit einem zottigen, nach Raubtier stinkenden Bären balgte.

»Was tust du denn hier?«, fragte er. »Ich dachte, du bist in Arima?«

Sie bückte sich nicht, um ihr Instrument aufzuheben. Sie stand nur da, mit großen, erschrockenen Augen.

»Bei Rin«, sagte er leise, »du bist noch schöner geworden.«

Zögernd machte sie ein paar Schritte auf ihn zu. »Kennen wir uns?«

In allen seinen Träumen hatte sie immer sofort gewusst, wer er war. Er schalt sich selbst dafür. Wie konnte er von irgendjemandem verlangen, in dem Mann, der er geworden war, den missgestalteten Jungen von damals wiederzuerkennen? Aber er brachte seinen Namen nicht über die Lippen. Vielleicht war es das Klügste, einfach zu gehen. Einfach aufzustehen und zu gehen, bevor sie ihm ein zweites Mal das Herz aus der Brust reißen konnte. Aber er blieb sitzen, regungslos, als könnte die kleinste Bewegung sie verscheuchen, als wäre sie das wilde Tier, das er anlocken musste.

Der Bär brummte, und er legte ihm beschwichtigend die Hand aufs Fell. »Er will, dass du noch einmal für ihn spielst«, erklärte er und dachte gleichzeitig: Was bin ich für ein Idiot, hier treffe ich sie endlich wieder und erkläre ihr, was mein Bär denkt.

Sie kniete sich vor ihn ins Gras. »Wer bist du?«, fragte sie, völlig gebannt. »Ich kenne deine Stimme ... Was machst du hier?«

Statt einer Antwort sagte er, was er auch damals gesagt hatte, in ihrem Garten, in jener Nacht, die so fürchterlich endete.

»Ich bin hier.«

»Sorayn?«, wisperte sie.

Sie sahen einander an, in staunendem Schweigen. Schließlich streckte Maja die Hand aus und berührte sein Gesicht, und er ergriff ihre Hand und drückte seine Lippen darauf. So verhielten sie, und seine blauen Augen versenkten sich in ihre dunklen.

Eifersüchtig schob der Bär seine Schnauze vor und versuchte das Mädchen wegzuschieben. Sorayn lachte. »Musst du immer im Mittelpunkt stehen?«

»Hast du ihn gezähmt?«, fragte Maja, die das Tier vergessen hatte, während Sorayn ihre Aufmerksamkeit völlig in Anspruch nahm.

»Gezähmt? Nein. Er ist nicht zahm. Er ist ein Bär.« Sorayn stand auf und zauste seinem Freund das Fell, bis er genug hatte und zwischen den Bäumen verschwand.

Maja blickte zu ihm hoch. »Wie groß du bist! Fast so groß wie Keta!«

Sofort wusste er wieder, warum er hier war. »Keta. Du kennst ihn? Ist er – hier?« Sie kam nicht dazu, ihm zu antworten, denn in diesem Moment hörten sie laute Schreie und ein Krachen.

»Das Lager!«, rief Maja erschrocken.

Sie lief in die Richtung, aus der sie gekommen war, und Sorayn, der einen vagen Verdacht hatte, was passiert sein könnte, eilte ihr nach.

Natürlich waren es die Riesen. Über den Trümmern eines dunkelblauen Wagens stand Fret und wehrte lachend eine Frau ab, die mit einem Kochtopf auf ihn losging. Ein paar andere Riesen sahen amüsiert zu; einige hatten Gefangene in ihrem Griff zappeln, die sie gar nicht beachteten.

Maja war stehen geblieben. »Oh nein, sie haben Tamait!«

Sorayn trat aus dem Schatten des Waldes. »Lasst sie los«, befahl er.

Die Riesen zögerten einen Moment und zu gern hätte er sie für dieses Zögern bezahlen lassen, aber er beherrschte sich. »Sofort«, sagte er nur.

»Dabei hat es gerade solchen Spaß gemacht.« Enttäuscht ließen die Riesen die Zintas frei. Hastig stolperten die jungen Männer zur Seite und formierten sich dort, wahrscheinlich zu einem neuen Angriff, um die Eindringlinge zu vertreiben. Die Frau, die gegen Fret kämpfte, nutzte die Gelegenheit, um ihm den eisernen Kessel gegen das Knie zu schmettern.

»Jetzt ist aber genug!« Frets Lächeln verging, er packte sie bei den Haaren – und sah geradewegs in Sorayns Gesicht, der jetzt vor ihm stand.

»Was habe ich gesagt?«

»Wir sammeln nur Informationen.« Fret hielt Sorayns Blick eine Weile stand, dann öffnete er doch seine Hand. Mit wehendem Rock flüchtete die Zintafrau zu ihren Leuten.

»Verzeiht«, bat Sorayn. »Meine Freunde sind etwas stürmisch. Sie werden diesen Wagen natürlich reparieren.«

»Nein danke«, meinte einer der Zintas schnell, »das tun wir lieber selbst.«

»Verschwindet endlich!«, kreischte die Frau.

Die Riesen sahen sich an und brachen wieder in Gelächter aus. »Sie hat gesagt, wir sollen verschwinden.«

»Ganz schön mutig, die Kleine.«

»Du solltest sie heiraten, Fret, sie hat es wirklich auf dich abgesehen.«

»Genug!« Sorayn hob die Hand. Er hatte um Gastfreundschaft bitten wollen, doch das war jetzt nicht mehr möglich. Auch höflich nach Keta zu fragen, würde jetzt nicht mehr gut ankommen. Der einzige Weg, doch noch etwas herauszubekommen, führte über Maja.

Er griff nach seinem Beutel. »Hier. Für den Wagen und den Schrecken.« Er trat auf den nächststehenden Mann zu und gab dem erschrockenen Mann ein paar Goldkörner. »Wir gehen jetzt. Maja – kommst du mit?«

Sie erstarrte. Sie konnte nicht antworten.

»Wie kannst du es wagen!«, rief Tamait aufgebracht. Er wollte nach vorne stürzen, aber die anderen Zintas hielten ihn fest.

Sorayn sah sie an, ohne sich ablenken zu lassen. »Wir werden dort hinten die Nacht verbringen. Morgen früh geht es weiter. Denk darüber nach.«

Er winkte den Riesen und führte sie aus dem Zintalager heraus in den Wald. Die Ziehenden sahen ihnen mit großen Augen nach.

Erst als sie außer Sichtweite waren, nahm Sorayn sich Fret vor. »Ich hatte gesagt, ich befrage sie!«

Fret lächelte nur, und er schlug ihn in dieses Lächeln, in dieses freche Grinsen. Schnell bildeten die Riesen einen Kreis um die beiden und feuerten sie an. Aber dann brach Fria mitten hinein und zerrte Fret weg. »Hört auf, beide! Wollten wir nicht ein Lager errichten? Ein paar waren auf der Jagd und haben Beute mitgebracht. Hat noch keiner Holz gesammelt?«

Fret trabte grunzend fort. Fria baute sich vor Sorayn auf. »Du hast ihn schon einmal besiegt«, zischte sie. »Reicht das denn nicht?«

»Ihm nicht«, gab Sorayn zurück.

Sie schüttelte wütend den Kopf. »Was ist jetzt mit Keta? Hast du etwas herausgefunden?«

»Das Mädchen weiß es«, sagte er leise. »Und sie wird es mir sagen.«

Fria hob herausfordernd das Kinn. »Warum sollte sie das tun?« Und als er nicht antwortete, seufzte sie plötzlich. »Du kennst sie, wie? Was hast du vor – sie zu deiner Kaiserin zu machen?«

»Du wirst ins Gebirge zurückkehren, schon vergessen?« In seinen blauen Augen lag kein Bedauern darüber. »Ich bin frei«, sagte er. »Du selbst hast das so gewollt.«

»Ich habe keine Zweifel daran, dass du sowieso tun wirst, was du willst«, sagte Fria leise. »Du wirst sie dir nehmen, wenn du sie haben willst.«

»Sie wird kommen.«

»Und wenn nicht? Gehst du dann und schleppst sie her?«

Sorayn lächelte nur. »Du hast keine Ahnung von dem, was zwischen uns ist. Sie wird kommen.«

Sobald die Riesen fort waren, kam Bewegung in die Zintas.

»Los, ihr geht ihnen nach. Seht nach, was sie treiben.« Toris wählte Kundschafter und Wachen aus. »Was hat er dir gegeben?«, wandte er sich an den Mann, der das Gold bekommen hatte. »So viel? Was will er, uns kaufen?«

»Er war anders als die übrigen«, sagte jemand.

Nach und nach wandten sich alle Köpfe Maja zu. »Wer ist das?«

»In der Tat«, schnaubte Tamait, »wie kommt dieser Riese dazu, dir so ein Angebot zu machen?« Und er fügte leiser hinzu: »Ich habe gesehen, wie ihr zusammen aus dem Wald gekommen seid. Was ist dort geschehen, Maja? Was hat er dir angetan?«

Maja schüttelte den Kopf. Sie war immer noch wie betäubt von all den Ereignissen. »Du verstehst nicht, Tamait. Es ist Sorayn. Sorayn! Habe ich dir nicht immer gesagt, er sei am Leben?«

Toris trat näher. »Woher kennst du einen wilden Riesen?«

»Er ist kein wilder Riese. Es ist Sorayn!« Wie konnte sie irgendjemandem erklären, wer Sorayn für sie war? »Ich kenne ihn«, wiederholte sie. »Er ist dein Vetter, Tamait.«

»Das kann nicht Sorayn sein«, widersprach ihr Bruder. »Du musst dich täuschen. Ich meine, wir haben ihn doch beide gesehen, damals. Diese verkrüppelte Gestalt, diese Fratze ... Wie kann er ein Riese geworden sein? Das ist absurd.«

»Er ist es«, beharrte sie. »Tamait, glaub mir. Ich weiß auch nicht, was er mit diesen Riesen hier tut. Aber du hast ja gesehen, dass er anders ist als sie. Sie haben mit euch gekämpft und er hat sie dazu gebracht, aufzuhören.«

»Wundersamerweise«, mischte Toris sich ein. »Warum hätten sie einem gehorchen sollen, der kleiner ist als sie, einem Einzelnen? Irgendetwas Merkwürdiges geht hier vor. Ich hoffe, unsere Späher kommen mit ein paar Informationen zurück.«

»Morgen ist der Spuk jedenfalls vorbei, wenn der Kerl die Wahrheit gesagt hat«, sagte Tamait. »Dann ziehen sie ab. Ich hoffe, sie lassen ein paar Bäume stehen.«

»Ich werde mit ihm gehen«, sagte Maja. Sie hatte sich auf die Stufen ihres Wagens gesetzt; von hier aus konnte sie beobachten, wie die anderen aufgeregt die Schäden begutachteten und aufräumten. Es kam ihr so unwirklich vor, dass sie all das hier verlassen würde, dieses zweite Zuhause, ihren Vater, Tamait.

»Das ist nicht dein Ernst!« Tamait setzte sich neben sie und ergriff ihre Hände. »Maja, schau mich an. Hör mir gut zu, was ich dir jetzt sage: Das ist Wahnsinn. Du kannst nicht mit ihm gehen. Du darfst nicht.«

»Ich muss.«

»Du musst gar nichts! Wir könnten fliehen und uns verstecken und wieder hierher zurückkommen, wenn die Riesen weg sind! Was hat er dir versprochen? Dass seine Kumpane das Lager verschonen, wenn du mit ihm gehst? Glaub mir, keiner der Zintas hier würde so ein Opfer annehmen. Dann kämpfen wir bis zum Schluss an deiner Seite. Niemand, nicht einmal ein Riese, reißt einen von uns aus unserer Mitte.«

Maja schüttelte den Kopf. »Nein, Tamait. Ach, was für ein Unsinn! Glaubst du, Sorayn würde mich bedrohen? Du kennst ihn nicht. Aber ich kenne ihn. Ich kenne ihn so gut wie keinen anderen Menschen auf der Welt. So viele Briefe haben wir uns geschrieben. Wir haben unsere Herzen voreinander geöffnet und unsere Seelen, ich kenne seine innersten Gedanken und er meine.«

»Ach ja? Immerhin hatte er vergessen zu erwähnen, dass er wie ein Ungeheuer aussieht.«

»Er hatte Angst! Ich war die Einzige, die ihm zugehört hat, eben weil ich es nicht wusste. Die Einzige, der er mitteilen konnte, wer er im Inneren ist.«

»Du weißt nicht, was er dir noch alles verschwiegen hat.«

Majas Lächeln war so verträumt, so nach innen gerichtet, dass Tamait angst und bange wurde. »Ich kenne ihn«, flüsterte sie. »Er ist die andere Hälfte meines Herzens.«

»So ein Unsinn. Oh, wenn Alika hier wäre! Wenn unsere Mutter noch lebte, die würde dir gehörig den Kopf waschen. Und Mino würde dir dasselbe sagen.« Tamait sah sich hilfesuchend um und erblickte Toris, der am Wagen lehnte und ihnen schweigend zuhörte. »Toris, du musst etwas unternehmen. Du bist ihr Vater. Du kannst sie nicht mit diesem Riesen mitgehen lassen.«

Toris räusperte sich. »Er sieht nicht aus wie ein Riese«, sagte er schließlich. »Er ist nur ein ungewöhnlich großer junger Mann. Ungewöhnlich gutaussehend. Du hast dich Hals über Kopf in einen Fremden verliebt, über den du nichts weißt. Du hast ihn gekannt, früher? Wie viele Jahre ist das her? War er schon damals der Anführer einer Horde wilder Riesen?«

»Nein«, gab Maja zu, »aber er ist trotzdem kein Fremder.«

»Er hat sich verändert«, sagte Tamait. »Das hast du ja selbst gesehen. Aber du weißt nicht, in wen oder was.«

»Ich habe mich auch verändert.« Majas Gesicht spiegelte ihren Trotz wieder, aber auch ihre Unsicherheit. »Und ich weiß selbst, dass viel Zeit vergangen ist.«

»Willst du wirklich mit dieser Bande von Riesen mitziehen? Wohin auch immer? Womöglich auf ihrem Kriegszug durch die Dörfer?«

»Ach Tamait, mach es nicht noch schlimmer! Ich habe so schon Angst genug.«

»Dann bleib hier«, bat er eindringlich, »bitte, Maja, bleib hier bei uns. Du gehörst hierher, zu uns. Zu mir. Hier ist deine Familie.«

Sie hatten die *Inselkönigin* in Drian an einen Fischer verkauft und waren wochenlang unterwegs gewesen, bis sie endlich auf eine Sippe von Ziehenden gestoßen waren. Die Zintas hatten sie mitgenommen, als Maja ihnen erzählte, warum sie Toris suchte, aber erst im Winterlager hatten sie sich getroffen. Nie würde sie den Tag vergessen, an dem sie den fremden Mann auf sich zukommen sah. »Man hat mir gesagt, ich hätte hier eine Tochter?«

Er hatte ein schönes, dunkles Gesicht, und sein strahlendes Lächeln ließ sie sofort daran glauben, willkommen zu sein. Ohne Berührungsängste schloss er sie in seine Arme.

»Und wer«, fragte er dann, und in seinen schwarzen Augen blitzte Neugier auf, »ist deine Mutter?«

»Mino«, sagte sie. »Mino von Arima.«

Sein Lächeln verblasste. Er sah sie an, plötzlich ernster geworden, und nickte dann. »Und hier bist du endlich«, sagte er. »Und hier gehörst du hin.«

Seitdem hatten sie und Tamait bei ihm gelebt, in seiner Sippe.

»Warum bleibt er nicht eine Weile hier bei uns, so dass du ihn neu und besser kennenlernen kannst?«, schlug Toris vor. »Wenn er dich wirklich liebt, müsste er das doch tun können.«

»Und seine Riesen?«, fragte Tamait, dem der Vorschlag gar nicht gefiel. »Sollen die etwa auch hier wohnen? Oder sollen sie in der Zwischenzeit den Wald und alle umliegenden Dörfer zerlegen?«

»Ich habe Angst, ihn zu verlieren«, sagte Maja, mehr zu sich selbst als zu den beiden Männern, die so um sie besorgt waren. »Ich habe ihn schon einmal abgewiesen und er ist ins Dunkle geflüchtet ... Das hat er nicht vergessen. Sowenig wie ich. Versteht ihr nicht? Ich war schon einmal bereit, mit ihm fortzulaufen, ins Ungewisse hinein, und habe es nicht getan, obwohl ich es versprochen hatte. Es ist dieses Versprechen, das er einfordert. Nein, nicht fordert – an das er mich erinnert. Er wird nicht wiederkommen, wenn ich ablehne. Er kommt immer nur einmal an mein Fenster.«

»Alles nur Gerede«, knurrte Tamait. »Er sieht gut aus, das ist es. Einfach nur, weil er dir gefällt. Und vielleicht fühlst du dich geehrt, dass einer, dem sogar die Riesen gehorchen, ein Auge auf dich geworfen hat. Und dann? Denkst du auch darüber nach, was sein wird, wenn du seiner Aufforderung folgst?«

Toris schüttelte den Kopf. »Es ist ihr egal. Wir verschwenden unsere Zeit, Tamait. Sie ist keiner Vernunft mehr zugänglich.«

»Kannst du es ihr nicht verbieten?«, fragte Tamait verzweifelt.

Aber Toris schüttelte den Kopf. »Nein, mein Junge. Wir sind Zintas. Wir halten nie jemanden auf, der weiterziehen will.«
In dieser Nacht schlief niemand. Die Zintas bewachten das Lager. Keiner von ihnen verließ sich auf Sorayns Versprechen, sie unbehelligt zu lassen. Und auch Maja tat kein Auge zu. Sie packte ihre Sachen. Es war nicht viel. Ein paar Kleidungsstücke, ein kleiner Beutel mit Erinnerungen an die Glücklichen Inseln, ihre Flöte. Dann war sie schon fertig und wartete auf den Morgen. Fast wünschte sie sich, Tamait würde kommen und noch einmal versuchen, ihr die Sache auszureden. Aber selbst das hätte nichts geändert. Immer wieder sah sie Sorayn vor sich. Sorayn auf der Lichtung, Sorayn, wie er den Riesen befahl, Sorayn, wie er sie darum bat, mit ihm zu kommen. Von irgendwoher aus den Tiefen ihrer Erinnerung tauchte ein anderes Bild auf, ein anderes Gesicht, schrecklich und furchterregend, aber sie wies es zurück. »Er ist immer so gewesen«, flüsterte sie, »in seinem Herzen war er immer schön. Das habe ich gewusst.«

Ein edler Prinz aus dem Königreich, in der Tat, das ist er ... Auch El Jatis Worte waren noch da, wie eine Prophezeiung dessen, was Sorayn einmal sein würde.

Die Nacht verging langsam, während sie von Sorayn träumte. Es begann zu dämmern, als sie schon aus dem Wagen kletterte. Auch die anderen hatten nicht geschlafen. Maja hatte sich darüber Sorgen gemacht, wie sie das Lager der Riesen finden sollte – und ob sie vielleicht dabei dem Bären begegnen könnte –, aber kaum war sie draußen, waren auch Toris und Tamait wieder da. Ihr Vater nickte ihr zu, ohne zu lächeln. Sein Gesicht sah müde und traurig aus. Tamait sah an ihr vorbei und schien sie gar nicht richtig wahrzunehmen.

»Ihr seht ja aus, als müsstet ihr mich zu meiner Beerdigung begleiten«, versuchte Maja zu scherzen.

»Nun, eine Hochzeit kann man es ja auch nicht gerade nennen.«

Schweigend führte Toris sie durch den Wald. Sie gingen über eine Stunde, bis Maja schon glaubte, sie hätte sich zu spät entschieden und Sorayn wäre längst fort. Doch dann trafen sie einen Zinta, der aus dem Nichts aufzutauchen schien.

»Sie schlafen noch«, verriet er ihnen. »Kein Wunder nach dem, was sie gestern Abend gegessen haben. Falls wir in nächster Zeit noch Jagderfolg haben, können wir uns glücklich schätzen.« Er schaute auf Maja und verzog das Gesicht, als ob er Schmerzen hätte. »Bist du dir sicher? Na gut, sonst wärst du nicht hier. Dieser Sorayn befindet sich am Rand ihres Lagers, dort drüben. Viel Glück.«

Sie hatte einen Kloß im Hals, als sie weitergingen. Das laute Grollen, das sie zuerst für den herannahenden Bären gehalten hatte, entpuppte sich als das Schnarchen der schlafenden Riesen. Aber Sorayn schlief nicht. Er saß unter einem Baum, mit geschlossenen Augen, neben sich den Bären. Seine streichelnde Hand verriet, dass er wach war.

Maja fand ihn so überirdisch schön, dass alle ihre Zweifel sofort wie weggeblasen waren. Sie trat vor ihn hin. »Diesmal sage ich es: Hier bin ich.«

Er öffnete die Augen, und da war wieder dieser blaue Blick aus den Tiefen seiner Seele, dieser Blick, der sie bannte und ihr Schicksal besiegelte. Er lächelte ganz leicht, dann schaute er an ihr vorbei zu ihren Begleitern.

»Ihr braucht keine Angst um sie zu haben.«

»Ich bin ihr Vater«, sagte Toris. »Und ich rate dir wirklich, mach sie nicht unglücklich.«

»Ihr Vater!« Sorayn sprang auf und streckte Toris die Hand entgegen. »Und ich bin – nun, aber das wird Maja dir schon erzählt haben – ich bin Sorayn.«

Toris knurrte etwas Unverständliches, dann drehte er sich um und ging. Tamait blieb stehen und setzte zu einer Rede an, aber als sein Blick auf Majas leuchtendes Gesicht fiel, sagte er nur: »Viel Glück.« Er wollte sich schon abwenden, als Maja ihn noch einmal umarmte.

»Kannst du dich nicht wenigstens ein bisschen für mich freuen?«, flüsterte sie ihm ins Ohr.

Tamait seufzte nur, dann verschwand auch er wieder im Wald.

Sie waren allein.

Sorayn legte eine Hand auf ihre Schulter, und sie lehnte sich an ihn. Es war so schön, bei ihm zu sein, dass sie fast vergessen konnte, dass sie ihrer Familie den Rücken kehrte. Und all diese schrecklichen Riesen.

»Küss mich«, flüsterte sie.

Das Glück in ihr war so groß, dass sie es kaum aushalten konnte. In diesem Moment fühlte sie sich heil. Das zerstörte Arima, der Tod ihrer geliebten Eltern – bis jetzt hatte sie nicht geglaubt, das jemals verwinden zu können. Doch hier, in Sorayns Armen, war sie jung und glücklich und hatte eine Zukunft. Sie schlang ihre Arme um seinen Hals, sie fühlte seinen Mund auf ihrem, seinen warmen Atem. Sie wollte noch mehr von ihm, noch viel mehr, aber dann war es Sorayn, der den Kuss auflöste, der sie sanft von sich schob.

»Ich will dich nie mehr verlieren«, sagte er. »Möchtest du meine Frau werden, Maja?«

»Ja.« Seine Frage überraschte sie nicht. Denn sie gehörten zusammen, für immer und ewig, für ein ganzes Leben und darüber hinaus. Auch wenn er nicht gefragt hätte, ihr war so klar wie sonst nichts, dass es nur noch sie beide gab und geben würde und jemals gegeben hatte.

»Im Zintalager gibt es nicht zufällig einen Priester?«

»Nein.« Sie lachte leise, weil es ihm so eilig war.

»Du hast Keta erwähnt«, sagte er. »Meintest du Prinz Keta, Kanunas Sohn? Ist er vielleicht in der Nähe? Er hätte auch das Recht, uns zu trauen.«

»Das wusste ich gar nicht.«

»Aber so ist es. Du weißt doch, wo er ist, nicht? Wie ist es, gehen wir zu ihm und fragen ihn?«

Sie sah ihm in die Augen. Keta hatte ganz ähnliche Augen, nur seine Wimpern und Brauen waren blond. »Nun?«, fragte er voller Erwartung. »Wollen wir?«

»Meine Mutter ist bestimmt bei ihm.«

»Und?« Sorayn grinste. »Deinen Vater habe ich ja schon kennengelernt. Dann feiern wir eben zusammen mit deiner Mutter eine kleine Hochzeit. Oder – fürchtest du dich davor? Was sie sagt, wenn sie mich sieht?«

Maja wusste nicht, ob sie Minos Einwände genauso wegwischen konnte wie Toris' und Tamaits Versuche, sie von diesem Schritt abzuhalten. Aber das jetzt zuzugeben hätte bedeutet, Sorayn schon wieder zu verletzen.

»Ganz sicher habe ich keine Angst, dich ihr vorzustellen«, sagte sie.

»Dann komm.« Er streckte lächelnd die Hand aus und sie legte ihre hinein, doch dann zögerte sie.

»Ich habe versprochen, sein Versteck geheimzuhalten. Wenn ich ihn besuche und meinen Verlobten mitbringe, ist das in Ordnung, aber was ist mit deinen Riesen? Ich kann nicht mit ein paar Dutzend Riesen dort auftauchen.«

Sorayn schüttelte den Kopf. »Die Riesen sind groß genug, um alleine klarzukommen, meinst du nicht?«

»Dann bist du nicht mit ihnen unterwegs?« Sie war so erleichtert, dass sie hätte schweben mögen. Nur aus diesem Grund war es ihr so schwergefallen, heute Morgen zu Sorayn zu gehen. Wegen der Riesen.

»Du willst ohne sie weitergehen? Hättest du das nicht schon gestern Abend sagen können?«

»Das hat dir Kummer gemacht? Und trotzdem bist du gekommen. Meine tapfere Maja.« Sein Lächeln ließ ihr Herz schmelzen. »Nein, ich habe eine Zeitlang darauf geachtet, dass sie nichts anstellen.« Das war nicht einmal gelogen. Tatsächlich hatte er kaum etwas anderes getan, seit sie das Gebirge verlassen hatten.

»Wie?«, fragte Maja.

»Man muss nur wissen, wie man mit ihnen umzugehen hat«, erklärte Sorayn, und auch das war keine Lüge.

Maja warf einen Blick zurück auf den Bären, der hinter ihnen hertrottete, und nickte. »Weißt du eigentlich, wie erstaunlich du bist, Sorayn?«

Er blieb stehen. »Dein Lied hat mein Leben verwandelt«, sagte er. »Du bist es, die erstaunlich ist. Meine einzigartige Maja.«

Sobald sie stehen blieben, mussten sie sich küssen. Auf diese Weise kamen sie nicht sehr schnell vorwärts.

»Wo wohnt Keta denn nun?«, fragte Sorayn ungeduldig. »Ich wollte dich gerne vorher heiraten, wie es sich gehört.«

»Ein paar Tagesreisen sind es schon«, gab Maja zu.

Er stieß einen leisen Fluch aus, und sie lachte. »Wir gehören zusammen«, sagte sie. »Ich weiß das. Du weißt das. Meinst du nicht, das könnte genügen?«

Sorayn sah sie an. Die Liebe strahlte aus ihren Augen, ihr ganzes Gesicht leuchtete. Sie war so schön, schöner als alles, begehrenswerter als jeder andere seiner Träume. Und doch sagte er: »Ein paar Tagesreisen. Was ist das schon? Wir haben ein ganzes Leben vor uns. Erzähl mir von dir, Maja. Wie kommst du hierher, ins Kaiserreich?«

Hand in Hand gingen sie durch den Wald. Maja berichtete, wie sie gegen Norha gekämpft hatten, von der Zerstörung Arimas. Manchmal küsste er die Tränen von ihren Wangen. Er selbst erzählte kaum etwas. Maja merkte, dass er allen Formulierungen auswich, die sein Aussehen betrafen, dass da Dinge waren, an die er sich nicht erinnern wollte. Sie vermied es daher, nachzuhaken. Sie wollte ihn trösten, nicht traurig machen, trösten über die schreckliche Zeit, die er hinter sich hatte, und irgendwie wiedergutmachen, was sie selbst ihm angetan hatte.

Deshalb schämte sie sich ein wenig, als sie eingestehen musste, dass sie müde und hungrig war. Auch in dieser Hinsicht waren ihre Bedürfnisse anscheinend größer als seine. »Wir können nun mal nicht zu Keta fliegen.«

Sorayn grinste, als er in seinen Beutel griff und kalten Braten auspackte. »An den Sträuchern hier wachsen genug Beeren«, meinte er. »Die dürften ausgezeichnet dazu passen. Und«, wandte er sich an seinen tierischen Freund, »ist es nicht so, dass Bären Honig lieben?«

Der Bär brummte, als wollte er sagen: »Du schon wieder«, und verschwand im Unterholz.

»Es ist, als ob er dich wirklich verstehen würde«, staunte Maja.

»Das tut er.«

»Aber – ich meine, er ist doch ein Tier! Du kannst ihm vielleicht ein paar Kommandos beibringen wie einem Hund. Aber Tier bleibt

Tier.« Sie sah das Lächeln in seinem Gesicht und boxte ihn in die Seite. »Oder nicht? Du bringst mich ja ganz durcheinander! Mach dich nicht über mich lustig!«

»Das würde ich nie wagen.«

»Oh doch, das würdest du.«

Unter dem Blätterdach breiteten sie die Decke aus, die Maja mitgenommen hatte, und aßen ihr Mahl, Fleisch mit herben Beeren. Zum Nachtisch gab es Honig. Maja riss fassungslos die Augen auf, als der Bär tatsächlich mit einer tropfenden Wabe angetrottet kam.

»Das gibt es doch nicht. Er hat dich wirklich verstanden!«

»Jetzt musst du ihn belohnen«, sagte Sorayn. »Spiel ihm etwas auf der Flöte vor.«

Er legte sich auf die Decke und schloss die Augen, während Maja spielte. Es war das alte Lied, dieses Lied, das er so liebte. Während sie spielte, war er wieder auf Neiara, unweit der Hütte, in der er mit Liravah lebte. Über ihm flochten die Sonnenstrahlen ein Netz aus Gold.

Irgendwann hörte Maja auf zu spielen. Beide, Sorayn und der Bär, schienen zu schlafen. Sie betrachtete diesen Mann, der so plötzlich wieder in ihr Leben getreten war. So schön war er! Und wieder spürte sie den scharfen Stich der Schuld, weil sie nicht fähig gewesen war, ihn zu lieben, solange er noch hässlich war. Er hatte ihr erlaubt, bis auf den Grund seiner goldenen Seele zu schauen, aber es war nur sein Aussehen gewesen, das über sein Schicksal entschieden hatte. Und jetzt?, dachte sie. Was würde ich tun, wenn er seine Schönheit verlieren würde, durch einen Unfall oder im Krieg? Würde ich dann wieder aufhören, ihn zu lieben?

Sie beugte sich vor und küsste ihn sacht.

»Ich war noch nie so glücklich«, flüsterte er.

26. Meerwasser

EINIGE SOLCHER TAGE verbrachten sie gemeinsam im Wald. Sie wanderten, sie unterhielten sich und sparten dabei alles Schmerzvolle aus. Sie aßen und tranken von dem, was der Wald ihnen bot. Die Nächte waren warm und sie lagen nebeneinander auf der Decke und betrachteten die Sterne, die durch das Blätterdach funkelten.

Ich war noch nie so glücklich.

Er hatte das gesagt. Und sie sagte es auch. Sie sahen einander in die Augen und brachten es kaum fertig, sich wieder der Welt zuzuwenden. Und doch war diese Welt noch nie so schön gewesen. Die Bäume waren grüner als in jedem anderen Sommer, der Boden weicher, die Vögel und Eichhörnchen zahlreicher. Den einen Tag hätte Maja stundenlang lachen können, den nächsten kamen ihr die Tränen vor Glück. Sie wollte schreien, aber jemand anders schrie ihren Schrei, wild und froh. Sie sah nach oben.

»Ich wusste gar nicht, dass es in dieser Gegend Adler gibt.«

Hoch oben am Himmel kreiste ein Vogel.

»Endlich.« Sorayn öffnete seinen Beutel; gespannt sah sie zu, denn schon oft hatte er erstaunliche und unerwartete Dinge daraus hervorgezaubert, manche essbar. Diesmal war es ein Lederhandschuh, der ihm bis zum Ellenbogen reichte. Gerade als Maja ihn fragen wollte, was er vorhatte, stieß er einen schrillen Pfiff aus.

Sie sah sich nach dem Bären um, aber dann hörte sie ein Flügelschlagen und sah einen riesigen Vogel aus dem Himmel herabstürzen. Sie schrie erschrocken auf, denn im ersten Moment glaubte sie, er wolle angreifen. Doch der Adler landete auf Sorayns ausgestrecktem Arm.

»Da bist du«, sagte Sorayn zufrieden. »Ist er nicht wunderschön, Maja? Ein herrliches Tier, groß und stolz. Und doch hat er mir das mitgebracht, worum ich ihn gebeten habe.«

Nun erst sah sie, dass der Adler etwas in seinen Krallen trug, einen kleinen Lederbeutel oder etwas Ähnliches. Sorayn nahm es ihm vorsichtig ab und schüttelte es. »Fast voll. Sehr gut.« Er streichelte den Vogel, und sie fragte sich, ob sie sich je daran gewöhnen würde, dass er mit Tieren sprach wie mit Menschen. Mit dem Bären hatte sie sich inzwischen abgefunden, aber nun auch noch ein Adler?

»Kommt der jetzt auch mit uns mit?«

»Oh nein. Er will fliegen. Siehst du das nicht? Der Himmel ruft ihn.«

Er ließ den Adler fliegen, aber dieser ließ sich nur auf einem Ast in der Nähe nieder und beobachtete sie von dort.

»Wohl eher nicht.«

Sorayn lachte und legte seinen Arm um ihre Schultern, und sofort fühlte sie sich wieder getröstet und versöhnt.

»Was ist das?«

Der Beutel gab ein glucksendes Geräusch von sich. Sorayn grinste. »Rate mal.«

»Ich weiß nicht. Irgendeine Flüssigkeit ... Vielleicht ein besonderer Wein zu unserer Hochzeit?«

»Fast.« Sorayn reichte ihr den Beutel. »Pass auf, er ist unverschlossen. Wie hätte ein Adler einen Stopfen hineinbekommen sollen? Er hat ihn nur eingetaucht und ist wieder aufgeflogen. Schwierig genug, aber ich wusste, dass er es schafft.«

Sie schnupperte. »Nein, das ist kein Wein ... Es riecht eher fischig ... nach Algen und Meer ...« Fragend sah sie ihn an, in sein aufmunterndes Lächeln. Was konnte ihm so viel bedeuten?

»Meerwasser«, sagte er. »Echtes Meerwasser für unsere Trauung.«

Als sie die Hütte erreichten, in der Keta lebte, war es ihnen, als wären sie Jahre miteinander gewandert. Maja hätte immer so weitergehen können. Nur ein Wagen und ein Pferd fehlten noch zu ihrem Glück, aber das würde schon noch irgendwann kommen. Sie brauchte kein großes Fest, keine Hochzeit mit vielen Gästen. Sie wollte nur Sorayn.

»Keta?« Sie klopfte an die Tür des kleinen Holzhauses. »Variti? Mutter? Jamai? Kroa?«

»Ganz schön viele Leute, die mit ihm hier leben«, bemerkte Sorayn.

»Irgendwer wird doch da sein?«

Die grauhaarige Frau, die ums Haus herumkam, einen Wasserkrug in den Händen, ließ ihn fast fallen, als sie die Besucher sah. »Habt ihr mich erschreckt! Ich dachte, Mino wäre wieder zurück.«

»Meine Mutter ist nicht hier, Variti?«

»Sie müsste bald wieder da sein. Wen hast du denn da mitgebracht?« Variti betrachtete Sorayn verwundert. »Noch einen Riesen?« Sie musterte Sorayns Gesicht und schüttelte den Kopf. »Nein, du bist ein Mensch. Ein besonderer Mensch.«

»Für mich ist er das«, sagte Maja. »Und Keta?«

»Keta ist hier.« Er kam aus dem Wald, einen mittleren Baumstamm über der Schulter. »Ich hab genau das passende Holz für unser Dach gefunden. – Sieh an.«

Fasziniert betrachtete er Sorayn, der gleichermaßen gespannt zurückblickte. Keta war eindeutig ein echter Riese, einen Kopf größer als der Besucher, blond wie die meisten aus Larings Stamm. Obwohl er an die sechzig sein musste, konnte Sorayn keine einzige graue Strähne in seinem Haar entdecken.

»Auf den ersten Blick habe ich dich für einen Riesen gehalten.« Er streckte die Hand aus. »Ich bin Remanaine.«

»Das ist Sorayn. Er weiß, wer du bist«, sagte Maja. »Wir sind hergekommen, um dich um etwas zu bitten, Keta.«

»Ach. Muss wieder jemand geheilt werden? Dein junger Mann hier sieht recht gesund aus.«

»Er ist es noch nicht. Ich meine, mein Mann. Könntest du ... Wir sind hergekommen, um dich zu bitten, uns zu trauen.«

Nun war es heraus. Wie immer fühlte Maja sich unter Ketas stechendem Blick verlegen und unwürdig. Es war Variti, die das Schweigen brach. »Ihr wollt heiraten? Oh, wie wunderbar! Eine Hochzeit! Bis deine Mutter kommt, können wir alles vorbereiten. Wie schön, dass ihr hergekommen seid! Deinen Vater und deinen Bruder hast du nicht mitgebracht?«

»Wir legen keinen großen Wert auf eine Feier«, sagte Maja schnell. »Wir dachten eigentlich an sofort.«

»Kommt doch erst einmal herein«, bat Variti. »Ruht euch aus, ich werde kochen. Dann besprechen wir alles.«

Sie führte Maja ins Haus, aber Keta legte Sorayn eine Hand auf die Schulter und hielt ihn zurück. »Auf ein Wort.«

»Natürlich.« Sorayn hielt Ketas Blick stand.

»Das ist meine Enkeltochter«, sagte er. »Und wer bist du, junger Mann?«

»Ich bin Schmied«, sagte Sorayn. »Und ich bin, auch wenn ihr alle mich nicht kennt, für Maja kein Fremder. Wir waren befreundet, als wir noch beide auf den Glücklichen Inseln gelebt haben. Einige Jahre sogar. Als wir uns kennengelernt haben, waren wir um die dreizehn Jahre alt.«

»Du bist auch aus Arima?«

»Neiara«, sagte Sorayn.

Keta nickte. »Ich wäre gegen diese Verbindung, wenn ihr einander gerade erst kennengelernt hättet. Es braucht Zeit, bis man sich sicher sein kann. Es macht nicht unbedingt einen guten Eindruck, wenn ihr nicht einmal auf Majas Mutter warten wollt.« Er stutzte. »Aber habt ihr sie nicht getroffen? Sie war doch in der Sippe, um Maja zu besuchen?«

»Wir haben ihren Segen«, behauptete Sorayn frech.

Keta nickte. »Sorayn«, murmelte er nachdenklich. »Irgendwie kommt mir dieser Name bekannt vor ... Aus Neiara kommst du? Wer sind deine Eltern?«

»So wie Maja wurde auch ich von einer Pflegemutter aufgezogen«, sagte Sorayn wahrheitsgemäß. »Liravah war ihr Name. Sie ist schon vor Jahren gestorben; ich habe keine Familie, die mit mir meine Hochzeit feiern könnte.«

»Liravah«, wiederholte Keta. »Gleich habe ich es ...« Er hob den Blick und sah Sorayn an. »Ein kleines Kind«, sagte er dann. »Im Hafen von Drian. Die alte Frau bat mich, es zu untersuchen, weil es ununterbrochen schrie. Ein verwachsenes Kind, halb Mensch und halb Riese. Sein Name war Sorayn.«

Ein verwachsenes Kind. Es gab ihm einen Stich, und mehr als das. Wie immer war es ein unerträglicher Schmerz, auch nur daran zu denken, was er gewesen war.

Er schwieg, und Keta streckte die Hand aus und berührte seine Brust. »Darf ich?«

Sorayn wusste nicht, was Keta vorhatte. Er hielt still und versuchte sich zu beruhigen.

Verwundert schüttelte Keta den Kopf. »Da ist nur ein einziger Herzschlag. Nur das Herz eines Riesen. Aber du bist es, nicht wahr? Ich erkenne dich. Deine blauen Augen, das schwarze Haar ... Aber dein menschliches Herz ist gestorben und wurde von deinem Riesenherzen verschlungen. Nur deshalb konntest du zu dem werden, was du jetzt bist.« Keta betrachtete ihn nachdenklich. »Weiß Maja das? Dass du ein Riese bist und kein großgewachsener Mensch? Dein Gesicht würde jeden täuschen. Aber wenn du ein Riese bist ... Von allen weiß ich am besten, was das bedeutet ... Für unsere menschlichen Angehörigen ist es nicht immer leicht, mit jemandem wie uns zu leben. Kannst du deine Wut beherrschen?«

Sorayn lächelte leicht. »Ich kann es«, sagte er. »Ich tue es. So wie du. Würdest du mich nicht am liebsten schlagen, dafür, dass ich es wage, deine Enkeltochter mitzunehmen? Und doch hältst du dich zurück und führst ein Gespräch mit mir. Wie schwer fällt dir das?«

Keta grinste. »Fordere mich nicht heraus. Es fällt mir leichter, Menschen zu verschonen, als einen Riesen, der sich wehren könnte. Aber du bist kleiner und schlanker als ich. Es würde mir leid tun, dich zu verletzen. Ja, und ich denke an Maja, was sie dazu sagen würde, wenn ich ihrem schönen Bräutigam ein blaues Auge verpasse.« Er lachte lauthals. »Komm rein, junger Mann. Lasst uns gemeinsam essen. Und danach werde ich euch trauen. Wir haben gerade frisches Wasser aus der Quelle geholt. Wenn du ein Riese bist, müssen wir dir dankbar sein, dass ihr überhaupt hergekommen und nicht einfach in den Wäldern verschwunden seid. Geduld ist jedenfalls nicht gerade die Tugend der Riesen.«

Sie aßen. Für Maja und auch für Sorayn war es lange her, dass sie eine Mahlzeit in einem Haus eingenommen hatten statt in einem Wagen oder einer Höhle oder unter freiem Himmel. Und trotzdem schmeckte Maja kaum, was sie aß. Immer wieder wanderten ihre Blicke zu Sorayn, der höflich, aber ausweichend auf Varitis neugierige Fragen antwortete.

»Lass nur«, sagte Keta schließlich. »Frag ihn nicht aus. Er ist ein Schmied aus Neiara. Das soll uns genügen. Ein Schmied kann überall eine Familie durchbringen, wenn er gut ist.«

»Was für ein Schmied bist du denn?«, fragte Variti. »Wir haben hier ein paar Werkzeuge, die man reparieren müsste.«

»Großmutter! Nimm ihn doch nicht gleich in Beschlag!«

Sorayn lächelte nur, als würde ihm das nichts ausmachen. »Ich kann es mir ja ansehen.«

»Er hat kein Werkzeug dabei.« Keta wies auf das Offensichtliche hin.

»Wie willst du dann unsere Enkelin ernähren?«

»Ihr müsst mir schon vertrauen«, meinte Sorayn, aber zugleich senkte er den Blick. Es fiel ihm schwer, diesen Leuten in die Augen zu sehen. Bald würde er es tun können. Bald würde er ihnen sagen, welch großes Schicksal auf ihn und Maja wartete, und dass er nicht vorhatte, seinen Lebensunterhalt als Schmied zu verdienen. Am liebsten hätte er das jetzt schon getan, als sich immer nur zu ducken und etwas zu sein, was er nicht war. Aber er musste nur noch eine kurze Zeit warten, und das konnte er, besser, als Keta ihm zutraute. Er wartete auf etwas Größeres, als sie dachten. Sorgfältig goss er Meerwasser aus der Lederflasche in einen kleinen Krug und überließ es Maja, die wundersame Herkunft dieses Wassers zu erzählen.

Danach, als Keta sie traute, als er das Meerwasser über sie sprengte und die Worte sprach, die sie unter den Segen Rins stellten, sah er in Majas Gesicht und ihm war, als würde der Schatten, der Zeit seines Lebens über ihm gelastet hatte, dieser Schmerz, der ihn zu Boden gedrückt hatte, endlich von ihm genommen. Er küsste sie sanft.

»Sorayn«, flüsterte sie.

Keta zog Variti ins Haus. »Lassen wir die beiden mal lieber allein. Es gibt noch ein paar Dinge, die ich dir erzählen muss.«

Seine Stirn umwölkte sich, als er ihr von den Nachrichten erzählte, die er gehört hatte.

»Riesen«, sagte er. »Es sollen Hunderte sein, auf dem Weg nach Kirifas. Ich wollte das nicht erwähnen, solange Maja hier war.« Er seufzte. »In diesen Zeiten ist es wohl wirklich besser, möglichst schnell zu heiraten. Wer weiß, wie dieses Land am Ende des Jahres aussehen wird.«

Variti erschrak. »So viele Riesen? Glaubst du, sie gehören zu Zukata?«

»Warum kommen sie sonst aus ihren Löchern? Er hat sich irgendwie ihrer Hilfe versichert.« Sorgenvoll schüttelte Keta den Kopf. »Und auf dem Weg nach Aifa müssten sie bald hier durchkommen. Vielleicht sollten wir zu unserer Sippe gehen und sie warnen. Oder ich bleibe am besten bei ihnen und passe auf, dass nichts passiert. Wenn Mino etwas zustoßen würde ...«

»Gegen hundert Riesen kannst auch du nichts ausrichten«, sagte Variti. »Darüber bist du dir doch im Klaren?« Sie seufzte. »Nein, bist du nicht. Am Ende freust du dich noch auf die Keilerei, wie?«

»Nein, ich freue mich nicht«, widersprach Keta ernst. »Ich will nur nicht zusehen, wie alles, was ich liebe, zerstört wird. Mino hätte mitkommen müssen, zu uns. Ich versteh gar nicht, warum sie Maja nicht begleitet hat. Warum ihnen ihre Zustimmung geben und dann die Hochzeit verpassen?«

»Mino hat Maja ihre Zustimmung gegeben?«

»Hat Sorayn gesagt, ja.«

Variti saß da wie versteinert. »Das kann doch nicht ...« Sie bemühte sich um Fassung. »Manaine, meinst du nicht, dass du die beiden etwas zu schnell getraut hast? Wir wissen doch nichts über diesen Sorayn. Ich glaube, er ist nicht ganz ehrlich.«

»Es gibt sehr viel, was er verbirgt«, stimmte Keta zu. »Und verbergen muss. Wenn ich er wäre, würde ich auch nicht jedem gerne etwas über meine Kindheit erzählen. Ich frage mich, wie er diese Qualen überleben konnte ... Ich konnte ihm nicht helfen. Kannst du dir das vorstellen, Variti? Er war krank und ich konnte nichts für ihn tun.«

»Es ist keine Schande, krank zu sein«, meinte Variti. »Warum nicht darüber sprechen? Wenn man zu oft lügt, könnte man sich das Lügen angewöhnen.« Sie stand auf.

»Du wirst die beiden doch nicht suchen gehen?«

»Du hättest sie warnen sollen, wenn hier bald Hundertschaften von Kämpfern und Halunken durchziehen.«

Keta war in Gedanken woanders. »Mino würde doch nicht bei Toris bleiben?«

»Ahinehl«, flüsterte Maja.

Sie lag in Sorayns Armen und spürte die letzten Strahlen der untergehenden Sonne auf ihrem Gesicht. Ganz nah über ihnen tanzte ein Mückenschwarm.

Das war das Glück. Vollkommen.

»Manche Menschen finden es nie«, sagte sie. »Den anderen, der die andere Hälfte ihrer Seele ist. Den Menschen, der einen auf den Grund seines Herzens schauen lässt. Und ich glaubte, ich würde zu denen gehören, die ohne ihr anderes Selbst leben müssen. Denn ich hatte dich schon gefunden. Ich hatte deine Briefe gelesen und dich erkannt. Und dann warst du fort und ich glaubte, ich würde dich nie wiedersehen und es würde niemals einen anderen geben, der mir jemals wieder so viel bedeuten würde.« Sie lachte leise. »Ich hatte recht. Es gab nie einen anderen.«

»Ich lege dir ganz Deret-Aif zu Füßen«, sagte Sorayn. »Das wird alles dein sein, Maja. Du sollst auf einem Thron sitzen in einem goldenen Schloss, und es wird alles dir gehören.«

»Das tut es doch schon.« Sie kuschelte sich an ihn. »Ich habe das Gefühl, dass mir die ganze Welt gehört. Die Sonne und die Sterne ... und ja, sogar diese Mücken gehören mir und kommen zu uns, so wie dein Bär, weil sie in unserer Nähe sein wollen.«

»Ich meine es ernst.« In seiner Stimme zitterte etwas, eine ungewohnte Bedeutungsschwere, und sie richtete sich auf und sah ihn an.

»Wovon sprichst du, Sorayn? Du brauchst mir nichts zu schenken. Ich habe schon alles.«

»Du wirst Kaiserin von Deret-Aif, meine Liebe. Nun, wie klingt das für dich? Maja, das einfache Mädchen aus Arima, Maja, die Zintatochter, auf dem Thron von Kirifas.«

»Ach, Sorayn, was soll das?« Natürlich glaubte sie nicht, dass er es ernst meinte. Wie hätte sie das glauben können?

»Es wird spät«, sagte er. »Lass uns zurückgehen.«

»Meinst du, sie erwarten uns überhaupt zurück?« Sie brauchte kein Dach über dem Kopf, um sich geborgen zu fühlen. Sogar die Mücken konnten sie heute nicht ärgern. Heute gab es nur sie beide. »Die Nacht ist so schön und warm«, sagte sie. »Nur wir beide hier. Mir genügt das, dir nicht auch?«

Sie fand es erstaunlich leicht, ihn dazu zu überreden.

»Vielleicht sollten wir wirklich bald zurückgehen, ich hab tierischen Hunger«, meinte Maja am nächsten Morgen. »Und Variti kann bemerkenswert gut kochen. Hast du noch eine Kleinigkeit in deinem Rucksack?«

Sie hatte noch nie in seinen Sachen gekramt. Aber jetzt war sie seine Frau. Eine wohlige Zufriedenheit erfüllte sie – trotz des Hungergefühls –, als sie Sorayns Beutel öffnete. Gleich als Erstes stieß sie auf die Lederflasche, die der Adler gebracht hatte. Sorayn musste sie wieder aufgefüllt haben, denn sie konnte die Flüssigkeit darin glucksen hören; auch ein Stopfen war jetzt darauf. Offenbar hatte er bei Variti und Keta Quellwasser mitgenommen, was ein Glück war, denn sie war wirklich durstig.

Doch schon nach dem ersten Schluck spuckte sie in hohem Bogen aus. »Bah! Hast du sie nicht richtig ausgespült?«

»Was tust du da?«, rief Sorayn. »Leg die Flasche weg!«

Er riss ihr die Lederflasche aus der Hand und drückte den Stopfen wieder hinein. Maja würgte und spuckte, um den ekligen Salzwassergeschmack loszuwerden.

»Ich dachte, es wäre Wasser. Wieso ist da immer noch Meerwasser drin? Hattest du es nicht Keta für die Trauzeremonie gegeben?«

Er antwortete nicht. Er tat die Flasche wieder zurück in seinen Rucksack.

»Warum hast du so viel übrigbehalten? Willst du«, sie versuchte zu lachen, »es bis zur Taufe unseres ersten Kindes aufbewahren? Vielleicht weißt du es nicht, aber man nimmt immer frisches Wasser. Keine abgestandene Brühe, die schon stinkt.«

Er sah sie nicht an, und die Munterkeit in ihrer Stimme erstarb.

»Nein, du weißt genau, was du tust. Warum willst du es mir nicht sagen? Soll ich raten? Für welchen Segen ...« Sie schlug sich gegen die Stirn. »Keta. Du willst den Segen, den Keta hat? Den Segen des Kaisers von Deret-Aif? Den großen Segen?« Sie starrte ihn an. Sorayn schwieg immer noch.

»Deswegen das Gerede davon, dass du mir das ganze Kaiserreich schenken willst? Du willst wirklich Kaiser werden? Bist du verrückt? Bist du vollkommen wahnsinnig, Sorayn? Was soll das? Du bist ein Schmied aus Neiara, wie du Variti erzählt hast – oder nicht? Du bist ja nicht einmal ein richtiger Riese! Was soll das alles?«

»Ich bin ein richtiger Riese«, widersprach Sorayn. »Und ich bin die einzige Alternative zu Zukata.«

Das Glück fiel von ihr ab wie ein zu großes Kleid.

»Deshalb wolltest du herkommen. Deshalb hast du mich überredet, dich zu Keta zu führen! Deshalb – deshalb hast du mich geheiratet?« Die Tränen standen ihr bereits in den Augen, nur mit Mühe schluchzte sie nicht laut los. Es war der Zorn, der es ihr in diesem Augenblick erlaubte, Haltung zu bewahren.

»Ich wollte Keta nur darum bitten. Ist das denn so verwerflich? Maja, lass mich dir erklären ...«

»Nein! Ich höre dir nie wieder zu! Lügen, nichts als Lügen, von Anfang an! Wer bist du, Sorayn? Oh bei Rin, wer bist du?«

Er setzte gerade dazu an, ihr alles zu erklären, als sie jemanden laut rufen hörten.

»Maja! Maja! Seid ihr hier?«

»Das ist Variti.« Hastig wischte Maja sich die Tränen aus dem Gesicht. »Hier bin ich!« Ihre wackelige Stimme trug nicht weit, aber Variti, wahrscheinlich schon von dem lauten Streit in die richtige Richtung geführt, hörte sie.

»Wir müssen hier weg, schnell!« Variti griff atemlos nach Majas Hand. »Es ist keine Zeit mehr, etwas zu erklären. Kommt!«

»Was ist denn passiert?«, fragte Maja, während sie neben ihrer Großmutter herrannte. Sie sah sich nicht um, ob Sorayn ihnen folgte.

»Die Riesen sind schon fast hier. Jamai ist endlich von der Jagd zurückgekehrt, er hat sie gesehen. Sie halten genau auf uns zu. Wir müssen alle verschwinden, schleunigst.« Varitis Stimme verriet ihre ängstliche Aufregung. »Wir müssen nach Norden, sofort. Wir müssen unbedingt die Kaiserin treffen und warnen, bevor sie den Riesen in die Hände fällt. Gerade jetzt! Wieso so viel Unglück auf einmal?«

»Die Kaiserin?«

»Manina ist auf dem Weg hierher. Deine Mutter ist nach Kirifas gereist, um sie herzuholen, damit Keta sich endlich dazu entschließt, ihr den Segen zu geben. Wir wollten ihr helfen, den Krieg für sich zu entscheiden, und jetzt kommt die allergrößte Gefahr auf sie zu, die man sich nur vorstellen kann! Jamai hat mindestens hundert der wildesten Riesen gesehen, die man sich vorstellen kann. Komm, Maja, schneller! Keta und Jamai müssten inzwischen von der Suche nach euch beiden zurück sein, wir wollten uns an der Hütte treffen. Da sind sie ja. Ich habe sie gefunden!« Variti winkte mit beiden Armen. »Hier sind sie, wir können los!«

Keta nickte ihnen zu. »Gut. Ich werde vorauslaufen, um Manina zu suchen. Sollte sie wirklich so dumm sein, ohne Eskorte im Land herumzureisen? Was habt ihr euch eigentlich gedacht?«

»Nur das Beste«, meinte Variti kleinlaut.

»Ihr kommt so schnell wie möglich hinterher. Sorayn, du kümmerst dich auch um Variti und Jamai. Geht das in Ordnung? Ihr geht nicht nach Norden, sondern versucht den Riesen möglichst in Richtung Osten auszuweichen. Lass dich auf keine Konfrontation ein! Euer einziges Heil liegt in der Flucht.«

Sorayns hohe Gestalt war hinter Maja und Variti aufgetaucht.

»Beruhigt euch«, sagte er. »Es besteht keine Gefahr. Ich möchte mit dir reden, Keta. Allein.«

»Dazu ist keine Zeit!«, rief Jamai, der bis jetzt still dagestanden und neugierig Majas frisch angetrauten Ehemann beobachtet hatte. »Wisst ihr nicht, wozu wilde Riesen fähig sind? Wo sie entlanggehen, da wächst kein Grashalm mehr.«

»Sie gehorchen ihm.« Majas Stimme klang fremd, auch in ihren eigenen Ohren. »Macht euch keine Sorgen. Er hat sie im Griff, glaubt mir.«

»Darüber macht man keine Scherze.« Keta war nicht in der Stimmung, sich auf Diskussionen einzulassen. »Ich marschiere jetzt sofort los. Und ihr nehmt die Beine in die Hand.«

»Keta!«, sagte Sorayn scharf. »Bleib hier. Ich habe mit dir zu reden. Jetzt.« Er hielt den blonden Riesen am Ärmel fest. Keta wollte sich ärgerlich freimachen, aber er musste feststellen, dass das nicht so einfach ging. Sorayn hielt ihn eisern fest.

»Was will er denn?«, fragte Variti verwirrt.

»Den Segen«, sagte Maja. »Er hat die ganze Zeit über nur den Segen gewollt.«

Keta rang seine aufschäumende Wut nieder. »Ich habe jetzt keine Zeit für eine Prügelei«, sagte er. »Lass es mich dir ganz ruhig sagen: Ich werde dich nicht segnen, Sorayn. Auch wenn du dich durch diese Heirat zu meinem Enkel gemacht hast. Glaubst du, deswegen wärst du der Erbe? Der rechtmäßige Anwärter auf den Kaiserthron und die Krone von Kirifas?« Er atmete tief durch. »Ich habe den Segen bereits Zukata versprochen. Das musst du akzeptieren, Sorayn.« Dann brach der Ärger doch bei ihm durch. »Du hast Maja geheiratet, damit du mein einziger Erbe bist? Was für eine Unverschämtheit! Steckst du da mit drin, Maja? Du solltest es besser wissen. So leicht kommt niemand an den Segen.«

Jamai musterte Sorayn mit dunklem Blick. »Ich kenne ihn zwar nicht, aber lieber als Zukata wäre er mir allemal.«

»Was? Ist das dein Ernst? Dann segne ich ja noch lieber Manina!«, rief Keta aus.

»Das wirst du nicht tun, denn sie ist ein Mensch«, sagte Sorayn und lächelte.

»Dich geht es gar nichts an, was ich tue! Lass mich endlich los!«

Sorayn gehorchte und trat einen Schritt zurück. »Ganz so habe ich es mir nicht vorgestellt. Nein, und ich bin auch nicht hier, weil ich als dein Enkel dein einziger Erbe bin. Daran habe ich in der Tat noch gar nicht gedacht. Ich bin hier als Zukatas Erbe. Segne mich und du erfüllst in gewisser Weise sogar dein Versprechen, ihn zu segnen.«

»Du willst Zukatas Erbe sein?«, höhnte Keta. »Du weißt ja nicht einmal, wer deine Eltern sind.«

»Und ob ich das weiß«, sagte Sorayn. »Ich bin der Sohn von Blitz aus Arima und Ilinias, Zukatas Tochter. Ich bin der erste Riese in Zukatas Blutlinie, der einzige Erbe aus Kanunas Familie. Ich bitte dich um den Segen, Keta.«

»Deswegen«, murmelte Maja leise. »Prinz Sorayn aus dem Kaiserreich. Es ist wahr, er ist Blitz' Sohn. Bis heute wusste ich nicht, warum ihn das zu einem Prinzen machen sollte.«

»Du bist das Kind, um das sie so geweint haben?«, fragte Keta, und er betrachtete Sorayn mit neuen Augen. Doch dann schüttelte er den Kopf. »Nein«, sagte er. »So schön du es dir auch überlegt hast – nein. Was willst du tun, während Maninas Truppen und Zukatas Heer sich zerfleischen? Dich dazwischenstellen und rufen: Seht her, ich bin der gesegnete Herrscher? Sie werden dich zwischen sich zermalmen und der Segen wird für immer untergehen. Was willst du tun, wenn Zukatas Riesen dich unter ihre Füße treten?« Auf einmal erinnerte er sich daran, was Maja zu Beginn gesagt hatte, und seine Augen weiteten sich. »Es sind deine Riesen? Du kommst mit einem eigenen Heer?« Er fuhr sich mit den Händen durchs Haar. »Er ist verrückt. Er lässt die wilden Riesen auf das Kaiserreich los ... ein wunderbarer neuer Herrscher mit glänzenden Ideen!«

Sorayn ließ sich von Ketas Spott nicht beeindrucken. »Gib mir den Segen«, wiederholte er hartnäckig.

»Nein. Und jetzt ist endgültig Schluss.« Keta griff an. Oder war es Sorayn? Sie prallten aufeinander. Variti schrie auf und wollte nach vorne stürzen, aber Jamai zog sie in eine sichere Entfernung. »Lass ihn. Keta ist alt genug. Und er ist ein Riese.«

»Ich mache mir eher Sorgen um den Jungen. Remanaine könnte in seinem Zorn vielleicht zu weit gehen.« Sie wandte sich an Maja. »Was habt ihr euch nur gedacht?«

Aber Maja hörte sie gar nicht. Sie sah nur auf die Riesen, gebannt von der Kraft und der Wut, mit der sie aufeinanderprallten, der Dunkle und der Helle.

»So etwas Ähnliches habe ich schon einmal gesehen«, sagte Jamai. »Damals waren es Keta und Zukata. Sie haben die ganze Nacht gekämpft. Keiner konnte gewinnen, denn sie waren beide genau gleich stark.«

»Niemand kann Keta besiegen«, sagte Variti stolz.

Mit klopfendem Herzen und wachsender Erregung sah Maja zu. Sie war immer noch wütend auf Sorayn und fast wünschte sie sich, ihr Großvater würde ihn so schlagen, wie sie ihn am liebsten geschlagen hätte, um ihn für seinen Verrat und seinen Betrug zu bestrafen. Und doch war es immer noch Sorayn, der Mann, den sie noch vor wenigen Stunden so heiß und innig geliebt hatte, dass sie ihn *Ahinehl* genannt hatte. Sie hoffte, dass Keta etwas von ihm übrig ließ. Dann musste sie daran denken, wie sorgfältig er die Begegnung mit dem gesegneten Riesenprinzen geplant hatte, und sie konnte sich nicht vorstellen, dass er die Möglichkeit eines Kampfes ganz außer Acht gelassen hatte. Er musste noch einen Trumpf im Ärmel haben, von dem die anderen nichts wussten. Der Bär? Oder die Riesen, die vielleicht jeden Moment aus dem Wald heraustreten würden?

Doch dann, während sie zusah, wie Keta ins Schwitzen geriet, während er versuchte, sich gegen den jungen Riesen zu verteidigen, wurde ihr bewusst, dass Sorayn gar keine Unterstützung brauchte, und sie begann stattdessen um ihren Großvater zu bangen.

Sorayns Schläge prasselten auf Keta herab. Er hatte so etwas noch nie erlebt, nicht einmal, als er gegen Zukata gekämpft hatte. Nur einmal in seinem Leben, im Kampf gegen einen wilden Riesen im Gebirge, hatte er eine Ahnung davon bekommen, was es hieß, an seine Grenzen zu stoßen. Doch mit seinen Freunden, mit Mino und Jamai und den Zintas, hatte er den wilden Riesen getötet, und er hatte weiterhin daran glauben können, unbesiegbar zu sein. In diesem Glauben hatte er den jungen Mann herausgefordert, in der festen Absicht, ihm eine Lektion zu erteilen. Doch nun kam es ihm vor, als sei er geradewegs in ein Gewitter geraten. Von allen Seiten schien es zu donnern und zu blitzen. Er war größer, aber im Kampf gegen Sorayn schien das eher ein Nachteil zu sein. Dieser Junge war unglaublich schnell und wendig. Zukata, wenn er hier gewesen wäre, hätte Blitz' Schnelligkeit und Kampfkunst in ihm erkannt, in diesem entfesselten Sturm, der über den älteren Riesen hereingebrochen war. Überall war der Schmerz. Er konnte nur noch versuchen, dem Schmerz zu entgehen, an Angriff war gar nicht mehr zu denken.

»Hör auf! Sorayn! Hör auf!«

Es dauerte eine Weile, bis Majas Schreie an Sorayns Ohren gelangten. Die Wut hatte ihn völlig übermannt; er hatte vergessen, dass er gegen einen schwächeren Gegner kämpfte, der nicht einmal ein wilder Riese war. Unter ihm lag Keta. Sorayn stand auf und sah zu, wie der ältere Mann sich wieder auf die Beine kämpfte.

»Segne mich.«

Der Zorn in den blauen Augen des Riesenprinzen war ungebrochen. »Nein.«

»Oh nein!«, rief Variti. »Nicht schon wieder! Remanaine, gib endlich auf! Oh Manaine!«

»Ich gebe niemals auf«, knurrte Keta.

Sie umkreisten einander lauernd.

Ich bin der Erfahrenere, dachte Keta. Es müsste doch möglich sein, das zu meinem Vorteil zu verwenden. Größer und erfahrener, und was ich an Tricks drauf habe, da kannst du noch von mir lernen ...

Sein rechtes Auge war so zugeschwollen, dass er Sorayn nur noch mit einem Auge sehen konnte. Zukatas Enkel. Es war Zukata, gegen den er hier kämpfte, sein alter Gegner, sein grausamer Zwilling.

»Niemals gebe ich auf, nie«, murmelte er. Sein Mund war voller Blut. Er spuckte aus und wappnete sich innerlich.

Aber wie hätte er sich gegen das schützen können, was da kam? Gegen eine Gewalt, die über ihn hereinbrach wie eine Lawine? Sorayn spielte mit ihm. Sorayn umkreiste ihn und verhöhnte ihn und lachte nur über seine Versuche, sich zu wehren. Schlug er mit Steinen? Seine Fäuste waren hart wie Eisen. Keta wankte.

Irgendwo schrie Variti auf. »Lass ihn. Sorayn, du bringst ihn um! Du bringst ihn um!«

»Segne mich«, forderte Sorayn. Unerbittlich. Seine blauen Augen bohrten sich in Ketas Augen. Seine Zukata-Augen. Diese Kanuna-Augen. Selbst Manina hatte sie. Aber in keinem Gesicht funkelten sie so wie in Sorayns Gesicht, unter den schwarzen Brauen, den langen, dichten Wimpern. Es war Blitz. Es war Blitz, für den er den Segen hergeben musste. Er hatte es versprochen. Zukata durfte den Helden von Arima nicht umbringen ...

Er machte einen Schritt nach vorne.

»Segne mich.«

»Nein.«

Die eiserne Hand kam auf ihn zu. Und da, zum ersten Mal in seinem Leben, fürchtete Keta sich vor dem Schmerz. Er fürchtete sich vor dieser Hand, die wie ein Hammer zuschlug. Und er selbst war das Eisen, das zerdrückt und gefaltet und geformt wurde, auf dem Amboss, unter den unentrinnbaren Schlägen des Schmiedes ...

Er fiel auf die Knie. »Nein, bitte ...«

Er konnte nichts mehr sehen und wunderte sich darüber, dann begriff er, dass er weinte, dass seine Augen überflossen vor Tränen, das verletzte Auge und auch das gesunde, dass er hier vor seinem Gegner auf den Knien lag und heulte.

Ein letztes Mal bäumte sich sein Stolz auf. Dies war doch nur ein Junge, kleiner als er, so jung, nicht mal von Geburt an ein Riese ... Wie konnte er so unglaublich stark sein?

Keta blinzelte. Auch das musste er sich noch antun, den Triumph im Gesicht seines Feindes zu sehen. Mit einem blutigen Ärmel wischte er sich die Tränen aus den Augen. Und da stand Sorayn über ihm, Zukatas Enkel. Zukatas Erbe. Der Erbe von allem ...

»Du willst also den Segen«, brachte er mühsam hervor. Seine Lippe war aufgeplatzt, er konnte kaum sprechen. »Rins Segen. Er ist wunderbar. Er ist so groß. Er ist mehr, als du dir vorstellen kannst, viel mehr als der Anspruch auf den Thron. Aber du kannst mich nicht zwingen, die Worte auszusprechen. Er muss von Vater zu Sohn gehen, eine Geste der Liebe. Er ist nichts, was man gewaltsam erringen könnte.«

Und in dem Moment, in dem er das aussprach, trat ihm ein Bild vor Augen, sah er sich selbst in einem dunklen Zimmer. Vor ihm saß Kanuna, sein trauernder Vater, und starrte auf die Vorhänge, die das freundliche Tageslicht verbannten. Und er kam näher, in diesem schützenden Dunkel, und kniete vor Kanuna, so wie jetzt vor Sorayn. Segne mich, Vater, segne mich jetzt ... Ich bin Zukata, dein Sohn ...

Er weinte. Er konnte nichts dagegen tun, gegen das Schluchzen, das ihn auf einmal schüttelte, gegen die vielen, vielen Tränen ...

Er hatte den Segen durch einen Betrug erlangt. Und nun war einer gekommen und riss ihn mit Gewalt an sich, ein Lügner wie er ... Diese blauen Augen, die so eindringlich auf ihn gerichtet waren, waren seine eigenen Augen. Er bekam nur, was er verdiente, von diesem Spiegelbild seiner selbst dort im Licht. Es war sein eigener Sohn dort, sein eigener Erbe.

»Keta, oh Keta ...« Variti umarmte ihn, aber er machte sich von ihr frei. Er sah jetzt klar. Und er wusste, was er tun würde.

Er richtete sich auf, und nun überragte er Sorayn wieder. Einäugig erwiderte er den stechenden Blick des jungen Riesen. Er war wieder stark. Er war der Gesegnete Rins.

»Das Meerwasser?«, fragte er.

»Hier.«

»Hol eine Schale, Variti.«

Seine Frau eilte davon.

»Knie nieder, Sohn«, sagte er zu Sorayn. Er ließ den jungen Mann vor sich knien, während sie warteten. Variti reichte ihm schließlich eine flache Schüssel, und er öffnete die Lederflasche und leerte sie darüber aus. Dann tauchte er seine Finger in das salzige Wasser und sprengte die Tropfen über Sorayns Haupt und sprach die Worte, die von Generation zu Generation weitergegeben worden waren, seit Anbeginn der Herrschaft der Riesen über die Menschen. »Dies ist Rins Kraft und Rins Auftrag: Die Menschen zu behüten und zu heilen …«

Ein Segen von einem Riesen für seinen Sohn. Während Variti ihn hörte, verstand sie endlich, warum Keta sich so beharrlich geweigert hatte, ihn Manina zu geben. Was er Sorayn gab, war die Verantwortung für das Wohl der Menschen, für ihr Leben und ihr Sterben, ihr Leiden und ihr Glück. Um nichts in der Welt hätte sie diesen Segen haben mögen.

Maja stand da und fühlte, wie ein Kribbeln durch ihren ganzen Körper lief, als wäre jemand anders anwesend, jemand, den sie nicht sah. Sie fürchtete sich, aber es war eine neue Art von Furcht, die sie erschauern und doch zugleich wünschen ließ, mehr zu wissen und mehr zu erfahren. Sie schloss die Augen und ihr war, als würde auch über sie ein warmer Regen niedergehen. Sie hörte das Meer rauschen, wie zu Hause in Arima. Die Wellen brachen sich an der Küste. Das Wasser sang ein Lied von einer Insel, irgendwo hinter dem Horizont … Arima war zerstört und verloren, aber jene andere Insel war immer noch da, unzerstörbar, immer bereit, gefunden zu werden. Ihr war, als müsste sie nur einen Schritt nach vorne machen und wäre da, und jemand würde ihr entgegentreten mit einem Lächeln.

»Wer bist du?«, flüsterte sie und öffnete die Augen, um ihn zu sehen, um ihn zu ergreifen und festzuhalten. Aber ihr Blick fiel nur auf Jamai, der reglos dastand; sein Gesicht schien zu glänzen.

Und hinter ihnen schauten die Riesen zu, die lautlos und unbemerkt aus dem Schatten des Waldes gekommen waren, angelockt vom Kampf, und auch sie verharrten stumm. Sie standen da, und manch einer wunderte sich, dass es ihm nicht gelang, die beiden Riesen dort in der Mitte zu sehen. Stattdessen sah er Berge, die bis in die Wolken reichten, und roch den Schnee aus den Höhen, kalt und frisch. Von der Küste her hörte er die ewige Brandung, aber es waren Berge, diese überirdisch hohen Berge, die ihn lockten.

Dies ist die wahre Heimstatt der Riesen ...

»Wo ist es?«, schrie einer laut auf, und dieser Schrei brach den Bann.

Sorayn sah zu Keta auf. »Du hast es wirklich getan«, sagte er. »Du hast mir den Segen gegeben.«

»Ja«, sagte Keta. »Und vielleicht wird der Tag kommen, an dem du wünschen würdest, ich hätte dich lieber verflucht. Fühlst du es schon? Du wirst nie mehr der sein, der du warst.«

»Ich spüre nichts«, sagte Sorayn leichthin, während er aufstand. Er drehte sich um und sah seine Riesen auf ihn warten. »Gehen wir nach Kirifas.«

»Nach Kirifas!«

Das Gebrüll war vielleicht nicht ganz so laut wie sonst. Aber immerhin war es noch laut genug, um die Vögel des Waldes aufzuscheuchen, und irgendwo hoch oben antwortete der Schrei des Adlers.

27. Der Erbe

»WIR SIND BALD da.« Mino saß gegen einen Baumstamm gelehnt am Feuer und starrte in die Flammen. Sie ließ zwei rundliche, glatte Kiesel in ihren Händen springen, gleichmäßig, hoch und nieder. »Das wolltest du doch wissen, oder?«

Ich frage mich ... Ilinias hatte das schon so oft gedacht, dass sie es jetzt doch endlich einmal ausgesprochen hatte. Aber sie hatte ihre Frage nicht stellen können, nicht, wenn Manina und Kroa zuhörten. Deshalb nickte sie, auch wenn sie etwas ganz anderes hatte wissen wollen.

»Erzähl mir von deiner Tochter«, sagte Manina. »Sie ist einfach so aufgetaucht? Erzähl mir davon.«

Mino warf Kroa einen tadelnden Blick zu, aber er zuckte nur die Achseln. »Was denn? Soll sie es nicht wissen? Sie ist die Kaiserin.«

»Sie ist vor ungefähr zwei Jahren zu den Ziehenden gestoßen. Eine andere Sippe hatte sie und ihren Bruder mit ins Winterlager genommen, wo sie Toris getroffen hat. Ich war zu der Zeit bei Keta und Variti, die nicht mehr mit ihrer Sippe gezogen sind, sondern damals schon einsam gelebt haben. Nur Jamai und Kroa waren eingeweiht. So wollte Keta vermeiden, dass Zukata ihn finden kann, indem er die Zintas befragt. Vergeblich habe ich versucht, Keta dazu zu bringen, nach Kirifas zu kommen.«

»Maja«, erinnerte Kroa.

»Ja, Maja. Die Sippe kommt oft in die Nähe von Ketas Haus – auch wenn nur ein paar Eingeweihte wissen, wo es liegt –, schon damit Variti ihre Verwandten sehen kann. Und so habe ich Maja wiedergefunden.« Sie konnte nicht weitersprechen. Denn Maja in ihre Arme zu schließen, hatte auch bedeutet, sich die Berichte vom Krieg anzuhören, von Norha und Wikant und dem, was sie getan hatten. Blitz war tot. Sie hatte versucht, Maja zu trösten, mit versteinertem Gesicht, und auch jetzt, wenn sie nur daran dachte, fühlte sie eine unendliche Traurigkeit. Auf einmal fühlten sich sogar die Steine zu schwer an, um durch die Luft fliegen zu können.

»Ich liebe solche Geschichten.« Manina lächelte versonnen. »Wie Menschen sich wiederfinden ...«

»Es wäre einfacher, wenn gleich zusammenbleibt, wer zusammengehört«, ließ Kroa sich vernehmen und räusperte sich verlegen.

»Tja«, meinte Manina. »Dann müssten wir meinen Bruder nicht suchen. Ich bin in dem Glauben großgeworden, dass er die Krone übernehmen würde. Dass ich frei sein würde, zu tun, was ich will. Und stattdessen ... Nein, ich will mich nicht beklagen.« Aber ein Schatten lag auf ihrem Gesicht. »Ich hatte es mir einfacher vorgestellt. Überall reden sie. Jeder meiner Schritte wird überwacht.« Sie schaute Ilinias an und lächelte. »Immer braucht man Schutz, als wäre ich ein kleines Kind. Ihr wisst ja gar nicht, wie ich diese Reise genieße! Oder wie ich sie genießen könnte, wenn ich nicht wüsste, dass es bald Krieg geben wird. Dass Zukata kommt.« Sie strich sich die goldenen Strähnen aus der Stirn. »Er darf nicht siegen. Es geht mir gar nicht darum, was ich bin. Aber er darf dieses Reich nicht in seine Hände bekommen.«

»Ich übernehme die erste Wache.« Ilinias stand abrupt auf.

Mino steckte die Steine in ihre Tasche, wickelte sich in ihre Decke ein und starrte in die Flammen.

Später stand Ilinias auf und ging um das Lager herum. Alles war still, nur aus dem Wald kamen die üblichen nächtlichen Geräusche. Irgendwo schrie ein Käuzchen. Kroa schnarchte.

Keine Gefahr. Sie fühlte ihr eigenes Herz pochen, während sie zwischen den Bäumen stand und auf Manina herabsah. Das blonde Haar fiel der jungen Herrscherin übers Gesicht, ihr gleichmäßiger Atem bewegte den Brustkorb. Wie konnte sie so ruhig schlafen, in Kriegszeiten, allein und ausgeliefert in diesem finsteren Wald, so weit entfernt von zu Hause? Und nur eine Amazone, um sie zu beschützen.

Ilinias packte den Griff ihres Messers. Ihre Hand war schweißnass. Sie sprach sich selbst Mut zu, aber das Zittern erfasste ihren ganzen Körper.

»Schäm dich«, flüsterte sie sich zu, »du bist eine Kriegerin.«

Und dies war der Krieg. Manchmal konnte es keine offene Schlacht geben, manchmal musste man listig und schlau sein, viel klüger und vorausschauender als der Feind.

Hinterlistig. Du bist eine aufrechte Kriegerin. So bist du nicht, so nicht …

Sie atmete tief durch, als sie einen Schritt näher trat. Kroa schnarchte unvermindert weiter. Manina seufzte im Schlaf und drehte sich auf die Seite. Ilinias betrachtete ihr schönes Gesicht, vom flackernden Lichtschein erhellt. So vieles erinnerte noch an das kleine Mädchen, das sie mit ihrem Leben beschützt hatte. Für das sie und Blitz gekämpft hatten … Aber auch das war nicht wahr, das wusste sie. Es war Blitz, für den sie getan hatte, was auch immer sie getan hatte. Für den sie sich aus einer Novizin in eine Heldin verwandelt hatte. Und nein, nicht einmal das: alle Anlagen, aufzubegehren und zu kämpfen, waren schon immer in ihr gewesen. Das Erbteil ihres Vaters: gegen alle Widerstände zu kämpfen.

Sie zog das Messer aus dem Gürtel.

Vielleicht war es dieses Geräusch, das Schaben von Metall an Leder, das Kroa erwachen ließ. Er öffnete die Augen und sah Ilinias mit dem Messer dastehen, über die Kaiserin gebeugt. Mit einem Schrei schnellte er vor, die Füße nach vorn, und trat gegen Ilinias' Hand. Jetzt erwachten auch die anderen. Und Ilinias zog ihr Schwert.

Sie richtete es auf Manina, die, halb aufgerichtet, mitten in der Bewegung verharrte. Kroa und Mino standen erschrocken daneben. »Was tust du da?«, schrie der Zwerg.

Manina wiederholte die Frage. »Was tust du da, Ilinias? Du – eine Verräterin?« Sie sah zu Mino hin, ohne den Kopf zu drehen. »Hast du mich deshalb in diesen Wald gelockt, und Keta ist gar nicht da?«

»Keta ist da«, versicherte Mino. »Er wird dich zermalmen, Ilinias, wenn du seiner Schwester auch nur ein Haar krümmst.«

Ilinias hielt immer noch das Schwert gegen Maninas Brust. Sie hätte nur einmal zustoßen müssen. Aber sie konnte nicht, noch nicht. So lange hatte sie darüber nachgedacht, wie es laufen würde, aber nun, da es soweit war, war es viel schwerer, als sie geglaubt hatte. Viel schwerer und viel falscher. Sie hätte das Messer zurückstecken und erst überlegen sollen, jetzt war es zu spät. Jetzt, wo sie in die Augen der anderen blicken musste, die in ihr ihre Feindin erkannt hatten, war es zu spät, um zurückzurudern und nur noch Ilinias zu sein, die Leibwächterin. Zu spät, um etwas anderes zu sein als Ilinias, Zukatas Tochter.

»Niemals wird Keta dich segnen«, stieß sie hervor. »Niemals, nur über meine Leiche.«

»Wir wissen doch gar nicht, ob er es überhaupt tun wird«, sagte Mino und sah sich heimlich nach einer Waffe um, nach irgendetwas, mit dem sie kämpfen konnte. Sie wollte keine falsche Bewegung machen; noch schien Ilinias zu zögern. Wenn sie wirklich gewollt hätte, wäre Manina längst tot.

»Du willst, dass ich auf den Segen verzichte?«, fragte die junge Kaiserin.

»Er gehört dir nicht«, versetzte Ilinias. »Er gehört den Riesen. Keta hat ihn Zukata versprochen.«

»Zukata?« Mino biss sich auf die Lippen. Sie wollte die Aufmerksamkeit nicht auf sich lenken, aber als sie den verhassten Namen hörte, konnte sie nicht schweigen. »Du kannst doch nicht wollen, dass er ihn bekommt!«

»Ich habe nie darum gebeten«, sagte Manina besänftigend. »Ich will nur alles tun, um Deret-Aif besser verteidigen zu können.«

»Gegen wen?«, fragte Ilinias. »Gegen den rechtmäßigen Erben? Gegen den wahren Herrscher des Kaiserreichs? Dir gehören weder der Thron noch der Segen, Manina. Tu doch nicht so, als würdest du dich selbst opfern, um das Reich zu retten. Ich kann es nicht mehr hören, deine ewigen Klagen, dass du all das nie wolltest! Dann geh doch! Geh endlich und lass die Krone dem, dem sie gehört!«

»Ich fasse es nicht!«, rief Mino. »Verräterin! Du hast Manina damals gerettet und jetzt bedrohst du sie?«

»Zu dir komme ich auch noch«, sagte Ilinias wütend. »Du hast mir Blitz weggenommen. Dafür wirst du bezahlen.« Sie wandte sich wieder der Kaiserin zu. Manina stieß einen Schreckenslaut aus, als die Schwertspitze auf ihre Haut traf. »Wo ist Kroa?«, schrie die Amazone. »Wo ist dieser verdammte Zwerg?« Kroa war von der Lichtung verschwunden, sie hatte gar nicht bemerkt, wie. »Komm sofort zurück, wenn dir Maninas Leben lieb ist!«

Sie drehte sich halb um. In diesem Moment kam Kroa zurück auf den Lagerplatz gesprungen, einen schweren Ast in beiden Händen.

»Na schön. Du hast es nicht anders gewollt.« Ilinias wandte sich ihm mit ihrem Schwert zu und gab Manina somit frei.

»Kommt!« Da sie wie gelähmt liegen blieb, eilte Mino an Maninas Seite und zog sie aus Ilinias' Reichweite. »Seid Ihr verletzt?«

Durch Maninas Kleid drang ein kleiner Blutfleck. »Nur die Haut.« Sie konnte sich nicht davon losreißen, wie Ilinias und Kroa einander umkreisten, er mit dem Knüppel, sie mit dem Schwert. Dann griff die Kriegerin an. Ein einziger Schlag genügte, um den Stock zu zersplittern. »Lauft doch endlich!«, schrie Kroa.

Mino packte Maninas Arm und zog sie in den Wald. »Kommt, schnell! Lauft!«, befahl sie. »Immer geradeaus. Ich muss zurück zu Kroa. Haltet nicht an, wir kommen Euch nach, sobald wir können.«

Wenn wir können. Sie sprach es nicht aus. Sie schubste Manina in die Richtung, in die sie laufen sollte, und hastete zurück zum Kampfplatz.

Kroa hatte inzwischen sein Messer gezogen; gegen Ilinias' Langschwert konnte er damit nicht viel ausrichten. Sie trieb ihn vor sich her und machte einen Ausfallschritt, aber im selben Moment ließ Kroa sich nach hinten fallen, überschlug sich ein paar Mal und kam wieder zum Stehen. Hinter dem Feuer brachte er sich in Sicherheit.

Mino hatte ihre Anwesenheit noch nicht verraten. Sie sah sich nach einer Waffe um, mit der sie mehr ausrichten konnte als mit einem Ast. Kroa war flink und wendig, kein Angreifer hatte mit ihm leichtes Spiel. Sie wusste aber auch, dass er nicht mehr der Jüngste war. Und Ilinias hatte noch lange nicht gezeigt, wie tödlich sie sein konnte, auch das war Mino bewusst. Da war etwas, das sie zurückhielt, das sie zögern ließ. Dennoch gab es keine Garantie dafür, dass sie sie verschonte.

Kroa tanzte hinter dem Feuer und versuchte Ilinias zu einem unüberlegten Angriff zu verlocken. »Komm schon her, kleine Verräterin.« Und dann begann er zu singen: »Ilinias kämpft für Zukata, Ilinias kämpft für Zukata!«

»Ja«, sagte Ilinias und atmete tief durch. »Gut, dass du mich daran erinnerst.«

Sie ging auf ihn los, und diesmal, daran zweifelte Mino nicht, hatte sie die Absicht, ihn zu töten. Auf einmal wurde Mino bewusst, dass ihre Hand um einen der Steine lag, die sie schon die ganze Zeit in der Tasche gehabt hatte. Ihre Finger schlossen sich darum. Sie warf ohne zu zögern, aber in diesem Moment duckte Ilinias sich, weil Kroa sein Messer warf, und der Stein streifte nur ihr helles Haar. Mino schleuderte den zweiten Stein sofort hinterher und diesmal hatte sie Glück, wenn auch nicht so viel Glück, wie sie gehofft hatte. Sie traf Ilinias Schulter. Mit einem Aufschrei taumelte die Kriegerin nach vorne. Kroa tauchte unter ihr durch, las im Laufen sein Messer auf und eilte an Minos Seite.

»Komm«, sagte sie nur.

»Es wäre hilfreich gewesen, wenn du ihren Kopf getroffen hättest«, meinte Kroa, während sie rannten. »Ich dachte, Keta hätte deine Augen geheilt?«

»Beschwer dich bei ihm, nicht bei mir«, gab Mino zurück. Im Wald war es dunkel; schnell konnten sie nicht laufen. Hinter sich hörten sie Ilinias durch die Zweige brechen. Vor ihnen musste irgendwo Manina sein.

»Vielleicht gibt sie auf. Im Grunde will sie uns ja gar nichts tun«, keuchte Mino.

»Den Eindruck hatte ich eben nicht«, gab Kroa zurück. »Ganz und gar nicht.«

Sie hatten nicht die Absicht, es darauf ankommen zu lassen. Sie liefen, bis sie nicht mehr konnten. Langsam und vorsichtig arbeiteten sie sich durch den Wald. »Und wo ist Manina?«, flüsterte Kroa. »Haben wir die etwa verloren? Du hättest nicht zurückkommen sollen.«

»Warten wir hier«, schlug Mino vor. »Nicht, dass wir sie im Dunkeln überholt haben.«

Sie kauerten sich in eine Kuhle zwischen den großen Wurzeln eines Baumes. Kroa übernahm die erste Wache und starrte in die finstere Nacht unter den Wipfeln.

Manina war gelaufen, bis der Schmerz sie zum Anhalten zwang. Tränen strömten über ihr Gesicht, aber es war nicht die Wunde, die sie zum Weinen brachte. Ilinias. Immer wieder sah sie das Gesicht ihrer Leibwächterin vor sich. Ilinias war viel mehr für sie gewesen. Freundin, Beraterin, Gefährtin, Teil ihres Lebens. Zu erwachen und sie so zu sehen, mit dem Schwert in der Hand, nicht um zu verteidigen, sondern um anzugreifen, und das vertraute Gesicht so fremd ...

Sie fand ein Versteck im Gebüsch und weinte sich in den Schlaf. Nach zwei, drei Stunden schreckte sie wieder hoch.

Es dämmerte bereits, langsam breitete sich ein nebeliges Licht aus. Die Kälte lähmte ihre Bewegungen, als Manina sich vorsichtig aufrichtete und sich im Wald umsah. Sie hatte etwas gehört, ein leises Rascheln und Knacken. Und da, zwischen den Stämmen, etwas Helles, vielleicht der Schimmer blonder Haare.

»Mino?«, fragte Manina vorsichtig.

Sie wartete, nichts war zu sehen. Hatte sie sich getäuscht? Der Wald war zum Leben erwacht, überall in den Zweigen begann es zu zwitschern und zu piepsen. Angestrengt horchte Manina. Angst überfiel sie. Noch nie war sie allein im Wald gewesen, aber das war es nicht. Sie spürte, wie ein kalter Schauer ihr den Rücken hinunterlief. Der Angstschweiß brach ihr aus, und wie ein gejagtes Tier rannte sie los. Sie sprang zwischen den Bäumen hindurch, über umgestürzte Baumstämme, unter herabhängenden Ästen, stolperte über Wurzeln und Erdlöcher. Und hinter ihr ein Rascheln und Knistern, und wenn sie sich panisch umdrehte, immer wieder etwas Helles, das weißblonde Haar der Jägerin.

Ilinias war viel schneller. Stark und geübt im Kampf, während Manina jetzt schon ächzte und keuchte. Ihre Beine wurden schwer, die Schmerzen in ihrer Seite unerträglich, aber sie schleppte sich weiter. Einmal drehte sie sich um, aber das hätte sie nicht tun sollen. Ilinias' ernstes, entschlossenes Gesicht, ohne die Andeutung eines Lächelns, das Gesicht des Feindes.

Manina schrie auf, als sie wieder fiel. Sie rappelte sich auf, warf sich nach vorne, und dann nahm sie vor sich eine Bewegung wahr, und dunkle Schatten traten zwischen den Bäumen hervor. Es waren Riesen. Groß und bärtig und wild, fünf, zehn, nein zwanzig, und noch mehr. Sie blieb stehen, aufschluchzend, und hinter sich hörte sie Ilinias sagen: »Sieh an. Zukatas Riesenarmee.« Die Amazone trat neben sie, packte ihre Schulter und drückte sie hinunter, so dass sie auf die Knie fiel. »Das ist Kaiserin Manina«, sagte sie verächtlich. »Unsere Gefangene.«

Als sie das blonde Mädchen auf sich zurennen sahen, hinter sich die Kriegerin mit dem Schwert, blieben die Riesen erstaunt stehen. Auch Sorayn schaute zunächst überrascht zu, wie die hellhaarige Frau in der Tracht einer salinischen Amazone die gestellte Beute in die Knie zwang.

»Kaiserin Manina?« Er machte einen Schritt auf sie zu und murmelte: »Dem Gesegneten scheinen die Gaben Rins ja wirklich einfach so in den Schoß zu fallen.«

In diesem Moment stürzten zwei weitere Gestalten hinzu, ein Zwerg und eine weitere weißhaarige Frau. »Nein! Nein, tut ihr nichts!«

»Mino?«

Mino erstarrte, als sie Maja zwischen den Riesen entdeckte. Die Angst, die sie bei ihrem Anblick gepackt hatte, verwandelte sich in blankes Entsetzen. Manina war verloren, aber sie und Kroa wollten lieber mit ihr sterben, als einfach zuzusehen, wie die junge Kaiserin ermordet wurde. Doch dass sie auch Maja hatten, war zu viel. »Oh nein!«, schrie sie wieder. »Lasst meine Tochter gehen!«

Sorayn lächelte Maja zu. »Ich glaube, du solltest sie beruhigen.« Dann bückte er sich, ergriff Maninas Hände und zog sie hoch.

»Die Kaiserin von Deret-Aif«, sagte er, in seine Augen trat ein amüsiertes Funkeln. »Ihre Majestät höchstpersönlich.«

Maja hatte ihre Mutter inzwischen umarmt und führte sie näher. Sie wollte ihr Sorayn vorstellen, aber dieser war im Moment nur auf die Kaiserin konzentriert. Deshalb begnügte sie sich zu sagen: »Keine Angst, Mutter. Wir sind alle in Sicherheit. Diese Riesen haben mit Zukata nichts zu tun.«

»Nicht?«, fragte Ilinias alarmiert. »Aber ihr seid Riesen!« Sie sprach zu dem schwarzhaarigen jungen Mann, der anscheinend ihr Sprecher war. Was für auffallend blaue Augen er hatte! Und ein Gesicht, in dem unverkennbar etwas Vertrautes lag. »Ihr seid Riesen, ihr seid doch unterwegs, um Zukata zu unterstützen!« Sie fasste ihr Schwert fester und richtete es wieder auf Manina. »Das ist meine Gefangene. Finger weg von meiner Gefangenen.«

Sorayn, der immer noch Maninas Hände hielt, lächelte wieder. Es schien nichts zu geben, was ihn erschüttern konnte.

»Und wer bist du?«, fragte er freundlich.

»Ilinias.« Sie gab keine weitere Erklärung ab, wer sie war, aber das brauchte sie auch nicht. Sorayns Lächeln verblasste. Er zuckte zurück, als hätte sie ihm einen Schlag versetzt. Ilinias. Dieser Name, der sich in ihn eingegraben hatte, seitdem Liravah ihm von seinen Eltern erzählt hatte. Ilinias, so jung und hübsch wie eine Prinzessin. Ilinias, Zukatas Tochter, seine Mutter.

Er sprach es nicht aus. Er sah sie nur an, diese Fremde, die Anspruch auf die gejagte Kaiserin erhob, als sei sie ihre Beute, und suchte nach Worten, die sich ihm alle entzogen. Er hatte damit gerechnet, dass er ihr irgendwann begegnen könnte, wenn er nach Kirifas kam. Was er fühlen würde, hatte er nicht gewusst. Nicht dies: dass sein Herz schwer und unbeweglich in ihm lag wie ein Stein. Maninas Zustand weckte sein Mitleid. Diese Kriegerin, die eine unbewaffnete Frau bedrohte, rief seinen Zorn hervor.

Er war so schnell, dass weder Manina noch Ilinias begriffen, wie ihnen geschah. In einer einzigen fließenden Bewegung riss er die Kaiserin nach vorne, von der Schwertspitze fort, und zog sie hinter sich, in einer zweiten sprang er nach vorn und trat gegen Ilinias' Bein, so dass sie nach hinten stürzte. Er setzte ihr nach, und während sie schon das Schwert hob, pflückte er es ihr aus der Hand und zerbrach es über seinem Knie.

Sie starrte ihn an, robbte rückwärts von ihm fort, drehte sich schließlich um und floh in den Wald. Sorayn hob die Hand, als einige der Riesen schon hinterherstürmen wollten. »Nein, lasst sie.«

»Aber sie wird zu Zukata laufen!«, rief Kroa.

»Ich weiß«, sagte Sorayn. »Sie ist seine Tochter.«

»Was?«, rief Manina aus. »Ilinias? Das kann nicht sein!«

»Und doch ist es so, verehrte Kaiserin.«

Die Nennung ihres Titels verhalf Manina dazu, sich zu beruhigen. Sie atmete tief durch, strich ihr Kleid glatt und richtete das Wort an den Mann, der sie so mühelos vor einer Amazone gerettet hatte. Da war etwas an seinem Lächeln, was ihr nicht gefiel, als wüsste er etwas, was sie nicht wusste. Ihr war durchaus klar, dass sie sich in seiner Gewalt befand, aber sie hatte keine Wahl, als mit größtmöglicher Höflichkeit das Beste aus der Sache zu machen.

»Danke«, sagte sie und versuchte ein anerkennendes Lächeln, als könnte sie dadurch, dass sie sich wie eine Herrscherin benahm, sich und ihre Begleiter schützen.

Sie blickte zu den anderen hin und bemerkte, dass Mino von einem fremden, schwarzhaarigen Mädchen an der Hand gehalten wurde, offensichtlich waren die beiden sehr vertraut.

»Was hast du getan, Mino?«, klagte Manina an. »Wer war die Verräterin – Ilinias oder du, die mich aus meinem Palast gelockt hat? Hierher, zu den Riesen und den Zintas?«

»Das ist meine Tochter Maja«, erklärte Mino. Bei Maninas Vorwürfen war sie blass geworden. »Aber der einzige Riese, den ich kenne, ist Keta. Wer ist das?«

»Das ist Sorayn«, sagte Maja. »Der Mann, den ich liebe.« Man merkte ihr nicht an, wie schwer es ihr fiel, das zu sagen. Aber hier war sie, immer noch bei Sorayn. »Den ich immer geliebt habe. Weißt du noch, als ich dir von den Briefen erzählte? Damals? Das war Sorayn.«

»Sorayn«, wiederholte Mino. Er streckte ihr die Hand entgegen, aber sie nahm sie nicht. Sie schaute hoch, in sein Gesicht, in diese blauen Augen. »Da ist etwas in deinem Blick, das ich kenne«, murmelte sie. »So vertraut ... Keta. Kanuna El Schattik. Die beiden guten Riesen. Und Zukata. Manina, siehst du es nicht? Er lächelt, wie Zukata immer lächelt. Er weiß genau, was er will, und er ist bereit, dafür zu töten und zu sterben.« Und dann weiteten sich ihre Augen und sie flüsterte: »Und Blitz. Warum sehe ich Blitz in dir? Und warum trägst du den Namen seines verlorenen Sohnes?«

Sorayn lächelte, ja, da war es wieder, dieses Zukata-Lächeln, erfüllt von diesem Glauben an die eigene Unbesiegbarkeit, daran, dass die ganze Welt ihm zu Füßen lag. »Weil ich es bin.«

»Aber dann – und du hast Ilinias gehen lassen? Weißt du nicht, dass sie deine Mutter ist?«

»Ich hätte ihr das Knie eintreten können, aber ich habe sie nur entwaffnet. Mir ist sehr wohl bewusst, wer sie ist.« Sein Lächeln entglitt ihm, es war klar, dass er nichts mehr dazu sagen würde. Er wandte sich an Manina. »Kaiserin, Ihr seid verletzt. Verzeiht, dass wir hier herumstehen und reden, während Ihr Ruhe und Heilung braucht.«

Mino trat vor. »Kommt. Ich sehe mir das an.«

Manina folgte ihr, aber alles in ihrem Gesicht verriet ihr Widerstreben. »Es ist schwer zu vertrauen, wenn man so hintergangen wurde«, sagte sie. »Und trotzdem – wie schätzt du meine Lage ein? Kann ich fliehen, und würdest du mich trotzdem noch zu Keta bringen?«

Mino antwortete nicht. Maja näherte sich. Kann ich meiner eigenen Tochter nicht mehr vertrauen?, schalt Mino sich selbst.

»Habt Ihr eine Ahnung, wie schnell ein Riese ist?«, fragte sie zurück. »Über Eure Wunde braucht Ihr Euch übrigens keine Sorgen zu machen, nur ein oberflächlicher Kratzer. Ich werde eine Kräutersalbe anrühren und Euch einen Verband anlegen, und bis wir wieder in Kirifas sind, sollte es verheilt sein.«

Maja sah stumm zu, bis Mino sie nicht mehr ignorieren konnte. »Ja?«

»Es tut mir leid«, sagte sie. »Das ist wahrscheinlich nicht das, was du dir für mich gewünscht hast.«

»Zukatas Enkel? Oh nein, ganz sicher nicht.« Mino kämpfte hilflos gegen ihre Wut an. »Dass ich dich an den Feind verlieren könnte? Nein, das habe ich nicht gedacht.«

»Er ist nicht Zukata!« In Majas Augen schimmerten Tränen, während sie um die Zustimmung ihrer Mutter bettelte. »Er ist nur Sorayn. Einfach nur Sorayn.«

»Blitz' Sohn«, murmelte Mino. »Wie könnte ich dir vorwerfen, dass du deinem Herzen folgst, wenn Blitz' Sohn dich ruft?« Sie wandte sich ihrer Tochter zu und umarmte sie. »Er kann nichts für dieses Erbe, eine Familie aus Verrätern und Mördern. Und ist nicht auch Kanuna da, in ihm genauso wie in Keta, oder wie in Euch, Manina? Aber sag nicht: einfach nur Sorayn. Einfach wird es mit diesem Mann nicht werden, das kann ich dir jetzt schon sagen.«

Maja lächelte schmerzlich. »Ja«, nickte sie. Dass sie das bereits gemerkt hatte, verschwieg sie lieber.

Manina wartete, dass Sorayn auf sie zukam, dass er ihr erklärte, ob sie jetzt eine Gefangene war oder nicht. Aber er kam nicht. Er saß da, scherzte mit seinen Riesen und kraulte einen großen, braunen Bären, der ihm hinterherlief wie ein Hündchen. Er sah anders aus als die anderen Riesen. Im Sitzen, wenn man nicht sah, wie groß er war, hätte man ihn für einen normalen Menschen halten können. Wenn sie sich daran erinnerte, dass er Zukatas Enkel war, wurde ihr kalt vor Furcht. Aber wenn sie ihn so ansah, gerade jetzt von weitem, erinnerte er sie nur an Blitz. Einen herrlichen, jungenhaften Blitz, in den sie sich am liebsten selbst verliebt hätte.

Kroa, der sich nahebei ins Gras gelegt hatte, seufzte. »Soll ich ihn herholen?«

»Herholen?«, fragte Manina erschrocken. »Das würdest du dich trauen?« Sie biss sich auf die Lippe. Es stand einer Kaiserin nicht gut an, wenn sie nicht wagte, ihren Untertanen Befehle zu erteilen.

»Das würde ich«, sagte Kroa entschlossen. »Möchtet Ihr mit ihm reden? Natürlich. Ich sehe es Euch an. Eure eigene Reise juckt Euch in den Füßen. Einer der Riesen hat unsere Pferde geholt, habt Ihr das schon gesehen? Wir könnten weiterreiten und Euren Bruder suchen, wie geplant. Dieser Sorayn könnte uns eine Leibwache zur Verfügung stellen oder es selbst tun. Mit ihm an Eurer Seite kann Euch nichts passieren.«

»Das habe ich bei Ilinias auch geglaubt.« Manina zögerte noch immer, aber dann dachte sie daran, wie Sorayn ihre Hände gehalten hatte, wie er sie aus der Reichweite von Ilinias' Schwert gerissen hatte, ohne zu zögern, mit einer solchen Selbstverständlichkeit, als wären er und alle, für die er kämpfte, unverwundbar.

»Ich tu's einfach.« Kroa stand auf und marschierte zu den Riesen hinüber. Als er ihnen näherkam, wurde aus seinem forschen Gang ein Schlendern, er bog scheinbar zufällig ab und kam in einem weiten Bogen zurück. Seine Wangen glühten. »Jetzt. Verlasst Euch auf mich, Kaiserin Manina.«

Diesmal behielt er die Richtung bei. Er schritt zwischen den Riesen hindurch und bewegte sich vorsichtig auf Sorayn und den Bären zu.

Der schwarzhaarige Riese blickte ihn gelassen aus seinen Himmelsaugen an. »Ja, Herr Kroa?«

Der Bär gähnte und zeigte dabei die Pracht seiner Zähne. Der Zwerg nahm all seinen Mut zusammen. Dieser Bär konnte ihn mit einem Bissen verschlingen, aber sein Besitzer schien, auch wenn er möglicherweise genauso gefährlich war, auf ihrer Seite zu stehen.

»Kaiserin Manina will ... möchte ... wünscht ...« Kroa sah alle Formulierungen davonfliegen. »Sie bittet Euch um eine Unterredung.«

Sorayn lächelte. »Dann wollen wir sie nicht warten lassen.« Er stand auf. Kroa, der sich von Größe nicht einschüchtern ließ, fühlte sich dennoch merkwürdig bange, als er vor dem Riesen zu Manina zurückging. Seine Nackenhaare sträubten sich; er fühlte sich wie ein Kaninchen, das gezwungen ist, langsam vor einem Wolf daherzuschreiten. Und nun führte er das Raubtier zu seiner geliebten Kaiserin.

Manina sprang auf, als sie Sorayn kommen sah. Sie hasste sich selbst dafür, aber sie konnte nicht anders. Immer saß sie auf dem Thron, wenn Besucher kamen und vor ihr standen und sich verbeugten – Fürsten und Könige. Doch jetzt zitterten ihr die Knie. Sie hatte ihn dazu auffordern wollen, ihr Leibwächter zu sein, doch jetzt, wo er ihr wieder so nahe war, wollte sie nur fort. Es würde nicht zu ertragen sein, ihn ständig in der Nähe zu haben. Ihre Instinkte waren nicht so wach wie Kroas, der sein Leben in den Wäldern und auf den Märkten verbracht hatte, immer auf der Hut, und trotzdem spürte sie die Gefahr sehr deutlich.

»Kaiserin Manina. Setzt Euch doch.« Er wies auf einen Baumstamm und führte sie dorthin. »Was habt Ihr auf dem Herzen?«

»Ich verdanke Euch mein Leben«, begann sie, unsicher, wie sie es am besten anfangen sollte. Sie konnte ihn schlecht direkt fragen, ob er sie als seine Gefangene betrachtete. »Und wie ich sehe, haben Eure Leute die Pferde hergebracht und mein Gepäck. Auch dafür möchte ich Euch danken.«

Er lächelte, und so sehr erinnerte sie dieses Lächeln an Zukata, als er sie nach dem Tod ihres Vaters ergriffen und zur Geisel gemacht hatte, dass ihr schwindelte.

»Wie dumm«, sagte sie, ohne nachzudenken, »dass ich Euch in einem Atemzug für mein Leben und das Gepäck danke. Verzeiht, ich bin verwirrt. Jedenfalls beabsichtige ich meine Reise fortzusetzen.« Sie fragte ihn nicht, ob er es erlaubte, sie kam sich sogar fast wieder wie die Kaiserin vor. »Ich denke, wir haben nicht denselben Weg. Oder? Ich meine, warum geht Ihr mit all diesen Riesen in Richtung Aifa? Sind wir Feinde? Werdet Ihr meinen Bruder Zukata unterstützen?«

»Wie viele Fragen Ihr habt.« Sorayn lächelte unergründlich. »Erlaubt Ihr mir, Euch auch ein paar Fragen zu stellen?« Er wartete tatsächlich, bis sie nickte. »Ihr seid keine Riesin, Manina. Aber seid Ihr stark? Wirklich stark? Stark genug, um Zukata entgegenzutreten?«

Sie begann zu zittern und rieb sich die Arme, damit er glaubte, es läge an der Kälte. Der Tag war warm und die Sonne, die durch die Bäume hindurchschien, auf diese lichte Stelle, wärmte, aber doch nicht genug. Lange nicht genug.

»Ein Krieg steht bevor«, sagte er. »Ein entsetzlicher Krieg. Deret-Aif gegen das Reich des Ostens, das Zukata unter seine Herrschaft gebracht hat. Yos und Sandart und Melgian und Kijon. Sie haben Soldaten wie Ameisen ... Und die Menschen des Kaiserreichs werden gegen sie kämpfen müssen. Gegen einen Mann, der einen größeren Anspruch auf den Thron hat als Ihr. Seid Ihr stark genug, um das zuzulassen? Um zuzusehen, wie Euer Reich sich aufreibt in einem Krieg, der vielleicht viele Jahre dauern wird und in dem Hunderttausende ihr Leben lassen müssen?«

»Aber er ist der Feind«, protestierte Manina unglücklich. »Und ich kann ihm das Kaiserreich nicht überlassen.«

»Er ist ein Riese«, sagte Sorayn. »Und es ist immer ein Riese, der über die Menschen herrscht.«

»Kein Wunder, das Ihr auf seiner Seite seid«, sagte sie bitter. »Wenn er Euer Großvater ist.«

»Ich bin nicht auf seiner Seite«, stellte Sorayn richtig. »Ich halte Euch nur vor Augen, was aus dieser Welt wird, wenn Ihr kämpft und kämpfen lasst. Seid Ihr stark genug, um alles zu zerstören, was Ihr wie eine Hirtin bewahren solltet?«

Manina wischte sich die Tränen aus den Augen. »Ich habe keine Wahl.«

»Tretet zurück.«

»Nein!« Sie weinte, aber gleichzeitig war sie wütend, dass er es wagte, ihr so etwas vorzuschlagen. »Wenn Keta das zu mir sagen würde ... Er ist der gesegnete Erbe. Aber Zukata? Nie im Leben mache ich den Thron frei für Zukata!«

»Das verlange ich auch gar nicht«, sagte Sorayn. »Gebt mir die Krone.«

Manina schnappte nach Luft. Dabei war sie gar nicht so überrascht, wie sie selbst erwartet hätte. Wenn ihr jemand vorher gesagt hätte, dass sie hier im Wald einen weiteren Anwärter auf den Thron von Kirifas treffen würde, hätte sie gelacht. Aber niemand hätte es gewagt, Sorayn auszulachen.

»Ich werde gegen Zukata kämpfen«, sagte er. »Mit meinen Riesen schlage ich seine Leute zurück, bevor sie in unser Land einfallen. Und ihn – gut, ich gebe zu, ich weiß noch nicht, was ich mit ihm tun werde. Er ist immerhin mein Großvater.« Seine blauen Augen fingen ihre ein. »Tretet zurück und es muss keinen Krieg geben, der ganz Deret-Aif in Mitleidenschaft zieht. Das wird eine Sache zwischen mir und Zukata.«

»Wie kannst du! Du wagst es, so etwas vorzuschlagen?« Es war Mino, außer sich vor Wut. Sie ging Sorayn nicht an die Gurgel, aber sie sah aus, als würde sie es gleich tun. Kroa hatte sie gesucht und besorgt von der bevorstehenden Unterredung zwischen Manina und Sorayn berichtet. Einen Teil ihres Gesprächs hatten sie und Maja mit angehört, doch nun platzte Mino der Kragen. »Du willst Manina vom Thron stoßen? Wenn du ein ehrenwerter Mann wärst, der Mann, den ich meiner Tochter wünsche, würdest du sie unterstützen! Du kannst mit deinen Riesen einen Krieg verhindern? Dann tu es! Dann tritt Zukata entgegen – für sie! Kämpfe für Manina und treib ihn zurück in den Osten, wenn dein Trupp das kann. Aber bedrohe nicht meine Kaiserin! Bedrohe nie, nie wieder die Kaiserin!« Ihre Stimme überschlug sich.

»Bist du fertig?«, fragte Sorayn mit diesem Lächeln, in das sie ihn ohrfeigen wollte. So lächelten sie alle, die Riesen, über die Menschen, die ihnen nicht einmal wehtun konnten, die nie, niemals etwas gegen sie ausrichten konnten.

»Mino! Mutter, bitte!«, flehte Maja.

»Mino«, zischte auch Manina erschrocken.

Mino musste sich sammeln, um weitersprechen zu können. »Ich habe keine Angst vor dir, Sorayn«, sagte sie. »Ich bin mit Keta durch die Wälder gewandert, ich weiß, was ein Riese kann. Soll ich deswegen schweigen? Weil du stärker bist als wir Frauen hier? Du verrätst die Herrscherin von Deret-Aif, so wie Ilinias, so wie Zukata? Und dann tust du so, als hättest du Mitleid mit all den Leuten, die in diesem Krieg sterben werden? Schande! Schande über dich!« Mino fasste Manina bei den Schultern. »Kommt, meine Kaiserin. Wir gehen zu Keta. Ich werde ihn dazu bringen, Euch den Segen zu geben. Wirst du es dann immer noch wagen, der gesegneten Kaiserin in den Rücken zu fallen?«

Sorayn hob die Brauen und sah Maja an. »Du hast es ihr nicht gesagt?«

Maja schüttelte den Kopf. »Ich wollte, aber ich bin noch nicht dazu gekommen.«

»Was?«, wollte Mino wissen. »Was hat sie mir nicht gesagt?«

»Keta hat ihn gesegnet«, sagte Maja leise. »Ihn, Sorayn.«

»Was?« Fassungslos starrte Mino erst ihre Tochter, dann ihren Schwiegersohn an. »Das glaube ich nicht. Das würde er nicht tun. Du lügst! Ihr lügt, alle beide! Was habt ihr vor – hinzugehen und aller Welt zu verkünden, du hättest den Segen?«

»Mino, es ist wahr. Ich war dabei. Wir waren alle dabei, auch Variti und Jamai und die ganzen Riesen. Wir haben es alle gesehen.«

»Nein.« Mino sank in sich zusammen, sie ließ sich auf den Baumstamm neben Manina nieder. »Das würde er nicht tun. Nicht Keta. Er würde nie ... an Zukatas Enkel? Nicht Keta. Ich kenne ihn. Nein.«

Manina stieß ein leises Lachen aus. »Ihr seid der gesegnete Erbe? Was habe ich da noch für eine Chance?«

Mino ergriff ihre Hand. »Wir werden kämpfen«, versprach sie. »Gegen alles und jeden.«

»Nein.« Die junge Kaiserin schüttelte den Kopf. »Gegen den gesegneten Erben des Throns? Ich, ein Mensch, der die Krone eigentlich nie hätte bekommen dürfen, gegen einen gesegneten Riesen?« Sie sah Sorayn an, um ihren Mund spielte ein kleines, bitteres Lächeln. »All das, was Ihr gesagt habt – war das Euer Ernst? Ihr werdet den Krieg verhindern? Ihr werdet Zukata von Kirifas fernhalten? Ihr werdet der weise, gerechter Herrscher sein mit den heilenden Händen, Vater und Hirte des Volks?«

»Ja«, sagte Sorayn. Er fügte leise hinzu: »Das bin ich schon, von der Stunde an, als ich den Segen empfing.«

»Dann bleibt mir wohl nichts anderes übrig. Ich hätte Keta den Vortritt gelassen. Nun gilt das für Euch, Prinz Sorayn.« Sie seufzte, und auf einmal sah sie aus, als wäre eine zentnerschwere Last von ihren Schultern gefallen. »Bitteschön«, sagte sie. »Nun ist es Euer Krieg.«

28. Hirte des Volks

SIE WAR GERITTEN, so schnell sie konnte, so schnell das Pferd sie zu tragen vermochte. Ilinias wusste, dass sie zerzaust und dreckig aussah, aber obwohl sie sich kaum auf den Beinen halten konnte, war sie bereit, sich den Weg in Zukatas Lager notfalls zu erkämpfen.

»Leg das Schwert nieder und wir bringen dich zu ihm.«

Es war nicht ihr eigenes Schwert, sondern eins, das sie unterwegs einem heltischen Soldaten abgenommen hatte. Ihr Herz brannte vor Zorn, wenn sie nur daran dachte.

»Ich denke nicht daran!«

Der Anführer des Trupps, auf den sie gestoßen war – in Rist, so nah war Zukata jetzt schon –, musterte sie mit kühlen grauen Augen.

»Ich kenne dich«, sagte er. »Du warst in unserem Lager, als wir gegen Kijon gekämpft haben. Zurück, Männer. Damals hat Zukata sie empfangen, und wahrscheinlich wird er es auch diesmal tun.«

»Zukata hat keine Zeit für Frauengeschichten.«

»Ich bin seine Tochter«, sagte Ilinias. Und nun gab es kein Zurück mehr. Nun würde ihr niemand mehr in Deret-Aif, niemand, der auf Maninas Seite stand, Vertrauen schenken. Es fühlte sich nicht so befreiend an, wie sie erwartet hatte, es endlich auszusprechen.

Die Soldaten begleiteten sie zum Lager. »Zukatas Tochter. Sagt ihm, seine Tochter ist da.«

Sie wischte sich den Schweiß von der Stirn. Ihre Beine zitterten, als sie vom Pferd stieg. Ihre Faust umklammerte das erbeutete Schwert. Zukata lächelte nicht, als er sie sah. Er zog die Brauen hoch.

»Meine Tochter«, sagte er nur. »Habe ich dir erlaubt, das öffentlich zu verkünden? Nun bist du auf der anderen Seite völlig nutzlos für mich.«

Ilinias verteidigte sich nicht, sie nahm die unfreundliche Begrüßung ohne Widerrede hin. »Da – kannst du das zerbrechen?«

Zukata starrte auf das Schwert, das sie ihm hinhielt. »Was?«

»Kannst du das? Ein Schwert zerbrechen? Wie stark bist du? Was kann ein Riese, Vater?«

»Ja«, sagte er langsam, »das kann ich.« Er nahm es entgegen und ignorierte die neugierigen Blicke der umstehenden Soldaten. Er setzte die Spitze auf den Boden, trat mit dem Fuß gegen die Klinge und drückte sie mit aller Kraft hinunter. Die Adern an seiner Stirn traten hervor, als das Schwert sich bog, zu einem immer engeren U, bis es auf einmal brach.

Die Zuschauer schnappten nach Luft, ein paar wagten vorsichtig zu applaudieren.

»Jeder Riese kann das«, sagte Zukata bescheiden. »Und wenn du mir jetzt erklären könntest, warum du hier bist und Manina in dieser entscheidenden Zeit verlassen hast?«

»Manina ist nicht das Problem«, sagte Ilinias.

»Ist sie tot? Das hätte ich gehört.«

»Du hast einen neuen Feind«, berichtete Ilinias atemlos. »Vergiss Manina. Ein Mensch hätte sich sowieso nicht lange auf dem Thron gehalten. Ein Riese. Er ist nach Kirifas unterwegs. Mit hunderten von Riesen!«

Zukatas Gesicht blieb unbeweglich. »Ich habe gehört, die wilden Riesen seien aus dem Gebirge herabgekommen. Ist es einer von ihnen, der dich so beeindruckt hat? Der Schwert-Trick ist uralt. Mit einem präparierten Schwert versuchen sich sogar die Jahrmarktclowns daran. Für einen Riesen ist das nichts Besonderes.«

»Es war mein Schwert«, sagte Ilinias. »Aus Salien. Aus hundertfach gefaltetem Stahl. Und er hat es genommen und zerbrochen. Einfach so. Kann ein anderer Riese stärker sein als du, Vater?«

»Und wenn es der stärkste wilde Riese der Berge wäre«, meinte Zukata leichthin, »wird er sich nie auf den Thron von Kirifas setzen können. Ich bin der Erbe. Also beruhige dich, Ilinias. Die Riesen werden mich unterstützen. Wilde Riesen leben nicht in Schlössern, sie haben weder den Ehrgeiz dazu noch die Fähigkeit, in so einer Umgebung zu leben. Sie werden kämpfen – oh ja, das werden sie! – und dann wieder in ihre Höhlen und Schluchten zurückkehren.«

»Dieser Riese nicht«, sagte Ilinias. Sie bückte sich und hob die beiden Bruchstücke des Schwertes auf. Sie hielt die beiden Teile aneinander. »Er hat es genommen und zerbrochen. Einfach so, ohne die geringste Anstrengung. Und er sah nicht wild aus. Er war sogar deutlich kleiner als du. Du musst dich vorbereiten, irgendwie. Er könnte dich umbringen.«

Zukata lachte vorsichtig. »Du glaubst, irgendein anderer Riese kann mich töten? Nicht einmal Keta konnte das, und er hat sich wirklich bemüht, glaub mir.« Er legte den Arm um ihre Schultern und zog sie zu seinem Zelt. »Komm, Ilinias. Ruh dich aus. Mach dich frisch. Um dein Pferd wird man sich kümmern. Komm.«

Sie war zu müde, um sich zu wehren, um weiter zu versuchen, ihn von der drohenden Gefahr zu überzeugen. Aber sobald sie keine Zuhörer mehr hatten, gab Zukata sein überhebliches Getue auf.

»Wer?«, fragte er sofort. »Was ist das für ein Riese, von dem du da sprichst? Hat Manina sich seiner Hilfe versichert? Ich habe mich auf dich verlassen, Ilinias, so etwas hätte ihr nie gelingen dürfen!«

Ilinias wusste, wer er war. Sie hatte, ohne dass er ihr seinen Namen nannte, erkannt, mit wem sie es zu tun hatte. Wie hätte sie ihn nicht erkennen können? Diese Augen, in die sie so oft geblickt hatte ... Und deshalb war sie gerannt. Deshalb hatte sie sich aufs Pferd geschwungen und war geflohen, Hals über Kopf, so schnell sie nur konnte, atemlos, von panischem Schrecken erfasst. Hierher zu Zukata war sie geflohen, im Glauben, dass sie sich sicher fühlen würde, sobald sie hier ankam. Tage und Nächte, getrieben von diesem Gesicht, das sie bis in ihre Träume verfolgte.

Er kam, um sich zu rächen. Er kam, um zu vernichten. Sie wusste das. Und es gab keinen Ort auf dieser Welt, an dem sie sicher war. In dem Moment, als er ihr Schwert zerbrochen hatte, als sie rücklings auf dem Boden lag und diese blauen Augen über sich sah und seinen harten, unerbittlichen Blick, hatte sie es gewusst. Sorayn.

Der Name lag ihr auf der Zunge, aber sie wusste nicht, wie sie es fertigbringen sollte, ihn auszusprechen. Denn es konnte nicht sein. Die ganze Zeit, während sie geritten war, hatte sie sich gesagt, dass es nicht sein konnte. Es musste ein Irrtum sein. Der schwarzhaarige Riese hatte ihr seinen Namen nicht genannt. An seine blauen Augen hatte er auch auf anderem Weg kommen können. Vielleicht gab es noch andere Riesenfamilien, die mit Kanuna El Schattik verwandt waren, eine andere Linie der Laringer, die ein ähnliches Erbe in sich trug. Aber ihr Herz wusste es besser.

Wie konnte er es sein? So krank und schwach und verkrüppelt und hässlich. Er hatte kein Recht, so zurückzukommen, groß und lächelnd und so stark, dass er sie zu Boden warf und ihr ihre Geisel abnehmen konnte. Er hatte kein Recht, seine Mutter zu Boden zu werfen und auf sie herabzuschauen. Er hatte kein Recht, die Entscheidung, die sie damals getroffen hatte, in Frage zu stellen. Sie hatte nicht anders handeln können.

»Er wird herkommen«, sagte sie leise. »Ich weiß es.«

Ihre Angst beunruhigte Zukata mehr, als er sich eingestehen wollte. »Du bist nicht ganz bei Trost«, sagte er.

Der Bär lag auf dem Rücken. Sorayn kraulte mit trägen Bewegungen seinen Bauch.

Das Lied der Flöte stieg wie kleine, perlende Luftbläschen in einem Teich nach oben.

Da war er wieder. Der Glanz. Etwas, das heller war als das Licht, etwas, das lebendiger, quirliger war als alles Lebendige hier. Wilder als der Bär. Schöner als Maja. Stärker als ein Riese. Sanfter als seine kraulenden Hände. Etwas war da, ganz nah und doch unsichtbar, hinter den Dingen. Er hatte die Augen geschlossen, aber ihm war, als würde er, wenn er sie öffnete, etwas davon sehen können, wenigstens einen Schimmer …

Er sah Maja im Gras sitzen, ihre Finger bewegten sich auf der Flöte. Das Lied kam von ihr und doch schien es von weiter her zu kommen, von einem anderen Ort. Enttäuscht schloss er die Augen und versuchte es zu erfassen. Licht, das wie ein Schwarm Schmetterlinge durch den Wald tanzte.

»Was hast du gesehen?«

Sie hörte auf zu spielen, aber ihm war, als ginge das Lied weiter. Die Töne waren immer noch da, in ihm.

»Als Keta dich gesegnet hat. Was hast du gesehen?«

Als ob er nicht sofort gewusst hätte, was sie meinte. Was Maja erlebt hatte, hatte sie ihm bald danach erzählt, mit leiser, bewegter Stimme und leuchtenden Augen, und dann, als sie merkte, dass Worte nicht ausreichten, hatte sie ihre Flöte genommen und gespielt. Ihr Lied hatte sich verändert seitdem. Und immer, wenn sie spielte, schien es sie weiter fortzutragen. Aber er hatte nicht preisgegeben, was mit ihm geschehen war, als er Ketas Hände auf seinem Haar spürte und die Tropfen des Meerwassers über ihn fielen. Zuerst waren es nur einige Tropfen gewesen, wie feiner Regen. Er war stärker geworden, bis Sorayn gedacht hatte: So viel Wasser kann unmöglich in der Flasche gewesen sein. Ein wahrer Sturzbach ging auf ihn nieder, es war, als hätte er sich unter einen Wasserfall gestellt. Das Wasser riss ihn mit, und dann war überall nur noch Wasser. Er kämpfte darum, auf der Oberfläche zu bleiben, aber es zog ihn nach unten, in einem gewaltigen Strudel, dem er nichts entgegensetzen konnte. Immer weiter nach unten zog und zerrte es ihn, bis er in diesem wilden, wirbelnden Strudel nachtschwarzen Wassers unterging, und immer tiefer ging es hinunter, immer tiefer. Ketas Worte plätscherten an ihm vorbei, er nahm sie nur noch von ferne wahr, während er in der dunklen Flut des Segens ertrank. Das salzige Meerwasser brannte in seinen Augen und seiner Nase und in seinem Rachen, es füllte seine Lungen. Es strömte durch seine Adern, nicht mehr Blut, sondern das schwarze Wasser der Meerestiefe, der stillsten, lichtlosesten Tiefe. Es floss zu seinem Herzen und füllte die Kammern und jeden Winkel seines Seins. Er würde diesen salzigen Geschmack niemals wieder loswerden.

»Ich habe keine Insel gesehen«, sagte er, ohne Maja anzusehen, ohne ihrem erwartungsvollen Blick zu begegnen. Sie erhoffte eine Geschichte, die alles übertraf, aber er hatte nur diese: »Keine Insel, keine Berge, kein Licht. Nur Wasser. Nur schwarzes Wasser, in dem ich ertrinke.«

»Oh Sorayn. Das wusste ich nicht.« Ihre Umarmung war so zärtlich, so liebevoll. Hatte sie ihren Groll vergessen, den sie in sich getragen hatte, seit er sie dazu gebracht hatte, Keta zu verraten? »Was bedeutet es?«

»Ich habe keine Ahnung.«

Ihre Finger strichen zärtlich über sein Gesicht.

»Danke, dass du es nicht sagst. Dabei muss es dir doch auf der Zunge liegen. Fall, nicht Aufstieg. Dass ich sinken werde, statt auf den Thron zu steigen. Dass ich sterben werde, statt im Glanz zu leben.«

»Nein«, flüsterte sie, beschwor sie, »nein, das muss es nicht heißen. Der Segen ist keine Prophezeiung.«

»Und wenn doch? Was soll es mir sagen – dass ich mich nicht gegen das wehren kann, das mich ergreift?« Er blickte sie an und sie erschrak über den dunklen Schmerz in seinen Augen. »Merkst du nicht, dass wir immer schneller reisen? Dass wir schon fast laufen? Wie lange ist es her, dass wir uns einen Nachmittag wie diesen gegönnt haben, faul und träge, obwohl wir noch einige Meilen bei Tageslicht schaffen könnten? Ich renne, damit ich auf dem Thron sitze, bevor das Unheil über mich kommt.«

Maja dachte nach. Gedankenverloren zupfte auch sie am Fell des Bären.

»Der Segen ... das Wasser. Und wenn es einfach heißt, dass du besonders viel bekommen hast? Keine halbe Flasche voll, sondern ein Meer, in dem man ertrinken könnte?« Sie sprach schnell weiter, bevor er ihr widersprechen konnte. »Denk doch nach. Du hast von allem so viel bekommen. So viel Kraft. So viel Schönheit. Ja, doch, glaub mir. Und vielleicht auch mehr Segen, als du erwartet hast. Mehr von dem, was Rin zu verschenken hat. Und auch mehr Verantwortung.«

»Mehr Verantwortung«, wiederholte er. »Wenn ich Zukata besiegt habe, wird mein Kaiserreich größer sein als das eines jeden Riesenkaisers vor mir. Du wirst in einem Palast wohnen, der größer ist als ganz Arima. Von Osten nach Westen werden sie deine Schönheit preisen.«

»Du weißt, dass ich das nicht brauche.« Maja sah ihn an, in ihren Augen lag ihre ganze Liebe. »Alles, was ich will, ist hier. Du. Der Wald um uns und die Ruhe und das Licht. Selbst dein zotteliger Freund hier. Ich brauche kein Schloss, Sorayn, ich bin eine Zinta. Ich bin ein Mädchen von den Inseln. Wenn ich irgendetwas vermisse, dann ist es Tamait und die Sippe und das Tauchen. Meine Eltern, und damit meine ich El Jati und Alika. Das, was ich verloren habe, kann mir kein Palast und keine Krone ersetzen. Also versuch nicht, so zu tun, als würdest du Kirifas für mich erobern wollen. Es ist nur für dich, Sorayn. Also solltest du es auch sagen.«

Sorayn behagte ganz und gar nicht, welche Wendung dieses Gespräch nahm. Er hatte diesen Nachmittag friedlich mit Maja verbringen wollen, ohne Streit. Er hatte sich gewünscht, dass sie einander wieder näherkamen. »Dann willst du, dass ich verzichte?«

»Und wenn ich Ja sage, würde das etwas ändern?«

»Ich zwinge niemanden, meinen Weg mitzugehen«, sagte er. Er hatte auch Manina zu nichts gezwungen, obwohl er sich gewünscht hatte, dass sie ihn nach Kirifas begleitete und dort öffentlich die Amtsübergabe verkündete. Doch nachdem sie ihren Entschluss gefasst hatte, ihm den Thron zu überlassen, war etwas in ihr erloschen und etwas anderes erwacht. Sie war nicht dazu zu bewegen gewesen, noch irgendwelche kaiserlichen Aufgaben wahrzunehmen. Sorayn hatte mitbekommen, wie Manina der immer noch verärgerten Mino beibrachte, wer sie war.

»Ich bin keine Kaiserin mehr«, sagte sie zu Mino. »Hör auf, mich so anzureden. Schau mich nicht an, als wäre ich krank. Ich bin einfach nur ich. Und das ist genau das, was ich mein Leben lang erwartet habe. Die Krone war nie für mich bestimmt. Auch der Segen nicht.«

»Keta hätte ihn nie segnen dürfen.« Mino war untröstlich.

»Es war seine Entscheidung. Weißt du nicht am besten, dass Keta einfach immer nur das tut, was er will? Egal, was andere von ihm erwarten? Und das tue ich jetzt auch. Ich bin frei, zum ersten Mal in meinem Leben. Darf ich mit dir kommen, Mino? Mit dir und Kroa zu den Zintas?«

»Dann willst du nicht mit den Fürsten sprechen?«

»Ich glaube, Sorayn hat es nicht nötig, dass irgendjemand ein Wort für ihn einlegt.« Und das war so treffend, das Mino sich endlich einmal wieder ein Lächeln abrang. Sie warf Sorayn einen strengen Blick zu, der ihn wohl daran erinnern sollte, dass sie immer ein Auge auf ihn haben würde, und verabschiedete sich von Maja. Dann verschwand sie mit Manina und Kroa im Wald. Später entdeckte Maja, dass ihre Mutter ihr das Packpferd dagelassen hatte; sie wusste, was lange Wanderungen an der Seite eines Riesen bedeuten.

»Ich zwinge überhaupt niemanden.« Sobald er es ausgesprochen hatte, wurde ihm bewusst, wie lächerlich diese Behauptung war. Seit er Neiara verlassen und in die Berge gekommen war, hatte er nichts anderes getan, als anderen seinen Willen aufzuzwingen.

Eben noch waren sie gewandert, mit den schnellen, raumgreifenden Schritten der Riesen, und im nächsten Augenblick kämpften sie. Sorayn und Maja erlebten plötzlich, wie um sie her Geschrei und Kampflärm aufbrandete. Mit wilder Begeisterung stürzten sich die Riesen auf die unverhofft aufgetauchten Gegner. Sie hatten nicht erwartet, hier schon auf Zukatas Truppen zu stoßen, er musste weiter ins Land vorgedrungen sein, als sie dachten. Die Riesen stürmten vorwärts, jeder voller Hoffnung, einen Gegner für sich selbst zu finden.

Sorayn blickte in Majas weit aufgerissene Augen. »Du musst das stoppen«, sagte sie flehentlich. »Sorayn, du musst das stoppen!«

Ein Soldat torkelte an ihnen vorbei und brachte Majas Pferd zum Scheuen, als er sich taumelnd dagegen stützte und dann zusammenbrach. Sie schrie auf. »Er ist tot! Sorayn, was tun die Riesen? Was tun sie?«

Sie walzten die Feinde nieder. Ein Mann, auf der Flucht vor einem aus vollem Hals lachenden Riesen, torkelte auf sie zu. Sorayn reagierte instinktiv, als er die Hand vorschnellen ließ und ihn packte.

»Dies wird nie Zukatas Land«, sagte er und hob die Faust.

»Wir sind Helter«, brachte der Mann heraus, und fast im selben Moment hatte sein Verfolger ihn erreicht, riss ihn aus Sorayns Griff und schleuderte ihn zu Boden. Selbst in diesem Lärm, durch die vielen Schreie hindurch, konnte man das Brechen seiner Knochen hören, und Maja schluchzte auf.

»Hört auf!«, schrie Sorayn. »Aufhören, alle!«

Sie konnten ihn nicht hören. In wilder Raserei tobten die Riesen sich aus, kein Befehl drang an ihr Ohr.

»Das sind nicht unsere Feinde! Hört auf!« Er rannte los, er versuchte zu retten, was zu retten war, irgendeinen Soldaten, der eine Chance zum Überleben hatte, wenn er eingriff. Schließlich fand er Fria, die sich damit unterhielt, zwei Männer gegeneinanderzuschlagen, und riss sie von den beiden weg.

»Was soll das?«, schrie sie wütend. Sie sprang auf ihn los, fauchend wie eine Berglöwin. »Die gehören mir!«

Er hatte keine Zeit, sich zu streiten. Er versetzte ihr einen Kinnhaken, dass sie zurückflog, und beugte sich über die beiden Helter. Dem einen war nicht mehr zu helfen, dem anderen ging es noch einigermaßen gut. Benommen starrte er Sorayn an, die Augen geweitet vor Angst.

»Es tut mir leid«, stammelte Sorayn, »es tut mir leid!«

Die Riesen waren fertig. Mit befriedigtem Lächeln und blutigen Händen kamen sie heran. Sorayn kniete auf dem Boden und hielt den verwundeten Fremden.

»Was tut ihr da! Das waren nicht unsere Feinde, das sind Helter! Das sind unsere Leute! Meine Untertanen!«

»Das haben sie nicht erwähnt«, sagte Fret und lächelte.

»Bestien«, murmelte Sorayn. »Ich habe wilde Bestien auf meine Leute losgelassen.« Untröstlich sah er zu Maja auf, die sich, ihr Pferd führend, zwischen den Riesen hindurchschob.

»Nie wieder wollte ich so etwas erleben«, sagte sie. »Ich fasse es nicht, dass ich so weit mit dir mitgekommen bin. Zu weit.« Sie drehte sich um und ging. Sorayn ließ den Verletzten auf den Boden gleiten und eilte ihr nach. »Maja! Maja, so warte doch. Ich wollte das nicht. Wir wussten nicht, dass es unsere Leute waren. Und als ich es gemerkt hatte, war es zu spät!«

Er hatte nicht geahnt, dass sie, seine liebliche, wunderschöne Maja, zu so einem harten, unbeugsamen Blick fähig war. »Es wird immer zu spät sein, Sorayn. Immer zu spät, um die, die gestorben sind, wieder lebendig zu machen. Das ist nicht mein Leben, Sorayn. So kann ich nicht leben. Ich werde zur Sippe zurückkehren.«

»Nein, Maja«, flehte er. »Tu das nicht. So etwas wird nie wieder vorkommen.«

»Und du meinst, es wird etwas anderes sein, wenn du und deine Riesen die Yosianer umbringen? Wenn es ihr Blut sein wird, das an euren Händen klebt?«

»Wir müssen Zukata aufhalten!«

»Ja«, sagte sie bitter, »ja, natürlich. Aber ich werde nicht dabei sein, wenn Menschen sterben, die zufällig auf der falschen Seite der Grenze geboren sind. Ich gehe nach Hause.«

»Du bist hier zu Hause, bei mir!«

Maja schüttelte den Kopf. »Leb wohl, Sorayn. Mir hätte von Anfang an klar sein müssen, worauf das hier hinausläuft. Blut und Schmerz und Angst. Ist es das, was du gewählt hast? Das, wofür du den Segen wolltest? Oh, warum konntest du nicht einfach so hässlich bleiben, wie du warst, mit einem Herzen voller goldener Worte?«

»Du kannst nicht einfach fortreiten. Maja, bitte, Maja! Es ist viel zu gefährlich, allein, in diesen Zeiten. Bleib bei mir, selbst wenn du nicht meinetwegen bleiben kannst.«

Aber sie sah ihn nur sehr ernst an. »Nein, ich kann nicht. Um mich mach dir keine Sorgen, ich bin eine Zinta. Ich werde Leute finden, die mir helfen, zu meiner Familie zu gelangen. Um dich mache ich mir Sorgen, Sorayn.«

Sie stieß dem Pferd die Fersen in die Seiten. Es hatte nichts dagegen, dem Geruch von Blut und Tod zu entkommen. Mit raschen Schritten verschwand es im Wald.

Sorayn wischte sich über die Stirn, mit beiden Händen fuhr er sich übers Gesicht, als könnte er so fortwischen, was Maja erschreckt und vertrieben hatte.

»Na endlich.« Fria und ihr Bruder Fret kamen zu ihm. »Hast du sie endlich weggeschickt? Die Menschenzeit ist vorbei, die Schonzeit. Jetzt beginnt die Zeit der Riesen.«

Fria lachte ihn an. Den harten Schlag nahm sie ihm nicht übel, während Maja, das wusste er genau, es ihm nie im Leben verziehen hätte, wenn er sie auch nur einmal hart angefasst hätte. Und auch das hier würde sie ihm nicht verzeihen. Tote Männer, die geglaubt hatten, für ihr Vaterland zu kämpfen, und hatten doch nicht gewusst, dass er gekommen war, um sie vor Zukata zu retten. »Wie viele?«, fragte er. »Habt ihr sie schon gezählt?«

»Wir sind dabei.« Frets Zufriedenheit strahlte aus seinen Augen. »Um die fünfzig.«

»Habt ihr es nicht begriffen?«, fragte Sorayn. »Das ist nichts zum Grinsen. Das waren unsere eigenen Leute!«

»Dann ist ja gut, dass es nur fünfzig waren.« Fria gähnte. »Was machst du mit dem da? Soll ich es nicht lieber beenden?«

Er konnte es nicht fassen. Das waren seine Riesen. Seine Freunde, seine Gefährten, diejenigen, mit und an denen er großgeworden war. Mit dieser Frau hatte er seine Höhle und sein Lager geteilt.

»Ich begreife erst jetzt, was es bedeutet, ein Riese zu sein«, sagte er langsam. »Und ich finde nicht, dass es mir gefällt.« Er vermisste Maja, die erst wenige Augenblicke fort war, bereits so schrecklich, dass ihm die Brust davon schmerzte.

Der Soldat konnte nicht aufstehen. Sorayn hatte keine Ahnung, wie viele Knochen die schöne wilde Riesin ihm gebrochen hatte, welche Schmerzen er litt. Schweißperlen standen auf seiner Stirn, aber er konnte noch sprechen.

»Ich verrate nichts«, presste er zwischen zusammengebissenen Zähnen hervor.

»Wir sind nicht der Feind«, versicherte Sorayn. »Wir sind hier, um gegen Zukata zu kämpfen, um ihn zurück hinter seine Grenze zu treiben.«

Der Mann glaubte ihm nicht. »Sei verflucht!«

»Ich könnte ...«, bot Fria sich erneut an, doch Sorayn schrie: »Nein! Niemand stirbt! Ich erlaube es nicht!« Er atmete tief durch. »Wo können wir dich hinbringen? Wo ist ein Heiler?«

»Ich sag euch gar nichts.«

Sorayn stand auf, er hielt den Mann wie ein Kind in seinen Armen. »Ich werde das nächste Dorf suchen. Es sind immer Heiler in der Nähe der Front. Ihr wartet hier. Verstanden? Ihr rührt euch nicht vom Fleck!«

Fret funkelte ihn zornig an, schwieg aber.

Und Sorayn, das Herz voller Angst und Reue, machte sich auf den Weg.

Im Dorf sahen ihn zuerst die Kinder, dann ein paar Frauen, und wenig später war er von Soldaten umringt. Sie richteten die Waffen auf ihn, hielten aber Abstand.

»Leg ihn nieder! Na los, wird's bald. Ganz vorsichtig!«

»Habt ihr hier einen Arzt?«, fragte er. »Holt ihn auf der Stelle her. Und ich werde diesen Mann ganz bestimmt nicht auf den Boden legen, von wo ihr ihn erst wieder aufheben und weitertransportieren müsstet. Wo ist ein Bett für ihn?«

Er ging zwischen ihnen hindurch, nicht einmal, als er eine Speerspitze an seinem Rücken spürte, blieb er stehen. Mit dem Fuß trat er die Tür ins nächste Haus auf, ging in die Stube und legte den verletzten Soldaten behutsam in den großen Bettkasten.

»Ich bin Heilerin, lasst mich durch!« Eine resolut aussehende Frau schob die Waffenträger beiseite. »Bei Rin, das ist Marbro! Er ist hier aus diesem Dorf. Was fehlt ihm? Ist er in ein Gefecht geraten? Wo sind die anderen?«

Wie hätte er ihnen sagen können, was passiert war? Wofür diese fünfzig Männer gestorben waren – für das Vergnügen von Riesen, die sich viel zu lange unnatürlich friedlich verhalten hatten? Er hätte es kommen sehen müssen. Maja hatte ihn abgelenkt. Maja und seine Träume, seine Wünsche, seine Hoffnungen, all das, woran er täglich dachte.

Er drehte sich zu den Soldaten um. »Was tut ihr eigentlich hier?«, fragte er. »Wisst ihr nicht, dass Manina abgedankt hat?«

Sie waren nicht bereit, sich so ohne weiteres mit einem verdächtigen Fremden zu unterhalten, aber schließlich erfuhr er doch, was er wollte. Zukatas Armee hatte sich bereits die ersten Gefechte mit den Truppen des Kaiserreichs geliefert. Die Nachricht von Maninas Verzicht hatte sich zwar herumgesprochen, doch nicht jeder Hauptmann schickte seine Soldaten einfach nach Hause und legte die Hände in den Schoß. Die Leute in Rist, zusammen mit Verstärkung aus Torn, Ingreich und Helt griffen Zukata sporadisch an, nicht willens, ihn einfach so durch ihr Land ziehen zu lassen. Sie waren verzweifelt entschlossen, ihre Heimat gegen alle Eindringlinge zu verteidigen, selbst wenn sie keinen obersten Heerführer hatten, der ihnen Befehle gab.

»Das müsst ihr nicht«, sagte er. »Es wird keinen Krieg geben. Zukata wird hier keine Dörfer vernichten, dafür bürge ich.«

»Und wer bist du?«

Euer zukünftiger Kaiser. Der Vater des Volks. Der gesegnete Erbe. Er sah sie an und in seinem Herzen war Wärme, für jeden von ihnen. Für die unrasierten Soldaten, müde von der Sorge um ihre Familien. Die Frauen, die versuchten, die Männer hinauszuscheuchen, damit sie sich um den Verletzten kümmern konnten. Die Heilerin, die ihre Untersuchung abgeschlossen hatte und ihren Helferinnen bereits Anweisungen gab. Für den Kranken, den er vor Frias Mordlust gerettet hatte.

Aber er war derjenige, der die Riesen hergeführt hatte. Er sah keine Möglichkeit, diesen Leuten zu erklären, wer er war, dass er sie retten würde, dass er, wenn er in Kirifas herrschte, ihnen ein gütiger und gerechter Herrscher sein wollte.

»Wird er überleben?«, fragte er stattdessen.

»Ja«, meinte die Heilerin schroff. »Was steht ihr hier noch rum? Raus!«

Draußen sagte er den Soldaten, was er sagen musste, was sie sowieso noch herausfinden würden. »Er ist der einzige Überlebende. Die Toten findet ihr dort, in gerader Richtung, etwa zwei Stunden Fußmarsch.«

»Ist Zukata so nah?«, fragte einer erschrocken.

»Ja«, sagte er. »Aber habt keine Angst, er wird nicht näher an euer Dorf herankommen.«

Er wartete nicht auf sie, sondern eilte allein zurück zu den Gebirgsriesen. Sie mussten so schnell wie möglich fort von hier. Die Menschen sollten nicht sehen, dass es seine Riesen waren, die das Blutbad angerichtet hatten. Sie sollten nicht wissen, dass er die Schuld an alldem trug.

Aber die Lüge brannte in ihm, während er lief, von innen heraus versengte ihn dieses Ja, mit dem er Zukata das Gemetzel in die Schuhe schob.

Der Yosianer riss die Augen auf und den Mund und stürmte mit einem gellenden Kriegsschrei vorwärts. Neben ihm und hinter ihm rannten seine Gefährten auf die Mauer aus Riesen zu, die ihnen erwartungsvoll entgegensahen.

»Nein.« Sorayn sah sie kommen, und diesmal waren es zweifellos die Feinde, die das Kaiserreich angriffen, die nur aus einem Grund hier waren: um zu töten und zu zerstören und Zukata einen Weg nach Aifa zu bahnen, ins Herz von Deret-Aif, bis nach Kirifas auf den Thron.

Gesichter. Verzerrt von Wut und Angst und Hass, und in den dunklen Augen, hinter all diesen Gefühlen, in die sie sich hineinsteigerten, die düstere Ergebenheit ins Unvermeidliche. Gezwungen in einen Konflikt, der sie nichts anging, in den Traum von Macht und Herrschaft eines anderen.

»Nein«, rief er, »nein!« Und dann, noch lauter, so laut, dass sowohl die Riesen als auch die Angreifer verwundert innehielten: »Nein!«

Wie ein wildgewordener Stier ging einer der Yosianer auf ihn los, während gleichzeitig auch die anderen auf die Reihe der Riesen trafen. Sein Körper reagierte ohne sein Zutun, wehrte das tödliche Krummschwert mit einem Knüppel ab, seine Hand schnellte vor, packte den Hals des Mannes, er blickte in die hervorquellenden Augen, die das Gesicht in eine Fratze verwandelten …

Und immer noch ein Mensch. Er sah ihn an und konnte keinen Feind in ihm sehen. Dies war ein Yosianer, bereit, gegen alles und jeden zu kämpfen, aber er konnte ihn nicht töten. Der Soldat hing in seinem Griff, und als Sorayn ihn vorsichtig wieder heruntersetzte, bedankte er sich nicht, sondern zog eine Axt aus seinem Gürtel und griff sofort wieder an. Dann kam von irgendwoher ein anderer Knüppel und der Mann sackte zu Boden.

Fria lächelte. »Steh nicht rum, sonst bist du tot, Riese hin oder her.«

»Lasst sie!«, rief er. »Tötet sie nicht! Lasst sie!«

Aber die Yosianer hörten nicht auf. Speere segelten durch die Luft. Sie wirbelten herum mit ihren kleinen Äxten, ihren krummen Schwertern, schnell und gefährlich.

Fria lachte laut. »Endlich mal ein Gegner, mit dem es Spaß macht, wie?«

Mechanisch wehrte er die Angreifer ab. Das Riesenblut in ihm kochte, seine Hände glühten, hier und da spürte er Schmerz, wenn etwas ihn traf. Aber er konnte sich nicht in den Kampf stürzen, begeistert und wild und unerschrocken. Überall waren Gesichter. Überall waren Augen, erschrocken, voller Leben und Leidenschaft. Münder, die schrien, aus Wut und aus Schmerz.

»Hört auf! Lasst sie! Nein!«

Niemand hörte auf ihn. Sie hätten es gar nicht gekonnt; jeder, der innehielt und zögerte, war im nächsten Moment tot. Er nahm kaum wahr, dass Fria an seiner Seite für ihn kämpfte, weil dieses Zögern in ihm war und sich nicht abschütteln ließ, weil er mit offenen Augen zu träumen schien. Gesichter. Hände. Schwarzes Haar unter glänzenden Helmen. Menschen. Und in seinem Herzen war Wärme für sie und Angst um sie, eine solche Angst, dass er sie retten und fortbringen wollte, dass er sich zwischen sie und die Riesen stürzen wollte.

Es war Fria, die ihn daran hinderte, Fria, die sich an seinen Rücken hängte, die ihn mit aller Kraft, die sie aufbrachte, zurückriss, bevor er zwischen die Fronten geriet. »Sorayn! Hör auf! Komm zu dir!«

Aber er war bei sich, mehr, als er es je gewesen war. Hier starben Menschen, und er fühlte, wie sie starben. Er fühlte den Verlust, als wären es seine eigenen Kinder. Er weinte, während Fria ihm die nächste Welle todesmutiger Yosianer vom Leibe hielt, seine Augen liefen über vor Tränen, und doch sah er immer noch die Gesichter der Soldaten, die Gesichter seiner Söhne. So schön und so jung. Erfahren, faltig, vom Leben geprägt. Jeden Schlag fühlte er, als hätte er ihn getroffen, jeden Hieb, jeden Stich. Er zuckte zusammen und stöhnte, während um ihn her die Welt zerbrach, während mit jedem Toten etwas einstürzte, das niemals hätte zerstört werden dürfen.

»Sorayn?«, fragte Fria vorsichtig. »Geht es dir gut?«

»Ist es vorbei?« Das war es. Ein Schlachtfeld, übersät von Toten.

»Dein erster Sieg gegen Zukata. Unser erster Sieg.«

Fret trat hinzu. »Was ist mit ihm? Ist er krank?«

»Ich weiß nicht.« Fria befühlte seine Stirn. »Bist du krank, Sorayn? Was ist los mit dir?«

Stöhnend richtete er sich auf. »Ich habe gesagt, ihr solltet aufhören. Warum habt ihr weitergemacht?«

»Aber«, Frets Augen weiteten sich ungläubig, »aber das waren die Feinde! Wir haben einen Sieg errungen! Und was tust du? Stehst da und weinst wie eine Memme?«

»Lass ihn«, rügte Fria scharf.

»Irgendetwas stimmt nicht mit dir«, sagte Fret. »Seit du dir diese kleine Zinta genommen hast, bist du nicht mehr derselbe.«

»Es liegt nicht an Maja«, flüsterte Sorayn. Was Fret sagte, stimmte. Er konnte es kaum glauben, aber es stimmte, dass er sich noch vor wenigen Wochen in einer solchen Schlacht genauso hemmungslos ausgetobt hätte wie die anderen Riesen. Etwas war mit ihm geschehen, so dass er, während er seinen Blick über die Toten schweifen ließ, keine Yosianer sehen konnte, sondern nur Menschen. Menschen, für die er verantwortlich war. Er hätte sie beschützen müssen, sie retten, sie irgendwie vor diesem grausamen

Schicksal bewahren. Eine Ahnung dessen, was mit ihm los war, hatte er gehabt, als er den verletzten Helter in sein Dorf gebracht hatte, doch damals hatte er noch angenommen, dass er nur den Menschen des Kaiserreichs gegenüber so fühlte. Weil er ihr Kaiser war, ihr Herrscher, weil Ketas Segen ihn zum Vater über die dreiundzwanzig Königreiche und ihre Bewohner gemacht hatte. Dass er allen Menschen gegenüber so fühlen würde – wie hätte er das ahnen können?

»Es ist der Segen«, sagte er. »Der Segen.«

Kopfschüttelnd sahen die Riesen zu, wie er über das Schlachtfeld ging und sich neben jedem Toten niederkniete und ihm die Augen schloss.

29. Sieg

»WENN DIE RIESEN kommen, sind zuerst die Bogenschützen an der Reihe.« Zukata wandte sich den Männern und Frauen zu, die mit Bögen und Armbrüsten vor ihm standen. »Eisenspitzen. Mit Widerhaken. Das Gift muss Zeit haben, sich in ihrem Körper auszubreiten.« Mit einer Handbewegung ließ er sie zur Seite treten. »Dann kommt ihr, Speerwerfer. Wartet, bis die Schwertkämpfer so weit nach vorne gelaufen sind, dass die Feinde ihre Schilde senken müssen. Sobald sie sie nicht nach oben halten können, werft ihr die Speere über unsere Leute hinweg in ihre Reihen.« Er lächelte grimmig und wandte sich der nächsten Abteilung zu. »Und ihr kümmert euch nur um den Anführer. Lasst euch in keinen anderen Kampf verwickeln. Arbeitet euch zu ihm durch. Nach dem, was ich gehört habe, werden wir mindestens zwei Dutzend Soldaten brauchen, um ihn überhaupt erst von den anderen zu trennen. Taucht eure Schwerter und Dolche in Gift. Es reicht, wenn ihr ihn verletzt, mehr müsst ihr gar nicht erst versuchen. Wir kriegen ihn. Wir kriegen sie alle, verlasst euch darauf.«

»Du willst ihn umbringen? Heimtückisch mit Gift?« Ilinias starrte ihren Vater fassungslos an.

»Wenn er wirklich so gefährlich ist, was bleibt mir anderes übrig?« Er erwiderte ihren Blick ungerührt. »Was hast du denn gedacht? Dass ich ihn zu einem Glas Wein einlade, damit wir alles in Ruhe besprechen können? Zum Beispiel, wer denn nun den Thron bekommt?«

»Bring ihn nicht um. Bitte.«

»Ich werde meine Feinde vernichten«, sagte Zukata. »Und auch Sorayn. Du zuckst zusammen? Dachtest du, ich wüsste nicht, wer er ist? Du weißt, dass die Nachrichten mich immer schnell erreichen, schneller, als ein Reiter reiten kann, schneller, als ein Riese läuft. Tauben und ein Netz von Postpferden. Oh ja, ich weiß Bescheid. Sorayn heißt er. Und ich weiß auch, warum du mir nichts über ihn erzählen wolltest.« Ihr Gesicht war bleich. »Warum hast du mich vor ihm gewarnt, Ilinias, wenn nicht, damit ich siegen kann? Sorayn. Die Spatzen rufen seinen Namen von den Dächern. Glaubtest du, ich würde ihn zum Zweikampf herausfordern, einen Riesen, der mit einem Fingerschnipsen ein salinisches Schwert zerbricht? Für wie dumm hältst du mich?«

»Töte ihn nicht«, bat Ilinias.

Er musterte sie interessiert. »Warum nicht? Ich dachte, du hättest dich entschieden – zwischen deinem Vater und deinem Sohn. Oder warum bist du zu mir gekommen, statt bei ihm zu bleiben? Nicht, dass ich mich nicht geehrt fühlen würde. Aber warum kommst du nicht mit ihm zusammen her und siehst lieber zu, wie ich geschlagen werde?«

»Woher weißt du es?«, fragte Ilinias tonlos.

»Sorayn. Ich weiß natürlich, dass Kanuna eurem Sohn diesen Namen gab. Als ich erfuhr, dass ich in Kirifas eine Tochter hatte – glaubst du nicht, dass ich alles über dich in Erfahrung gebracht habe, was ich konnte? Bis hin zu eurem missgestalteten Knirps, den ihr nicht aus Arima zurückgebracht habt?«

»Dann weißt du ja auch den Grund«, sagte sie leise.

»Dass du hier bist? Ich bin mir nicht sicher. Vielleicht, weil ein Junge, den seine Eltern irgendwie verloren haben, seiner Mutter das Schwert zerbrochen hat?« Zukatas blaue Augen glänzten. »Du bist hier, meine Liebe. Und was immer ich mit ihm tue, du wirst es hinnehmen müssen.«

»Er ist krank«, sagte Fria.

Sorayn wälzte sich unruhig auf seinem Lager. Er hielt sich die Ohren, in denen immer noch die Schreie der Sterbenden klangen.

Vor seinen Augen waren die vielen Gesichter. Knaben, jünger als er, die hier den letzten Tag ihres Lebens erlitten hatten. Männer, die zu Hause von ihren Frauen und Kindern erwartet wurden ... Er fühlte sich, als hätte er Fieber. Die Bilder ließen ihn nicht los. Der Schmerz, der ihn so viele Jahre begleitet hatte, war zurückgekommen, aber in anderer Form, und zerriss ihn von innen.

»Sehr krank. Wenn es ihm erst wieder besser geht, ist er ganz der Alte. Bestimmt.«

Fret blickte verächtlich auf ihren Anführer herab. »Wir haben gesiegt«, sagte er. »Und er heult wie eine Memme. Sorayn, he, Sorayn, hörst du mich?« Er stieß ihn grob mit dem Fuß. »Steh auf und benimm dich endlich wieder wie ein Mann. Das ist ja erbärmlich.«

»Das war der Segen.« Fria seufzte. Auch sie war alles andere als zufrieden.

»Dann hat Keta ihn betrogen. Soll er ihm den Segen wieder abnehmen. Es ist nicht der richtige. Er hat ihn verflucht und nicht gesegnet.«

Sorayn setzte sich auf und lachte leise. »Ja, Keta hat mich betrogen. Aber es ist der richtige Segen, glaub mir, Fret. Hirte der Menschen, hat er das nicht gesagt? Ich wusste nur nicht, was das heißt.«

»Er muss es zurücknehmen«, sagte Fria. »Irgendwie müssen wir das wieder rückgängig machen. Du wirst wieder gesund, Sorayn.«

»Gesund? Glaub mir, ich bin gesund. Wenn ich den Wert eines Menschenlebens kenne, wenn ich sehe, wie kostbar und unwiederbringlich es ist – dann bin ich also krank? Davon kann mich niemand heilen. Selbst wenn es möglich wäre, wie könnte ich zulassen, dass sie mir wieder gleichgültig werden? Dass ich erlaube, dass sie für mich oder für Zukata oder für irgendjemand sonst sterben?«

»Dann willst du nicht mehr Kaiser werden?«, rief sie.

»Doch«, erwiderte Sorayn. »Mehr als jemals zuvor. Ich sehne mich danach, ihnen sagen zu können, wer ich bin. Ich sehne mich danach, auf dem Thron zu sitzen und die Dinge ins Lot zu bringen. Gerechtigkeit, auch für die Armen. Ein besseres Leben, für jeden von ihnen. Aber wie«, er verbarg sein Gesicht in den Händen, »wie kann ich sie gleichzeitig dafür sterben lassen? Sie sterben lassen, um ihnen zu helfen? Welchen Sinn macht das?«

»Bestimmt wirst du ein guter Kaiser«, meinte Fria, aber sie verdrehte die Augen. Und auch Fret hatte genug gehört.

»Du bist völlig durchgedreht«, sagte er. »Ich sehe das, wir alle sehen das. Bisher war ich stolz darauf, mit dir unterwegs zu sein. Ich wollte mit dir und für dich kämpfen. Aber für einen Mann, der seine Ehre in den Schmutz wirft, weil ihn plötzlich das große Mitleid mit feindlichen Soldaten überkommt, werde ich nicht kämpfen. Und niemand sonst.« Er versetzte Sorayn einen weiteren Tritt. »Ohne uns. Du bist nicht unser Anführer. Das ist nur der Stärkste, aber du bist das Letzte. Komm, Fria, wir gehen.«

Sorayn sprang auf. »Was habt ihr vor?«

»Tut mir leid, aber er hat recht«, sagte die blonde Riesin. »Wir sind hergekommen, um zu kämpfen. Dafür sind wir den weiten Weg hergewandert, und jetzt werden wir auch kämpfen.«

»Nein!«, rief er. »Nein, wartet! Gegen wen wollt ihr kämpfen?«

»Das ist mir egal.« Fret verzog das Gesicht zu einem wilden Raubtierlächeln. »Gegen Zukata. Vielleicht auch für ihn. Warum nicht? Wenn er ein Riese nach unserem Geschmack ist? Das geht dich nichts mehr an. Das ist nicht mehr dein Krieg.«

»Bleibt stehen«, befahl Sorayn. »Auf der Stelle. Ihr tut nichts dergleichen.« Was hatte er bloß getan? Eine Horde wilder Riesen auf die Menschen losgelassen, eine nahezu unbesiegbare Armee, die nicht eher ruhen würde, bis sie über alles hinweggetrampelt war, was Menschen gebaut hatten, und über die Leiber derjenigen, die Menschenfrauen geboren hatten? »Ihr kehrt zurück in die Berge. Sofort.«

»Ach ja?«, höhnte Fret. »Sagt wer?«

»Sage ich. Und ich bin immer noch euer König.«

Die anderen Riesen kamen näher, angelockt von der Spannung, die in der Luft knisterte.

»Du bist ein Nichts. Kein Riese. Kein Mann. Es wird mir nicht einmal Spaß machen, gegen dich zu kämpfen.«

Die Wut kreiste durch Sorayns Adern. Sie war immer noch da, fast erleichtert nahm er sie zur Kenntnis und hieß sie willkommen.

Kämpfen. Alles in ihm schrie danach, endlich loszuschlagen, sich für die Demütigungen zu rächen, für die Beschimpfungen und den Spott.

»Ihr kämpft nicht für Zukata«, hörte er seine Stimme wie aus weiter Ferne. »Niemals kämpft ihr für Zukata. Ihr gehört mir. Und ich schicke euch zurück in die Berge. Keiner von euch wird auch nur einen einzigen Menschen töten.«

»Und mit dem Waschlappen hast du das Lager geteilt, Schwester?« Fret lachte laut auf. »Sieh genau hin, was ich mit ihm mache.«

Fria sah hin. Und sah, wie Fret ausholte und wie sein Arm hinunterfuhr und auf Sorayns vorschnellende Faust traf. Sie hörte das Geräusch brechender Knochen, diesen Laut, an den sie alle so gewöhnt waren und der ihnen diesmal einen Schauer über den Rücken jagte.

Fret taumelte aufjaulend zurück, doch Sorayn war sofort über ihm.

»Du wagst es, mein Königtum anzuzweifeln? Du machst dich über mich lustig? Du verhöhnst die Toten, über die ich weine? Du rufst meine Riesen zur Meuterei auf?«

Seine Schläge prasselten auf Fret hinunter. Und Fret schrie, wie sie noch nie einen Riesen hatten schreien hören.

»Sorayn«, flüsterte Fria, aber sie flehte ihn nicht an, aufzuhören. Sie hielt nicht seinen Arm fest, wie sie es schon einmal getan hatte. Es gab nur einen Weg, sein Königtum über die Riesen aufrechtzuerhalten, nur diesen einen Weg. Sie wusste das, und doch brach es ihr das Herz, ihren Bruder gegen ihren einstigen Geliebten kämpfen zu sehen.

Der Schmerz toste und tobte in Sorayn wie ein Wirbelsturm, wie ein Gewitter über dem Meer und ein schwarzer Strudel, der ihn mit sich zog. Es war ein Meer aus Tränen. Es war der Schmerz über diese Menschen, die er nicht einmal kannte und die doch wie Edelsteine in seine Hände gelegt worden waren, ein Schatz, ihn zu hüten. Edelsteine, zerbrechlich wie kleine bunte Vogeleier.

Fret schrie seine Qual hinaus, aber er flehte nicht um Gnade. Sein Tod war ein wilder, zuckender Tanz unter Sorayns stahlharten Fäusten.

»Bin ich euer König oder nicht?«, brüllte Sorayn. Er sah nicht mehr aus wie ein vornehmer Prinz. Sein schwarzes Haar hing ihm wirr über die Schultern, seine Kleidung hing ihm in Fetzen vom Leib. Frets rudernde linke Hand hatte sie zerrissen, während er sich verzweifelt gegen die Naturgewalt gewehrt hatte, die über ihn gekommen war. Nicht einmal Fria wagte es, über ihn zu weinen.

»Ja!«, riefen sie, zugleich erschrocken und froh, zugleich betreten und stolz. »Sorayn! Sorayn!«

»Geht nach Hause ins Gebirge«, sagte er. »Es wird keine weiteren Kämpfe mehr geben. Und wer damit nicht zufrieden ist, kann den Kampf haben – jetzt sofort.«

Seine Nackenhaare stellten sich auf, ein eiskalter Schauer lief seinen Rücken hinunter. Zukata witterte die Gefahr, ohne erklären zu können, woher er es wusste. Es war still, zu still. Nichts regte sich, kaum ein Vogel wagte vorsichtig zu piepsen.

Die Luft roch nach Sturm. Es war nicht das Wetter, auch das wusste er. Die wenigen Wolken, die über den fahlen Himmel zogen, brachten keinen Regen, und es wehte auch kein Wind. Und doch war diese Ruhe unnatürlich.

Ihm war danach, sich zu verstecken. Alle seine Instinkte schrien danach, sich zu verkriechen, sich eine Höhle zu suchen und dort zu warten, bis *das,* was immer es war, vorübergegangen war, ohne ihn zu finden. Die Angst stieg bis in seinen Mund und lag wie der dumpfe Geschmack von Blut auf seiner Zunge. Wenn er auf seine Hände sah, begannen sie zu zittern.

»Die Riesen sind abgezogen«, sagte Erion. »Ich frage mich immer noch, was das bedeutet. Hat er aufgegeben?«

»Du Idiot«, knurrte Zukata. Die Furcht fror alle Worte ein. Aber sie sahen es ihm nicht an. Mehr als alles andere hoffte er, dass niemand mitbekam, wie ihn zum ersten Mal in seinem Leben eine Angst gefangen hielt, gegen die er nicht ankämpfen konnte.

Er stand vor dem Zelt und sah die Wipfel der Bäume hoch oben im Wind schaukeln.

»Er kommt her«, flüsterte er. »Ich weiß es.«

»Vielleicht solltet Ihr lieber ins Zelt gehen?«, schlug Erion vor.

»Sag mir nicht, was ich tun soll!« Gerade eben noch hatte er überlegt, ob es nicht sicherer war, sich drinnen zu verstecken, doch jetzt konnte er es nicht mehr. Sahen sie seine Angst? Rochen sie, wie der Schweiß ihm den Rücken hinunterrann? Es gab keinen Grund dafür. Er war inmitten seines Heerlagers, umgeben von seinen altvertrauten Kameraden und der Elite seiner Soldaten. Nichts konnte ihn hier treffen – und wann hätte er, der Riese, je einen Angriff auf sein Leben befürchten müssen?

»Wir schicken die Bogenschützen aus«, sagte Erion leise. Auch er hatte begonnen zu flüstern, so wie sie alle. »Und verstärken die Posten. Auch wenn ich nicht glaube, dass das nötig ist.«

Die Gefahr war so greifbar, dass Zukata beinahe übel wurde. Sie war wie ein Lied, dessen Klang aus den Bäumen und Sträuchern aufstieg und aus den Blüten duftete, bittersüß. Sie betäubte ihn und schärfte seine Sinne, beides gleichzeitig, so dass er den Feind auf sich zukommen sehen würde, ohne sich rühren zu können. So dass er jede Schweißperle auf seiner Haut spürte, aber nicht die Hand heben konnte, um seine Wachen zu sich zu rufen.

»Lächerlich«, sagte er laut. »Worauf wartet ihr denn alle? Dass er herkommt? Zu mir? Das wird er nicht wagen.«

Jeder Schritt vom Zelt fort kostete Kraft, aber er musste ihn gehen, musste sich selbst beweisen, dass er sich nicht fürchtete, dass er es nicht nötig hatte, sich zu verstecken, dass er den Schutz der Menschen nicht brauchte. Seine Furcht mischte sich mit Hass – auf Erion, der glaubte, ihn beraten zu müssen, auf alle hier im Lager, die schweigend auf etwas warteten, was ihnen niemand angekündigt hatte. Auf sich selbst, weil er nicht gegen die irrationale Furcht ankam, die ihn ergriffen hatte. Auf Ilinias, weil sie es gewagt hatte, ein Kind mit Riesenblut – mit seinem Blut – im Stich zu lassen, und damit einen Zorn heraufbeschworen hatte, der durch nichts zu besänftigen sein würde. Auf seinen Feind. Auf diese Gefahr, die sich ihm näherte, auf diesen Unbekannten, der zu ihm kam, nicht als Herausforderer mit einem Heer, sondern heimlich und deshalb umso bedrohlicher.

Er tat es schon wieder – er dachte darüber nach, und das hatte nur zur Folge, dass die Übelkeit in ihm hochstieg und er an überhaupt nichts anderes mehr denken konnte als an das, was passieren würde. Dass er verlor.

Dabei konnte er nicht verlieren. Alles war so gut gegangen, war genau nach Plan verlaufen. Yos, sein Königtum, hatte sich ausgedehnt; seine Hände hatten es zu dem riesigen Reich des Ostens geformt, von dem die Yosianer stets heimlich geträumt hatten. Bereitwillig waren sie ihm nach Deret-Aif gefolgt, willens, die ganze Welt zu unterwerfen. Seine Räuber waren Soldaten geworden, stolz und aufrecht. Kirifas war so nah, er musste nur noch zugreifen. Ein Krieg. Was zählte es, wie lange er dauerte, wie viele Schlachten sie durchfechten mussten, bis sie dort ankamen? Der Weg lag vor ihnen. Der Sieg war nichts, woran er zweifelte. Er konnte sich gar nicht vor dem Tod fürchten, denn er würde nicht sterben, bevor er nicht alles erreicht hatte, wovon er träumte. Blitz konnte ihm nicht mehr dazwischenfunken, Blitz war nach Rinland gefahren. Und auch Blitz' Sohn würde nichts daran ändern.

»Begleitet ihn.« Hinter ihm winkte Erion den Bogenschützen. »Lasst ihn nicht aus den Augen.«

Es war zu still im Wald und doch zwang Zukata sich, einen Fuß vor den anderen zu setzen. Der Wald war hier dicht und undurchdringlich, aber er ging leise, fast unhörbar. Ärgerlich runzelte er die Stirn, denn hinter ihm krachten Zweige und rissen Ranken. Erion musste noch viel lernen. Diese Begleiter brachten sein Leben erst recht in Gefahr.

Auf einer kleinen Lichtung hielt er inne. Nicht einmal die Vögel sangen hier. In der Luft lag die knisternde Spannung der Erwartung.

Die Schützen schlossen zu ihm auf. Sie hielten die Bögen schussbereit, in ihren Gesichtern sah er Angst.

Dann raschelte es vor ihnen im Gebüsch. Die Pfeile flogen los, alle gleichzeitig, bevor er ein Wort sagen konnte. Sirrend schossen die tödlichen Stäbe auf die andere Seite. Ein Aufheulen ertönte, ein Schrei, nicht menschlich – und ein rotbrauner Fuchs torkelte, mit unzähligen Pfeilen gespickt, auf die Lichtung. Hoch über ihnen schrie ein Adler.

»Ihr Idioten«, schnappte Zukata. Er sah in ihre erschrockenen Gesichter und drehte sich wieder um. Ein Bär war dem Fuchs gefolgt, ein riesiges Tier mit nussbraunem Fell. Es beugte sich über den Fuchs und schnupperte, dann richtete es sich herausfordernd auf.

»Nein«, sagte eine Stimme, »opfere du dich nicht auch noch, mein Freund.« Neben den Bären trat ein Mann, und hastig fingerten die Bogenschützen nach dem nächsten Pfeil.

Der Fremde hob den Blick und richtete ihn auf Zukata. »Schick deine Kindermädchen weg«, sagte er. »Ich will nur mit dir reden.«

Glühende Scham erfüllte ihn. »Verschwindet!«, fuhr er sie an. »Nun macht schon. Weg! Weg!«

Die Bogenschützen zögerten, aber dann hörten sie wieder über sich den Schrei des Adlers, und in den Bäumen schien es zu knistern und zu rascheln, überall, vor ihnen und hinter ihnen und über ihnen. Rücklings stolperten sie fort, drehten sich dann um und rannten.

Fasziniert starrte Zukata den jungen Mann an. Seine Furcht hatte ihm einen Riesen vorgegaukelt, doppelt so groß wie er, einen Gebirgsriesen, wild und schrecklich. Da man ihm gesagt hatte, Sorayn sei schwarzhaarig, hatte er jemanden erwartet, der aussah wie sein Bruder Keta damals in Sandart, mit schwarzgefärbtem Haar und Bart, ein riesiger, furchterregender Keta, den er bereit war aus vollem Herzen zu hassen.

Er hatte nicht damit gerechnet. Nicht mit dieser unglaublichen Ähnlichkeit zu Blitz. Die gleichen schönen Züge – nein, er sah überhaupt nicht aus wie ein Riese. Sondern wie ein Mensch, ein sehr großer Mensch. Blitz, zwei Kopf größer. Aber es waren seine eigenen Augen, die ihn aus diesem vertrauten Gesicht ansahen, blau; eingerahmt von schwarzen Wimpern und Brauen, und dennoch seine Augen, und in ihnen sah er sich wie in einem Spiegel.

Seine Furcht versickerte hinter etwas anderem, hinter Neugier und dem ersten Anflug von Stolz. Was für ein schöner Junge. Sein eigen. Sein Fleisch und Blut. Man sah ihm nicht an, was von ihm erzählt wurde, beileibe nicht, und doch strahlte er etwas aus, das Zukata geneigt machte, an all die Gerüchte zu glauben. Vielleicht war es dieses kleine, selbstgefällige Lächeln, diese kaum sichtbare Herausforderung, die Zukata dazu anhielt, dennoch wachsam zu sein. Dies war immer noch sein Feind.

»Sorayn«, sagte er. »Sieh an. Ganz allein? Hast du keine Angst vor einem Pfeil aus dem Hinterhalt?«

Sorayn hatte die Musterung gelassen über sich ergehen lassen. »Es gibt keinen Grund, auf mich zu schießen. Ich bin nicht hier, um mit dir zu kämpfen.« Nein, Blitz hätte niemals so gelächelt, ein Lächeln, erfüllt von Dingen, die niemand wusste außer ihm. »Und ich bin nicht so allein, wie du denkst.«

Durch die Bäume ging ein Rauschen, wie von unzähligen kleinen Flügeln. Wieder griff die Angst nach Zukata, aber er schob sie zur Seite. Er konnte sich nicht erlauben, irgendeine Art von Schwäche zu zeigen.

»Du bist dir ja sehr sicher, dass du gegen mich gewinnen kannst.« Eigentlich hatte er es gar nicht sagen wollen, denn genau das war es, was ihn so beunruhigte. Aber dieser Sorayn vor ihm sah nicht aus wie jemand, der ohne mit der Wimper zu zucken Schwerter zerbrach.

»Ich denke nicht, dass ich dir das jetzt und heute beweisen sollte.« Sorayn kam näher. Der Bär blieb hinter ihm, aufrecht, ein Bär, wie es sie nur in den Bergen gab. Mit den armen Kreaturen, die angekettet von Jahrmarkt zu Jahrmarkt geführt wurden, hatte er nichts gemein. Knurrend fletschte er die Zähne.

»Was willst du von mir?«, fragte Zukata. Er konnte den Blick nicht von diesem Fremden wenden, der sein Enkel war. Sein Großsohn. Sein Nachkomme. »Die Krone von Deret-Aif? Sie gehört mir. Ich bin Kanunas ältester Sohn. Wenn du irgendeinen Anspruch hast, dann nur durch mich. Es geht nicht an, dass sich die Söhne und Enkel vordrängen.«

Sorayn nickte. »Du hast recht«, sagte er. »So ist es.«

»Ich kann dir ein Königreich geben«, sagte Zukata. »Oder auch mehrere. Ich kann dir geben, was immer du verlangst. Außer Kirifas. Der Thron meines Vaters gehört mir.«

Oh, dieses Lächeln! Er hatte nie jemanden getroffen, der so sehr Riese war, in dem so viel Kraft und Zorn lauerten. Einen Moment lang glaubte er schon, Sorayn würde auf ihn losgehen. Aber er hielt an diesem Lächeln fest, diesem geschmeidigen Zähnefletschen.

»Du willst mich mit einem Königreich abspeisen? Und du denkst, damit wäre ich zufrieden? So wie du zufrieden bist mit Yos und Melgian und Groß-Sandart und Kijon, allen Ländern des Ostens?«

Gleich, dachte Zukata, und auf einmal bedauerte er, dass er die Bogenschützen weggejagt hatte. Gleich greift er an. Er hat gelogen, als er behauptete, er wollte nur reden. Wie konnte ich so dumm sein, ihm zu glauben? Er ist ein Riese. Kein Riese will jemals nur reden.

»Ich bin bereits König«, fuhr Sorayn fort. »Über die Riesen.«

Das konnte nicht sein. Die Riesen würden niemals einen über sich dulden, der so menschlich aussah. Aber er hatte die Riesen fast bis hierhin geführt, also sagte er wohl doch die Wahrheit.

»Und ich bin bereits Herrscher von Deret-Aif, auf eine Weise, die ich dir nicht erklären kann, die ich ja selbst kaum verstehe. Es sind meine Leute, die in diesem Krieg abgeschlachtet werden. Das lasse ich nicht zu. Ich lasse nicht zu, Zukata, dass dieser Krieg weitergeht.«

»Dann willst du mich töten?« Zukata würde kämpfen, wie er noch nie gekämpft hatte, ohne Rücksicht, ohne Hemmungen. Vielleicht konnte er nicht siegen, aber er würde zeigen, dass er nicht umsonst soweit gekommen war.

»Nein«, sagte Sorayn sofort. »Ich gebe zu, ich habe darüber nachgedacht. Ob das nicht der einfachste Weg wäre, dieses viele Blutvergießen zu beenden. Aber ich kann mich nicht auf den Thron setzen, mit deinem Blut an meinen Händen. Kirifas gehört dir, Großvater. Geh hin und lass dich krönen.«

Zukata hob die Brauen. »Einfach so? Du willst die Krone gar nicht?«

»Und ob ich sie will«, sagte Sorayn. »Ich will sie so sehr, dass ich nachts nicht schlafen kann, dass alle meine Träume davon handeln. Das ist mein Schicksal. Es ist meins. Und es ist bereits meins.«

In Zukata dämmerte etwas herauf, er begriff. »Du hast den Segen?«, fragte er. Er wollte aufheulen und aufschreien, aber er hielt sich gewaltsam zurück. »Keta hat dich gesegnet? Er hat es mir versprochen und hat dich gesegnet?«

»Ja«, sagte Sorayn. Er lächelte wieder, und diesmal war nicht die Spur von Triumph darin zu lesen. »Ja«, wiederholte er. »Und so werden wir nie erfahren, was mit dir geschehen wäre, wenn er den Segen dir gegeben hätte. Er hat ihn festgehalten wie einen Schatz, wie einen Schlüssel zum Palasttor. Und dabei hätte er doch wissen müssen, was für ein zweischneidiges Schwert dieser Segen ist.« Er atmete tief durch. »Ich bin gerannt, so schnell ich konnte, aber dem Segen konnte ich nicht entkommen. Deshalb bin ich hier, Zukata, und rede mit dir, statt meinem ursprünglichen Plan zu folgen. Er sah ganz anders aus, glaub mir.«

Finsterste Eifersucht erfüllte Zukata, während er zuhörte. Sorayn hatte den Segen. Er hatte die Macht, die angestammte Reihenfolge zu überspringen. Wie hatte Keta ihn nur so hintergehen können?

»Es ist mein Kaiserreich«, sagte Sorayn. »Aber hier bist du, und es hätte dir gehören müssen. Ich werde warten, bis ich an der Reihe bin, als dein Erbe.«

Er konnte seinen Ohren nicht trauen. Aber er gestattete sich nicht, sich über diese Wendung der Dinge zu freuen. Noch nicht.

»Aber«, sagte Sorayn und trat noch näher, »aber zu meinen Bedingungen.«

Zukata schwieg. Und die wären? Was forderst du? Diese Fragen hörten sich zu sehr nach Kapitulation an. Mit grimmiger Miene wartete er ab.

»Du schickst deine Armee nach Hause«, sagte Sorayn. »Deine ganze Armee, jeden zurück in seine Heimat. Du gehst nach Kirifas und lässt dich von den Fürsten krönen. Es wird ihnen nichts anderes übrigbleiben. Manina hat abgedankt und es ist sonst kein anderer Erbe da. Sie werden dich zum Kaiser von Deret-Aif machen, zähneknirschend, aber sie werden. Und dann wirst du ihnen beweisen, dass sie damit keinen Fehler gemacht haben. Du wirst mir beweisen, dass es kein Fehler war. Ich erwarte von dir, dass du über dieses Land herrschst, so wie Kanuna es getan hat. So weise und so gerecht, wie es dir irgend möglich ist.«

»Das ist alles?«

»Ja, das ist alles.«

Zukata zögerte. Er war in der Erwartung hergekommen, von einem gewaltigen Riesen angegriffen zu werden. Doch nun stand dieser Junge vor ihm und sah aus wie Blitz und bot ihm den Thron an.

»Sieh es als ein Geschenk«, sagte Sorayn.

Er war es nicht gewöhnt, Geschenke anzunehmen. Oder sie zu bekommen. Das hier war erst das zweite Mal, seit er als junger Mann das Schloss seines Vaters verlassen und begonnen hatte, sich alles zu nehmen, was er haben wollte. Das eine Geschenk war der Papierhut, den Sidini ihm gegeben hatte. Und nun die Krone von Deret-Aif.

»Ich will es«, sagte er. Es konnte keine andere Antwort geben. »Ja, ich will es.«

Die Männer am Stadttor zuckten nicht mit der Wimper, als sie ihn herankommen sahen. Zukata schritt hindurch, hinter sich sein Gefolge. Ilinias und Erion gingen direkt hinter ihm, dahinter kamen gleich die Männer, mit denen er Jahre seines Lebens verbracht hatte. Einige waren darüber alt geworden, andere, später Dazugekommene, marschierten stolz und kraftvoll, als gehörte ihnen die Welt. Und so war es, die ganze Welt war ihrer.

Zukata lächelte über die offenen Münder derjenigen, die Kirifas zum ersten Mal betraten. Sie staunten. Und das sollten sie auch, denn dies war das Herz der Welt. Dies war alles, was er jemals gewollt hatte. Kirifas. Die breite Straße führte direkt auf den Palast zu, der sich wie ein Berg über die Stadt erhob. In den Fenstern spiegelte sich die untergehende Sonne.

Die Menge, die ihn jubelnd hätte begrüßen sollen, fehlte. Ängstliche Augen spähten vorsichtig durch Fensterläden und Türgitter. Zukata knurrte.

»Sie werden noch sehen, wer ich bin. Der Tag wird kommen, an dem jeder sich freuen wird, der einen Platz erhält, um mir zuzuwinken.«

Die Wache am Palasttor hatte sich geschlossen versammelt. Sie trugen ihre Waffen in zitternden Händen. Und dahinter standen die Fürsten mit ernsten, besorgten Mienen.

»Öffnet das Tor!«, befahl Zukata laut.

Einer der Fürsten trat ihm entgegen, nur durch die schmiedeeisernen Stäbe von ihm getrennt.

»Prinz Zukata ...«

»König Zukata«, verbesserte Erion neben ihm. »Der König von Yos, Melgian, Groß-Sandart und Kijon, Herrscher des Ostens, ist gekommen, um sein Erbe anzutreten. Den Thron zu besteigen, der ihm rechtmäßig gehört als dem ältesten Sohn des unvergesslichen Kanuna El Schattiks. Ist hier irgendjemand, der diesen Anspruch bestreitet?«

Der Fürst machte ein unglückliches Gesicht, aber er bewahrte Haltung.

»Öffnet«, wies er an, und aus der Reihe der Wachen löste sich einer mit einem großen Schlüsselbund. Es war still. Sie alle hörten, wie der Schlüssel sich mit einem leisen Knacken drehte. Dann schwang das Tor leise quietschend auf.

Zukata sagte nichts. Er schritt an den Wachen und der Gruppe der Fürsten vorbei, auf den Palast zu. Mein, dachte er, mein, mein ... Und die Freude war da. Eine Freude, fast zu groß, um sie richtig fühlen zu können.

Er schritt die Stufen hoch, bis vor das hohe Eingangsportal, und dort drehte er sich um und sah über Kirifas hinweg und über das Land, das im goldenen Schein der Abendsonne vor ihm lag.

»Deret-Aif«, sagte er und lächelte. »Ich habe gesiegt.«

30. *Die letzte Kerze*

DIE KERZE WAR halb heruntergebrannt. Tinek hielt ihre klammen Finger so nah wie möglich an die zitternde Flamme.

»Das ist die Letzte«, flüsterte sie.

Wikant antwortete nicht. Er saß ihr gegenüber, die Ellbogen auf die Tischplatte gestützt, neben sich den leeren Becher. Seine Augen lagen tief in den Höhlen, das blasse Gesicht schimmerte gespenstisch im Schein des kleinen, flackernden Lichts.

Mit langsamen, unendlich langsamen Bewegungen stand sie auf. Sie tastete sich zur Tür, zog sie auf und schlüpfte hindurch. Behutsam schloss sie sie hinter sich. Sofort griff der Wind nach ihr und fuhr durch ihre Kleidung, sie spürte die Kälte wie Nadelstiche auf der Haut. Sorgfältig zog sie den Umhang enger. Hier war es wenigstens noch hell, während in ihrer Kammer, die sie mit Brettern gegen die Kälte verrammelt hatten, auch das Licht ausgesperrt war. Sie senkte das Gesicht, während sie die Hand an das Treppengeländer legte. Durch die Fenster hörte sie das Schäumen und Donnern der Brandung, und ein flüchtiger Blick nach draußen, den sie gleich wieder bereute, zeigte ihr das ewig gleiche wolkenverhangene Grau, dieses Grau, in dem Himmel und Meer sich vereinten, so dass man kaum sagen konnte, wo das eine aufhörte und das andere begann.

Sie wandte sich wieder der Treppe zu. Eine Stufe nach der anderen stieg sie hinunter, langsam. Zwischendurch blieb sie stehen und wartete, bis ihr Herzschlag sich beruhigte. Sie hatte keine Eile. Eine Stunde oder zwei, was zählte das? Die Tage vergingen, gleichmäßig, so wie die Wellen gegen den Felsen schlugen. Sie spürte das Dröhnen unter ihren Fußsohlen, als sie den Fuß von der letzten Treppenstufe löste und auf den Boden setzte.

Unten im Hof sah sie die Wolken über sich. Das offene Tor mit der herabgelassenen Zugbrücke kam ihr jedes Mal vor wie eine Wunde, die nicht heilte, wie ein Fenster, das sich nicht schließen ließ und durch das Wind und Kälte hereinströmten. Wie eine Frage, auf die es nur eine Antwort gab.

»Nein«, flüsterte sie.

Einen Moment blieb sie stehen und sah hindurch, auf das Bild, das der Ausschnitt aus der Mauer freigab. Die Bäume hinter der Schlucht, von den Stürmen zerrissen. Hätte der Sommer nicht längst kommen müssen? Trotzdem war kein Grün an den schwarzen Ästen zu sehen; vielleicht hatte der Sand, den der Wind hochwirbelte, jeden Keim und jede Knospe abgerieben, bevor sie sich entfalten konnten. In diesem Jahr würde es keine Trauben geben.

»Zukata wird kommen«, murmelte sie mit schwerer Zunge, wie jedes Mal, wenn sie hier vorbeiging und auf die wartende Brücke schaute. »Er wird kommen, um den Gefangenen abzuholen.« Sie sagte es immer wieder an dieser Stelle, wie eine Uhr, die zur festgesetzten Stunde schlug.

Bis jetzt war keiner gekommen. In den ersten Tagen, nachdem Kelon gegangen war und die Brücke unten gelassen hatte, hatte sie immer damit gerechnet, dass jemand aus dem Dorf kommen würde. Aber nicht einmal ein paar neugierige junge Burschen hatten die Gelegenheit genutzt, um einen Blick in die dunkle Burg zu werfen. Die Wachposten waren längst abgezogen, es schien niemanden zu interessieren, ob sie die Burg verließen. Schließlich, als alles still blieb, hatte sie sich ein Herz gefasst und war selbst über die Brücke geschritten. Sie war hinunter ins Dorf gegangen und hatte feststellen müssen, dass es kein Dorf mehr gab. Das Wasser hatte den Hafen und einen Teil der Straßen überflutet, was an Gebäuden noch stand, war verlassen. Eine Weile hatte sie dagestanden und versucht zu erfassen, was das bedeutete.

Die Fischer hatten das Dorf aufgegeben. Dieses Dorf. Es gab noch genug andere Dörfer, die höher lagen. Dort würde sie Menschen treffen, dort würde sie um etwas zu essen bitten. In der Burg lagerten genug Weinfässer, sie hatte also sogar noch etwas, was sie zum Tausch anbieten konnte. Sie musste nur Wikant davon überzeugen, dass Nahrungsmittel wichtiger waren als Wein.

»Du musst mitkommen«, sagte sie zu ihm. »Ich will, dass du dabei bist, wenn ich ins Dorf gehe.«

Sie wollte ihm nicht gestehen, wie sehr sie sich fürchtete, allein in ein Dorf zu kommen, in dem man sie wahrscheinlich nicht sehr freundlich empfangen würde. Die Leute, die in den Hügeln lebten, kannte sie außerdem so gut wie gar nicht. »Komm mit«, befahl sie, und schließlich raffte Wikant sich auf und begleitete sie, den Hang hinunter und dann wieder bergauf, den steinigen Weg zwischen den Weinbergen. Sie gingen schweigend. Hin und wieder streckte Wikant die Hand aus und riss ein Blatt ab.

»Warum sind sie so fleckig?«, fragte sie schließlich, aber er lachte nur heiser, und da fiel ihr auf, wie krank die Pflanzen aussahen.

Es war eigentlich keine Überraschung mehr, dass auch dieses Dorf verlassen war. Aber die Bewohner hatten nicht alles mitgenommen. In einem Haus fand sie einen Sack Zwiebeln und einen Krug Mehl. Wikant, der kopfschüttelnd draußen stehengeblieben war, hob nur die Brauen, als sie mit ihrer Beute herauskam. »Und das war nur das erste Haus«, sagte sie bemüht fröhlich. »Wir sind gerettet.«

»Ach ja?«

Er half ihr nicht, die Zwiebeln zu tragen. Keuchend schleppte sie den Sack den langen Weg hinter ihm her, zurück zur Burg.

Die anderen beiden Dörfer besuchte sie allein. Sie fand in der Burg einen kleinen Handwagen, den sie von nun an immer auf ihre Wanderungen mitnahm. Mit einem grimmigen Gefühl der Befriedigung brachte sie alles Nützliche nach Hause – Feuerholz, Nahrungsmittel, sogar hübsche Kochtöpfe. Sie begann Kochtöpfe zu sammeln, in den verschiedensten Größen, und vertrieb sich die Zeit damit, aus den verschiedensten Resten neue Gerichte zusammenzustellen. Wikant aß alles, ohne je ein Wort darüber zu verlieren, also kochte sie für den Gefangenen.

Gespannt stand sie vor der Tür und beobachtete ihn durch die Luke, und wenn er lächelnd aufsah, machte ihr Herz einen Sprung.

»Schmeckt es?«

»Ihr übertrefft Euch selbst, Fürstin Tinek.«

Er beschwerte sich nie, selbst dann nicht, als sie einige Wochen lang alles mit Trauben mischte, die sie im Weinberg pflückte. Manche waren klein und so sauer, dass sich alles im Mund zusammenzog, aber andere enthielten so viel Süße, dass für den kurzen Moment, in dem sie auf der Zunge zerflossen, alles wieder gut war.

»Der Geschmack der Inseln«, sagte der Gefangene. »Lasst mich gehen, Fürstin Tinek.«

»Zukata wird kommen«, hielt sie dagegen. »Er wird mit seinem Schiff hier anlegen und uns mit Ehrungen überhäufen.«

Niemand war mehr übrig. Niemand außer ihr und Wikant und dem Gefangenen. Vor sich sah sie seine dunklen Augen, diese Augen, die sie bis in den Schlaf hinein verfolgten. Nur seinetwegen stand sie immer wieder auf und schleppte sich durch die Burg, immer wieder denselben Weg. In einer anderen Zeit, in einer anderen Welt, vielleicht ... Aber selbst in einem Leben, in dem es einen Frühling gegeben hätte und offene Türen, wäre sie zu alt für ihn gewesen. Wie konnte sie von etwas träumen, wenn doch selbst die Träume gegangen waren?

Monta, der Heiler, war der Erste. Niemand hatte damit gerechnet, am wenigsten sie selbst. Es war gar nicht lange, nachdem sie sich auf der Burg verschanzt hatten, als sie noch siegessicher gewesen waren, voller Zuversicht, dass sie durchhalten konnten, bis Erion mit einem Heer blutdürstiger Soldaten wiederkam. Die Vorratskammern waren gefüllt nach einem guten Sommer. Wein, um rauschende Feste zu feiern, eingelagertes Obst und Gemüse, Räucherfisch, Schinken und Wurst, Getreide, Zwieback, Öl und Honig. Im Hof scharrten Hühner. Auch Brennholz war genug da, zum Kochen würden sie es benötigen, nicht zum Heizen, denn selbst die Winter milderte der warme Strom, der die Inseln berührte, so gnädig ab, dass es selten einmal zu kalt wurde. Die Fensteröffnungen benötigten keine Verglasung, nur bei Sturm und Regen schloss man die Fensterläden. Gut würden sie hier leben, bis Hilfe kam und ihnen zu ihrem Recht verhalf. Daran änderten auch die Wachposten nichts, die die Neiaraner jenseits der Schlucht zum Ausharren verurteilt hatten, eine langweilige Tätigkeit, die niemandem etwas nützte. Tinek hatte nicht vor, die Brücke jemals wieder hinunterzulassen, bevor nicht Erion mit den Soldaten sein Horn erschallen ließ, bevor sie nicht seine Schiffe auf dem Meer sahen, Vorboten der Rettung und des Triumphs.

Dann war Kelon eines Tages zu ihnen ins Zimmer gekommen. »Das solltet Ihr Euch ansehen.«

Von einem der Fenster reichte ein Seil bis zu einer der knorrigen Kiefern auf der anderen Seite des Abgrunds.

»Wir haben einen Spion hier?«, fragte Wikant entsetzt. »Hast du schon überall suchen lassen?« Sie blickten sich angstvoll an, voller Furcht, einer der Inselbewohner könnte eingedrungen sein, um sie zu ermorden.

Kelon lachte freudlos. »Das Seil wurde von hier aus geworfen. Monta ist fort.«

»Wie soll er das gemacht haben? Sich hinübergehangelt?«

»Das hätte ich ihm auch nicht zugetraut«, gab Kelon zu. »Aber offensichtlich hat er das getan.«

»Entferne das Seil«, wies Tinek ihn an, wutschnaubend.

Monta war fort, und dabei hatten sie sich doch darauf verlassen, dass sie den ganzen Winter über einen guten Arzt hier bei sich haben würden. Und das war erst der Anfang. Der Sturm rüttelte an den geschlossenen Fensterläden, und sie mussten sogar die Fenster so gut abdichten, dass kein Lichtstrahl hereinkam. Doch die Kälte ließ sich davon nicht aufhalten, sie schlich durch die kleinsten Ritzen und nistete in den Mauern. Der Herbst brachte nicht wie sonst laue, sonnige Abende zu den Glücklichen Inseln, bei denen man im sanften Licht den Duft des Waldes einatmen konnte. Ein Sturm nach dem anderen suchte sie stattdessen heim, dazwischen blieb kaum Zeit zum Atemholen. Schon bald brannten in allen Kaminen muntere Feuer – viel zu verschwenderisch, wie sie im Nachhinein feststellen mussten. Immer noch im Glauben, es würde bald alles werden wie früher, hatten sie das kostbare Holz verfeuert. In jedem Scheit, das knisternd in den Flammen verkohlte, hatte sie ihre Feinde untergehen sehen. Damals hatte sie noch die Tage gezählt, hatte in Gedanken Erion begleitet und sich vorgestellt, wie er Nachricht an Zukata sandte, sobald er das Festland erreichte. Sie stellte sich berittene Boten vor oder sogar Tauben, die dem Riesenkönig ihre missliche Lage berichteten – und hinzufügten, dass sie Zukatas Gegner für ihn erlegt hatten wie der Jäger das Wild für seinen Schlossherrn. Und dann, malte sie sich aus, in jenen Tagen, in denen der Sieg fast greifbar schien, beschloss Zukata höchstpersönlich, zu ihnen zu kommen, und er eilte herbei, eine ganze Flotte von Piratenschiffen hinter sich, und ging, während er rechts und links die furchtsamen Neiaraner niedermähte, durch den Hafen, den Hang hinauf, und betrachtete die schwarze Burg, die sie ihm zu Ehren errichtet hatten, diese Burg, die er schon vom Schiff aus bestaunt hatte. Und er schritt über die Zugbrücke und lächelte ihnen zu, als sie ihm entgegentraten.

Meine treuen Diener. Und nun seid König und Königin von Neiara, ihr und alle kommenden Generationen nach euch, ein neues Herrschergeschlecht, das vierundzwanzigste Königreich von Deret-Aif.

Die Kälte war es, die sie dazu brachte, mehr zu essen als geplant. Sie zog mehrere Kleider übereinander an, doch Wikant fand ein anderes Mittel, um sich zu wärmen. Er schüttete den roten Wein in seinen Becher.

»Weißt du noch, jenen Sommer vor fünf Jahren?« Er lächelte, während er trank, er träumte. Seine Erinnerungen gingen immer weiter zurück, je weiter er sich durch das Weinlager hindurcharbeitete. »Weißt du noch? Damals, als Blöd das starke Fieber hatte? Wie alt war er damals, vier? Und ich saß da und berührte seine Stirn mit meiner Hand. So heiß ... so heiß ... Nie hätte ich gedacht, meine Hände würden wieder kalt.« Er redete mit sich selbst, saß da und redete.

Nach und nach verschwand die Dienerschaft, oft ohne dass Tinek mitbekam, wie. Wahrscheinlich überredeten sie die Wachen dazu, die Brücke hinunterzulassen – welches Zimmermädchen hätte das alleine tun können? Als die Köchin ging, war es ein besonders schwerer Verlust. Aber auch das ließ sich aushalten. Wasser hatten sie genug, für irgendetwas musste der Regen ja gut sein. Wasser in Hülle und Fülle. Sie dachten nicht ans Sterben, noch lange nicht ... Der Winter verging schließlich und ein neuer Sommer kam. Und wieder ein Winter. Und ein Sommer. Und wieder war Winter. Und dann dieser Sommer, der sich nicht anfühlte wie ein richtiger Sommer.

Tineks Umhang konnte die Kälte nicht von ihrem Körper fernhalten, aber im Schatten der Mauern war der Wind nicht mehr so stark zu spüren und sie empfand es als eine kleine Erleichterung, als sie in den dunklen Gang trat. Die trockenen, geplatzten Lippen zu einem Lächeln zu verziehen, gelang ihr nicht, aber innerlich war es da, dieses kleine Lächeln.

Sie trat an die breite Tür der Gefangenenzelle und klopfte. Die kleine Klappe, durch die sie hineinspähen konnte, ließ sich mit einer Bewegung ihres Zeigefingers öffnen.

»Blitz?« Sie stützte sich an der Tür ab, mit beiden Händen, zu schwach, um längere Zeit allein zu stehen. Seine schwarzen Augen ... nur dafür lebte sie überhaupt noch. Nur dafür stand sie auf und ging jeden Tag denselben Weg, durch die zugigen Flure und über den Hof, vorbei am gähnenden Tor, durch das jemand hätte kommen können und doch niemand kam.

»Blitz?«

Das Bett war leer. Er war nicht da – wie konnte er nicht da sein? Aus dieser Zelle gab es kein Entkommen. Ihr gegenüber war nur das Fenster, vor dem sich das Meer mit unermüdlicher Wucht gegen die Insel warf ... Sie starrte auf dieses kleine graue Viereck und der Schreck durchfuhr sie dermaßen, dass sie in die Knie sank, zerrissen von einem Schmerz, der ihr wie ein Axthieb vom Schädel bis in die Füße fuhr.

Das erste Mal hatte sie diesen Namen gesagt, »Blitz«, nachdem der Heiler das Weite gesucht hatte. Wenn sie Glück hatten, wurde keiner von ihnen krank – aber was war mit dem Gefangenen?

Sie hatte sich bis dahin davor gescheut, ihn aufzusuchen. Seit sie wusste, dass sie Zukatas Feind beherbergte, hielt eine merkwürdige Angst sie davon ab, auch nur in die Nähe seiner Zelle zu kommen. Doch nun blieb ihr wohl nichts anderes übrig.

»Blitz?«

Sein Gesicht hatte eine fast wächserne Farbe und einen schrecklichen Moment lang glaubte sie, ihre kostbare Geisel wäre tot. Doch dann flatterten seine Lider, er regte sich, und aus seinen halb geöffneten Augen traf sie ein unsäglicher Blick, tief und dunkel, wie aus einer finsteren Höhle. Sie keuchte und fuhr zurück, doch dann lachte sie. Er war halbtot, mit gebrochenen Knochen lag er auf dieser Pritsche hier und hätte genauso gut gefesselt sein können – warum hätte sie sich vor ihm fürchten sollen? Er konnte nicht auf sie losspringen und ihr den Hals umdrehen.

»Versuch nicht, es zu leugnen«, sagte sie, schnell gewann sie ihre Selbstsicherheit zurück. »Du bist Blitz. Und nicht etwa ein Botschafter Zukatas, wie ich ursprünglich angenommen hatte. Was glaubst du, wie viel bist du dem Prinzen wert – lebendig oder tot?«

Der Fremde, der Blitz hieß, sah sie nur an, mit diesem flammenden Blick, als ob ein Fieber in ihm brannte. Und er lachte! Leise nur, nicht aus voller Kehle, gebändigt von einem Schmerz, den sie sich nicht vorstellen konnte, und doch lachte er sie aus.

»Mein Leben gehört ihm nicht mehr«, sagte er, »aber dein Leben anscheinend schon. Und wenn du glaubst, du bist ihm deshalb irgendetwas wert, irrst du dich.«

Wieder brauchte sie einen Moment, um sich zu sammeln.

»An deiner Stelle würde ich darauf hoffen, dass du Zukata wertvoll bist. Warum sonst sollten wir dich am Leben lassen?« Nun hatte sie wieder die Oberhand, sie lächelte. »Wie viel? Was wird er uns geben, um dich in die Hände zu bekommen?«

»Vielleicht nichts«, sagte Blitz. »Vielleicht kommt er her und stößt euch alle einfach zur Seite. Vielleicht ein Königreich und ein weißes Schloss auf einer sonnigen Lichtung. Weiß ich es, in welcher Laune ihr ihn gerade erwischt?«

»Ein Königreich und ein Schloss?« Tinek schüttelte den Kopf. »Überschätzt du dich da nicht ein wenig?«

Blitz antwortete nicht.

So schnell konnte sie nicht klein beigeben. »Hast du gar keine Angst vor ihm?«

Seine Stimme wurde noch leiser. »Ich habe zwanzig Jahre lang Zeit gehabt, mir auszumalen, wie es sein würde, in seine Hände zu fallen. Und weißt du, woran ich gedacht habe, wenn es mir die Kehle zugeschnürt hat? Ich bin schon einmal über eine Brücke gegangen, die jemand hielt. Und es war wirklich eine Insel auf der anderen Seite.«

Es bereitete ihr Unbehagen, ihn das sagen zu hören. »Der Heiler ist jedenfalls weg«, erklärte sie schroff. »Ich werde eine Dienerin herschicken, um dich zu pflegen. Du wirst nicht einfach friedlich dahindämmern. Bis Zukata kommt, bist du so gesund und kräftig, dass du wünschtest, es wäre längst vorbei. Und glaub ja nicht, irgendjemand würde dich befreien. Niemand wird kommen, alle denken, dass du längst tot bist.« Irgendwie musste es ihr gelingen, ihm Angst einzujagen, aber er schaute sie einfach nur an, bis sie wutentbrannt hinausstürzte.

Um ihn nicht aus Ärger selbst zu töten, hatte sie sich ausgemalt, wie Zukata es tun würde. Zukata, in dessen Griff sie immer noch Erion baumeln sah wie einen Hundewelpen; dieses Bild hatte sich so tief in sie eingebrannt wie kein anderes. Sie blieb der Zelle des Gefangenen fern und ließ sich von einem verträumt aussehenden Mädchen hin und wieder berichten, dass seine Gesundheit Fortschritte machte. Doch irgendwann war auch diese Dienerin fort, diese und die nächste.

»Und jetzt? Was nun? Soll ich mich etwa selbst um ihn kümmern?«

»Davon möchte ich Euch abraten«, sagte Kelon. »Er ist nicht mehr so schwach wie am Anfang. Seit langem humpelt er schon in der Zelle umher. Es würde mich nicht wundern, wenn er bereits kräftiger wäre als Ihr. Nehmt Euch in Acht. Das ist der Krieger, der Eure Krönung verhindert hat. Er ist zu allem fähig.«

Sie dachte an den dunklen Blick, der sie so erschreckt hatte, und ihr schauderte. »Dann braucht er ja keine Verbände mehr oder so etwas«, sagte sie und versuchte, ihrer Stimme einen leichten, lockeren Klang zu geben. »Und das Essen können wir ihm durch die Klappe reichen.«

Sobald sie »wir« gesagt hatte, war klar, dass sie es tun würde. Vorsichtig spähte sie durch das kleine Fenster in der Zellentür.

»Jetzt müsste man Flügel haben, wie?«

Er drehte sich so rasch zu ihr um, dass sie zusammenzuckte. Mit wenigen Schritten war er an der Tür und sie sah sein Gesicht dicht vor sich.

»Wieso hast du keinen Bart?« Dummerweise war das das Erste, was ihr einfiel. »Hat dieses dumme Mädchen dich etwa rasiert? Sie hat ein Messer mit in die Zelle genommen?«

»Nur einen Spiegel«, sagte er. »Rasiert habe ich mich selbst.«

Sie fragte nicht, ob er das Messer noch hatte. Ganz sicher hatte er es noch. Sie trat einen Schritt zurück, für den Fall, dass er vorhatte, sie durch die kleine Öffnung zu erstechen.

»Warum hast du Angst vor mir?«, fragte er. »Ich bin hier der Gefangene, in deiner Gewalt, oder nicht?«

»Aber du kannst Dinge, die keiner sonst tun kann«, sagte sie. »Du hast das Schiff verschwinden lassen, das uns die Waffen brachte. Du hast die Zugbrücke blockiert. Du hast alles verdorben, alle unsere Träume, unsere Pläne ... Wie um alles in der Welt hast du das gemacht?«

Die triumphierende Freude, die in seinem Gesicht aufleuchtete, war unerträglich. »Das war Sorayn«, sagte er. »Es muss Sorayn gewesen sein ... Ich bin stolz auf ihn.«

»Sorayn? Dieser kleine Narr?« Sie schüttelte unwillig den Kopf. »Du warst das. Wer sonst? Du bist Zukatas Feind und damit auch unserer. Du wolltest alles zerstören, was wir aufgebaut haben. Wer hat dir dabei geholfen?«

»Sorayn«, sagte er wieder und lachte, und wutentbrannt knallte sie die Klappe zu, ohne ihm den Teller zu geben, den sie mitgebracht hatte.

Aber sie kam wieder. Jeden Tag. Sie kam und öffnete die kleine Klappe und beobachtete ihn. In seiner Zelle war es kalt. Niemals, wenn sie kam, saß oder stand er nur herum, niemals lag er schlafend auf seinem Bett. Er ging hin und her, er machte irgendwelche seltsamen Übungen, die merkwürdig anzuschauen waren und anscheinend dazu dienten, die Muskeln zu kräftigen. In seiner Zelle stank es nie; immer war sein Eimer ausgeleert und ausgespült, die Waschschüssel mit Regenwasser gefüllt, der Krug ebenfalls, das Bett sorgfältig gemacht. Er war immer rasiert. Aber kein einziges Mal bedrohte er sie mit dem Messer. Sie wartete geduldig, bis er seine Übungen abgeschlossen hatte, dann kam er zur Tür, nahm den Teller entgegen und bedankte sich höflich.

»Die Zwiebeln sind verschimmelt«, entschuldigte sie sich dann, oder: »Der Schinken ist alle.«

»Lass mich raus«, sagte er. Beim ersten Mal hatte sie ungläubig aufgelacht. »Du glaubst doch nicht wirklich, dass ich das tue? Nach all dem, was du uns angetan hast?«

Blitz wies zum Fenster. »Das Wasser steigt«, sagte er. »Siehst du das nicht? Aus dieser Insel wird nie ein Königreich.«

»Das ist nur der Sturm«, gab sie zurück. »Im nächsten Sommer sieht das alles wieder anders aus.«

»Betrachte den Felsen da unten«, sagte er. »Jeden Tag zur gleichen Zeit. Du wirst sehen, dass es steigt. Langsam, aber unaufhörlich. Das ist keine normale Herbstflut, Tinek. Das Meer holt sich die Inseln zurück. Lass mich gehen.«

»Das würde Zukata uns nie verzeihen.« Sie wandte sich um und floh vor ihm, vor seiner angenehmen Stimme, vor seinem schönen Gesicht. Er genas und schien immer schöner zu werden, während sie zerfiel. Alles an ihr zerfiel, ihre Kleider, die nach Algen und Moder rochen. Heute hatte sie beim Kämmen wieder ein dickes Büschel Haare in der Hand. Sie verlor auch ihre Zähne. Die karge Kost war schuld, das wusste sie, aber nur bei ihr war es offensichtlich. Wikant saß da und trank und sah aus wie immer. Aber bei ihr war das Alter mit einer Schnelligkeit und Heftigkeit gekommen, die sie erschreckten.

»Zukata wird kommen.« Sie hatte die Klappe wieder geöffnet, sie sprach wieder zu Blitz, zu dem einzigen Menschen, der ihr noch zuhörte. »Er wird kommen. Und wir werden in diesem Schloss leben, in Herrlichkeit.«

Auf ihrer verzweifelten Suche nach etwas Essbarem hatte sie begonnen, sämtliche Zimmer des Schlosses zu durchwühlen, alle Hinterlassenschaften der so feige geflohenen Dienerschaft. Schließlich hatte sie hinter einer Kiste, die zu schwer gewesen war, um sie wie die meisten anderen Möbelstücke zu zerhacken und in Brennholz zu verwandeln, ein Glas mit eingelegten Pfirsichen gefunden. Einen halben Vormittag hatte sie dagesessen, das Glas in den Händen gehalten und das gelbe Obst betrachtet. Sie hatte sich den Geschmack ausgemalt, nein, mehr noch, sie hatte sich vorgestellt, wie sie diese Pfirsiche essen würde, an einer mit weißem Damast und silbernem Geschirr gedeckten Tafel. Wikant würde dasitzen, den roten Umhang eines Königs über den Schultern, Erion einen schmalen Goldreif auf der Stirn. Die königliche Familie aus Drian würde zu Gast sein, ein paar hübsche Prinzessinnen, die kicherten und Erion schmachtende Blicke zuwarfen, und der König von Drian würde den Becher heben und ihnen zutrinken.

»Pfirsiche aus Arima. Besser speist man auch nicht am Hof des Kaisers in Kirifas.«

Und dann, plötzlich, schrumpfte ihr Traum zusammen, und sie sah sich und Wikant in ihrem ehemaligen Weingut, in einem dunkel getäfelten Zimmer mit Blick auf den Hafen. Vor ihr stand ihr Sohn, ein Junge von vielleicht zehn, elf Jahren, mit einem Glas Pfirsiche in der Hand.

»Wo hast du das her?«, fragte sie streng. »Das war für heute Mittag bestimmt, für den Nachtisch.«

Mit vollem Mund konnte er nicht antworten, der Saft tropfte über sein Kinn.

»Du bist widerlich«, sagte sie. »Geh dich waschen.«

Sie nahm ihm das Glas aus der Hand, wartete, bis er fort war, und nahm dann einen Schluck von der süßen, würzigen Flüssigkeit. Der Sommer der Glücklichen Inseln – wer hätte da widerstehen können?

»Erion!«, rief sie. »Erion, warte!«

Tinek blinzelte. Sie saß immer noch hier, in der dunklen, zugigen Burg, die Pfirsiche in der Hand. Ihre Gelenke schmerzten, als sie durch die verlassenen Flure zu Blitz ging. Sie spürte kein Bedauern, als sie ihm das Glas durch die Klappe reichte. Das Aufleuchten in seinem Gesicht war ihr genug Belohnung.

»Zukata wird kommen«, sagte sie leise, wie immer, als wäre dies ein Gruß, den sie unaufhörlich wieder aussprechen musste, ein Gruß an die ganze Welt da draußen, die sich unter den Regen duckte.

Blitz hielt das Glas an seine Brust gedrückt. »Lass mich endlich gehen, Tinek.«

»Nein.« Denn solange er hier war, konnte sie sich darauf verlassen, dass Zukata kommen würde. Schon bald. Er würde seinen Feind abholen und sie in Ehren und Herrlichkeit auf den Thron setzen.

»Tinek«, sagte Blitz sanft, »wie viele Gläser davon hast du gefunden?«

»Zehn«, log sie. »Wikant und ich haben schon gegessen. Sie sind köstlich.«

»Du siehst nicht aus, als ob du irgendetwas gegessen hättest.«

»Doch, habe ich«, behauptete sie. Er sollte nicht wissen, dass sie ihm alles brachte. Alles, was sie fand. Dass sie seit Tagen von einem kleinen Stück Zwieback lebte. Sie gab ihm alles. Sie machte ihn schwer, so dass er nicht durch das Fenster davonfliegen konnte. Sich selbst machte sie leicht, jeden Tag leichter. Sah man nicht schon, wie sie schwebte?

»Iss«, sagte sie.

»Tinek ...«

»Iss.«

Manchmal erzählte er ihr von der Brücke. Von der steinernen Brücke, über die man gehen musste, vorsichtig, und von der Insel, auf der die Priester Hütten errichtet hatten. Er musste ihr alles aufzählen, was es da zu essen gab. Und von der Musik musste er sprechen, von der herrlichen Musik, und von den vielen Gästen, die sich dort versammelt hatten, die dort gemeinsam aßen und tranken und lachten, bis in die Nacht hinein. In den Hütten war es warm, so warm, dass alle Mäntel zu Boden fielen, dass jeder seine dicken Stiefel abstreifte, seine Schals und Handschuhe.

»Erzähl mir von der Suppe«, bat sie. »Von der Suppe mit den Gewürzen.«

Anfangs hatte er versucht, ihr Geschichten von Zukata zu erzählen. Aber davon wollte sie nichts hören. Sie hatte ihren Ärmel hochgestreift und ihm das Zeichen gezeigt.

»Da«, sagte sie. »Erzähl mir nichts von Zukata.«

Er hatte sie angesehen, mit so einem merkwürdigen Blick, und genickt. Sie konnte sein Mitleid nicht ertragen.

Aber von der kleinen Insel und den Speisen dort konnte sie nicht genug bekommen.

»Blitz?« Sie öffnete die Klappe mit einer zärtlichen Bewegung ihrer rechten Hand. »Blitz?«

Die Zelle war leer.

Die Decke zu zerschneiden war riskant, denn die Nächte waren kühl. Blitz tat es erst, als er sicher war, dass seine Arme wieder stark genug waren, um sein Gewicht zu tragen. Manchmal war er nahe daran zu verzweifeln; die erzwungene Ruhe, die seine Verletzungen erfordert hatten, hatte aus dem Krieger, der er war, einen schwächlichen Kranken gemacht. Aber selbst als er noch dachte, Zukata könnte tatsächlich jeden Tag im Hafen dieser Insel anlegen, hatte er weitergemacht. Was Tinek ihm an Essen zuteilte, reichte gerade so.

Aber draußen donnerte das Meer gegen den Felsen und er konnte die Brandung mit seinem ganzen Körper spüren. Die Gischt, die der Wind in seine Zelle hereintrug, ließ ihn manchmal fast glauben, er wäre auf einem schwankenden Schiff. Er genoss es. Wie hätte er es nicht genießen können? Das Meer war dort draußen, nah wie sein eigener Herzschlag. Von dort kam seine Kraft. Von dort kam die Kraft, nicht aufzugeben, immer wieder neu, jeden Tag, zu leben, als wäre er kein Gefangener, sondern Matrose auf einem Schiff, jeden Tag aufs Neue in der Pflicht.

Und er tat seine Pflicht. Er lebte von wenig, ertrug Nässe und Kälte ohne Klagen, von nichts anderem belohnt als dem Sturm vor seinem Fenster.

Als er die Decke säuberlich in lange Streifen trennte, wusste er, dass er nur wenige Tage Zeit hatte. Tinek hatte ihn nicht darüber hinwegtäuschen können, dass die Vorräte zur Neige gingen. Jetzt war er stark, gerade stark genug. Ein paar Tage hungern und er würde es vielleicht nicht mehr schaffen, seiner Zelle zu entkommen.

Er flocht das Seil sehr sorgfältig. Der Stoff war dünn, aber die Knoten würden auf alle Fälle halten. Seemannsknoten. Blitz lehnte sich weit aus der schmalen Fensteröffnung. Sofort zerrte der Wind an ihm, griff mit kalter Hand unter seine dünne Kleidung, und selbst die Wellen schäumten hoch, weißgekrönt, und schnappten nach ihm.

Die nassen Mauern waren zu glitschig, um seinen Fingern Halt zu geben. Er blickte noch einmal mit Bedauern nach oben. Die nächste Fensteröffnung war zu weit entfernt. Es gab keinen Weg, das dünne weiße Seil so nach oben zu werfen, dass es genau durch dieses Fenster fiel und sich irgendwo dort verhakte – wie und womit? Außerdem war es höchstwahrscheinlich von innen verrammelt. Er konnte es von hier aus nicht sehen, aber er hatte es gehört, damals, als sie an allen Fenstern gearbeitet hatten, um den Sturm auszusperren.

Unter ihm wartete das Meer. Es gab nur diesen einen Weg. Bis vor kurzem war es nichts als ein Weg in den Tod gewesen, doch jetzt war das Wasser so hoch gestiegen, dass er eine Chance hatte.

Mit ein paar Fußtritten zertrümmerte er sein Bett. Ein langes Brett band er ans Seilende und richtete es so aus, dass es mittig vor die Fensteröffnung passte. Wenn er Glück hatte, würde es sein Gewicht halten, bis er unten war. Die anderen Bretter warf er nach draußen; vielleicht würden sie ihm noch nützlich sein.

Er nahm das Messer zwischen die Zähne, stieg auf die Brüstung und hielt das Seil mit beiden Händen. Unten peitschte es wie eine wilde Schlange gegen die Felsen. Das Ende hing höher über dem Wasser, als er gehofft hatte, aber es musste gehen. Langsam verlagerte er sein Gewicht auf die Arme und ließ sich hinab. Es war wie auf einem Schiff, wenn man in den Wanten kletterte. Der Wind, die Gischt in den Augen, das Schwanken der Taue – das alles gehörte dazu. Das Schiff hieß *Hoffnung* und hielt auf das Festland zu und irgendwo drinnen sangen die Pilger ...

Das Seil glitt langsam durch seine Finger. Es spannte sich, aber es riss nicht, während er sich weiter und weiter nach unten herabließ. Bei jedem Umgreifen, wenn er die eine Hand losließ und nur mit der anderen am Seil hing, frohlockte er innerlich über die Kraft, die er sich so mühsam und geduldig zurückerobert hatte. Schließlich berührten seine Füße den letzten Knoten.

Das Meer unter ihm war relativ ruhig, die Wellen, die jetzt mehrere Meter unter ihm gegen den Felsen schlugen, waren keine gigantischen Brecher mehr wie zu dem Zeitpunkt, als der Sturm seinen Höhepunkt erreicht hatte. Wenn er sich von hier aus von der Mauer abstieß und dann sprang, würde er nicht sofort zerschmettert werden, sondern hatte eine reelle Chance, schwimmend den Strand zu erreichen.

In diesem Moment riss das Seil, irgendwo über ihm, und schon tauchte er ins Wasser ein. Sofort war es überall, wirbelndes, schäumendes Wasser, das ihn hierhin und dorthin zerrte. Er hatte damit gerechnet und doch war es ein Schock, die Kälte und die Gewalt des Meeres wieder zu erleben. Sein Körper erschrak, doch dies war sein Element, und rasch fand er hinein in den Kampf gegen das Wasser, der ihm so vertraut war. Er tauchte hoch und sah eines der Bretter, die noch vor kurzem zu seinem Bett gehört hatten, auf den Wellenkämmen tanzen. Er streckte die Hand danach aus, und sofort, als hätten sie nur darauf gewartet, warfen sich die Wellen mit aller Macht auf ihn und versuchten ihn hinunterzudrücken. Blitz schnappte nach Luft und tauchte unter. Unter den Wellen hindurch, in eine Strömung, die ihn fortzog, die ihn mit starken Armen ergriff und weiter nach unten zerrte.

Mit seiner ganzen Kraft arbeitete er sich wieder nach oben, erleichtert sog er die Luft ein, die ihn über dem Wasser erwartete und die das Meer ihm wieder streitig zu machen versuchte. Erneut schwappte eine hohe Welle über ihn hinweg. Aber er war jetzt schon ein gutes Stück von den Felsen entfernt. Von hier konnte er das schwarze Schloss sehen, wie ein Gewächs auf der Felsnadel an der Steilküste. Als er das letzte Mal hergekommen war, mit einem Boot aus Arima, voller Sorge, war es ihm größer und bizarrer vorgekommen, der böse Anspruch auf Herrschaft eines unseligen Fürstengeschlechts. Jetzt war es nur noch eine verlassene Burg, leer und traurig und dunkel.

Die Kälte und die Anstrengung forderten ihren Tribut, seine Bewegungen wurden langsamer. Aber er hatte das Meer nie gewinnen lassen, nie. Er warf sich nach vorne. Dort musste der warme Strom sein, dort würde er sich wenigstens etwas aufwärmen können. Lag es an dem grauen Himmel über ihm, dass er den Unterschied in der Farbe des Wassers nicht mehr ausmachen konnte? War er zu lange fort gewesen, so dass er vergessen hatte, wie der Strom sich um die Glücklichen Inseln wand?

Vergeblich wartete er auf das warme Wasser. Doch da tauchte plötzlich eins der Bretter wieder auf. Hastig griff er danach, zog es näher und klammerte sich an das Stück Holz. Er blickte zu der Insel hinüber. Von hier aus konnte er sehen, dass es den Hafen nicht mehr gab, auch das Fischerdorf war verschwunden. Er sah kein einziges Segel, kein einziges Boot dort liegen. Die Fischer waren gegangen, das wusste er von Tinek. Trotzdem musste er dorthin, musste er irgendetwas finden, irgendein Boot, mit dem er die Insel verlassen konnte.

Doch zunächst einmal musste er sie erreichen. Er kam nicht voran, wenn er sich mit einem Arm an dem Brett festklammerte und mit dem anderen paddelte. Wieder einmal musste er alle Hilfsmittel aufgeben und sich in den Kampf stürzen. Nicht einmal auf seine Kenntnisse der Strömungen konnte er sich verlassen. Tief durchatmend vertraute er sich wieder dem Wasser an und der Stärke seiner Arme, er schwamm, nein, er schwamm nicht, er kämpfte. Er rang den Wellen sein Leben ab, wieder einmal, er wollte dorthin zurück, an den Strand dieser Insel, wie glücklich oder glücklos sie auch sein mochte. Als er endlich Boden unter den Füßen spürte, lachte er, watete weiter und ließ sich schließlich lachend und hustend und Wasser spuckend aufs Gras fallen. Morgen würde er die Insel nach einem Boot absuchen. Morgen würde er irgendetwas finden, das ihm weiterhalf. So erschöpft war er, dass er liegen blieb und die Augen schloss, und der Schlaf kam wie eine schwere Aufgabe, dunkel und süß und traumlos.

Tinek schloss die Tür hinter sich und tastete sich an den Tisch zurück. Die Kerze war nur ein Stummel, aber sie brannte noch. Wikant saß immer noch da, das Kinn in die Hände gestützt, und starrte in die Flamme.

Sie setzte sich. »Er ist weg«, sagte sie.

Wikant hob den Kopf und sah sie an. Sie hatte seine Stimme schon so lange nicht gehört, dass sie erschrak, als er sprach. »Dann ist er gesprungen, wie? Dann ist er tot.«

»Nein«, wiedersprach sie. »Er ist frei.« Sie dachte an das zerstörte Bett, das fehlende Tuch, das Seil, dessen kleinen Rest sie vor dem Fenster hatte wehen sehen wie eine Fahne. Sie wiederholte es, leiser: »Blitz ist frei.«

Gemeinsam blickten sie auf die kleine, zitternde Flamme zwischen sich, bis sie mit einem leisen Knistern verlosch.

Zweites Buch – Der Erbe des Riesen

Stimmen zum ersten Band
der Trilogie »Sehnsucht nach Rinland«

LENA KLASSEN

Die weiße Möwe

Sehnsucht nach Rinland 1

Roman

Paperback, 13,5 x 21 cm, 510 Seiten
EUR [D] 17,90 • sFr 33,00 • EUR [A] 18,40
ISBN 978-3-937896-58-8
Bestell-Nummer 588.658
www.neufeld-verlag.de

»Kann ein christlicher Verlag eine Fantasy-Reihe auf den Buchmarkt bringen??? Er kann und zwar mit einem gewaltigen Auftakt! Fantasy, doch eher düster, wird hier hell und spannend erzählt. Jede Seite treibt den Leser weiter. Ich hoffe auf ein baldiges Wiedersehen mit den liebgewonnenen Figuren.«
Büchereule auf rezensenten.de

»Seit langem mal wieder ein Roman, der mir richtig gut gefallen hat. Ein phantastischer Roman zwischen zwei Buchdeckeln. Gerade richtig für alle Freunde dieses Genres und solche, die einfach nur guten Lesestoff suchen, der nicht so schnell zu Ende ist.«
Nina Dulleck auf www.shop-c.de

NEUFELD VERLAG